KUHAI XINQIAO

谨以此书

献给可爱的监狱警察！

一我的狱警生涯一

苦海新桥

黄桃芳 著

百花洲文艺出版社
BAIHUAZHOU LITERATURE AND ART PRESS

图书在版编目（CIP）数据

苦海新桥：我的狱警生涯 / 黄桃芳著. — 南昌：
百花洲文艺出版社, 2020.5（2021.7重印）
ISBN 978-7-5500-3604-8

Ⅰ. ①苦… Ⅱ. ①黄… Ⅲ. ①长篇小说 – 中国 – 当代 Ⅳ. ①I247.5

中国版本图书馆CIP数据核字（2019）第285999号

苦海新桥：我的狱警生涯

黄桃芳　著

责任编辑	余丽丽
书籍设计	张诗思
制　作	何　丹
出版发行	百花洲文艺出版社
社　址	南昌市红谷滩世贸路898号博能中心一期A座20楼
邮　编	330038
经　销	全国新华书店
印　刷	南昌市红星印刷有限公司
开　本	710mm×1000mm　1/16　印张 25.75
版　次	2020年5月第1版第1次印刷
	2021年7月第1版第2次印刷
字　数	310千字
书　号	ISBN 978-7-5500-3604-8
定　价	43.50元

赣版权登字　05-2019-430
版权所有，盗版必究

邮购联系　0791-86895108
网　址　http://www.bhzwy.com
图书若有印装错误，影响阅读，可向承印厂联系调换。

目录

contents

第一章　真是麻烦

噪音巨大的织造车间，树林般的织布机，机弄里一个个挡车工和保全工在忙着。半上午的时候，靠近二大队女犯车间墙根处两个男犯在领纤子。一个弓着腰，把头埋进一尺见方的窗口，与里面发纤子的女犯说着什么。站在他身后的高个男犯手里拿着空纤子板，宽厚的身子漫不经心地左右晃悠着。忽然这个男犯看见一个着警服的中等个子的队长从旁边机弄拐过来，便下意识地叫了一声："指导员。"

车间里织机的轰鸣声太大，中队指导员刘强没听见对方叫自己，但从这个名叫程才的高个犯人身旁经过时，见对方双目温馨地注视着自己，也下意识地微微点了下头。

刘强回到中队值班室时，坐在长条形蓝色铁皮办公桌旁抽烟的马小牛一见他开口便道："应教刚来过了，说还要罚程才两包奶粉。"马小牛是副中队长，今天他和方冬生带班。

"应教怎么知道了这事？"刘强坐在方冬生一侧道。"应教"是大队负责管教工作的副教导员，名叫应树根，三十六七的样子，工作严谨，作风扎实。

刘强明白了。这事也没办法，犯人天天在他鼻子底下过，马贱根被程才用梭子敲破头受伤贴膏布的事是包不住的，早晚要被他发现，只是现在又要罚程才的奶粉，让自己为难。

"你跟他说了中队处理了吧？"刘强又道。

马小牛说："说了。"

"我们都说处理过了。"一旁的方冬生也说道。

前天，马贱根偷了程才几米坯布，程才知道后与他理论，气愤不过就用手中的梭子往他头上敲了一下，导致马贱根头皮受伤出血。因事情不大，且都有错，刘强他们对双方都进行了批评教育，并扣了两人的考核分，两个人都对管教队长的处理表示服从，双方不再纠葛。没想到现在应树根又干预中队对此事的处理，真叫人不知说什么好。

"那怎么办？"刘强说这话时显得底气不足，仿佛自言自语一般。认识程才有好几年了，那是刘强从部队转业到西山支队三大队的时候。当时三大队是西山支队最"出名"的一个大队，不仅因为下辖三个运转班中队和一个常日班，有二三百人，而且还因为有三个"著名"的罪犯团伙——"江中帮""东海帮"和"九州帮"。这三个"帮"的存在，成了各中队和大队乃至全支队监管改造秩序长期难以稳定的根源。这种局面的形成还要追溯到前几年。二十世纪七十年代末，西山纤维厂恢复劳改单位建制，被命名为"西山支队"后，逐渐从外地调入了不少犯人，其中就有一批来自东海的。这批来自"大东海"的犯人到了"老区"西山支队后，免不了有点趾高气扬，不把这里的犯人放在眼里。东海人来后没多久，就和江中人进行了一场短平快的地盘争夺战。虽然由于支队及时采取了坚决打击的措施，双方被迫偃旗息鼓，但却在各自的心头留下了难以愈合的伤口，加上不同区域间文化、心理和生活习俗等方面的差异，使双方处于一种格格不入、势不两立的对峙状态。整体"素质"较高的东海人似乎个个都头上长角，人数虽少但能量很大。作为土生土长的本地人，江中人面对咄咄逼人的东海人，心想如果在自家窝里都待不住，还怎么活下去？因而他们仗着人多势众，一心想把东海来的"游山虎"压下去。而号称"三个江中佬不如一个九州佬"的"九州帮"因人数不多，保持中立，谁也不得罪，吃政府的饭，走自己的路……江中和东海两个团伙因上述原因形成的"冷战"局面维持了不到两年后，终因团伙利益冲突打破了平衡，从此拉开了长达近一年时间的大规模团伙斗殴的序幕。当时以郑国宁和张金明为首的"东海帮"和以万建华为首的"江中帮"互相对抗，整个大队里火药味很浓，而且两个"帮"的主要骨干都在一中队，所以一中队的紧张气氛和火药味显得更浓。一天傍晚，郑国宁上楼时，被正下楼的万建华有意无意地撞了一下，当时双方虽未动手，但却成了引发两个团伙斗殴的导火索。因为"江中帮"人多势众，万建华又往往仗势欺人，使郑国宁等东海人下了与江中人干仗的决心。他们采取的方法是"打蛇打头"，即对"江中帮"头子万建华进行攻击。有天中午时分，队长们都下班了，郑国宁和另外两个东海人发现万建华一个人坐在走廊尽头喝茶，郑国宁向站在窗户边的张金明、程才点点头，和另两人提着自己的小板凳和搪瓷茶缸，装着若无其事的样子走过去和他"闲谈"。"谈"了不到两分钟，郑国宁他们便拿着茶缸、板凳同时对万建华发动攻击，而在走廊那头望风的张金明、程才见这边打起来后，也一齐冲过来加入攻击，"江中帮"头子万建华寡不敌众，被当场打翻在地，头、颈、腰等部多处受伤，后被送往医务所缝了八针。

斗殴事件发生后，支队、大队和中队迅速派人调查、收集材料，准备对郑国宁等人进行处理。然而，身为"江中帮"头子的万建华认为自己堂堂一个大"罗汉"，竟然被几个东海佬痛打一顿，实在是天大的耻辱。他坚决拒绝管教队长调查此事，说"我自己的事自己处理"。万建华虽然报复心切，可惜他是个"黑吃黑"的家伙，为人很差，愿意替他卖命的江中人很少。他想让"九州帮"助一臂之力，但"九州帮"的头子樊晓明比泥鳅还滑，他知道自己帮了一个，就必然得罪另一个，最好的办法就是保持中立，谁也不得罪。他表面上"中立"，但暗中又在"江中帮"和"东海帮"中间推波助澜，实际是要坐山观虎斗。万建华没办法，只好等到第二年春，"江中帮"中一个真正的头子——多次策划斗殴被长期关禁闭的"大罗汉"熊平亮从禁闭室放出来后，他要报复东海人的图谋才得以实现。

那段时间，三大队特别是在一中队可谓是山雨欲来风满楼，无论在生产车间还是监舍，到处都充满了火药味，各中队管教队长们头脑中的弦都绷得紧紧的。当时的大队领导是金洋，应树根是中队指导员。为防止更大规模斗殴事件的发生，金洋、应树根他们都一而再、再而三地找万建华、熊平亮和郑国宁、张金明等团伙头子和骨干谈话，打"预防针"。两个团伙的头子有金洋、应树根盯着，刘强便把注意力放在程才和王文清、熊根水等人身上，尤其是程才参加了上次对万建华的攻击，又风闻东海人要"以攻为守"，他便坚持做程才的思想工作，由此对他也就有了较深的了解。

程才长得一表人才，可惜从小就是个坑爹害娘的角色。其家庭条件不错，父亲是南下干部，在东海一个区当物资局长，母亲在商业系统工作，虽对其爱如掌上明珠却疏于管教，导致其才过十岁就染上了偷摸恶习，多次进出派出所。父亲打也不改，母亲拿他没办法，本来身体就不好，没几年就被他活活气死了。父亲将其痛打一顿逐出门外，后又托人将其安排到一个市属农场工作，想让他尝尝人生辛苦。然而程才吃不了这个苦，又嫌工资低，竟在农场重抄旧业，不久即被开除。回家后，继母对他很真诚，他却盲目排斥继母，导致继母绝望。十四岁时，他一个人出走南京，流落街头，后被一个"好心人"收为干儿子。"好心人"被抓后，他被遣送回东海。但他不愿回家，继续流落街头。不久后加入一个丐帮，并逐渐小有"名气"，五进五出收审站，直至被判刑三年送进少管所。进少管所后，他"博采众长，自学本事"，刑释后他重抄旧业，被判刑八年，投入劳改农场。其间他两次脱逃，被派出所抓获后五花大绑，谁知他却有一手脱绑绝技，再次逃脱。三次加刑后他的刑期变成了十五年，并被调往一个市属劳改工厂改造。这下跑不了吧？谁知他在一个月朗星稀的夜晚，在建筑工地找到一根竹竿，越过电网再次逃脱，被抓获后又加刑至无期徒刑，并和其他抗改分子一起被押解到了安南省西山支队服刑。刘强转业来到一中队，管过程才一段时间后，觉得这个人虽然吊儿郎当，但比"江中帮"几个罗汉文明，不会出口就是脏话、狠话，也更讲道理。在对待程才的问题上，有的民警将其看死，认为他很难改造好。刘强为人实在，一是一，二是二，在具体问题上，该批评的批评，该表扬的表扬，由此赢得不少人特别是程才等一些东海人的认可，觉得他比较公正。有一次程才严重违纪了，刘强不得已惩罚他。有关系好的犯人去看程才，为他鸣不平，他却说："刘队长罚我，没得说。"由于刘强在犯人中的印象好，在1983年上半年"江中帮"与"东海帮"大决战的前夕，程才、王文清等人都被刘强等干部做通了工作，尤其是程才曾经陷得比较深，关键时候却听了他的话，及时从两个团伙的斗争旋涡中抽身而出。

然而事情的发展出人意料。尽管金洋、应树根和刘强他们夜以继日地做思想劝

··········

导工作，也取得了双方暂时相安无事的结果，但在"江中帮"熊平亮那个一呼百应的"大罗汉"的暗中策划下，一场由"江中帮"部分人参与报复"东海帮"部分人的大规模团伙冲突还是爆发了。这天下午，万建华指使十几个人分别在二、三楼监舍用小板凳攻击东海人张金明、郑国宁等，将他们打伤。当天下午在车间上中班的部分江中人得知"战役"打响，下班回到监舍后立即策划，于第二天早晨八点对张金明等东海人展开进攻，直至被陆陆续续赶到的管教队长们制止。整个团伙斗殴行动，先后发生了六次较大规模的攻击与反攻击"战斗"，双方参与斗殴的人多达50余人次，20多人被打成重伤或轻伤。时隔不久，参与此次团伙斗殴的江中和东海犯人就在声势浩大的"严打"斗争中受到了严厉的处罚。其中"江中帮"头子万建华在禁闭室畏罪自杀；"东海帮"骨干郑国宁竟从禁闭室冲出后爬上数十米高的烟囱示威，后被法院判处死刑立即执行；另一个"东海帮"头子张金明被加处重刑并送往大西北劳动改造；其他参与斗殴的人也都被分别加处了有期徒刑。事后，程才庆幸自己关键时候听了刘强队长的话，没有被卷进去；此后"严打"了几年，他也就老实了几年，基本上没有出现什么大的违纪行为。直至去年金洋被提拔为大队教导员，应树根担任了副教导员，刘强也担任了一中队指导员，程才的改造表现一直比较平稳，基本上没出现过大的波折。前几天他与马贱根的纠纷，也是马贱根有错在先，中队对双方都各打了"板子"，但没想到现在又要追加对程才的处分。

"有什么办法？官大一级压死人……"方冬生不满地说。

马小牛说："他既然说了，罚肯定是要罚。我们做一下程才的工作，他也不会有太大情绪。"说罢摇摇头，"犯人有错，要么扣分嘛，总喜欢罚奶粉，莫名其妙。"

都是明白人。刘强看着两个战友，没啥好说的。细心的他根据多年观察，发现应树根罚奶粉的对象大都是家里条件好点的人，也许他是用这种方式资助那些困难犯人？也是一片好心？刘强心里思忖着，然后对马小牛说道："中午吃饭时你告诉程才吧。"

中午十二点了。刘强下了班，车间里的犯人也关机吃饭。马小牛吃完工作餐，便让人把程才叫进了中队值班室。程才进门后，马小牛嘴上叼着烟，平心静气地看着程才说："有件事跟你说，你不要冲动。马贱根的事你还得罚两包奶粉。"

"又是老应说的？"程才一脸的怒气。不用队长明说，他就知道可能是应树根下的指令。来一中队几年了，每年自己都得被罚不少奶粉，都是应树根等人手里的事。

"你明白就好，我们也没什么好说的，你正确对待就行。"马小牛说完后，自己也觉此话无力。

"就当少买几包烟吧。"方冬生也说道。

这时，马小牛抽完了烟，起身走近几步看着程才说："小事一件，让它过去，不要影响心情。"

"难怪先前他碰到我笑。"程才有点恼怒地说道，接着又看看两个队长，见没事了便出了值班室。

马小牛、方冬生两人几乎同时小叹了口气，以为这事就了结了。方冬生说："这小子有时候还蛮听话。"马小牛也道："我对他还是了解的。"

两个队长没想到的是，程才心中的气并未消。当天晚饭后，在监舍走廊和熊根水、王文清等人闲聊时，程才忽然冒出一句"不怕老应叫，就怕老应笑"，又被从旁经过的一个人听到了。这个人曾听过程才叫应教导员"老应"，为讨好领导，便借机告了密。结果不出三天，程才又倒了一次霉。

这天下午，经过星期天休息后，一中队已由早班转到中班了。刘强和马小牛、方冬生正在值班室说着这个星期中队产质量的事，马小牛拿着上周全中队挡车工产质量统计表说道："产量张玉树第一，程才第二；质量程才第一，张玉树第二。产量张玉树比程才多5米，质量程才比张玉树高0.2。"刘强问："程才质量多少？"马小牛道："85%，张玉树84.8%，差0.2。"方冬生说："两个人不相上下。"

刘强点点头。作为中队指导员，刘强对全中队每周生产的坯布产质量都很关心，尤其对程才、张玉树这样的生产骨干比较留心。张玉树稳定，平时没什么违纪行为，就程才总是时不时要出点事。因为程才生产上是一把好手，所以尽管他有些毛病，但刘强有心庇护他，总希望他能慢慢走上改造正轨。刘强看着马小牛他们说："程才我们还是要引导。这家伙大事不会有，小事不得断……"

刘强话没说完，忽听"轰"的一声，房门大开，瘦高个子但挺有精神的副教导员应树根在轰隆隆的噪声中闯了进来，身后的门自动关上（门的转轴与门之间钉了根弹簧）。应树根没有像往常一样坐下，而是直接下了命令："把程才铐起来。"

突如其来的命令，加上应树根裹挟而来的强大气场，令刘强他们三个中队干部自然而然地一起站起来陪着他。不等刘强说话，应树根言语犀利地说道："那边女干部反映，这家伙和那个发纟子的女犯拉扯。"

"坐吧？"刘强说。

"不坐了，你们处理就是。"

刘强歪着头问道："有具体的事么？"意思是有什么事他好对症下药进行教育。

应树根有点不耐烦："什么事你们去问他。"

马小牛小声地说："没有证据的事，他不会承认。"

应树根眼睛一瞪说道："蠢货，队长的话不就是证明？"说罢头也不回地走了。

刘强他们坐下后像傻子样发了好一阵呆。应树根一直是刘强的上级。刘强刚从部队转业到西山支队被分到一中队带班时，应树根是一中队副中队长。八十年代初的那几年，管教队长与劳改犯的关系很紧张，表面上看起来是东海犯人来了后不服这里的队长管教造成的，实际上其中有更深层的一些原因。据刘强与管教科科长等有识之士闲谈分析，从支队关押的犯人来看，过去五六十年代支队关押的绝大多数是反革命和坏分子，这些人与共产党及其领导下的工农大众的矛盾是敌我矛盾，党对他们的政策是政治攻心和劳动改造，责令他们"老老实实"，不许"乱说乱动"。在政府的强制改造和专政下，这些阶级敌人反倒改造得比较好。"文革"期间支队作为普通企业划归地方管理，以及七十年代末恢复劳改单位建制后，西山支队收押的犯人变成了大多是"文革"时期产生的年轻刑事犯罪分子，多数是普通群众家庭出身，二三十岁，这些人大多不仅没有得到良好的学校教育，不少人还受到不良社会现象和家庭关系的负面影响。这些工农大众"犯了罪的子弟"虽然没有对抗党的意图，但却有与生俱来的年轻气盛，不安分的桀骜性格必然导致他们不会轻易服从队长的管教。反观从事监管工作的基层一线管教队长，绝大多数都是七十年代末厂子恢复劳改单位建制后留下来的青年工人，收押犯人后，这些人变身成了以"以工代干"名义出现的"带班干部"，但面对新形势下出现的新情况、新问题，这些原来文化不高又缺乏专业训练的"带班干部"只好在监管改造工作实践中"摸着石头过河"。由于队长们也都是血气正旺三十来岁的年轻人，面对这些犯了罪但却桀骜不驯的工农子弟，队长们很容易将他们不服管教的思想言行视为反改造，将他们与阶级敌人等同起来。在这种思想观念的指导下，为了维护监管场所的秩序，年轻气盛的管教队长们必然要采取一切有效措施打击犯罪分子的嚣张气焰。当一批东海人调来西山支队后，由于他们不执行车间严禁吸烟的规定，经常偷偷将香烟和火种带入车间，躲到厕所抽，挑战此地监管秩序，改造与反改造的矛盾就不可避免地发生了。斗争的结果自然是东海犯人的嚣张气焰被打压了下去，继而逐渐转变为"东海帮"与"江中帮"之间的矛盾和斗争。管教队长与东海犯人之间的矛盾虽然转移了，但先前留下的矛盾种子却落了地生了根，特别是碰到个别观念差异较大的干部，问题往往就会被弄得复杂化，小事变大，难以收场。在对待程才违纪的问题上，有件事刘强至今记忆犹新。

八二、八三年的时候吧，由于民警打击犯人抗改活动的力度大，程才也因为违纪行为多次受到民警的纪律处罚，从而产生了强烈的仇恨心理，以至于一天下午，程才发现应树根在车间里巡视，当应树根从离他不远的地方经过时，程才举起手中的梭子就往他后脑勺狂劈过去。千钧一发之际，早就注意程才动静的大组长蔡树林从旁冲出用手挡了下程才的手臂，才使应树根躲过一劫。程才报复未成，复仇之心不甘。几个月后机会来了。连续几天上早班，程才发现打扫卫生的人天天都在拖走廊，把地面擦得很亮很亮。这是以前从没有过的，一定是有什么大人物要来，程才打定主意准备"告御状"。当天下班后他就偷偷地写了告状信，第二天上班后十点来钟的样子，当那个大领导在众人的陪同下从车间门口走过来时，早有准备的程才忽然冲到走廊上，在不远不近的地方朝着来人"扑通"一声就跪下了，双手高高举着那张告状信。领导们走后，应树根又要把程才铐起来，刘强说"会不会把事搞大？"，应树根瞪了他一眼说："蠢货，这是典型的反改造行为。敌人都在进攻了，你还手软什么！"刘强却歪着头说："万一领导下来看见……"这句话倒提醒了应树根，于是决定先放他两天。第二天上午，支队分管改造工作的赵春云副支队长就来了解了情况。第三天刘强按计划参加省劳改局组织的劳改业务培训班，一

·········

个星期后回单位上班时，程才却已绝食两天。那天刘强晚饭后去车间替换应树根，临走时应树根说："程才那小子又在装死，你做下工作。"应树根走后，马小牛才告诉他程才绝食的原因。原来就在刘强离开的那天上午，应树根又把程才铐在车间墙根，并有言在先："谁都不准放他。"到第二天上班接着再铐时，犯人反映程才那边"太臭太躁"，"熏得受不了"，应树根才下令放了程才。程才这回决心对抗到底。那天下中班后他到厕所洗了澡，便躲在床上开始了无声的抗议——绝食……

听完马小牛的叙述后，刘强问了句："晚饭吃了么？"马小牛摇摇头，刘强便起身出门，马小牛估计他要去看程才也跟着出去。程才靠着墙根坐在地上，双目紧闭，噪声震天中他却一副像睡着的样子。刘强叫了他两声，程才慢慢抬起头，睁开眼幽幽地望了一眼，又无力地低下了头。刘强见状，赶紧让马小牛叫人过来把程才架到值班室去。蔡树林带着另一个保全工架起程才慢慢走进值班室，想把他放在靠墙根的小板凳上。"这里。"刘强指着队长们坐的长条椅，两个人将程才扶坐到长条椅上。刘强又让蔡树林去弄了杯水来，可是程才仍紧闭双眼，嘴唇纹丝不动，头半仰着，宽大的身躯倚靠在椅背上。蔡树林自言自语："再不吃东西，好危险。"刘强问："他的晚饭还么？"蔡树林回答"在"，便主动出门去把程才的饭拿了过来。刘强让两个犯人走后，坐在条椅上好一会儿没吭声。他静静地看着桌子对面的程才，思忖自己该怎样开口。马小牛见刘强没吭声，便起身绕到程才身旁，端起桌上的一个茶杯送到他嘴唇边道："人是铁，饭是钢。水都不喝，死了划得来？"半仰着的程才那脖子上凸起的喉结出现了一个吞咽的动作，但仍未开口。马小牛又说："总这样什么都不吃也不是个办法吧……"刘强见程才还是那个样子，这时开口了："程才，我们都打了快两年交道了。你如果还认我这个队长，你就把这杯水喝下去……"马小牛把茶杯放到他嘴边。忽然程才慢慢睁开一条眼缝，捧起茶杯闭眼将茶杯里的水喝干了。他决定给刘队长面子，停止绝食，但他又不能马上说不绝食就不绝食，他得让自己在队长面前顺其自然。刘强见程才喝了水，便起身从铁柜子上拿下一个脸盆走到门外，叫值班犯到厕所打来半盆水，又从自己铁橱子里拿出条毛巾放到脸盆里让程才洗脸。值班犯主动把毛巾捞起拧干递给程才，程才接过毛巾在自己脸上擦了几下。待值班犯端着脸盆出去了，程才一股饥饿感猛地袭来，目光扫向桌上的饭碗。方冬生见状，把饭碗推到他面前。刘强问了句："要不要到开水桶上去热一下？"也许天热无所谓，也许确实饿得要死，只见程才端起饭碗就低头吃起来……

几年过去了，应树根还是强悍依旧，武断依旧。刘强和马小牛、方冬生他们没办法，只好先把程才叫来问情况。程才进了值班室见几个队长表情十分严肃，当得知二大队女干部说他和发纤子的阎冬娥拉扯时，便申辩说："她晓得我和王文清关系好，问我王文清最近好吧。"

刘强心里明白，王文清的母亲阎冬娥在窗口发纤子，而王文清是车间辅助工，不能领纤子，也就不好直接去见自己母亲。这是大家都晓得的事情。作为母亲的阎冬娥向和王文清关系好的程才问问自己儿子的近况也是情有可原。于是刘强说道："没别的事？"

"没有，绝对没有。"程才口气很硬，但心中的小九九仍在：和阎冬娥搞好关系，以后要打听女犯的情况用得着她。

几个队长没有多说什么，也实在说不出罚他的理由，只好把领导的指示说了。程才一听傻了眼，想了想道："是不是又有人告我什么状？"但他想不起自己有什么把柄被大队领导抓着。

一晃三天过去，上中班时马小牛在车间门口碰到刘强便说道："听说应教回老家去了，好像家里什么人生病。你知道吧？"刘强一副诧异的表情："啊？"立即想到程才被处罚的事情，本来今天他就想着找应树根说程才的事。

两个人进了中队值班室，马小牛说道："程才还要罚呀？耽误几天生产了。"

刘强心里犯难。方冬生去车间巡视后，值班室只剩下他和马小牛两人，刘强望着一脸期待神情的马小牛也犯难了。平心而论，程才受罚已几天了，差不多了，该放下了。可人是应树根命令罚的，没有他的指示谁敢放人呢？现在问题是他人走了，怎么办？总不能这样处罚，等他回来吧？万一他一时回不了呢？马小牛在一旁唠叨道："应树根也真是，耽误我们几天生产了。"

怎么办？又没法与应树根联系，那就去找大队一把手金洋吧。

刘强上到车间二楼，走进大队办公室向金洋汇报了犯人程才的事。四十出头的金教导员眯着眼睛道："正义感是好，监规纪律也重要。你们自己定吧。"

刘强郁郁地回到中队值班室，马小牛和方冬生见他这样子，知道碰了一鼻子灰。过了一会儿，刘强问方冬生道："去看了程才吗？"方冬生回道："看了。"刚才在车间从程才身边经过时，程才眼巴巴地望着他，他也不好说什么。马小牛说过两天又要转晚班，怎么办？刘强也知道，如此惩罚难保程才不会二度绝食，如果真的如此，到时又是个难以收拾的场面。放与不放，今天必须决定。"你的意见呢？"刘强看着马小牛道。"说实话，我是希望放他。他一铐，四台机子叫别人开了两台，还有两台开不起来，这个星期产量又上不去。叫我说，就这么大点事，不能总处罚人家。"马小牛说，"但应树根的脾气又太冲了，我们放了，他如果不高兴，到时候又弄得不好。"马小牛的担心，刘强明白。但程才怎么办？实事求是地说，程才之事本属于思想教育的问题。"八劳"会议精神早就传达学习了，"三像"政策上面也一直都在贯彻执行，但下面一碰到什么事还是你说你的，我干我的。这样对工作对民警也许损失不了什么，但对管教对象呢？为了管教干部的声誉，他决定做主了。"走，我们过去。"马小牛和方冬生都不知刘强心里的决定，只是跟在他后面出了门。车间里震耳欲聋的，刘强他们出门往右拐，沿着车间人行道拐过几排平纹机弄，来到第二排提花机弄一侧，只见程才被贴墙铐着。刘强他们走过来时，程才两眼巴巴地看着刘指导员。刘强看了他一眼，对一旁的马小牛他们说了句"把他带到值班室来"就离开了。方冬生正要解铐，站在不远处的蔡树林忙疾步过来帮忙，马小牛看着程才说："程才啊程才，你要听话，不然你真对不起指导员。"程才点点头，跟着队长去了值班室。刘强见了程才没叫他落座，只说了几句话："应教导员出差走得急忘了你的事，我们把你放下来，也是他的意思。希望你吸取教训，嘴是最惹事的。你去休息一下。""谢谢队长，我没事。我现在就去开机。"马小牛朝程才挥下手道："叫你休息你就休息嘛，也不在乎这几个小时。"程才点点头，带着一脸感激的神情出了门。"这家伙也是个性情中人，心里一激动，激情就来了。"马小牛拿出烟丢一支给刘强，两人点火吸着。刘强吸了两口道："犯人也是人，只要我们做事有原则，讲道理，多数人还是会听的，花岗岩脑袋还是少数。"方冬生说："说实话，现在讲'三像'了，又是失足青年，只要不是太捣蛋，不要去动他们，前世无冤，后世无仇，没必要。"刘强也说："我也希望老应有变化。"可惜，刘强的良好愿望落空了。

十天后，在大队监舍办公室，因为要确定派一支挡车技术队伍去四大队帮助培训女犯之事，应树根召集几个中队指导员开会。会前，大家坐在沙发上抽着烟说笑着，应树根也眯着眼吸着烟，一副蛮享受的样子。刘强也开心地说笑着，因为给程才卸铐的事还担心应树根发脾气，没想到他回来四五天了也没见他说这事，心里的石头也就落了地。

"我说一下。"应树根把烟屁股丢到烟灰缸里，"前天布置的，昨天下午大家就报来了名单。金教对这项工作很重视，因为四大队女犯中队的班次和一中队同步，所以金教指示这七个人上下班就由一中队负责。"说罢看着刘强，见刘强点点头便说道："你们报的七个人，二中队、三中队都各两个，我看可以。一中队三个，其他两个没什么，程才恐怕不行吧？"刘强说："没什么，就是有点小毛病。"应树根一本正经地说："老刘，现在'严打'虽然结束了，但阶级斗争没有结束，我们脑袋中这根弦不能松。劳改队就是劳改队，有些人总喜欢什么'三像四像'的，那是站着说话不腰痛。"

应树根的一番话，其中的意味刘强心知肚明，知道他是借题发挥。但作为下属，刘强只好装傻说："一中队挡车技术就他最好，派他去可以给我们大队争面子。"二中队指导员欧阳林忽地笑笑说："老丈人要，不能给差的。"四大队教导员闵细仔是刘强的岳父，所以欧阳林如此打趣。应树根也笑笑道："这小子技术是好，就是喜欢跟女犯拉扯，过去一直反改造，这几年才老实点。你让他去带女犯，就不怕他强奸呀？"

见应树根如此说，欧阳林和三中队指导员韩伟力都笑了起来。刘强也不恼，抽出烟来打一圈，点着烟慢悠悠地说道："不是我夸海口，这个人我是了解的，身上虽然毛病不少，但在这劳改队，你要说他会杀人、强奸，我是不信，顶多搞点小名堂。"说罢头还歪了歪。

应树根享受地吐着烟圈，看着刘强一副歪着脖子的神态，心里想道：就是个自信的蠢货。等着瞧吧。

第二章　有人挨揍

入夜不久，离省城江中不太远的西山支队大院里，黑压压地坐满了等待看电影的人。人群被人为地隔开在东西两个院子里。院子中间修筑了一条近三米高的界墙，银幕就悬挂在界墙中间两根高耸的铁杆子上。每当放电影时，西院坐着的都是清一色的男犯，东院则为一色清的女犯。

今天放的电影是《庐山恋》。《庐山恋》在全国公演多年，因为它是"文革"后国内表现爱情主题的"第一部吻戏"，监狱管理部门一直不敢在监内放映，直至支队分管领导点了头，管教科分管教育的领导才安排今天这场电影。晚上播放电影《庐山恋》的消息，犯人们白天就知道了，非常高兴，都在期盼看到它。原来据组织放电影的教学组民警朱东方说，今天是最后一次全支队犯人同时看电影，因为支队要在界墙处建一座三层的犯人生活辅助用房，下个星期就动工，因此今天人们的情绪很高，又恰逢国庆休息，全支队的人基本都到场了，电影尚未开始，银幕两边院子里早已坐满了黑压压的人。

每次放电影都是这样。自从前两年支队决定在监狱内播放电影后，看电影一直都是西山支队犯人们最喜闻乐见的事情。每当界墙中间那两根铁杆子上挂上银幕时，人们就会兴奋起来，忙着打听今天放什么片子，期盼着能早点欣赏。尽管银幕悬挂在两个大院中间，人们有时看正面，有时看反面，但大家也没什么意见。因为放映员在两边轮流放映，谁也不吃亏。其实这个细节并不影响人们对电影的追捧，

·········

13

因为各大队之间几乎是老死不相往来，只有看电影时熟人之间才有见面招呼寒暄的机会，或交流犯人中私下秘密联络的奇闻逸事。可以说，看电影是男人们难得的精神会餐，比看电视强多了。

六点四十分，天刚黑不久，大院里的照明灯都亮着。三、四大队的院子里开始热闹起来，人们从监舍楼里陆陆续续地来到院子里，大队值班领导开始让各中队集合整队。

三大队和四大队合住一栋五层监舍楼，位于大院南面，俗称南楼，楼前各有一个二三百平方米的小院子，那是人们平时活动的场所。大院北楼也是一栋五层监舍，四、五楼是教学区，三楼以下住着五、六、七三个大队的人。两栋大楼中间修建了一个篮球场。一墙之隔的女犯大院格局与男犯相同，三个大队女犯都住在北楼，女犯南楼与男犯大院南楼仅隔一米，几乎形成联体楼，三楼以上是女犯教学区和礼堂，三楼以下是医务所和监舍。整个大院就两排，共四栋监舍大楼，构成了西山支队监舍大院的基本布局，虽不宽敞，却也整齐划一。

快七点了，各大队犯人陆陆续续进了操场，放映员正在做放映前的准备。天完全黑了，但在路灯的辉映下，操场上光线仍然不错，几米内能看清人脸轮廓。

"金桂龙，你还在这干什么？"

说话的是四大队的管教队长温俊青，他站在自己中队后头，见东海犯人金桂龙还在队伍外和人说话便喊了一声。不知是不是嘈杂的环境使对方没有听见，金桂龙他们没有什么反应，温俊青便走过去对金桂龙说："还在说什么？"又看和他说话的那个犯人有点面熟，好像也是东海犯人，但不是他们大队的，便呵斥道："你跑到这里来干什么？"

金桂龙赶紧回队伍里去，临走时拉了拉同乡，但同乡却不走，还朝着个头瘦小的温俊青回了句："你管我干什么？"

温俊青一听就来气："你跑到这边来我不管你呀？"

那犯人鼻孔"哼"的一声，边走边说道："管好自己的老婆吧！"

温俊青脑袋"嗡"的一声，这话太刺人太伤人了！温俊青气急败坏，快走几步一脚踹在那犯人屁股上，对方当即倒地。温俊青扑过去按住他，叫来旁边几个犯人一起将那人抓住提起，然后揪住往四大队监舍走去。正在附近的三大队一中队民警陈兴国不知发生了什么事，忙跟了上去。

被揪往四大队监舍的这个犯人就是程才。温俊青对他毫不了解，只是有点面熟——那是因为上个月他们大队挡车工不够，从女犯大队抽调一个班次的女犯学挡车时，这人到四大队来帮忙带徒弟。但温俊青并不熟悉他，现在这小子居然在自己的伤口上撒盐，是可忍，孰不可忍！

程才被揪到四大队监舍值班室后，几个犯人走了，剩下温俊青和四大队的另两个民警以及刚刚进屋的陈兴国。

大队值班室和犯人监舍一样大小，后面三分之一的位置是值班床铺和储藏室，中间用文件柜隔开，前面摆了三张办公桌和一张三人人造革沙发，活动空间也就七八个平方米。

"把他铐起来。"温俊青叫两个民警把程才双手戴上手铐后，缓缓走到程才面前，两眼冒着无比炽烈的怒火。

在场的陈兴国二话不说，赶紧开门跑了出去。他心急如焚走出四大队院子，却与四大队教导员闵细仔撞了个满怀。陈兴国一见闵教导员，竟有点结巴地说："闵教……"说罢就往操场上奔去。

天很黑，电影已开演。陈兴国正要往前走，却见刘强匆匆赶了过来，陈兴国简单说了两句，见刘强往四大队去了，心中一块石头落了地，转身在自己队伍后头椅子上坐下来。

"行了。"闵细仔一进大队值班室后，见温俊青正从腰间抽皮带，准备用皮带抽那犯人。

"你不要管。"温俊青出手就一皮带甩过去，"老子今天就是要让他长点记性……"说罢，高举着的右手却突然被人抓住了。

"行啦！"闵细仔一掌拍在桌子上，"你想出人命是啵？！"

温俊青被人拉回到沙发上，刚才抓住他右手的是刘强。温俊青看他一眼，也不说话，坐在沙发上直喘气。

刘强见程才倚墙斜着，两只大眼睛充满着仇恨地盯着温俊青，便让一个民警把程才的手铐打开。正好陈兴国开门探头看里面，刘强跟闵教导员打下招呼，然后让陈兴国把程才送到医务所去。

陈兴国搀扶着程才走后，两个民警也走了。闵细仔见温俊青怒气稍缓，便问道："怎么回事？"

温俊青却不吭声。

沉默一会儿，坐在温俊青一侧的刘强在他的右腿上拍了一下说："为什么事？我好回去批评处理他。"

温俊青仍不吭一声。他慢慢地掏出烟和打火机，旁若无人地点起烟吸着。

刘强望了闵细仔一眼。闵细仔是他的老丈人，快到退休的年纪了，还在基层一线工作，热情不减。为避免尴尬的气氛，刘强拍了拍温俊青的肩膀做起身状道："你消消气，我去医务所看一下。"

刘强起身与丈人点了下头，转身要离去，温俊青却吐出一句话来："你去问那小子。"

外面操场上电影放得正欢，片中人物的对话声在大院上空回荡着。刘强没进操场，直接往医务所走去。

医务所就在旁边，一座独立的小院子，里面灯亮着。刘强估计陈兴国他们还在医务所，便径直走进就诊室，民警医生廖前进正弓着身子给程才检查。

刘强满是歉意地笑笑："廖医生辛苦了，搞得你电影都看不成。"

"没事。《庐山恋》我看过。"廖医生也笑笑。

从医务所出来，带程才经过操场边黑压压的队伍旁边时，刘强发现程才挺了挺身子，加快步子往前走。

"老刘，你们先走。"陈兴国主动和刘强招呼一声留下来，电影散场后他要带人回中队。

刘强他们穿过大队院子正要进监舍楼道，副教导员应树根从后面跟了上来，让他们先到大队值班室去。

应树根开了门，也不叫他们落座，板着脸看着程才说："怎么跑到人家大队去挨打了？"

程才气鼓鼓地看了一眼应树根，却不吭声。副教导员应树根从来没有好脸色给自己，他懒得理他。一旁的刘强见应树根这样子，也不好叫他们坐下说，毕竟他是副教导员。

"不肯说是吧？"应树根一副挺严肃的样子，"我看你就是贱骨头，该打！"原来，应树根听说程才被打送往医务所后，到四大队监舍值班室去了一下，弄清了温俊青打他的原委。

"什么原因？"刘强看着应树根。

应树根看了一眼刘强，用手指着程才说："这小子竟然管队长的事，打死都活该。"

一听这话，刘强似乎明白了几分，想着三个人这样站着不是个事，便主动说自己带程才回中队去教育他。

应树根点点头："好好教训教训他。"

一中队监舍就在二楼。二楼左手边就是中队民警办公室，办公室只有十二三个平方米，几张办公桌一放就没多大空间。刘强在办公桌前坐下，招呼程才在墙根一张小木凳上坐下后，眯了下眼睛问道：

"到底怎么回事？"

"我就说了'管好你老婆'。"程才老实地说。

"你好好的说这个话干什么？"

"我和金桂龙说话，他跑来管闲事，我才说那句话。"

"那是你该说的话吗？"刘强板着脸孔说，"才安静了多久？队长不惹你，你却去惹队长。真的是骨头作酥了？"

听了指导员刘强几句批评后，程才心里也开始平静下来，他看着刘指导员端坐在办公桌后面，一副与人为善的样子，人就没了脾气。刘指导员管过他多年，他很了解指导员这个人，听说他原来在东海当兵，转业后直接分到了他们一中队，先当队长，后来又当了中队长，现在是他们中队的指导员。刘指导员凡事他都分个青红皂白，处理问题也泾渭分明。自己以前虽然多次被他罚过，但他心服口服，因为自己过去确实太吊儿郎当，老是给他找麻烦。庆幸的是，他遇到了刘强，由于他过去不大听队长的话，吃了不少苦头，刘强当了指导员后，情况才开始有了转变。也许刘指导员在东海当过兵，对自己和其他东海人有那么点好感，也许他有一副菩萨心肠，程才做错了事，哪怕指导员发再大的火，他也接受，他就愿意让刘指导员慢慢说着自己，从不反感他对自己的教育。

"队长的事关你屁事？"刘强两眼忽然露出严肃的冷光，提高嗓门说，"教了你多少年了，你知道自己的身份吗？"刘强十分严肃地说道，"应教说得一点也没错，你就是个驴子骨头！"

说到这儿，楼梯上传来众人上楼的声音，电影散场了。刘强静了几秒钟，接着斥责道："队长的事你少掺和！不要听风就是雨！"

程才小心地说："是真的，女犯……"

"什么蒸的煮的。"刘强堵住他的嘴道，"别人的事少操心！"说罢站起身来，"三十几岁的人，该学聪明点了。"

陈兴国推门而入，程才看了一眼指导员，便知趣地乘机出了门。刘强顺口问了句"点了名？"，陈兴国点点头："点了。"在椅子上坐下后问道："温俊青干吗打他？"

"嘻，这个家伙……"

陈兴国不解地看着刘强。他来支队时间不长，好多事情不明白。

刘强看他一眼没吭声，拿起桌上的"庐山"烟丢一支给陈兴国。陈兴国接了烟，忙掏出打火机给刘强点火。

刘强吸了两口烟道："温俊青老婆赵冬梅原来在女犯那边带班，金洋那时是我们中队指导员。两人有没有关系不好乱说。"说到此，刘强强调道，"这种事，我们当队长的不能让犯人牵着鼻子走，就一条——队长的事，不能让他们以下犯上！"

听到刘强的话，陈兴国点了下头说道："这种事搁谁头上都受不了。"

"这家伙没一点身份意识。多少年了，吃了多少亏，都是嘴巴不饶人。哪天有空我还得找他谈谈。"过了会儿刘强又咧嘴笑笑说，"这家伙聪明是聪明，什么东西一学就会。别人开两台车子，他却开四台。"

陈兴国也夸道："还识谱呢，歌也唱得不错，还会吹口琴，也是个人才。"

"这家伙其实不怎么坏，就是嘴不饶人。"刘强说，"有空再找他谈一下。"

　　早晨7：40，刘强准时到达厂区主干道。刘强就住在支队职工生活区，生活区位于国道北面，国道南面就是监狱。监狱里面不算大。西山纤维厂只是一个中型企业。从监狱大门一侧的小门走进监狱，在你面前的是一条厂区主干道，两旁是三大队和四大队的织造车间。再往前便是二大队车间和五大队车间以及仓库、发电房等。主干道半中腰是丁字路口，直行到底是女犯监舍大院，右拐后再左拐，一路上便是另外几个大队的厂房和锅炉房，锅炉房南面即是男犯监舍大院。三大队的人从监舍院子经二道门报数进出走到车间门口大约20分钟，刘强从家里步行到车间门口也就七八分钟，不过他用的是军人步伐。

　　每当中队上早班，刘强就按时到达车间门口等候。以前他当带班队长和中队长时，民警少，他要两个搭档马小牛和方冬生轮流带队进车间。去年当了指导员，今年又分来了大学毕业生陈兴国后，便由他们三人轮流带人。但刘强还是习惯成自然似的，只要中队上早班，他就要提前20分钟去车间门口接队伍，因为早晨上班时间是一天中最乱的时候。三、四大队的男犯和二大队的女犯都是三班倒，上下班时间一样，再加上其他大队也几乎同时出工，各大队的民警、工人也在7：50左右陆陆续续进厂，所以每天这个时间段是厂区主干道最杂乱的时候。特别是自从三大队临时抽调七个男犯到四大队跟班辅导女犯，而这几个男犯由刘强他们中队临时管理后，刘强更不敢掉以轻心，每天他都到现场看着他们进车间，有时晚上进监还在办公室挨到11：30和上晚班犯人一起出去，在车间门口看着大部队进了车间，带班队长把那几个男犯送进了四大队，他才放心地回家去。

　　今天也同往日一样，刘强刚站到车间门口的主干道上，就见两支衣着混杂的队伍缓缓地从丁字路口那边走过来。秋高气爽的早晨，阳光从樟树和梧桐树的枝叶间漏下来，落到犯人们身上，使原本衣着杂乱、裤腿和双肩都加缝了米黄色裤边和肩布的队伍更显得斑斑驳驳。二大队的队伍到了车间门口，女犯们自觉往车间一侧偏离，一部分往车间走去，另一部分原地待命。刘强他们一中队的人从女犯侧畔走过，无数的光头齐刷刷地往右边看过去，也就那么一会儿，男犯们就到了车间门口。中队的大部分人依次进了车间，剩下程才那一组辅导人员由陈兴国领着原地待命。这时二大队那支原地待命的女犯队伍来到四大队门口，鱼贯进入车间。刘强走到程才身边问了句："怎么样？"

"没事。"人高马大的程才耸耸肩，摆出一副轻松的神情说。

一旁的方冬生不无揶揄地说："天天跟过年似的，有个屁事。"

"嘻嘻。"旁边几个人忍不住笑起来。

刘强也放心地笑了。他问程才"怎样"的意思是关心他被打后的身体恢复情况，因为昨天，程才主动到中队办公室向他表示了对错误的认识，说一些人知道真相后也都说他"不该去惹队长"。昨天刘强看出他的精神状况不怎么好，现在见他若无其事的样子，也就放心了。

刘强走进自己车间，车间里一片如雷贯耳的巨大噪音几乎瞬间使人失聪。刚分到这里工作时，刘强很不习惯，时间长了才逐渐适应，并渐渐地对它有了一种农民对于土地那种亲切而又依赖般的感情。

三大队织布车间是七十年代建造的。原先的织布车间始建于五十年代末，是西山纤维厂建厂后建造的第二个生产车间，它就是现在二大队在使用的矮旧平房。三大队现在使用的是后来扩建的车间，织机都是160型铁木机，有150多台，把车间塞得满满的，像森林似的密密匝匝。这些看着土老帽似的织机，生产出的蜡羽纱、手绘丝织方巾去年还参加了全国旅游产品展销会，特别是手绘方巾是在75厘米见方的丝绸上手工绘出名山大川和虫鸟花卉图案，深受顾客青睐。车间生产的许多产品销路都不错，如线绨被面、软缎被面和富春纺、赛春绸等都很受大众欢迎，有的畅销港澳和海外。这些产品虽然经过了后面染色才变成了人们喜欢的商品，但首先创造这些财富的还是他们三大队的人。由此刘强感到有些自豪，尽管自己中队长年累月地三班倒，工作非常辛苦，但内心还是感到值得的。

因心中有事，刘强今天没巡视车间，直接上了二楼大队办公室。教导员金洋和两个女会计、出纳都在，刘强向金洋汇报说，程才前几天被打后，他批评教育了程才，程才也承认了错误，因此他准备去四大队沟通一下，并提出："考虑到两个人在一个大队，为避免发生意外，干脆让他先回来算了。"

金洋听了刘强的话略一思忖便道："犯人有错在先，干部也打了他，这事没什么好说的。你去说说，看他们的意见，那几个男犯原定借两个月，差不多也快到时间了，能抽回来就抽回来，有困难先抽他一个也行。"

刘强离开大队办公室后直接去了对面的四大队。四大队生产车间是西山纤维厂八十年代初投资新建的第二个织布车间，空间更大，光线更好。今天上早班的都是女民警，负责带班的唐秀娥站在车间一角，那个年轻的民警彭彩云站在另一边。刘强沿墙根走过去，与唐秀娥打了声招呼后径直上了二楼，走进了四大队办公室。

四大队教导员闵细仔、大队长高正平和会计、出纳都在。刘强一走进办公室，高正平开口道："女婿看老丈人来了。"

大家都"嘻嘻"地笑起来。刘强也笑着坐下说："来跟领导汇报。"

刘强的老丈人见从不上门的刘强忽然来了，猜想肯定是为几天前那个犯人被打的事。

果不其然，刘强一开口就直奔主题："我们那个犯人与温队长发生纠纷后，我们狠狠批评了他，他也承认了错误。"

"那犯人没什么事吧？"闵细仔说，"今天好像来上班了。"

刘强明白老丈人问的是程才的身体有没有什么大碍，便说道："没什么问题。"顿了顿又道，"这件事就这样算了。温队长不会还在生气吧？"

闵细仔看着刘强说："受了气，也出了气，应该不会有什么了。"

刘强接着道："我们这个犯人干脆撤回去算了。两个人在一个大队总不好，不要出什么意外。"

高正平说："虽然不是一个班，但交接班会碰到。"

刘强又说："原定计划这几个人月底撤出，可不可以全部提前撤出来？"

闵细仔看着高正平，高正平道："女犯学也学得差不多了，要撤也行。"

"那就这样。"闵细仔接过话道，"定个时间，10号怎样？没问题就10号撤出。你回去跟你们金洋说一下。"

刘强心情愉悦地下到车间，见唐秀娥还在原地站着，便往她身边走去。四大队车间的提花机少，自动布机多，车间不显拥挤，噪音也比三大队小。女犯挡车工都穿着白围裙，在自己的机台前忙碌着，其间夹杂着几个男犯辅助工，有的弯腰忙着，有的在噪声中大声与女犯说着什么事。

唐秀娥见刘强走过来，笑笑打招呼。

"你们上班就这样盯着？"刘强靠近她说道。

"没办法，个个都是狼啊。"唐秀娥大声说道。唐秀娥三十出头，原是企业工人，现在是以工代干。她对这些男女犯人颇为了解，知道他们之间名堂多。按她的本意她是不愿意来这个中队工作的，可没办法，只好尽心尽责，确保不出什么要紧事。

"辛苦了。"刘强提高音调问道，"那个程才有什么名堂么？"

唐秀娥靠近道："你是说那个好高个子叫程才的？"见刘强点点头，她又说道，"干部都盯着，他们也不敢，但后面小动作不少。那个程才，听说几个女犯还争宠呢，我就是没抓着把柄。"

刘强眼睛瞄着机弄里的男犯，没有接话。过了会儿，唐秀娥挨近问道："欸，温俊青干吗打他？"

刘强转移话题道："这些人挡车都学得差不多了吧？"

"挡车是没什么问题了，但技术不太熟练。"

刘强与唐秀娥说了一会儿话，回到自己大队后径直去向金洋做了汇报。金洋说了句"就这样办"后，刘强点点头便走了。

刘强走进值班室时，马小牛、方冬生、陈兴国三个人都在。说了一会儿最近两周的生产情况后，刘强首先扯起了罪犯双百分考核的事，问大家组织学习的情况。马小牛、陈兴国表示已组织学习过了，方冬生说由于对犯人的考核尚未定型，几年来变化较大，有的犯人有牢骚。方冬生自己也似乎受到了些影响："以前都是叫犯人比认罪、比改造、比劳动、比监规、比卫生，撒撒脱脱，蛮好的。去年开始搞百分考核，才一年刚刚适应，现在又搞什么双百分，总没个定规，连劳改犯都说'猴子要×，越要越短'。"

方冬生粗话一出，陈兴国就忍不住笑出了声。马小牛也咧咧嘴，没笑出来。

刘强不笑不恼地看着方冬生，认真地说："我们就不要跟犯人一般见识。你讲的是《犯人守则》，老皇历了，现在改革了，犯人考核也在变，双百分考核是劳改局定的，以后都要这样搞。昨天我问一个犯人知不知道双百分考核的事，他知道100分变成了200分，但具体内容不知道。这个星期周评，大家再说一下。"

话音刚落，值班室的门忽被推开一条缝，车间的巨大噪音瞬间灌进屋来，一个犯人探头说了句什么，陈兴国起身出了值班室。

"另外，程才挨打的事谁问也不要多说什么。"刘强看着马小牛他们说，"先头在四大队碰到唐秀娥，她想问我，我没理她。"

马小牛说："就是她们那边的事。"

"还不是哪个女犯瞎说。"方冬生说。

"这种事越描越黑。"刘强说。他不想让自己中队的犯人议论此事，便严肃地说："这事到此为止。我们不议论，犯人翻不起浪。"

可是刘强的好心不管用。程才因不争气又导致一场灾难降临到自己头上。

第三章　猪油来源

晚饭时分，监舍走廊里开始热闹起来。上了一天班，四点来钟回到监舍，闲聊、休息到五点多钟就开饭了。中饭是在车间吃的，干巴巴的"牢饭"，没胃口，在监舍吃饭，可以用上接见时家里送来或在小卖部买的腌菜或其他副食品佐餐。一会儿，各个监舍的生活卫生员从院子里把自己监舍的大饭盒和菜桶端进走廊，犯人们开始围着饭盒用饭铲铲饭。大饭盒里的饭蒸成了一格格的，一格差不多三四两，铲多少随自己，饭管饱，原则是不浪费。菜由生活卫生员掌勺分配，特别是吃什么辣椒炒肉、萝卜烧肉时，人们口里流涎水、眼中冒火花，更需要掌勺人公平分配，即使是吃包心菜、南瓜、冬瓜，生活卫生员也坚持把菜打到每个人的饭碗里，毕竟菜肴是限量的。

"又是冬瓜。"二〇三监舍的王文清端着饭碗进了监舍，口中自言自语。监舍里比较挤，上下通铺占去大部分空间，铺前的过道只有四尺宽，十几个人坐在床沿或小板凳上吃饭确实拥挤。王文清把饭碗搁在自己的小木凳上，从墙上的暗柜子里取出了母亲国庆会面时给的罐头鱼。他母亲就在隔壁大院，逢年过节队长会安排他去那边接见，国庆那天见面时，母亲给了他四罐罐头鱼。罐头鱼是他的最爱，当晚就开了两罐，叫监舍里的同犯都尝了点，今天他又开了一罐，叫旁边的蔡树林来点。蔡树林是大组长，他客气地说："前几天吃过了，自己慢慢吃。"大家都知道王文清母子都在这里坐牢，王文清平时几无接见，只有母亲偶尔买点东西给他。

"留着自己吃。"几个关系好的人一起嚷嚷道。

"你还在长身体呢。"小组长车峻笑着说。

王文清不好意思地笑笑，他知道这是大家爱护自己。他是中队年龄最小的，才22岁，由于家庭特殊的缘故，导致他平时几乎一无接见，二无包裹，更无汇款，平时打平伙只有吃别人的份，自己从无回报，因此每当母亲给了他东西时他都尽量回报一下，生怕被人瞧不起。

"来点猪油？"程才站在暗柜前，左手端着把缸，右手拿着把勺子，看着蔡树林说。

蔡树林瞄了一眼把缸，满满一把缸猪油，笑着递过饭碗说："来就来点。"劳改队的菜油水少，蔡树林看见猪油就像看见红烧肉一样来了食欲。

程才又给了每人一勺尖猪油，才坐到床沿上吃起来。程才今天显得有点大方。一个月前王玲玲在车间暗中给了他一瓶猪油，前几天才吃完，想不到今天下班时柳如玉也偷偷给了他一把缸猪油，让他很开心。这时，他见生活卫生员熊根水分完了菜，自己也端了饭碗在小板凳上坐下，便问要不要猪油。熊根水说："哪有猪油哦？"程才便起身又用勺子到把缸里挑了一勺尖猪油给他，熊根水说："谢谢。清汤寡水的冬瓜放点猪油正好。哪来的哦？"熊根水挺随意地笑笑。几年前万建华还在时，他是万建华身边的小喽啰，视程才他们为仇敌，如今时过境迁，他们已和好如友，关系融洽。

"问那么多干吗？"身为组长的车峻诡异地说。车峻是车间保全工，从没接触过女犯，但他相信活络潇洒的程才一定有女犯喜欢，否则他一个东海人哪来那么多猪油？肯定是哪个女人送给他的。车峻忍不住贴近程才耳语道："是哪个野老婆送的吧。"

程才先是一愣，随即笑道："老婆谈不上，女朋友。"说罢放下饭碗，不无显摆地说，"人家塞给我的。"说罢，显出一副无可奈何的样子。同犯们看着他，表面上都笑笑，但心中的滋味只有自己知道。

这一把缸猪油是今天下班时柳如玉给他的。柳如玉可是西山支队的"大明星"。之所以出名，是因为她的事上了省报，不少人都看过，程才也看过，只是从未想过自己会与她有什么瓜葛。上上个月，他被安排到四大队带女犯挡车，并被分配到柳如玉所在的那条机弄后，他才对她有了了解，并通过"师徒"关系得到了她的芳心。他负责的那条机弄有八个女犯学徒工，差不多都是二三十岁的人，最大的也不到四十。八个女犯除了两个长得差点外，其他几个长得都不错，尤其是柳如玉，虽然个头中等，但腿长臀高，前拱后凸，身材很迷人，尤其是正面看真是天生丽质的那种，面部十分清秀白皙，一双美丽的杏仁眼上镶着两条弯弯的秀眉，挺直的鼻梁，小巧圆润的樱桃嘴更是让人过目难忘。就是女犯们必须统一剪的齐耳短发配在她的头上也与众不同，别人额头都是平平整整的一排短发，像挂着一块窗帘布，而她则打监规擦边球，让刘海弯了弯，就那么个弯儿，使其整个头型风格大变，气质骤升，实实在在的不同凡响。特别令程才至今难以忘怀的是第一次与柳如玉相识，让他有生以来第一次见到了一双会说话、会唱歌演戏、会勾人魂魄，前无古人后无来者的大眼睛。

那天半上午的时候，程才他们被刘强领着走进了四大队车间。这是程才第一次来这里，后来建的新车间就不一样，比自己车间更高更亮，光线好多了。偌大的车间里几乎都是男女民警，民警们主要分布在机弄两头，监视着中间的犯人。每条机弄里都有七八个女犯，机弄一头立着几个男保全工，手里拿着扳手之类的工具，一副随时待命的样子。程才他们集合在机弄一头接受了四大队大队长高正平的训示后，被分到了各个机弄。程才负责的是五机弄，负责指导女犯操作提花机。机弄里的女犯显然都是新手，机子都没开起来，但都很敬业地在机台前探究摸索。

程才从机弄里第一个女犯开始教。这条机弄都是提花机，生产的产品都是被面、赛春绸等，技术要求较高。程才先教会女犯开机关机、接头、换梭子等操作基本功，然后让她自己慢慢试着挡车，他则依次去教下一个女犯。轮到第四个被教对象时，程才见那女犯个头不高，但长得十分端庄秀丽，眼睫毛很长，很深的双眼皮，眼睛忽闪忽闪的，像两只淘气的蜻蜓在拍打着翅膀，分外灵动好看，笔直坚挺的鼻子下，殷红的嘴唇抿成一道柔美的曲线，露出一丝浅浅的笑，那风姿神态十分迷人。程才见旁边没民警，便问道："你叫什么？""王玲玲，三横王。"那女犯大胆地回答他说。程才按部就班地教完一套程序后，也让她先把一台机子开起来。

程才离开时，王玲玲直勾勾地看着他。程才报以微笑，边走边用手拂去大腿上的纱线，低头来到隔壁织机前，一抬头吓了一跳，以为走进了魔窟，遇见了鬼火神功：只见两束强烈的"激光"从一张被"激光"束模糊了的脸上聚焦到自己的眸子，使他珍藏了三十多年的魂魄被对方一朝掳去……程才从瞬间失忆失聪失语的昏厥状态中复苏过来后，摆摆自己的头，掐了一下脸皮：不错，还是自己。他从不可思议的失态中复过神来，终于看清了立在自己身前楚楚动人的是一个妖精般的小女人。小女人的"电"放完后，露出桃花般的笑脸看着他。程才也许从未见过如此摄人心魄的美女，忽然感到竟有那么一丝紧张，无法淡定的情绪在他教对方的整个过程中都挥之不去，到最后离开时才平静心情。"你叫什么？"美女竟然发了声。"我叫……程才，工程的程。"以往伶牙俐齿的程才忽然变得木讷起来："你就是柳……如玉？"柳如玉却不答话，又把自己的眸子对准了对方那对大眼睛，再一次发射出"激光"……

从那以后，程才天天跟着这些女人上班，很专心地教她们挡车技术。女犯们挡车的技术学得不快，但与程才的关系却发展很快。都是人性被禁锢后的干柴烈火，天上掉下来千年等一回才能偶遇的机会，谁会放过。五机弄八个女犯在唐秀娥、彭彩云两个女民警的监督下，对学习挡车不敢有丝毫的懈怠，但只要程才到自己机台来了，女民警又不在身边，女犯们的心情就格外好，表面上装着一本正经，内心却开心得很，只要程才有意无意触摸自己的手，就决不把手挪开！而成天游走在全机弄八个女犯间的程才，更是天天像过年似的，一刻也不休息，装着无比敬业的样子，整天"授业解惑"于女人之间，倾其所能讨好"徒弟"，只要民警不在场，就乘机在她手上抓一下，惹得对方一阵暗笑。若是在柳如玉、王玲玲、马小艳她们机台那里，更是另有一番风情：胆大逼人的王玲玲经常会乘着别人不注意时在他手背上拍一下，或者两眼定定地看着他，沉默着；而有着一张尖下巴的马小艳，一见了程才总是拿两眼偷偷瞄他，有时还会把小包的橄榄、山楂或巧克力之类的东西塞到程才手心里，让他喜悦的暖流涌上心头。相比之下，柳如玉却是个以自我为中心的人，很在乎自己的形象，劳动时常用手去撩拂刘海，与程才熟悉后，天天见面，"放电"虽然少了，精神交流多了，但她可不像那些没素质的女人主动去黏着人家，她得有自己的手段。在与程才的交流中，她不屑于弄什么小恩小惠，她要的是以心相许，以情相恋，以致让略输风花雪月之意的程才一度误以为她少情寡义，是个"冷血女人"，及至这次他被温俊青教训一顿后，今天下班时柳如玉乘机塞给她一把缸猪油，他才知道柳如玉对他是大爱……

只是程才没想到，福兮祸所伏，两天后，因为这缸猪油，他又吃了一次苦头。

又是一个早班，刘强同样提早20分钟在车间门口等候。但刘强今天等候的心情与往日不大相同。本来今天是本周最后一个早班，下个星期就要转中班了，大家上班的心态会转换一下，心理负担也会随之调整缓和，但昨晚接到应树根的安排后，刘强的心情就好不起来，一晚上睡觉都不怎么踏实，心里的负担压得他好不自在。昨晚约莫九点半钟的样子，刘强坐在沙发上看书，忽听应树根在楼下叫他。他下楼后，应树根对他说："明天上班你把程才铐起来。"刘强弄明了原委后，说四大队那边怎么办，应树根说他会去说。刘强点点头，没再说什么。

迎着秋日的朝阳，一中队犯人呈四列纵队匀速向车间这边走来，晨风吹得梧桐树沙沙作响，树叶悠悠荡荡地飘落下来。当方冬生来到身边时，刘强对应树根交办的工作做了布置，于是方冬生将大部队和程才领进了自己车间，陈兴国将那一队犯人"师傅"送进了四大队。

刘强没有马上进自己车间，站在原地等陈兴国回头。说不让程才去就不让去，刘强担心四大队的民警交接有什么事会找自己。结果情况还好，陈兴国回来说对方没说什么，反正也快到10号了。

两人走进车间值班室时，屋里人多嘴杂，比较乱的样子，上早班和下晚班的正在交接班，值班桌旁围着四五个人，程才靠墙站着，队长们都在忙自己的事，没有谁管他。他是被方冬生带进来的，也没让干什么，让他候着，然后自己却到车间里去了。刘强进门后，就在靠近程才的长条椅边沿坐下来，很严肃地看着他问了句："就问你一句话，那把缸猪油是谁给你的？现在说出来，可以不处罚你；不说就只能处罚了。"

程才瞪着两只大眼睛看着突然变了脸的刘强，不知道刘指导员怎么就知道了猪油的事，而且要惩罚他。他一时没了主意，"柳如玉"这个名字打死他都不会说的，可不说眼下怎么过关呢？

"不说？那天王老子也救不了你。"刘强看着坐在对面的陈兴国道，"铐起来吧。"

程才一时搞不清刘指导员怎么就变了脸，幽幽地跟着陈队长出了门。出门时，方冬生正好走进来，见陈兴国手里拿着铐子，进屋坐下后便以探询的目光看着刘强。刘强简单说了原委，方冬生没吭声，旁边三中队的韩伟力却说："这种事犯人不会说的。"

八点钟，韩伟力他们几个下晚班的队长刚一走，门就被"呼"的一声推开，应树根闯了进来。他一进门就看着刘强说："程才铐起来了？"见刘强点点头，又说，"这小子自己跟女犯勾搭，还有本事造队长谣。"

应树根走到长条桌靠里边一头坐下来。刘强看着他说："这家伙恐怕不会说。"

"不说就饿他两天，看他嘴有多硬。"应树根道。

刘强善意地提醒说："时间长了，怕厂里知道。"

应树根有点泄气地说："是哦，昨天管教会上，领导又在说纪律问题，真难。"

"真的饿两天？"方冬生睁大眼问道。

刘强也歪着头说："饿就饿不得。"

"真是蠢耶，"应树根道，"你们不会把那缸猪油给他吃呀？"

刘强和方冬生他们被弄得一齐笑起来。笑声未落，陈兴国推门进屋，巨大的噪音瞬间灌满了全屋。

应树根也被他们的笑声感染得忍不住笑了笑。但他很快调整情绪，很认真地对刘强他们说："老刘，我早就提醒过你，这家伙不能去四大队，应了我的话吧？"说罢又打着手势道，"狗是改不了吃屎的。对程才这种反改造分子，我们不能心慈手软，必须打击。"

刘强歪着头道："上面天天讲'三像'……"

应树根立马打断他的话道："鬼话。什么三像四像，我还是那句话，劳改队就是劳改队，对劳改犯就得专政。现在形势变了，可以像医生像老师，但最重要的是要像老子，不听话就得处罚。"

听了应树根的一番训话，几个中队干部沉默下来，一时不知说什么好。在对待那把缸猪油的问题上，应树根下令处罚程才，刘强他们没办法，只好让程才受罚，谁叫他自己惹事呢。但没办法不等于没想法，初生牛犊不怕虎的陈兴国，这天晚上进监就对刘强和马小牛说："动不动就罚，不讲一点方法。"马小牛说："我也想，只要犯人没反抗，没跟你对着干就不要罚，罚多了也就皮了，没有用。"

陈兴国说："太左了。"

马小牛笑笑："这个人就是领导欣赏。"

一直没说话的方冬生咧嘴笑了笑。

刘强坐在椅子上幽幽地吸着烟。每个星期上早班，中队四个干部轮流进监。今天是周评日，几个人同时进监，叼着烟闲话一会儿。刘强很喜欢这种氛围，安安静静又没打扰，说话都是真情的流露。但对领导的议论，他不愿多插嘴，只是露了句"到了一定的年纪，难改"。说罢准备起身去监舍主持周评。

快七点了，走廊上的人开始回到各自的号子，几个组长在吆喝着，还有人贴着窗玻璃往外看。天色已晚，两个大院的照明灯都已亮起来。大院中间的界墙已被拆除，未来的界屋已打好地基，男犯大院一侧的砖墙已砌了二米高，贴着窗玻璃可看到那边洗澡间门前的灯光以及进进出出的女人们。虽然隔得太远，夜色下只能看清她们的轮廓，但陈文斌等人却乐此不疲地盯着那边。二〇三监舍的组长车峻在陈文斌肩上拍了下："进号子，有什么看的？"陈文斌一副意犹未尽的样子说："墙砌起来了，马上看不到了。"车峻不屑地说："撑死眼睛饿死屌，有什么好看的？"

"嘿嘿，话糙理不糙。"

车峻回头一看，见几个队长都来了，便不好意思地咧嘴笑笑。方冬生看着车峻吐出句话："你说得也对。没想头的事就不要去想它。"

各监号的人已进监舍，准备周评。刘强走进二〇三监号时，十几个人已在下铺床沿或床前小板凳上坐下，地上还搁着几个茶杯。天气不热，但有点闷，人们的穿着比上班随意多了，背心、短裤、短袖衬衣和长裤，穿什么的都有，但大部分都是家里送的便装。刘强拿着支队下发的《罪犯双百分考核奖罚细则》晃了晃说，听说有人对双百分考核还不了解，今天周评前再给大家说一下。刘强边翻小册子边说道："简单说，双百分考核就是思想改造100分，劳动改造100分，这是每天考核的基础分，一共有八项考核指标，一个月下来，你如果每天得了两个100分，一个月累计奖分20分以上，可以得一个表扬——但有个前提，思想改造必须奖5分以上。如果连续记了三次或累计四次表扬就折合记功一次，连续三次或者累计四次记功可报减刑；另外一年得了六个表扬，年底还有机会评积改分子。反过来，如果平均每天得不到双百分，一个月扣了20到29分就要记警告一次，扣30分以上要记一次过，警告累计超过三次也要记过一次。另外就是记过、记功，警告、表扬可以折抵。双百分考核主要的就是这些，你们看还有什么不清楚的？"

刘强刚一说完，坐在靠南面窗户的马贱根要求发言。他来自农村，文化不高，提的问题是"八项考试指标有哪八项"。

"脑膜炎，是考核，不是考试。"车峻忍不住纠正道。

"你叫人'脑膜炎'干吗？"刘强第一次听到有人叫马贱根外号。

车峻不好意思地笑笑："都这么叫……"

"以后不要叫外号。"刘强说，又对记录员张玉树说，"你再给大家说一下八项考核内容。"

张玉树翻到前面的记录内容，认真地念起来："思想改造100分，分为四项：1.认罪服法，服从管教，30分；2.遵守监规纪律，30分；3.'三课'学习成绩及格，30分；4.言行文明，生活卫生习惯好，10分；劳动改造……"

"还有，上课要遵守课堂纪律，要遵守生活卫生制度。"刘强看着手中的小册子补充道。

"劳动改造100分，也是四项：1.完成劳动任务，40分；2.保证产品质量，30分；3.遵守劳动纪律，安全生产，20分；4.产消耗不超标，增产节约，10分。完了。"张玉树念完，看着刘强。

刘强望着马贱根道："搞清楚了吧？"见对方点了头，又看着坐在床沿的学习宣传员金贵源说："把八项考核内容写到黑板报上去。"金贵源点点头答应一声。

"指导员，我100分时候一个表扬，现在200分了还……是不是一个表扬？"说话不太利索的犯人名叫熊崽。

刘强看着他，一时没听清他说话的意思。熊崽一脸着急的样子，左手伸出一个手指头，右手也伸出一个手指头，然后两个手指头碰靠了几下说："是不是一样？"

熊崽坐在暗橱旁边的小板凳上，大家看着他打手势，脸上的表情不一。刘强旁边的车峻似乎明白了熊崽的意思，便看着他说："你是说以前百分考核得的表扬，和现在双百分考核得的表扬是不是一样？"

"是是。"熊崽如释重负地笑起来。

刘强也开心地笑了："一样的。"犯人们也一起跟着笑起来，但笑声中夹杂着一种嘲讽的意味。不过，刘强却关心地问了句："你现在有几个功和表扬？""两个功两个表扬。"刘强又说："你余刑不长了，再得几个表扬，明年可以减刑回家。"熊崽憨憨地笑着。刘强看着近在咫尺的熊崽憨厚的样子，忽然一股暖流涌上心头。别人说他傻，都不把他当一个正常人对待，可就是这个熊崽关键时候却对刘强"情有独钟"。

那还是刘强从部队转业来到一中队工作一年后的事情。那时中队只有应树根和刘强两个人轮流带班生产。中队有七八十人，和二、三中队早中晚三班倒，一个星期一个星期地上，早班中班还轻松，轮到上晚班时才叫辛苦，头两天无所谓，第三、四天开始精力不济，到了第五、六天，下班后回家脚都打晃晃，几乎是走着"S"线回家的，工作之辛苦没法说。更为重要的是，偌大的一个生产车间，七八十个犯人在车间生产，只有一个民警带班，安全压力可想而知。事实上八十年代初那个时候，监狱里面改造与反改造的斗争是非常尖锐的。那年底东海犯人郑国宁暗中联络熊崽企图杀害带班队长，抢夺警服和车间大门钥匙，然后混出监狱。郑国宁已悄悄把一根扁铁拿到砂轮间磨成了尖刀，藏在自己机台下面不易察觉的地方。两个罪犯在选择哪个队长带班时动手的问题上出现了不同意见，熊崽表示"刘队长带班就不动手"，郑国宁表示等筹够钱和粮票后，"碰到谁就杀谁"。幸运的是，在大队组织的安全检查中及时查获了郑国宁准备好的那把扁刀，让刘强和应树根躲过了一劫。郑国宁因此被加刑一年。熊崽因情节轻和认罪态度好只被记过一次……

"指导员，我有六个功，两个表扬，下半年可以减刑吧？"说话的是王文清。刘强对他的情况十分清楚，八三年"严打"前，"江中帮"与"东海帮"准备团伙斗殴期间，王文清因为是江中人，也被"江中帮"头子万建华拉拢欲参与团伙斗殴，正是刘强反复多次劝说，王文清才从团伙的旋涡中抽身而出，后来也就没有跟着万建华那些罗汉倒霉，时至今日，原判五年刑期的他再减一次刑就可以回家。看着年轻的王文清笑笑的样子，刘强心里非常高兴，这是他当管教干部后第一个被自己成功教育过来的失足青年。他表示王文清下半年减刑没什么问题。

王文清又说："到时候再让我去看一下我妈吧？"

她的妈妈就住在女犯大院的北楼，国庆节时，刘强安排他和母亲见了面，年底前报减刑再安排见一次也没问题。刘强心里想着，嘴上就答应了："到时再通知你。"

见王文清十分高兴的样子，坐在他身旁的熊根水笑着问刘强道："指导员，我也要你多关心。"熊根水大王文清一岁，也是犯的抢劫罪，原判同为五年，可是在"严打"前"江中帮"与"东海帮"的团伙斗殴中，熊根水却听不进刘强苦口婆心的劝告，死心塌地地跟着万建华，最后因参与团伙斗殴被加刑五年。其后的几年间，当那些"江中帮"和"东海帮"团伙头子自杀的自杀、枪毙的枪毙、加刑的加刑、送边疆的送边疆，熊根水才切切实实地悔悟，主动找到刘强说："真后悔当初没有听你的话。只怪那时太不懂事。"此后，帮派团伙烟消云散，支队改造环境得到净化，熊根水也逐步走向靠拢政府、积极改造的道路，时至今日，也积极要求进步，担任了小组的生活卫生员，去年还被评为支队积改分子。看着熊根水不无稚气的方脸，对比着他今昔巨大的变化，刘强脸上现出了满意的微笑："只要改好就行。"

刘强说罢看看表，对车峻和张玉树说："下面你们自己周评，张玉树做好记录，回头我来讲评。"说完就起身去隔壁二〇四监号，二〇四监号也由他负责周评。

第四章　特殊学校

"听了四个中队的敌情，我再说一下。"应树根扫视几个部下一眼，语调铿锵地说，"全大队总的情况还算稳定，后半个月除发生八起打架事件外，没有发生别的案件。从各中队排的危险分子看，我们大队的敌情是很严峻的，特别是三中队破获了周长林预谋脱逃案，说明我们的敌人时刻都在暗中准备，时刻都在想着和我们做斗争。我们脑袋中对敌斗争的弦永远不能松！但有的中队危险分子报得太少，是不是该报的没有报？"

应树根说到这儿，四个中队指导员都看着他。一中队指导员刘强报了3个危险分子，二中队报了4个，三中队报了6个，常日班中队报了1个。大家都互相看了一眼，猜想着应树根指的是谁。今天是每半月一次的大队"敌情分析会"，参加会议的除应树根和大队管教干事刘光明外，还有四个中队指导员，分别是一中队刘强、二中队欧阳林、三中队韩伟力、常日班中队常伟。常日班中队只有二十来个人，报1个似乎没什么可说的，其他三个中队人数都差不多，但一中队报的危险分子只有三中队的一半，虽然没有确定危险分子比例，由各中队自报，但应树根的语气明显是希望多报，不满意报少了的中队。四个中队指导员的年龄都差不多，都是三十五六岁到四十岁的样子，但除了刘强是军人出身外，其他三人都是由工人转为干部的。表面上刘强似乎"另类"，但刘强为人比较谦和，与其他几个中队领导的工作关系和私人关系也都比较融洽，因此在这里并不存在圈内圈外的说法。刘强像往常一样，掏出烟盒后抽出三支，先丢一支给应树根，另两支给身旁的欧阳林、韩伟力，最后再抽出一支，在韩伟力递过来的火苗上点上火，慢悠悠地吸起来。他看着应树根眯眼吸烟的样子，主动说："有几个是吊儿郎当，但够不上危险分子，像程才，说他会逃跑、杀人可能性不大，我们就没有报他。"

"都已经送猪油啦。"应树根吸口烟很认真地说，"这是撤回来了，要是还在四大队，会不会搞大女犯肚子都难说。"

欧阳林、韩伟力两个人都笑起来。韩伟力笑着说："不可能吧？哪有机会哦。"

应树根半嗔半笑地看着韩伟力他们说："真是蠢耶，早班中班不会，上晚班不会呀？车间里就那几个队长，像程才这样的人如果和女犯勾搭，趁队长麻痹，躲到哪个角落里搞鬼不可能吗？"

面对应树根想象出的后果，刘强他们几个指导员不再吭声了。应树根善于未雨绸缪和想象可能发生的事情，虽然有点过，但他脑袋中安全这根弦始终绷得紧紧的，又让人无话可说。

也许受应树根感染，三中队指导员韩伟力看着他说道："我们中队万长林也是个好难捉摸的家伙，平时不怎么吭声，和人动手就往死里搞。这家伙刑期又长，还有十几年。"

"犯什么罪？"应树根问。

"杀人。"

"这种人也要警惕，平时多注意观察。"

韩伟力点点头。

应树根见几个下属没再接话，便把烟屁股在烟灰缸里按灭，开始布置几项工作："一件事是下半年犯人减刑，各中队按条件先摸底，功多的往前排，减余刑的往前排，报上来再定人数。第二件事，今年春节支队又要搞文艺会演，我们大队要出3到4个节目，我和小刘商量了一下，每个中队准备2个以上节目，常日班准备一个，合起来就有六七个节目，到时大队筛选后报支队。小刘负责这项工作。"应树根停了下又说："说实话，唱唱跳跳我不喜欢，但这是任务，我们要认真完成，各中队要重视这项工作。你们还有什么意见？"

几个指导员没有吭声，刘强说："一中队可能还是要程才独唱，每年他都有这个节目。"

"可以呀，没问题。"应树根认真地说。

大队内勤刘光明笑着说："程才独唱是我们大队的必上节目。"

"大队放心，我们用他就没有顾虑。"刘强挺实在地说。

"老刘，"应树根看着刘强说，"用归用，但可用不可信。"

见众人没再接话，应树根继续说道："另外一个问题，一些人反映文化课上得没味道，有的还说宁可去车间加班。你们了解一下，到底怎么回事。不行有的人干脆明年就不要去上课了，省得耽误生产。看这趋势，明年生产任务可能还会加码。犯人不愿上课，我还巴不得。"

这话一说完，立即得到韩伟力的响应："犯人读什么书，要会读书还来劳改队干什么？"

欧阳林笑着道："人家愿意读的还是要让人家读，有些人上扫盲课的积极性就很高。"

应树根把目光投向刘强和常伟，两人都没吭声，应树根就宣布散会："那就这样。"

犯人上课的事情，刘强一直没怎么关心，因为都是按照管教科教学组的安排进行的，自己中队上课的人也有几十个，扫盲和高小班、初中班的都有，也听有的犯人说过不愿去上课，但他都不怎么理睬，只是觉得叫你上你就上，多读点书有好处。支队也要求犯人上课期间各大队民警要到现场督学，只是刚开始办学时，大队还常会督促中队民警去教学楼看看，后来时间一长，也就没人过问此事了……刘强心里想着这些就回到了中队办公室。

办公室只有陈兴国一个人，今天上早班，马小牛和方冬生在车间带班生产。刘强让陈兴国兼了中队的内勤工作，安排他带班的班次少些，陈兴国只要不带班，就在办公室待着。刘强坐下接了陈兴国递的一支烟，侧着身子向坐在后排的陈兴国传达了应树根布置的几项工作，又指导陈兴国如何具体操作。

一天很快过去，今天晚上刘强和陈兴国进监。下班后吃过晚饭，七点不到，两人就先后来到了中队办公室。上课的人开始下楼去教学楼，刘强站在办公室门口，走廊上乱哄哄的，楼梯拐角处光线暗淡，男犯们拥挤着往下走。刘强看着马贱根等人说："不要挤。"马贱根朝刘指导员笑笑，下楼去了。

走廊上安静下来。刘强回到座位，拿出烟，一支放到陈兴国办公桌上，一支叼在嘴上，两人惬意地聊了会儿天。烟抽完，刘强招呼一声："我去教室那边看一下。"

陈兴国定定地看着他出了门，心里一时无解。

刘强穿过篮球场，一口气爬上五楼，在几个教室外走走看看，犯人在上课，教室里比较安静，但刘强从走廊经过时，不少人都转头往外看，刘强觉得自己惊扰了犯人学习，便回头下四楼。一过楼梯拐角，就见高森林站在办公室门口。高森林是这里的管理干部，犯人上课时他经常站在这里瞅着，这里是上五楼、下三楼的楼梯口，立于此，一切尽在掌控之中。见刘强从楼上下来，高森林侧着身子说："进来坐坐？"

刘强走进办公室时，周文彬正低头在办公桌上写着什么，年轻的陈东山在看一份什么材料。办公室有四张办公桌，门边有张长条椅。刘强见只有周文彬他们三个，便在前排一张空椅子上坐下。

"今天怎么有空过来转转？"周文彬见了刘强笑笑说，"你们大队好久没人过来了。"

刘强掏出烟，抽出一支递给周文彬，又抽一支给高森林和陈东山，两人摇摇头。刘强和周文彬点了烟后笑笑说："今天过来看看。"

"事是没什么事。"坐在后面椅子上的高森林随意地说。

"这几年上课比较正常，大队干部来的少了。"周文彬说。周文彬近五十岁，戴一副高度近视眼镜，他和高森林、陈东山都是犯人文化技术学校的元老，虽然没上过大学，但十分勤奋，除管理教学业务外还坚持写新闻通讯稿件。他手下有一批通讯报道员，在他的组织下，支队的通讯报道工作搞得有声有色。每个星期有三个晚上上课，周文彬和高森林每周都得进监三次，年过五十的周文彬从不缺席进监，哪怕冬天刮风下雨，他都咬牙坚持，一头地地道道的老黄牛。

"现在犯人上课安静了。"刘强有点自问自答地说。

"前几年整了一下子。"陈东山说，"刚开始时，有些人利用上课拉帮结伙，还打了几次架。"由于文化课以文化程度编班，一个班有几个大队的人。这些平时分车间劳动、分监舍关押的犯人，几乎一年到头都老死不相往来，上文化课是他们难得亲密接触的机会，自然开心寻乐，没事找事，无事生非。

刘强问道："现在犯人愿意上课啵？"

周文彬看着侧身坐着的刘强，没有接话。陈东山思索着说："应该说低年级的比如扫盲班、小学班学员还是自愿的，学习积极性也高，初中班学员多数也有积极性，但不排除有些人是干部要求来的，这样的人来了也是混时间。"

"找老乡，找熟人闲谈扯淡。"高森林插话道。

刘强问道："上课规定没有变吧？"

"没有。"陈东山说。

周文彬看着刘强很认真地说道："办学的政策是硬性要求，带有强制性。说实话，如果都让犯人自愿上学，那人就要少好多。如果那样，办学初衷和意义就要打折扣了。"

作为犯人文化技术学校的元老，也是西山纤维厂建厂元老之一的周文彬，对西山支队的办学工作深有体会。西山支队对犯人的文化技术教育工作很重视，早在五十年代末建队初期，支队就以班组为单位，由文化程度较高的犯人组长兼任文化或技术辅导员，每周或半月上一次课，发挥了一定的作用。七十年代末西山纤维厂恢复劳改支队建制后，首先在男犯各队开展了扫盲教育，采用自编课本，因陋就简地在监舍走廊上课。后来女犯大队也办了学，开办了扫盲、初小班和语文、数学两门课程，购买了扫盲识字课本和职工业余学校课本，由初中以上文化的女犯兼任教员，一周上课两次，每次两课时。男犯和女犯的技术教育都是干什么学什么。支队早期开展的这些文化技术教育局限在大队一级进行，规模小，要求也不高。1981年8月召开的第八次全国劳改工作会议及其后下发的《会议纪要》，明确提出在继续坚持"改造第一，生产第二"的劳改工作方针的同时，要将监狱办成特殊学校，普遍开展"三课"教育。也就是从那以后，当时主管全国监狱的公安部和后来接管监狱工作的司法部开始在全国监狱系统推广山东劳改系统创办育新学校的经验，为此全国监狱掀起了一轮大规模开办犯人文化技术学校的热潮。也就是在这一东风劲吹下，西山支队部开办成立了"西山纤维厂文化技术学校"，1983年在男犯大院开办"文化技术学校一部"，过了两年又在女犯大院开办了"文化技术学校二部"，到1986年教学规模扩展到教学班40个，开设了扫盲、初小、高小和初一、初二、初三等文化班，同时一部开设了裁剪缝纫和钟表修理班，二部开设了缝纫等职业技术班，全校学员在册人数达到1500人，应入学率达到96%，平均到课率达到97%。也就在这一年，经省劳改局和地方教育部门、人事部门考核验收，支队犯人文化技术学校被命名为"江中西山新岸学校"。

"现在学校办到这种程度，支队是下了很大功夫的。"周文斌把烟屁股丢到烟灰缸里说，"说实话，支队之所以花功夫办这些文化技术班，目的就是让这些失足青年学习一些起码的文化知识和谋生本领，用教育、感化、挽救的方法来唤醒这些犯了罪的工农子弟，矫正他们的道德品行，变害群之马为有用之才，消除社会不稳定因素。但人是有惰性的，你让他自己选择，那肯定达不到目的。他要是自觉，还会进劳改队呀？所以我们办学校，必须半强迫，逼着他们求学上进。"

刘强显然受到了周文彬一番宏论的感染，他伸伸右手拇指道："老周说得好。"

高森林也夸奖说："'作家'就是'作家'。"周文彬是省劳改局《新生报》的特约通讯员，还经常在省《法制报》等报刊发表新闻通讯稿件，被高森林戏称为"作家"。

忽然，外面响起一阵"丁零、丁零……"的铃声，下第一节课了。高森林起身到门口去瞅着，外面开始有了些嘈杂的声音。

刘强又丢一支烟给周文彬，还特意为他点了火。刘强吸口烟说道："老周，说实话，犯人上学的事，我们下面的人认识不太到位，你这么一说，我明白了。"

刘强离开教学区回到中队办公室时，陈兴国正低头在一个本子上写着什么。见刘强回来了，陈兴国说道："节目的事，程才独唱算一个，另一个就是张玉树笛子独奏。"

刘强把杯子里的茶喝了说道："这两个是我们的老节目，演了好几年了。有没有别的节目？"

陈兴国说："有文艺细胞的也就程才他们几个。要排别的什么节目比较难，小组合唱倒是可以排，但很难选上。"陈兴国上大学时在学校参与过班级的节目排练，有那么点文艺细胞。

刘强点点头，过了会儿又说："把程才叫来说一下，不能让他背着包袱演出。"

陈兴国起身出门，不一会儿便将程才带了过来，让他在墙根那张小板凳上坐下。程才见办公室只有指导员和陈队长，神情很放松的样子。刘强瞧他心境不错，便随口问道："在号子里做什么？"

程才两只大眼睛眨了眨，随意回答道："没做什么，他们在打扑克，我和王文清、熊根水在说下半年减刑的事。"

"你现在有几个功？"

"六个功。"程才说。

"还有两个警告，一个表扬。"陈兴国看着打开的软皮抄说。

"有什么想法？"刘强望着他。

"我来七年了，从没减过刑。"程才阴郁地说。

刘强一直管着程才，清楚他的情况。程才平时的表扬都是靠劳动所得，由于经常违反监规，思想改造扣分多，一年得不了几个表扬，再加上多次禁闭和处分，冲抵后也就剩下这么几个功。去年他们中队倒是计划给他报减刑，报到了大队，但是被打下来了。应树根就一句话："给反改造分子减刑要慎重。""反改造分子"只是一个政治性的概念，没什么具体标准，也没有以什么方式明确过，但应树根张口就给这么一顶大帽子，叫刘强没法说话。现在一年过去了，到了该给人考虑的时候。刘强很认真地看着程才说："你的情况中队都清楚，我们会根据条件考虑。"

见程才点点头，刘强以轻松的语气问道："你现在歌唱得怎么样？"

"好久没唱了，有时哼两下。"程才看着刘强道，"春节又要演出？"

刘强惊于他的敏感，点点头说："中队要出两个节目，参加大队排练。"

程才的头微微侧着，没有接话。陈兴国插话道："独唱是你的强项，男犯大队你是一号男高音，没谁比得过你。"

陈兴国一番"吹捧"，令程才的脸色多云转晴，只见他抬头直面两个民警说："不是你们队长对我好，我都不想唱了。"

刘强微微笑道："为了中队荣誉，你不会计较吧？"

"你想一下，准备唱什么歌？"陈兴国问道。

程才略思索了一下说："广播站放过阎维文的《小白杨》，蛮好听，找得到歌谱么？有就唱这首。"

陈兴国说："没问题，歌谱我来准备。"

外面楼道开始响起了众人上楼的声音，上课的人回监舍了。刘强见谈得差不多了，便鼓励道："相信你有能力拿个奖回来。"

"指导员，你们放心，我一定把歌唱好。"程才起身挺认真地说。

见程才出门走了，陈兴国忽然看着刘强问道："他怎么不上课？我看他的登记表上只有小学文化。"

"这事说起来话就长。"刘强说，"八三年那年吧，支队办学校，教室就在我们五楼，那个时候北面那栋楼还没建好，各大队、中队按要求让犯人去上课，我们中队也有三四十个人，其中就有程才。你知道，上课都是按年级编班，几个大队的人坐一个教室，难得的见面机会，没想到三天新鲜过后矛盾就出来了，打了几次架，关了几个人，教学组的干部再也不敢让几个打架的头子去学校了。程才就是其中一个，教学组不肯让他去上课，说去可以，干部得天天陪着。大队一想这太麻烦，就不管他上课的事了……后来才得知，程才他们和人闹矛盾是真，实际上他不去上课才是目的。他就跟我说过：'我要坐得住还会来劳改队呀？'你看，他就是这么一个人，以后就再没去上过课。"

"这家伙还真是怪才。"陈兴国打烟给刘强道，"居然还识谱，我都一般般。"

刘强说："我晓得，那是年轻时流浪学会的。"

"流浪者中有高人。"陈兴国眯眼吐着烟雾说。

"山外有山，天外有天。哪一行都有能人。"刘强看看表，已经九点半了，便起身道，"走吧。"

下楼出了大队院子，刘强又就着刚才的话题说："蔡树林你了解吧？"

陈兴国说："过去不了解。"

"别看他跟我们队长靠得近，蛮听话，人家以前可是革委会副主任，手下有上千人呢。"

"他犯的是'打砸抢'。"

"就是他下令打死了人嘛。"

陈兴国说："从我接触这一年看，虽然他有城府，但人正直，也有正义感。"

"实际上蔡树林这号人本质不坏，也有能力。你不知道吧，他还是'老三届'呢，就是天公不作美，碰到了'文革'，摔了跟头。"

"难怪我觉得他怎么与众不同，不像其他人尽搞些小儿科。"

刘强有点叹息道："人的一生不容易，关键时候要把握好。"

两人走出监狱大门时，夜深了，满天繁星，国道上已几无人影，远处才有车灯朝这边移动过来。他们穿过公路，往生活区走去。陈兴国兴头正浓地说："你觉得车峻怎样？"

"诈人钱财，老百姓最恨这种人，和蔡树林不好比，本质还不如程才。"

陈兴国说："我也觉得他不如程才，虽然表面上听话，但总觉得他有点利用我们队长，不是那种光明正大的人。"

"这种人胸无大志，只图眼前小利。"

"年轻人中，我觉得王文清还不错。"

分手时，刘强缓步说道："王文清算是个典型的失足青年，大白天在马路上抢人钱包。他犯罪跟家庭有关系，你知道，他父亲残废，母亲又在二大队。这几年懂事多了。"说罢朝陈兴国挥挥手，"犯人的事一下说不完，以后慢慢说。"

第五章　一对母子

离春节还有两星期，天很冷了，虽没有下雪，但寒冷的北风呼啸着，国道两边的大树枝条像跳舞似的摇晃着，树枝上的黄叶稀稀拉拉地吹落到路肩，在行人的脚下翻滚着。西山支队厂区大道两旁梧桐树上的枝条也光秃秃的，地上被生活卫生中队早起的女犯扫得干干净净，但急速的寒风还是不时地将路边的尘屑卷向一边。

上班没多久，刘强正与陈兴国说着话，忽然接到二大队祝春霞的电话，说她们中队阎冬娥想见儿子。祝春霞是二大队副教导员兼一中队指导员，凡是阎冬娥想见儿子，她都直接与刘强联系。刘强他们和祝春霞中队的班次同步，上午休息，约定十点见面。刘强放下电话说："王文清母亲要见他，正好可以把他减刑的事说一下。"说罢又拿起电话打到大队值班室，向应树根报告了。

"王文清还算争气。"陈兴国道，"这次就是程才减少了，以前无期犯人减到十六十七年的多，减十五年的都有。"

"嘻，这次能减就不错了。"一说起程才这次报减刑的事，刘强就一脸的无奈。上个星期中队将减刑摸底对象报大队后，当天下午刘强就找了应树根。应树根任副教导员后，大队一把手金洋就把管教上的事全甩给了他，全大队犯人的减刑问题他说了算。为了吸取去年失败的教训，刘强决定今年主动出击，据理力争。走进大队值班室，刘强见只有应树根和大队内勤刘光明两人，便拿出烟打给了应树根，应树根点烟吸了一口，神情愉悦地点点头："坐一下。"刘强在沙发上坐下，笑笑地看着这个顶头上司想着怎么开口。他告诉应树根，自己中队虽然报了六七个人，但按照往年比例，只有四到五个人能报上去，他的想法是有两个侧重点：一是可以减刑释放的，如王文清余刑不多，减了可以放走；二是多年从未减过刑的也要重点考虑一下，譬如程才无期徒刑来西山支队六七年，从未减过刑……一听刘强提起程才，应树根就接话道："他怎么能减刑呢？"应树根今天的心情还算不错，说话语气也比较和缓，"先是操骂干部，后又和女犯拉扯，典型的反改造分子，专政对象。给他减刑，我们立场就有问题。"刘强说："骂队长，挨了打；猪油的事，也惩罚了。实事求是说，这个人可减可不减，但来了这么多年，生产上你也知道是把好手，又是无期，减刑也是让他在希望中改造嘛。"听刘强说完，应树根也爽快地对刘光明说："就算一个。"刘光明问报减多少，应树根看了一眼刘强说："只有六个功，改造表现又不好，顶多减为十九年。"刘强道："少了吧？很多无期的都减到了十六七年。"

"那就加半年，十八年半，"应树根道，"让他在希望中改造。"

听完刘强的叙述，陈兴国笑了笑，无语。

刘强也闷着头喝水。过了会儿刘强看看表，已九点半了，便道："你忙你的，我带王文清去女犯那边。"

刘强领着王文清下楼来到界屋工地。界屋已基本建成，上下三层，正在进行内部粉刷。他们从中间车行过道穿过界屋，进入女犯监舍大院。

穿过院子，刘强领着王文清直奔女犯监舍大楼。到了三楼，刘强走进右边的民警办公室，见只有彭彩云一人，便道："祝教呢？"

"到五楼看节目去了。大队彩排。"彭彩云说。她是省劳改警校的毕业生，工作了几年，现在是中队副指导员。彭彩云让他们进屋坐，她告诉刘强，祝教交代今天由她负责阎冬娥与儿子会见的事情。王文清自己在窗前的小板凳上坐下了，刘强坐在靠墙的木条椅上看着彭彩云说："你们不打电话，我都准备联系你们。"

"昨天上午，东海那个蔡老师看了阎冬娥，下午上班时，她就说可不可以见一下儿子。所以今天一上班祝教就打了电话给你们。"

彭彩云说的那个蔡老师名叫蔡怡，是东海市一名模范教师，全国三八红旗手获得者，上半年曾到二大队开展帮教活动，重点对蔡小芳等性格怪异女犯进行面对面帮教，这次又乘在隔壁劳改支队开展帮教活动之机，再次来到西山支队与蔡小芳她们见面。其间，蔡老师听说了阎冬娥母子的事情，便提出要看一下阎冬娥，本来还打算见一下她儿子，因已买好了回东海的火车票，时间来不及，只好下次再见。

听了彭彩云的介绍，刘强心中一阵感叹，一个退休之人，为了这些素不相识的失足青年和犯罪妇女，快过年了都还在奔波，确实令人感动。

这时，彭彩云把王文清的母亲阎冬娥叫进了办公室。阎冬娥一见刘强，脸上有意露出点笑容："刘指导员。"刘强示意她坐，自己起身坐到和彭彩云并排的一张椅子上。阎冬娥看看椅子又看看彭指导员，神态窘迫，因为每次都有两张小板凳，今天只有一张，被儿子坐了。"就座那里。"彭彩云及时发出指令。

阎冬娥轻轻地在木条椅上坐下，手里攥着一盒巧克力。平时，王文清母子见面一般都是陈兴国带的时候多，刘强已一年没见王文清母亲。王文清的母亲四十多岁，看上去却是五十多岁的样子，脸无血色，发无光泽，虽在儿子面前强装笑脸，但缺乏正常人的那种精神气。刘强决定把她儿子有可能被减刑提前回家的消息告诉她，让他们母子高兴："年底你儿子减刑有希望，如果没什么事，应该可以回家过年。"

"是吗？"阎冬娥为这突如其来的好消息激动得不知说什么好，忽然就落下一串泪珠，一个劲地说："谢谢，谢谢……"

"指导员……"王文清听到刘指导员提前透露的好消息，也激动得嘴唇嚅动了半天，最后挤出两个字："谢谢！"

王文清的"谢谢"二字是发自肺腑的。当年王文清陷入"江中帮"，就是刘指导员把他从团伙的泥潭中拉出来的，如果不是刘指导员这颗"救星"，他的命运将和熊根水一样，还得在监狱里待几年。更让王文清忘记不了的，是刘指导员挽救了他们母子关系。

那是王文清被判刑入狱来到西山支队后的事。有一天，祝春霞来到刘强他们车间值班室，问他们中队有没有王文清这个人。得到肯定答复后，祝春霞高兴地说："总算找到了。"原来，她们中队的阎冬娥前几天听说儿子王文清因抢劫被判刑后关到西山支队来了，便请民警帮她寻找儿子的下落。祝春霞叫人去管教科查一下，获知她儿子就在本大队，先问了二、三中队，但查无此人。今天上班处理完手头上的事后，祝春霞便自己过来询问。获知王文清就在车间上班，祝春霞心里很高兴，当即便要刘强叫他来核实情况。方冬生把王文清叫进值班室，祝春霞一见他差点叫出声来：太像了，这脸盘和她妈就一个模子。王文清进屋有点意外，屋里除了自己中队的两个队长，还有一个女民警。"你叫什么名字？"女民警问道。"王文清。""三横王，文化的文，清楚的清？""是。"王文清答着，忽然想起这人自己见过，就是这里的民警，莫非是有意来找自己的？没等王文清多想，女民警笑道："你知道你母亲在这里吗？"王文清却头也不抬："我没有娘。""什么？"几个民警都瞪眼看着他。刘强让他在墙根的小板凳上坐下："慢慢说，怎么回事？"王文清在小板凳上坐下，却低着头不肯说话。那女民警一脸茫然地看看刘强他们，然后挪动身子坐在椅子边沿，双手扶在膝盖上看着王文清说："你真的没有母亲？"王文清始终低着头不肯答话。僵持了一会儿，祝春霞示意先让他回去，以后再说。王文清走后，祝春霞简单说了下阎冬娥的案情。

阎冬娥犯的是杀人罪。她本有一个很好的家庭，两个儿子一个女，老公王某很能干，不仅田种得好还会烧砖瓦窑，农、副两旺，日子过得比较红火。谁知在一年春上，她家从外面新请了一个姓张的帮工，从此这个家庭就灾星临头了。原来这个帮工不是本分人，见主妇阎冬娥模样端庄，虽已是几个孩子的妈了，但风韵犹存，没来多久便欲火中烧了，想方设法挑逗她。阎冬娥经不住张某百般引诱，不久两人便勾搭成奸，但彼此又不满足于偷情，想结为夫妻永不分离。他们异想天开地认为只要把她老公除掉，就可以名正言顺地过夫妻生活，于是想方设法要害死王某，但几次下手均未得逞。后来张某买来几包老鼠药交给阎冬娥，要她给王某服用。阎冬娥虽答应，可望着几个已经长大成人的儿女迟迟下不了手。一天中午两人贪欢后，张某再次催促，阎冬娥终于咬牙将老鼠药拌入晚饭中端给丈夫吃。幸亏王某吃后抢救及时，才幸免于难。

"又是奸夫淫妇惹的祸。"方冬生愤愤地说。

刘强点点头："这可能就是王文清不认他娘的原因。"

"我们到大队去查一下他的档案。"祝春霞忽然想起这主意，刘强点点头。

刘强陪着祝春霞走进大队办公室，和教导员金洋打了招呼，然后直接往档案室走去。管档案的姚小芬听他们一说，起身去取档案。两个绿色档案柜里档案塞得满满的。姚小芬很快找出了王文清的档案，刘强接过档案翻着，见入队登记表"社会关系"一栏中有父亲的姓名，有哥哥的姓名，也有妹妹的姓名，就是没有母亲的姓名。这可是王文清进西山支队时自己填的登记表，怎么回事？祝春霞和刘强两个人你看我我看你，不知其解。搞错了还是他故意不填？祝春霞这样想着，刘强说话了："我晚上找他谈一下。你那边也再问一下。"祝春霞无奈地点点头。

当晚进监刘强第一件事就是找王文清谈话。那时三大队监舍就在现在大院的北楼原址（北楼是八十年代中期才建起来的），是六十年代建造的砖木结构的三层楼房，楼房西侧有个二三百平方米的院子，东面围墙电网，西面是洗澡间的后墙，电网拉在屋檐上，北面土墙上砌了砖墙电网，电网内一棵不知名的大树枝繁叶茂，树那边是生产车间。监舍楼陈旧简陋，空间狭小，常日班住一楼，三个运转班中队住在二、三楼。只有一个民警值班室。管教干部们晚上进监，除了上楼巡查一般都在办公室待着。这天晚上刘强进院子后瞄了一眼右边的窗户，值班室灯未亮，他便往后面的楼梯走，从露天台阶上到二楼后，走廊里光线暗淡，三三两两的人或站或坐着在闲聊、抽烟，空气中充盈着烟味和从旁边兼顾洗漱功能的敞开式卫生间里散发出来的臊臭味，令人不爽。刘强往里走几步，发现王文清和万建华、熊根水坐在走廊尽头闲谈，便叫他过来。王文清明白刘队长找自己为何事，心情郁郁地跟着他上到三楼。三楼走廊安静多了，上晚班的人大多已睡觉，只有几个人还在抽烟闲聊。刘强领着王文清往走廊一头走去，两人在窗户边停下来，回头看时那几个闲聊的进监号去了，走廊上一下寂静了。刘强："你登记表上怎么没填你娘的名字？"王文清头也不抬："我没有娘。""胡说，"刘强看着他道，"没有娘，你哪来的？"先前低头的王文清这下变成了歪头。刘强瞧他那样子，心想他跟自己娘会有多大的仇呢。过了一会儿刘强说道："你娘知道你也在这里，很心痛又着急，委托她们干部好不容易才找到你，你却不肯认她，到底怎么回事？"刘强始终瞧着他道，"有什么就说出来，看看我能帮你点什么？"王文清又低下了头，但却不肯说什么。瞧这样子，刘强心想那个阎冬娥是他母亲无疑，他虽没说什么，但未否定，说明他已知道了自己是和母亲在一个劳改队。刘强觉得今天的谈话已达目的，余下的事留待日后再说。于是他换一个话题道："万建华还在找你？"王文清道："闲聊，他们的事我不参与。"王文清因抢劫判刑入狱后，正值"江中帮"酝酿报复"东海帮"之际，因王文清来自远郊也算是江中人，万建华便想拉拢他参与报复东海犯人的活动，但刘强看出"江中帮"企图的端倪后，先后三次找王文清谈话，终于打消了王文清入伙的念头。今天看到王文清又和万建华混在一起，刘强有点担心他们的关系死灰复燃。王文清很认真地说："刘队长，我答应你的事我会做到，你放心。"看着对方一脸真诚的样子，刘强也就默然了，心想只要王文清自己把持住，与万建华的正常交往也就无所谓。于是他说："你娘的事，好好想想。再不好，再有错，也是你娘呀。"王文清还是不吭声，默默地跟着刘队长下了楼。

几天后的一个上午，刘强趁着转中班上午休息的机会，一上班就来到了监舍小院。天气很好，自己班上几个人在散步。刘强让人去叫王文清。那犯人答应一声就上了楼。刘强在院子里踱着步，院墙上那棵大树的树枝在晨风中轻轻摇曳，土墙上稀稀拉拉长着不少杂草和小树丛，院子里砖头铺就的地面积了薄薄一层污垢，秋高气爽的日子，院子里倒显得有点阴凉干爽。王文清来到院里时，刘强站在西北角。两人还没说话，院门岗亭值班的犯人提着一把钢筋椅子笑笑地放到了刘强面前。刘强点点头把椅子挪到墙根边坐下，王文清也知趣地蹲在刘队长面前。刘强开门见山地说："你娘的事怎样？""我不想她。""崽是娘的骨肉，她很想见你。"那天祝春霞离开后，便把王文清不想认阎冬娥的事跟她说了，阎冬娥当时没说什么，据与她一个监号的女犯说，阎冬娥一个晚上都没睡着，还听到了她捂在被子里的哭声。昨天祝春霞又将这情况反馈给了刘强。"王文清，"刘强俯身看着他说，"你跟我说实话，你怎么就不愿认你娘呢？母子间能有多大仇？"王文清静静地蹲着，就是不答话。刘强又说："你娘的案子我也了解，她确实是对不起你父亲。""我又哪里不是她害的呀？"王文清忽一下站起身，用手擦了擦两眼，泪珠就扑簌簌地落下来，须臾便又蹲下来。原来王文清母亲因谋害丈夫被判刑十年投入西山支队改造，王文清的父亲大难不死，此后经常醉酒，消沉了一段时间后，终于在亲戚的撮合下和一个寡妇同居了。父亲与人同居后，王文清的生活受到的影响虽然不大，但他心理的创伤却是巨大的，残缺的母爱在他的心理发展过程中没有起到应有的正面作用。身心都在成长的他，高一、高二没有能延续初中阶段的学习势头，染上了贪玩的习惯，以至于高二未结束就因与人抢劫而被判刑五年送到了西山支队……刘强一直看着眼睛红红的王文清，十分认真地说："你说得没错，你就是被她害的，你不想理她也是有道理的，我同情你。"王文清听刘队长这么说，抬头看了他一眼。刘强忽然话锋一转问道："你读过毛主席的《矛盾论》么？"王文清狐疑地抬起头，又低下头："没有。""也难怪，你们这一代人已经不学了，我们那个时候学得多。别的不说，就说《矛盾论》中一句经典的话——外因是变化的条件，内因是变化的根据，外因通过内因起作用。拿你来说，你娘就是外因，你走到今天这一步，你娘是有责任的，因为她不仅失去了正面教育你的机会，客观上还促使你走向歧途，这就是我同情你的原因。"刘强把椅子挪近一点说："话又说回来，你犯罪主要还得怪你自己是吧。比方说母鸡孵小鸡，我们都是农村的都懂，你让母鸡去孵鸡蛋，鸡蛋会变成小鸡，要是让母鸡去孵石头，石头能变成小鸡吗？什么也变不成。所以你走到今天这一步，主要责任还在你自己，你娘是有责任，但不是主要责任，总不是她叫你去抢人家东西的吧？所以你不能把责任全推到你娘身上，是不是这么回事？"听了刘队长一番话，王文清仍没抬头，但心里思忖开了，刘队长说的都是家常道理，好像是这么回事。娘是有错，影响了自己的生活，影响了自己的学习，也影响了自己的心绪……这些都是娘造成的，如果她不出事，父亲后面的事也不会发生，自己的人生之路也不会偏离方向……但像刘队长说的一样，关键还是自己，如果不放松自己，扛得住同学的诱惑，不跟他们出去玩，又怎么会发展到去抢别人的钱包呢？……王文清慢慢明白过来后，低着头挤出句："你说的也有理。"一听王文清开了口，刘强心里高兴起来，他接着说道："古话说得好，老母一百岁，常念八十儿。这人世间只有母爱才是伟大的，永恒的。你娘知道你在这里，也知道你恨她，可她就是想你，这就是伟大的母爱。现在明白了吗？"王文清似乎蹲累了，乘机起身说："好嘛，哪天你带我去见她吧。"

从此在刘强和祝春霞他们的关心下，王文清和母亲几乎每个月都能见一次，因为阎冬娥时常会想起儿子。虽然她没有经济来源，也没有谁来看她，生活过得很艰苦，但她比以前快乐，劳动时都带着笑，每个月得的几元钱奖金和半年小结年终鉴定后发的几十元的奖金，她几乎从不支出，积到每月见儿子前，她就拿上存折到小卖部去买罐头鱼等见面时捎给他。有一次她贫血晕倒了，醒来后祝春霞、彭彩云都劝她说："你自己的身体也要注意，买点营养餐吃。"阎冬娥虚弱地笑笑说："我没事……"如此几年，阎冬娥在狱中享受着特殊的天伦之乐，但时间一长，阎冬娥的新忧虑又来了。同犯们好心的絮叨，让她坐立不安：这么大一个儿子待在劳改队不是个办法，得让他早点出去才行。文清的刑期虽不长，但总是能早一天就早一天出去好。这事她没别的办法，只有每月接见时多说说儿子。国庆见面问起他何时能减刑时，儿子还一脸的茫然，想不到今天就得到好消息，阎冬娥用充满感激的眼神望着刘指导员说："谢谢！谢谢！"

阎冬娥与儿子慢慢说着话。刘强探着身子问彭彩云道："上次那个猪油的事查出了什么结果？"听刘强问起这件事，彭彩云做了个手势，示意他出门。

天冷风寒，还有人站在铁栅栏前向外张望。监舍走廊的铁栅门关着，一名上了年纪的值班犯在门里坐着，身上披着黑色大衣，手里纳着鞋底。

彭彩云压低嗓子说："你们跟这边通了情况后，我们中队就查了，查了好几天，查到应该是柳如玉送的。柳如玉你知道吧？"

刘强点点头："听说过。"

彭彩云往下说道："查到柳如玉就不了了之了。我们也搞不清怎么回事。"彭彩云侧头凑近说："后来听说是男犯没交代，没有证据，不好下结论。这种事可大可小，支队也不会过问，不就算了。"

刘强笑笑。过了会彭彩云问道："你们排了几个节目？"

"我们准备了两个。"

这时，大院里一部中型卡车从界屋钻过来开到食堂前停下了，有女民警带着女犯开始卸货。

十一点，刘强觉得该回去了，和彭彩云回到值班室，王文清和母亲忙立起身。

彭彩云看着阎冬娥母子说："差不多了。"

阎冬娥笑笑："谢谢指导员。"说罢，把手上一盒巧克力塞到儿子手里说，"昨天一个好人给的。"

彭彩云看着她儿子说："昨天蔡老师给你妈的，你看你妈一点什么好东西都留给你。"

刘强看着王文清说道："这就是人间第一亲，人间第一爱。"

彭彩云也说："你妈很后悔过去的事，你也要原谅她。如果今年她评到积改，明年减刑幅度会更大。"

阎冬娥母子俩都没说话，但他们的眸子里都充满了感激，也充满了对自己减刑的期望。

第六章　丈人说史

"西山劳改支队一九八六年度奖惩大会现在开始。"讲话的是西山支队副支队长赵春云，此刻他正主持大会。

西山支队一年召开两次减刑大会，上半年一次年终一次。今天召开的是年终奖惩大会，会场位于女犯大院教学楼五楼礼堂，会场简朴、严肃，台上挂着"西山劳改支队一九八六年度奖惩大会"的横幅，左右两侧一副对联，上联为"不服管教抗拒改造苦海无边"，下联是"靠拢政府积极改造新岸灿烂"。台上有两排桌子，第一排桌子上摆了五盒小小的塑料花，桌子中间对着人行走廊的是报告席，报告席前面一大钵盆景倒显出绿意盎然的生命气息。台上坐着的除本支队领导外，还有江中市中院的有关领导，几乎都是清一色着橄榄色，披红旗领章的男女民警，不言已威，只是会场无高低之分，使主席台少了些许威严感。

台下坐着三四百名代表，中间一个十字人行道，女犯在前面分坐两边，男犯坐后面。各大队副教导员在主席台后排就座，带队女民警坐在自己队伍两侧，男民警则集中坐在最后面。这里只是奖惩大会的主会场，各大队犯人集中坐在各监舍走廊，以收听广播的方式参加会议。

会议开始，首先由江中市中级人民法院刑二庭的王庭长宣布减刑和加刑名单。在热烈的掌声中，当个头中等的王庭长头戴大盖帽，身穿佩着肩章的军警式法官制服走向报告席时，显得肃穆而威严。王庭长首先宣布了96名减刑和1名假释人员名单，全场报以热烈的掌声。王庭长接着宣读了两个判决决定：1.罪犯陈琪、徐飞翔因10月14日越狱脱逃，分别加刑三年、两年；2.罪犯陈一民因生产质量问题报复杀害工人占玉芳，经省高院核准死刑，已于11月10日执行枪决。其中第二条是应支队要求，为增加法律的威慑力，对陈一民死刑一案进行宣读。王庭长宣读完毕后，威严的眼神横扫一下会场，坐在前面几排的女犯大多低下头来，不敢直视法官，整个会场鸦雀无声，空气中充斥着对反改造分子专政的肃杀气氛。当王庭长转身回主席台时，台下才爆发出雷鸣般的掌声。

接着，副支队长赵春云在报告席坐下。赵副支队长个头不高，也不魁梧，但却有着一对倒八字剑眉，虎虎生威。他在报告席坐定，两道剑眉先扫视了一下会场，然后开口说话："刚才王庭长宣布了减刑名单，下半年全支队共有96人减刑，还有一人假释，加上上半年减刑人数，全年有将近180人减刑，这说明我们支队大多数犯人是靠拢政府、积极改造的。全年将近180名犯人获得减刑，说明你们只要服管服教，积极改造，就会有好的改造前途。王庭长还在会上宣布了两项裁定：首先是六大队罪犯陈琪、徐飞翔10月14日越狱脱逃，被分别加刑三年和两年。脱逃是典型的反改造行为，是最没有改造前途的，这两个人脱逃不到5天就被抓回，今天被分别加刑，这就是反改造的结果，我奉劝那些不安心改造，还在想着逃跑的罪犯，好好看看陈琪、徐飞翔这两个人的下场，别的不多说。另外一个被判决罪犯就是陈一民，为了生产上的一点矛盾纠纷，就怀恨在心报复杀人，对这种穷凶极恶的犯罪分子只能专政，别无他法。在这里，我再次奉劝那些抗拒改造、顽固不化的罪犯，苦海无边，回头是岸，否则不会有前途，希望你们切记！在这里我不多说，等下陈支队长还要做报告。"接着赵春云拿起几张纸，宣布了403个劳动改造积极分子和86个获表扬以及206个获物质奖人员名单，还宣布了31个记过、12个受警告处分的犯人名单。

在陈支队长作了五十分钟的讲话后，会议按程序在欢快的乐曲中结束。

主席台第一排的来宾和领导们退场后，先由前面的女犯依次退场，男犯再起身整队依次下楼。乘着女犯还在依次退场，礼堂里开始有点嘈杂时，刘强走到程才旁边，程才抬头见是刘指导员，咧嘴点了点头。刘强看看他，心里琢磨着他减刑后的心态，想着回到监舍后找他谈谈，了解下他对自己减刑的想法。没想到，散场后回到本队监舍，当走在队伍后头的刘强上到二楼时，却见程才站在办公室门口等他。平时不苟言笑的刘强带着点笑容让他进了屋。

马小牛、方冬生、陈兴国几个人也一齐回到了办公室。刘强还没开口，程才却主动说话了："给我减十八年半，我以为能减到十七年左右。不过我知道这次能减还要谢谢队长。"

队长们都看着他。马小牛直率地说："你程才在大队印象不好，中队都希望你多减点。"对程才这个生产骨干，马小牛一贯很重视。

"指导员给你说了不少好话……"

陈兴国想多说几句，被刘强打断了："不管减多少，总是一个好开端，慢慢来。一方面劳动上多奖分，一方面改脾气。说实话只要你改造上过得硬，队长也不会怎么为难你。是不是？"

程才点点头，一副若有所思的样子。

"指导员说到点子上了。"方冬生望着程才说道，"你要是个明白人，就记住指导员的话，争口气。"

程才身板挺直了说："我一定让队长放心。"

看着程才精神状态不错，刘强换个话题问道："你那个节目大队看了怎样？过几天，支队要会演。"

"昨天在五楼排练，应教导员和刘队长都在。"程才胸有成竹地说，"刘队长说我《小白杨》唱得好。"

"好。"刘强见谈得差不多了，便让程才回监舍把王文清叫来。

马小牛和方冬生下午上中班，准备先走。临走时，刘强说："王文清明天释放，下午让他去跟他娘见一下。"马小牛答应一声，先下楼走了。

王文清走进办公室时，一脸的高兴。他在小板凳上坐下开心地说："谢谢指导员，谢谢陈队长。"

刘强心情愉悦地吐着烟圈道："队长教育是一方面，主要是你自己表现。"

王文清说："我有今天，是碰到了你指导员。熊根水和我一样刑期，比我早来几个月，和东海人打架又加了五年，后来一说起这事他就后悔。年轻时头脑发热，有人拉一把就不一样。"也许心里舒坦，王文清今天说话流利多了。

"指导员是真正的人生导师。"陈兴国认真地看着王文清说，"可惜我们中队有些人就是不听话，队长说什么，总是这个耳朵进那个耳朵出。"

王文清说："指导员、陈队长，反正明天我要走了，我说几句肚子里的话。"

刘强、陈兴国认真地瞧着他，点点头。

"队长都是好心，谁有事都会找他谈。但我们天天在一起，我晓得有些人是不会听队长的，到死都不会听，譬如万建华、郑国宁。"

刘强他们静静地听着。

"劳改队这地方，坏人来了会更坏，好人来了也变坏。"

两个民警放大眼睛，诧异地看着他。

王文清沿着自己的思路往下说："有人刚来时还好，来了几年后反而变坏了。为什么？很简单，他过去可能就做了一两件坏事，到劳改队一看，这世上还有比自己更坏的人，他就对自己以前做的事没有了悔罪感，有的反而去向更坏的人学本事，你说这人不会变坏么？"

刘强定定地看着他。陈兴国却发问道："就没有变好的？"

王文清也不假思索地说："变好的也有。一是原来就不怎么坏，二是有控制力。"

"说说。"刘强道。

"譬如蔡树林，还有张玉树、金玉源。"

对蔡树林，刘强比较了解："文革"犯，个人素质较好，从不与那些偷鸡摸狗的人搞在一起，被犯人称为"二干部"。王文清提起他没什么奇怪，但没想到他对张玉树也评价这么高。张玉树是因打群架出了人命被判刑入狱的。

"张玉树，挡四台车，劳动没话说。"王文清道，"有点清高，以前还是工人。他不愿多搭理那些小偷小摸的人，也不违反什么。我觉得他也没变坏。金玉源原来是我们江中人的对头，人家不惹他，他绝对不惹别人。这么多年从来不惹事，像他这样的人，劳改队也不多。"

刘强和陈兴国不约而同地笑笑，心想这家伙还善于思考。陈兴国笑着问他道：

"你变好了还是变坏了？"

王文清看着两个民警笑了起来。年轻的他笑起来还透出一丝稚气："蔡树林他们本质不坏，年龄也大，不会受别人影响。我就是跟坏了伴，到这里后指导员找我谈的多，我也控制自己，所以还好。"

听着王文清的叙说，刘强心里甜丝丝的，这家伙能说出这一番话，说明他不仅有分析问题的能力，而且几年的教育改造对他思想和性格的变化起到了作用。刘强心里很高兴，便关心起他出去后的事情："出去后打算干什么？"

王文清说："出去的事经常会想，到底干什么，现在也不好说。"

刘强看了一眼陈兴国，对王文清说："下午陈队长带你去见一下你娘。"

王文清的眸子亮了起来："那我今天中班不上了？"见刘指导员点点头，便起身道："谢谢指导员、陈队长。"

刘强示意他回监舍，到吃中饭时间了。

王文清一走，刘强丢支烟给陈兴国，自己也点着火："王文清讲的这些，从侧面证明一个人能不能改好，除外部原因，主要还在自己。"

"本质是基础。"陈兴国说，"从王文清身上，可以看出一个人只要不是太坏，在外力作用下是可以变好的，相反如果是坏坯子，外力作用再大也没用。"

刘强说："过去那个万建华就是这么个人物，真是花岗岩脑袋，支队、大队、中队，多少领导、队长找他做工作就是不听，最后闹了那么一场斗殴，关了禁闭只好自杀。对他，教育都是对牛弹琴。"

"所以，"陈兴国说，"教育的重点要放在年轻人身上，像王文清这样可塑性强的年轻人，就是我们要教育的主要对象。"

刘强说："看来'八劳'会议中央提出'三像'是有原因的，也是有针对性的……"

陈兴国看着刘强两眼直视前方，知道他又在思考问题，便不再吭声。

下班后，吃过晚饭，刘强正在北面房间洗碗，妻子闵冬香过来招呼说要和梅子去一下父母家。刘强忙说："等一下，我也去。"

闵冬香好奇地看着老公："你也去？"她父母虽住在本支队职工生活区，但平时没事他是不去的。

"去向你爸讨教。今天他在家吧？"

闵冬香说："可能在吧。"她知道父亲每周二、五进监，今天星期四应该在家。

说话间，刘强已把碗洗好。闵冬香叫女儿刘梅出来，把南面房间锁了，然后在走廊等老公。他们住的房子被称为新三楼。之所以被称为新三楼，是因为生活区还有一栋老三楼。老三楼在整个六十年代都是西山支队职工生活区的标志性建筑，"文革"期间，这栋楼还先后作为"五七"大军和"生产建设兵团"的办公场所。与老三楼齐名的新三楼建于六十年代末，每层楼中间有条走廊，南北两个房间住着两户人家，洗脸刷牙上厕所则在公用盥漱和卫生间，房子虽然简陋，但当年为解决职工住房问题立了大功。时至八十年代中期的今天，刘强因为工龄长才分到了两间房，虽然走廊把他们家分成了两半，但刘强还是挺满意的，毕竟结婚时还住在四合院一间平房里，转业来到西山支队后加了一间房，到前年他们家才离开潮湿的四合院搬到了干爽的新三楼。

"一家人吃了饭到哪里去呀？"提着水壶从门口经过的包大刚，见刘强一家三口准备下楼便随口问道。包大刚是三中队中队长，他住在二楼西头。

"到丈人家去一下。"刘强道。

包大刚立住笑道："饿肚不去饱肚去，你们啦真是想不开，老丈人的饭不吃白不吃。"

刘强两口子笑着，和女儿下了楼。

夜幕下的生活区光线暗淡，寒风习习，路面上见不到几个行人。不一会儿，刘强他们就到了老丈人家。

刘强的丈人闵细仔住在生活区唯一一栋四层楼里，楼房两个单元，每套三室两厅110平方米。住这里的都是西山支队资格最老的离休老干部，仅抗日老战士就有三四个。闵细仔资格不算老，1948年在县大队参军入伍，曾在地区公安处所属织布厂管理犯人，后调入西山支队，到现在五十八九岁了，还在基层大队工作。

闵细仔见女儿、女婿一家这么冷的晚上过来，一副乐呵呵的样子笑着说："梅子冷不冷？"他家已生了木炭火，屋子里有点暖意。

已经八九岁的刘梅一副天真烂漫的样子说："一点也不冷。"话没说完，她就和表弟小伟到房间里去了。小伟是闵冬香大弟弟闵宁安的儿子，平时弟弟两夫妻住四合院，因为四合院条件太差，爷爷奶奶便让小伟住在自己家。

闵冬香进屋后和母亲进了房间。刘强打烟给老丈人，自己也坐下了。

"爸，上次我中队那个犯人给你们找麻烦了。"

"没什么，小温当时也是在气头上。"闵细仔侧头看了他一眼说，"后来纪委来，我把他们挡回去了。"

"听冬香说，三大队'文革'以前就关过犯人？"刘强当女婿多年，还从未问起过老丈人的光荣史。他只听闵冬香说过，老丈人曾在一次车间辅助厂房的火灾中救火受伤，至今左脸上还留下一巴掌大的伤疤。

闵细仔从未见女婿扯这些事，今天觉得奇怪，但也没多想，便一问一答地说道："我一直在织布车间，车间都是我们建起来的。一开始就是男犯挡车，那时还是脚踏机子。"

刘强问道："那时关的都是些什么人？"

"反革命，坏分子，也有一些贼。"

"那时犯人好管么？"

闵细仔说："都是专政对象，强迫改造，只能老老实实，不能乱说乱动，表面上看起来服帖，但，"闵细仔指了指自己的脑袋说，"思想顽固得很呢。"

刘强笑了笑，没吭声。

"反革命就不一样，一有风吹草动就来事。"闵细仔开始打开了话匣子，"蒋介石'反攻大陆'那年，六二年吧，有人从报纸上看到消息高兴得很，表面不作声，背地里煽风点火，攻击政府，说美帝国主义好，蒋介石好，暗中串通人磨洋工，嚣张得很呢。"闵细仔不无兴奋地继续说道，"不过，那些人掀不起浪，批斗会一开就一点声音都没有了。"

见女婿一副洗耳恭听的样子，闵细仔接着说道："那个时候，我记得最清楚就是毛主席那句话，叫什么……反动派都是纸老虎，敌人一天天烂下去，我们一天天好起来。那时候干部思想很坚定，除了劳动生产，就是给那些人洗脑壳，让他们老老实实做人。"

"那时候队长和犯人关系怎样？"

"那个时候干部和劳改犯分得好清楚，"闵细仔说，"都是阶级敌人，专政对象，笑都不能笑一下……但那些人表面还老实，所以那时有'文斗'没'武斗'。"

见证过"文革"初期乱象的刘强，似乎明白老丈人比喻的意思："那个时候改造犯人主要是开批斗会？"

闵细仔点下头补充道："批斗会也不是要打倒哪个人，是讲理，集体讲理。除了批斗会，还有坦白检举，平时考核也抓得紧，劳改犯每天有什么好事坏事都要登记，一个星期开一次生活检讨会，月底总结，季度评比。有什么大点的事都要组织学习，有年台湾飞行员开飞机回大陆，我们就让他们学习讨论，要他们认清形势，别做梦，老老实实改造。"

"今天你老爸作起报告来了。"刘强的丈母娘回到客厅，见老头子说得起劲，便笑着对身旁的女儿说。

刘强忙说："今天特意向老爸取经。"

闵冬香笑笑在刘强身边坐下，拿着小刀削苹果。

这时丈母娘听见房间里两个孩子说话的声音大了点，便走过去看究竟。

听了老丈人讲的这些，刘强大致明白了过去改造犯人的情况，联系起今天上面的政策和下面一些民警的做法，他似乎明白了改造罪犯政策前后变化的拐点就在西山纤维厂恢复劳改单位建制后。于是他又问丈人道："我们厂重新收犯人是哪一年？"

"恢复劳改单位就进了人。"

闵冬香削了苹果先给父亲，父亲不要说怕冷，给刘强，刘强摇摇头，她只好自己啃起来。

"恢复劳改单位时，情况蛮复杂吧？"刘强问道。

闵细仔看了女婿一眼，心想他怎么对过去的事感兴趣，但口中还是自然地说道："那个时候情况复杂，一方面开始进劳改犯，有男有女，还有一批'五七'大军没走，乱七八糟的。"

"我就是那一年底顶替我妈进厂的。"闵冬香说。

刘强问道："那个时候关的都是刑事犯吧？"

闵细仔说："过去那些反革命、坏分子'文革'开始后差不多都调走了，后来的都是些年轻人，偷东西、抢东西的，还有打架进来的。"

"这些人就不好管了吧？"刘强说着拿起了烟。

闵细仔接过女婿的烟自己炭火上点了，吸了口烟后说道："都是些好吃懒做的，傲傲烈烈，讲什么都不听，有爹养没爹管的。"

"后来，从东海调了一批犯人……"刘强有意引起话题。

"东海人来后，麻烦就多了。"闵细仔笑笑，讲起了往事，"一个本地人，一个外地的，谁也不买账。都是火气大，打了好几次架……欸，后来你不是也来了吗？"

刘强点点头说："听说东海犯人刚来时和队长都发生了冲突？"

"也不是所有东海人，就是一些捣蛋的和队长对着干，闹了一阵子。后来关了一批，也就不闹了，胳膊哪扭得过大腿呢？"闵细仔很严肃地说，"不过那些家伙蛮厉害，搞不过队长就和江中人搞，打了几次架，不是'严打'还真不晓得会闹成什么样子。"

"欸，爸，"刘强继续说道，"你说现在的犯人这么捣蛋，上面怎么还提出要'三像'呢？"

两鬓花白的闵细仔把烟屁股丢到火盆里，两眼看着对面墙上已经发黄的毛主席像，一副过来人的样子说："听上面是说，过去关的都是反革命，阶级敌人，现在关的都是工农子弟，内部矛盾，过去那些人是要翻天，现在这些人是没读到书，打打闹闹惯了，偷东摸西，好吃懒做，爹娘都管不住。我们厂方富贵的崽不就是因为打群架在皮革厂劳改吗？冬香都晓得。"

闵冬香接话说："方大刚比我大一岁，是我们厂一帮男的头，好像是八二年和镇上人打群架，死了人，判了十五年吧。他爸也是离休的。"

"老方那个崽是我们看着长大的，有工作没文化，打个群架就进了劳改队。"

闵细仔说着说着就笑了起来，"中央把这些人叫作什么……对，失足青年。这些人没读到书，大人的话不听，一天到晚乱来，不就这样进了劳改队。"

刘强心里很开心，老丈人一番朴实形象的话语让他对失足青年的理解加深了，也进一步明白了中央提出"三像"的初衷。过了会他又对老丈人说："现在还有人对犯人动手动脚。"

闵细仔用火钳拨了下炭火，然后抬脸看着墙上的毛主席像，脸上的大疤痕在炭火的映照下显得那么清晰，红亮亮的。他慢慢地说："你不要学他们。过去对那些反革命、坏分子都不会动不动就惩罚，现在对工农子弟更要讲政策。上面已经讲了要'三像'，说实话像爹娘对崽女难做到，像医生对病人，像老师对学生还可以。"

这时两个孩子从房间里出来了。小梅看着闵冬香说："妈妈，我们什么时候回家？"

"快了。"闵冬香随意答了一句。

"下面工作的干部也有难处，"闵细仔客观地说，"有的劳改犯喜欢磨洋工，不好好劳动，脾气急躁一点的就会动手动脚，违反政策。这就是一个人能力的问题。我们大队，有的中队每个月生产任务完成得也不错，我也没看到谁拿劳改犯怎么样。"

刘强把烟屁股丢进火盆，高兴地起身说道："好，我有数了。"

第七章 大狱"春晚"

"报告。"

下午四点来钟，刘强和陈兴国在中队办公室谈事，忽然传来一声"报告"。办公室的门虚掩着，熊根水探头往里看。刘强叫他进来后，熊根水把手上的几张纸递给刘强说："指导员，这是我写的，想给《新生报》，队长帮我改下好吧？"

刘强接过那几张纸，先让他坐下，然后把熊根水写的东西从头到尾看了一遍。原来是一篇心得体会，大意是说自己过去不听队长劝告，跟着"大罗汉"拉帮结伙打群架，结果被加刑五年，后来在队长的帮助教育下痛改前非，努力改造，今年还被评为积极改造分子，这次又被减刑一年云云。刘强自己的文字水平不高，他把熊根水写的心得体会递给陈兴国道："你看一下。"然后看着熊根水，忽然发现他穿的罩裤没打米黄色标记。

"刚刚把裤子脱了浸到准备洗，还有一条挂破了，拿到大队去补了。"熊根水忙解释道，"先穿一下，明天上班再穿打标记的。"

"没打标记的早点送到大队去。"

熊根水点点头，接着先前的话说道："这是我几年的改造体会，不晓得这样写行吗？"

"等陈队长看一下。"

不一会儿陈兴国看完稿子，亮着眼珠说："熊根水，你还有点写作基础嘛，文字还通顺，结构也差不多，意思表达清楚了。"

"嘿嘿，我先叫金玉源帮我改的。"熊根水不好意思地笑笑。

金玉源是东海人，保全工，小组学习委员。刘强知道金玉源是高中文化，虽没见他写过什么文章，但改熊根水写的东西应该没问题，熊只有初中文化。

"从你写的这些来看，你是有感而发的。"陈兴国肯定道。

"人就有后悔，没有前悔。"熊根水不无豁达地说，"当初就是一根筋，听不进指导员的话，不然昨天我也和王文清回家了。"

刘强点头道："回头就好，不管早晚。"

"《新生报》上经常有这样的文章，所以我就试着写了，希望别人不要走我的老路。"

"不错。"刘强高兴地说，"说明你境界高了。"

陈兴国也说："我改好了给你。"

熊根水见没什么事了，就退出了中队办公室。熊根水一出门，陈兴国便说："前天刘光明说大队想成立通讯报道小组，每个中队搞1—2个报道员，熊根水可以算一个，让他跟着多练一练。"

"这个好。"刘强说，"中队这几年有进步的人多，让他多写，鼓舞一下士气。"

正说着话，大组长蔡树林拿着一沓购物登记表站在门口喊了一声："报告。"蔡树林进来后，刘强接过他手中的表看了看，马上签字同意，并说："这几天买东西的人多，光几个生活卫生员怕不行，你最好去看一下。"两个大院中间的界屋已建好启用，位于界屋北侧的新小卖部前天正式开张，临近春节，这几天购物的人多。

"好。"蔡树林点头答应一声准备离开，刘强忽又问道："你们年终奖上了折子吗？"

"昨天上了。"蔡树林回答道，"所以今天买东西的人多。"

刘强问："年终奖多的是哪几个啊？"

蔡树林回答说："张玉树最高吧，有四十几元。"

陈兴国从抽屉里找出一张表格，看了后念道："张玉树，年终奖45元，程才43元。这两个最多。"

"马贱根呢？"马贱根自小父母双亡，靠叔叔养大，但坐牢后没什么人来见他，是个无接见、无汇款、无邮包的"三无"犯人，平时就靠一点奖金买东西，所以刘强特别提起他。

"马贱根36元。"陈兴国说，"去年一年他还可以哦，全中队算中等偏上，每个月都拿得到三四元钱，季奖有七八元，半年奖也不会少于这个数。"

"邹永福多少？"邹永福因盗窃判刑入狱后，妻子一个人带着三个儿女生活，去年底她所在的厂子又停产了，一家四口不知怎么办，刘强也特意过问一下。

陈兴国看了下表格说："邹永福39.5元，还可以。"

刘强满意地点点头道："困难犯人只要劳动卖力，多超点产，零花钱总有。"接着又道，"你拿了多少？"

"我比张玉树他们少多了，张玉树挡四台车，每个月要超百来米，一米奖3分，每个月拿得到三四元钱，加上季奖、半年和年终奖，差不多一年拿到了一百三四十元。我算了下，去年我拿了98元。"

陈兴国看了看表说："保全工里头，你是最高的。"保全工的奖金拿挡车工的平均数。

"差不多吧。"蔡树林笑笑。

刘强安抚般地说，"奖金少几个没关系，你是大组长，堤内损失堤外补。"

蔡树林笑笑，一脸开心的神情。

刘强说道："你跟几个组的生活卫生员说一下，要他们把组里没打黄边的衣服裤子收一下，送到大队去。"

蔡树林点点头："好。"临走时又微笑着问道，"指导员晚上会来吧？"

刘强明白他的意思，说："我到了院子里叫你们。"

看着蔡树林满意地离开后，刘强说："这些人一听到看戏就心急。"

"就喜欢看女犯演戏。"陈兴国说，"前几天他们就听到了消息，开心死了。"

刘强说："也难怪，三班倒的人难得碰到一次看戏，今年总算碰到了。"

"怎么不多演几场？"

"每年都只演一场，今年还不错演两场。礼堂小，要让全支队人看一遍得演四五场。"刘强说，"演多了怕出事。"

陈兴国没再吭声，看看熊根水那份稿子，然后起身说："我去给他。"

"就改好了？"

陈兴国点点头。刘强起身把打火机和烟塞进口袋说："你先过去，我来锁门。"

晚饭后，天气起了变化，呼呼的寒风中夹杂着雪子，感觉天气变冷了些。从生活区一路向前，穿过国道走进监狱主干道，前前后后都是冒着风雪匆匆进监的民警，人们大多戴起了棉帽，戴上了手套。刘强匆匆走着，偶尔与人打着招呼。到了监舍后，刘强让蔡树林带人下楼。他跟着队伍下到一楼时，常日班的人也刚从走廊出来，应树根站在大队值班室门口看着他们。常伟问："不去看戏？"应树根道："没什么看的。你们去吧。"监舍里还有上晚班的人在休息，今天他值班，对他来说，安全比看戏更重要。

今晚，女犯教学楼五楼小礼堂里灯火辉煌，彩练以礼堂中间的吊灯为中心，呈放射状悬挂着，欢快动听的乐曲已经响起来，一年一度的文艺会演（犯人们习惯称为春节晚会）即将开始，礼堂里一片热闹欢乐的氛围。刘强带着全中队犯人进入女犯大院，从一楼爬上五楼礼堂时，有的大队的男犯已坐下，有的还在整队，每人的手里都拎着小板凳，坐下时发出一阵噼里啪啦的响声。刘强将队伍带至指定位置，迅速整队安顿队伍。

今天文艺晚会人们的座次与开会时有变化，礼堂中间用粉笔画了一条一米宽的分界线，男的靠里一侧，女的靠走廊。这样安排比较公平，但如此男人女人就变成了并排坐。刚坐下时，男人们还不时地跺脚驱寒，当一队队的女犯们背着小板凳（女犯大队的小板凳都统一安装了一寸宽的肩背带）鱼贯进入礼堂时，所有男人的目光唰的一下就偏了过去，等到她们坐下后，靠近分界线一侧的男人们个个心里乐开了花，都大胆地歪着头看着近在咫尺的几个女人，无论对方年纪、长相，嗅着难得一闻的女人气息。一旁的女人几乎没有敢侧头看男犯的，她们都低着头，或看着大幕紧闭的舞台，或与身旁的同犯细语，倒是靠里侧的女人不时有人偷眼瞄瞄另一边的男人。礼堂里乐曲响个不停，夹杂着以小聚大的说话的"嗡嗡"声以及轻微的跺脚声，使人们在等待大幕开启的时间里有点躁动起来。女警们胆小心细，不时有人起身在队伍旁巡视，而对面的男民警却司空见惯地吸着烟、聊着天，不时有男犯伸着脖子看女犯，他们也懒得管，因为这都无伤大雅，无碍大局。

一年一度的春节晚会即将开始，绛紫色的大幕紧闭着，但映着灯光可以感觉得出幕后不时有人影晃动，欢快的乐曲也变得更加悠扬起来，这些都仿佛在尽情地渲染着一种气氛。西山支队的管理者们善于发挥本支队有男有女这一得天独厚的优势，每年"三八"妇女节、"五四"青年节、国庆节都会组织小型的文艺会演或歌咏比赛以及"忏悔之声"演讲比赛什么的，借以活跃犯人的改造生活，但每年春节前的文艺会演才是支队全体犯人期盼的大戏。今年的文艺节目水准不同往常，因为元旦前夕省劳改局在南河劳改支队举办了全省劳改支队"希望之春"文艺调演，西山支队选送的《纺织舞》和《花笠》《器乐合奏》分别获得创作奖和表演奖，西山支队获得文艺演出优胜单位称号。今天演出的节目中就有这些在省局会演中获奖的优秀节目，当昨天参加春节文艺会演节目彩排回到中队的程才告诉同犯这一消息时，一中队的犯人们都非常高兴，期盼着欣赏一台高水准的文艺大餐。

七点十五分，春节晚会正式开始。一个着灰白色西装系红领带的男报幕员从舞台中间幕缝走出，站到麦克风前抑扬顿挫地背了几句台词后，宣布"春节晚会现在开始"。

随即，大幕缓缓开启，舞台中间一支乐队，天蓝色的背景幕墙上呈弧形粘贴着"春节晚会"四个红色大字，字的下方是"1987"，再下面便是一个挂着彩灯的菱形装饰。舞台前摆了一溜盆景，作为台上台下的分界线，使人们的视觉中有那么一丝舞台的感觉。

大幕开启后，台下便发出了一阵阵"啧啧"的声音，因为台下的观众们第一次见到支队的乐队。早就听说支队的文艺队成立了乐队，也经常听到五楼礼堂传出的乐器声，但就是未曾谋面，不想今天一见果然不同凡响，由十二人组成的乐队气势恢宏地摆好了架势。一架电子琴摆在中间，十分醒目，其后是一部白色的架子鼓，架子鼓显得"高大上"，像是雄起在乐队中间。如果说电子琴是乐队的灵魂，那么架子鼓便是乐队的支撑。左右两侧簇拥着好几把大小提琴以及二胡、萨克斯、笛子、木鱼等，阵容可谓不小，特别是那些或站或坐在司乐位置上的男操作手虽然都是小平头，但在西装领带的衬托下，一个个显得精神饱满，容光焕发，使整个乐队的阵容架势非同一般，让台下的观众十分惊讶。当报幕员走到前台，在麦克风前报出"第一个节目器乐合奏"时，一名着上蓝下麻色衣裤、系红色领带戴金边眼镜的高个子女人，手执指挥棒、脚踩高跟鞋"噔噔噔"地走到了舞台中间。只见她面向观众，十分礼貌地弯下腰，向观众鞠了一躬，然后转向一百八十度，向前两步就站到了乐队正前方。

"哇，她是乐队指挥！"观众们大吃一惊的同时，礼堂突然爆发出热烈的掌声。

太出乎意料了。如果说在八十年代犯人整体文化水准不高，整个社会音乐教育欠缺的背景下，从数以千计的男犯中寻着会弹电子琴、会拉小提琴、能打架子鼓、可操作其他乐器的犯人虽然不太容易，但却也能凑齐一支乐队的话，那么要从全支队寻着一名乐队指挥更是一件很难的事，何况是一名女指挥！毕竟，能驾驭一支乐队的绝不是一般人物。因为作为一名乐队指挥，他必须具备广博的音乐知识，对要演奏的乐曲的分句、力度的平衡了如指掌，并且精确判断作品应当发出什么样的声音，在如何形成整体，如何将乐谱上的音符转为动人的乐曲等重要环节缜密构思，用心把握。作为乐队的灵魂人物，指挥员可以控制演奏曲子的速度和效果，保持作品结构与形式的统一，使乐队正确、统一地演奏作品。同时乐队指挥还必须充分调动自己的全身，把自身的全部激情通过自己的肢体语言表现出来，从而带动整个乐队，用自己的气质和魅力来抓住整个乐队和台下的观众。

"乐队指挥是哪里的？"坐在礼堂后面的刘强侧身向着旁边的陈东山问道。舞台上乐队合奏的《泉水叮咚》刚刚演奏完毕，礼堂里响起了热烈的掌声。接着，器乐合奏的第二支曲子开始响了起来。

"女犯教学组的。"陈东山答道。陈东山负责支队犯人的政治教育，同时又是文艺队的管理干部。

刘强点点头说："教学组有人才。指挥不是一般的人当得了的。"刘强知道，能当乐队指挥的人很不简单。以前他在东海当兵时，给连队、班排唱歌打拍子的人好找，但乐队指挥他从来没见过，只是听懂文艺的一个团政治部主任说过，乐队指挥要经过专业的训练才行。

"这个女的确实可以。"陈东山见刘强感兴趣，便把椅子靠近过来说道，"这次在南河参加劳改局调演，我们的乐队一鸣惊人。男乐队，女指挥，一下就把所有人镇住了。这个女的又有气质，高跟鞋一穿，手里拿着指挥棒，风度翩翩地走上台，台下就爆发出热烈掌声。南河那个舞台一米多高，从台下看去，她在台上的气质和魅力真是展露无遗。这次我们支队文艺队一炮打响，乐队立了头功，跟这个女犯有很大关系。"

器乐合奏结束后，按照节目单接着演出各大队排练以及支队文艺队排练的舞蹈、独唱等节目。

刘强瞄了一眼前台，接着说道："乐队搞起来不容易。"刘强在部队多年，从没有见过这样的乐队。

陈东山点点头，说道："这次支队确实重视，买这些乐器就花了不少钱，还有文艺队每人一套西装，还要请人指导排练。这次调演，赵支队长是下了血本。"陈东山说这话是对赵副支队长支持重视支队文艺队建设和参演工作的赞赏，只是由于他职务所限，对时下有利于劳改工作的一些政策和经济背景并不十分明了。实际上到八十年代中后期，劳改系统上上下下已形成了要"教育、感化、挽救"失足青年的共识，不仅在管教工作方针上作了必要调整，在实际工作中也采取了一些前所未有的建设性举措，去年12月省劳改局还召开了全系统首届"劳动改造积极分子代表大会"。这几年西山支队的经济效益达到了计划经济时代的高峰，去年总产值、利润都达到了建队以来的历史最高水平。正是由于有这样的经济底子，赵副支队长才敢于下决心花血本组建乐队，让支队的文艺队在全系统一炮打响。

"这个舞蹈不错。"刘强看着前面说。由于礼堂过于平面，坐在后面的人不停转动脑袋，见缝插针地看着前面。一个坐在刘强跟前的犯人问"可以站到后面看么"，但被否定了。

"这是文艺队演的舞蹈，在劳改局获了奖的。"陈东山介绍说，"叫《花笠舞》。"

《花笠舞》是一支黎族舞蹈，原名《草笠舞》，支队文艺队移植过来时取此现名。晚霞掩映下，只见一群身穿筒裙的黎族少女手拿着花笠，她们走田埂，越漫坡，绕山崖，来到小河边。她们拂去沾在衣衫上的沙土，扫去花笠上的尘埃，照着水镜梳发，大家互相为对方整理着发髻和衣服，然后戴上心爱的花笠，欢快地回家去。舞台上，演员们手叉腰，微出胯，顺拐式的步态与摆手等优美舞姿构成的一幅幅舞蹈画面，洋溢着黎族少女特有的一种自豪感，很好地表现了黎家少女的良好体态和风韵，以及她们美好的内心世界和旺盛的青春活力。

一阵热烈的掌声过后，报幕员款款走到话筒前："下一个节目：独舞。演出者：柳如玉。"

顿时，礼堂里响起雷鸣般的掌声。支队大名鼎鼎的柳如玉被一些男人捧为"狱花"。这几年支队的春节晚会，柳如玉都有节目，虽然都是群舞演出，但她每次出场几乎都是领舞，其美丽的脸庞和优美动人的舞姿让男人们为之倾倒，实为人们心中的"狱中明星"。没想到今天她要独舞，更让心仪的观众们兴奋不已。不过人们不知道的幕后故事是，柳如玉独舞来之不易。由于柳如玉舞姿优美，负责文艺队艺术指导的"龙干部"有心让她跳一支独舞，但大队领导却不同意，借口说"没时间练"，实际是不想让她过多地出风头。最后还是管教科长同大队领导打电话，才有了柳如玉独舞一事。在舞曲的选择上，"龙干部"本想让她跳现在比较时髦的《孔雀舞》，但因柳如玉个头矮了点，便决定让她自己选一支最拿手的跳。

灯光暗下来，舞台上静了几秒钟，忽然灯光大亮，柳如玉出来了。虽然是规定的标准齐耳短发，不能像社会剧团演员那样打扮得光艳夺目，但经过"龙干部"的精心包装，身材中等但不失婀娜的柳如玉，仍然显得那么艳丽和美妙动人。她站在舞台中间，台下的观众鸦雀无声，大家都屏声静气地盯着她。只见她先向观众深深地鞠躬，然后慢慢地抬起头，亮出了那张秀丽的脸庞，和着那能说出万千种心语的眼睛和秀眉。此时，礼堂后面的观众人头攒动起来，人们的情绪变得有点焦躁。

柳如玉亭亭玉立着。随着笛声响起，小鼓敲起，和着舒缓的歌声，柳如玉舞起来了。刚开始的动作，像是俯身，又像是仰望，像是来，又像是往，俯仰来往，那样从容不迫，又是那么惆怅不已。只见她一会儿飞向远方，一会儿又步行向前，时而玉立，时而又斜倾。她的手指腰肢和全身的关节灵活得像一条蛇，自由玲珑地扭动着，与她的秀眉妙目一起牢牢地抓住了观众的目光和思绪。舞台上，柳如玉美妙的动作看似不经意，但手眼身法却都应着鼓声。纤细的罗衣从风飘舞，缭绕的长袖左右交横，美丽的舞姿婀娜多姿，让人如痴如醉……

柳如玉舞毕，又优雅地向观众鞠躬致射。礼堂里顷刻间爆发出一阵雷鸣般的掌声，直到大幕闭上才渐渐停息。其间，热烈的掌声里没有社会剧场里节目结束时那种常有的刺耳的口哨，有的只是因交头接耳赞美议论而引起的"嗡嗡"声。也许是特殊的身份特殊的环境让观众们不敢造次？抑或是柳如玉的舞蹈激发出了人们对美的呼唤？因为西山支队的管理者们，在节目安排上从不考虑那些低俗的、诱发不健康感官刺激的舞蹈，而是尽可能地选择一些品格高尚又具观赏性的独舞、双人舞和组舞、群舞等舞蹈，让它们在艺术展现中能对观众起到陶冶情操的作用，进而转化成对美好人生境界的自觉追求。

一个小时后，春节晚会的节目单流程已过四分之三，晚会的文艺演出迎来了一个高潮。高潮的标志便是下面的一个节目——男声独唱。

当大幕开启，报幕员报出"演唱者——程才"时，三大队观众中率先响起了热烈的掌声，台下的气氛也高昂起来。

迎着热烈的掌声，个高挺拔的程才走到了温馨且不断变幻着色彩的舞台中间。裤子依旧，一条打了黄边的囚裤，但上身是一件灰白色格纹粗毛衣，就是这一件粗毛衣让程才今天的形象焕然一新，平时不耐看的光头今天罩了顶蓝色鸭舌帽，使整个人精神多了，也帅气多了。

程才挺挺地站到舞台中间，弯腰致敬后，上前两步站到麦克风前，从容地说："谢谢大家给我掌声。今晚我演唱的是军旅歌曲《小白杨》。"

一听程才要唱《小白杨》，礼堂里又掌声雷动起来。很多观众都知道，《小白杨》自从几年前由歌唱家阎维文在中央电视台春节联欢晚会上献唱后，很快唱响大江南北，广泛流传开来，支队广播站每天早晚两次广播节目中也经常会播放这优美朴素、充满着军人气质和边关风情的歌曲。今天，自己支队的男歌手程才竟然要唱它，令观众们喜出望外，大家都目不转睛地望着他，充满期盼地等待着。

程才稳稳地站在麦克风前，两眼平视，面带微笑，显出一种挺拔、兴奋和自信的感觉。这时，《小白杨》悠扬的音乐响起来了，只见程才和着节拍，充满激情地唱了起来——

一棵呀小白杨

长在哨所旁

根儿深干儿壮

守望着北疆

微风吹

吹得绿叶沙沙响啰喂

太阳照得绿叶闪银光

来……来

小白杨小白杨

它长我也长

同我一起守边防

当初呀离家乡

告别杨树庄

妈妈送树苗

对我轻轻讲

带着它

亲人嘱托记心上啰喂

栽下它

就当故乡在身旁

来……来

小白杨小白杨

也穿绿军装

同我一起守边防

来……来

小白杨小白杨

同我一起守边防

一起守边防

唱到最后一句时，程才潇洒地摊开双手，高声渲染一般地唱道："一起……守……边……防……"

歌声停止，"雷声"响起，冬夜的礼堂里爆发出最热烈的掌声，台下的观众们沸腾起来了，有人大胆地喊叫着"再来一个"……但负责演出节目安排的"龙干部"没有理会，让晚会按计划进行。

的确，《小白杨》乐曲十分优美，今夜的演唱者程才虽然没有歌唱家阎维文宽广的音域、纯正的音色，但作为业余演唱者的他却能把这首人人喜爱的军旅歌曲唱得如此之好，如此之像，着实让全礼堂的观众们十分吃惊、兴奋，晚会上的气氛变得更加热烈起来。

当下一个节目《纺织舞》已经开始，礼堂的气氛渐渐淡下来后，陈东山明知故问地看着刘强说："这个程才是你们大队的吧？"

刘强也被大家激动的情绪感染着，忽听身旁的陈东山问话，便开心地说："是，是我们中队的。"

刘强没有想到，程才能把这首自己喜欢的歌唱得这么好。军人出身的刘强，几年前听阎维文在春节晚会上唱响《小白杨》时，内心就十分激动。虽然他在东海当兵，对歌曲中反映的北疆部队的生活场景没有实际体验，但军人的心是相通的，阎维文唱出了他们这一代军人的心声。没想到几年后的今夜，自己中队的程才又唱起了这首歌，令他心中激动不已，以至晚会结束带队回到中队监舍后，刘强还特地把程才叫到了自己办公室。

"你这个《小白杨》唱得好。"刘强一见程才就夸奖道。程才身上还穿着演出时的那套行装，两颊的演出淡妆尚未抹去，整个脸膛显得红彤彤的，一看便知他还沉浸在晚会演唱成功的喜悦中，脸上洋溢着难得的愉悦表情。也难怪，今晚连他有三个男犯独唱，但就是他博得了观众的赞许、肯定，甚至追捧。来到西山支队，今天是他最开心的日子。

　　见程才在小板凳上坐下了，刘强说："看得出你很用心，投入了感情，唱得不错。"

　　程才很认真地说："我对《小白杨》的歌词、背景、风格都研究了。"

　　"怎么对军歌感兴趣？"刘强笑着看着对方，因为他知道，军人才对军歌感情深。

　　听指导员这么问，程才爽朗地说："我父亲是老革命，原来也想让我去当兵，那时候我出了事去不了，但心里还是向往部队。后来听了《血染的风采》，这几年又有《小白杨》，觉得军人很伟大，所以就选了这首歌。"

　　刘强点点头。他明白，一个人向往军队，必定胸中有爱国情怀。他满意地说道："你有这种朴素感情就好。今天辛苦了，早点休息。"

　　程才满心欢喜地走了。

　　晚会散场，人们回到监舍，二○三监号里的气氛立即活跃起来。难得一见的支队春节晚会令这些长年三班倒的人喜出望外。每年大年三十中央电视台的春节联欢晚会虽然好看，有很多名人，节目水平高，但全中队的人挤在走廊里看一台黑白电视如食鸡肋，还不如今晚看自己支队的节目，一个个都是真人，一些还是自己认识的。全支队大名鼎鼎的男歌手程才就是自己号子里的，让二○三监号的同犯们有那么一点自豪。但今晚的文艺节目，让大家兴趣浓、印象深的还是那些女犯们的舞蹈，尤其是大名鼎鼎的柳如玉的独舞，让大家赞不绝口，议论得也最多。

　　"晚上跳舞的那些女的，一个比一个好看。"一进监舍，陈文斌就嚷嚷着说。

　　"没流口水吧？"站在陈文斌旁边的熊根水笑道。

　　几个人同时笑出了声，熊崽也"嘻嘻"地笑着。

　　"最好看的还是柳如玉。"车峻说，"人家长得好，身材又好，那个舞也跳得好。”

"我最喜欢那些跳斗笠舞的。"马贱根笑嘻嘻地说。

监号里的人几乎都"嘻嘻"地笑起来。车峻看着马贱根说："'脑膜炎'，那叫花笠，乡下人才叫斗笠。"

马贱根用手搔搔头不好意思地笑笑说："我就喜欢那个舞，那些女的胳膊藕一样白。"

"说实话，"已经洗好脚的蔡树林端着盆子起身道："舞跳得最好的还是那个柳如玉，水平跟县剧团差不多。"

"谁跟县剧团差不多？"程才进门时听到了蔡树林说的那句话后明知故问。但蔡树林没有理他，出门倒洗脚水了。

车峻拿出一盒"庐山"打给程才："来一支。"程才说"戒了"。车峻知道他抽烟，去年才戒的："今天你歌唱得这么好，来一支高兴高兴。"

程才指指自己的脸说："洗脸。"

熊根水抽着烟说："有时候见他哼两句，没想到今天唱得这么好。"说罢，开心地笑起来，"我看见旁边那些女的高兴死了，拼命鼓掌。"

这个时候，号子里比较拥挤忙乱，因天冷都不愿去走廊，关了门，大家一起挤在号子里，有的在洗脚，漱洗完毕的开始爬到上铺去，也有的不洗脸脱了袜子就钻进了被窝。

不一会儿，程才打了一盆洗脚水回到监舍，坐在熊根水的床沿上洗起脚来。

"你现在是大明星了。"熊根水拍拍程才的肩膀说。

"指导员对《小白杨》有感情。"程才说，"他说我唱得好像阎维文唱的。"

车峻说："指导员当过兵，军人对军歌都这样。"

程才正在擦脚，陈文斌靠近他说："这几天和那些女的在一起，没干点好事呀？"

程才看了他一眼，没吭声，继续擦自己的脚。

"队长肯定盯得紧，不会有机会。"车峻道。

陈文斌说："要是我呀，别的不说，摸一下哪个总有机会。"

号子里的人都笑起来。一直不怎么吭声的张玉树摇摇头说："'老流氓'这帽子你戴真的不冤枉。"

"别装了。"陈文斌一脸流里流气的样子。

号子里的人都知道陈文斌强奸了五个女的，最后一个报了警，他才被判刑进来的。对于自己强奸犯罪，他从不掩饰，还常常拿出来说道炫耀。

"算啦，你那些老皇历别总挂在嘴上。"上铺的蔡树林手上拿着一本书，这时搁下书，看着陈文斌说，"人家程才晚上一首歌唱得几好，指导员都感动了。你要想去摸女人，也选支歌好好练，明年就可以摸。"

号子里的人又都一起笑起来。陈文斌望了一眼蔡树林，有点尴尬，但也跟着笑了起来，对方是大组长，他一点办法都没有。

"没什么说的。"程才端起盆子起身出门。刚才蔡树林说他的好话，让他有点不自在，因为昨天彩排时，以前在四大队带徒弟时认识的那个王玲玲悄悄塞给了他一个小纸条，后来他乘上厕所时看了那纸条上的四个字："想你，保重。"虽然他也喜欢王玲玲，但心思还是放在柳如玉身上，原本打算传个条给柳如玉，但又怕不慎给她惹上麻烦，只是总拿眼睛瞄她。但干部盯得紧，柳如玉无暇顾他。程才虽觉有点怅然，但今晚的成功演唱还是让他十分开心。但他没想到，自己今晚的演唱让他一举成名，"男歌星"的外号由此诞生，并搅乱了女犯大院众多女人的心绪。

第八章　点歌风波

春节过后不久，刘强上班时往大队值班室去打一转，顺便看看有无犯人的信件、包裹。

走进值班室，大队干事刘光明一见刘强就说："老刘，《新生报》登了熊根水那篇文章。"

"哦，"刘强看了一眼正在吸烟的应树根，拿过刘光明递给他的报纸，找到那篇豆腐块大小的文章坐在沙发上看。看完了，刘强抬起头来，还没开口，应树根先张了嘴："看到熊根水的改造体会，想起'严打'那几年，我们劝他说破了嘴都没用，现在终于后悔了，这些家伙就是不见棺材不掉泪。"

"年轻人就这样，"刘强说，"有的懂事早，有的懂事晚。"

应树根接着说："熊根水有这个积极性就让他多写一些，他是积改分子，还可以让他参加你们中队积改小组，大队要成立积委会。"

刘强和应树根说了一会儿话，见没事了便拿着几封信离开了大队。

中队办公室的门虚掩着，刘强还没走到二楼楼梯口，便听见陈兴国说话的声音，推开门一看，熊根水站在办公桌前，背对着门，转身见刘强来了叫了一声"指导员"，便靠一边侧侧身子。

"他那篇文章今天登出来了。"陈兴国说。

"刚才刘光明给我看了，好事。"刘强朝着熊根水说，"坐下说。"

刘强给自己泡了杯茶坐下说："应教导员也看了你这篇文章，鼓励你要多写，要你参加中队积改活动。"

"好。"熊根水笑着点点头。

刘强接着道："我们也希望你多写一些。除了劳动，写文章就是你参加中队积改活动的方式。以后，你就拜陈队长为师，也可以去找男教学组的干部帮忙。"

熊根水连说了两个"好"字。

熊根水走后，刘强从抽屉里拿出一个记事本，翻了一会儿对陈兴国说："前年积改14个，去年15个，两年29个。大队成立积委会，我们中队就成立积改组，监号成立积改小组。每个积改小组有4—6个人，抓住这些骨干带动其他人，工作就不难做。"

陈兴国笑笑说："你说了就是。"说罢向刘强招呼一声"先放下包袱"，便上厕所去了。

冬日的监舍比较安静，走廊上没几个人。陈兴国走进厕所时，邹永福在解大手。陈兴国皱皱眉，一股实在难闻的臊臭味直冲鼻孔。偏偏此时邹永福还开口问话："陈队长，指导员在吗？"陈兴国紧闭的唇缝里挤出一个字："在。"解完小手陈兴国逃也似的出了厕所。

每次上厕所都是令人头痛的事情。一层楼一个卫生间，警囚合用。卫生间和监舍一样大小，中间过道，一边洗脸池，一边是一条无间隔的槽子，大小便通用。厕所每天有人打扫，但就是味道难闻，比农村的茅厕好不了多少。陈兴国来自农村，虽然不嫌弃监舍卫生间，但解完手总是令他想起自己的家。

陈兴国在单位上有自己的房子，他们夫妻俩住四合院。四合院过去是隔壁一个劳改单位的监舍，"文革"期间四合院及周边部分地块划给了西山支队，现在成了支队部分民警和工人的宿舍。陈兴国夫妻俩住两间平房，厨房是另外搭建的，上厕所只能到百米外，但晚上只能在家里解决，所以住四合院的人，家里必定放个马桶或痰盂，第二天再倒掉。奇怪的是，家里成天摆着个马桶，但几乎闻不到什么异味，不像这中队监舍的卫生间，一进门就难闻得要死。陈兴国心想，监舍的卫生间脏臭还是因为这些人没有好好打扫。

回到办公室，陈兴国说："厕所味道实在难闻。"

刘强正低头在记事本上写着什么，一听陈兴国这话，便放下手中笔说道："男犯就是脏。我问过祝春霞女犯厕所是不是也难闻，她说'还好'。哪天我们去那边看看。"

"报告。"

忽然一声传来，两人一看虚掩着的门被轻轻推开，邹永福探头看着屋内。

刘强让他进来。邹永福上前一步，朝着刘强就鞠了一躬："谢谢指导员！"

"你坐下。"刘强见他有事要说的样子。

"昨天我老婆来了，我才知道指导员帮我家解决了大问题。"

原来，邹永福去年初来到西山支队服刑后，妻子因所在厂子停产无事可做，几个月分文不进，一家四口生活实在维持不下去。去年12月探监时，妻子在他面前哭哭啼啼，一把眼泪一把鼻涕地哭诉着："与你离婚，我不忍心十几年夫妻感情。不离吧，一家四口柴米油盐吃穿样样全靠我。可现在事都没有做，你叫我怎么办？……"面对泪眼汪汪的妻子，邹永福的心似刀绞一般。整整三天他不吃不喝，晚上躺在床上也是辗转反侧不能成眠，汩汩的泪水浸湿了枕头……刘强得悉邹永福家里的变故后，便把他叫到办公室了解了情况，安慰了一番。邹永福走后，刘强便给他妻子所在厂子写了信，介绍了她丈夫在监狱的良好改造表现，表达了请求厂领导给予帮助的意见。邹永福妻子所在厂子的领导收到信后，很快想办法安排她上了班，并在年底破例补助她家50元。昨天她来探监时说一定要当面感谢指导员……

"我说怎么你老婆昨天来精神好多了……"陈兴国点点头说，"碰到刘指导员，你是好福气。好好改造，不要走冤枉路。"邹永福因和同犯打架，被关禁闭一次。

"是。"邹永福一副痛改前非的样子，"指导员这样帮我，我再惹事那真对不起队长。"

"能改就好。"刘强说，"陈队长刚刚说的，也是我对你的希望。"

邹永福一副感激不尽的神情，向两个队长再次表态后出了办公室。

"地方上对我们劳改队的工作还是蛮支持的。"刘强心有感触地说，"我是以中队名义写信，应教在信上签了字，盖了章。"

陈兴国说："这是稳定犯人的好事。"

刘强说："我去跟他说一下。"

刘强下楼后，陈兴国正喝茶，门口又一声"报告"传来。中队就这样，只要休息就会不断有人来找你，难得消停一下。

进门"报告"的是马贱根。他一进办公室就说："陈队长，有件事我想报告。"

"你说。"

马贱根轻轻把办公室门带上说："广播站从昨天开始有女犯点程才的歌。"

"程才的歌？"

"就是程才在春节晚会上唱的《小白杨》。"

"哦？"陈兴国认真地听着。

"好像是二大队柳如玉点的。"马贱根说，支队广播站的点歌栏从来都是让犯人点名人名歌，没点过犯人的歌。

陈兴国接口道："也许是广播站有新规定。"

"本来我都觉得没什么，后来仔细想这里面有问题。"

"什么问题？"

马贱根说："那个柳如玉，原来在四大队学徒，程才当过她师傅。"

陈兴国认真地看着对方："你意思是？"

马贱根似乎被陈队长看得有点不自然，咧了咧嘴说："我就觉得他们两个有关系……我跟程才没多大意见，本来不想跟队长汇报。"

这家伙不会是吃醋吧？在这有男有女的劳改队，一心想讨好女犯的人很多，但因没机会又喜欢吃醋的人也不少，马贱根不会是这类人吧？陈兴国心里这样想着，嘴上却认真地说道："你讲的这个情况我知道了，你能主动汇报很好。"

马贱根听了陈队长这话，心里感觉良好地走了。

陈兴国等着刘强回来好汇报，但到下班时他还未回中队。下午上班见面后，陈兴国把这事说了。刘强一听脱口而出："这家伙不是嫉妒人家吧？如果有问题，也是那边的事，跟程才有什么关系？"

过了会儿，刘强问道："有几个人点他唱的歌？"

"只听说一个女犯点他的歌。"

过了会儿刘强说："马贱根也算是老实人，他的怀疑恐怕不无道理。还记得那把缸猪油吧？那个事虽没结果，但我就觉得点歌是女犯讨好程才。这家伙一表人才，歌唱得好，女犯讨好他很自然。"

"但女犯点他唱的歌，跟他本人没关系呀？"

"有没有关系很难说。这家伙也是个老流氓，一见女犯就拔不出眼睛。"

陈兴国思索一会儿后说："那个女犯点他的歌可能是一种暗号？"

没那么复杂吧？刘强心里想，也许事情没他们想得这么复杂。他说道："女犯点歌，不要经过干部呀？"

"我也是听马贱根说才知道。"陈兴国道："犯人在广播站点歌，不用经过干部。"

刘强歪着头道："没油盐的事，我们不管。"他看下手表说："快三点了，我到车间去，和马小牛说一下上午开会的事。大队要成立质量管理小组，要建好多台账档案，还有工艺考核记录。今年重点是提高质量，利润要超去年。"

刘强他们不愿去管女犯点歌这种"没油盐的事"，但这事却主动找上门来了。

这天上午陈兴国在办公室填写考核表，忽然接到老婆黄珍的电话。黄珍在二大队二中队带班，兼管内勤。她在电话中说要他到她那边去一下，他问什么事，她不肯说，就说让他去一下不要多久。陈兴国无奈，老婆的话还得听，正好监舍里没人可以抽空去一下。

陈兴国兴冲冲地下楼，穿过界屋，几分钟便到了女犯大院北楼。

"吃个糖。"陈兴国一进门刚在长条椅上坐下，彭彩云就从桌上拿起糖递给他说，"还是过年的。"

陈兴国接过糖说："就你们两个呀？"

彭彩云说："我们中队上早班，人都在车间。"

黄珍看着自己老公说："喝水么？"

陈兴国摇摇头："刚刚喝过了。"

黄珍又说："彭姐找你。"

陈兴国一听知道自己猜对了。刚才过来时他就想，肯定是别人有事找自己，只不过让她出面打电话而已。

"一点小事，电话里说不清，只好让你夫人出马。"

陈兴国笑笑说："大姐有事直接打电话就是了，我还敢不听呀？"

彭彩云打着哈哈说："真的是一点小事，不敢劳驾。"

原来，自从支队春节晚会程才一曲《小白杨》唱响之后，这歌在二大队一中队的女人们中一直热度不减，每天上下班不少人都哼唱着《小白杨》的乐曲，下班后在监舍也唱，晚上睡觉前必唱。有道是三个女人一台戏，九个女人一个菜市场。三〇四监舍更是热闹非凡，每天都有人哼着"一棵呀小白杨，长在哨所旁"，到了晚上大家钻进被窝了，真正的大戏才开始。虽然监号的灯始终亮着，但人们早已习惯了它的存在，你一句我一句毫无节制地议论起"歌唱家"程才来。先是评论他的唱歌本身如音色、声调、情感等，接着又对其人品头论足起来，有的说他身材好，男人味十足，有的说他眼睛大，好迷人，是西山支队第一美男……但说着说着，就有人控制不住地说道："他唱歌时，我就忍不住胡思乱想……"此话一出，有人放肆地笑起来，但很快就没声音了。静谧中，只听见女人们一声声的叹息。刚才说话的名叫熊秋英，三十岁的样子，从来都是怎么想就怎么说，毫不掩饰自己的所思所想，为此常遭民警批评，但今天她说的话倒是引人共鸣，号子里所有的女人都看过"歌唱家"的演出，谁敢说对他没点想法？……沉默，长久的沉默，正所谓"不在沉默中爆发，就在沉默中灭亡"，仿佛夜空中突然响起一声惊雷，二十来岁的王玲玲突然带着一丝哭腔似的说："我也是，我……就想和他睡。""我也想……"有人附和道。"别说啦！"忽然有人用屁股重重地敲了一下床板，是组长徐小芹。三〇四监号的响声惊动了走廊上的值班犯，只见她披着一件大衣轻轻地来到监舍门口，看看并无什么异常情况，只是大家好像都还没睡着，一个个辗转反侧，伴随着轻重不一的叹息声，便又轻轻地走了。值班犯离开后，睡在下铺的阎冬娥说："年轻人尽想些没用的事。""要是我能变成一只蝴蝶飞到他身边去就好。"说话的是名叫徐秋红的年轻女犯，脸上有青春痘。心里暗恋程才的王玲玲心里不高兴了，忍不住吐出一句话道："也不照照镜子。"当年徐秋红也是程才的徒弟，也曾争宠，只是和程才的关系不温不火，但谁也剥夺不了她爱程才的权利。她忽地一下抬起头看着王玲玲道："我想他关你屁事？他是你老公呀？"王玲玲也不示弱："是我老公又怎样？""啧啧啧"一直未发声的柳如玉也加入了嘴仗："还真把人家当老公了。人家是歌唱家，又是美男子，你一张寡妇脸，人家会要么？""吵死了。"熊秋英大声道。熊秋英是个谁都不敢惹的人，大家见她嗓门大了，便不再吭声。过了会儿，王玲玲说："哼，我想起来了。"王玲玲见柳如玉帮徐秋红的腔，便干脆坐起来把棉袄披在身上说，"去年那一把缸猪油就是你送给他的。""你胡说。"柳如玉真急了，从被窝里探起了头。去年她送猪油的事后来不小心说漏了嘴让王玲玲知道了，今天王玲玲揭开这事，让她无从争辩。"我胡说？"王玲玲道，"你心中就是有鬼……""你们说话小点声。"那个披着值班大衣的中年女犯又走进门来告诫道。阎冬娥马上接口说："别吵了，睡觉吧。"值班犯走后，徐小芹说："明天起来都照照镜子。"说罢侧转身，面朝里闭上了眼睛。

第二天上午，彭彩云就掌握了头天晚上三〇四监舍发生的事，并把王玲玲叫来问话，王玲玲说了去年没搞清楚的问题。但王玲玲去年为什么不举报？她说那时两人关系尚好，她也只是怀疑，没有确切证据，后来她又从柳如玉的言语中发现了蛛丝马迹，但民警已经不谈这事了。现在彭彩云也不是特别感兴趣，因为大队早已尘封此事，她只是想了解真相，对柳如玉此人有个更确切的了解。因而她把去年"一缸猪油"事件的来龙去脉讲给了陈兴国听，想让他找程才核实一下真伪。但陈兴国一听就摇头："过去了这么久，他哪会承认哟？"心里想的却是：女人就是啰唆，一点屁事还津津有味，紧追不舍。

"从她点那个男犯唱的歌，我就猜到是她了。本来我都不敢肯定。"彭彩云说。

陈兴国笑笑道："那我就问问他。"说罢就告别下楼。

彭彩云送到门口："谢谢！"

这天下午，当陈兴国绘声绘色地说了从彭彩云那里听来的情况后，刘强也笑笑说："这家伙还搞得女的争风吃醋。"

当陈兴国问要不要叫程才来问问那把缸猪油的事时，刘强摇摇头说："你还不了解他呀？打死都不会说的，这些女干部不了解男犯。"

陈兴国认同地点着头。两人聊了一会儿，刘强说："有项工作我想了好久。现在改造工作大气候虽然好，但犯情还是很复杂，前几天江中支队又跑了人。我想防逃工作要抓住不放，但怎么抓有讲究。我们要主动突击，要牵着犯人的鼻子走。我想今年中队成立三个组：一个是已经成立的积改组，引导犯人积极改造；第二是报道组，让熊根水当组长，再物色个把两个人，向《新生报》还有支队《彼岸》小报投文章，包括中队墙报，宣传改造表现好、有进步的，把正气树起来；第三个就是文艺组，程才会唱歌，张玉树会吹笛子，再鼓励报名，凑一个组，让程才当组长，平时让他们练练。这个组我还没多大把握，不知搞不搞得起来？"

"一共三个组。"陈兴国说，"积改组是大队要成立的，报道组大队成立了，我们中队自己成立一个，加强报道，找得到愿意写的人也可以，找不到就把学习宣传员纳进来。就是有个问题，稿纸要解决，熊根水前几天都问过我。"

刘强说："纸的事情我来解决，到教学组、管教科、办公室去找人要点，实在不行到大队要空本子给他们用。"说罢又道，"笔没问题吧？"

陈兴国说："笔没问题，听熊根水说他那篇文章先在《彼岸》登了，教学组干部奖了他一支圆珠笔、一个本子。"

刘强点点头。陈兴国接着说："文艺组成立有点难度，但搞得起来有好处，省得这些家伙没事就打扑克。"

刘强高兴地说："我就是这样想的，搞个文艺组，平时让他们活动，把注意力吸引过来，让他们少打点牌，免得赌博。"见陈兴国打烟过来，刘强便拿起桌上的打火机把两人的烟点了，然后又道，"搞几个组也不需要花什么精力，不耽搁生产，让他们自己组织就行。三个组都可以考核，报道组规定任务，在墙报、《彼岸》、广播站和《新生报》登了文章的区别奖分，其他两个组根据活动效果考虑奖分。"

陈兴国点点头道："我觉得行。"

"原来我在部队就是这样的，年轻人闲不住，业余时间组织他们打篮球搞搞活动什么的，很充实，人太清闲了容易出事。"刘强在烟灰缸上弹弹灰接着道，"劳改队其实也差不多，都是二三十岁三四十岁的人，这样搞有好处。"

　　见陈兴国没再说什么，刘强道："这项工作具体你来抓，有什么问题再商量。明天开会我会说一下，大队我也会打招呼。你可以先抓起来。"

　　陈兴国雷厉风行，没几天就把报道组和文艺组建起来了。报道组除了熊根水外还有程才和金玉源两人，文艺组有四个人，除程才、张玉树还有一个会拉点二胡的，另一个年轻人爱好音乐，表示要跟程才学唱歌。

　　半个月后，一篇题为《邹永福的悲与喜》的文章在支队小报《彼岸》刊出。之后男教学组的周文彬又以支队通联站的名义向《新生报》推荐此文，一个月后该文便在《新生报》发表。很快，刘强帮助邹永福家里解决困难的事在各大队传开，渐渐地，本大队一些民警也知道了。

　　刘强知道这事时有点意外，那天他看完报纸后对陈兴国说："写我不好，人家以为我有什么目的。"

　　陈兴国说："没什么吧？应教也说'应该宣传我们的干部'。熊根水这篇文章我看过，他说是邹永福让他写的。昨天熊根水还说男教学组的周干部表扬了他，还要奖2分。"

　　刘强边打烟边说道："马小牛他们带班辛苦，多写写他们。"

　　陈兴国的眸子里充满了敬重的光波，他点了点头。以后在布置报道任务时，陈兴国对此进行了强调，并要求报道组在宣传正面的人和事的同时可以参考《新生报》上的内容，写点议论文章，批评犯人改造生活中的坏事情、坏现象。

　　也许是初生牛犊不怕虎吧，熊根水、程才等几个"业余记者"在感到"没有什么好人好事可写"了时，在四五月份的时候，两个人终于各写了一篇议论文章，先后送给陈兴国审阅。熊根水写的议论文，是针对一些余刑不长的犯人劳动磨洋工的现象发表议论，批评这种"投机改造"的行为。但文章写得一般，陈兴国稍作修改后批示只投广播站和《彼岸》。程才写的是对某一种特定人物的批评性的议论，字数不多，大意是说中队里有种人喜欢骗吃骗喝，长期利用队长对他的关心诈人东西，并不点名地举了年初发生的"奶粉事件"，进而批评这种人不地道，并扣了顶"没改造好"的帽子。对于"奶粉事件"陈兴国很清楚，那是年初程才在监舍走廊里为一件什么事扬手要打马贱根，手还没落下，马贱根自己就仰头倒在地上，倒地时后脑勺擦着了墙根，出了点血。刘强让陈兴国把他送往医务所去检查处理，正在院子图书亭窗口的应树根见后问了情况，立马下令"罚程才两包奶粉"。当时陈兴国有点不解，从医务所回中队办公室后把这事说了，刘强习以为常地说："他喜欢这样。"此事涉及大队领导，陈兴国比较谨慎，他把程才叫到办公室，想了解他写这篇文章的初衷。当程才明白陈兴国的意思后，脸上现出一种不无嘲讽的表情说："不瞒你说，我就看不惯马贱根这种人，上次我又没打到他，为两包奶粉他自己倒地上——你看，他就是这样讹人的。"

"偶尔发生的事，不是常见现象吧？"

"嘻，"程才笑笑说，"陈队长你不知道，他除了'脑膜炎'还有个外号叫'马奶粉'，他哪年不要捞几包奶粉吃。"

陈兴国是中队的后来人，对过去的事不甚了解，便随口问道："都是因为打架队长罚给他的？"

程才点头道："他没人接见，队长同情他，只要他吃了亏，队长就叫人罚奶粉给他。"

陈兴国没有马上接话，心里思忖他写这篇议论文的意图，也许他对罚奶粉的事有看法。他两眼炯炯地盯着对方道："你对罚奶粉的事怎么看？"说完又补充道，"你是作者，我作为编辑，我们探讨一下。"

程才认真地看了一眼自己的队长。他知道这个陈队长是大学生，在中队甚至整个大队都是最有文化的，也善于讲道理。程才来此多年，觉得陈队长是一个可信的人，于是笑笑说："违反监规打架队长怎么处理都行，罚奶粉——这算什么？搞不懂。"说罢又笑笑道，"后来罚多了，也就没想法了。"

陈兴国没有明确表露自己的态度，他觉得对方写这篇稿子的用意还正常，稿子内容看不出对管教干部的评价，文章的笔墨集中在对马贱根式的人物进行议论和批评。但如果真要把这篇稿子推出去，恐怕会引起相关敏感人物的怀疑，陈兴国决定让刘强来定夺，于是鼓励了程才几句，以防挫伤他写稿的积极性。

当天下午，刘强在办公室听了陈兴国的汇报后，觉得程才这人有起码的是非观。于是不由得想起年初程才被罚奶粉后的情景。那天程才被勒令罚给马贱根两包奶粉后，找到刘强说："以前罚我奶粉也就算了，现在还罚我奶粉。"程才说罢，自己都忍不住笑了起来，脸上的表情不无轻蔑。看到程才那样子，刘强的心里也为难，不愿看到大队领导被犯人非议。现在面对程才这篇稿子，刘强有了主意，他对陈兴国说："你处理得好。文章虽然批评了歪风邪气，但涉及大队领导要慎重，免得惹麻烦。"

陈兴国说："中队墙报上用可以吧？"

刘强歪着头想了想道："可以。"

陈兴国点了点头。但他们没想到，这事又给程才招来了麻烦。

第九章　胡子隐情

四月中旬的一天，二大队监舍来了两个男民警，几个在铁栅栏内闲聊的女犯见到两个男民警很惊讶。男民警正欲进办公室，忽听背后一声传来："刘指导员。"两个男民警回头一看，一脸笑嘻嘻的祝春霞正从厕所那头走来。

"打搅啦。"说话的是刘强，陈兴国跟在他后面。

祝春霞引着他们进了中队办公室。三人落座后，刘强笑着说："今天我们来取经。"

"太谦虚了。"

祝春霞笑着回应道。刘强说的是心里话，男犯厕所的卫生一直是个老大难问题，平时味道就很难闻，到了夏天更是臊臭无比。虽然支队生活卫生部门每周会来监舍消毒一次，但男犯厕所味道总是难闻，让民警们一个个避而远之，有的宁可憋着也不去厕所，实在憋不住了就去二道门卫生间方便。主管二楼监舍的刘强感到责任在己，得想办法解决才行。他早就听说女厕所干净，所以今天抽空来现场学习，准备在夏季到来之前好好整治一下厕所。

"听说女犯厕所干净，我们那边怎么搞都难闻。"刘强说。

祝春霞微笑着说："男犯厕所我没看过，女犯这边也就这样吧……要不，先带你们去看看。"

刘强点点头。

祝春霞走到门口对值班犯说："看一下厕所有没有人，没人就守着，不要让人进去。"值班犯小跑着往厕所去了。

祝春霞领着刘强他们慢慢往里走，监舍里空无一人，床上的被子叠得很整齐，床上地下都很干净的样子。祝春霞见刘强两眼有点稀奇的样子，便在一个监舍门口停住说都上早班去了。陈兴国边看边对刘强说："这样看起来几舒服，中间过道，床铺摆两边，上下铺互不干扰，也好搞卫生。"刘强低头看看床底下，清一色的小板凳摆成一条与床沿齐平的直线，点缀其间的解放鞋也整整齐齐地摆放着，鞋头一律朝外。上铺的墙壁空荡荡的，不像男犯监舍墙壁上还有一溜类似火车上那样的行旅架，上面塞满了大大小小、五花八门的箱子和蛇皮袋，乱七八糟的。

刘强傍着祝春霞往前走。走廊上的女犯见祝教导员领着两个男民警走来都靠边立着，好奇地瞅着他们。快到厕所时，祝春霞见那个值班犯守候在门口，便先刘强一步进了厕所。

厕所里的空气清新度迥然不同，虽是梅雨时节，但室内没有多大潮湿感觉，地上、便池台阶、洗脸池等都显得干净卫生。刘强他们站在屋子中间左右看看，洗脸池、便池的规格、样式与男犯那边一模一样，都是水泥地面、台面，但看上去干净整洁，鼻孔吸入的气体也没有男厕所那种令人不舒服的臊臭味。

三个人回到办公室时，彭彩云也进了屋。几句玩笑过后，刘强讨教似的说："我们那边的监舍、楼道走廊和这边一模一样，但气味就是不好闻，厕所更加。你们这边不一样，监舍、走廊气味很正常，厕所也蛮好。有什么绝招，传授传授。"

祝春霞和彭彩云都谦虚地笑起来，祝春霞笑道："差不多吧，我们这边也不是特别好。"

"好多了，好多了。"陈兴国情不自禁地说。

刘强说："有什么好经验让我们学学。"

祝春霞说："也没有什么经验，女犯爱干净，打扫得勤快些，大小便后我们都要求及时冲洗，卫生员每天必须冲洗两次便池，便池里有冲不掉的屎迹、脏东西，还用拖把去拖。就是这样，也没别的什么办法。"说完后笑笑，看着彭彩云道，"你看还有什么？"

"你都说到了。"彭彩云接着问刘强他们道，"男犯跟我们这边一样也是一条槽子？"

"一模一样。"

"这就有问题。"彭彩云分析道，"女犯蹲着拉尿，男犯站着拉，还不洒得到处是？我儿子、老公就是这样，老是要用拖把去拖，不然就臊死了。"

祝春霞点头道："问题就在这儿，公共厕所哪会有家里搞得那么仔细。再一个男人也马虎。"

刘强仔细地听着，两个女民警的话虽不多，但分析得很细致、很到位，觉得是这么回事。刘强很高兴，不虚此行，找到了厕所问题的症结所在。正欲离开，他忽然想起王文清的母亲在这里，便顺便问了问她的情况。祝春霞、彭彩云也很快想起那个叫阎冬娥的女犯，祝春霞虽是中队指导员，但主要负责全大队女犯的管理，对具体人的现实表现不怎么清楚。她看了眼彭彩云道："余刑还有几年吧？"

"还有一两年。"彭彩云回答道，"她儿子前不久来过一次，女儿也来过。"

"好。"刘强离开时，伸手握握两个女民警的手道，"谢谢。"

刘强他们从楼上下到院子里时快十点钟了，暖暖的阳光洒满院子，院子里虽然都是水泥地，几乎没有一棵树，但明媚的春光依然给一种清新润肺的感觉，使人神清气爽，充满活力。

"老兄你看。"陈兴国立住脚步，抬头看着女犯监舍大楼说，"这楼上的光线几好呀，不像我们走廊朝北，都是窗户不透气。"

刘强点点头："所以我们空气不好。"他边走边说道，"关键还是要讲卫生，特别是厕所。"

陈兴国笑着说："她们的经验好难学。"

刘强歪头看他一眼。陈兴国继续把话说完："本来男的就不如女人讲卫生，公共卫生间，要想搞到女犯那个程度——难。"

听陈兴国这么一说，刘强的脚步慢了下来。他是爱干净的，在家里也经常拖地，因此对工作场所的环境卫生也比较注意。以前不是中队主要领导，对监舍的卫生可以不在意、不关心，但现在不同了，中队犯人生活场所的环境卫生他得关心、得管好。

且不说从今年开始，支队实施周评、月评、总评的卫生评比制度，大队、中队都需要提高对搞好监舍卫生的认识，仅从犯人身体健康角度说也有必要把监舍特别是厕所卫生搞好。但这又是个老大难问题，金洋、应树根以前也对监舍和卫生间环境卫生比较重视，但多少年过来了，环境依旧、卫生依旧，莫非真如陈兴国说的，男人的劣根性决定不可能搞好厕所卫生？刘强准备在中队会上听听大家的意见，倒不是他下不了决心，而是他觉得如果没有中队全体同志的共识，得不到大家的支持，这事抓不好，因为卫生问题不是一朝一夕搞得好的，必须打持久战。于是几天后中队召开会议分析研究犯情后，开始进行第二个议题——监舍卫生问题的讨论。

"监舍卫生问题重要，不需我多说。"刘强作为会议主持人，今天把座椅掉了个方向，面向几个同事坐着。"犯人在这里，只要生活还过得下去，多数人是能安心的，想跑的还是少数。犯人生活无非吃穿住三样，吃穿我们管不着，住得好不好跟我们有关系。这就要求我们要让犯人有个相对好点的生活环境。将心比心，哪个人落到劳改这一步——虽然这是他自作自受，但在劳改队一待就是一二十年，天天生活在这种环境里，谁也受不了。作为犯人，他们很希望我们这些'父母官'给他们创造好点的环境。"

马小牛、方冬生、陈兴国静静地吸着烟听刘强讲话。

"卫生重点一是监舍，二是厕所。"刘强说，"特别是厕所，厕所卫生搞得好，监舍卫生也就好办。"

"老兄，"方冬生插话道，"大道理不用多说，你说怎么办就行。"

就这家伙性急！刘强脑中一闪此念，但很快调整心态直入主题道："我们现在的重点是先把厕所整治好，要求犯人做到两条：第一，拉屎拉尿都要跨着槽子拉，不能站着或蹲在槽子一边拉，省得把尿拉到台阶上；第二，每天冲洗厕所两次，要用拖把拖，用刷子刷。"

陈兴国解释道："厕所台阶、过道上到处是尿，就是平时不注意造成的，所以要犯人改变拉尿习惯。"

"道理没错，"方冬生说，"问题是做不到。这些家伙会听你的？你又不能天天守着他。"

刘强说："所以关键还是大家要有好的卫生习惯。要开组长会，生活卫生委员参加，统一思想后小组开会统一行动。"

"厕所能搞好最好。"马小牛笑笑说，他的潜台词是"省得拉泡尿都去二道门"。

陈兴国说："要让犯人把卫生间当作家里的厕所才行。"

"咳咳，"方冬生不屑地笑笑说，"都是些乡巴佬，用惯了茅坑，有什么卫生习惯？"

刘强歪着头听他们说话，方冬生的话不好听，但说的是实际情况，中队犯人大多来自农村，没有讲卫生的习惯，厕所味道虽不好闻，但比乡下茅坑蛆到处爬好多了。这么多年也没听哪个农村的说过厕所的事，倒是队长和来自城里的犯人嫌厕所脏……刘强听着想着，思忖着在这个问题上恐怕不能以个人爱好为标准，不能超越人们的认识水平，应当降低期望值，让自己对工作的设想和打算更贴近实际些。于是他做出初步决定道：

"这样吧，我们卫生重点还是监舍，设一面流动红旗，一个星期评一次，另外找一下大队，争取奖励看电视一次。你们看怎样？"

几个人点点头。陈兴国说："虽然支队、大队都设了流动红旗，但中队在监舍设红旗更直接，更有推动力，这个好。"

"厕所呢，"刘强说，"刚才冬生说得很实在，我的想法是一步步来，第一步就是要求每天要冲洗两次厕所，用拖把拖，减少臊臭味。第二步再来要求犯人改变上厕所习惯。就像冬生说的，一个人的卫生习惯不是一下能改得了的，慢慢来，坚持下去，相信厕所卫生会变好的。"

"这样好。"马小牛等都表示赞赏。

梅雨时节过后不出两月，天气就开始炎热起来。江中夏天的高温仅次于重庆、武汉等地，每年到七、八月份就是江中人难熬的日子，有条件的可以去避暑胜地，但多数市民和上班族只能在高温天气下煎熬。地处省城江中鼻子底下的西山支队的民警、工人和犯人们为了完成全年的生产计划，依然在"战高温、夺高产"。这个时候上三班的人更辛苦，早中班还好点，轮到上晚班，下半夜正是监舍里凉快好睡觉的时候却又要去上班，等到下班回监舍后温度又高了，加上白天外面嘈杂影响睡眠，因此整个炎热的夏天是上运转班的人日子最难熬思想最不稳定的时期，也是最容易想着离开监狱的日子。但每天从监舍到车间、由车间回监舍"两点一线"的日常生活，又使他们无甚空子可钻，想跑也不是轻易跑得了的。倒是其他大队的犯人劳动场所分散，民警看管存在短板，给企图逃跑的犯人留有可乘之机的概率显得明显高些。

这不，就在八月上旬的一天中午，七大队一名犯人乘在车间工地加班之机用早已准备好的竹竿爬墙越狱，不慎被高压电网击落围墙昏迷许久，后被闻讯赶来的监狱民警抓获。而这名犯人不仅在实施脱逃前换上了事先藏匿好的一件未打标记的短袖衣，而且还是个平头……

总结事故教训的工作很快在西山支队各大队展开。

就在那个犯人逃跑未遂的第二天下午，三大队副教导员应树根在大队值班室主持召开了由四个中队指导员参加的紧急会议。应树根一边认真地传达着支队紧急会议的精神，一边吸两口烟，不动声色地看着刘强他们做记录。值班室不算大，却有五支烟在燃着，很快房间里就烟雾缭绕起来，不抽烟的常伟不时被烟气呛得干咳几声。

"具体的防范工作，"应树根丢掉烟屁股说，"结合我们大队情况，有四条：第一，明后天犯人剃头。老刘，你们今天中班明天开始剃，二中队、三中队和常日班自己安排时间，都到院子里去剃。第二，全面清查没打黄边的衣服，让他们自己交，不交的收缴，还要处分。第三，晚上睡觉一律锁号子，要坚持执行制度。最后就是要加强防逃工作，各中队要用好耳目，每星期敌情碰头会要有干货，不能总是罗列现象。各中队一定要落实好。你们看还有什么？"

二中队指导员欧阳林说："本来我还想跟你提出来，天气实在太热，晚上锁号子还要摆个尿桶，犯人受不了……"

应树根打断他的话说："受不了也要受。"

"话是没错。"欧阳林说，"可不可以不放尿桶，号子照锁，谁要上厕所就叫值班的开门？"

韩伟力说："不好，深更半夜的哪个人上厕所，其他人都要被吵醒。"

"这样不好，"刘强说，"会被人利用。"

应树根竖起双眉说："搞管教不能有妇人之仁，一切由监管安全说了算。"

应树根发了几句话之后，大家也就不再吭声，毕竟领导考虑问题是以大局为重，以安全为先。大家接着说笑几声，也就散会离开了大队。

第三天，是个万里无云的晴热天气。上班后，刘强先烧了壶水，泡好茶后便拿着花名册浏览起来。昨天剃了一上午，没有剃的人今天接着剃，大队紧急会议的精神昨天也在车间向马小牛他们作了传达，还有清理无标记衣服的事，也交给了陈兴国去负责。这些面上的工作布置好后，刘强便不再去想它们，他的心事集中在犯人逃跑的蛛丝马迹上。旁边的陈兴国有时向他请示问题，他指导后又继续自己的思考。现在的情况真是复杂，一直以来，西山支队男犯脱逃多集中在上半年和四季度，炎热的夏季不仅没有发生过脱逃事件，甚至连报警的事都未出现过。想不到七大队这个犯人竟然企图在八月份的大白天脱逃，这说明抗拒改造的危险分子时刻都在窥视寻觅民警监管上的漏洞，一有机会就会实施预谋的计划。想到此，刘强不由得高度警惕起来，自己中队虽然上报的危险分子只有四人，但介于落后与危险之间的犯人也有不少，何况犯人中还难免会有假装积极的"两面人"。于是他从花名册上第一个人开始，一个个在自己的脑子里过一遍，重点对自己不放心的人，从其平时的言行以及耳目反映的某种现象和问题苗头中去去伪存真，剥茧抽丝，试图求得对"问题犯人"的定论，以便采取应对措施，将可能存在的危险化解在其萌芽状态。

"我下去看看。"陈兴国起身向刘强招呼了一声，走廊上传来犯人下楼和说话的嘈杂声。刘强点点头，继续埋首于花名册。

太阳已到九十点钟的样子，碧空如洗，金灿灿的阳光开始烤着大地，院外那棵枝少叶稀的"丫"字形樟树虽然起不了荫蔽作用，但"界屋"和监楼形成的夹角挡住了部分开始升起的热浪，此时气温给人体的感觉尚能接受。院子里人不多，蔡树林、程才等七八个人在等着剃头，一个剃头师傅站在靠近墙根的地方，正用推剪在犯人头上推着，那人嘴巴上还叼着烟。

"还有多少人没剃？"陈兴国走进院子时问蔡树林道。

蔡树林说：“就剩我们组没剃完。”

“陈队长，不是一个月剃一次吗？才剃了两个星期怎么又剃？”说话的是程才，他一脸认真的样子。

陈兴国白他一眼：“你是装憨呀？”意思是“七大队犯人逃跑你不知道呀？”。

程才见陈队长不悦，便自言自语地说：“红烧肉一个月吃一次，头却要剃两次。”

有人听到这话轻轻地笑起来。陈兴国也听到了，知道他是在发泄，但没在意他。待了片刻，陈兴国便上楼去了。

过了会儿程才坐到了那把钢筋椅子上，剃头师傅三下五除二不一会儿便将他的头推了个精光。稍停，剃头师傅拿着刮刀过来，要给他刮胡子。

“不用。”程才忙用手挡住，自己起了身。那剃头师傅也不好说什么，便帮他掸掸脖子和身上的发屑，让下一个人接着剃。这时蔡树林走到程才身边说：

“你不剃胡子，队长不会说你呀？”

“没事。”程才头一歪，自信地说。程才哪来的自信？也许他是仗着民警对他好？的确，自从刘强当了一中队指导员后，程才的日子比以前好过了，几年来程才的双手不仅没再受过吊铐，而且还时不时受到些表扬，还第一次减了刑。春节前一首《小白杨》红遍西山支队后，中队还让他领衔拉起了一个文艺小组，隔三岔五地就在监舍练习，不仅让他的个人爱好有了用武之地，使自己的业余生活变得丰富起来，而且在心理上得到了极大的满足。由此程才感觉自己进入了劳改生活的春天似的，以至于飘飘然起来，从来不愿打小报告的他在前不久还干了一件靠拢政府的事——那天他在队长办公室接受刘指导员教育时，竟主动汇报了一件关于厕所卫生的事，说队长要大家解手注意卫生，他觉得好，但也有人不乐意，有一次陈文斌就说“管天管地管起拉屎放屁来了”……正是由于这一系列的事情，使程才相信现在的队长对他很好，自己即使理发不刮胡子，队长也不会太为难他。至于他为什么要刻意留下胡子，这是程才心中一个不愿告人的秘密。毕竟胡子是最能体现男人阳刚之气的东西，本来长得比较帅气的他，老是顶着个光头让他感到有损形象。上下班时他们经常会在二大队车间门口碰见柳如玉她们，虽然彼此间不可能有什么交集，甚至连眼神交流的机会都不会有，但程才心里就很在乎那很短的一瞬间，他就觉得每次两支队伍碰面时有女的会瞄他，因为他个子高，在男犯队伍里近乎鹤立鸡群。因此每次理发后的前十来天，上下班碰到女犯队伍时，他总是故意别转头避开她们可能投来的目光，等到头发差不多有半寸长了，胡子也弯弯的起来了，他的目光才会主动去猎艳——虽然仅是水中月、镜中花，但他就好这口，心中乐此不疲。今天他理了光头，却不愿刮胡子，不仅同样基于上述原因，也是对一个月理两次光头的发泄。上次理发后好不容易才长长了点，现在又要推光，害得他不好面对那些女的，所以他决定不剃胡子，见到她们时，虽是光头一个，但一弯胡子能给他遮丑，壮胆……

可惜程才没想到，几分钟后他的噩运就从天而降了。

"程才，你头没剃完。"说话的是应树根，他站在监楼出口的台阶上看着这边。

程才见应教导员只是询问的样子，便用手在自己的光头上摸了几下道："哪里没剃完？一根毛都没了。"

应树根也不多说什么，转身进了监楼。

下班时，刘强走进大队值班室，应树根示意刘强坐。

应树根说："中午我要帮你处理程才，让他去晒晒太阳。"

刘强问道："又怎么啦？"

应树根说："你们中队哪个人都不敢留胡子，就他敢，不让他吃点苦头他要上天。"

刘强表态道："这家伙对着干，你不处理我们也不会迁就。"刘强知道，应树根直接处理不剃胡子的程才，实际也含有对自己中队工作不满意的因素。刘强知道他不会轻易听人劝解，况且今天又是程才自己不按规定剃头被他逮着了，这事自己已无任何插手的机会。于是他没有多说什么，扯了些别的事便下班了。

时值中午，火辣辣的太阳毫不留情地炙烤着大地，球场边那排樟树都有气无力地耷拉着脑袋，水泥地面仿佛变成了一个巨大的蒸笼，整个大院在太阳火球的淫威下渐渐安静下来，唯有知了在樟树的枝叶间有节奏地鸣叫着，显出一丝生气。

就在这时，应树根带着程才来到院外那棵"丫"字形树下，后面一名值班犯人嘴上叼着烟，手里拿着手铐和麻绳。值班犯人把程才铐好后，应树根带笑地说：

"你胡子没剃，让他帮你剃。"

程才看看如火一般的天地，说："教导员你要晒死我呀？"

见应树根头也不回地走了后，值班犯人慢悠悠地吸完烟，然后从口袋里掏出把丝剪说："剃刀坏了，教导员让我就用这个帮你剪干净。"

程才正想说什么，忽远远地看见刘强从二道门那边过来了，便道："你看我们指导员来了。"

原来刘强下班回家吃完饭后，坐在椅子上吸烟。一支烟未吸完，刘强向妻子闵冬香招呼一声就往监狱赶来了。他很了解应树根，像程才这样印象不好的人今天肯定在劫难逃。刘强担心的是，大热天的中午程才被铐在外面，万一他的身体脱水怎么办？以前他在部队时就有战士因救灾抢险脱水的。于是，刘强一路担忧着赶了过来。

刘强来后支走了值班犯人，自己随即也往大队办公室走去。一进门，刘强先打了支烟给应树根，两人吸上后，刘强挺认真地说："太阳下暴晒容易脱水，要是脱了水要出人命的。"并说了自己过去在部队的经历。

听刘强这么一说，应树根怔怔地看着他，想不到这个只有自己肩膀高，常歪着头犯傻的部下还有这个头脑，心里一活动，嘴上竟一时无语。忽又想起前不久在支队管教例会上，赵副支队长不点名地批评"某某大队犯人告状"，第二天金洋帮赵春云传话给自己一事，顿感自己做得有些过分。

"这事怪他自己，我们中队也有责任，工作没做好。"刘强自我检讨说。

应树根恍然地说："跟你们没关系，这小子本质决定。"

刘强点点头，没马上接口。过了会儿，刘强见应树根似乎打了个哈欠，便诚意十足地说："这事你就交给我吧。中队的事还烦你动手，我的压力好大。"说罢又笑笑道："天气太热，万一这家伙受不了，有什么事我出面好一些，你是领导嘛。"

刘强一席入耳的话语听得应树根心里挺舒坦的。他想如此也好，省得自己费心，于是他起身道："这事交给你，我就不管啦。"

"好。"刘强认真地点点头，领命径直往院子去了。他没想到，被应树根气极了的程才毅然向支队举报他虐待人的事情。

第十章　纪律问题

这天早晨，刘强一上班就到了赵春云副支队长办公室门口。天高云淡，高温骤降，微风吹走了夏日的炎热，带来了些初秋的凉爽。刘强在走廊上远眺，脑海却现出昨晚在禁闭室门口碰到赵副支队长的情景。昨晚因为他中队一个人打架被关了一个星期，他到禁闭室去看情况，出禁闭室时，赵副支队长正好从外面走过来。朦胧中，赵副支队长见是刘强便招呼道："明天一上班，你到我办公室来一下。"赵副支队长也没说什么事，转身就进了禁闭室大门。刘强有点茫然，赵副支队长作为分管支队管教工作的领导，平时有事都是找大队领导，像他这样的中队民警从没被他找过。刘强想了一下，不知他有什么事找自己，到现在还一脸茫然。恍惚间身旁传来一声招呼，赵副支队长到了。

进了办公室，赵副支队长在桌子前坐下后，打了支烟给刘强。赵副支队长吸了两口烟道："找你来没别的，就是核实一件事。"

刘强侧着身子，静静地看着领导。

"前些日子，你们中队有个叫程才的大热天被铐在树下暴晒。有这回事吧？"

此话一出，刘强心惊不小。他不知道赵副支队长怎么知道了这事，但也没多想，几乎是条件反射似的点了点头。

赵副支队长看着他道："我还知道你化解了这件事。"

刘强见赵副支队长表扬了自己，谦虚地笑笑道："那天天太热，我怕出事，也怕影响不好。"

赵副支队长听了刘强这话，心里非常高兴他能这样想问题，便将收到程才告状信的事和盘托出了。

原来如此。只是刘强有点不明白，支队设置的控告箱早就挂到了大队一楼楼梯口，每年通过控告箱告状的犯人也有一些，但从没听说过程才告状的。于是刘强说道："这个家伙也学会告状了。"

"犯人也会觉悟的。"赵副支队长说，"'三像'讲了多少年了，你当干部的还跟以前一样乱来，犯人怕你，那是敢怒不敢言，总有胆大的吧，人家不告你才怪。"赵副支队长说罢从办公桌上一个信封里抽出一张纸念道："他哪里像老师，像医生，在我心中他就是一个魔鬼……"

刘强认真地听着赵副支队长念手中的告状信，但没有接嘴。

见刘强不好说什么的样子，赵副支队长说道："现在情况和过去不一样了，女犯大队不用说，男犯大队也好多了，有问题的主要是个别大队。"说到这里，赵副支队长忽然打住起身道："叫你来就是核实一下情况，别的没什么。"说罢，用手抚了下已起身的刘强的臂膀说道："把中队工作搞好。"

刘强离开办公楼来到中队办公室时，陈兴国正忙着。当刘强泡好茶，把程才告应树根的事一说后，陈兴国吃了一惊，脱口而出："他敢告他呀？"

刘强边点烟边说道："我也没想到他会告状。"

陈兴国说道："程才恐怕也是气不过才告的。"

刘强心里想道，本来很简单的一件事，让他重新把胡子剃掉便是，或者扣分批评都可以，但让他在高温下暴晒，确实太过了。刘强想起了这件事的善后问题，只要赵副支队长一找大队，应树根必晓无疑，那以后的事就好难说了。刘强决定要找一下程才："等下班后，我们找一下他，让他老实点，不要惹是生非。"

陈兴国说："他本来就对程才好反感，要是知道程才告他，那以后程才日子更难过了。"

刘强若有所思地点点头。

下午约莫四点钟的样子，楼梯上非常准时地响起了人们杂碎的上楼声，不用说这是一中队犯人下班回监舍了。刘强示意陈兴国去把程才叫来。

程才走进队长办公室，见了刘指导员便笑着叫了一声。待程才在那条小板凳上坐下后，刘强不温不火地说道："你告状了？"说罢，刘强见程才的脸色冷峻下来，但并无惶意，于是接着说道："以前那么多事都过来了，怎么这次忍不住？"

"不告他，我命都难保。"程才一脸愠色地说。其实这句话是邹永福说给他听的。那天程才刚被应树根铐到树下，恰巧被站在窗户前的邹永福看见了。大热天的中午，三十七八度的高温，竟然把人家吊在太阳底下，让他十分愤怒。他真担心程才出事，因为他们两人关系不错。幸好不一会儿程才被刘强带回。刚才发生的一幕令邹永福吃惊，这劳改队的队长们差距也太大了。中队刘指导员去年帮他妻子解决了工作问题，前不久得知他儿子在学校受到同学歧视，又写信给他儿子学校，请学校老师让同学跟他搞好团结，使他重新融入了班级大家庭……骨子里与生俱来的那种尚存的正义感在邹永福的血管中奔突，让他义愤填膺起来。第二天上午休息时，他就十分同情地找到程才，在邹永福的鼓动下，程才相信了邹永福说的"再不告命都没有"的话，决心写控告信，让上级来治治他。

"万一领导报复呢？"陈兴国直截了当地说。

程才面有愠色地说："大不了告到劳改局去，他能一手遮天？"

刘强听他这么一说，回想起当年他在车间向大领导告状的事，觉得他真的会这么做——如果真的这么做了，总是不好，对中队、大队和支队都不好。于是他挺认真地说："要相信政府。支队领导对你说的事很重视，早晚总会有个结果。"

令刘强意想不到的是，也是在当天下午，一场不怎么顺畅的谈话在三大队办公室进行。上午赵春云副支队长找过刘强后，对犯人程才状告的事便确定无疑，于是下午他便去了三大队办公室。赵春云很少到这儿来，他的工作职责决定他有事一般到大队监舍值班室找人。

走进大队办公室时，金洋和两个大队会计、出纳都在。赵春云看看也没什么可以回避的地方，便说了自己的来意，简单说了犯人告应树根的事，并说自己到此为止，不准备直接去找应树根谈此事。他的意思很明白，是希望对方约束一下自己的下属，以免将来出更大的麻烦。

"劳改犯违反规定，干部也应该处理。"金洋一副似笑非笑的样子。

"处理是应该的，但不能体罚。"

金洋顺着他的话道："小应也是，做事不动脑筋。"

赵春云直截了当地要求："小应还年轻，你什么时候点他一下。"

金洋还是一脸似笑非笑的样子，当面答应下来，背后却不执行。他马上要去保定学习了，对这种"无关紧要"的事不愿急着办，送走赵春云，回头时还当着两个女出纳会计的面道："大惊小怪。"

没想到，金洋的这一句"大惊小怪"倒救了程才。赵副支队长的一番好意，金洋压根儿没当回事，应树根始终不知道程才告他这回事，程才的改造生活也就日复一日地过下去。不过经历过这次短暂的体罚以及与邹永福的谈话后，程才心里产生了一种要感谢刘强的强烈愿望。他很想要家里给自己多寄几盒巧克力和奶糖过来，他要送给刘指导员女儿吃（他早从队长口中知道刘指导员只有一个女儿），以聊表心中的万分感激之意。但对来自东海的邮包禁令一直未解除，让程才干着急。因东海地区正流行甲肝，为防止病毒侵入监狱内部，支队不仅安排全体犯人按规定服用预防汤药，甲肝流行地区邮寄来的食品一律不准带入监内，接见时还不得与疫区来的亲属握手……程才没办法只得耐心地等着，直到第二年初夏禁令解除后，他才立马与姐姐联系，不久便收到了一大包巧克力和奶糖。他挑了两盒精致的巧克力和两盒奶糖，找了个黑色塑料袋将它们包得好好的放进行李箱，准备伺机送给刘指导员。

机会到了。这天晚上因为中队获得大队卫生流动红旗，大家被奖励加看一次电视。七点钟不到，很多人已坐到了电视机前，晚上进监的刘强也到监舍走廊来转了一下。有心的程才知道刘指导员今晚在办公室，而且估计不会有其他队长在，于是爬上床铺拿出那包东西藏在外衣里，若无其事地出了监舍进了队长办公室。

办公室果然只有刘强一个人。

"指导员，"程才一进办公室就从衣服里抽出那包东西放到办公桌上说，"我家寄来的巧克力，给你女儿。"说罢转身就走。

"等下。"刘强立起身，不由分说地拿起那个塑料袋塞回到他手中。

人高马大的程才着急地说："指导员，我没别的意思……"

刘强摇摇手道："什么都不用说。"

程才像泄了气的皮球似的，按照指导员说的在小板凳上坐下道："像邹永福说的，碰到你指导员，是我们的福气。说真的，很多事不是你指导员……"

"过去的事不说了。"刘强笑笑道，"说实话，你们千里迢迢来这里，虽然是劳改，但也是一种人生修炼，修炼的目的，就是改过，重新做人。我们虽然是管教，实际上还是老师、医生，对你们这些年纪还轻的，我们还是把你们当学生，犯错的学生，所以不管你们怎么调皮捣蛋，只要不触及原则问题，还是要教育挽救，这是我们的责任。"

听完刘指导员一席话，程才心中的敬意油然而生。他起身毕恭毕敬地对着刘强说："谢谢！我就把你当作我的老师。"说完转身出了办公室。

看着程才离开了办公室，刘强背靠座椅点着了烟。随着眼前烟雾环绕，刘强的思绪也飞翔起来。在对待犯人的问题上，民警队伍里似乎存在两条线：一条是认真执行上面的政策，对失足青年实施治病救人的办法，这条线可以赵春云副支队长为代表；还有一条线墨守成规，不合时宜地沿袭已经过时的老办法，把失足青年当成专政对象对待，这样的人还不少……但很快，刘强收回驰骋的思绪回到现实中来。刘强是个实事求是的人，在部队带过兵，潜意识中常把这些人当作自己的兵来带，而且总是抱着与人为善的朴素理念，把这些人当作病人对待，耐心地治病救人，也像老师诲人不倦。从赵副支队长找他问话以及程才的举动来看，刘强坚信自己的工作理念和行事方式是对的，不管别人有什么非议，他觉得自己对的就要坚持，错的就改正。一个基层管教干部，没那么复杂。一线工作，天天面对被管教人员，只要自己的工作措施和行事方式符合大政策，又合乎犯人实际，能把一支队伍带好就没错。刘强坚信这一点，在西山支队多年管教工作的经验使他在思想深处有了这种自信的底气。刘强的这种自信，在一年多后的世事发展中得到有力的验证。

历史抵近九十年代，外面的世界变化多端，但相对封闭的劳改队依然沿着自己的轨迹运行着。这一年，西山支队顺应劳改工作发展的时代要求，在上级的统一部署下，专门设立了纪委办公室并与监察室合署办公。在支队党委的指示下，新成立的纪委监察室年初开始部署的第一项工作就是开展以"不发生民警吊打体罚虐待罪犯、杜绝因失职渎职造成罪犯脱管脱逃的人为事故"为重点的专项治理工作；与此同时，政工部门也在民警队伍中开展"严格执法大讨论"教育活动。为了推动两项工作的开展，支队政治处、纪委监察室以及管教科的领导都下到大队参加学习讨论，甚至直接深入到中队与带班民警面对面交流，共同学习提高。参加三大队学习讨论的是管教科科长金洋。

这天下午，三大队按照支队下发的文件要求，在监舍大队值班室召开了第一阶段讨论会，参加学习讨论会的有主持工作的大队副教导员应树根、管教干事刘光明以及中队的四个指导员。管教科科长金洋作为支队"活动办"的成员参加会议，指导基层开展活动。尽管室内烟雾缭绕，不抽烟的金洋被呛得咳嗽了一下，但他心情很好，与会的过去都是他的老部下，今天有机会在一起也是难得的。应树根和刘强他们更是高兴，自从金洋到保定中央劳改劳教管理干部学院学习，回来后便担任了管教科长。大家看着金洋科长都很开心，在认真听了他和应树根的开场白后，四个中队指导员就"严格执法"问题进行了发言。四个指导员的发言都是不痛不痒表态性质的，如"要做到不体罚犯人，防止犯人脱逃"云云。金洋插话说："我就向你们几个指导员提两个问题：第一，不管什么情况你能不能做到不对犯人动手动脚？第二，中队其他干部违反纪律打骂犯人你怎么办？"

四个中队指导员一时无语，应树根也没想到金洋提出这么尖锐的问题。他看了看挤坐在沙发上的几个部下都是一脸惶惑的样子，金洋今天是来真的呀？应树根想道，以前他不也是倡导"要教训懒骨头"的吗？现在怎么变了味？看来在保定镀了金就是不一样。正准备开口引导几个部下，刘强却说话了："第一个问题，不对犯人动手动脚，这个没问题；第二，我会要求队长严格执行纪律，假如发现谁体罚犯人，先口头警告，再犯就上报大队处理。"

"好。"金洋带头叫好，"老刘的发言很好。"

接着，韩伟力、常伟先后发言，意思都效仿刘强。他们的发言，不管是否言不由衷都得到了金洋的肯定。只是二中队指导员欧阳林发言讲了几句话后，金洋没有叫好。欧阳林说："作为指导员，我要做到严禁体罚犯人。"他抽了口烟道，"但说老实话，下面带班的还真不好说。你是这里的老领导，下面的情况你清楚，有些事是预料不到的。"

"你的意思我明白，"金洋笑笑说，"就是体罚的事难以避免嘛。"

欧阳林不好意思地笑笑。应树根帮他解围道："欧阳的话不好听，但确实是心里话。"

见大家都不再说什么，应树根说道："我说一下，算发个言。上个星期进行了学习，今天又进行了讨论，总的讲有收获。过去我们把劳改犯定位为专政对象不太准确，工作中难免发生违反纪律的事。原因就是对失足青年理解不准。通过这次学习，大家，包括我自己在内，今后要按照支队要求严防打骂体罚犯人。"说罢，在烟灰缸上弹了弹灰烬道："不过，基层大队特别是中队实际情况很多，工作难度大，纪律讲多了队伍不好带，一些捣蛋家伙和你对着干，不好好劳动，你怎么办？……现在好了，有金科长给我们指导。"说罢，侧头看着金洋道："下面请金科长给我们做指示。"

金洋没有理睬应树根话中之意，按照自己的思路开口了："从刚才的发言看，大家对严格执法的认识有了一定提高，虽然个别同志还有顾虑，但能暴露真实想法也是对工作负责，我认为很好。这里我说两个意思：一是要认清当前形势。这个问题不用多说，现在全国劳改系统都在认真执行教育挽救失足青年的政策，要'三像'，尊重犯人人格，这是大势所趋，不容怀疑，不容我们违反政策。第二点，我们要提高工作水平。犯人一不听话就动手动脚，这样的做法不能继续了。工作要做，犯人又不听话怎么办？只有想办法提高我们的工作水平。怎样提高？没别的办法，学会教育犯人的方法。教育方法很多，比如因势利导，以理说服，要对症下药，因人施教，还要真情感化、人格感染等等。现在文件也发了不少，学习资料也有了一些。除此之外，还可以在实践中学，应教、老刘都有一套教育犯人的方法，欧阳、常伟、小韩你们几个也都有自己的长处，只要大家互相学习，取长补短，工作会越做越好。"金洋看着大家，加重语气道："关键的一点是，大家都是一个小班长，你的表率作用很重要，在执法上，只要大家做到不动手动脚，慢慢地，其他同志也会效法。什么事情都有一个过程，执法也一样，我相信在应教领导下，大家一起努力，三大队的工作一定会越做越好。"

一阵热烈的掌声响了起来。应树根高兴地说："金科长给我们上了一堂很精彩的课，讲得很具体、很实际，也很管用。在下一阶段，希望大家认真反思查找执法中的问题，做到有错必纠，自我提高，不辜负金科长的希望。"

应树根说完后，接着闲聊了几句，金洋便起身离开大队。送走金科长，一回头，大家正欲收拾茶杯、记录本出门，应树根却笑笑说："我们金科长也学会了唱歌。"

"唱歌？"欧阳林一脸的疑惑，"唱什么歌？"

应树根仍然一脸的微笑："蠢货，到什么山上唱什么歌嘛。"

秋已深，田野里一片金黄，阳光照耀下显得明晃晃的，路边的草和树还是绿绿的，一切都还是那么生机盎然。

这是九十年代的第一个深秋，艳阳高照，天气那么凉爽，是一个最吸引人秋游的时节。上午九十点钟的样子，西山支队接见登记处来了一个中等个儿的年轻人，他将证件递进窗口，说要见某某人。里面一个上了年纪的女民警说："今天不能见。"年轻人躬身低头望着里面的女民警说，自己好久没来了，今天正好有事来找人，想顺便见一下母亲，请帮帮忙。里面的女民警也许发了善心，拿起电话说了会儿话，然后放下电话说道："你母亲不在，见不了。""不在？"年轻人糊涂了，瞪着两眼问女民警道："那……那她到哪里去了？"里面的女民警这才说道："到江中参观去了。"年轻人更糊涂了，参观？参什么观？坐牢还能参观？自己怎么听都没听过？他只好问道："那她什么时候回来？""可能要到下午吧。"年轻人只好离开接见窗口，到监狱大门口来。

这个年轻人便是几年前从西山支队刑满释放的王文清。他还是春节时来看过母亲，大半年没见了，想借着找刘指导员的机会顺便看看母亲，不巧她却去江中参观了。大半年没来，变化这么大。

原来，西山支队为探索改造罪犯的新路子，将女犯二大队确定为实验大队，进行以分押、分管和分教为中心内容的规范化管理试点工作。春节后，祝春霞、彭彩云就组织全大队数百名女犯来了个蚂蚁大搬家，她们携带着被褥、箱子等生活用具到指定地点落脚，有的从楼上搬楼下，有的由楼下搬楼上，也有的原封不动，坐迎来客。对这次前所未有的大搬家，女犯们有的高高兴兴，像在家搬新房似的；也有的谈不上是喜是忧，机械地随众而迁；不少人则带有明显的不理解，担心这样的大调整后，改造环境变化了，原有的人际关系被打破，不知新中队的管教干部如何，以后自己还能不能得到民警的青睐……总之一切的一切都得重打锣鼓另开张，将来的命运是吉是凶，只有天知道。

不管女犯们的心态如何，一切都按管教干部的安排有条不紊地进行着。实验大队全体犯人的大调整，一天之内就完成了。搬"家"，打扫卫生整理床铺，忙碌了一个大白天。到晚上夜幕降临，人们都安顿下来后便关心起左邻右舍来。很快，大家就明白了管教们这次是"合并同类项"。因为住在同一个监号里的要么都是犯流氓罪的，要么都是犯盗窃罪的，或者都是犯杀人罪的……虽然管教干部没有道出这样做的真实用意，但一些精明的人望着监号里的宣传标语，还是敏感地察觉到了什么。

为什么流氓犯的监舍里挂"自觉抵制同犯间低级下流言论"的宣传口号，关押盗窃犯的监号却拉上了"克服好逸恶劳，讲究拾金不昧"的横幅，而犯杀人罪和伤害罪的监号里的标语又那么有针对性："忍一时风平浪静，让一步海阔天空"？

这是为什么？绝不是盲目和随意的，标语的背后一定隐藏着某种东西，而这些东西又是涉及每个犯人的所处境遇和切身利益，可以想见，一场暴风雨就要来啦……

分类关押后犯人的不同心态应运而生，不少女犯的思想情绪受到影响，改造表现曾一度出现滑坡现象——流氓犯最忌讳人家知道她们的底细，过去混押倒可以蒙混于一时，现在集中住一起，等于作了广告，自己过去的丑事大白于天下，在同犯面前怎么抬得起头？干脆破罐子破摔吧。杀人犯和犯伤害罪的，因自己的刑期长，新生难望，对前途悲观、消极、低沉、颓唐的情绪严严实实地笼罩在心头，往往互相影响，打不起改造精神。盗窃犯集中的监舍则偷摸成风，今天张三丢双袜子，明天李四少条手帕……由于各人犯罪恶习的深浅不同，惯犯、累犯对初犯和偶犯在主、客观上都有或多或少的不良影响，同类罪犯之间深度感染的问题开始萌芽。

"三分"工作一开始就出现了新的问题，怎么办？祝春霞、彭彩云等大中队民警决定实施分级管理，给女犯们以目标导向，调动她们的改造积极性。实施分级管理，不同级别的犯人，在通讯、接见、文化娱乐、接受邮包、购物金额、穿着打扮、外出参观学习、回家探亲和佩戴识别标记等方面都有明确而严格的规定。分级管理办法实施后，犯人们受到了强烈的震颤，这种心灵上的震颤，已前后有过两次。

第一次是兑现分级待遇。如同国家干部因其级别差异分别享受不同待遇一样，犯人们被分别划入不同的等级后，所享受到的境遇和自由度不相同。表现好的A级犯与亲属通信数量不限，工余时间可以给自己的亲人打毛线做袜底什么的，逢年过节还可以穿上家里送来的漂亮衣服，喜气洋洋地欢度节日。相反表现差的D级犯人，不仅别想沾A级待遇的边，还要受到从严管理，一年四季，除了就寝安歇都得穿那清一色的宽大囚服，尤其是节假日，人家可以到操场上去打羽毛球或在监号里看小说、玩扑克，而她们却不能忘记按时反省思过……不同的待遇，鲜明的反差，在犯人中引起了强烈的反响。A级犯人为自己能有今天感到骄傲，D级犯虽产生了强烈的嫉妒心和不满情绪，却又无可奈何。扪心自问，造成今日这样的局面能怪谁呢？现在该是悬崖勒马、回头归岸的时候了。处于中间状态的人虽对形同往日的常规管理没什么不适应，但看到人家A级犯那么风光，心中便涌起一股酸酸的醋意。这醋意令她们不安于现状，催她们奋起直追，希望通过自己的改造表现，跻身于A级犯的行列。

第二次震颤女犯心弦的便是今天支队领导和祝春霞、彭彩云她们组织A级犯游览江中。王文清的母亲阎冬娥是A级犯，今天也第一次走出了西山支队，前往省城参观……

没见到母亲的王文清静静地坐在监狱大门外的绿化景观台沿上，希望碰到个认识的人，因为他知道三大队的带班队长要解手一般都会到外面来。天气格外凉爽，王文清慢悠悠地吸着烟，眼睛却不离办公楼。一支烟未吸完，一个熟悉的身影往办公楼前的厕所走去了。王文清起身站在厂门外候着，一副谨慎的样子。

不一会儿那队长回头了。王文清远远地喊了一声"马队长"。马队长就是一中队的马小牛中队长，见来人面熟，便上前询问，王文清以实相告："我想找一下刘指导员。""刘指导员马上要高升啦。"马队长笑道："你等着，我帮你去打电话，他在监舍里面。"

十几分钟后，刘强从武警岗亭那边的小门出来了。见了王文清，刘强很高兴，两人立在厂门外闲聊了好一阵。王文清向刘强叙述了出去后几年的情况，并说自己现在家乡种植大棚蔬菜，主要销往江中几个菜市场。说着说着，王文清露出了今天找他的目的，看看可不可以让自己与支队伙房建立供销关系。热心的刘强当下就带他去和生活卫生科联系。刘强先带王文清去狱政科办了进监手续，然后陪着他直奔女犯监舍大院找到了生活卫生科的魏科长。

半小时后，满脸喜悦的王文清跟着刘强离开了生活卫生科，走出了监狱。虽然今天没有见着母亲，但王文清心里比见了母亲还高兴。自己出狱一去数年，今天第一次来找过去的管教队长，没想到有情有义的刘指导员竟帮了他一个大忙，令他喜出望外。他本想等到下午把这个好消息告诉母亲，但一想今天不一定能见到她，于是便决定下次再来。他想，有母亲、有刘指导员在，他跟西山支队的关系不会断，这里是他最不能忘却的人生母校……

几个月后，在三大队工作了十年的刘强离开原单位，被提任为六大队副教导员。与此同时，在干部年轻化的浪潮中，赵春云等一批老同志退出原岗位，换上了一批新鲜血液。金洋被提为副支队长，高正平接替刘强丈人闵细仔担任了四大队教导员，应树根也成了三大队的主官。但世事弄人，人们没想到，几年后西山支队发生了一起与应树根有关的惊天动地的惨案。

第十一章　惨案发生

三年后。一个迷人的深秋之夜，满天星斗好似天幕下缀满了一颗颗夺目的珍珠，洒下晶莹柔和的光辉。此刻，省城鼻子底下的西山小镇已安静下来，国道两旁的树叶沙沙作响，西山支队职工生活区主干道上已没了人影，大地上的一切变得那么安详和谐，这是一个似乎比平日更凉爽清明的静谧之夜。

突然，一阵震耳欲聋的警报声在夜空中爆响，那刺耳的警报声一阵紧似一阵，震撼大地，叫人心惊胆战……

这突如其来的警报声来自西山支队。随着骇人的警报声在国道两旁声嘶力竭地怒吼，很快，夜幕下一支奔跑的、骑车的乱纷纷的队伍由西山支队职工生活区向国道南面的监狱飞流而去，几辆警车也夹在其中鸣叫着奔向监狱……

不一会儿，西山支队大门口就聚集起一二百名男女民警和工人，人们不知里面发生了什么，在互相打探。监狱大铁门紧闭着，门前的几盏照明灯黄亮黄亮的，视线虽不如白昼，却也看得清人的面目。大门两旁和左侧的小铁门增设了武警岗哨，荷枪实弹如临大敌。

忽然，里面警车的警笛声响起，由远而近。一个民警从左侧小门出来与值勤武警说了句什么后，监狱大门开启，一辆警车快速开出监狱，往省劳改医院方向疾驰而去。此时，右侧办公楼下几个领导模样的人在迅速地下达指令。一会儿，一些民警开始从小铁门往监狱里面奔去。

此时监狱里面气氛仍十分紧张，厂区大道三岔口有武警战士荷枪实弹把守着。

第一批进入监狱的民警，大多是各大队的领导。走在前头的是六大队副教导员刘强，他一路打着手电，沿着厂区大道很快来到二道门。

二道门是从生产区进入犯人监舍的一座类似碉堡的三层岗楼，地面通道分里外两道门，外门是两扇大铁门，里门由两扇铁栅门组成，平时上锁上下班开启，铁栅门上有个小门，专供零星人员进出。通道一侧有扇外罩铁栅的玻璃监视大窗，里面是民警值班室。

刘强走过二道门一看，立刻被骇人的场景惊住了：一个犯人直挺挺地躺在地上，已经死去。虽然刚才在外面对晚上发生的事听了个大概，但此时面对那具尸体，他才有了更切身的感受。经向狱侦科的陈爱国副科长打听，才知其详情：原来今晚十点，三大队罪犯万长林、陈火根乘大队进监民警回家后，用事先准备好的砍刀杀害两名值班犯人，致一死一伤，将大队当晚值班的教导员应树根杀伤后又利用二道门值班民警开门查询之机，强行冲出二道门，并向监狱大门杀奔而去。二道门值班民警发觉后立即报警，两个暴力冲监的罪犯在接近监狱大门警戒线时，被闻讯赶来的武警战士用枪托击倒制服……

这就是九十年代中期发生在西山支队的"10·23"特大恶性案件。

刘强知道这件事跟自己没甚关系，但血淋淋的对敌斗争的残酷现实使他愤怒、警醒。他没有在二道门多停留，迅速走向了自己大队的犯人监舍。那一层楼的安全稳定，是他作为大队分管领导的天职。

三天后的一个中午，刘强在家接到两个电话后思忖，这事还真跟自己有关系。一个电话是政治处主任打来的，请他下午一上班到支队长办公室去，领导找他谈话。另一个电话是副支队长金洋打来的，金洋语气很关心的样子，电话中透露支队党委已决定要他去接三大队应树根的担子，因为应树根伤势过重，生命垂危，因而金洋要他这个老伙计珍惜机会，并透露是自己推荐他回三大队任职。刘强客气地回道："谢谢。"

刘强与金洋是老关系。八十年代初刘强以副指导员身份从东海某部队转业分配到三大队一中队当管教干部时，金洋时任中队指导员，是他的顶头上司。刘强初来乍到，以虚心学习的心态在金洋手下干了一年，虽然他受到金洋的批评指导时，有时也会与之理论，但两人从不会因此闹意见，金洋也从没给过他小鞋穿，因为两人都知道，他们工作的目标都一样。金洋常说的一句话是："中队工作最根本的就是搞好生产，不出事。"对金洋的这句话，刘强有所保留，他虽是半路出家从事管教工作，但他了解"八劳"会议精神，知道中央提出的"三像"的要求，明白监狱工作的目的主要是改造罪犯思想，劳动生产只是改造手段而已。然而金洋是中队领导，他不便过多与之论道。但在实际工作中，他是有自己主见的。记忆犹新的一件事是，有次一个犯人因为坏布产量任务未完成，马小牛扇了他一巴掌，还叫生产组长教训他，最后将其铐在车间。刘强问清情况后，回到值班室跟马小牛说，应早点让那个犯人解铐。马小牛还没开口，正低头看报表的金洋却接话说："完不成任务就得惩罚，急什么？"刘强无言以对……就这样一晃到了九十年代，如今的金洋已是副支队长，而刘强也已在六大队工作了三年。

回三大队接任一把手，刘强有点意外。自离开三大队到六大队后，他就没想过要回三大队，因为三大队押犯多，长年累月三班倒非常辛苦，改造压力很大。但刘强对党委决定没有二话可说，心里默想着不能辜负党委对自己的期望，自己是军人出身，从未做过与组织讨价还价的事。现在自己要做的只有一件事，那就是看好这一亩三分地，不能让这里再出这样的惨案。

主政三大队后，刘强尚未进入工作状态，此次事件的余震接着传来——在"10·23"特大案件中与脱逃犯拼死搏斗英勇负伤的应树根终因伤重不治去世。这一余震对西山支队民警们的打击是前所未有的，几天来，各大队特别是三大队的民警们陷入了极度的悲痛之中……那天参加完应树根的追悼会回家后，刘强一晚上都闷闷不乐，闵冬香本想和他说话，见他那样子只好不开口。到女儿刘梅做完作业关门睡觉了，闵冬香靠在床头打起了毛衣。她看看吸着闷烟的丈夫，终于忍不住自言自语地说："三大队太可怕了，不如不提拔，就在六大队待着。"刘强抽着自己的烟，不理她。闵冬香又说："我跟老爸说，三大队太危险，我真不想你去三大队。老爸却说，'劳改队哪里不危险？怕死当不了警察。'他倒是支持你回三大队。"刘强也没吭声，只是抬头看了她一眼。过了会儿，闵冬香又幽幽地说："听人说，出这个事也是有原因的。"刘强看看她，没接话。闵冬香又自言自语地说："说应树根太左了……""人家都牺牲了，还说这个干什么？"刘强白了老婆一眼。闵冬香两眼不离毛线，接嘴道："我不是说他，我是希望你去了不要出什么事。"刘强看穿老婆的心事，心中释然，头脑中再次生出那个誓言：看好自己的一亩三分地，不能让三大队再出这样的特大案件。

第二天，刘强怀着沉重与释然并重的心情到了大队监舍。刘强刚走进监舍值班室，和管教干事涂小强说起大队关禁闭犯人一事，屁股还没坐热，一个犯人就来到门口说有事报告。那是一中队犯人组长车峻，刘强和他是"老相识"了。

"什么事？"涂小强发问。车峻走到离办公桌二米开外的地方悄悄地说："张国才和罗黑子鸡奸。""你怎么知道？""听人说的。"涂小强说："谁看见？听说没用，最好抓现行。"

"是。"车峻转身想走，刘强把他叫住说："多留心犯人背后的事，你是老组长了，要多协助队长维护秩序。"

车峻走后，刘强要涂小强把昨天大队管教会议上列出的那些有逃跑危险的犯人档案和详细情况准备好，下午他要看。现在他先到车间去一下。

时近半晌午，院子里空落落的，只有戴红袖套的值班犯站在门口。院外一排成荫的樟树枝繁叶茂，靠近"界屋"过道的那棵"丫"字形樟树也长大了些。

"界屋"过道大门开着，一辆装包菜的卡车正缓慢开进过道往女犯大院去。刘强走到二道门前停住了脚步。这几天经过二道门时，两腿便会下意识地打住，再慢慢抬起头，望望门楼又看看地下，那天晚上那个被残忍杀死的值班犯就躺在这地上，笔挺挺的，脸部惨白痛苦，仿佛在向政府诉说着自己的痛楚和恨，要求政府干部为自己伸张正义。这个人还是他过去挺熟悉的……

刘强过了二道门往外走。到了车间门口，值班犯见是刘强，赶快去叫队长开门。靠近车间，里面轰隆隆的声音立马传来，清静了三年的耳朵重新回到震耳欲聋的环境，一时还有所不适。

刘强进了车间后，来开门的一中队指导员陈兴国以为他要上二楼去大队办公室，但刘强没上二楼，往车间机台走去。陈兴国赶忙跟上去，只见刘强目光所及几乎都在机弄下面不易察觉的地方。陈兴国跟在刘强后面沿车间墙根慢慢巡查了一遍。回到车间中队值班室时，马小牛脱了警服，坐在长条椅上扣新警衔。刘强一见他手中崭新的三督警衔标志便道："小马晋三督啦？"马小牛高兴地说："总算是警督了。一把年纪，总挂警司牌牌都不好意思。"副中队长方冬生坐在一旁笑而不语。他比马小牛大几岁，去年由一级警司升为了三级警督。目前一中队就是陈兴国、齐光辉两个年轻人挂警司警衔，其中陈兴国也是这次由二司晋为一司警衔的。方冬生看着挂二督标志的刘强说："刘教现在是正科了，还挂二督呀？"刘强笑笑："晋升也没那么快呀。"此时，马小牛穿好了佩戴新三督警衔的警服，故意在刘强面前挺挺胸说："怎么样，还挺吧？"刘强故意说了两个"好"，待马小牛坐下后，刘强看着几个老下属挺认真地说："现在形势发展很快，我们比过去职位高了，要求也高了。我刚回来，还请几位支持，我们一起努力，不要再出什么大事。"

方冬生掏出烟抽一支给刘强，刘强摇摇手道："不抽了，准备戒了。"方冬生说："我是戒不掉了。"

"这个月你们中队生产怎样？"刘强看着桌子对面的陈兴国。陈兴国说："月报表还没出来，前两个星期产质量还可以。"

"言归正传。"刘强说，这次案件两个凶犯是三中队的，但教训是全大队的。该说的话昨天管教会上说了，"你们有什么打算？"

陈兴国缓缓地说："一上班，我把昨天大队会议精神说了一下。我们想法是按大队要求落实好制度。一是每天搜身，严防带凶器进监；二是坚持晚上锁小号；三是加强防范工作。"

见陈兴国说完，刘强的眼光瞟向马小牛、方冬生。马小牛点点头，表示赞同。方冬生却幽幽地吸着烟。他父亲是老民警，母亲是工人，均早已退休。八十年代方冬生先当了几年工人，后转为民警。因长期在基层一线工作有丰富的带班经验，所以熟悉犯情。方冬生说："有句话怎么说？叫，叫谋事在人，成事在天吧。劳改队就这样，你要改造他，他却要逃跑。犯人情况越复杂，出事可能性就越大。说句不好听的话，劳改工作有点靠天吃饭。"

"报告。"门开处，一犯人撑着门，手里拿着把梭子，车间织机"咔嚓、咔嚓"的巨大噪音如雷贯耳。齐光辉赶紧起身出门去处理。

刘强背靠长椅说："冬生说的也是实话，哪个中队碰到万长林、陈火根这样的亡命徒都够呛。"顿了顿，又看着陈兴国他们几个说，"工作做细点，多发现一些问题，多消除一些隐患，也就多一点保障。"

见陈兴国、马小牛、方冬生点头的样子，刘强接着说道："支队要组建巡逻队，负责夜间巡逻。我们坚持锁小号，犯人想从监舍跑就难。下班搜身严一点，加上二道门也搜身了，谁想把凶器带进监舍也难。现在要做的一件事，就是从源头上防凶器。我们都是老织造了，那么大车间，谁要藏把刀很难发现。"他望着对面几个人，"怎么办？有两个死办法：一是把砂轮控制好，砂轮间安门上锁，要用必须经过队长同意；再就是中队要定期对机弄进行检查，尽可能消除隐患。队长要直接参与，不能走过场。"

"好，好。"陈兴国说。马小牛、方冬生也点点头，马小牛说："两件事麻烦是麻烦，但也没办法。"

见陈兴国他们认同自己的想法，刘强心中顿觉蔚然，于是起身说："你们忙吧。"

下午，刘强没进车间直接去了监舍值班室。刘强刚坐下，涂小强就把大队"四类"犯人的档案搬到他办公桌上，并说这些档案反映不出什么，只能看到这些人得表扬、受处分的情况。刘强说晚上值班时再看，然后问起关禁闭犯人的事。涂小强说关禁闭三个人两个快到期了，下个星期要接出来；还有程才排节目和女犯搞鬼，关进去没多久。

"文艺队怎么管理的？"

涂小强说："谁知道？"原来，这些年为活跃犯人改造生活，支队文艺队每年四季度进行业余排练，准备一年一度的迎春文艺晚会。这个传统一直延续至今。文艺队由教育改造科管理，活动场所在女犯大院五楼礼堂。文艺队骨干一共20来人，男犯成员三分之一不到，主要是司乐，还有个别歌手如程才等。女犯成员从各大队百里挑一，个个身材苗条面容姣好，其中就有大名鼎鼎的柳如玉。柳如玉水性杨花惯了，人虽然在服刑，但碰到不认识的男人也会习惯性地将两只媚眼大方地悠扫在来人脸上，令人心旌荡漾；而对身边的男民警，她常用的撒杀锏是当你与她迎面相遇时，你的两眼即刻将会受到一对"激光"的瞬间闪击。进入文艺队后，她旋即成了男队员暗中注视和意淫的对象。好在文艺队的管教民警十分尽责，不给他们空子可钻。可惜斗转星移人事皆非，今年管理文艺队的两个年轻民警却大意失荆州，让程才和柳如玉这两个"师徒"钻了个大空子……

"这家伙是吊儿郎当。"刘强似乎自言自语道，"他这样的人逮住机会是不会放过的。"过了会儿，刘强又问程才这几年劳动怎样，有没有逃跑念头。涂小强知道刘强过去对程才很了解，不敢随口介绍，想了想说道："劳动一直不错，逃跑，没听说他有这方面问题，只说他就会勾搭女犯。"涂小强看着刘强补充道："不过男犯都这样。"

听了涂小强的介绍，刘强喝了口茶说："对犯人我们还是要因材施教，抓住主要问题教育。"接着看看桌上的那摞档案说："我先去一下禁闭室。"

禁闭室位于监舍大院西南角，有个小院子，院墙上架着电网。禁闭室只有一栋长方形的平房，前头是值班室、提审室，共两层，看上去就像公路上那种有车头没车厢的拖车。禁闭室南北各一排小号子，小号子顶部有个方形观察窗。

刘强来到关押程才的小号子门前，值班民警老马把外铁门打开，"喏，就这。"然后走开了。

"教导员？"光线稍暗，刘强还未看清里面的人，就听到一声惊奇且不无快乐的叫声。程才不叫他"指导员"而叫"教导员"，因为他前天就知道了刘强回了三大队接替应树根。禁闭室就这样，不时有人进来也有人出去，外面的一些变化往往会及时传进禁闭室。

刘强很快认清是程才。透过铁栅门，程才正笑笑地看着自己，两只大眼睛似乎透出对自己的亲切感："教导员，听说你回三大队了？"刘强不理他，面无表情说："还蛮开心嘛。"

"没办法……"

"不是你自找的呀？"

程才笑笑道："你看我来西山支队十几年了，没碰过女人……"

"行了。"刘强严肃地说道："我就问你一句话，你还想不想改好？"

"当然想。"程才急迫地表白道，"教导员回三大队，我更想改好。"

"那好。希望你不要食言。"刘强转身离去，叫老马来锁小号门，离开了禁闭室。

第二天，刘强便让涂小强把程才接回了大队。可是没想到，程才回大队不久却先后引发两起女犯重大违纪事件。

第十二章　女犯跳楼

几天后的一个下午，西山支队厂区大道上三个运转班大队的人正在整队，人声有点嘈杂。天阴阴的，没有一点阳光，在路旁两排高大苍翠的樟树和梧桐树的荫蔽下，二大队女犯们身上灰色格调的囚服显得更加灰暗。

"全体注意：立正，向右看齐，向前看，稍息。"带班民警刘文芹正在整理队伍。但此时队伍后面出现了异动，后排中间一个中等个头的女犯东张西望，根本没睬民警的指令。旁边三互小组成员徐小芹用手拨她："向前看。"对方不耐烦地收回视线，装着朝前看的样子。

队伍整好后，中队指导员彭彩云站到队伍前开始训话。三十来岁的彭彩云前年由副转正，担任中队指导员。她身着一套橄榄色马裤呢立领制服，两条笔挺的裤腿，使其本来微胖的身躯显得丰而不腴，眉宇严肃，在十分合体的警服的映衬下更加令人起敬。彭彩云两眼扫视着众人，开口讲话："今天……"

就在此时，队伍后面突然骚动起来，只听有人喊："熊秋英，你干什么去……"

一些犯人扭头向后看，不知发生了什么。站在队伍一侧的中队长唐秀娥忙走过去，见熊秋英已离开队伍，往男犯那边跑去。唐秀娥来不及说什么，大喊一声："快追！"立马就有五六个人跟着唐秀娥去追熊秋英。

二大队车间离三、四大队也就几十米，熊秋英很快来到三大队队伍后面，正要找什么人的样子，一看几个干部和同犯追过来了，便干脆朝前往监狱大门跑去。到了监狱大门一侧的小门边，她使劲拍打着门叫道："开门，开门！"

大门外正在值勤的武警战士不知什么情况，正狐疑间，只见唐秀娥她们追到了门口，几个人合力将熊秋英抓住，拧着她的双臂往回走，一些正在排队的男犯见了都张口结舌，不知怎么回事。

大惊失色的彭彩云赶了过来。众人押着熊秋英回到车间门口，彭彩云让唐秀娥去车间拿铐子，并让刘文芹整队清点人数回监舍。

企图公开冲监脱逃的熊秋英被彭彩云等人押着往监舍走。还没走出多远，唐秀娥就陪着大队祝教导员和支队狱政科长等人赶来了，他们当即下令将熊秋英押往禁闭室。

一段厂区大道并不远，众人押着熊秋英很快来到女二道门。过了二道门，五层红砖砌成的监舍大楼耸立在眼前，沿着右边陡坡下去，穿过大楼与"界屋"之间的狭长过道，便是女犯监舍大院。

熊秋英戴着手铐，两臂被人抓着走进监舍大院时，立刻引起聚在小卖部购物的女犯们驻足观看。熊秋英一点也不羞怯，竟扬起一张桀骜不驯的"马脸"，还似乎带着微笑，有意摇摆地挪动着步子，一副无所谓的样子向女禁闭室走去。

到了禁闭室，值班犯协助管理民警把熊秋英锁进小号。熊秋英一脚踹在铁门上："放我出去，放我出去。"

"就是个疯子。"彭彩云说，"先不管她，冷静冷静再说。"祝教导员点点头，领着众人离去。

熊秋英此人，就是西山支队有史以来的第一号女顽危犯。她八十年代中期就因数罪并罚判处无期徒刑被投入西山支队劳动改造，个子不高，表面看还笑嘻嘻的，不乏女人之温柔，但温柔的皮囊下包裹着的却是一颗扭曲的心，一种桀骜不驯、蛮横无理被恶化了的秉性。入监后她从不认罪，经常顶撞管教干部，看哪个同犯不顺眼，开口就骂动手就打。熊秋英不仅是个暴力女，还经常在监舍宣泄自己向往男犯的情绪。为了一探男犯大院的景象，有次去医务所见界屋过道两边的门都开着，她竟乘干活的女犯不注意，一个箭步就冲入男犯大院……虽然很快被干部抓回来了，但熊秋英"疯子"的大名却在女犯大院传开。熊秋英改造多年禁闭无数，大队的女管教们想了不少办法规劝她，为了让她母子相见，彭彩云她们还专程上门找她的前夫，前夫毫不客气地说"我和那个神经病没任何关系了"。民警们去家访后，她的老母亲和哥哥来接见过几次，但她好不了几天，依旧大闹三六九，小闹天天有。前不久，支队为了促其改进，在她已服刑七年之际依据劳改政策和其现实改造表现，报请省高院将其无期徒刑减为有期徒刑十八年。意想不到的是，宣布减刑不到两小时，熊秋英因嫌减少了，接连在监舍里寻衅闹事，吵闹了好几天，民警只好叫两个人看着她。一个星期后她不闹了，同意去车间劳动。令民警们没想到的是，她同意去劳动是有她的目的的……

三天后，彭彩云来禁闭室，还没到小号子，一股熏天的臊味钻入鼻孔："怎么这么臭？"值班犯忍气吞声地说："报告干部，熊秋英在里面乱拉屎拉尿，把屎都抹到门上了。"

彭彩云强忍住冲鼻的恶臭奇臊味，站在小号子门外喊："熊秋英。"

里面毫无反应。值班犯从门窗往里望，只见熊秋英坐在床铺上，歪着头，动也不动。"熊秋英，干部叫你！"

"你问她冷不冷，还要不要被子。"彭彩云对值班犯说。那天她叫组长给熊秋英送了床被子，这两天北方寒流南下，她担心小号子冷熊秋英吃不消。

女犯小号比男犯大，一张铁床一个便池，留出的空间更多，似乎也显得更冷。

听值班犯说干部来了，熊秋英站起来，她已听出是彭指导员的声音。彭指导员平时对她还是不错的，今天又关心自己，她暴躁厌烦的心理忽然打住了一下。有那么一刻，她的心静了静，脸上的表情也松弛下来。

她走到小号子门前，从门窗往外看，见彭指导员正看着自己，一副关心的样子说："还要不要加被子？"

望着彭指导员率直的表情，熊秋英忽地一下不好意思起来。她犹犹豫豫地说："指导员，让我回中队吧。"

"想回中队？你知道你的事有多大吗？"

看着指导员一脸严肃的样子，熊秋英低下眼帘，嘟囔了一句："我本来想去找那个'男歌星'，唐干部来追我，我就往大门跑。"

"找男犯？"是她撒谎，还是干部错怪了她？彭彩云瞪大双眼一时无语。熊秋英又说："好久没见那个'男歌星'，上个星期他上班了，那天我就想去看他。"彭彩云心中一时迷惑，不知真假。正想凶她几句，忽又收怒思忖起来，这还真是她的性格。

"先不说出小号的事。"彭彩云严肃地说："你这次的事太大了。要想宽大处理，自己先要有认识。"见熊秋英望了望自己，她接着鼓励道："今天你有这个想法也是一个进步。但还不够，还要好好反省。能不能出去，要祝教导员和你谈。"

"好嘛。"熊秋英乖乖地像变了个人似的。彭彩云知道这人喜怒无常惯了，今天看似不错，说不定明天又要发作要疯呢。

一周过去。冬日的阳光洒在三大队监舍小院，院子一边阴冷，一边洒满阳光，暖洋洋的。一些人在院子里散步，有的在铁栅处和隔壁大队的人闲谈，呈现出一种悠闲的氛围。

管教干事涂小强领着一小队新犯来到院子门口，值班犯赶紧将门打开，七八个新犯提着箱子、蛇皮袋等行李鱼贯而入。涂小强让他们在院子里候着，吩咐一个组长上楼去叫人。不一会儿下来几个队长和组长，涂小强按分配名单让他们把新来的人领走。

涂小强拿着档案袋走进值班室。刘强听了涂小强的汇报，顺口问道："有什么情况？"涂小强说："有一个原来是少年犯，劳教过两年。"

刘强拿过少年犯档案仔细看起来。"十五岁就劳教了两年。"他把档案还给涂小强，"把他叫来，我看看他。"

一会儿，大组长蔡树明叫来一个高个犯人站在门口。很年轻，十八九岁，白面书生的样子，眉宇间却是一点都不陌生的神态。听涂小强说"王宝根，叫报告进来"，他才勉强"报告"了一声，走进房间。

涂小强示意说："刘教导员找你问话。"

名叫王宝根的新犯朝刘强办公桌方向挪了挪步子，一脸宁静地看着刘强。

刘强问了些姓名、家庭情况之类的问题，然后直插要害："劳教两年，回家才一年，怎么又犯事了呢？"

王宝根定定地看着他，须臾又歪扭着头看着别处。

"怎么不说话？"涂小强看着他。

"不是有判决书吗？"

涂小强还想说什么，刘强对王宝根说："你先回中队，以后有空再谈。你也可以找我。"

"我上去看看新犯安顿得怎样了。"涂小强说罢领着王宝根出了门。

初次见面交锋，刘强心里黯然。凭着十余年与罪犯打交道的深厚阅历，心里的感觉告诉他，这人以后有的是麻烦找他。

王宝根确实不是一盏省油的灯。他自小娇生惯养，上有三个姐姐，他是父母偷生下来的。他家原在乡下，后因大伯在县里当城建局长，他父母也寻机进城做起了小生意。因爹娘看得重，王宝根自小不好好读书，经常与同学逃学，进城后更是变本加厉，竟与社会上的小痞子混在一起传看毛片，十五岁就有了性经验。为了与小妞混，零花钱不够花，就合伙偷商店，结果被抓去劳教两年。解教后回家才十七岁，却骗女孩子说二十岁，整天无所事事，高兴了帮父母看下店，不高兴了拍拍屁股走人。最大的爱好就是花言巧语，追逐女青年，搭上带回家玩个十天半月，腻味了甩一边，一年之间竟有十余个女子被其玩弄。女人多了，花钱就多。为使钱来得更快更易，王宝根与几个纨绔子弟便干起了偷盗甚至抢劫的营生，昼伏夜出撬商场，偷拿烟酒销赃挥霍，终于在十八岁生日之后的第三天把自己送进了看守所，判刑十五年来到了西山支队。

十一点钟了。大组长蔡树林忽到值班室门口报告说："一个女犯爬到界屋顶上去了。"

刘强和涂小强来到楼梯口，院子里已聚了不少人，犯人们一个个伸着脖子朝上看，只见有个女犯站在界屋顶上连声朝这边喊着："程才，你在哪里？"还不断地朝这边的人群挥手。大院那边也不时传来一阵阵的嘈杂声。见看热闹的人越来越多，界屋顶上的那个女犯开始示威似的在屋面上忽东忽西地走着，面无表情地看着楼下人群。这时一个男工人模样的人不知所措地跟在她身旁，似乎在劝说着什么。

此时，狱政科丁科长等几个男民警匆匆赶到界屋，里面的守门女犯刚把门拉开，几个人就冲了进去。

女犯大院像炸开了的马蜂窝，院子里站了许多仰着脖子往上看的人，女犯们大呼小叫，在场的民警也不无惊慌，楼前的人群乱成了一锅粥。

人们仰望着三楼屋面上那个走来走去的女犯，焦急地叫喊着："千万别跳啊！"

楼顶上的女犯见下面吵吵嚷嚷的，便对着下面人群叫喊道："有什么好看的？都给我滚开，不然我跳了。"

楼下的人们本就很紧张，一听这话更急了，这家伙是说得到做得到的，一旦跳下来，不死也得落个残废呀。

此时，几个男民警从三楼架着的楼梯爬上了界屋屋面，他们在紧张地劝说那个女犯。

丁科长等人赶到时，彭彩云指挥一帮女犯抱来棉被赶到界屋楼下，大家七手八脚地扯着棉被的四角，像张网似的将棉被摊开，准备接住要往下跳的那个人。

过了好一会儿，楼顶上的女犯似乎被说通了，跟着几个男民警从楼梯下到了三楼走廊。院子里的人们屏声静气地看着她，一颗心终于要放下了。说时迟那时快，只见那女犯一个翻身就跳到了走廊护栏外沿，吓得旁边的一个男民警忙拉着她的一只手，但那女犯"呸呸"一连将几口痰吐到对方脸上，又用嘴去咬他的手。恍惚间，男民警手悄一松，撒泼的女犯便纵身跳了下去……

"啊——"

"嗵——"

好险呀！从三楼跳下的女犯终于被"地网"接住了。虽然棉被的弹性缓解了巨大的冲击力，使这个女犯性命无忧，但却摔得不轻，躺在"地网"里爬不起来，后被送往省劳改医院。

这人就是前不久冲击监狱大门的顽危犯熊秋英。上次彭彩云到禁闭室找她后，第二天祝教导员就去找她谈了话，第三天把她放出来了。放出来后，也没别的什么事，民警对她进行了法律政策教育，她也没表现出什么过激反应。昨天晚上小组开了周评会，同犯七嘴八舌对她进行帮教，大意是说从无期徒刑减为有期徒刑十八年，减得不少了要知足，不能人心不足蛇吞象。可是熊秋英却不这么看，她觉得自己已服刑七八年了，第一次减刑再怎么也得减到十五年以下才划算。她心里想，你们无期过两年就减到十七八年，我都坐了七八年了，还和你们减的一样！散会后她一个人坐在床沿上愣怔了半天，徐小芹催她睡觉，她才起身上床，连洗脸洗脚也免了。同犯们见此情景，也都小心翼翼地不再去惹她。她们知道，这人就是个"猪婆癫"，这样子说不定又要发作了。

一夜总算太平过去了。第二天上午休息，大家起床晚些。七八点钟的阳光斜斜地照过来，挟着冬日的寒意弥漫在走廊，监舍的空气逐渐清新起来。早起的女人们站在铁栅网前，享受着太阳的光辉，心里暖暖的。几个人拿着饭铲，站在桌前催促同犯来打饭。条桌不大，矮矮的，一米来长，靠走廊外侧固定着。条桌上摞着盛饭盒，铝桶里有小半桶萝卜干。

徐小芹拿着饭铲走进自己监舍，见有的在折被子，有的刚从洗漱间回来，往脸上搽着护肤品，熊秋英躺在床上半闭着眼。

"动作快点，饭都冷了。"徐小芹站到熊秋英床铺前。她睡下铺，一只被角快拖到地上了。徐小芹看着镶在墙上的碗橱问熊秋英："哪只是你的碗？我把饭打到你碗里。"

熊秋英从被窝坐起来，指指墙上暗橱："那个白的。"

徐小芹帮她打好饭。熊秋英也开始穿衣起床，出门去洗漱间刷牙洗脸。

这时，昨晚值班的中队长唐秀娥从洗漱间走过来，到了三〇四监舍门口停下。犯人都已起床，被子也已叠好，花花绿绿的，沿墙摆成了一溜。有的坐在床铺上吃饭，有的坐在小凳子上，见唐秀娥走进号房，大家都站起来，唐秀娥示意她们继续吃饭。

唐秀娥进监舍时，柳如玉正对着墙上的小镜子搽脸，搽完脸又弄刘海、鬓发，左瞧右瞧，丝毫没有发现唐秀娥。当同犯们起身时，她才发现是唐秀娥进来了，惊讶道："唐干部。"

"就会打扮。"唐秀娥轻蔑地瞥了她一眼，心想还想勾引男犯呀？

柳如玉因在文艺队和程才勾搭成奸而被关禁闭，因其认错态度好，被记过后回到了监舍。正是夹着尾巴做人的时候，柳如玉忙端起自己的饭碗，找到自己的凳子小心翼翼地坐了下来。柳如玉低头吃饭大气不出，心理准备着挨训。中队四个民警，除了这个唐中队长，其他民警对她都好。在一中队七八年了，就是这个唐中队长和她过不去。要说她对自己有多不好也说不上来，因为自己也没有什么违规把柄被人逮着，平时就是一些日常起居受其奚落。她起初不解，弄不清这个唐中队长为啥总和自己过不去，后来才捉摸透了：原来是这个唐队长自己一张大嘴巴，嫉妒她漂亮，招男人喜欢。想清楚了，又不能得罪她，所以平时就尽量躲着她少挨些训。这次自己因贪欲进了禁闭室，少不了要被她好好教训一番。

柳如玉有了思想准备，闷头着准备挨训，可是唐队长今天却没怎么管她。昨晚周评结束后，彭彩云将三〇四监舍周评的情况告诉了唐秀娥，让唐秀娥有所担心，所以早晨起床后她过来看看熊秋英的情况。

"晚上还好，没什么事。"组长徐小芹汇报说。话刚落地，熊秋英进监舍来了，见了唐秀娥也没吭声，端了饭碗就自顾自地吃起来，一副旁若无人的样子。

唐秀娥看看她，没作声转身走了。和熊秋英打了多年交道，她清楚这是一个什么样的人，像现在这样子不打不闹就不错了，对她不能有什么奢望。谁知当她上午休息回家，彭彩云在大队办公室开会，监舍里只有刘文芹一个人时，熊秋英又打人了。因为上厕所出来时，一个同犯没注意碰到了她一下，她便一掌把对方推倒，还骑在人身上猛扇巴掌……熊秋英被刘文芹和组长弄到值班室后，受到一顿批评。但熊秋英就是不认错："谁叫她撞我！"刘文芹瞪着两眼斥责道："你能不能讲点道理？人家是无意撞了你，你就把人打成那样子，简直是泼妇！出去！"这下好了，刘文芹捅了马蜂窝，把她的那根疯癫的神经拨动了。她回到号房坐到床铺上一动不动，铁青着脸谁也不理。约莫二十分钟后，她来到走廊，望着楼下大院，见一个工人模样的人在界屋顶上做事，三楼走廊上架着部楼梯，而通往教学楼的门好像开着。熊秋英心想要是爬到界屋顶上去一定好玩，既可吓刘干部，说不定还可看到那个男歌星。主意已定，熊秋英慢慢往楼梯口走——那儿有值班犯守着。她装作乖乖的样子与值班犯套近乎，终于等到一个机会，两个人要去医务所看病。就在值班犯开锁拉门之际，熊秋英一个箭步冲过去，拨开众人就往楼下奔……于是就有了先前爬楼示威的惊险一幕。

"爬楼事件"后的第二天，彭彩云先叫值班犯打来一壶水，然后自己把水烧开。倒了杯水后，彭彩云静坐一会儿，估摸着犯人已吃好早饭，便站在门口让值班犯把徐小芹叫来。

徐小芹来后，彭彩云问道："你是和熊秋英一个行动组吧？"

"行动组"是监狱管理犯人的最底层的一个非机构组织，一般由三至五人组成，组长负责全组人员的日常行动。徐小芹就是一个组的组长，而且和熊秋英一个行动组。

"那你这个行动组长好累。"彭彩云善解人意地开了口。

徐小芹高兴地看着彭彩云："和她一个组，真的好累，多好多事……"

彭彩云不想听她详说细节，打断道："我已跟刘干部说了，准备加强一下你这个行动组，等熊秋英回了中队看紧点，不要给她搞屎的机会。"

"是。"徐小芹满口答应，转身欲走。彭彩云又道："叫柳如玉过来。"

彭彩云一杯水没喝完，门口一声"报告"传来，柳如玉站在值班室门口。听到指导员让她进屋，柳如玉往前走了几步，站在离办公桌二米远的地方。

彭彩云看她一脸做错事的样子，没有马上开口。她不急不躁地看着柳如玉，中等个，两腿长骨架子小，虽然罩了一身囚服，但仍显苗条，还有一张白皙的瓜子脸，外加两只潭水般的大眼睛，确实是个美女坏子。这种人到文艺队出事很正常，不出事才怪。当初她就对选柳如玉去文艺队持保留意见，结果现在出事了吧。彭彩云对自己的先见之明有点高兴，她是省劳改警校头几届的毕业生，一出校门就进了西山支队，在基层中队当带班民警，已和女犯打了十余年的交道，什么人没见过？对柳如玉，她也看得比较透，而且她的看法与唐秀娥不一样。唐中队长是五几年出生的人，文化不高，虽然转了干，有生产管理经验，但在做思想工作方面稍有欠缺。在对待柳如玉的问题上，唐秀娥比较极端，认为这种人就是本质坏，要让她多劳动，培养劳动人民的品质，以免"出去后再偷人"。每当唐秀娥疾言厉色地表述对柳如玉的贬损时，彭彩云有点让着她，不怎么争辩，但偶尔也会平心静气地冒一两句："除了博爱男人，其实本质不怎么坏，有同情心，对人也还真诚。"由于有此看法，彭彩云对柳如玉日常改造生活和表现的评价就比较客观，行动上也一分为二，做了错事就批评，做了好事也表扬，以至柳如玉在心理上把指导员当成了自己的依靠，行动上对指导员的话表里如一，不打折扣。这次在文艺队犯下大错，柳如玉觉得对不起指导员，但也没办法。刚来西山支队时，老公在，又没有优惠接见政策；后来支队开放与配偶优待接见，老公却又离了……这么多年了，她的苦有谁知道？饱汉不知饿汉饥，干部哪会晓得自己心中的苦楚？在文艺队违纪这件事上，自己再信指导员，也不能和她掏心窝子。

"这下终于暴露了自己的本质吧？"彭彩云定定地看着柳如玉，忽然冒出这么一句。

柳如玉低下头不好意思地说："我错了，干部给我记过算是轻的。"

"你还有点自知之明？丢人现眼败坏中队名声。"彭彩云严肃地斥责道。

柳如玉低下头嗫嚅着道："对不起指导员。"

"虽然是文艺队的事，可你毕竟是我们中队的人。"彭彩云不无气恼地盯着她，好一会儿才说："算了，说什么也晚了。"她挥挥手，"写检讨，下次周评会上检查！"

"是。"柳如玉好久没见指导员发火，吓得赶紧点头称是，转身离去。

"等一下。"彭彩云问道，"熊秋英是不是也跟那个会唱歌的男犯有勾搭？"

"不知道。"

"那天她在界屋顶上总叫他的名字。"

柳如玉不屑地说："神经病。"

彭彩云严肃地说："知道是个神经病，你更要自重。"

柳如玉不好意思地低下头。

第十三章　低级错误

监舍值班室里此刻坐着三个人，除教导员刘强还有涂小强、陈兴国，陈兴国坐在老旧的黑色人造革沙发上。上午刚开过管教会，大家感觉临近元旦春节，天冷了，虽不一定会出什么事，但企图脱逃的仍会贼心不死，会议上大家都觉得要警钟长鸣，始终把防逃作为工作的重点。

"说是说防逃重要，但现在生产不景气，心思都不在这上面。"刘强不无忧虑地说。他是个工作十分负责的人，早年在部队当连队干部时，如果不是因为文化低，制约了发展，他不会那么快转业回乡。到西山支队后，他才三十出头，觉得自己今生要当一辈子劳改警察了，也没什么靠山，就好好补习文化吧。于是他坚持看书，还想办法找劳改警校的人要书看。没几年，刘强文化和专业水平提高了，由半路出家变成了半个专家，工作也不断进步，先后任了指导员、副教导员，去六大队打了一转又回到了三大队。虽然这是支队党委对自己的看重，可是三大队的一把手不是那么好当的，这里押犯多顽危犯多，所以出事概率高，以致发生了一起重大恶性案件，应树根都壮烈牺牲成了烈士。

"无论如何不能再发生恶性案件了。"刘强说着，一脸坚毅的神色。

陈兴国将自己半躺着的身躯往上挪了挪道："两条人命，将心比心，谁家的亲人都难接受。叫我说逃跑都好一点，就是不能出这种人命大案。"

"问题关键是犯人逃跑。"刘强说，"防逃重要，但想办法让他们不想跑才是关键。所以你们指导员的担子最重。"

"我们中队'四类'人多，我就担心不知什么时候冒出一炮来。"陈兴国忧忧地说。

"要利用好耳目。"刘强说，"像程才这种人，表面上吊儿郎当，安全上倒可以用用。"

陈兴国说："前几天马贱根还在说他和那个爬楼女犯有勾搭。"

"没把柄就不要太信。"刘强说，"男女犯监狱，这样的事杜绝不了。从安全上说，程才这种人可以放心，倒是那些不太吭气的阴司鬼要多防着点。农村有句老话：恶狗不叫，叫狗不恶。眼睛不能专盯着'四类'，有的善于伪装，要特别注意。"

陈兴国从沙发上起身笑道："说得我都坐不住了，上去转一下。"

刘强望着陈兴国出门，脑海中忽冒出一句"孺子可教"，笑了笑。陈兴国工作快十年了，有热情作风也扎实，会做思想工作，就是"安全"这根弦有时拧得不紧。

"下班吧？"涂小强看刘强。刘强道："你先走，我也上去转一下。"

刘强来到二楼，铁栅门开着，守门犯人见了刘强就说，陈指导员在里面。

号房里有人还在吃饭，有的刚用完餐，把半碗半碗的饭往卫生间门前的垃圾桶里倒。见刘强走过来，一个犯人用勺子敲着饭碗，装着自言自语的样子说："天天包菜、萝卜。"

陈兴国从卫生间出来，见一个犯人往垃圾桶里倒饭："都倒掉你吃什么？"

"泡了方便面。"陈兴国望着犯人习以为常的样子，欲言又止。见刘强来了，便跟着他进了一个监舍。

监舍里乱而无序，通铺上下都有人，有的在收拾碗筷，有的把热水瓶里的开水倒入脸盆，打算洗脸洗脚，下铺床沿下的解放鞋、胶鞋乱七八糟的，地上不少痰迹，空气中弥漫着一种明显不好闻的气味。这种气味，不臭不臊，有点腐的气息，是一种类似梅雨时节社会学校里有些男生寝室的味道。男犯监舍都这样，只要一进大楼，这种说不出的冲鼻气味就会让你瞬间条件反射似的屏住呼吸。

"教导员，指导员。"程才见刘强、陈兴国走进监舍了，忙从床上下来，脸上笑嘻嘻的。

"卫生好像退步了。"刘强指指地上，"到处是痰迹，也不拖拖。"

"拖把坏了。"

"怎不买新的?"刘强看着陈兴国。

陈兴国实话实说："过去拖把都是大队统一买中队领，现在大队没钱买了。"

刘强不再说什么。见王宝根从自己身旁一声不吭地走出监舍，刘强欲言又止。本来坐在床上默不作声的黄国庆，见领导来了，忙起身看了他们一眼，脸上没什么表情。黄国庆原在农场劳改，是前年加刑后调到西山支队来的。刘强叫不出他的名字，陈兴国忙说："他叫黄国庆。"刘强略点点头，又见几个想打牌的老面孔犯人都起身笑笑地看着自己，便挥挥手说："你们玩吧。"走出了监舍。

陈兴国伴着刘强往监楼外走去。天已黑路灯也亮了，早过了下班时间，厂区大道上只有他们两人。

"内务卫生很要紧，拖把的事我来解决。随地吐痰，乱丢瓜子壳，卫生太差会把人的心情搞坏。你们中队试一下，搞几条考核办法。"

"行。"陈兴国说，"我们认真抓一下。"停了会儿他补充道："不过大环境就这样子，单靠我们大队也难办。犯人伙食是个大问题。"

刘强说："生产不景气，干部工资、犯人生活都受影响。时间长了，我真担心。"

"国庆开始，犯人食堂有营养餐卖，家里条件好的好办，那些'三无'就没办法。"

"营养餐解决不了什么问题。"刘强边走边说道，"听说伙房里好多女犯会腌柚子皮、橘子皮，明年我们早点动手，让她们帮忙指导也腌一点。另外你看可不可以想办法在中队设一点互助金，让条件好的人捐点钱，中队掌握，紧要时候买点腌辣椒什么的，吃得下饭就行。"

"办法倒是可以试试，关键是要让捐款的得点实惠。"陈兴国的话说得很直白。

刘强默然一会儿说："我看这也没什么。愿意捐款，说明他乐于助人，可以在思想改造奖分和评比方面适当照顾。"

陈兴国说："应该没问题。"他知道，厂里为了促销积压产品，出台了让犯人动员亲属帮厂里销售产品的奖励政策。

"订《新生报》不是有奖分吗？一样的道理嘛，都是为了犯人改造。"刘强说，"当然操作上要把握分寸。"

陈兴国点点头。刘强又补充道："我到支委会上通下气，不行就不奖分，口头表扬精神鼓励，当然要自愿不强求。"

回到职工生活区，临分手时刘强说："还有两个人，一个是黄国庆，我不了解，王宝根是新犯。这两个人，我感觉你要多注意点。"

陈兴国点点头说："快回去吧，肚子饿扁了。"

几天后的一个下午，刘强在听陈兴国汇报设立互助金的事，涂小强接了一个电话，举着话筒对刘强说："教导员，电话。"

刘强接过话筒，没听多久就命令说："把牛二崽送到医务所去。"说罢"啪"的一声挂下耳机。刘强见涂小强愣愣地看着自己，便说："马小牛打了牛二崽一个巴掌，牛二崽在赖死。你去车间了解情况，我到医务所去等他们。"

涂小强走后，刘强一个人静坐在办公室。中队长马小牛是一个对工作极其负责的人，但就是动手打人的坏毛病改不了。九十年代后，随着劳改工作的不断进步，上面对管教干部执法执纪的规定和要求逐步完善，管教干部依法办事的自觉性也在逐渐提高，但也有个别干部惯性使然，偷偷"修理"桀骜犯人的事仍然存在。时至今日，像马小牛这样还敢打人的事很少见了。"真是个傻瓜"，刘强心里直摇头。

十分钟后，刘强来到男犯医务所。医务所里七八个人，副中队长刘光明和几个犯人正瞧着牛二崽，一个四十来岁的男犯医生在给他检查，廖所长一旁指导。牛二崽斜靠在长条椅上，一手按着腰部，见刘强来了，一副痛苦的样子，还"哎哟、哎哟"地叫起来，但脸色正常无异。

几个犯人见教导员示意，出了医疗室。刘强把刘光明叫到隔壁所长办公室问情况。据刘光明汇报，牛二崽上周产量未完成，马小牛把他叫进车间值班室问原因，他却说自己"有病"，就是完成不了任务，要求给他调换工种当值班员。"你想当值班员，我还想当局长呢。"马小牛一发气，"啪"地给了他一个耳光。刘光明说他当时不在值班室，听马小牛说，他就打了一个巴掌，牛二崽却赖死倒在地上，大喊大叫说"队长打人"。

"要几傻有几傻，牛二崽以前就挨打装过病，这样的人还去动他。"

刘强摇摇头回到医疗室。廖所长和犯人医生检查完毕，廖所长说："没什么问题。"

牛二崽忽又"哎哟、哎哟"地叫起来。

廖所长看看犯人："没那么厉害，我给你开三天病假，休息休息就好了。"

刚才还"哎哟"声不断的牛二崽，忽然声音就低下去。刘强明了这是牛二崽为躲避劳动趁机玩的苦肉计。他让刘光明叫人扶牛二崽回监舍。

时过五点，刘强正思忖着联系涂小强，隔壁的廖所长过来叫他接电话。原来是涂小强打来的，说他在大队办公室等他。刘强出了医务所小院，想起今晚正好是一中队犯人周评，马小牛肯定会进监，于是决定先去大队办公室，晚上进监再找马小牛。

就五分钟时间，刘强以军人的步伐走进了车间。车间里依旧是混杂着"咔嚓、咔嚓""哐啷、哐啷"或快或慢的巨大噪音，白炽灯泡点缀在树林般的车间里，透出的亮光黄黄的。一切依旧，不过现在因待料停开的机台多了起来，生产呈现出不景气的样子。

刘强来到大队办公室，涂小强坐在沙发上，办公室里还有大队长龙文清。涂小强见刘强落座后，简要汇报了马小牛打牛二崽一事的经过，与刘光明在医务所说的差不多。刘强见龙文清想开口的样子，便问道："龙大也知道了？"

"我下去问了一下，跟小涂说的差不多，估计就扇了一个巴掌。"龙文清有一张饱经风霜的脸，在这个大队干了大半辈子，凡事不紧不慢，说话也直白得很，"现在还跟犯人动手，太不懂事。"

"走吧。"刘强起身招呼道，"我晚上去敲他。"

回到家已经六点了。妻子闵冬香见刘强进了门，马上端起饭碗就吃："我先吃了，等下要进监。"

刘强没作声，正读高二的女儿刘梅从自己房间出来，嚷着"我也肚子饿了"，坐下看着桌上的菜道："都是剩菜呀？"

"将就点啊，"闵冬香吃着饭，望了女儿一眼，"晚上少吃不发胖。"其实她是来不赢做什么菜，因为今天是她们中队周评，七点前她要赶到监舍。闵冬香前些年被录用为民警后，现在是一大队的中队长。基层一线工作非常繁杂，除了白天正常上班，她一个星期还得晚上进两次监。

刘强最后一个坐下吃饭，一会儿见老婆放下碗筷，便说："你先走吧，碗我来洗。洗完碗我再进监。"

闵冬香从衣架上取下警服边穿边说："幸好我那边好一点。不然，小梅要去讨饭。"

刘强望着老婆笑笑，无语。

"管教干部，一点都不好。"刘梅一脸感慨。

闵冬香出门时说："以后就看你了。最好自觉点，我们也管不了你。"

妈妈走后，刘梅翻一下白眼。

刘强说："高中是分水岭，努力点。"说完捡碗去厨房洗，几分钟后也出门进监。

小镇之夜，国道两旁的路灯不怎么亮，但出行却也无忧。起了风，寒意已浓。夜幕下汽车不时飞驰而过，偶有行人走在树影重重的人行道上，其间夹杂着自行车丁零零的声响。小镇虽为县城且身处江中鼻子底下，但中部不甚发达城市的辐射力有限，闹市繁华的步子还未走进小镇。

地处镇西的西山支队景象大体相同，大门两侧的办公大楼和武警岗楼，在两盏大照明灯的辉映下显得亮堂堂的，十米开外的围墙电网却影影绰绰，墙上照明灯发出的光亮昏黄昏黄，有气无力。

穿过树多灯少的厂区大道，刘强来到监舍大院。球场上和各大队小院几乎空无一人，北楼光线好，人影清楚，南楼灯光昏暗，院子里也光线暗淡。

前面走过来一个人，离三四米时，刘强看清是副支队长金洋。金洋晚上喜欢拿个电筒到监狱里转转。见是刘强，金洋问了句："今天马小牛又打人了？"

见刘强简单说了几句，金洋点点头："好好敲敲他。"

进了大队值班室，副大队长宁国华正抽着烟，今晚他值班。刘强到门口叫来值班犯，吩咐什么后回头坐下，望着宁国华说："小马来后，我们一起说说他。"

宁国华点点头："是要好好说说他。"

不一会儿马小牛来到值班室，望了刘强他们一眼，在沙发上坐下。马小牛个头不高，人也偏瘦，三督警服套在身上也不怎么显威风，可是犯人知道他脾气不太好，喜欢训人，弄得不好还会挨巴掌，所以犯人还都怕他。不过今晚在刘强面前，马小牛有点心虚，他知道教导员肯定是为下午的事找他。他那两道喜欢耸立、令犯人害怕的剑眉，此刻耷拉了下来。见刘强看着他没说话，便故作镇静地望着墙壁，墙壁上挂着支队下发的《六条违纪处罚规定》，忙把视线移向别处。

"下午怎么回事？"刘强开口了，两眼定定地望着马小牛。

马小牛坐的沙发紧靠刘强办公桌，因此两人的位置离得很近。马小牛望着墙壁，偶尔也看一眼身旁的两个领导，把下午的事大致说了一遍。他的叙述与涂小强、刘光明汇报的大同小异，他承认自己"打了一巴掌"，还主动表示"虽有原因，但动了手没法交代"。

"你还知道没法交代？"刘强一脸严肃地望着他，"《监狱法》都颁布了，你还敢动手？"他加重语气说，"一个中队长，没有一点法制观念！"

"我……"

"还不承认。我说错了吗？"不急不恼的刘强，说出的话却句句戳得马小牛难受，"现在几个中队都没哪个会动手了，你一个中队长还带头违纪……我都不知怎么说你好。"

马小牛哑口无言，只得低头不语。

"小牛，"宁国华心平气和地开口道，"虽然就一巴掌，但他可告你违法体罚，有什么意思？"宁国华顿了顿，又说，"作为管生产的，我理解你，可动手是不行啦。"

马小牛忽地坐正身子，看着两个领导说："我以后要好好改。"

"这事还不知怎么处理呢。"刘强说罢便歪着头，不再理他。

马小牛一听这话泄了气，靠在沙发上。

事情的发展真如刘强担心的那样，第二天下午，支队纪委监察室的副书记和一个民警来大队进行了调查。两天后，马小牛被调到综合大队，到只有十几个人的副业中队（其实是养猪队）当队长去了。

犯人多的地方麻烦多、问题多，出事概率高。虽然这不是什么铁律，但在西山支队却是不争的事实。

三大队"打人问题"处理完没几天，又发生了一起脱逃事件。脱逃对象只有一人，是一中队的黄国庆。本来这个日子已过了犯人选择逃跑的好时光。可是今年老天爷反常，时至元旦，天气不算太冷，给黄国庆多了一个出逃时机的选择。黄国庆原在劳改农场时就逃跑过一次，加刑三年后来到西山支队。到这里后他也一直想跑，想跑的原因只有一个，用他自己的话说就是："谁愿劳改？"以前他在农场时，最怕的就是冬季挑泥护堤。他虽是农民但也吃不了这种苦，逃跑是他唯一的选择。来到西山支队后，一年四季三班倒，生物钟被打乱，吃的又差，他一天也没安心过，早就想找机会逃出去。虽然这里的几处围墙不高，爬出去并不难，可惜民警看得紧，一直没有逮到什么机会。像万长林他们那样为了逃跑杀人也没必要，最后被枪毙更划不来。经过一年多的思索和暗中准备，他选择在车间上中班时下手了。那天上班停机吃过晚饭，待车间里噪音翻天地开始生产时，黄国庆装作要解大手的样子，让旁边的犯人照应一下自己开的两台织机，然后乘无人注意迅速窜到车间二楼，撬开楼梯阁楼的锁摸上了屋顶，用事先准备好的办法对付电网，并用坏布做成的绳索绑在一根电网铁柱上，准备翻身溜下围墙。虽然夜色很浓，但附近电网上的照明灯足以让他干完这些事。这里是武警岗楼哨兵的视线死角，不用担心被发现。以前他跟着队长上来时，发现此处围墙离地少说也有五米，如掉下去很危险。好在他年轻，身手敏捷，这是他难得的机会，他决定一搏。果不其然，黄国庆翻过电网往下溜时，因绳索太短只得往下跳，不料脚下一块石头让他摔倒在地，把脚也扭到了。黄国庆忍着疼痛沿国道一路向西奔去，很快消失在茫茫的夜色之中。

不久，西山支队铃声大作，夜幕下的监狱大门口开始有男男女女的民警、工人匆匆赶到，几部车的警灯闪烁不停。刘强从监狱出来，往临时设在办公楼一楼的追逃指挥部走去。他是第一个获知黄国庆脱逃的人，当晚他在监舍值班室，当在车间上班的方冬生电话告知，点名发现黄国庆不见了时，刘强叫他们仔细查找一下，自己则跑步来到了车间。在获知黄国庆离开机台有二三十分钟后，为赢得时间，刘强当即向有关领导汇报此事。

很快，一场追捕逃犯黄国庆的战役在夜幕下的西山支队打响了……

第十四章　成功追逃

黄国庆脱逃后的第二天上午，西山支队会见室来了个乡村女子。女子约莫三十出头，中等个，一张黑红的脸，人虽偏瘦但挺有精神。女子来到会见室窗口把人造革挎包放窗台上，从包里拿出会见证递进窗口。窗口里的女民警翻开会见证，立马就从座位上站起来，透过窗玻璃一瞄，心里咯噔一下。她让对方"等一下"，转身进了里间，一会儿又从里间出来，把那女子引进会见登记室落座。

女子见民警没让自己去会见厅，却带入会见登记室，有点茫然。正狐疑间，两个民警走进登记室，他们让她进入里面"帮教室"。

"这是三大队刘教导员。"年轻的女民警指了一下刘强。

"教导员。"女子看着刘强，欲起身。

刘强问道："你是黄国庆老婆？"

女子来得少，来了也就和中队民警打照面，像今天这位领导见她还是第一次。她两眼定定地看着刘强心里有点忐忑。

刘强问清了女子姓管，是黄国庆的老婆后，如实相告："他逃跑了。"

"什么？他跑啦……"黄国庆老婆猛地从沙发上站起来，忽而连人带包一下仰倒在沙发上，吓得刘强他们赶紧打电话叫医生过来。

一会儿黄国庆老婆醒了，她从口袋里掏出手绢要擦脸，一旁的女民警递过来几张餐巾纸，她没接，用自己的手绢擦了擦脸，两眼定定地瞧着地下。

·········

突然，只见她秀眉一抖，站起身从挎包里拿出一条烟和一小袋油炸红薯片往地上一甩，一只脚就拼命地踩起来，还边踩边气昏了头似的诅咒道："我叫你吃，叫你吃，叫你吃了去死！"顷刻间，那些东西就被踩成了一地的碎屑。

"哼！"黄国庆老婆一屁股重重地坐在沙发上，两眼红红的，噙着泪水，胸前波涛汹涌，看得出那里正刮着十三级台风。她的愤怒与绝望在胸腔中激烈地碰撞着，让外人十分茫然与不解。

她两眼死盯着地下的烟丝和碎薯片好一会儿。她接过旁人递的餐巾纸擦了擦眼睛，又接过茶水一口气喝下了。忽然她猛地站了起来，扬起秀眉，瞪着红红的双眼，义无反顾地看着面前的几个民警说："我和你们一起去抓这个天打五雷轰的。"

刘强很快向支队追逃指挥部做了汇报。指挥部决定派车由刘强等人将小管送回家，与昨晚派往黄国庆家乡的追捕小组会合，一同捉拿逃犯黄国庆。

"小管，"刘强回到会见室，指着一同来到会见室的金洋说："这是金支队长。"

金洋负责此次追捕黄国庆的指挥工作，听了刘强对黄国庆老婆的情况介绍，他决定立即安排车辆送他们前去追捕，并来到大门口为他们送行。金副支队长笑着点点头说："感谢你对我们工作的支持。"然后吩咐刘强，"十一点多了，你们到路上先跟小管吃个饭。"

小管朝金副支队长点点头，和几个民警上了一辆警车，沿着国道向西飙去。

刘强是第一次见到黄国庆老婆，刚才在会见室的惊人一幕，让他对这个女子有了一种好感，甚至敬意。他知道，每个犯人背后都有一个不同寻常的故事，而小管他们的过去，一定更加曲折，令人唏嘘。小管虽然心情很糟，但架不住几个男民警的热情，特别是姓刘的教导员，她觉得是真心关心自己的家庭，因此不善言辞的她，操着一口半土半普的话语，忆起了她和黄国庆的过去。

十二年前，她和黄国庆相识。他们不是一个村子的，认识他是因为那时黄国庆在她们村做泥工活。她和黄国庆是自由恋爱。黄国庆家里很穷，父亲早亡，家里就他和弟弟两兄弟，还有一个体弱多病的母亲。小管说不知自己怎么就看上他，也许是他长得还像个人，心眼也活。那时她的父母得知他干过偷鸡摸狗的事，坚决反对她"找这样的人"，并以断绝父女关系相威胁，可她那时鬼迷心窍，竟然一不做二不休和他私奔了。一年后，他们带着儿子小亮回到了他那只有三扇两间土砖毛房的家。家里只有老母亲一个人，弟弟另建了两间土砖房，准备结婚。弟弟结婚独立后，他们和母亲各住一间房，开始了虽穷犹乐的乡村生活。待儿子满周岁时，她带着丈夫和儿子回到了阔别两年的娘家。父母虽然对第一次见面的外孙还是喜欢，但对他们却热情不起来，对他们的生计活路漠不关心。他们知道女儿家穷得很，过的日子在村里和别人没法比，但他们伤透了心，不想去管这一摊"泼出去的水"。这是你自找的苦吃，不要怪父母不帮你。有帮你的精力，不如多帮帮儿子。小管却也是个有心气的人，她不嫌弃自己的家，她想只要自己两口子种好田栽好树，多养猪多养鸡，日子总会慢慢好起来的。可惜好景不长，黄国庆安分了没多久又和过去那帮狐朋狗友打得火热，结果因偷牛、敲诈等被判刑六年送到劳改农场去了。黄国庆被捉走后，小管悲痛欲绝，除弟弟来安慰过她以外，父母没进她家的门。小管思来想去，决定一个人默默地撑起这个家。她完全变成了一个男劳动力，一人当两人用，栽禾、收稻子、种红薯、喂猪、养鸡养鸭，拼命地干活赚钱，该给家婆养老的份子钱她一个也不少。一年后手上有几个钱了，她还到离家几百里的劳改农场去看他。可是当她省吃俭用，买了香烟等物品第二次去看他时，该死的黄国庆却从劳改农场逃跑了，并被加刑三年送到了省城附近的西山支队。为此她十分绝望，有天晚上饭也没做，让儿子到奶奶那边玩去了。她拿了根绳子把自己吊在了厨房的钩子上，不料茶树枝制成的钩子承受不起，她掉到了地上，头碰在一张方凳上，痛得她"呜呜"地坐在地上哭起来。开始懂事的儿子和病恹恹的婆婆发现了她。婆婆心疼媳妇，但说了一句话："好死不如赖活。为他死你划得来吗？为自己儿子，天塌地陷你也不能死。""亮亮"，小管一把抱过身边的儿子无声地哭起来，止不住的泪水噗噜噜地落在儿子肩膀上……从那以后，她几乎一蹶不振，心气也小了很多，不再要死要活地拼命干，也不再想着去劳改队看他。家里日子过得也不好的小叔子去看了黄国庆一次，带回来一些他的消息，说他现在还好，得了一些表扬，说不定可以减刑提前回家。小管当着叔子的面没说什么，晚上睡下后心慢慢地动了起来：嫁

·········

鸡随鸡，嫁狗随狗。这辈子跟了他也没别的办法了，只希望他从此改邪归正，过几年减刑回来。到那时儿子也大了，他们下半辈子的日子总会好起来的。从此她像换了个人似的，又拼死在田地里干活。虽然婆婆的身体越来越不好，已帮不上什么忙，但她心里只有一个念想，就是要用自己一双手慢慢把家搞好些，争取来年手上有点钱了再去看他，谁知今天她一大早从镇上搭车赶来时，他却逃跑了……

听完小管断断续续的诉说，还有那不时噗噜噜落泪的神情，刘强许久没有吭声，喉咙像被什么东西堵住了……

刘强的心被震撼了，他来自农村，对农村妇女的高贵品质非常了解，但像小管这样的要强女子还真不多。他对还在抹着双眼的小管肃然起敬，由此暗下决心，一定要亲手抓住黄国庆，好好教训教训他。

当天下午，刘强他们到达黄国庆家乡的集镇，先到乡派出所联系，然后到了几里路外的一个村子，在村口见到了追捕小组的齐光辉等民警。他们穿的是便装，到黄国庆家时并未引起路人多大注意。黄国庆的家坐落在村中间，村子不大，也就十几户人家，大多是砖瓦房或土砖房。黄国庆家的房子却是土砖毛房，虽是土砖毛房，但格调还是江南乡村的样子，坐北朝南，中间一个堂屋，两边各一间厢房。正屋后是过厅，一个天井，天井里有手动暗水井，一侧是鸡窝。地面泛青，天井边沿还残留着些许枯草根。后面的厨房、猪栏和柴火间比正屋矮些，个子高一点的进门要低着头。猪栏里空着，小管说刚把猪卖掉，本准备年后再捉小猪崽来养。

时候不早了，刘强走进东厢房，与躺在床上的黄国庆的老母亲打了个照面。出了厢房，同来的民警看着厅堂土墙上的一排"正"字，问小管道："刻这么多正字干吗？"小管两眼红红的说："这是我让儿子亮亮刻的，从他爸走后那天就开始刻了，一天刻一笔……"刘强上前去看看，"正"字刻得不大工整，甚至有点歪扭。但他站在墙前，久久地看着那一大片"正"字，心里想着这是一对母子期盼亲人早日回归的拳拳之心。

他们出屋看了周边的地形和路线，向小管交代了有关事项，然后返回乡政府所在的集镇。

再说黄国庆那天晚上逃出监狱后，第一件事就是把囚服上衣脱下扔掉，然后跛着脚一路向西狂奔。不到半小时，他在一段坡路上爬上了一辆缓慢上坡的货车。车上装满了货，货物用帆布盖着。他好不容易在车厢后面找到可以坐下的空隙位置，尽力使自己平静下来，可是捆拉得不紧的帆布边沿随着疾驰的汽车颠簸而上下飘翻着，巨大的寒风灌进他的脖子和全身，不一会儿就觉得冷了，此时他后悔过早地把囚服上衣扔掉了。虽然他做好了准备，上班时就穿上了棉背心和厚毛衣，但多一件囚服罩衣总好些。他在汽车的颠簸中忍受着寒风肆无忌惮的侵袭，也感觉到心中的冷意正一点点地加重……但心中的念想支撑着他，他要借着这辆车尽快离开江中，离得越远越好。他咬紧牙关支撑着，不知过了多久，汽车在一段黑灯瞎火的路段停了下来。黄国庆不知其故，从帆布篷里探出头来，发现是司机停车拉尿。他急中生智，使劲活动几乎麻了的手脚，然后翻身下车，乘司机准备驾驶之际，拉开车门就坐到了副驾驶的位置。正欲上车的司机见驾驶室突然冒出个人，吓得半死：

"你……"黄国庆赶忙编一套谎话，样子挺诚恳挺可怜。司机是个四五十岁的厚道人，借着车灯的亮光，见黄国庆也不像个恶人的样子，就默许让他搭车，并说自己去浏阳。黄国庆感谢不尽，没想到如此幸运，不仅一下远远逃出了西山支队的追捕，而且搭的车顺路，晚上就可回到自己县里。逃跑前，他的计划并不是立即回家乡，而是边躲边逃慢慢往家乡靠拢，瞅准机会回家看一下老娘和老婆孩子。弟弟国财上次会见时告诉了他家里的一些情况，他更觉得这牢坐不得了，由此赶在这大冷天逃跑。脱逃后的天赐良机，使他信心百倍，他决定先到家乡附近一带昼伏夜出，瞅准机会回家弄点钱，然后到外省去混。

黄国庆一路打着算盘，心情不错，监狱带给他的一切不快顿时烟消云散。正当舒心之际，路上突然出现的一个情况引起了他的警惕。一辆警车呼啸着超车飞奔而去，借着灯光，他看清那车是江中牌照。

莫非是西山支队的人来追他的？黄国庆心里狐疑起来。车子没多久就到了一个县城。为保险起见，他决定放弃直奔家乡计划改从此地下车，往北绕道回家。附近几个县的地理位置，他大致清楚。

车子一过镜山，抵达县城，黄国庆要下车，司机不解，黄国庆说要解手，让司机先走，还掏出身上仅有的一包烟放到座位上，对好心的司机千恩万谢了一番。黄国庆下了车看着车子慢慢开走。夜不算太深，路灯还蛮亮，但冬夜的寒气袭人，宽阔的马路上只有过往的货车和小车，见不到一个人影。黄国庆估摸了一下当前情形，放心地从路旁往街上走去。

三天后的一个夜晚，在一阵"汪汪汪"的狗叫声中，黄国庆敲开了一个农户家的门。这是他的表弟家，表弟家所在村子离他家只有六七里路，黄国庆选择来这里主要考虑自己家现在不能回去，让表弟去叫老婆来这里也方便，另外他也想得到表弟的资助。几天的逃亡生活让他吃了不少苦头，因为没钱他不得不偷鸡摸狗，甚至在一个镇子上偷了一家商铺。为省钱他还睡过农家的牛栏草棚。这都是权宜之计，为了今后生存，他必须弄点钱，自己家太穷，只有向表弟要。表弟和他的关系一向很好。表弟见到黄国庆虽然吓了一跳，但弄清原委后，爽快地让他在家住下，答应帮忙。

第二天上午，黄国庆的家里来了个客人。客人进门时叫了一声"嫂子"，手里提着点心。正坐在堂屋里发呆的小管见是黄国庆的表弟，心里一惊。好久没上门来的表弟今天突然上门，莫非他有黄国庆的消息？她客气地把表弟迎进屋，见表弟先进厢房看她姑姑去了，她便去倒水，端出了两个碟子，一个盛自己腌制的豆豉生姜，一个盛着炒花生。

表弟回到堂屋，向表嫂说明了来意。小管一听，慢慢站起来，示意表弟跟着她去过厅。小管把现在的情况都告诉了表弟，要他帮助做工作："说实话，我对他已绝望，可他还有娘还有崽，跑出来有什么用？能帮家里一点忙吗？要是现在自己回去，说不定还不会加刑。"

"那我岂不要做恶人？"表弟顾虑重重。

"你怎不明白？他自己回劳改队不会加刑。要是帮他逃跑，抓住了要加刑，我们也脱不了身。"小管见表弟还没想通，接着又说道，"我说了你不信，劳改队的人你总信吧，管他的教导员就在派出所。"

表弟在一条小方凳上坐下，掏烟点火慢慢吸起来。

小管见他如此，自己也从灶房提把竹椅过来坐下，陪着表弟。正欲开口，忽见有人进屋，是刘教导员和另外一个民警。小管赶忙起身，迎上去叫了声"教导员"，把他们引入过厅，向表弟作了介绍，并让他们在饭桌旁坐下"吃开水"。

因怕惊着厢房里的家婆，小管轻声细语地向刘强他们说了表弟来她家的用意。刘强握住她表弟的手，两人来到堂屋的过厅坐下。

"现在你表哥就靠你了。"刘强说道，问黄国庆表弟是否听得懂自己的话，表弟点点头。刘强十分诚恳地接着说："你想，黄国庆那天晚上逃跑，我们支队当晚就派人追到了这里，说明什么？黄国庆就是逃到天边，我们也会捉住他。他逃跑一天，我们就要追捕一天。"刘强两眼炯炯地看着表弟说，"你表哥的命就操在你手里。劝他回监狱，黄国庆可减轻处分，你也有功劳，以后黄国庆还要感谢你。让他逃跑，他完蛋了，你也有麻烦。是不是？"

同来的民警插话说："还能跑到天上去？跑到天上，我们也要把他抓回来。"

表弟的脸被刘强他们说得红红的。他看了一眼表嫂，表嫂点点头。表弟站起身说："两个领导都这样说，那我就听你们的。"黄国庆表弟虽是农民，但也是有点头脑的人，他完全明白其中的利害关系，想通了后当场答应刘强去会表哥。刘强当即与他商量了行动办法，决定立即回到乡派出所与齐光辉他们汇合，再前往黄国庆表弟家。

快到中午了，黄国庆见表弟还没回来，心里有点着急，口中自言自语起来："不会有事吧？"正在做饭的表弟媳见他着急的样子，就把烧好的两个菜端上桌，还拿来一瓶酒说："先喝着。差不多该回来了。"

黄国庆一见酒菜上桌，有猪头肉、煎豆腐，就坐下喝起来："弟媳着累。"好久没吃到可口的家乡菜了，黄国庆吃得很投入，喝得好开心，以至自己老婆和表弟进了屋他还没发现。

表弟和小管也不吭声，直接就坐上饭桌，定定地看着他。

黄国庆见了老婆和表弟，有点醉意地说："我先喝上了。"并朝厨房那边喊，"弟嫂，拿两副碗筷来。"

话音刚落，刘强等五个男民警冲进屋，一齐围着他。见了刘教导员和齐队长，黄国庆一下酒醒了："教导员……"人也瘫软了，两只手机械般地让民警戴上了铐。他半醉半醒地看着表弟："你……"

"你别做梦了！"小管冲过去一顿噼里啪啦就打起来，"你还想跑？不错，是我要他带我们来的。"她边打边声嘶力竭地哭着说，"你这个畜生，你还是人呀？你老娘病成那个样子，我天天盼你回来。你倒好，你就这样回来了？……"她实在气不过，手脚并用乱打乱踢，被齐队长他们拉开后，还咬着牙根，两眼一闭，眼泪汪汪地就哭起来。"你个天杀的，为你老娘治病，我到处借钱，你不是人，你是畜生！"

刘强安慰了小管好一会儿。临走时，他久久握着那表弟的手说："谢谢你的支持。不用担心，黄国庆早晚会理解你的。"

中午时间到了，表弟和小管要留他们吃饭，但刘强他们没有一点饿的感觉，他们的肚皮已被追逃成功的喜悦撑饱了。他们要尽快赶回乡派出所，打电话向支队追逃指挥部报告……

第十五章　超级电视

　　平日有点冷清的女犯病房今天突然热闹起来，先是中队指导员彭彩云来病房转了一圈，安排人摆几把椅子，半小时后副支队长赵玉琴、大队教导员祝春霞和三个着便装的老同志一起走进了病房。

　　女犯医务所设在教学楼一楼，靠楼梯口依次往里是诊疗室、药房，最里面是几间病房。病房平时只有几个人住院很冷清。前几天，熊秋英从省劳改医院回到女犯医务所，今天胡福田等三位老同志专程从省城来看望她。

　　胡福田是西山支队犯人文化技术学校的名誉校长，另两名老同志是陈顾问和王顾问。三位老同志都是七十左右的人，他们在位时都是厅局级干部，退下来后任职于省关心下一代委员会，从九十年代初开始受邀走进监狱，协助民警做女犯的思想工作。熊秋英是他们重点帮教的第三个女犯。

　　赵副支队长和祝教导员陪着三位老同志走进病房后，彭彩云忙安排他们落座，斜躺在病床上的熊秋英也动了动身子。

　　"熊秋英，"赵副支队长说，"三位老同志是我们支队的名誉校长和教育顾问，今天他们专门从省城来看你。"

　　"今年多大啦？"名誉校长胡福田操着东北腔慢条斯理地问道，一脸的慈祥。

　　"30岁。"看着眼前几位比自己父母年龄都大的老干部，熊秋英一点脾气都没有，像个孩子似的。先前彭指导员跟她打过招呼，心里有点准备，现在三位老干部坐在自己面前时，她还是被感动了。胡校长已秃顶，戴着老花镜，陈顾问呢帽遮头，两鬓、双眉都已花白，加上天气寒冷，两人身上穿得又多，显得老态龙钟。只有姓王的女顾问，人瘦瘦的，穿得不多，显得倒有精神。

三位老同志你一言我一语地和熊秋英拉了家常，问了病情，提了一些希望，并表示春节再找时间来看她。赵副支队长见时间差不多了说道："三位老同志把你当孩子一样看待，希望你好好改造，不要辜负几个长辈的期望。"

熊秋英点点头，因不便下床，只好目送他们离开病房。

送走赵副支队长他们，彭彩云回到自己大队监舍。刚到三楼拐弯处，就听到刘文芹的声音比平时大，是在训人。彭彩云走进办公室，见是徐秋红、钱紫红在挨训，问了句："她们干吗？"

"你们自己说！"一脸不高兴的刘文芹两眼直射两个女犯。

两个女犯低着头，你睨我，我睨你，谁也不开口。

"说呀！"刘文芹睥睨道，"好意思做不好意思说呀？"

一个咄咄逼人，一方却沉默以对。彭彩云为免尴尬问刘文芹道："怎么回事？"

"两个人不好好排练，溜回来到被窝里搞鬼。"

原来，自从文艺队出了程才和柳如玉那件事后，支队就停止了文艺队的排练活动，改由各大队自行排练节目。女犯大队文艺组都在五楼各自的活动场地排练。二大队几个节目骨干几乎都在她们一中队，所以大队的排练活动由刘文芹具体组织。今天上午已集体排练了一个多小时，刘文芹因有事要去一下入监队，便让文艺组自由练习。谁知徐秋红、钱紫红两人借口拿东西，溜回监舍钻进了被窝。值班犯知道她们在五楼排节目，那么多人，只有她们两人下来，而且进了监舍许久不出来，她觉得奇怪，悄悄过去发现两人睡在下铺一个被窝里。她赶忙回到守门处等候干部。不一会儿，刘干部就从楼下上来了，值班犯立即报告她。刘文芹带着值班犯就去监舍将正搂做一团的徐秋红、钱紫红抓了个现行……徐秋红却不承认她们是同性恋，只说是怕冷，两人在一起暖和暖和，而年纪小一些的钱紫红却一声不吭。

"排练还会冷？你以为干部是傻子，就你聪明？"彭彩云瞪着眼训了一句，然后示意刘文芹先让两个人回去排练。

两个人走后，刘文芹不屑地说："不知羞耻。"刘文芹是九十年代初毕业的大学生，结婚没几年，人比较传统，有文化又高雅，最看不惯这类人。

彭彩云说："对这种流氓犯，我们要批评教育，严格考核。对其他人以批评教育为主，像徐秋红、钱紫红肯定是假同性恋，徐秋红没老公，钱紫红老公好久没来，闷得慌，两个人也就是鬼混下而已。我们从人性角度分析这个问题，目的是在教育时把握一个度，既要维护好监规纪律，又要让她们认识过错，形成自律意识。"

"胜读十年书。"刘文芹夸张地笑道，"我知道怎么找她们谈话了。"

离春节不到一个月。这天，为配合支队开展的"一封汇报信"活动，教育改造科决定晚上播放电视剧《妈妈，再爱我一次》。

傍晚时分，彭彩云带着快十岁的儿子来到监狱大门民警值班室。民警值班室位于武警门岗一侧，有个小房间，里面摆了张桌子和一对沙发。支队安排几个年龄大些的民警轮流值早中班，意在发挥他们人头熟的优势，协助武警防止犯人从大门混出监狱。今天上中班的是五十多岁的刘水根。

"刘师傅，这是我儿子。伟伟，快叫爷爷。"彭彩云把儿子托付给刘水根说，"今天他爸爸值晚班，我又要进监，没办法，只好请你帮我照看一下。"

刘水根说："上个月一大队肖芸也把女儿放在这里。"

"也是家里没人。"彭彩云摸着儿子的头说，"听爷爷的话，在这里看书，不能出去。"

"放心吧。"刘水根点点头。

"妈妈早点回来。"伟伟看着妈妈从小门进了监狱，还久久地盯着那儿，神情郁然。

彭彩云赶到三楼监舍时，楼梯上挤满了人，一大队的人正上五楼。彭彩云也迅速指挥中队犯人集合。

二大队活动室紧挨着阅览室，活动室面积有教室那么大，里面靠墙立着电视柜。犯人们坐下后，一个组长上前开机调频道。快七点钟了，支队闭路电视固定频道将播出电视剧《妈妈，再爱我一次》。

女人们坐在小凳子上看着正剧前播出的《支队新闻》，耐心地等着电视剧的到来。她们知道，前面的宣传片一般也就十来分钟，讲的都是支队自己的事情，虽没有多大意思，但看看也无所谓，她们的念想在后面的正剧。支队闭路电视系统可选择的频道不多，由支队电教室统一播放电视剧的时候也不多，对今天即将播放的电视剧《妈妈，再爱我一次》，人们起初也没怎么在意，吃晚饭时听一个刚来不久的新犯说电视剧"好看"，就是要"小心流眼泪"，大家一下来了兴致，心里盼着七点钟早点到来。

七点一刻，电视剧《妈妈，再爱我一次》开始播出，彭彩云把日光灯关掉，坐下陪着看。早几年她看过这部电视剧，剧中情节大致记得，印象最深刻、最感人的就是那剧中主题歌《世上只有妈妈好》。她觉得这部片子播得好，对犯人应该有教育意义。她这么想着，也跟着剧情很投入地看起来。

也不知从何时开始，静静的人群中忽然有了低沉的哭声。没多久，随着剧情的发展，哭声开始多起来，此起彼伏，忽高忽低，接连不断，到最后竟哭成了一片……

彭彩云手里拿着餐巾纸，眼睛红红的，喉咙被什么哽住了。

电视剧终于播完，彭彩云把灯打亮，让犯人整队回监舍。从来没有过的景象，所有的人都低着头，阎冬娥、柳如玉等人边走边抹眼泪。彭彩云一眼发现，徐秋红哭得比谁都厉害，出活动室时别人都没再哭，她却还在不停地抽泣着，步履蹒跚地往外走去。

徐秋红是人贩子，而且贩卖的是儿童。人贩子在犯人中名声最差，二中队有一个卖掉自己一双儿女的家伙，凡遇吵架人家必骂"卖崽女的畜生"。徐秋红犯罪的情节稍轻些。她出生在一个偏远小县城，初中毕业后没多久就到姐姐家帮带小孩。那时的她十六岁，已是个亭亭玉立的大姑娘。到姐姐家没多久，就被好色的姐夫几番勾引，两人滚到了一起。后来姐姐发现了他们的丑事，大骂了一通。姐夫见事已至此，干脆一不做二不休，带着她在另一个县城做起了流浪"夫妻"。流浪期间，她又在他快速发家致富的鼓动下，和一个拐卖人口的"李嫂"干起了拐卖儿童的勾当。也许是她的运气不好，当她第一次将邻居家的小女孩骗出来，在火车站附近交给"李嫂"，获得一千块钱后的第五天，她就在县城被公安部门顺藤摸瓜逮着了。到了西山支队后，徐秋红还经常有说有笑的，难得脸上挂着忧愁二字。今天看完电视，徐秋红却从五楼哭到三楼，一直哭进了自己的监舍。

彭彩云回到三楼办公室，值班的大队领导催她赶快走，说儿子在等她。彭彩云一边回答"好"，一边借去卫生间晒了晒几个监舍，与平时大不相同，静静的，没有什么人说话，有的在抹眼泪，也有人坐在床沿上发呆……

第三天上午，彭彩云一进监舍办公室，发现办公桌上有好几封信。信都是犯人写给亲属的，没有封口，等民警审查后带出去发。

彭彩云刚坐下，值班犯进来拿水壶。这是她每天主动做的事，打水来烧开水。水打来后放到电炉上烧，那女犯又问要抹桌子么，彭彩云说"不要"，让她走了。她从不叫她抹办公桌，毕竟办公室桌上有些不能让犯人接触的东西。

彭彩云随手拿起一封信，抽出两张信笺，是钱紫红写给丈夫和儿子的，字迹不怎么工整，但却是自己的心声："当影片中的小强哭喊着妈妈时，好像我的强儿在哭喊着我。当影片中的母亲呼喊着小强时，正像我日夜思念自己的小强儿……"原来钱紫红的儿子与电视剧中的小主人公同名，由此激起了她的舐犊之情。

彭彩云又翻开一封信，看看落款是徐小芹，便饶有兴味地看起来："人说世上只有妈妈好，可我不是一个好妈妈。我杀死了你的父亲，使你成为孤儿，是我毁掉了一个美满的家庭，葬送了你的幸福和前程，我就是死一千次、一万次，也不能赎回自己的罪过……"

对徐小芹，彭彩云是很了解的。徐小芹六十年代出生在江南老区一个离县城几十里的小村子，虽然自小没读什么书，但人长得可以，脑子也灵光，可惜命不好，父亲很早就把她许配给了邻村一户人家。长大后她死活不同意这门亲事，生性固执的父亲强行要她出嫁，徐小芹拿出撒手锏，拒绝去登记。然而家庭富有、神通广大的男方家庭却很快把结婚证办好了。徐小芹在男方浩浩荡荡的迎亲队伍到来时使出了最后一招：不出闺门，拒上花轿。恼羞成怒的父亲气急败坏地拿来一根几米长的麻绳，往女儿眼前一抛："去也得去，不去也得去！"无比绝望的徐小芹望着因愤怒而面容扭曲的父亲和满屋子相劝的长辈们，泪水哗啦啦地被强迫嫁给了男方。强扭的瓜自然苦。徐小芹与男方性格不合，还时常挨打，对其毫无感情可言，虽然很不情愿地生下了一个女儿，与重男轻女的男方矛盾更深，天长日久，夫妻关系已名存实亡。而此时暗恋徐小芹多年的同村青年张某也因为对自己的婚姻不满意，便主动进攻，两人很快打得火热，成了一对野鸳鸯。徐小芹因此在夫家挨打频频，度日如年。张某见心上人备受煎熬，终于与她策划将其夫残害致死。

张某因此被判死刑，徐小芹也被判死缓，于前几年来到西山支队劳动改造。既害人又苦命的徐小芹刚来时还曾闹过自杀，是彭彩云开导才使她慢慢安心下来，积极改造，前年还当上了小组长。对徐小芹判刑劳改后其家里的情况，彭彩云只知道她母亲已过，其他情况不甚了解，于是她让人把徐小芹叫来。

徐小芹来到值班室，彭彩云让她坐在靠墙那张木条椅上。三十来岁的徐小芹看上去比刚来时老些，人生和婚姻的打击，母亲的去世，加上牢狱生活的禁锢，使她满脸挂上了创伤，偏瘦的瓜子脸色泽暗淡，倒成了一张苦瓜脸似的。真是男怕入错行，女怕嫁错郎。父辈强逼的婚姻废了她的幸福，也废了她的一生。彭彩云心中很同情这个女人。

"家里还有什么人？"

徐小芹定定地望着彭彩云，想猜透指导员问的是自己哪个"家"，然后低下头幽幽地说："指导员，我情况你晓得，女儿跟着她公公婆婆。娘家就是……父亲，还有一个哥哥一个妹妹。"

"你女儿多大了，好像没来过？"

"八九岁了，从没来过，他们不会让她来的。"徐小芹沉默一会儿，忽抬头看着彭彩云，"指导员，我那封信不要发了。"

"为什么？"

徐小芹面无表情地说："女儿虽是娘的肉，可……他家这个样子，我也不怎么牵挂了。昨天写信，是看了电视后想她……"说罢就低下了头，泪珠扑簌簌地落在胸前。

"报告。"来人站在门口，是徐秋红。彭彩云说等下叫她。

彭彩云不吭声，静静地望着徐小芹。过一会儿见对方擦干了眼泪，她说："写了就发走算了。"

"刚来时，我写过好几封信，从没回过，后来我就不写了。他们恨我，不会回信的。"

"以前你女儿还小，现在大了，应该会回信。"彭彩云安慰她。

徐小芹头脑并不糊涂："他们不会让她看信。算了，反正也就这样了，这么多年都过来了，也是我的报应。"

"你能这样想就好。"彭彩云站起身说道，"确实，两条人命，两个家庭都废了，本来自己是受害的，最后却又害了别人。"

彭彩云走到徐小芹跟前，下意识地在她的肩上轻抚了一下。徐小芹起身点点头，转身走出值班室。

彭彩云给自己续上一杯水，乘去卫生间时把徐秋红叫到了办公室。

"指导员，我想参加忏悔报告会。"见彭彩云落座后，徐秋红马上提出了自己的要求。

"忏悔报告会"是彭彩云她们中队自行举办的活动。电视剧《妈妈，再爱我一次》播出后，彭彩云看到女犯们的爱被强烈地激发出来了，于是决定因势利导，把她们对电视剧的观后感与支队部署的"一封汇报信"活动结合起来，准备举办一次"忏悔报告会"，让大家在对罪过的追悔中表达来年改造的决心，加快改造步伐，向着新生的彼岸加快努力。

"坐下。"彭彩云朝徐秋红努努嘴，示意她坐下说。不久前这个徐秋红还出了和钱紫红有疑似同性恋的问题，今天却主动提出要参加"忏悔报告会"，令彭彩云有点意外。她对徐秋红刮目相看，不无高兴地说，"你是第五个报名。我支持你现身说法，这是你积极改造的表现。"

"指导员，你知道我的罪。"徐秋红两眼望着墙壁说，"说实话，自己过去年轻，破坏姐姐的家庭不应该，后又帮人卖小孩更不应该。"她慢慢低下头，两只手夹在两腿间搓起来，"以前，我对自己过错没什么认识，别人骂我'畜生'我也无所谓。看了电视后，我……我觉得自己过去不应该……真的，确实不应该……这几天，每当回味起电视剧中小强叫妈妈那种撕心裂肺的样子，我就会做噩梦，梦到自己那天晚上的事。真的，那天晚上……"

徐秋红陷入了深思，梦游一般回到几年前的那个晚上。那是一个漆黑的夜晚，没有月光也没有星星，徐秋红瞅准机会将邻居家一个三四岁的小女孩骗到自己的住处哄睡着了。不一会儿，失去孩子的父母到处寻找小孩，徐秋红也假惺惺地混在人群中帮助寻找。孩子的母亲问她是否见过自己的女儿时，她一口否认。一个小时后，当那孩子的母亲披头散发和丈夫两个人像夜游神一般在房前屋后撕心裂肺地哭喊、号叫时，徐秋红的心软了一下，觉得兔子不应该吃窝边草。但此时，徐秋红已是一个输红了眼的赌徒，铁了心豁出去了。挨到凌晨四点钟，徐秋红抱着熟睡的小女孩悄悄溜出住房前往火车站，准备把小女孩转交给"李嫂"。路上小女孩惊醒了，看到陌生的环境便紧紧抱着徐秋红眼巴巴地说："好阿姨，你送我回家吧，我要妈妈。"看着眼前小女孩可怜巴巴的样子，徐秋红心"咚"的一声软下来，但很快"理智"告诉她，只能进不能退了。此时的徐秋红仿佛成了一个十足的赌棍，目光凶狠地瞪着小女孩，连哄带吓镇住了她，并在火车站附近将其交给了"李嫂"……

"真的，指导员，我不是人……不是人。"从回忆中醒悟过来的徐秋红两眼潮红，表情悔恨痛苦，始终低垂着头，"真不知当时怎么就那么狠心，把那个小女孩交给别人……我真是罪该万死，我恨自己一时变成了畜生，恨自己的良心被狗吃了。"

一直听着徐秋红断断续续的忏悔，彭彩云也被感染了。她真切地感受到，徐秋红是真的在忏悔自己的罪行，其内心受到过一次巨大的震撼，其灵魂无疑也经历过一番洗礼。为此彭彩云感到了艺术力量的伟大。她想，中队"忏悔报告会"有徐秋红现身说法，纵使其他人不参加，这个报告会也会成功，于是便道："看得出这几天你经历了痛苦的转折，找回了良知。亡羊补牢还不晚，希望你到时好好忏悔，向那个小女孩和她的家人忏悔，告别昨天，重新做人。"

徐秋红擦了擦噙着悔恨泪水的双眼，起身道："谢谢指导员。我一定好好忏悔。"

"忏悔归忏悔，也要打起改造精神来。快过年了，心情好点。"

徐秋红看着指导员，嘴角动了动："谢谢。"

看着转身离去的徐秋红，彭彩云心有所憾：人呀，就怕关键时候执迷不悟。

第十六章　节前琐事

"由于市场还是疲软，厂部今年和去年一样没有下达全年生产任务，二季度任务也刚下达。我们今年还是要在完成任务的前提下抓好产品质量，确保一等品率达到80%，尤其珠江缎是出口产品，要保证质量。"

大队领导碰头会一开完，刘强就通知四个中队的指导员到监舍值班室开会，将会议的主要精神作了传达，并征询贯彻落实的意见。二中队严宝贤、三中队韩伟力先后谈了想法后，陈兴国也表了态，并提出一个犯人消极抗拒劳动的问题："马小牛都调走了，牛二崽还在装病不劳动。"

"打不得，哄不了，现在犯人越来越难管。"韩伟力说。

刘强说："所以我们指导员不但要抓生产，更重要的是要做思想工作。希望大家调动干部积极性一起来抓犯人思想工作，确保生产任务完成。另外，节前要落实好'一封汇报信'工作，每个人都要，队长要在信上写几句话。有人不愿写？个别人实在不愿写，不勉强，但要批评。在监狱，就是要弘扬正气，打击歪风邪气。"

散会后，陈兴国准备回中队，刘强把他叫住问黄国庆加刑后的情况。

"昨天刚从禁闭室出来，表面上看不出什么。"陈兴国说。

刘强说："加了六个月，法院还是考虑了家属的作用。要让他知道亲人对他的希望，多鼓励。"在黄国庆加不加刑的问题上，由于监狱决策人物力主上报加刑材料，最后黄国庆还是被从轻加了半年刑。

"盗窃出身，逃避劳改，这样的人想改也难。"陈兴国说完准备离开，刘强点点头，让他把程才叫来。

刘强上完厕所回来时，程才已在值班室和涂小强说着什么。见了刘强，程才便亲切地叫一声"教导员"。程才禀性并不卑下，在管教队长面前保持着自己的人格，哪怕是队长发火骂人，他也不会低声下气。他来自东海，平时喜欢论理辩解，不像江中人开口就骂，动手就打。他的这种性格，碰到脾气不好的管教队长往往吃亏，因为他凡事喜论道理，但有的队长没那么有耐心，碰上什么不开心的事，你辩解不休，队长就很容易来火。在程才眼里，刘强、陈兴国就是他最佩服的队长。程才从没听哪个人说刘强会打人，因此他觉得刘强有点像他们东海劳改队的管教队长，讲究以理服人，重在教化。也就是从那时开始，他在心里把刘强当作自己的老师，只要是刘强说的话，他都听；凡是刘强要他做的事，他都说一不二地去认真完成。他甚至认定，刘强是个值得交往的人，尽管他是队长，自己是犯人，现在不可能有什么交情可言，但他就认定了他。现在不行，出去以后总可以交往吧？

"今天找你谈一下。"刘强示意程才在那张小凳子上坐下。刘强随意问道："最近怎样？"程才从禁闭室出来后，刘强一直没有空找他。作为大队一把手，几百号人不可能都去找谈话，但一些问题犯人，尤其是顽危犯，他是非找不可的。程才给大队捅了那么大的娄子，又是他手下的老犯人，为他的转变自己得找他谈谈。

程才端坐在小凳子上，面容轻松地带着微笑说："还好。"并说，"金科长又当支队长了，越来越大了。"

刘强知道犯人也关心本大队干部的情况，金洋当了副监狱长后，这些耳聪目明的犯人早已知道。刘强道："副的。现在叫监狱长，支队也叫监狱了。"

程才表示明白地点点头。刘强接着说："现在改造环境好了，希望你听队长的话，不要再搞出什么事来。"

程才从凳子上站起来，一脸肃然地看着刘强说道："教导员，你在这里，我不可能再出事。"

刘强示意他坐下，又问起他家里情况。程才一听泄了气似的，幽幽地静了一会儿才说："母亲早过了，你知道。父亲从没来过这里，太远，现在年纪大了更来不了。"

的确，程才的家远在千里之外的东海，坐火车得要十几个小时，一个七八十岁的老人确实不大方便。刘强定定地瞧着他，心想如能去一下东海家访多好，可惜现在监狱这种情况不可能让基层大队民警去出这样的差。

"你是外地人，在这里举目无亲，我们队长天天和你在一起，实际上和你的家人差不多，有什么困难就找队长、找我都可以。"刘强从椅子上起身，程才也赶紧站起来。刘强带着一丝亲切的眼光看着他说，"四十岁的人了，不要给自己找麻烦，早点出去才是正道。"

"我懂。"程才连点几下头出了大队值班室。

刘强靠椅闭眼，让自己松弛下来。涂小强却在旁边开口了："程才对你是真心佩服。"

"带过他十来年了，熟悉。"刘强伸下懒腰说，"程才我不怎么担心，担心的是黄国庆。加刑那天下午，我去禁闭室找他谈话，他很爽快就答应回大队上班，表面上看不出什么，但总觉得他答应过快。"

涂小强停下手中活，看着教导员说："犯人想出禁闭室，有两种情况：一是受不了严管，希望出来自由点；二是真心想出来好好改造。"

过了会儿，刘强问涂小强："全大队病号有多少？"

"除去住院的，在监舍病休的有十来个。"涂小强说，"虽说都有假条，但也是真真假假。听说有人经常去医务所拉关系，干部医生被吵得不耐烦有时也会开假条打发他们。"

"牛二崽不就是这样的，借口干部打他一直装病到现在。"刘强两眼望着门外，似自语道，"要想法治治这种歪风。"

涂小强说："有的看上去就是装的，又不能逼着他去车间，有什么办法？"

"你安排几个中队的值班犯摸下情况，看看哪些是装病的。"说罢斜靠在椅背上，闭目静思起来。

过了好一会儿，他问涂小强道："全大队财产型犯人有多少？"

涂小强从办公桌文件匣子里找出一份材料翻了翻说："包括盗窃、贪污、受贿、敲诈勒索，全部算进来，你等一下。"他用计算器拨拉几下说，"一共213人，占全大队百分之八十，还不包括抢劫的。"

"财产型犯人占了大部分。"刘强分析道，"这些人的通病是好吃懒做，但根源还是人生观、价值观有问题。"他望着墙壁，循着自己的思路说，"要从思想上解决问题。这样，我们开展一次财富问题讨论，同学习《监狱法》结合起来，让犯人明白不义之财莫伸手的道理。你看怎样？"

涂小强眼珠一亮，看着刘强说，"有必要，我赞成。"

"思想问题不是一朝一夕解决得了的。这个讨论有针对性，只要组织好，多少会有点效果。"刘强说，"春节过后我们就搞，帮他们洗脑。思想问题，用毛主席的话说就是扫帚不到，灰尘照例不会自己跑掉。改造犯人的人生观、价值观，就是我们管教干部的职责。"

涂小强频频点头。他是司法警校的毕业生，熟悉管教工作业务，对当前的监狱工作也有自己的见解："《监狱法》说要以改造人为宗旨，可现在上面就知道抓生产，搞得下面只关心劳动，思想改造都不谈了。"

讲到这个严肃的话题，刘强也皱起了眉头："改革开放社会上是活起来了，可我们企业没法竞争，厂里年年亏损，这样下去，莫说改造人，就是过日子都成问题。"

见涂小强还想说什么，刘强望了一眼墙上挂钟起身道："下班了，不说这些，基层干部管不了那么多。"

时间一晃到了年底。离春节不远了，监狱一年一度的"迎春帮教座谈会"在女犯大院五楼礼堂举行。今天五楼礼堂格外热闹，充满节日气息，五颜六色、闪闪发亮的彩练飘在空中，墙壁上张贴着时新的标语，沿墙根摆了盆景，小舞台也布置出新年的景象。

座谈会已经开始。会议桌椅呈长长的"回"字形，桌上摆了橘子、花生和糖果。靠舞台一侧是监狱领导席，两边是亲属和犯人，另一面是大队领导。参加座谈会的除金洋、赵玉琴两个分管改造工作的监狱领导和各大队主要领导外，邀请了十几位犯人亲属参加，这些被亲属大都是因为他们的亲人在监狱改造表现较好，或有明显转变才被邀请来参会的。亲属们都很开心，自从亲人劳改后，就再也没有过如此亲密的接触，会见都隔着纱窗，哪有今天这么好。再说监狱是什么样子，自己的亲人在里面是不是吃不饱穿不暖，还要受虐待，这些都是亲属们非常关心的。现在亲人就坐在身边，尽管因为他在这服刑成了家人心中的痛，但一看到监狱领导的热情，心中的创伤被安抚了一下。他们和自己的亲人靠在一起，或手拉手亲密地低语着，一个个都很高兴，脸上挂着笑容。他们忘情地与亲人话着家常，连监狱领导对一年来的监狱工作的情况介绍都无心去听，只记得金副监狱长的几句开场白：

"今天请大家来的目的，是要向大家介绍一年来监狱工作的进展，让大家知晓党的改造政策，了解监狱干警是如何管理教育服刑人员的，让大家一起来关心支持监狱工作，征求各位亲属对监狱工作的意见和建议。"

会议进行到亲属座谈发言阶段，静默了几秒钟后，靠南一侧的家属席上慢悠悠地站起了一位戴鸭舌帽的老人，金副监狱长忙打手势让他坐下说，工作人员把麦克风移过来，架到老人面前。

坐在麦克风一侧的程才忽地紧张起来，这位老人就是他父亲，他没想到父亲会发言。从没想过父亲会来监狱，更没想到监狱会给自己这么高的荣誉，千里之外的父亲和姐姐被邀请来参加监狱的座谈会，这是很多表现好的人都没有享受到的荣誉。他知道这一切都是刘教导员安排的，为此心中感激不已，时不时地往刘强的座位那边望一眼。座谈会上有六七个女犯，他正对面就有两三个，要在平时他的双眼绝对会在她们身上流连忘返，可今天在这样的场合，一想起前不久自己做的事心里就愧得慌，始终不敢往前看，一直装着和父亲、姐姐说话的样子。现在老父亲要发言让他更加难堪，他觉得所有人的目光都聚焦过来了，觉得自己在这些女犯面前脸丢大了。为此他十分悔恨自己的轻率，恨不得钻到桌子底下去。

"今天来到西山监狱，参观了车间，看了他们的住房，我放心。"父亲开始说话了，"我儿程才来这里十几年，我没有来过。为啥？没脸见人啦。"老人边说边指着自己饱经沧桑的脸，那张黑脸虽显衰老，但却透着刚毅。老人说话简洁，不拖泥带水，看得出是当过领导的人。"我是南下干部，当过局长，革命了一辈子，但管不好儿子，娘被他气死了，后娘也不认他，我也跟他断绝了关系。今天，当着监狱长面,我撂下一句话,"老人把鸭舌帽脱下往桌上一丢,看了一眼程才说,"你改造好了,我就认你,改造不好,你就不要回家。"

礼堂里忽地响起一阵"啪啪啪"的鼓掌声,为老人叫好。

在热烈的掌声中,程才红着脸站起来,看看监狱领导,又看看刘强,然后一字一句地说:"我一定好好改造,决不辜负队长的希望,请父亲放心。"然后坐下把帽子给父亲戴上。

父亲扶正头上的帽子,用手抚下儿子的肩膀,强抑住自己的情绪,接着说自己过去教育方法也不对,看到监狱的管教干部如此费心尽责,他感到非常愧疚,表示愿意和监狱签订帮教协议,"不达目的,决不收兵"。

老人铿锵的话语再次赢得掌声。

座谈会结束后,在金副监狱长安排下,刘强代表三大队与程才父亲签订了帮教协议。受老人的影响,还有五六个亲属也与有关大队领导签了协议,承诺要积极协助监狱教育好自己的亲人。

在界屋过道门口,散会归队的男犯大队领导停住脚步,犯人们与参会亲属告别,依依不舍,千叮咛万嘱咐的。刘强也与程才父亲、姐姐握手道别。见亲友们往前走了,刘强告诉程才说,领导要陪亲属去吃饭。程才一直看着父亲和姐姐走远了,才跟着教导员回到了大队。

春节的氛围开始浓起来。第二天下午,按照工作计划,三大队犯人集中休息半天,举行拔河比赛。比赛是早已预定的方案,刘强曾打算举办冬季运动会,但囿于空间和时间,最后只好选定拔河这一最能激发集体观念和荣誉感的项目展开比赛,活跃一下大队犯人的改造生活。

拔河比赛即将开始,场地选在大院篮球场上。天气很照顾,暖洋洋的太阳照在球场上,比赛的两队人马在做赛前准备。为了安全和秩序,球场只允许参赛人员进入,双方限派5个啦啦队员,剩下的就是组织和维持秩序的民警。金副监狱长也亲临拔河现场观摩,以示支持。

球场上,两支代表队已入场,中间一条粗麻绳被两队人马绷紧了,麻绳中间系着的红绸坠子左右晃荡着。

担任比赛裁判的涂小强站到了红绸坠子前。他胸前挂着哨子，在等候刘强下令。两支比赛队伍已开始向后倒着。

气氛起来了，大队院子里黑压压的观众开始在喊"加油"。刘强向身旁的金副监狱长说了句什么，然后向涂小强点点头。

只见站在两队中间的涂小强举起右手，然后用力往下一劈："开始！"

刹那间，只见两边队员半躺着，一个个咬着牙，铆着死劲往自己身边拉。两边的啦啦队开始拼命地喊叫起来，院子里的观众喊声震天，其他大队看热闹的也在自己的院子里起哄，盲目地喊着"加油、加油"。

球场上，两队势均力敌，麻绳忽左忽右，红绸坠子晃荡不停，啦啦队喊得声嘶力竭，场外相干与不相干的观众"加油、加油"的叫喊声此起彼伏，好不热闹。

一中队指导员陈兴国和三中队指导员韩伟力站在自己队伍旁指挥"加油、加油"。一中队和三中队都是上运转班的主力中队，七八十人的队伍挑选出来的代表队成员个个身强力壮，两支队伍在两边乃至整个大院震耳欲聋的"加油"声中相持了几分钟，最后三中队代表队终因体力不支，麻绳被一中队缓慢地拉了过去……

四个中队的四场赛事不到两小时全部结束，冠亚军顺利决出。在热烈的掌声中，金副监狱长为获奖代表队颁发了奖品。

当犯人全部有序撤出篮球场时，金副监狱长对刘强说："适当地组织一些这样的活动，很有好处，尤其是在你们大队。"

受到从上到下兴奋情绪感染的刘强心境愉快地回到大队小院，先前半院子的人都已上楼回监舍，准备开晚饭，院子里剩下值班犯和几个准备下班的民警还在谈论赛事。也难怪，多少年了，由于怕出事，像他们这样数百号人的大队几乎从来不组织大型体育活动，今天这样一搞，也没出什么事，而且效果出乎意料。当看到犯人们说说笑笑地回监舍的景况时，民警们也开心地笑了，整个大队的氛围似乎一下和谐起来，警囚关系也变得有些乐融融的。

刘强回到大队值班室，见到涂小强乘机表扬了他一下，并把金副监狱长的表扬转告了他。涂小强说："我也没想到有这样的效果。"

下班时间到了，刘强他们准备出门，陈兴国却一头扎进来说："王宝根这家伙好怪。"刘强疑问的眼光望着他,陈兴国一屁股坐到沙发上说:"刚才车峻告诉我,拔河时他因尿急回监舍上厕所,看见王宝根一个人在监舍里。"

大家都在凑热闹,他却独自一人,这人真不一般。刘强缓缓地对陈兴国说道:"这家伙你要安排人盯住。晚上有时间,我也找下他。"

刘强他们走出大队院子时,天已黑,远处围墙上的照明灯都亮了起来。

晚饭后在监舍的时光,是人们一天中最惬意的。这个时候,走廊上人最多,三五成群地聚在一起抽烟闲聊,下午的赛事成了大家意犹未尽的话题。

程才和车峻、姚之清站在离厕所不远的走廊一侧谈论下午的拔河比赛,程才参加了下午的拔河,到现在还兴奋着。他拿出父亲和姐姐带来的点心让车峻、姚之清品尝,心情十分愉悦。

"欸,你不要乱倒好不好?"车峻望着卫生间门口那边发话道。

王宝根手里拿着饭碗往这边瞄了一眼,理也不理进卫生间去了,原来他刚吃完饭要去洗碗。卫生间门口有个不大的垃圾桶,大家一般都会靠近才把剩下的饭菜往里倒,可王宝根还没靠近就往桶那边甩,结果搞得垃圾桶边一地的剩饭剩菜。王宝根回头时,车峻看着他说:"等下你自己把它扫干净。"

王宝根用眼剜了他一下,"噗"一口痰飞到墙根,气汹汹地回监号去了。

车峻正想来气,程才忙说:"别理他,十三点。"

"这种短命鬼,让队长收拾他。"姚之清弹弹烟灰说,"我上次就讲过他,没用。"

"这小子早晚得吃花生米。"车峻愤愤然道。

说话间,有人在走廊铁栅门那头叫蔡树林和车峻下楼,说"教导员找"。蔡树林和车峻便下楼去了。姚之清见他们走了,脸上肌肉抽搐了一下。

一楼楼梯口一侧的小房间门开着,里面只有一个木柜,一张单人床,这是刘强值班休息的地方。此刻,刘强站在床前双手反剪在身后,见蔡树林和车峻到了,便问他们这两天有没有看到人单独下楼。蔡树林他们一脸茫然,不知发生了什么事。刘强见问不出什么便让车峻回中队。车峻本想告王宝根的状,但见教导员那严肃样,没开口就回监舍去了。

一会儿，陈兴国进监来了。刘强把有人从门缝里塞了一个信封的事说了："里面有两千块钱。"陈兴国没说什么，刘强便向蔡树林交代，让他到几个中队仔细摸一下，看这两天哪个人单独下过楼。

陈兴国皱皱眉头："这个恐怕难查。今天拔河，多少人进进出出呀。"

刘强说："谁要当冤大头，就把这钱当互助金，正好过年给那些困难的买东西。"

陈兴国笑起来："好。"在刘强支持下，他们中队先行设立了互助金，只有两个人捐款，现在余额已不足200元，陈兴国乐得互助金又多一笔款子。

刘强把门带上，到值班室门口边开门边交代陈兴国，回家探亲的名单批了，"先把车峻叫下来，我找他谈一下。"

车峻很快笑嘻嘻地来到大队值班室，叫了一声"报告"。

刘强让他坐在那张小凳子上。瞧着车峻愉悦的样子，刘强想陈兴国已将好事告诉了他，便开门见山地说，监狱决定让他回家去探亲，共五天时间，年三十上午走，初四下午回监狱。车峻抑制不住激动的心情，一个劲地点头："谢谢教导员，谢谢教导员。"

"感谢政府吧。"刘强望着激动的车峻说，"初四下午五点前，一定要赶回监狱。你余刑不长，不要让队长失望。"车峻一个劲地点头，刘强接着说："明天上午就可打电话回去，三十那天让家里早点来人办手续接你出去。"

陈兴国这时走进值班室，车峻忙起身望着两个领导，刘强示意没事了，让他回监舍。

"下午拔河，没来得及跟你说。"陈兴国一坐下，就说，"罗细苟优待会见的事，我已跟他家村里联系好了，经他们做工作，他老婆这几天就会来。"

"好。"刘强心中释然。罗细苟去年因逃跑加刑一年，他老婆因此不太想等他。前不久，他非常诚恳地提出想要老婆来监狱优待会见。优待会见是监狱准许犯人和配偶在优待会见室同居的一项人性化政策，对稳定犯人的家庭关系和思想改造都很有好处。虽然这项措施只能解决部分人的问题，但刘强他们非常乐意去办。刘强觉得，要说这世界上哪里矛盾多，非监狱不可。像他们大队几百号人，杀人、抢劫、强奸、诈骗的，什么人没有啊？这里真正是矛盾之地、是非之地、危险之地，跟火山口、炸药库差不多。他身为大队教导员，一方"诸侯"，在改造人这个问题上常感力不从心，资源有限，很多时候就像个看门的。因此他也不给自己定什么大目标，只是在监狱总体工作部署下，尽力做些力所能及的工作，化解或缓解一些矛盾，让自己的一亩三分地少出问题。那天陈兴国来汇报罗细苟提出的要求时，他当即同意，并联想到要争取让黄国庆老婆也来监狱优待会见，虽然黄国庆因自己加刑不愿麻烦民警，刘强也觉得现在这事难度大而没有向陈兴国作安排，但他依然觉得要想办法化解他们夫妻间的矛盾，让他们夫妻在监狱优待会见，只不过这事得假以时日罢了。

"你尽快通知罗细苟。"收回思绪后的刘强说。陈兴国答应一声，见没啥事，就回中队去了。

第十七章　狱中过年

过两天就年三十了。节前的优待会见室人来人往，比平时热闹而祥和。

优待会见室设在狱中界屋女犯院子北端，一栋白色的三层楼房。楼前一部乳白色不锈钢悬空楼梯，从二道门前面的斜坡直搭三楼走廊。楼梯和优待会见室的走廊安装了防护网，墙壁雪白的，显得简洁明朗。优待会见室分为两部分，楼梯一上来是饭厅，饭厅有那么大，摆了八张餐桌，有彩电、豪华型多功能消毒柜，布置了盆景、山水画等。餐厅隔壁是一溜客房和仓库，客房不大，十平方米，一张床一张课桌，两条方凳。床单、被子和枕头花花绿绿的，干净整洁，也不乏和谐与温馨。

优待会见室自国庆开张后一直热门非凡，因只有六间客房而经常供不应求。还在优待会见室筹建期间，男犯大院的人就一传十、十传百地议论开了，大家都把"监狱要建优待会见室"当作神话传扬，一些已婚男的有事没事就打听开张日期，准备约妻子前来探监。有的已离婚也打电话向父母或兄弟姐妹叙说此事，提出要与前妻复婚。优待会见室开张后，连续几周都被抢先下手的男犯夫妻占领了。由于客房天天爆满，一些来晚了的家属只得在午饭后恋恋不舍地和丈夫分手，第二天起个大早赶来排队，而原先羞于启齿的已婚女犯们，从十月下旬开始也悄悄地拨打热线电话吩咐丈夫带上结婚证、身份证和会见卡来监狱……

话说这天上午，罗细苟终于在优待会见室等到了妻子。吃过午饭后，他们在餐厅候着，企盼有人下午出去。可是一下午过去了也无人退房，等到吃过晚饭不可能有奇迹发生了，罗细苟满脸堆笑地走到漆队长面前，低声央求让他们在餐厅睡一个晚上。漆队长一听就耸起眉头："那怎么行呢？"罗细苟缠住漆队长，两眼噙着哀求的目光："我老婆来一次不容易，今天住不成明天再来，又要多等一天……请漆队长帮帮忙，今晚就让我们到餐厅睡一下，反正她也要到外面住店。"

漆队长看着人高马大的罗细苟眼巴巴的样子，又看了一眼几米外的妻子，见那女子不好意思地笑笑，便生出了恻隐之心，请示了狱政科长。领导同意后，漆队长便让两个事务犯在仓库临时搭了个铺。漆队长用手按按床铺，床架轻微地动了动，发出异响。"就这一副床架了，凑合着用吧。"

"蛮好，蛮好。"罗细苟笑嘻嘻不无夸张地说，"比我家好。"一旁的妻子说："你出什么丑？"罗细苟仍笑嘻嘻地说："我五年没挨老婆了。真的感谢政府。"说罢举起右手，"共产党万岁！队长万岁！"

漆队长被他惹笑了，说一声"你们休息吧"，便出了餐厅，把门锁上走了。

见队长走了，罗细苟立马倒了杯水，让妻子吃了漆队长发的避孕药后，就火急火燎地拥着妻子……

第二天下午，当妻子离开，罗细苟回到大队监舍时，大家正在院子里排队准备上中班。正在整队的方冬生见罗细苟来了，便道："不是上午回中队吗，怎么现在才回？"罗细苟说"我老婆刚走"。方队长挥挥手："动作快点。"

罗细苟赶紧站到队伍里去，旁边的车峻见他有点疲惫的样子说："一夜没睡？"

"没睡好。"罗细苟幽幽地说，"没房间，睡仓库。半夜床塌了，老婆也不高兴，后来只好睡地上。"车峻忍不住"噗"的一声笑裂了嘴，罗细苟又道，"上午正好有人退房，为让老婆高兴，又待了半天，总算把老婆哄住了。"

"五年等一回，理解理解。"车峻虽仍在笑，但队伍已开拔不敢笑出声。

第二天就是年三十，下午全监狱开始放假，准备过新年。今年天气偏暖，地处江南的江中尚未下过雪，天阴阴的有些许寒风。三大队监舍院子里开始热闹起来，院门已被装饰一新，五颜六色的彩练交叉悬在空中，春节的气氛很浓。十来个人举着一条花红花红的龙在演练，准备晚饭后到女犯大院耍龙灯。手执龙头的是罗细苟。

涂小强站在院子里指导演练，时而走过去和罗细苟说着什么。刘强和陈兴国也在一边看着。"那2000元钱，我们商量给'三无犯人'每人60元买东西，钱已上账。"陈兴国说，"留一点以后用。"

陈兴国说的那2000元钱，就是刘强前不久收到的那个信封。那天没找到送信封的主，过了几天，那主趁刘强一个人在大队值班室时现身了：原来是一中队姚之清乘去医务所看病之机塞进门缝的，之所以要送给刘强，说是因为"想请教导员关照"。刘强批评教育了他一番，并追问了现金的来历，在全大队采取了有关会见措施。事后刘强把那信封交给了陈兴国入中队互助金账目。现在陈兴国向他汇报此事，刘强点点头："好"。

正说着话，一中队三个"三无"犯人手捧着东西从外面走进了院子。他们是此次享受中队互助金爱心援助的"三无"人员，长期无通信、无会见、无接济，一年到头过着靠帮人洗碗、洗衣换吃换喝的日子。幸好有政府管饭、管衣，每月还有4元零用钱买卫生纸和牙膏，否则这日子真过不下去。今天获得的60元钱令他们喜出望外，三个人立马相约着去了小卖部。他们捧着东西站在刘强、陈兴国面前，高高兴兴地连声道谢："谢谢教导员、谢谢指导员。"

"还买短裤呀？不是有发吗？"陈兴国看着一个犯人说。

"一年发两条，不够用。"那犯人说，他一条短裤破了几个洞，都露出了屁眼，早就想买新的，不好意思跟民警说。

刘强笑着看他们往监舍走去，对陈兴国说："民以食为天。生活好一些，也安心一些。尤其是这些'三无'人员，有机会关心一下会有作用的。"

陈兴国笑笑："你这是做无名英雄。交给纪委，能得个通报表扬。"

"要那个干什么？"刘强神情肃然，"生产不景气，大队没钱发，怎么办？犯人不稳定，我们没法待。"

陈兴国沉默了。当年他分配到三大队时刘强还在，那时刘强任指导员，但后来就高升到六大队去了。这次刘强又杀回三大队，短短几个月，其间虽然出了黄国庆脱逃一事，但从刘强一系列工作举措看，他觉得刘强这人实在，有胆识，在中层这一级中不多见。他也觉得教导员这人性格蛮好，做他的下属，心情不容易坏……

这时，陆陆续续从楼梯口出来了几拨人，要去界屋过道取年夜饭。正逢休息天又是年三十，开饭时间比平时早了些。

界屋的过道大门开着，人们聚在一起开心地嚷嚷着"晚上吃什么好菜？"。过道是伙房的工作和物资转运间，每天发饭的里面有几个女的，和男犯大队领饭的交接饭菜。不知是不是女民警们有意安排，在这儿做事的都是四五十岁的人，不仅没什么漂亮的，有的还长得困难些。尽管如此，由于前几年女犯挡车工从四大队撤出，到界屋过道领饭便成了全监狱唯一一个男女犯可以接触的地方，所以到过道领饭成了一些人希望获得的香饽饽。但其实也捞不到一点好处，伙房的女民警像个树桩似的总站在那里，视线不移地看着他们交接饭菜。男人们和女犯手碰手的机会都没有，充其量是虚饱眼福，满足一下近距离看异性的欲望而已。然而在他们看来，尽管那几个女的不上档次，但饿汉眼里的女人们个个赛若天仙，再说到那里碰到个和气点的女民警，还可以说上一两句挑逗女犯的玩笑话，尽管会被"骂"，被女民警制止，但也能过回嘴瘾，所以一到开饭时间，男犯们便趋之若鹜地围拢过去。

今晚的饭菜多，领饭的人跑了两趟。当各中队领饭菜的人回到院子经过刘强他们面前时，不等民警发问，一个个都满脸堆笑地说："晚上吃红烧肉，还有腐竹、包菜。"

人们喜笑颜开，一个个都赶着去监舍享受久违的美食。演练舞龙的人早已收场，几个中队民警也下楼来了，刘强对陈兴国说："你也走吧，明天还要当班。"

同事们走后，院子静下来，但狱外村庄迎接除夕的鞭炮声开始响起来。刘强看看表差不多五点半了，便回值班室拿饭盒去二道门打工作餐。

除夕之夜到了。大墙外此起彼伏、长达一个多小时的鞭炮声渐渐停了下来。七点过后，三、四大队的两支舞龙队要到女犯大院表演。每年年三十和元宵节，监狱都会安排三、四大队的舞龙队给女犯表演，时间就安排在新闻联播开始后，半小时结束，正好衔接上八点钟的《春节联欢晚会》，不耽误看电视。

七点整，刘强让舞龙队做好准备，在院子里候着。七点十分，金副监狱长和狱政科丁科长、狱侦科陈科长等人来到大院篮球场。见刘强站在三大队院门口，金副监狱长走过来说："七点十五分开始，你们两个队的舞龙队先在篮球场表演十分钟，再去女犯那边。"

按照金副监狱长的安排，时间一到，三、四大队两支舞龙队从两个方向舞向大院中心的篮球场，北院几个大队派出的人忙着在球场旁边燃起了鞭炮和焰火。刹那间球场锣鼓喧天，鞭炮齐鸣，一红一绿的两条巨龙在球场上"双龙戏珠"，一会儿向上盘旋，一会儿摇头摆尾，忽左忽右忽高忽低，活灵活现惟妙惟肖，引得北楼观望的人们阵阵叫好……

负责打前站的狱政科丁科长提前来到界屋过道叫开了门。女犯大院的节日气氛比男犯大院浓烈。除教学楼没有节日气息外，北楼监舍一片灯火辉煌，四楼以下走廊挂满了红灯笼和五颜六色的彩练，经日光灯和红灯笼的照射辉映，北楼监舍在夜幕下显得绚丽多彩，喜气洋洋。一楼楼道口用柏叶和花朵扎了个拱门，拱门上缀满了五颜六色的彩灯，门前的两盆文竹也彩灯烁烁，更加衬托出新春的气息。

喜迎龙灯的气氛开始起来。大楼前一大溜女犯围成了个大半圈，正候着舞龙队的到来。女犯们小声地说笑着、企盼着，有的时不时地跺着脚，凛冽的寒风并不因节日的喜庆而减弱。赵玉琴副监狱长和几个大队领导聚在一起准备迎接舞龙队。

彭彩云领着两个女犯站在大院中间升旗台一侧。今晚赵副监狱长把打爆竹的任务交给了彭彩云，因在舞龙过程中要打几次爆竹，彭彩云便叫了熊秋英和另一个女犯来执行任务。彭彩云本不想叫熊秋英，可是女犯胆子小，竟没人主动请战，最后还是叫了天不怕地不怕的熊秋英来放鞭炮，另找了和她一个行动组的打下手。彭彩云决定就在升旗台前燃爆欢迎男犯舞龙队，那儿正对着过道门。现在地上摆着"8"字形状的鞭炮，熊秋英手上拿着打火机站在彭指导员旁边待命。男犯大院的爆竹声已停，锣鼓声也停止了。

狱政科丁科长在女犯大院转了一下，然后让值班女犯打开了过道门。不一会儿，彩球、龙头出现，一支舞龙队快要走进过道了。彭彩云赶紧下令让熊秋英点着了爆竹。

霎时大院里爆竹声、锣鼓声响彻云霄，两支舞龙队在院子里东奔西突，上下翻腾，那龙对着彩球张牙舞爪，时而伏下，时而腾起，不断地上下翻滚，令人目不暇接。观摩的队伍里爆发出一阵阵的掌声，金洋、赵玉琴等民警们也不吝掌声，为舞龙队的精彩表演叫好……

舞龙队的情绪上来了。今晚身处往常可望而不可即的女犯大院，面对众多的女犯和女民警，舞龙的人劲头倍增，满院跑动，口中喊叫着什么，司乐的犯人更是死命地敲着锣鼓，整个大院锣鼓喧天，观摩的人们也狂热起来，不停地鼓掌，有的还手舞足蹈。负责打爆竹的熊秋英干脆走到司乐组前从男犯口中夺过一支烟抽起来……

彭彩云被满院的热烈气氛所吸引，一下没注意熊秋英的出格之举，回过头来时才发现熊秋英乘机抽起了烟。

"你哪来的烟？赶快丢掉。"

熊秋英见指导员不高兴，吸了一口才把烟屁股抛掉……

舞龙结束，队伍散尽。彭彩云本想将熊秋英叫进办公室教育她，见值班的祝教导员在那，便直接将熊秋英带到了五楼。她不想扩大熊秋英抽烟的影响，尤其是在今晚这样的喜庆之夜，如果这个家伙不安分，那可是得不偿失。于是她到阅览室门口停住了，看着熊秋英说："刚才你又头脑发热。我这么信任你你还抽烟，你说你对得起干部么？"

熊秋英不好意思地笑笑："一高兴就忘了监规。"然后就不再说话，转脸望着楼外。

彭彩云也不再批评她。管教熊秋英多年，她知道她说出这句话就是一种悔意和认错的表现，否则她可不会这么温驯，甚至还会与你对着干。彭彩云决定适可而止，从某种意义上说，熊秋英情绪的稳定，就是自己中队良好秩序的保障。只有这个"大马蜂"安静了，中队才能安定。彭彩云这样想着便以一颗平常心对熊秋英说："我不多批评你，你要吸取教训。"她带笑地说道，"好了，希望你保持好心情，过年嘛。去看电视吧。"

熊秋英难得地笑笑往活动室去了。

彭彩云看着她走向电视房的背影，心想自己明天要去老公家，初三值班，但愿这两天没事。

大年初一上午，彭彩云一家三口高高兴兴地乘火车前往湘东，中午时分赶到了公婆家，在热热闹闹的喜庆氛围中尽享天伦之乐。谁知刚吃完中午饭，忽然听到包里的BP机响了，"不会有什么事吧？"彭彩云自言自语拿起BP机，一看是监狱热线电话号码，猜想可能是唐秀娥找她，因为今天她值班。彭彩云用家里的电话打过去，接电话的果然是唐秀娥，她说熊秋英因打人被关禁闭，在禁闭室闹自杀。

原来今天早晨大家还没起床，就被监狱外远远近近迎新年的爆竹声吵醒了。每逢佳节倍思亲，每年这个时刻是犯人们心里最难过的时候，昨晚有联欢晚会看，不胡思乱想也就没什么。今天休息被周边此起彼伏的爆竹声一吵，女人们就难过了，心事被勾起，思绪在飞翔，多数人躺着装睡，有的干脆把头埋进被窝流起了眼泪。偏偏这时候，钱紫红却一边起床穿衣一边哼起了歌。睡在另一头的柳如玉见她这么开心，猜想一定有什么好事，便转身在她后背轻拍一下说："今天老公来呀？"因为凡是家人会见，女人们都很高兴。钱紫红穿好衣服准备下床了，似乎抑制不住地晃晃头说："今天我郎君要来了。""老公来就这么高兴？"因伤害丈夫刚来不久的中年新犯李小梅不屑地说。柳如玉正在起床穿衣，一听这话便接嘴道："老公来还不好呀？"王玲玲忽地从被窝里坐起来，"吵死了，谁没和男人睡过。"曾经与王玲玲关系密切后又疏远的徐秋红见她一脸生气的样子，不无调侃地说："不服气呀？不服气就把她老公抢过来嘛。"此语一出，年轻的王玲玲一时语塞，接不上话茬。最近对王玲玲有想法的熊秋英见徐秋红占了上风，便指着她说："你怎么不去抢？姐夫都抢得到，还怕别人老公？"几个人一齐笑起来。这话太刺人了，把徐秋红的老底都揭了。徐秋红一下涨红了脸，回嘴道："你算什么东西？"熊秋英什么时候被别人骂过？说时迟那时快，只见她连外裤都没穿，一把掀开被子，着一条棉毛裤就冲过去，一只手揪住徐秋红的头发就打起来，吓得徐小芹、柳如玉几个人赶忙爬起来劝架，也有人急忙去叫民警。祝教导员赶过来后，把两个人叫到值班室问了情况，见徐秋红被打吃亏，便狠狠地批评了熊秋英一通。唐秀娥上班后，祝教导员把情况向她交代了一番。两个民警以为这事过去了，谁知一个小时后，熊秋英又在监舍追着徐秋红打，被唐秀娥叫人拉到值班室后仍对唐干部发疯一般地狂叫着……唐秀娥没办法，想想今天才初一，不把她关起来这几天中队安宁不了，于是层层请示，最后赵玉琴只得花一番功夫临时安排警力将熊秋英隔离到了禁闭室。去了禁闭室不到一小时，就传出熊秋英在小号子闹自杀的消息。

"现在情况就这样。"唐秀娥在电话中说，"闹自杀是她的老把戏，你也不用多担心。"

接完电话，老公一家人都看着她。彭彩云笑笑对老公说："恐怕要回去耶。"老公说初三当班今天就回去，那你明天一个人吃什么？公公、婆婆也都了解儿媳的工作，只是没想到监狱工作这么啰唆，过年都不得安生。不过他们也没说什么，只是关心地说这大过年的，你一个人在家吃什么。彭彩云左想右想，总放不下心，最后还是和丈夫商量，她一个人先回家，让他们父子俩多待几天。

归心似箭的彭彩云傍晚就回到了生活区。街上的饭店、商店都关门大吉，彭彩云只得回家煮面吃零食。当她晚上七点多走进监舍值班室时，唐秀娥吃了一惊。两人闲谈几句便聊起熊秋英的事。唐秀娥快快地说："有这个搅屎棍，什么时候都不得安宁。"

"有什么办法？"彭彩云倒心宽地说，"劳改干部就是劳碌命。"过了会儿，彭彩云问："下午没闹了吧？"

"三点来钟时候我去了下，还在里面撒泼。"

"本来我还想晚上找她谈，看来得让她冷冷，明天再说。"

唐秀娥说："我是没工夫对付她，你找她好一些。"

正说着，赵玉琴忽然站在门口，两个人忙起身相迎。"你今天不是不值班吗？"赵玉琴看着彭彩云。

"上午回湘东，待了两小时。"彭彩云说着，顺手从桌子上拿起一块巧克力递给领导。

唐秀娥说："都是劳改犯害的。"

赵玉琴坐下叹气道："连年都过不好。"

"我们工作没做好。"彭彩云谦虚地说。

赵玉琴务实地说："这个人哪年不这样？慢慢来吧。"她看着彭彩云说，"本想找她谈一下，你回来了我就不找了。"

彭彩云点点头，赵玉琴接着说：“先跟你们透个气，上班后柳如玉调生活卫生科。”

彭彩云、唐秀娥都吃惊地看着她。赵玉琴故意说：“不舍得放？”

“哪里。”彭彩云笑笑说。

唐秀娥却说：“越是怕劳动还越让她去享福。”

赵玉琴站起身，显然不想多说什么：“领导决定，你们就不要多想了。”临出门时，又对彭彩云说，“对熊秋英要持之以恒，相信你这个‘个教能手’。”说罢抚抚她的手臂。

彭彩云腰挺了挺道：“一定尽力。”

第十八章　拜金论战

新年上班后的第三天，二〇三监号的人有点紧张兮兮的，因为大队教导员刘强要来参加他们监舍的讨论。

两天前大队召开中队指导员会议，部署在全大队开展"财富问题大讨论"活动。刘强布置这项活动时明确说了，这次大讨论的主题是"不义之财莫伸手"，还有一个副题为"如果我是受害人"。刘强要求全大队犯人以司法部编的《认罪服法教材》为依据，认罪悔罪，算自己犯罪的危害账，写悔罪书向受害者道歉。大讨论的目的是要通过批判错误的金钱观念，让犯人逐渐建立起正确的世界观、人生观和价值观。活动分为三个阶段，一是各中队召开动员会，请监狱教育科长陈东山做报告，二是小组座谈，三是各中队举行演讲报告会。前两天四个中队分三次开完了动员会，从今天开始，除一名主抓生产的大队领导外，其他大队领导、管教干事和各中队民警全部下到小组，按班次分别参加小组讨论。今天一中队上中班，上午组织讨论。

上午九点，刘强准时走进了一中队监舍。走廊上几个人匆匆出了卫生间，又匆匆进了监舍。各监舍犯人已坐下，每个监舍门口都坐着一个民警，准备开展讨论。

刘强来到二〇三监号，车峻、程才几个赶忙起身。刘强示意他们别动，他把门关上，在为他准备好的一张椅子上坐下。

床前空间狭小，十几个人面对面坐着。组长车峻坐靠门口下铺，牛二崽坐最里面一个下铺。牛二崽原睡上铺，被马队长打了一巴掌后就一直在"病"，以"行动不便"为由让民警给他换到了下铺。为了装病他一直坚持不洗澡，弄得整个人臭烘烘的，同监舍犯人有意见，民警便让他睡最里面，叫旁边一个人搬到上铺去睡。后来，刘强为了整治装病现象，布置耳目暗中监视，终于发现牛二崽把医生开的药从窗户抛掉了。刘强获悉后带着值班犯到楼下捡到半斤多药片，经医务所医生辨认，其中相当一部分是开给牛二崽的。当陈兴国从大队将那些药片拿回到二〇三号监舍时，牛二崽傻了眼。因违纪逃避劳动，他不仅受到了一个"警告"处分，而且两腿肌肉开始萎缩，软弱无力。经过最近一段时间的强化训练——让人上下班扶着慢慢进出车间，才使他两腿的气力渐渐恢复，可以自己跟在队伍后面行走。今天他坐在自己铺位上，还在装模作样地活动两条小腿。

"看看哪个先发言？"刘强把讨论的意义简单交代了几句，让车峻组织讨论。他不想越俎代庖，主要想以一个旁听者和引导者的身份参与其中。

"我说。"坐在中间小板凳上的程才说，"不义之财莫伸手，是很有杀伤力的话。什么是不义之财？偷的、抢的都是不义之财。不义之财莫伸手，要害是后面三个字。教导员当指导员时，有一次单独找我就说过不义之财莫伸手。现在讨论，我觉得最要紧的是要记住'莫伸手'三个字。"接着，他以自身犯盗窃罪的经历，说明这三个字的重要性，并说自己一生就吃了这个亏："我家里条件不差，因年少无知，走上了这条路。经过多年改造，我早认识了这个问题。"

"好。"刘强嘴角带着微笑，点点头。

"我认为问题的关键是拜金主义害人。"开口说话的是姚之清。姚之清原是县教育局副局长，因贪污、受贿罪被判处十年有期徒刑，来到三大队后最初挺不习惯，经常显摆出一股局长遗风。但其善于钻营的本事又让他送了一个红包给刘强，想不到刘强居然教育了他一番，还将红包纳入了中队的互助金，让自己吃了哑巴亏。事后想，劳改队的民警也许就是这种本色？他曾以语言试探过陈兴国，觉得陈是一个不会为小利动心的人，因此他没向陈兴国送过信封。中队其他几个队长，看起来倒像食人间烟火的，但他又不愿向"小喽啰"讨好。忆往昔，在局里时自己哪天不是气宇轩昂，呼风唤雨，如今虽虎落平阳但也虎倒威存，没必要太贱卖自己。

在这里劳改，只要抓住陈兴国和刘强两个人，自己就不会有什么大碍。可惜没法和刘强搭上关系，才因此有了用红包试探刘强的事。自己虽然也因此暗中出了点小丑，但他不后悔，为了在这里生存得好些，多减点刑早点出去嘛。如此一想，他的心态调整得很好，以后见了刘强也坦然得像没发生过那事似的。今天刘强参加他们号子的讨论会，他觉得是自己表现的一个好机会，于是他在程才发言时，就急速地打着腹稿。当过多年教育局长的他，这点小事难不倒他，他要通过今天的发言，让刘强对他刮目相看，他的素质在中队乃至全大队都是鹤立鸡群的。坐在床沿，比坐板凳的人高出半截，自然而然地显出当年一个教育局长的应有派头。"为啥说关键是拜金主义害人呢？"姚之清慢条斯理地说，"因为一个人如果拜金主义严重，他就会认为有了钱什么事都能办成，他的世界观、人生观和价值观就会严重扭曲。人心不足蛇吞象，拜金主义严重的人一定是欲望过度的人。人的欲望一旦无限膨胀，而自己和家庭又无法满足，这种人就必然走向反面，必然向不义之财伸手。"然后看着刘强笑笑，表示发言完毕。

姚之清说完，刘强朝他点点头。谁知坐在姚之清面前的王宝根冷不丁冒出一句："比唱的好听多了。"

此话一出，众人愕然，因为天冷而起的跺脚声也停止了。姚之清目不转睛地盯着王宝根，刘强也望过来，皱起了眉头，但未作声。坐在刘强身边的车峻板着脸道："你这样说干什么？你不同意他说的，就自己说嘛。"

"人不为己，天诛地灭。没什么说的。"王宝根翻一下白眼珠。

"不能一概而论！"刚刚被王宝根呛了一下的姚之清反驳道。

王宝根忽地一下站起身，脸都涨红了："你找一个没私心的给我看看？你不自私，跑到这里来干什么？"他左右扫了一眼，理直气壮地说："你们说，哪个不是为自己来这里的？"

众人大眼瞪小眼，一齐看着王宝根歪着头坐下，又找不出反驳的理由。的确，不是为自己为家庭，谁会去向不义之财伸手呢？王宝根话糙理不糙，戳了大家一下，还拿他没办法。

时间仿佛被凝固了，监号里的空气也仿佛热了起来，跺脚的声音也没有了，有人借机上了厕所。

"谁说没有大公无私的人？"姚之清瞪了一眼王宝根，又看了一眼不动声色的刘教导员，一板一眼地说，"有件事我实在不想说，说了现自己的丑。但今天不说不行了。"见众人望着自己，姚之清更加侃侃而谈起来，"谁说人不为己，天诛地灭？谁说这世界上没有大公无私的人？我要用我的事证明给你们看：在我们大队，在我们身边，就有一个大公无私的人！"

十几个人你看看我我看看你，又茫然地看着姚之清，不知他葫芦里卖的什么药。一直不动声色的刘强已经猜到他可能想说什么了，要在别的什么场合，他会制止姚之清，但今天为了教育众人，特别是为了应对王宝根，他觉得让他说说也好。

"这个人，我想有人已经猜到了。"姚之清不卖关子了，"他就是我们的刘教导员。"见众人的目光一齐射身刘强，姚之清继续说道，"年前，我把一个信封塞进了教导员值班室，里面有2000元钱。我以为教导员会收下，想不到他批评我一顿还充了公，帮几个困难的人买年货。隔壁的丁富生就是一个，你们可以去问他。"

姚之清一说完，大家一齐用敬仰的眼神望着教导员，谁也没有开口，只是程才仿佛自言自语般咕哝了一句："教导员是没说的。"在大公无私的教导员面前，犯人们沉默了，仿佛在自惭形秽，连王宝根也没吭声，只是把头扭向别处。牛二崽慢悠悠地从床沿上站起身叫了一声"教导员"，然后看着大家，有点激动地说："如果不是老姚亲口说，打死我也不相信有这种事。在我们那地方，村干部没有不贪的，没想到这劳改队的队长就是不一样，我今天开眼界了……这世上还真有没私心的人……瞎，想起来真不好意思，队长打了我一巴掌，我却赖着不去车间……"说罢他挺直身子，望着刘强说，"教导员，我下午开始把机子开起来。"

"好，你坐下。"牛二崽的表现出乎刘强意料，他也被感染了，"你能有这种态度，说明你是一个有良知的人。上次找你谈话，我说了队长打你是不对的。今天我还要说一句，是我没有教育好。但你要相信以后再不会发生这样的事了。"

"我知道教导员对我们好，但不知道刘教导员这样好，像个菩萨。"罗细苟一说话，惹得众人就笑起来。但他马上话锋一转说，"教导员，我有一事就是想不通，我偷牛是不应该，叫我坐牢我也认了。可是我偷牛法院判我八年，王家福的表弟也偷牛只判四年，在农场劳改。我不知道为什么判我这么重？"

"一个县判的？"刘强问。

"不是，他亲戚是外地判的。"

"你们的情节也不会一样吧？譬如说你偷几头他偷几头？都是一头？一头也有区别，是水牛还是黄牛，价钱不一样，量刑也不一样。"刘强叹口气道，"不过说实话，我们的法律量刑都有个幅度，所以差不多的案子，两个法院判决结果有差别也是可能的。当然作为当事人，心里难服气。但现在也没别的办法。我意思是你可以申诉，同时也要争取多减刑。"

"申诉没用，我写了几封信，法院理都不理。"

"你这个问题个别再说。接着发言吧。"

"我说。"一直不吭气的黄国庆开口了，"说实话，教导员是个大圣人……"

"不要说我，接着发言。"刘强不想让他们恭维自己。

黄国庆却坚持道："教导员，我只说一句真心话。要是大家都像你一样，我们就不会来坐班房了。"黄国庆自逃跑加刑后一直比较低调，今天能说这些看来也是有感而发。

"黄国庆说的也许有点道理，但这个话题大了。"刘强看着大家笑笑说，"今天不谈这个，还是按照讨论主题发言。"说罢，看着黄国庆问了一句："你家里最近怎么样？"黄国庆有点茫然地说："不知道。""你老婆过年没来？""没来，家里走不开吧。"刘强没再问下去，示意众人继续发言。

"我说一下，"作为组长的车峻正式发言了，"我水平没姚之清高，随便说两句。大队开展这次讨论，目的就是要我们不要见钱眼开，凡事只认钱不认人。老话说得好，人心不足蛇吞象。做人不要有太多想法，不要总想着自己过好日子。该得的钱得，不该得的钱不得。要是为了自家过得好，大家都去偷、去抢，那这个世界不乱套了？"

有人向他翻白眼。车峻犯的是诈骗罪，诈骗人家二十多万，他不说诈骗却说盗窃、抢劫，叫人不舒服。但他没注意别人的表情，继续往下说："讨论另一个题目是'如果我是受害人'。这个题目蛮煞火，不太敢面对。意思是要大家将心比心，如果别人偷了你的，抢了你的，你怎办？有多难过？我们在这里改造，就是要反省自己的过错，出去后不再犯事……"

"嗵嗵"，有人敲门。车峻开门，见是指导员陈兴国，忙起身。陈兴国探头问刘强："还在谈？"刘强看看表，问了下其他监号的情况。见陈兴国走了，看了一眼车峻，见车峻说完了，扫视其他犯人说："还有谁发言？"

见没有反应，刘强看着王宝根："王宝根，你觉得大家说的有点道理吗？"

"天晓得。"王宝根一副无所谓的腔调，"现在社会，有钱就是爷，没钱就是孙。"

众人看着他。刘强望着王宝根，心想这人已经冥顽不化了，不是一时半会儿能说通的。他收回目光，望着大家收尾道："今天讨论得很好，几个人发言都讲到了点子上。通过讨论，大家要明白一个道理：一个人的金钱观很重要。说世界观、人生观、价值观不太好懂，说金钱比较好理解。在金钱问题上，我希望大家记住三条：第一，一个人不能有太多欲望；第二，不能有不切实际的想法；第三是不能盲目去追求不是自己的东西。做到这三条，就不会去动不义之财，也就不会在钱财上违法犯罪。这个道理很浅显，大家都懂，关键是要牢记。"刘强手指指自己脑袋，"要记在头脑里。当然你们走到了这一步，在这里劳改，最重要的是要有悔罪感，要将心比心去想，如果是对方加害了你，你有多痛苦，那么对方就有多痛苦。你这样想了才会有负罪感，也才会知错就改。否则你劳改一辈子都没用，出去后还要再进来。你们说是不是？"

见大家都认真地听着，刘强拍拍膝盖道："总之，我是希望你们吃一堑长一智，别的不多说。"

回到值班室，陈兴国、方冬生、涂小强他们都在。刘强问他们讨论的情况，陈兴国说："谈得差不多，但谈认识的多，结合自己犯罪谈的少，也有态度不端正的，陈文辉这家伙以前是老师，仗着自己有点知识，说什么'不是说抓到老鼠就是好猫吗？'我凶他故意扯淡，他才没再吭声。"

"认识不到位，再讨论。"刘强看着沙发上的陈兴国、方冬生说，"现在财产型犯人多，不在这个问题上认真抓一下怎么能改好？改不好出去又害人再进来？"

接着又说，"要不要组织再讨论，根据情况你们自己定。"

方冬生说："我那个组要么是饭桶草包，要么是阴司鬼，说些不痛不痒的，一肚子坏水。我凶了他们一顿才好些。"

刘强把眼光移向涂小强，涂小强说："我这个组情况差不多，对财产问题的认识，表面上看也有些，对照自己认罪悔罪也都谈了，但人生观、价值观是轻易改变不了的，指望他们都改，难。"

刘强接着涂小强的话茬说："江山易改，本性难移。一个人要改好不易，像王宝根年纪轻轻，思想意识很糟，难改。"

陈兴国插话说："我和他谈过几次，帮他分析思想问题，起初不搭理你，后来才好些，但也是应付。"

"其他几个人不在，我也不多说。"刘强接着道，"下个星期找个时间，各中队把报告会开掉，组织好，找几个忏悔典型发言。"

一个星期后，一中队的犯人忏悔报告会如期举行。报告会场地就在大队监舍院子，七八十号人一齐坐在小板凳上，身上穿的都是打上了黄布条的灰色罩衣，看上去灰不拉叽的一片。早春二月是一年中天气最冷的时节，这天上午虽有点阳光，但光芒微弱，院里靠监楼一边晒不到太阳，人们坐在阴冷阴冷的院子里，能切实感到春寒料峭。

会场几无布置，没有横幅没有标语，队伍前头四米处放一张课桌，课桌后摆三把椅子。队伍右前方地上用粉笔画了个直径两尺的圆圈，此刻站在圆圈中作忏悔发言的是程才。刘强、陈兴国、方冬生坐在主席台，齐光辉和另一名队长坐在队伍一侧。

程才是第三个发言，也是最后一个。陈兴国本来想找四五个人，除姚之清、程才和一个叫葛长庚的人外，还想让黄国庆发言，但黄国庆没写忏悔书，会前一天，陈兴国试探了他一下，想鼓励他在会上作忏悔发言，但被其婉拒。他又找牛二崽做思想工作，因为牛二崽此次变化明显，但牛二崽没什么文化，不会写忏悔书，陈兴国说"不念稿子，口说也行"。牛二崽两只手拼命摇着说："讲不来，讲不来。"生死不肯发言，一副没见过世面的样子。没办法，最后陈兴国只好决定由三个人发言。

"今天，我把自己过去经历向大家献了丑，有人可能会认为我好傻，但我什么都不怕。我四十出头的人了，过去不懂事，也不懂法，不但害了别人，也害了自己母亲……"说到此处，程才声音有点哽咽，略停顿了一下后，继续看着忏悔书往下念，"回顾在西山监狱十多年的改造，我感谢刘教导员，感谢所有的队长，是他们帮助我走上了从无知到懂法的路。这些天财富问题大讨论，更使我懂得了莫乱伸手的道理，通过算危害账，写忏悔书，我有一种悔过自新的冲动。今天，我当着队长的面发誓，今后我绝不做违法的事，出去后一定靠自己的本事吃饭。"

程才的忏悔发言没有套话、假话，也没有豪言壮语，一切都显得很实在，心里怎么想就怎么说，在场的人都产生了共鸣。程才发言一结束，竟响起了一阵掌声。前面两个人发言完后，队伍几无反应。由此，陈兴国在小结讲话时还突出点评了一下。最后他宣布"请刘教导员讲话"，队伍即刻响起一阵掌声。

刘强把椅子往课桌前挪了挪，两眼扫队伍一遍后开口说道："今天这个忏悔报告会很好，三个人的发言也都讲得不错，说明他们是真心想悔改的，值得大家学习。你们陈指导员叫我说几句，我就说一下。为什么要开展这次财富问题大讨论？教育科陈科长做报告时已讲得很清楚。在这里我还要说一下，大队为什么要搞这么一次讨论？"刘强伸出三个手指头，"三个原因：一是认罪悔罪教育活动不能相隔太久，隔久了会忘记。前几年监狱搞过一次，现在过去了几年，根据我们大队的情况，开展财富问题大讨论很有必要；二是这两年来了不少新犯，也必须正儿八经开展一下认罪悔罪教育活动；三是认罪悔罪不能停留在表面上，要找出自己犯罪的根源。事实证明，通过在讨论中分析查找盗窃、抢劫、诈骗等犯罪思想问题，大家明白了这些犯罪的根源，就是你的人生观、价值观出了问题，具体一点说，就是你的金钱观出了问题，你脑子里的金钱思想被扭曲了，也就是常说的钻到钱眼里去了。你们想想看，如果一个人见钱眼开，不管这钱拿得拿不得，这东西是不是你的，你见钱就拿，见东西就偷，见包就抢，那还得了，那这个世界不就乱套了？所以弄懂这个道理对你们非常重要，'不义之财莫伸手'这个主题就是这么来的。"

"另外，我还要说一下'如果我是受害人'的问题。"刘强喝口茶，提高嗓门说道，"这个问题更重要。如果前面一个问题解决了，这个问题不解决，那你就是知错不改。"他提高语调，目光在前几排犯人的脸上扫视道，"我可以明确地说，在你们中间，不认罪悔罪、知错不改的大有人在！你们中队统计，活动第三阶段，有的人不认真算自己犯罪的危害账，不认真写忏悔书，应付队长了事，有的还干脆不写！这是什么态度，叫你向受害人道歉，你还不愿意？"说到此处，刘强"啪"的一掌击在课桌上，让在场的人都惊了一下，"你一不写忏悔书，二不向受害人道歉，你到底想干什么？你犯罪，你伤人性命，夺人钱财，劳改了还这么牛？你有什么值得牛的？这次活动为什么要设'如果我是受害人'这个问题？就是要让你将心比心，想想如果是对方加害了你，你做何感想？你想过没有？！"

陈兴国提着水瓶来给刘强的茶杯添水。刘强稍停片刻，继续说道："你们中队牛二崽算是一个有良知的人，前几个月因队长扇了他一巴掌，他一直装病不出工，这次活动中认真悔过，立马改正，我看这就很好。一个人犯了罪，只要不打靶，让你在这里劳改，就是给你重新做人的机会。如果你不珍惜，你硬是要抱着花岗岩脑袋顽固到底，那我们也没办法，队长也不能包医百病。"他转头左右看看陈兴国和方冬生，准备结束讲话，"我还是那句话，一个人的命运是攥在自己手里的。苦海无边，回头是岸。一个人知错就改，才能枯木逢春，获得新生；要是你得过且过，顽固到底，我看你刑满出去了还要走回头路，甚至吃'花生米'都有可能。总之，"刘强忽然提高调门说道，"我希望我们一中队、全大队的犯人，从今天开始积极改造，为早日回家和亲人团聚努力、努力、再努力！"

会场上响起热烈的掌声。

散会后，陈兴国他们回到中队办公室，几个队长有的忙着去打电话，有的有事先走了，屋里只剩下陈兴国。他看看还有点时间，便让守门犯人把王宝根叫来。

王宝根来到办公室门口，低沉的一声"报告"。

陈兴国让他进来，站在屋中间。他静静地看着王宝根，见他双唇紧闭，嘴角向下颏肌突起，很压抑的样子。陈兴国道："听了教导员讲话，有什么感想？"

"没什么。"王宝根面无表情。

看着对方无动于衷的样子，联系起其他犯人听刘强讲话时的表情，陈兴国心中为王宝根感到悲哀。他本想趁热打铁好好和他谈一下，但看到对方一张死人脸的样子就提不起谈话的兴趣，便说道："教导员说的，你听清了吗？一个人的命运自己掌握，像你这样连忏悔书都不愿写，整天跟这个世界有仇似的，是很危险的，不好好改变自己的思想意识早晚要出事。希望你听队长的话。"

王宝根听陈兴国讲完，抬头看他一眼没开口。陈兴国见他没甚反应，只好说"你走吧"。见对方走了，陈兴国坐在椅子上目光茫然地待了好一阵，才起身去让守门犯人把黄国庆叫来。

黄国庆进屋后，陈兴国问道："听教导员讲话，有什么感想？"

"理是这个理，可是……"

"可是什么？"

黄国庆犹豫一下说："说好说做起来难，劳改日子就是难熬。"

"这就是你去年逃跑的原因吧？"陈兴国见对方不作声，让他坐下，继续说道，"你余刑六年，说长不长，说短不短，中队死缓无期的大有人在，余刑比你短的也不少。当然六年对你个人来说是难熬的。但不熬又能怎样？逃跑能解决问题吗？这次只加六个月，还是你老婆他们起了作用。如果继续逃跑，抓回来又加刑，你的刑期只会越来越长；安心在这里改造，待一天总少一天。如果表现好，多得些表扬，还可以减刑提前回家嘛。与其在这里天天想着日子难熬，不如积极一点，学点什么东西，将来出去好谋生。傻子只会混刑期，聪明人把坐牢当上学。关键是心态，心态好重要。"

见黄国庆认真地听着，陈兴国问道："你说是吗？"黄国庆木然地点下头，没说什么。陈兴国又说道："现在政策好，夫妻还可以优待会见，日子不会像以前那样难熬。你是个聪明人，是主动改造好，还是逃避改造好，我相信你会做出正确选择。"他站起身，见黄国庆也同时立起来，便看着对方说："什么时候叫老婆来会见一下。"

黄国庆点点头。但事物的发展不以人的意志为转移，陈兴国的好心笃定圆不了梦。不久后发生的一件事，使黄国庆的劳改生涯如临深渊。

第十九章　六亲不认

春节后尚未开学的日子。一天中午，因中队上早班，陈兴国提前去车间。到监狱门前时，见几个人围着一个男孩不知干什么。他凑上前看看，男孩衣衫不整，蓬头垢面，好像在跟人说要找什么人。

陈兴国上前问道："你找什么人？"

男孩怯生生地说："我找我爸爸。"

"你爸爸叫什么名字？"

"我爸爸叫黄国庆。"

黄国庆的儿子？陈兴国把他拉到一边细问详情，得知他果真是黄国庆的儿子，今天早上一个人从家里坐长途班车来这里的，问他吃中饭没有，他说在店里买了一碗粉吃。

陈兴国正想着怎么办时，忽见刘强往监狱走来。陈兴国心里一块石头落了地，他主动迎上去汇报了情况。刘强走到黄国庆儿子面前，俯身问道："怎么一个人来找爸爸，你妈妈呢？"

这一问不打紧，那男孩立马就哭起来。刘强他们赶忙好言相劝，男孩用手背抹抹眼睛说："我妈妈走了。"

"你妈妈去哪了？"

男孩摇摇头："不知道。"

刘强与陈兴国对望一眼，然后问道："你妈妈走了多久？"

"走了好久。"

糟糕，莫非是离家出走了？刘强思忖一会儿，吩咐陈兴国："你去带黄国庆，我带他到会见室等你们。"

上班的人们陆陆续续地往监狱来了。一会儿，会见室的门开了，刘强领着那男孩进了会见室，跟负责登记的吴师傅说明了情况，等张主任来后，又请他帮忙让黄国庆父子到里面的帮教室见面。

没多久，陈兴国来到会见室，刘强示意在帮教室会见。陈兴国进了帮教室，把外门打开，去把到会见厅的黄国庆叫了过来。

黄国庆一进帮教室，儿子小亮就扑过来搂着他，小声地哭了起来……刘强吩咐黄国庆父子俩坐下，陈兴国把内外两个门顺手关上。

"你怎么一个人来了？"黄国庆见了儿子小亮，心里一惊，待问清大概情况，他一下蒙了，瘫在沙发上。原来在他逃跑回到监狱后，他母亲不久就病故了，媳妇强行把儿子小亮交给小叔子，自己则带着女儿外出打工了。儿子小亮在叔叔家过了一个年，今天早上叔叔把他带到县城买好票送他上了到江中的长途班车，并告诉司机让他到哪里哪里下。

刘强他们半懂半猜地听着黄国庆父子的对话，经问询才搞清楚小亮来找父亲的原委。

"你弟弟怎么放心他一个人出来。"陈兴国像是自言自语。

"没办法。"黄国庆两眼红红的。

目睹眼前的情况，听到黄国庆的回答，刘强明白了，他弟弟不想帮他养儿子了，所以才叫小亮来监狱找父亲。面对家中巨大的变故，黄国庆的痛苦是无法言表的。可眼下怎么办，他儿子小亮往何处去？

刘强和陈兴国的心里都十分忧虑，这可是个不久前才脱逃被加刑的角色，家里的巨大变故是要命的导火线，弄得不好他再次脱逃都是可能的。母亲病故对黄国庆的打击，暂且不说，儿子小亮的落脚点可是目前火烧眉毛的事。

刘强安慰黄国庆一番，问及其儿子的去向打算，黄国庆深思良久，才说："只有送他外公家了。"又说，"我弟弟也困难，自己有两个，没法管他。"

"行不行？"听黄国庆说过他夫妻俩与丈人家的关系，陈兴国表示怀疑。

"没办法。"黄国庆两眼血红，一副窘极无助的样子。

刘强思忖：送其儿回家安顿，黄国庆一定得陪着，再说也有必要让他回去看一下母亲的坟头。然而他会不会乘机逃跑？按常理，重孝之下急事之前，是不会想着逃跑的，毕竟他良知未泯，从上次讨论发言可以看出端倪。刘强决定冒这个险，派人送其回家。他看着黄国庆一字一句地说："这事摊到谁头上都够呛，你也不要太难过，眼下儿子的问题要解决。我想如不出意外，明天我们派车送你回去安顿儿子。"说罢让陈兴国留下，自己去找金副监狱长了。

刘强走后，陈兴国对黄国庆说："有句话我不得不说，人有生老病死，你母亲病故，那是没办法。你老婆离家出走，这事还得怪你自己。"

"爸爸"，陈兴国的话仿佛提醒了小亮，他看了一眼父亲低头说道，"以前妈妈还上吊了。"

"别胡说。"

"奶奶说的。"

黄国庆又一次震惊了，自言自语道："奶奶什么时候说的？"

"奶奶说后第二天就……"小亮又伤心地哭起来，"奶奶叫我……叫我告诉你，妈妈是个好妈妈，叫你不要怪她。"

黄国庆猛地敲了一下自己的头，又两手撑着前额低头不语了。

刘强请示完毕，返回"帮教室"传达了领导指示，明天派人送黄国庆父子回家，并安排小亮下午到职工生活区图书室待着，晚上住他家。

第二天一上班，警车已在监狱大门口候着。刘强早早地带着小亮到了大门口，负责护送的副大队长宁国华也到了，陈兴国领着双手戴铐的黄国庆出了监狱，慢慢走过来。

"注意安全。"刘强见众人上了车，交代司机一句，又向宁国华、陈兴国摇摇手，"一路顺风。"

黄国庆回乡之行果然顺风顺水，宁国华他们下午五点钟就返回了监狱，让不无担心的刘强心里一块石头落了地。据宁国华说，黄国庆的丈人比较冷淡，后经他们做工作，才勉强收下外孙。

"收下就好。"刘强心情愉悦地说，"你们两个辛苦了"，又自言自语道，"黄国庆这下应该安心了。"

陈兴国说："世态炎凉，人情冷暖，黄国庆这次去丈人家能感觉到，相信他能有所触动。"

刘强他们回到车间门口，陈兴国把黄国庆送进车间，又到值班室窗口和方冬生打了招呼后回到刘强身边。刘强说："给你说个事。王宝根关禁闭了。"

陈兴国问询的目光瞧着刘强。刘强说："今天早上王宝根嫌罗细苟起得早吵醒了他，两人吵起来，当时被程才、车峻他们劝住了。十点来钟，罗细苟在厕所解手，王宝根用一条木凳腿冲进厕所就往他头上砸，幸亏被别人拖住了，不然要出大事。带罗细苟到劳改医院检查后还好，就是有脑震荡。"

"这小子早晚要出事。"陈兴国不无忧虑地说。

刘强很有同感："坏子坏了。"

两人走出监狱后，刘强又说："一个人思想意识的形成，必然有他不同的环境和经历。你看需不需要去他家走访一下？"

"最近事好多，有车去一下也行。"陈兴国知道现在出差派车控制得紧，监狱就那几部车，一个大队连续派车有点难。

果不其然。第二天上午刘强在大队值班室对陈兴国说，金副监狱长也为难。刘强问愿意坐班车去么，陈兴国说那就算了，去一下少说要两天，反正他家经常会来，写封信约他父母来谈一下算了。"那就这样吧。"面对监狱的实际情况，刘强也显出无奈。

阳春三月，天格外的蓝，阳光暖暖的，大地已回春，万物在复苏，连清新的空气都透出一丝甜味。胡福田和陈顾问、王顾问三位老同志走在监狱的厂区大道上，显得精神焕发。赵玉琴副监狱长陪着他们，二大队祝教导员帮三位老同志提着带来的小礼物。

"熊秋英关禁闭后，我们就想来，前段时间天太冷，这几天暖和些，我们就赶着来一下。"喜欢讲话的王顾问一路和赵玉琴说着话。

赵玉琴一只手轻轻挽着王顾问的胳膊，慢慢地走着说："关了几天就放出来了。这段时间还稳定。"

一行人直奔女犯监舍三楼。胡福田他们走进监舍办公室后，彭彩云忙着倒水。赵玉琴指一下彭彩云向三位老干部介绍道："小彭现在是副教导员了。"彭彩云向老干部们谦虚地笑笑，老干部说："好，年轻有为。"大家闲聊几句后，胡福田看着赵玉琴道："那就见见熊秋英？"

彭彩云看一眼几位领导，立马出了门，不一会儿返回值班室，让跟在身后的熊秋英坐在靠门的椅子上。熊秋英见几个老干部和自己监狱的领导笑嘻嘻的，她明白三个老干部又是来看她的，心里很开朗。

果然她一坐下，王顾问就指着长条椅上的一堆食品说："顺便给你带了点零食。"

"谢谢。"熊秋英瞄了一眼身旁的一堆沙琪玛、巧克力、麦乳精什么的，点了几下头。

"春节过得还好吧？"胡福田操着一口北方话随意问道。

熊秋英有点不好意思："嗯……好。"

"胡校长、陈顾问、王顾问都知道你过年打人啦。"赵玉琴见熊秋英遮遮掩掩的，既点破又鼓励地说："他们今天来看你，是因为你最近有进步。"

熊秋英不好意思地笑笑。

"改了就好。"胡福田慈眉善目地说，与熊秋英说话的口吻完全是一个长者。"遇到什么事，不要急，冷静想一想，什么事做得，什么事做不得，这样才能不断进步。"

陈顾问循循善诱地说："关了几天禁闭，没关系，一个人哪有不犯错的呢？对不对？做了错事跌倒了，爬起来就是，错了就改，改了就是好人。对不对？"

陈顾问说完后，善解人意的王顾问把座椅挪到熊秋英身旁，抓着熊秋英的手背亲切地说："有三十吧？哦，三十岁，比我小女儿还小几岁。你的情况，领导都告诉了我们，刑期是蛮长，不要着急，安下心来，听领导话，好好表现，争取减刑。"

在几个长者面前，熊秋英变得低眉顺目，认真地听着他们讲话，不时点点头。

半小时后，赵副监狱长看看三位老同志，对熊秋英说："胡校长和陈顾问、王顾问来看你，很不容易，希望你不要辜负三位长辈的期望。他们还要去看别的人，今天就这样。"

熊秋英起身，目送领导们出门。

彭彩云将他们送到门外，回头又和熊秋英扯了一会儿。看着熊秋英心情舒畅的样子，彭彩云说："三个老干部这么大年纪来看你，你要珍惜呢。人家都是子孙满堂，有福不享来监狱奔波，义务劳动，还给你送吃的。"

"校长没工资呀？"熊秋英知道三个老干部中有个胡校长。

彭彩云差点将口中茶水喷出，她定定神说："人家是发挥余热，哪来的工资？"

熊秋英不好意思地笑笑。彭彩云又说："人家与你无亲无故，来这里图什么，还不是希望你知错就改，重新做人。"

熊秋英笑着点点头，也汇报了自己最近劳动的情况和与同犯的关系。接着，彭彩云又关心地问了一句："你母亲好像好久没来了？"

一听指导员问起这话，熊秋英马上低头不语。她母亲还是去年中秋节来过一次，已半年多没来了。

彭彩云知道谈话不便继续，便起身走到木条椅边，看着那一堆食品说："老干部的心意，拿去慢慢吃。"

熊秋英的表情立马由阴转晴，抱着一堆食物出了办公室。

一触即忧。熊秋英的老母亲是真的好久没来了，不然她不会反应如此迅速。怎么办，又去她家走一趟？

彭彩云的脑海中旋即出现当年她和祝教导员走访熊秋英家的情况。那是九三年吧，她当指导员没多久，大队祝教导员带她去江中走访两个犯人家庭，其中一个就是熊秋英家。她们先找熊秋英的前夫，前夫已另组新家，不愿再搭理她，她们便去学校找她儿子，他竟防贼似的跟到学校，给儿子使脸色，使彭彩云她们最终未能如愿。接着她们又马不停蹄地去到熊秋英娘家，可是她的哥哥、姐姐见了她们竟说："你们放心，她要是死在监狱，我们决不会来找麻烦的。"

就这么一个家庭，怎么做工作？彭彩云最初还有点怪她的亲人如此寡情，后来设身处地一想，才感到根源还是在熊秋英身上，一定是她把家人的心凉透了，才会出现这样的局面。几年了，每次会见都是她老母亲一个人，彭彩云明白其中的缘由，也就没再去家访过。但现在她母亲已大半年没来了，这事得弄明白，不然又要出问题的。她家没电话，熊秋英从不愿写信，也不怎么会写，看来得派人去一下她家。

彭彩云当即去和祝教导员商量此事，得到支持。刘文芹家住江中市内，于是决定让刘文芹去熊秋英家走访。

三天后的一个上午，按照约定的大致时间，彭彩云提前来到会见室。会见室熙熙攘攘的，今天是二大队会见日，大队管教干事白静已在会见室忙着。彭彩云获知熊秋英母亲还未到，便到门卫值班室等候。前几天，刘文芹去熊秋英家见到了她的母亲和姐姐。原来她的母亲去年底摔了一跤，小腿骨裂行动不便，到最近才痊愈。老太太见到会见时常看到的刘民警，一口答应来看女儿。彭彩云为了掌握熊秋英的亲属情况，今天她让刘文芹在车间候着等通知，自己则提前到了大门口。

时近半上午，监狱大门外不时有亲属走进会见室。彭彩云有一句没一句地与门卫师傅聊着，一边注视着从侧门进来的家属。忽然有个老太太步履蹒跚地往监狱大门走来，一个三四十岁的女子搀扶着。彭彩云觉得那老太太好像就是熊秋英的母亲，便起身去迎接。

老太太似乎认出了彭彩云，忙说："去年摔倒了，走不了，还劳烦小刘干部上门，谢谢。"又说，"这是我大女儿。"

彭彩云对她大女儿已没印象。老太太除了腿脚不大利索，精神倒还不错，身板也硬朗。彭彩云把她们引入会见登记处，让白静通知刘文芹带人来会见。

会见大厅熙熙攘攘的。彭彩云让熊秋英的老母亲和大女儿在一张木长椅上候着。等了好一阵子，彭彩云正狐疑刘文芹她们怎么还不来，登记处的吴师傅来叫她接电话。一接电话，彭彩云气不打一处来，刘文芹在电话里说，熊秋英不肯来会见。她只好赶回车间，把熊秋英叫到值班室喝道："你母亲去年摔跤了知道啵？"刘文芹在一旁道："我跟她讲了。""七八十岁的老娘来看你，你竟不想去？你有什么理由不见你老娘？""她来不了，不会叫别人来呀？"熊秋英嘟囔着说。彭彩云见她今天尚未发疯，便反而强硬道："你去不去？你今天要是不去，以后就别想去了！"熊秋英本来是想作作翘，为难一下干部，现在见指导员发了火也就不再坚持，相跟着来到了会见室。

到了会见室，透过铁栅窗和母亲、姐姐见过面，聊过一会儿后，熊秋英却发火了。原来，她到取物窗口从姐姐手中接过她们带来的东西后，心里就不高兴了，塑料袋里只有一小包花生，一小袋瓜子，两包冻米糖，几只苹果，再就是两条毛巾，一块香皂。她冲外面的姐姐猛喝一声"你以后不要来了"，拎着塑料袋头也不回地走了。

大姐见她发气，不知什么原因，一下愣住了。在一旁监督的刘文芹低头朝里一看，见熊秋英往出会见大厅的方向走了，吓得赶紧去告诉彭彩云，然后急匆匆地往门外跑去。彭彩云叫白静也赶紧去看一下。

过了好一会儿，熊秋英才和刘文芹回到会见窗口。但此时的熊秋英已怒火中烧，两眼血红，连五官都气变了形。她丢下一句话："尽给我带些烂东西，还不如老干部的。滚，以后不要来了。"说罢头也不回地冲了出去。刘文芹想拦还差点被撞倒。

"怎么会这样？怎么会这样？"七十多岁的老母亲望着眼前突如其来的变化，伤心至极。先前还好好的，怎么一拿了东西就六亲不认，连自己的老娘都骂？

熊秋英的母亲老泪止不住地往下掉，被妹妹气得没话说的姐姐只好搀扶着极度伤心的老母亲颤颤悠悠地走出了会见厅。

彭彩云站在原地，呆呆地看着往外走的老太太母女俩，还有旁边一些家属们不解而茫然的目光。有那么一刻，她也被气晕了，晕得不知自己身在何处……

第二天上午，彭彩云坐到了监狱教育改造科的科长办公室。好不容易安排熊秋英母女会见，想不到最后结果却不欢而散。这么多年来，中队、大队的民警甚至监狱的领导们，为了教育转化熊秋英，不知花费了多少心血，也采用了各种办法，但总是种西瓜得芝麻，事倍功半收效甚微。问题的症结在哪里？熊秋英到底是怎样的一个人？如何解开这个"斯芬克斯之谜"？晚上，她在家先翻了翻上警校时的那些教材，又找出些专业理论杂志看了看，一个"心理矫治"的概念跳入脑海，心想何不去找陈东山探讨探讨？于是今天一大早她就来到了教育改造科。

教育改造科就在女犯教学楼的三楼。彭彩云到教育改造科时，陈东山科长和晏玉娟副科长都在。一听彭彩云的想法，双方一拍即合，陈科长说，赵玉琴副监狱长已就如何把心理矫治引入罪犯思想改造中提出了具体要求，晏玉娟正在制订工作计划。

彭彩云非常高兴，说："那就太好了。"本来只是来摸情况，没想到出乎她意料。

时隔半月，一项特殊的教育活动在女犯大队展开。活动分为两步，第一步，对全监性格比较特殊的女犯进行心理测试；第二步，在其基础上进行针对性的教育。监狱从省城高校请来心理学工作者指导心理测试工作，此次测试运用的是明尼苏达多相人格检查表。明尼苏达多相人格检查表由550个项目组成，内容大致分为26类，包括身体的体验、社会及政治态度、性的态度、家庭关系、妄想和幻觉等精神病理学的行为症状等，涉及人生经验的广阔领域。

此次被测试的女犯有二十余人，熊秋英是其中一个。经过严格的测试，结果发现熊秋英的心理严重异常。监狱又请省精神病院的医生对熊秋英作进一步检查，结果仍然一样：熊秋英属于变态人格。

结果一公布，二大队一中队的民警们豁然开朗了。在中队犯情分析会上，中队长唐秀娥不无得意地说："什么变态人格，说得好听，就是神经病。"

刘文芹说："我原来只是觉得她是一个怪物，现在终于明白，原来是精神病。"

彭彩云笑笑道："跟精神病还是有区别。过去我们走了弯路，把她的异常性格当抗改，现在明白了原委，下一步就好办了。"彭彩云接着把昨天下午她和祝教导员商量的工作措施说了，"第一，把熊秋英调常日班……"

"调常日班？"刘文芹瞪大眼睛，"好好。"

唐秀娥说："这个瘟神终于走了。"

"你们省事了，我省不了。"彭彩云说，"从运转班调常日班，睡眠好一些，由医生指导用药，控制她的狂躁行为。第二，成立教育转化攻关小组，对她进行分析研究，建立心理档案，从中寻找规律。第三，采取一些具体的教育方式。具体措施我就不多说了，祝教说，熊秋英调常日班后，还是由我负责指导转化，"彭彩云说着说着就笑起来，"跟她就脱不了结。"

"领导水平高。"刘文芹打趣道。

"去。"彭彩云故作嗔怪状，又道，"具体转化工作以后就由常日班去做，但我们中队还有两个有明显心理疾病的，也要进行心理疏导，以免问题变大。"

中队犯情分析会结束后没多久，彭彩云处理完手中的琐事，便去了常日班中队。常日班中队值班室就在运转班中队一侧，彭彩云走进她们中队值班室时，只有中队长韩雪梅一人在。常日班中队只有二十八人，民警也只有两个。彭彩云一屁股坐到韩雪梅面前说："给你们添麻烦啰。"

"哪里，应该的。"韩雪梅客气地说，彭彩云虽然兼着一中队指导员，但毕竟是副教导员，熊秋英调常日班的事，祝教导员已给她打过招呼了。

"熊秋英的事，现在说一下？"彭彩云看着韩雪梅。

韩雪梅明白她的意思，说等杨柳枝来一起听一下，她上厕所去了。

"措施主要是三项，"等杨柳枝到了，彭彩云把教育转化熊秋英的三项大措施一一说了，"关键是第三项——具体的教育转化手段。总的要求，就是要根据她的性格特点谈话，让她有什么说什么，哪怕是不好听的话，甚至是错话，也不要轻易批评指责，退一步，慢慢诱导，使她焦躁、易怒的情绪宣泄出来，心理上平衡了，也就会慢慢稳定下来。"

见韩雪梅、杨柳枝两人都在认真地记着笔记，彭彩云心中很高兴："具体工作我提两个建议：一是给她一个日记本，让她把自己每天遵守监规的情况记下来，你们批阅，开始时可以几天批一次，有进步了再延长时间。二是设计一张改造成绩自测表，内容就两项，一是有哪些缺点，二是改正了多少，让她自己定期自测检查，干部指导。她的缺点，我叫刘文芹列一下给你们。还可对她实施奖励办法，除了大的违纪，一般小问题，要她做错一事就用一件好事弥补；有进步后，做错一件要用两件好事弥补。这样由强制慢慢变为主动，时间一长，恶习总会矫正过来。"彭彩云把自己的工作日志合上，客气地说，"你们两个都是'个教能手'，熊秋英到了这里，我放心。"

"客气了。"韩雪梅停下记录，"今天我才知道彭教是专家。"韩雪梅人到中年，虽然文化不高，但工作经验丰富，其特点是性格柔和，工作极具耐心。她向彭彩云汇报说："我们也没什么好办法，还是信心加耐心。我想这样，三天一提醒，每周谈一次，耐心一点，慢慢来。"

彭彩云点点头，又面向杨柳枝："小杨有何高见？"

"我哪有什么高见？"杨柳枝笑道，"按两位领导要求办。"

"好。"彭彩云心中的一块石头落了地，不免喜形于色地说，"祝教导员把熊秋英交给你们，我一百个放心。"

"不对不对，"韩雪梅笑笑说，"我们是一根藤上的蚂蚱。"

"哈哈。"彭彩云也禁不住笑出声来。

第二十章　迷途知返

"上午学习《规范》，大家抓紧点，等下指导员要来检查。"车峻走进监舍说。

已经八九点钟了，一中队二〇三监舍还乱兮兮的，有的吃完饭把碗都洗了，有的却还躺在床上看小说。上中班的日子就这样，晚上12点回监舍，洗下脸洗下脚拖到点把钟才睡，早上起得就晚，但监舍负责打饭的起得早些。今天负责打饭的是车峻和程才，他们早上到院子里领回饭菜后，把菜分一下，就基本没事了。饭是一小格一小格的不用分，菜是萝卜干，吃得人见人恨，但还得分到个人，以免产生矛盾。车峻和程才分好饭菜，自己趁热先吃了。虽然饭菜提不起食欲，但长期的牢狱生活，使"吃"成了一个生存条件后，天天吃萝卜干也咽得下，完成任务吧，何况有时还可以和关系好的同犯分享点小干鱼、霉豆腐之类，提升食欲。再说午餐的菜多半都会有点肉片，晚饭也不会是萝卜干，而是其他蔬菜。所以在劳改队待久的人，习惯了不太会计较，只是过去在外面娇生惯养的人却吃不了这个苦。

王宝根就是这号人。过去家庭条件较好，自小娇生惯养，虽然曾经在劳教所吃过两年苦，但回家后过的又是吃喝玩乐的生活，这回到劳改队"重吃二茬苦"，又有点受不了了，经常让家里带菜、带钱来调节生活。他最恨最烦的就是听到人说"今天又是萝卜干"。今天他还没起床，穿着一件粗毛衣斜靠墙头看小说，听到有人说今天又是萝卜干，立马就骂道："天天萝卜干，学什么《规范》？"

"嘻嘻"，监号里几个人同时笑起来。

车峻却一脸的严肃，向姚之清努努嘴说道："姚局长都没发声，就你话多。"

王宝根朝他翻一下白眼，懒得理他。他今天的心情不坏，因为昨天刚在小卖部买了罐头肉和霉豆腐，早餐不用愁。

"牢骚太盛防断肠，你还年轻。"姚之清说这话时，当年副局长的架势毕现。

王宝根今天心情真的不错，他看着姚之清，突然发问道："老姚，你在县里当局长，搞过几个女人？"他知道县里局长可是不小的官，他大伯就是这样，蛮有权势。

众人又一起"嘻嘻"地笑起来。正在吃饭的罗细苟笑得差点把嘴里的饭吐出来，他被噎着了。

姚之清毫无思想准备，被他贸然一问，脸颊忽地热了一下，但他很快镇静下来，决定卖一下关子："想听真话？"

"当然"，王宝根笑笑，众人也跟着起哄。

"搞是搞过两个子，都是送上来的。不过我对女人不是太感兴趣。"

有人问："不想女人，那你想什么？"

车峻忍住笑，示意大家安静。待气氛静下后，车峻说："指导员说今天学两样东西，一是《规范》，去年和今年来的人要背，要过关，照着《规范》做，否则扣分；其他人，队长也要抽查，不合要求也要扣分。第二，"车峻拿着自己的《监狱法教育读本》说，"还要学《监狱法》，去年统考过的，年底要抽查，去年7月后来的年底考试，不及格要扣分。"

"逼死人不犯法是啵？"王宝根一脸的恼怒，他是新犯，按照要求，两项内容他都要过关才行。

"我们都考过了。"车峻说，"你最年轻，老姚、程才四十多了不也通过了考试，你怕什么？除非你不愿学。"

"我就不愿学。我要愿学还会到这里来？"

"又是你王宝根。"在走廊上听到王宝根说话的陈兴国猛地走进监舍，车峻忙起身让座，陈兴国摆摆手，"没有规矩不成方圆。你就是该读书时不好好读，所以才会到这里来。到了这里又不学规章制度，不受纪律约束，你以后怎么办？"

"反正劳改了，还能怎样？"与陈兴国"交锋"过几次的王宝根，知道陈兴国是学法律的，有点口才，自己说不过他，于是便自顾自地说了一句。

陈兴国望着对方无语。前不久报复伤害罗细苟记了过，上个星期才从禁闭室出来，还是这个样子，一点也不想改的味道。他摇摇头，看着车峻和大家说："大家都有书，可以自学，但不许违反规定。"说罢往别的监舍去了。

过了没多久，值班犯从监舍门口走过，望了一眼又往前走了。不一会儿，陈兴国和那值班犯一起回头走了。

约莫几分钟后，值班犯又来到二〇三监舍，通知王宝根去会见。

陈兴国在铁栅门外等候，王宝根忙走过去，跟着指导员下楼。路上，陈兴国告诉他，原本他父母昨天大队会见日就来了，但是在下汽车转火车时钱包被小偷摸走了，他父母只好走了半天路赶回家，今天再来监狱。王宝根一脸铁青："妈的，偷到老子头上来了。""所以小偷是最可恶的。"陈兴国瞄了一眼一侧走着的王宝根，看看他还有什么反应，但对方脸色不久就平静下来，也不再言语了。

到了监狱大门分叉路口，陈兴国停住对王宝根说："今天不是会见日，让你会见，你要明白。"王宝根点下头，往会见室走去。

监狱会见室依然人来人往。陈兴国前脚刚进，刘强后脚也跟了进来。他刚才手上一点事没处理完，就安排陈兴国带王宝根先走，等处理完手头事便赶来会见室。

到了会见窗口，陈兴国介绍刘强跟王宝根的父母见了面。这是两个花白头发的老人，足有六十来岁，从其饱经风霜的面容，一看便知是农村出来的人。刘强和两个老人寒暄几句后，让王宝根的母亲和儿子说话，就和陈兴国领着王宝根的父亲走出会见厅。

进了会见室登记处，刘强向会见室张主任要了一个纸杯，倒了一杯水走进后面的帮教室，让王宝根的父亲在沙发上坐。王宝根的父亲从没有此等待遇，慌得起身躬腰，口中"多谢"不停。

"听陈指导员说，你们经常会来？"

"嗯。"老人不知这里的领导找他有什么事，以往会见只能见到陈指导员他们。

"别紧张，"刘强见对方神情有点不自然，便故作轻松道，"你儿子没什么事，我们随便聊聊。你也就这么一个儿子，怎么没让他多读几年书呢？"

"嘻，"老人摇摇头说，"我三十来岁才有他，前面三个女。"

三十几岁生王宝根？刘强心里一算，王宝根才十九岁，那么这个"老人家"也才五十来岁。

"原来我们在乡下，他十岁时我们一家到了县城。"王宝根的父亲告诉刘强，他家原在老家种田，也做点小买卖，后来兄长帮忙，让他跟着一起在县城边上做了房子，再后来开了间店。王宝根进了城后，他们也没时间管他，结果学坏了，"才十几岁就吃了两年牢饭。"老人家说到此处，伤心得眼泪噗噗地落下来。

刘强明白，老人指的是王宝根劳教的事。他指指纸杯说："喝口水。"

老人擦擦眼睛，见陈兴国往纸杯添了水，又接着说儿子从劳教所回来后，他已经管不了他了，骂也没用，打又不敢打……本来他家还有点底子，王宝根判刑劳改后，他和老妈子操碎了心，整日以泪洗面，愁眉不展，生意也无心打理，只好让女儿帮忙……

"老王，"陈兴国插话说，"你来会见不要给他带那么多东西，让他吃点苦，吃点苦好。"

"每次来，他都说吃不饱。人还在长身体……"老人家一副忧心忡忡的样子。

"老王，"刘强也决定改称呼，"带点东西可以，不要太好，烟有'庐山'、'红梅'就够了，不要拿'红塔山'，你这样会害他，知道不？也不要给他那么多钱，长年累月，也负担不起呀。"

"刘……教导员？"刘强后面一句话说中了老王的痛处，他拍一下膝盖说，"你说的也是，我和他娘每月来一次，光车票就要两百多，加上买东西，给钱，每次要花六七百元，家都要被他败光了。"

"陈指导员刚刚也说了，劳改就要让他吃点苦，让他晓得钱来得不易。"

"孩子还小，吃苦的不该是他。"老王说，"我们两口子省着点就行。"

刘强说："这样对你儿子思想改造不好。"

"你儿子思想有问题，"陈兴国说，"喜欢和人攀比，看到别人抽的烟比他好，他就难过。所以你们每次来，他都在你们面前装可怜，就是要你们满足他要求。这样对他改造不好。"

忽然，刘强腰间的BP机响了。他看看号码，起身去隔壁打电话。很快，他放下电话，回头跟陈兴国打声招呼便出门去了。

陈兴国为老王的纸杯里添了水，接着聊了几句，见与老王多谈也没什么用，便带他回到会见厅。

此时，会见窗口前的气氛不怎么和谐。王宝根的母亲见老伴过来了，便说儿子要他们上几百元钱到账上。老王说身上只剩下回家的路费，没多余的钱了。王宝根一听，铁青着脸道："不带钱你们来干什么？"

"你说什么？"陈兴国盯着窗户里边的王宝根喝道，"你以为你父母容易是吧？你不要人心不足蛇吞象，太过分了！"

突然，老王"扑通"一声就朝陈兴国跪下了，口中不停地哀求道："请指导员原谅我崽，原谅我崽……"

旁边的会见家属们都吃了一惊，纷纷过来看热闹。陈兴国哭笑不得，忙躬身把老王拉起来，安抚几句，然后对王宝根道："太不像话了。你除了要这要那，还能干什么？"然后对他父亲说，"今天就这样吧。"

送走王宝根父母，陈兴国准备进监狱大门，忽听有人叫他，转头一看，见是教导员，他旁边还跟着一个中年男子。

刘强没说话，朝陈兴国努努嘴，带着那个中年男子进了监狱大门。进了门，见王宝根站在分岔路口等着，刘强便让那男子跟着王宝根往前走，自己和陈兴国走在后面。刘强简单说了几句，陈兴国双眉一扬，瞪大了双眼说道："还有这种事？"

"也正常。"刘强说，"现在社会上又在'严打'，外面也不好躲。想通了就回来，是个明白人。"

他们说的前面那个男子叫童生财，原是三大队三中队的，1986年从监狱逃跑后，一直在外逃窜。监狱最初追逃了好一阵子，后来一直杳无音信，也就把这个案子挂起来了，直到今天，童生财自己走进了监狱的狱政科。

上午十点来钟的时候，当童生财走进西山监狱办公大楼来到二楼狱政科时，一个女民警问他找谁，他说找科长，女民警指了指："科长在隔壁。"他去隔壁，隔壁办公室门虚掩着，便轻轻推开门。正低头看文件的丁科长摘下老花眼镜不认识似的看着他。童生财看着丁科长说："丁科长，我认识你，你原来是四大队的。"丁科长想不起来他是谁："你是？"童生财有点不好意地说："我叫童生财，原来在三大队三中队，八六年跑出去的。"丁科长吃惊不小，一副回忆的样子说："你叫……哦，童……生财，好像是有这么回事。你等一下。"说罢他到隔壁办公室叫内勤查资料。回头还没和童生财说几句话，几个女民警一起过来了，内勤说："没错，是他。"丁科长于是叫内勤去请金副监狱长。没几分钟，金副监狱长来到丁科长办公室。丁科长刚介绍完，童生财便想下跪，金副监狱长忙把他拉住："回来就好。"并当即决定将童生财还是放到三大队，于是才有了后来刘强被通知去狱政科领人的事情。

"见到他后，我想起原来三中队是有这么个人。"刘强说，人虽然不怎么熟悉，但一逃跑印象就深了。"回来后给他换个环境，就到你们中队吧。"

"一个反面教材，好。"

"好好利用这个反面教材。"

说话间，几个人过了男监二道门，进了大队院子。刘强对陈兴国说："先到伙房去要副碗筷，饭就匀一下给他打一份，衣服、被子、草席和生活科联系后再通知你们。"见陈兴国和童生财、王宝根要上楼，刘强又说："吃了饭后，叫车峻带童生财下楼来找我。"

陈兴国问你不回去吃饭呀，刘强笑笑说："泡方便面。"为了少跑路，多在大队待，他已吃掉好几箱方便面了，现在在值班室还有半箱。

回到大队值班室，刘强先给副大队长宁国华打电话，说了童生财回监狱自首的事。宁国华原是三中队负责人，童生财就是在他手上逃跑的。那时犯人逃跑虽不怎么会追究民警的责任，但童生财长时间逃跑未结案，宁国华一直是耿耿于怀的，只是后来时间一长人们渐渐淡忘了，他也提拔到大队工作了，童生财此人此事才在他的记忆里被尘封了起来。如今突然接到刘强的电话，宁国华既惊讶又高兴，连说了几个"好"。刘强说了对童生财的安排打算，宁国华说当时中队几个民警都离开了，就剩下我一个了，现在三中队几个人都是后来的，换个中队也好。

刘强一边倒水泡方便面，一边吩咐涂小强下午去生活卫生科联系领童生财的被服等事宜。涂小强下班走后，刘强从抽屉里拿出了自己的记事本，记了好一阵子，才开始吃方便面。

"报告。"车峻和童生财站在值班室门外。

刘强让童生财进屋在那张小凳上坐下。他刚吃好方便面，找人谈话的兴趣很浓。为了解童生财的历史，他先与对方拉起了家常。童生财说自己是个苦命人，五六岁时父亲和别的女人私奔了，母亲带着他和弟妹三人过日子，父亲因重婚判刑入狱后，母亲带着他们改嫁了，继父对他不好。长大后他带着弟妹盖了两间土砖房，自己单独过日子，并发誓要赚大钱。没有一门好手艺，靠打零工哪里发得了财。当他的发财梦一个个破灭，尤其是娶了老婆后，他便把眼睛盯在了邪路上，开始偷牛、偷电线、偷建材，干多了被抓获判了七年刑，1985年来到西山劳改支队。

"你刑期不算长嘛。"刘强看着他，面前端坐在小凳上的这个人，过去的样子依稀还记得。

"嘻，当时一心就想跑。"童生财笑笑说。不到四十正当壮年的样子，身板却一点也不壮实，从那饱经风霜的瘦脸可看出他十年的逃跑生涯并不容易。

"本来老实待着，减点刑，早几年就回去了。"

童生财后悔不迭地说："教导员，说实话坐牢确实难过，又想家，所以就跑了……没想到，出去后也难过。"

"怎么呢？"刘强期待的目光看着他。

"嘻，十年了，一下真说不清。前些年在四川成都那边躲，后来又去了云南、贵州、广西，后来又到了重庆，长年打流，什么都干过，吃苦日子多，快活日子少。"

"回家去过么？"

"没有。"提起家，童生财的神色黯然下来，"想是想回家看看，逢年过节更想，就是不敢……"

是啊，每逢佳节倍思亲。一个正常人，不管他是何身份，家是他的港湾，他的归宿，没有不想自己的家，不想自己家人的。尤其是逢年过节，家和亲人总是让人牵肠挂肚。刘强看着陷入伤感的童生财，见他低着头，两眼红红的。

"想家就好。"刘强思忖，此人比较恋家，良知未泯，应该是一时糊涂才跑的。而思亲恋家正是呼唤他回归监狱的心念和动力。他起身给自己茶杯添水又用公用茶杯倒了一杯水递给他。

童生财十分意外，忙起身接过茶杯，静默一会儿，心事重重的样子。忽然，他抬头看着教导员问了一句："教导员，我不会加刑吧？"

刘强一愣，他还没时间思考这个问题，还没时间去听领导的意见。但他很快心静下来，反问道："逃跑后，你没犯别的事吧？"

"没有没有。"童生财忙不迭地说道。

刘强看着他说道："出去这十年，后悔么？"

"唉，肠子都悔青了。"

刘强静静地看着他。

"以前在这里没自由，出去后倒是自由了，可自己是逃出来的，到处躲，夜里也睡不死，总怕人发现，看起来自由，脑壳负担重。"

刘强点点头，看着他说下去。

"出去后也没什么好的。"童生财似总结般地说，"冇身份证，住不了店……你说这样的日子有多大意思？眼看自己都四十的人了，我想要是回劳改队坐满刑，出来也就四十来岁吧，再说表现好还可减刑，后半辈子还有盼头。"说到这，童生财过早留存风霜的脸上终于露出了一点笑容，"想来想去，还是回来算了。"

"有这个认识很好。"刘强思索一会儿说，"让你在中队会上说说这些认识怎样？"

童生财看着教导员，暂未答话。

"我意思是你把自己逃跑前的想法，逃跑后的经历，还有逃跑后又后悔的想法讲给大家听。希望你用亲身经历去影响教育其他人，这是你一个表现机会。"

童生财的眸子定定地聚焦在教导员脸上好一会儿，然后低下头想了想，很快又笑了笑道："就怕讲不好。"

"好，"刘强起了身，童生财也忙起立。刘强看着他说："你有这个态度就好。讲得好不好不要紧，只要真心悔过，我相信你能讲好。"他起身往门边走，对走到门外的童生财说，"我叫陈指导员指导你一下。"

中午，刘强在自己值班室睡了一会儿，迷糊中听到有人开大队值班室的门，刘强忙睁开眼看看表，已到上班时间。

一进值班室，涂小强就说："刚才一路都有人打听童生财的事，都不太相信。"他笑笑说，"我说他跑了我才来，我也不知道。"

刘强笑笑："人都好奇。"

"不过，童生财却是个好典型。"

"中午我跟他谈了，他答应现身说法。等下我去跟金监汇报一下。"

两人正说着话，忽然金洋走了进来，刘强他们忙起身让座。"下午准备去找你呢。"刘强笑笑。

金洋开门见山地说："童生财放几中队？"

"原来三中队，现在放一中队，换个环境。"

金洋看着刘强道："童生财回来，你们有什么安排？"

"中午找他谈了一下，感觉他对逃跑很后悔，认识也还好。另外，"刘强说，"本来准备下午去找你，现在就说一下：童生财自动归队，是个难得的好事情，我们想让他现身说法。中午试探了他一下，他答应了，就是有点担心自己说不好。"

"好。"金洋说，"这是个活教材，比你我讲话都管用。讲不好不要紧，让他往人前一站就说明问题。可先在你们大队讲，分三次讲？一个中队讲一次？好。准备好，你们讲的时候告诉我一下，有时间我也来听听。如果效果好，再到几个男犯大队去讲。"

"另外，"刘强说，"他担心会不会加刑。"

金洋静了几秒钟，回答道："按《监狱法》要加刑，不加刑也有前提，要在外面没案子。不过可以肯定，这次他归案本身就是悔罪。"他起身作告别状，"叫他好好讲，先不要担心加不加刑，讲得好还可立功嘛。"

送走金副监狱长，刘强立即让涂小强把陈兴国叫来，三个人一起研究让童生财先在一中队现身说法的问题。

三天后，一中队的现身说法会如期举行，童生财脱逃十年的亲身经历和两句"逃出来的自由不自由""迷途知返不算晚"的肺腑之言，在犯人中产生很大反响。紧接着，二中队、三中队也相继召开了会议。金副监狱长听了其中一场现身说法，给予了肯定，并决定让教育改造科安排童生财到男犯各大队巡讲，力求发挥出活教材的更好效果。后来，此事经监狱上报省监狱局有关业务部门，省局的《新生报》记者专程进行了采访报道。鉴于童生财现身说法的影响和效果，监狱还给他记功一次。

童生财的现身说法不仅本人受益，那些改造思想不稳定的人们也受到了从未有过的心理影响。

第二十一章　儿子怎办

"报告!"

这天上午,陈兴国刚进办公室,屁股还没坐热就有人找,是黄国庆站在门口。

"什么事?"陈兴国看着黄国庆,见他一副欲言又止的样子,"进来吧。"

黄国庆进了办公室,看着陈兴国,颇愉悦的样子。因为心情比较好,难得一笑的黄国庆嘴角竟咧了咧说:"想找指导员说点心事。"

陈兴国抬手看看表八点一刻,九点要开会。

"指导员没时间就下次吧。"黄国庆知趣地说。

"还有时间。"陈兴国示意对方坐下,显出轻松的样子。在他印象里,黄国庆从未找自己汇报过思想,今天破天荒,一定有其缘由,他可不想放过掌握犯人思想的机会。自从童生财在中队大会上现身说法后,人们的思想触动很大,这两天已经有两个人向他汇报了思想。现在他饶有兴味地看着坐在前面的黄国庆,期望这个去年才脱逃过的人亮出自己的思想。

"指导员,童生财在会上说的那些很实在,我有感觉。"黄国庆半低着头,仿佛自言自语一般,"确实跑出去也不自由,又不敢回家,怕捉住。去年回监狱后,我还蛮恨我表弟他们……后来家里发生这么多事,我崽在他外公家,我放心不下,担心他受欺,想了很多。现在,"他抬头看了陈兴国一眼,"我想通了。别人跑出去十年都回来了,我还跑什么?"说罢黄国庆起身道:"请指导员放心,我一定会安心。"

"好，"陈兴国边起身边说道："你这样想就好。不为别的，总要为自己儿子着想吧。"

黄国庆退出办公室，陈兴国站在门口见他进了监舍才回身。看看表还有十分钟，陈兴国带上工作日志下楼开会去。

大队值班室里，除刘强和涂小强外，严宝贤、韩伟力、常伟等都到了。陈兴国一落座，从口袋里掏出"红塔山"准备打烟。一旁的严宝贤见陈兴国拿出包"红塔山"，高兴地搓了下手掌说："发财啦？"

陈兴国先递给他一支，又丢给韩伟力一支。陈兴国抽一支朝着刘强说："刘教来一支吧？"见刘强摇摇头，便把烟放到自己嘴上，严宝贤帮他点着烟。几根"烟枪"过了瘾，陈兴国才笑着道出了买"红塔山"的缘由："去年写的一篇论文省局杂志登了，昨天拿了100元钱稿费。"说罢吐出一圈烟雾，"高兴高兴。"

严宝贤拍拍陈兴国的肩膀说："多写点，兄弟们好沾光。"

"兴国还真是个才子。"常伟夸奖道。

"兴国是法学家加才子。"韩伟力也不吝奉承。

涂小强说："在省局杂志上发论文不容易。"又说，"登在哪一期？我拜读一下。"

"今年第二期。"陈兴国说，"大队有杂志吧？"

"杂志来了，在我值班室。我看过兴国那篇文章了，科班就是科班，水平不一样。"刘强的语气中透着欣赏。

"刘教过奖。"陈兴国谦虚地笑笑。

"发那么大一篇文章不容易，除了水平还要勤奋。"刘强接着道，"不说这些，开会了。"他说，"今天就两件事：一是传达监狱纪检监察工作会议精神，二是说一下犯人防寒问题。昨天下午监狱开了纪检监察会议，政委、纪委书记，各单位主要负责人参加。会上传达了省局会议精神，政委讲了话。监狱下发了《中队长以上领导干部廉洁自律的规定》。今年监察工作的重点是减刑、假释和保外就医。省局、监狱领导讲话提出了一个'钱劳改'问题，要求各级领导要高度重视。"

"什么'钱劳改'？"常伟插话道。

刘强定定地看着常伟，没有说话，那意思是说"真不懂？"刘强道："'钱劳改'就是说有钱钱劳改，没钱人劳改，意思是犯人行贿，队长徇私情，是一种违纪，一种腐败。政委说'钱劳改'的问题，我们监狱存不存在，各级领导要认真对待，督促干部执行好纪律。这个问题我们大队存不存在？我看很难说，当然我希望没有。"

说这话时，几个指导员有的看着刘强，有的低着头。刘强接着说："为什么这样说？去年一中队就有人往我值班室塞信封。是不是有人也塞信封给其他人，我没掌握情况，不好随便说。现在上级提出这个问题，我们就要重视起来，要认真执行。这是一条警戒线，大家回中队后要认真传达会议精神，不要在这个问题上栽跟头。"

几个指导员一边作记录，一边点头。

"这个问题，我要多说两句。"刘强一脸的严肃，"现在监狱困难，生产不景气。这个月其他几个大队发百分之八十几的工资，我们大队也只发百分之九十。我说了，工资发不齐我有责任，希望大家共同努力，完成好生产任务。但这个问题跟'钱劳改'是两回事，不是我清高，做人要有点骨气。我们当管教干部的，如果手脚不干净得人好处，人家会怎么看你？你还好意思站到队前去训话？说实话，吃人一点拿人一点，管得了一时管不了一世，有什么意思？"

说到此，刘强稍顿片刻看着大家说："我们都是大队骨干，只要我们带好头以身作则，在犯人记分考核、表扬上把好关，减刑、假释就不会有什么大问题，'钱劳改'就能杜绝。大家眼光放远一点，不要为眼前一点蝇头小利触犯纪律，毕竟我们是警察，总要有点自己的脸面。"

刘强说完，见大家都点点头，喝口水又道："第二个事就是犯人防寒问题。从现在开始，各中队把刑满的被子收起来，大队统一清洗，冬天再发给需要的人。"

刘强说完后，问大家还有什么要说的。

常伟说："现在天热起来了，犯人反映锁号子太闷，上厕所也不方便，又不愿号子里放尿桶。"

刘强扫了一眼几个指导员，不容置疑地说："这事不能变。"

"不锁号放心不下。"严宝贤说。

陈兴国看着常伟道："没办法的事。"

"最后强调一个问题，"刘强说，"各中队一定要抓好产品质量。本来产量就下降了，如果质量还出问题，老是扣工资，日子没法过，也安心不了。所以在确保不出事的前提下，要狠抓产品质量。拜托大家。"

"刘教放心。"陈兴国他们嚷嚷着散了会。

六月的江中天气很热了。作为江南的一座大城市，江中每年从五、六月开始一直要热到九月，尤其是七、八月高温时间长，热得人受不了，因此常被人称为中国"火炉"。

地处"火炉"鼻子底下的西山监狱，白天人们经受着热浪的袭击与煎熬，夜晚则以看电视消暑。一个中队一台彩电，放走廊一端，人们都坐走廊看。为活跃改造生活，教育改造科有时也会在球场上放电影，今晚就放电影《人生》。

三大队一中队的人听说今晚放电影都很高兴。八十年代，两个大院中间竖两根杆子，将幕布一挂就可让全监人欣赏，后来两个大院之间建起了"界屋"，电影改成两个大院轮流放，但不管怎么放，三大队上运转班的人看电影机会少，因此今天一中队犯人非常高兴，像过节一样，吃完晚饭就等陈指导员带他们去球场。

傍晚时分，陈兴国来到大队院子。刚进院门就听有人叫"指导员"，循声望去，见蔡树林在二楼窗户边说话边打手势，意思是让他在院子里等着就行，他带人下来。陈兴国也懒得上楼，掏出烟和打火机吸起烟来。

人们从楼梯口鱼贯而出，手里都提着小板凳。蔡树林整队清点人数时，黄国庆忧郁地走到陈兴国面前说了句什么，陈兴国点了点头。

队伍很快整好，陈兴国叫蔡树林过来交代了一句什么。天色已晚，院内院外的路灯、墙灯亮了起来。这时常日班的人也陆陆续续来到院子准备集合，院子里一下子人多了起来，黑压压的一片，显得有点乱。

陈兴国准备带队伍去球场，忽见齐光辉进了院，便让他把人带走。近百号人的队伍，两个纵队一起走，不一会儿就离开了院子。操场上开始热闹起来，放映机已架好，幕布悬挂在篮球架和二道门之间的长杆子上，各大队的队伍开始陆续进场，热闹而嘈杂。陈兴国站在院子门外，一直看到自己中队犯人落座了，才转身带着黄国庆进监舍楼。

到中队办公室，陈兴国看着小板凳上的黄国庆，忧心又仿佛自言自语地说："你这个事怎么办哦？"

黄国庆低着头无法接口。上午在车间劳动时，陈指导员把他叫到值班室告诉他儿子小亮又到监狱来了的消息。当时他的头就"嗡"的一声，几乎支撑不住。教导员、指导员带他到会见室和儿子匆匆见了面，儿子说什么也不肯回外公家，叔叔家他也不愿去。黄国庆心里有数，丈人家不欢迎自己儿子早在意料之中，弟弟家又力不从心，如今儿子成了无处落脚的流浪者。当时两个领导显得一筹莫展，陈指导员低头不语，刘教导员也沉吟好一会儿。最后刘教导员对陈兴国说："你带黄国庆回车间，小亮先跟我回家吃饭，其他的事下午再说。"一个下午都没有儿子小亮的消息，黄国庆急得像热锅上的蚂蚁以至无法挡车，只好请求方冬生队长让他休息。挨到下班回监舍，别人都在谈论晚上看电影的事情，他却一个人傻傻地坐着，饭也吃不下，当大家集合去看电影时，他只好向指导员请假。现在面对陈指导员他无言以对，一筹莫展。

"你弟弟家条件不怎么好？"陈兴国问。

黄国庆略微抬抬头，吐出三个字："也不好。"

"这事怪你自己，不把老婆气走哪有这个事。"

黄国庆始终低垂着头，一会儿才说："现在说什么都晚了。"

两人无语。好一会儿，办公室里静得掉根针都能听到。忽然，桌上的电话响了，陈兴国赶紧接听，是教导员刘强打来的，听清楚对方的意思，便挂了电话带着黄国庆下楼。

外面的电影放得正欢，电影人物的对话在夜空中显得很清晰洪亮，到一楼楼梯口，陈兴国望了大院一眼就走进大队值班室。

值班室里灯亮着，刘强一个人在。陈兴国仔细看了下刘强的脸色，发现教导员气定神闲，脑中忽冒出一句"搞定了？"。他稍微放下了一点心，让黄国庆在墙根的板凳上坐下，自己也坐在沙发上。

刘强看着黄国庆说，"就让你儿子到我家。我女儿平时不回来，睡她的床铺。"

陈兴国知道他家也只是三十八平方米的一套小房子，十分拥挤。他说："那你女儿回来怎么办？"

刘强说："她星期六晚上才回来，还有一张沙发，住没问题。"说完这话，刘强显出一副无奈的神情。为了接纳黄国庆儿子，就在一个小时前刘强好不容易做通了妻子的工作。今天晚饭时，刘强说了要暂时收留黄国庆儿子的事，闵冬香问："要多久？"刘强道："住下了，一时半刻恐怕走不了。""那怎么行？"闵冬香放下碗筷有点不高兴地说："我们家不成收容所了？""不要说这么难听。""老公耶，不是我不支持你工作，你一个一把手还帮犯人带崽，那些中队干部不管呀？""我不是跟你说了嘛，都有困难，就我们家房子大点。""我们家不也才三十八平方米嘛？"刘强微笑着说："刘梅没在家嘛。"闵冬香缓缓说道："你想过多一个人多多少事么？一天三餐，吃饭穿衣，晚上要进监，我们哪有精力管？一个月就几百块钱工资，月月还要扣，还要给你家，小梅花钱也多起来了，你说我们还怎么养得起别人？"老婆说的是实话，刘强不吭声了。沉默一会儿，他喝了口茶，十分无奈地说道："一点办法都没有。谁叫我当了这个教导员呢？这件事真的要你一起来牺牲才行。"闵冬香看了老公一眼，无可奈何地叹了口气。

刘强话未说完，黄国庆"扑通"一声，朝着刘强就跪下了。

陈兴国和刘强都吃了一惊。刘强欲起身上前，陈兴国忙先其一步去扶黄国庆。此时的黄国庆身体微微颤抖，朝着刘强连磕三个头。

陈兴国将他拉起坐回到小凳上："听教导员说完。"

"你这个情况目前也没别的办法，先这样安顿。"刘强顿了顿又说，"读书的事，我们生活区后面有小学，等我再去联系，想办法让他借读。"

黄国庆刚才还看着教导员讲话，忽又低下头，强忍住欲落的泪水，泪珠虽未落，可用手一抹反把双眼弄得红红的，满脸泪水。

陈兴国听完刘强的安排，既惊异又感动。他知道，现在监狱连工资都发不齐，哪家经济都困难，刘强家也一样，现在突然要增加一个人吃饭，负担不说，就是起居照顾也是个不小的问题。何况他家还有父母，父亲身体不好，弟弟在农村种田，刘强的经济压力很大，可是现在为了黄国庆的儿子，他却做出如此决定，令陈兴国内心震撼感动不已，也有点羞愧。扪心自问，黄国庆儿子这事，即使自己有心帮忙，老婆这一关也过不了，可以想见刘强在家里的压力有多大。他看着黄国庆说道：

"教导员家里条件并不好，这样安排你儿子很不容易。"见黄国庆一个劲地点头，又说，"你儿子安顿下来后，我也会尽力帮助他。"

黄国庆看看两个民警，谢意万分地点着头，嘴里不住地叹气。

刘强说："现在的困难对你来说是没办法的事，只有我们一起解决。"

陈兴国也说："碰到刘教导员是你的福气，以后的事我就不多说了。"

黄国庆忽又站起来，半躬着腰几乎带着哭腔说："你们是……我一家……再生父母……"

"就这样吧，"刘强起身走到黄国庆面前说，"读书的事我们再争取。"

电影散场了，外面人声鼎沸。刘强他们站在值班室门口，一中队犯人正鱼贯进入楼道往里走，大家都很开心的样子。程才看见他还打了下招呼："教导员。"

程才一个照面提醒刘强一件事，差点忘记了。上午生活卫生科章红告诉他说，程才给柳如玉通了条子，写的什么内容不知道，条子被柳如玉吃掉了……刘强还没来得及跟陈兴国说，后来发生了黄国庆儿子的事，就把它给忘。现在他把这事给陈兴国说了，让他上去"敲敲"他。

当大家进了中队监舍后，陈兴国吩咐值班犯带程才来办公室。

值班犯将程才送到中队办公室。陈兴国见程才进办公室看了一眼板凳，想坐下的样子。"站着"，陈兴国面无表情地吐出两字。

程才看着陈兴国，不知道指导员为什么不高兴，但他不是个随便服输的人，他也不吭声，两眼望着对方。

"又干了什么好事？"

程才两只大眼睛看着陈兴国。

看着他不像装憨的样子，时间不早了，陈兴国不想与他周旋，便点破说："还跟柳如玉通条子，你怎么屡教不改？春节座谈会上你父亲苦口婆心说的那些话，就忘记了？"

一听陈兴国直接点出了条子，知道指导员掌握了实情把柄，程才嬉皮笑脸地讨好说："指导员，你别生气。其实我跟她好久没联系了，因为想她才写了张条子。"

"写什么？"

"也没写什么，就是表示一下心愿。"程才见陈兴国脸色好些，又说，"我半年没给队长找麻烦，产质量好，指导员还表扬过我对吧？"程才换一副笑嘻嘻的口吻说，"你看我都四十岁的人了，就这一点爱好……"

陈兴国忍住笑，这个程才就是这么个角色，大毛病没有小毛病不断，劳动生产很好，男女勾搭不断，还善于与队长周旋，连刘教导员对他都另眼相看，其他民警对他印象也好。陈兴国心里想，只要他不再与女犯通条子，不做出出格的事来就行，至于他好不好色，自己没法管也管不好，人性使然嘛。于是他以严肃的口吻说道："这个毛病虽然是男人都会有的毛病，但你是一个老犯，应该知道遵守监规纪律的重要性。再说你也没几年了，因为这事受处分那就得不偿失。天涯何处无芳草，你家条件不差，出去后完全可以好好成个家，没必要在这里鬼混，争取早点回家才是。这些你都懂，四十不惑的人了，应该学会控制自己。"

"听指导员的。"程才听陈兴国说得贴切悦耳，像鸡啄米似的点着头，退出了办公室。

陈兴国心里思忖：这个人除了这点毛病，比过去好多了，不用多费心。中队里真正让人担心的是王宝根，还有儿子麻烦大着的黄国庆。

第二十二章 什么"三观"

傍晚，女犯大院开始热闹起来，往日教学楼一片漆黑，今天是上文化课的日子，三、四楼的日光灯早已亮着，整个教学楼显得很有生气，与北面的监舍楼对面相望，般配而和谐。

上课时间将至，女人们陆陆续续从监舍楼走出，三三两两地往教学楼走去。上课的人不多，院子不大，女管教们比较放心让她们自由前往，稍后自己再去教室检查，这种督学模式几成常态。

西山监狱在押犯文化程度偏低，小学文化教育一直是西山监狱犯人文化技术学校的主要内容，尤其是女犯这边，十几年来扫盲教育从未断过，上初小班和高小班的人占多数，到九十年代中期后文化技术学校的办学更加灵活，更加注重服务于罪犯新生后就业的各种技术教育，特别是省监狱局在全省监狱强化"农函大"教育后，很多在学校高小班毕业的人因余刑、年龄和出于今后谋生的需要，都不再在学校升级读初中班，而是转入"农函大"乡镇企业管理、乡镇企业会计和家禽家畜养殖班学习实用技术，或转学监狱文化技术学校开设的企业管理、应用电子技术、家电维修、缝纫和会计等中、短期职业技术培训班学习，因此到九十年代后期，犯人文化教育的对象大多是新入监犯人中文化程度低于高小的人，教学规模长期处于"较低"水平，一个中队只有几个人上学，占比很小，所以民警们一般都不愿意带她们去上课，而是稍后去教室巡查。

天黑后，二大队副教导员彭彩云走进女犯大院。今天是她进监，又是犯人文化技术学校新学期开学的第一天，她决定先去看看本队女犯上课的情况。

院子的照明灯亮着，光线尚好。彭彩云往教学楼走，忽听背后一声"彭教"传来，转身一看是常日班韩雪梅。监狱民警上班都穿警服，人人一身"老虎皮"，隔远了不容易认出。韩雪梅朦胧中认出彭彩云便快步跟上来。没走几步，彭彩云问：

"熊秋英最近怎样？"

"有十来天没和人吵架，今天也来上课了。"

四楼教室的门都关着。第一间教室就是高小（1）班，彭彩云和韩雪梅来到窗户前，教室里稀稀拉拉有七八个学员，一个女犯教员在黑板前写板书，学员们似乎精神不大集中，有人交头接耳，有人听到动静掉头看后面。彭彩云和韩雪梅见坐在中间的熊秋英看着黑板，蛮认真似的，生怕吵着她便走开了。

不一会儿从楼梯口过来一个人，是唐秀娥。彭彩云升任副教导员后，唐秀娥接了中队指导员职务。见了唐秀娥彭彩云便对她们两人说：

"你们两个中队《监狱法教育读本》学得怎样？"

"学都一直在学，有的可以一段段背出来，傻一点的就没办法。"唐秀娥说。

韩雪梅接着唐秀娥的话道："常日班也差不多。"

彭彩云说："去年全系统统考，今年监狱对新入监的，还有四类人要考试。你们要多督促，列入考核。"

见唐秀娥、韩雪梅点点头，彭彩云接着说："跟你们打个招呼，中秋节准备给每个人拍张彩照寄回去，"她指指楼下院子一侧的宣传栏说，"就到那里照，穿自己衣服。让她们写封汇报信和照片一起寄回去。"

"叫我说，汇报信要写，悔罪书也要写。"唐秀娥说。

韩雪梅笑笑："过中秋叫人写悔罪书不好吧？"

"有什么好不好的？"唐秀娥说，"劳改犯，就是要让她们认罪悔罪。"

"'认罪服法'教育一般两年搞一次，平时个别教育也有这些，中秋节再写悔罪书，恐怕心里会反感。这样吧，老犯让她们订改造计划，新犯就让她们算危害账，写悔罪书，向受害者道歉，再订改造计划。"

"可以。"唐秀娥、韩雪梅都点点头。

从教室回监舍楼时，在楼梯口彭彩云碰到闵冬香和老残队队长谭英。彭彩云问闵冬香：

"那个男孩怎样？"

"皮倒不怎么皮，"闵冬香幽幽地说，"就是操心的事多了，每天做饭要多炒一个菜。"自从黄国庆的儿子小亮到他们家后，从监狱领导到一般民警、工人，差不多都知道了，很多人送来了合适的旧衣服，也有的来看过后丢下一二十元表达对男孩的同情和对刘强一家无私奉献的支持。小亮的生存问题从物质上虽没有太大的障碍和困难，上学就借读在后面的学校也方便，但每天的起居和一日三餐得花不少精力去对付，幸好自己女儿在司法警校就读，平时不回来，否则她真应付不过来。

"辛苦了你们两口子。"彭彩云说，"我儿子也这么大，知道有多难。"

"吃都好一点，就是卫生习惯不好。"闵冬香无奈地笑笑，"自己孩子多讲几句，讲重一点不要紧，可……"

彭彩云会心地笑笑，十分理解闵冬香的难处，又说："不会总住在你家吧？"

"老刘没说，我也不好问。"闵冬香笑笑，"反正住下了，住一天就管一天吧。"

"欸，"彭彩云忽然想起一件事，"我儿子有些衣服，明天我拿来，你看看他能不能穿。"

一旁的谭英也说道："要什么衣服也可以叫我这里的人拿。"

闵冬香搂搂她两人的臂膀："谢谢。"

中秋节很快到了。头天下午，刘强与会见室张主任打好招呼安排黄国庆父子相见。第二天上午八点来钟，刘强将小亮带到会见室，陈兴国已在会见室登记处等候。会见室张主任将他们领进帮教室，把通往监狱的那道门打开，齐光辉和黄国庆已在门外候着。

小亮一见黄国庆，高兴地叫了一声"爸爸"。

黄国庆忙走进屋双手搂着儿子的肩头，未曾言语，泪水就禁不住地落了下来。小亮见爸爸落泪却宽慰他说："爸爸，我知道你想我，我也想你，想妈妈。"

刘强让黄国庆父子坐下。黄国庆别转头偷偷地抹了下眼睛，这才认真地看了看儿子。一个多月未见，儿子脸上显得干净了许多，身上的衣服也蛮合体，好像胖了点。小亮见爸爸不说话，便问道："爸爸，你吃了月饼吗？我昨天吃了两个月饼，刘大伯家的，还有陈叔叔拿来的。"

黄国庆这才坐正身子，看了看刘教导员和陈指导员，一副感恩戴德的样子："谢谢！谢谢！"

"跟你爸说说话。"刘强摸了摸小亮的头，看了黄国庆一眼，然后对陈兴国、齐光辉说，"我到里面去。"

黄国庆起身目送，落座后看着两个队长道："队长的大恩大德叫我如何回报……"

"碰上刘教导员，真是你的福气。"陈兴国说，"感谢的话别说了，好好跟儿子聊聊。"

陈兴国来到登记处，打了根烟给张主任。此时窗口无人登记，闲着的吴师傅跟陈兴国说："当教导员还跟劳改犯带崽，是不是傻？"

一听这话，陈兴国心里很生气，尚未接嘴，一旁的张主任插话说："你不要这样说，人家肯定是没办法。"

看着家庭妇女般的吴师傅，陈兴国心想好男不跟女斗，懒得和她辩论，便朝着张主任解释了一二。听了陈兴国说的原委，张主任不无感叹地说："大队是好难，没有点雷锋精神搞不好。"

陈兴国觉得刘教导员心理压力一定很大，只不过没表露罢了。陈兴国心里有些自责，觉得是自己中队犯人给他添的麻烦，怎能心安理得？这种想法不是现在才有，那天刘强决定收留黄国庆的儿子，他就有此念头。特别是有天晚上去刘强家，看到他们夫妻俩一个在给小亮整东西，一个在洗衣服，原本清闲的两口子现在变得忙碌了，陈兴国就有一种负疚感，每当中队几个民警说起此事时，方冬生和齐光辉也都是很压抑的样子，虽然没有明说是自己中队给教导员找的麻烦，但从他们的表情和言语上看得出这种心态。大家都明白，生产走下坡路，工资发不齐，药费报销都困难，大家的日子都过得艰难，陈兴国还听方冬生的邻居说，前不久看到方冬生家吃了一个星期的面条……这种情况下，刘强还帮自己中队犯人养儿子，教导员的大爱、无私，让他们无法淡定，尤其是作为中队主要领导的陈兴国，更感到自己脱不了干系。于是在中秋节这天晚上进监，黄国庆来汇报说他要参加农函大学习家禽、家畜养殖技术时，陈兴国鼓励了一番后，委婉地表达了让他儿子"能回去就回去"的意思。

黄国庆也是个知趣的人，自从儿子小亮走投无路被刘教导员收留后，他内心的压力就大了。中队的人知道这事后，最初以为他和刘教导员家有什么特殊关系，后来从队长那里知道真相后，除了称道刘教导员，就是说他黄国庆"有福气"。但后来同犯们的议论慢慢变味了，说什么的都有，有的说"凭什么，他儿子叫教导员养"，有的说"教导员对一个逃跑过的人怎么这么好"，最让他听着不受用的是"一个逃跑的还好意思叫教导员养儿子"。听着这些议论，黄国庆心中不是滋味，想想自己又想想教导员，确实，自己与教导员无亲无故却凭空得到教导员的天大帮助，也难怪有人嫉妒。他扪心自问，全中队、全大队有困难的人不少，为什么教导员就特别关照自己的小亮？自己有何德何能可以得到教导员如此对待？也许是自己的困难最大，刘教导员不得不亲自帮助解决？是的，一定是这样的。从几个民警的说话语气也可看出是这样的。这样一想，他又有点心安理得起来，反正不是我求他，是教导员主动伸的援手。直到中秋节晚上陈指导员说出那个意思后，黄国庆才如梦初醒。陈指导员让他将心比心，换位思考，黄国庆才被自己的无动于衷惊出一身冷汗，当即表示自己要"好好考虑"。考虑的结果是第二天下班回到监舍后，黄国庆便向方队长要求去大队找刘教导员。

见到刘教导员，黄国庆直接提出了想让儿子去弟弟家的打算。刘强说："你弟弟不是不愿收留吗？"

黄国庆低头道："我不能总让教导员帮我。"

刘强看看黄国庆说："是不是听说了什么？"

"没……"黄国庆说。

刘强问道："如果你弟弟家不收呢？"

"我先跟我弟写封信……"黄国庆语言苍白，了无生气。

刘强定定地看着他，仿佛在猜对方的心事："回是早晚要回去的。但现在才十月份，还要上课，放寒假回去吧。你不要想那么多，安心改造，学点农村实用的技术，以后出去也好谋生。"

一听教导员这话，黄国庆心里稍微好些："我报了农函大，想学点养殖技术。"

临走时，刘强宽慰他说："儿子的事你不用多操心。"

黄国庆走后，刘强想起一件事，便拨电话叫陈兴国下楼来。

陈兴国一进门，刘强就问："王宝根关了几天了？"

"三天。"

刘强示意陈兴国坐下。自从王宝根因借装病之机在监号喝酒被发现关了禁闭后，又牵出了帮他私下买酒买菜的一个工人。虽然这事是中队及时发现，大队主动处理的，那名工人也受到了处罚，但陈兴国作为中队指导员也受到了影响。"有件事，出乎我们意料，上面要派人下来。"刘强说。

刘强的意思是说监狱要提拔人到他们大队任职。陈兴国一时没明白，待明白后也就沉默了。他曾经希望自己能提一下，全监狱像他这样法学科班出身的本科大学生就他一个，任指导员也几年了，但就是一直未获提拔。而单位经济又走下坡路，家庭收入和日常生活总在低档次徘徊，与在广东那边监狱系统工作的同学差距越来越大，由此他也生出去广东发展的念头，只是尚未下决心。如今听刘教一个暗示，陈兴国万念俱灰。此时他已打定主意。主意既定，心里立刻起了变化，于是笑笑说："感谢老兄的关心。"不过，心里想着的另一句话没有说出来：此处不留爷，自有留爷处。

过了几天，新来的副教导员上任，更加坚定了陈兴国调往广东的决心。原来提拔到三大队任副教导员的是万来福，原在监狱办公室工作，年方二十五岁，是已升任监狱长的金洋的外甥。

万来福到三大队上班的第二天下午，因其分工是协助教导员负责管教工作，为让他熟悉情况，刘强让他和涂小强去禁闭室找王宝根谈话。涂小强听到刘教让自己去，不让陈兴国去时，感到有点惊讶。以往提审关押禁闭的犯人，一般都是让中队指导员去，而今天……

刘强见涂小强用疑惑的眼神望着自己，点点头说："还是你去吧。"

临出门时，刘强交代涂小强说："兴国要休假了。你熟悉情况，多向万教介绍介绍。"

涂小强忽然理解了刘强的苦衷，便相跟着万来福前往禁闭室。

一路上，涂小强不停地向万来福介绍王宝根的情况。涂小强是个老实人，忠于职守，莫说是刘强有交代，就是刘强没交代，他也会向新来的领导尽到职责。听完涂小强对王宝根基本信息和此次关禁闭原因的情况介绍后，万来福问道："犯人不是用代用券吗？他哪来钱买违禁品？"

"会见时偷偷带进来的。"

"会见室不是有物检吗？"

"王宝根交代，钱是他家人用塑料纸包好藏在装鱼的瓶子里带进来的。"

过了会儿万来福又问道："他怎么和那个工人勾搭上的？一瓶酒和一只酱鸭又是怎么带进监舍的？中队民警怎么没发现？"

一连几个提问，有点咄咄逼人的味道，让涂小强内心忽然不悦起来。说实话，自己警校毕业多年，二十八九岁了，要提拔也不是不可以。说白了不就是没有关系吗？否则哪轮得上你来领导？心里一不舒坦，嘴上便敷衍道："不清楚。等下你问他吧。"

对涂小强的心理变化，万来福无法知晓，只是认真地看了他一眼。

说话间，两人来到禁闭室。半下午了，禁闭室比较安静，刚放过风，小号子门已上锁。整个禁闭室管理区无人走动，静静的，号子里犯人说话发出的声音不时传来。

万来福他们走进禁闭室，向值班的老李说明来意。老李打开提审室，让他们进去等着，旋即往里面走去，手中一大挂钥匙丁零当啷地响着。

一会儿，王宝根被带进提审室。

王宝根进提审室时，见有两个民警，除了涂队长，另一个不认识。但他知道他们是来提审他的，便在靠墙的椅子上坐下。

"这是我们大队新来的万教导员。"涂小强介绍万来福的身份时，习惯性地省下了"副"字。

王宝根没有吭声，但一双小眼睛很认真地在万来福的脸上扫视了一下，一张很年轻的脸，看起来比自己大不了几岁。

"今年多大？"万来福开始发问。

"二十。"

"犯什么罪？"

"盗窃、抢劫。"

"判几年？"

"15年。"

"有前科？"

王宝根点点头。

"年纪轻轻判重刑，为什么还不好好改造？"

王宝根愣愣地看着他，又别转头去。

"万教导员问你话呢？"坐在旁边的涂小强提醒道，"怎么不回答？"

"没什么好说的。"王宝根瞟了涂队长一眼。

万来福瞧着王宝根问道："你的'三观'是什么？"

王宝根抬头看看万来福，没回答。

万来福见他不配合，正想发火，涂小强却接话道："万教问你，怎么又不回话？"其实他自己也没听懂万来福说什么。

王宝根听不懂这个新来的万教导员说的话，有点茫然地看了看他。

瞧着王宝根的神情，万来福忽然明白对方可能是听不懂他的意思，便解释说："三观就是世界观、人生观、价值观。"

王宝根还是一脸茫然地看着万来福。涂小强见状，帮他"翻译"说："人生观、价值观还有世界观，简单说就是你觉得一个人活在世上的目的是什么。"又转头看看万来福，"对吧？"

万来福略点点头。

人活在世上干什么？王宝根心里笑了笑，悠悠地说道："人生在世，不就吃喝二字？"

忽然"啪——"的一声，万来福一掌击在桌子上："难怪你会重新犯罪，难怪你坐牢了还想方设法叫人买吃买喝！你这种人生观，就是你走向犯罪的根源！懂不懂？"

你不吃，也不喝？王宝根看着万来福气势汹汹的样子，心里这样想着但没说出口。他以沉默相对，道不同话不投机，懒得理他。

"万教导员在帮你寻找犯罪根源，端正态度。"涂小强的语气很严肃，批评味十足。他怕万来福下不来台。

"我晓得嘛。"

"这就对嘛。"见王宝根态度转变，万来福说，"关你不是目的，关你的目的也是让你改造好。所以，"万来福两眼忽然透出和缓的目光，"你还是要争取早点回大队。"

"我一定听万教导员的话，好好改造。"王宝根一听万教导员的话，见有可能早点出禁闭室，便立马软下来，以博同情。虽然在禁闭室关的时间不长，可毕竟这里不如大队，成天待在比棺材大不了多少的小号子里，实在受不了这个苦。

"你有这个态度就好。"

涂小强见万来福欲结束谈话的样子，便看着王宝根说了句"今天就这样"，起身去叫老李，将王宝根带回了小号子。

出禁闭室后，万来福道："我看这个王宝根不是太顽固嘛。"

"欸，这家伙今天是转得快。"

涂小强他们回到大队值班室时，刘强正在茶几上泡方便面。

"刘教又吃方便面，不回家呀？"涂小强这个星期看见刘强吃过两三次方便面了。

"晚上老婆他们吃泡饭，我不大喜欢，就到这凑合一下算了，晚上值班。"

·········

万来福看着刘强泡面的动作，想起他家还养了大队一个犯人的儿子，便依稀感受到他家的日常生活是非常简朴的。他在办公室工作几年，知晓监狱非常困难，不仅一些上面有政策可以发的钱发不了，而且从去年开始，除了搞机械加工的一个大队外，其他大队几乎都发不齐工资了，有个大队已连续几个月只发百分之六十的工资，一些民警、工人连病都看不起，因为去医院要自己掏钱，年终再排队报销。当然这不是西山监狱独有的情况，其他监狱也差不多。据说河西监狱有民警向犯人亲属借钱，还闹出了案子……想着这些，结婚不久尚不知柴米油盐贵的万来福也禁不住说了句："刘教，少吃点方便面好。"

　　"没事，吃惯了。"刘强笑笑说，"欸，你们谈得怎样？"

　　万来福点点头，愉悦的心情挂在脸上："认错态度不错，愿意出来好好改造。"

　　刘强看着涂小强，见对方也点了点头，便道："那就跟狱侦科联系，通知陈兴国……"忽觉自己口误，便纠正道，"叫他们中队去接出来。"

　　涂小强知道陈兴国已休假，便明白地点点头。

第二十三章　敢打队长

"知道兴国去哪里了吗？"

问这话的是饶卫东。饶卫东原在七大队，几个月前刚调来任副中队长。他是前几年通过考试录用为民警的，人比较机灵。

齐光辉茫然地摇摇头。中队长方冬生吐出一溜烟雾，反问一句："不就是休假了吗？"意思是还能去哪里？

齐光辉看着饶卫东，意思是你知道他去哪里了？饶卫东眨眨眼道："听说去广东了。"

"兴国几年都没休假，这个时候突然休，肯定是心里不舒服。"齐光辉挺善解人意。

"本想提拔，没想到突然杀出个程咬金。"方冬生说。

几个中队民警一起坐在办公室聊天，也是难得的事。像今天这样，除陈兴国休假外，中队三个民警一起上班也是最近才有的事。由于织绸产品滞销，生产任务下达减少，为降低成本，生产班次已由三班倒变成只上早中班，每天一个中队轮休。

饶卫东说："听说这个月只发百分之八十八，七大队上个月都发了百分之九十三。"

说起工资，方冬生也是一肚子牢骚，老婆是厂里的工人工资更低，如今他这个顶梁柱又遇收入不稳的窘况，真叫人烦。想起自己中队两个人刑释后摆摊都发了

财,脱口道:

"现在是富了摆摊的,穷了上班的。"

齐光辉也幽幽地说:"这年头,真不知道是怎么回事。"

见两人心情不好起来,饶卫东却又乐观地笑着说:"造原子弹不如卖茶叶蛋,拿手术刀不如拿剃头刀,工程师不如划鳝鱼丝。就是这样。"

话刚落下,门外一声"报告"传来,程才探身进门。

三个队长都看着他,程才欲言又止的样子,方冬生点头示意他有事就说。程才这才说出自己的意思:今年又有人被批准回家探亲,他也想申请回家看老父亲,因老父亲双脚无力,已不能出远门。

方队长让他先回中队,等队长消息。

"不知刘教在大队么?"方冬生仿佛自言自语,饶卫东说:"打个电话问问嘛。"

"算了,"方冬生起身说,"我下去看看。"

大队值班室的门关着,方冬生正想回头上楼,却见刘强从院子里过来了。

两人进了值班室,刚一落座,方冬生就看着刘强轻声地说:"昨天会见时,姚之清弟弟说要请我们吃饭,点名要请你。我还没答应。"

这是刘强第一次听下面民警说有人要请客。他没有多想就说:"不要去,都不要去。"

方冬生点点头,接着说:"刚刚程才来找我们,说他父亲摔跤,想回家看他老爷子,不知道能不能批准。"

刘强说:"不符合条件,监狱不会批。"

方冬生说:"这家伙悔改是有悔改。"

"给他解释一下。"方冬生正欲回中队,刘强接着说起了黄国庆儿子的事,"刚才去找了高监,高监让我们安排时间送他们父子回去。这件事,估计有点麻烦,我得自己去一下。兴国一下回不来,你们中队还抽得出人去吗?"刘强说的"高监"是刚提拔的副监狱长高正平。

"抽不抽得出,都得去。"方冬生说,"我跟你去算了。"

"让饶卫东去吧，你不能走。"刘强说，"先找黄国庆谈一下。"

方冬生领命而去。

三天后，刘强和饶卫东带着黄国庆父子俩乘车踏上了黄国庆的回乡之路。

乳白色的警车在国道上疾驰。坐在后排的黄国庆自上车后，一直被激动、感动和担忧的心情交替缠绕着。自上次找过刘教导员后，他就一直盼着放假这一天，好让儿子尽早回家。刚才在监狱门口几个队长来送他们，让他感受到监狱民警们的真情。尤其是当刘强爱人闵冬香提着一小袋苹果和糕点赶过来时，儿子小亮竟喊着"大妈"扑上去抱着她久久不放，让他十分感动和高兴。他没见过闵冬香，但猜到她是谁时，便走到闵冬香面前，深深地低下头，两眼红红地说："谢谢，谢谢！"

车子开出后不久，小亮将大妈给他的塑料袋打开，拿出一个苹果给大伯刘强，大伯不吃，小亮又将苹果给叔叔饶卫东，叔叔说"给你爸爸吃"。小亮便将苹果给父亲，黄国庆接了但未吃。看着儿子开始懂事了，黄国庆想想自己的境遇，惭愧得泪花在眼眶中流转，最后禁不住地往下掉。

一阵激动过后，黄国庆陷入了担忧的心绪之中。今天刘教导员和饶队长送自己和儿子回乡本是好事，可弟弟国财的态度令他难以放心。半年了，自己给国财写过三封信，直到去年12月弟弟才回了一封，没有明说不接收，也没说愿接受，只是说"到时再说"。他把这封信给陈指导员和方中队长都看了，前天晚上，他还给刘教导员看了。正是因为这封信，黄国庆对弟弟是否愿意收留小亮没有底气，他甚至能感觉到上车后一直没怎么说话的刘教导员也是心事重重。

和黄国庆想的一样，教导员刘强也的确为他们父子担心。不过刘强想的结果是，问题无论如何要解决。上车前，高副监狱长郑重交代："一定要安顿好。"刘强也知道，一个读小学的孩子，生活不稳定，也不是长久之计，必须有自己靠得住的亲人管着才行。他不知道黄国庆弟弟家条件如何，没法预测今天的结果，但他心里做好了思想准备，如果出现什么难题，只有自己出手相帮，能帮一点是一点。他想，只要能让他弟弟收下小亮，这一趟没白跑就行。这么想着，便和黄国庆闲扯起来："你弟弟小孩多大了？"

黄国庆一下没反应过来，同坐后排的饶卫东提示他一下，黄国庆才回过神来说："大女儿七八岁，小女儿也四五岁吧。"

"小亮回去，三兄妹倒是有伴。"刘强侧转头看看小亮说，"回去后带好妹妹，少让叔叔婶婶操心。"

"大伯放心，我会听话。"小亮懂事地说。

黄国庆搂搂儿子，轻声细语说："你要永远记住教导员……大伯的恩情。"

过了会儿，刘强问道："你觉得程才怎么样？"

饶卫东听出刘强不是问自己，便示意黄国庆回话。黄国庆忙说："教导员，程才是城里人，比我有文化。"

"童生财怎样？"

"童生财做事蛮好，就是身体差点。"

刘强又问道："王宝根跟你一个号子吧？他怎样？"

"教导员，你是我家恩人，对你我一定要说实话。"黄国庆说，"除了我，号子里的人他好像都吵过。"

饶卫东说："都吵过？"

说起里面的事，黄国庆答起话来自然流利起来："都是一些鸡毛蒜皮。这个人，小肚鸡肠，手又毒，早晚要倒霉。"

刘强没有作声，饶卫东道："怎么呢？"

"好冲动，报复心又重。"

听了黄国庆的话，刘强和饶卫东都沉默了。尤其是刘强，对王宝根的思想表现记忆犹新，他的改造表现已列入"四类"。正如黄国庆评价的，这个人就是遇事太冲动，控制不了自己，报复心太重。整个一中队甚至整个大队，他最担心的人就是王宝根。

坏事说不好，好事说不坏。刘强最担心的王宝根，在刘强他们离开监狱后的当天下午就出事了，而且出的是大事。

原来这天下午三点，一中队在大队院子集合整队去车间上班。王宝根中午嫌菜不好没吃中饭，这时便拎着半袋萨其马在队伍中吃起来。带班的齐光辉队长听说他没吃午饭，便破例让他充饥。谁知吃完萨其马，过了二道门，他又边走边掏出香烟准备抽。走在队伍一侧的齐队长发现后当即过来制止："你怎么带打火机进车间？"

王宝根却懒得理他。齐队长从未见过如此公然违反监规的犯人，便上前去缴他的烟。谁知王宝根吸两口将烟头一丢，拔拳就打过来。齐队长猝不及防，鼻子挨了一拳，瞬间鲜血直流……

车峻、程才等几个人忙将王宝根拖开，并就势抓住他的双臂。一些人见王宝根连队长都敢打，惊讶得不知所措，走在后面的队伍一时乱开了，而走在前面的人纷纷停下脚步，都转身看着后面，不知发生了什么事。

"蔡树林整队。"齐队长下达命令，让犯人原地待命等方中队长到来，然后用手按住自己血糊糊的口鼻，义愤填膺地瞪着被束手就擒的王宝根，真想冲过去狠揍他一顿。

但是齐光辉队长忍住了，忍受了众目睽睽之下被犯人打伤的屈辱。他十分理智地决定自己不动手，他要让法律去惩罚他，等方冬生过来接走队伍后，他将直接送王宝根进禁闭室。

方冬生按照约定的时间赶了过来，问清情况后走到王宝根面前，一把按住他的头压一下道："你小子活够了是吧？"

旋即，方冬生让齐光辉和几个犯人揪着王宝根去禁闭室，他先带队伍去车间，临分手时交代齐光辉"尽快去医务所"。

当王宝根被关进禁闭室，袭警事件等待处理后，方冬生拨了刘强的BP机，想先跟他汇报一下情况。

刘强接到方冬生发来的信号时，他们已经在回监狱的路上了。

今天送黄国庆儿子回乡还算比较顺利，两百多里的国道还好走，但去往黄国庆家的几公里沙石路却坑坑洼洼，坡陡弯多。幸亏天气尚好，乘坐的警车底盘高，一路虽颠簸坐得人好累，但还算顺利，十一点来钟便到了黄国庆家所在的小乡村。

车子在路边一座瓦房前停下，刘强、饶卫东和黄国庆父子下了车，从车上搬出一大捆小亮穿的衣服。刘强他们两个穿警服的在村子里一现身，很快吸引了一大帮村民和小孩。

"小亮，小亮，小亮回来了。"不远处的几个男孩、女孩叫喊着，来到车前。"彪子，香香。"小亮十分高兴地和小伙伴拥在一起，好久未见面了，几个小朋友开心得不得了。

乡亲们都走过来和黄国庆打招呼。他们见黄国庆像平常人一样，以为他刑满释放了，都说："回来啦？"黄国庆和乡亲招呼过后，便叫小亮过来，跟着大人一起去叔叔家。

黄国庆领着刘强他们从侧面往瓦房屋后走，他弟弟国财的屋在最里面。走着走着，刚走过两排瓦房，忽听右侧有人招呼他。黄国庆一看，是国财，他怎么在这里？正迷惑时，国财上前帮忙提着他手中的包袱说："前几天刚搬过来。"

原来弟弟一家盖了新房，黄国庆喜出望外，站在屋前认真地看了看，三扇两间的砖瓦房，虽然砖墙只有一米来高，土砖墙面为主，但比原先的茅草土砖房强多了。

"大伯回来了？快进屋。"热情的弟媳妇也在厅堂门前迎接客人。

刘强他们相跟着进了屋。黄国庆弟弟过来打烟，黄国庆指着刘强他们向弟弟作了介绍。

黄国财三个小孩，大女儿和二女儿见了小亮，很快到门外玩去了。竹座椅里一个男孩，约莫一岁，骨碌碌的眼睛，脸不白，还有点鼻涕。

"这是我侄子吧？"黄国庆一见竹座椅里的小男孩，便俯身将其抱起来，"多大啦？我都没听你说过。"

一到了弟弟家，黄国庆的情绪像变了一个人似的，完全融合进了家庭的氛围。看着眼前黄国庆的样子，刘强心里想着自己的决定是对的，一离开监狱，他就同意卸掉了黄国庆手上的铐子，毕竟有小亮在，况且经过半年来对黄国庆的观察，看得出他已抛弃了逃跑思想，踏上了积极改造和求技谋生的正途。

"生他罚了一万。"黄国财收起了笑容。

黄国庆向刘强他们解释说："乡下不生崽不行。"

刘强、饶卫东到堂屋后转了转，看了过厅、厨房像是未完工似的。黄国庆弟弟解释说："等有钱了再粉下墙。""这房子花了多少钱？""包人工两三万，欠了账。"说罢引着刘强他们到厅堂饭桌前坐下："吃点开水。"几个乡亲见他们进屋坐下了，便笑着走了。

桌上放了两盘瓜子、花生和一碟醋泡生姜。

刘强一边剥花生，一边看着黄国庆说："你弟弟搞得不错，不比我老家差。"

黄国庆不好意思地点点头。他弟弟黄国财也谦虚地说："今年畜猪没赚到什么钱，畜鱼还要得。明年准备把老房子改成猪栏，多畜几只猪。"

刘强点点头说："这地方有山有水。"他看看黄国庆说，"你回来后可以搞养殖，弟弟还可以帮一下。"

黄国庆惭愧地点点头。

"你哥现在也在钻研畜牧和养殖技术。"饶卫东插话说，"以后回来了真能派上用场。"

"你哥还有不到四年刑期，"刘强看着黄国庆弟弟说，"争取减点刑，过两三年也就回来了。"

"我也盼着他早点回来。"黄国财郁郁地说。

刘强不再说话，想让谈话转入正题，他把目光转向了黄国庆。

黄国庆明白教导员的意思，缓慢而轻声地说："国财，我家是散了，现在娘又过了，过去的事后悔也晚了。你知道，小亮外公他们不愿管，这半年要不是刘教导员收留，亮亮……只有打流。"说到这里，黄国庆被哽住了。

黄国财亲切地看着刘强："费心了，太费心了。不是我哥写信说，真不相信监狱警察有这么好。"

这时黄国庆弟媳妇来到堂屋后门边说"饭好了"，意思是让他们收起盘子，准备端菜吃饭。

一听要在黄国庆弟弟家吃饭，刘强立马起身道"饭就不吃了"，又看着黄国庆道："我们一起到镇上去，吃了饭再过来。"饶卫东也起身推辞，司机小罗就要往门外走。

"到了吃饭时间还走，那怎么行呢？"黄国财很认真地说，"到镇上还有五六里路，跑来跑去干啥？都准备好了。"

刘强仍在推辞并向黄国庆使眼色。不知黄国庆是没注意还是故意为之，站在一旁左右为难。

"刘领导，你帮了我哥这么大的忙，吃个便饭都不行吗？"黄国财说。

女主人端着一碗油炸肉上了桌，见几个客人不肯就餐，便道："几个领导，他哥多少年没回来了，我们请他吃饭也是应该的对吧？你们也就是添几双筷子，我们又没有准备什么。"说罢笑笑地看着刘强他们。

乡村女子不可小视。刘强被女主人几句话说得不好再推辞。

黄国庆也说："就让我兄弟尽点心意吧。"

话说到这个份上，再不留下就有瞧不起人之嫌了。刘强他们只好落座。

倒酒时，刘强借口"不会喝"，坚持以茶代酒。司机小罗又不能喝，最后饶卫东做了代表喝点酒。饶卫东知道刘强会喝酒，但今天这场合他不愿喝也是事出有因——任务在身，三人当中，只有自己献身了。

桌上五个人，五个菜。刘强一直以茶代酒，饶卫东一碗酒下肚后，再也不肯喝了。他知道农村的水酒后劲大，教导员今天滴酒不沾，自己也不能出洋相，下午还得将黄国庆带回监狱呢。

吃喝间，刘强见火候差不多了，看着黄国庆兄弟说："我看你们俩兄弟的感情也不错，现在你哥还在监狱，小亮的事恐怕得请当叔叔的帮忙才行。说实话，你哥也不想麻烦你，去年8月，小亮离开外公家到监狱来找你哥时，你哥就说过你家也很困难，他不想为难你们。"

见黄国庆弟弟打了一圈"庐山"，点火吸起了烟后，刘强接着说道："现在小亮是四年级明年下半年就是五年级，生活要稳定，孩子读书耽误不得。"

"刘领导，意思我明白。"黄国财当即表态说，"我也就这一个侄子，管是要管……我也是今年稍微好点，又超生了一个，五张口要吃饭。哥，我也不瞒你说，亮亮回来后多了张嘴，四、五年级要到镇上去住，学杂费也是一笔开支……"说这话时，黄国财的老婆坐在厅堂门口的小竹椅上，边吃饭边听着几个男人谈话。小亮和两个堂妹早已吃好，不见了踪影。

听了弟弟的实话，黄国庆只有低头沉默的份。

餐桌上气氛一时沉闷起来。

"学杂费一年多少？"刘强问道。

"三百来元吧。"黄国财说，"上学期没去，年后开学也要交钱，下半年又要升五年级……"

黄国财说着话，黄国庆低着头，饶卫东看着对面两兄弟，刘强歪着头看着地下，须臾，又抬起头直视门外稻田，直至远方那朦朦胧胧的山峦。

"吃酒。"黄国财见气氛冷下来，又客气地说。

"拿酒来！"刘强忽然说道，"我不喝酒，但今天也要喝。"

饶卫东和黄国庆都一齐看着刘强，黄国财忙提来酒壶，给刘强倒了半碗酒。

刘强端起蓝边碗，看着黄国庆弟弟说道："为了下一代，小亮这两年的学杂费我包了。"刘强说罢，将碗中酒一饮而尽。

众人一下蒙住了。

黄国财提起酒壶，要给刘强倒酒，被挡开了。饶卫东劝说："刘教不能喝了。"黄国财又给饶卫东倒酒，也被饶卫东挡住："不喝了，下午我们还要回去。"黄国财要给哥加酒，黄国庆也说："我也不喝了。"

众人都不喝了，黄国财这才坐下来看着他哥说道："刘领导都这样说了，我做老弟的没什么说的，多个侄子多双筷子就是。"

这时黄国庆端起酒碗，看看刘教导员和弟弟说："国财，你和我弟嫂就帮我多费心了。教导员，"黄国庆声音有点哽咽起来，"不知我祖上……积了什么德，有你……贵人一次次相帮。你是我黄家永远不能忘记的恩人。"黄国庆说罢，一饮而尽。

刘强摆摆手道："别的就不说了，争取早点减刑回来，兄弟俩好好发家致富。"

"刘领导这话说得是。"黄国财看了一眼黄国庆说，"哥，什么都别想了，早点回来就是。"

吃完饭又坐了会儿，刘强从皮包里拿出三张百元大钞，放到黄国财面前说："小亮年后上学的钱你先拿着，五年级开学的我八月份寄过来。"

临分手时，饶卫东也掏出一百元钱塞到了竹座椅里那个娃娃的胸前。

在一阵客气的交谈氛围中，刘强他们带着黄国庆上了车。一些乡亲围了上来，黄国庆和乡亲们打着招呼，并将在远处玩耍的小亮叫过来，和刘大伯告别。刘强摸着亮亮的头，一再叮嘱："好好听叔叔婶婶的话，不要让你爸爸担心。"

懂事的小亮点点头，又走到父亲面前，依依不舍的样子。黄国庆搂了搂儿子，什么话也没说，只是落下了几滴泪⋯⋯

第二十四章　困难年头

九十年代中期开始疲软的纺织品市场，到一九九七年前后出现了严重供大于求的状况，整个行业经济亏损严重。像西山纤维厂这样的老牌纺织企业，其出口产品也受到极大影响，库存大幅增加，销售收入断崖式减少。为应对激烈变化的市场，西山纤维厂将两个织布车间由三班改为两班生产后，又进一步压能减产，减少一线劳动力。但裁减下一批劳力后，因未及时找到合适的生产项目，致使"下岗"劳力无所事事并演变出无事生非的状况。

这天上午，冬日久违的阳光带着些许暖意洒在女犯大院，洒进监楼走廊。上早班的人早已去了车间，上中班的刚起床漱洗，准备吃饭，只有各中队无班可上的女人们闲得无聊。要在外面平常人家，快过年的时光碰上这么好的天气，那是女主人们打扫卫生、洗洗刷刷最好的日子，但这些在监狱"多余"的女人们只能闲聊、嗑瓜子，当然也有喜欢看书的往图书室钻。

今天钱紫红就在图书室泡了半上午。钱紫红早些年被判重刑来到西山监狱，但有中专文化的她在女犯中有点鹤立鸡群的味道，使其多少还保留了些求知的欲望和动力，有时间会到图书室看看书。一些有阅读能力的女人也选择到图书室消磨时光。一时间图书室成了各种信息传播的中转站，也成了女人们家长里短嚼口舌的平台。钱紫红有点清高，不太喜欢和不熟悉的人交往，她总是沉浸在《知音》《家庭》《妇女生活》等杂志里。图书室的图书大多是五六十年代出版的古今小说和近些年流行的侦探小说，杂志也大多是有关女性的通俗读物，钱紫红想看的金融类刊物一本也没有，她只有去看那些男欢女爱的现代爱情故事。有时看多了看累了，碰到熟悉的老乡和同犯，也会加入闲聊。闲聊起来，自然少不了议及身边的人和事。钱紫红心直口快，有些话自己不觉得有什么不对，但碰到好事的人就被人借题发挥，惹火烧身。这不时间都快十一点了，阅览室里只剩下两三个人，钱紫红还捧着一本《知音》不时发出傻傻的笑声。

就在这时，大名鼎鼎的熊秋英来到了五楼。从一中队调到常日班的熊秋英原本就属于照顾对象，压能减产后，她自然也被划入"下岗"人员之列。本来按照熊秋英的"知名度"，应该没谁和这个"大马蜂"交往的，但劳改队三教九流什么人没有？自然愿意和她玩的人也不缺。这不，今天上午常日班一个和她关系好的就把听来的一件事说给她听了。那人说，前几天她们几个人在图书室外走廊上闲聊时，不知怎么扯到了熊秋英，有人说她是"猪婆癫"，又说"干部还老是表扬她"，还有人说她是"狗改不了吃屎"，而这个说"狗改不了吃屎"的人就是钱紫红。熊秋英弄清楚是谁讲她的坏话后，当即就要去找人算账，那个"告密"的熟人一见她立马冲动起来十分后悔，好不容易才制止了她。但半个上午熊秋英心里很不爽，许久内心才平静下来。刚才彭彩云想找个人去五楼活动室叫人，见熊秋英正好站在门外走廊上，便临时让她当了一下差使。谁知熊秋英路过图书室时一眼瞥见钱紫红，真是仇人相见分外眼红，熊秋英冲过去二话不说，一掌就把钱紫红击倒在地。

钱紫红不知哪来的灾祸，想从地上爬起来，却被熊秋英骑在身上连扇了几个巴掌。旁边看书的人和图书管理员万飞燕赶忙将熊秋英拉开，钱紫红爬起来后试图反击，但被从走廊上过来的人拉住了。

乱哄哄的叫喊声早已传到了四楼，这期间就有人去叫民警了。

闻讯赶来的常日班民警杨柳枝冲到图书室时，见熊秋英和钱紫红已被人拉开。她看了看钱紫红的伤势，问了下现场几个人看到的情况，正准备带两个打架的下楼，彭彩云也赶到五楼来了。

一看钱紫红头发凌乱、额头有个明显鼓包，而熊秋英却毫发无损的样子，彭彩云就知道了个大概，再一听杨柳枝的情况介绍，彭彩云心里有了数，也有了决定。

她先让人送钱紫红去医务所看伤，让杨柳枝和几个犯人押着熊秋英到常日班办公室门外候着。走廊上一些人都远远地望着这边，像看稀奇似的。

彭彩云进四楼办公室关上门打了几个电话，不一会儿开了门，把一副手铐递给杨柳枝，让她把熊秋英铐起来："关禁闭。"

熊秋英想挣脱手臂，但被几个人抓得牢牢的。戴上铐子后她还叫喊着说："她骂我我才打她，为什么不关她禁闭……"

彭彩云示意下楼。众人押着熊秋英去禁闭室，与禁闭室管理民警交接，将熊秋英关进了小号子。回头时，彭彩云到女医务所去看钱紫红，民警医生给她检查了身体，开了点药，并说观察一下没事就可回大队。

彭彩云安抚钱紫红一番，等到民警医生来说"没事，可以走了"，便将钱紫红领回大队去。路上，彭彩云对身旁的杨柳枝说："告诉韩雪梅，过两天等熊秋英冷静后找她谈一下，不要动不动就打人，老毛病又发作。"

"都是闲得无聊惹的，上班哪会有这种事？"杨柳枝说。

是啊，杨柳枝说得一点都没错。熊秋英已好久没和同犯闹事了，在前不久大队召开的犯情分析会上，韩雪梅还肯定了熊秋英近段时间的向好变化，没想到各中队部分人"下岗"后，反倒惹出了这样的事。

"吃不住呢，总不上班还要出事。"当天下午，彭彩云坐在大队办公室的布沙发上，和祝教导员扯起了务虚又务实的话题。

祝春霞教导员已五十出头，是西山监狱的老人，几乎经历了西山纤维厂的发展壮大和巅峰时期，对这个自己奋斗了几十年的厂子感情颇深，她的丈夫、儿子和女儿都在厂子里，父子两人都是民警，只有女儿当工人。一家人的命运寄托在厂子里，厂子兴她家兴，厂子衰她家衰。因此她最关心企业的兴旺发达，近几年化纤行业的不景气，她是看在眼里急在心里，在机关科室工作的丈夫偶尔会带回些令人忧愁的关于钱的消息，女儿一个小工人，已被边缘化，既不知道厂里的什么事情，也拿不到几个钱，只有儿子所在的那个大队这两年搞机械加工，除工资外每年底还能拿到几千元奖金。但就整个厂子来说，确实一直在走下坡路，产品滞销，任务减少，而且这种消退的趋势和步伐还不知何时能打住。作为大队的一把手，她内心十分焦急。到目前为止，厂里没有拿出什么好办法消化那些多余的劳动力，只是听说什么厂里准备组建几个手工加工生产车间，但这些目前都八字还没一撇，而现在大队里那几十号多余劳力闲散休息了半个多月，吵架的事也发生了几起，连已开始稳定的熊秋英都老毛病发作了……"我也急呀，有什么办法，只有等。"祝春霞说的是大实话，作为一个生产车间，没有什么自主权，生产上的事只能由厂部定夺。

彭彩云说："春节后不知会有事做吗？"

"好难说。不过说快也快，一旦定下搞什么项目那就快了。"祝春霞说，"这段时间你辛苦一点，把这个年过好再说。"

彭彩云点点头，起身欲走。祝春霞又说道："熊秋英恐怕还得你去找下她。马上就过年了，禁闭室不能留人。"

"这两天我就去找。"

那天下午，刘强他们带着黄国庆返回监狱后，已过了下班时间。回到家，刘强还在换鞋子，闵冬香说："刘东打电话来，你爸又病了在乡里住院，问要不要来县医院。"

刘东是刘强的弟弟，在老家种田，和父母住在一起。父亲患肾炎多年，后又发展为尿毒症，上次在县医院住院时，主治医生说这个病县医院治不了，可到省里医院做血透，但费用很高，要么就去吃中药。家里条件不好，一生俭朴惯了的母亲听说去省里医院，一个月要花多少多少钱，吓得不敢吭声，立马就将他爹接回家，叫小儿子找到几十里外的一个郎中开中药吃。作为大儿子的刘强目睹这些竟束手无策。几个月后的今天，父亲又在乡医院住院。刘强知道这病好不了，来县医院也没用，除非去省医院做血透……

煮好面端上桌的闵冬香见刘强歪着头呆呆地坐在沙发上，人傻掉了一样。她坐到老公面前说："先吃饭吧。"刘强这才慢慢吃起了面。

过了一会儿闵冬香又说："老爸得这病也没办法。"

老婆是宽慰他，刘强心里明白。他有一口没一口地吃了半碗，就放下筷子说："什么时候回去一下。"说罢起身，就要出门。

"晚上还要进监呀？"

"到齐光辉家去一下。"

"打得不严重吧？"

"嗯。"刘强没心思回答她的话，径自出门走了。

齐光辉也住在监狱职工生活区。刘强在他家坐了一会儿，问了事情发生经过，见齐光辉鼻子被纱布包着，嘴唇上涂了紫药水，主要是口鼻伤，没什么大碍，安慰一番就出了门。

刘强回到家，闵冬香正一边打着毛衣一边看电视。她把音量关小些，问道："齐光辉不大要紧吧？"

"还好，口鼻伤。"

"男犯就喜欢用暴力。"

刘强没吭声，也坐下看着电视屏幕。闵冬香又说："会加刑吧？"

"肯定要加刑，要重判，性质不一样。"

"欸，"闵冬香忽然忆起什么似的，"你们今天送小亮他父子回去怎样？"

刘强说："还好，他弟弟同意收下小亮。"又看了一眼老婆说，"这件事还亏你辛苦了半年。"

"我只是支持下你的工作。"闵冬香真诚地说，"监狱干部太可怜了。说起来你还是个教导员，照理不比小明他们差吧？你看人家住多大的房子，我们多大的房子？人家多有钱，我们就比讨饭的好点。"小明是她的弟弟，在她家乡的城关派出所当副所长，弟媳妇在银行工作。

见刘强不吭声，闵冬香又说："又在乡下做新房子，叫我们回去吃上梁酒呢，说还买了一个店面。"

小舅子闵小明家刘强去过，房子是单位的，八九十平方米，虽不算大，但比自己家好多了。

"都是警察，他们收入怎么那么高？"

刘强说："基本工资都差不多，地方上有油水。你弟媳妇又在银行，银行几有钱呀。"

"听说他们银行每年年三十都要分奖金，一扎一扎地拿回家。"

"那有什么办法呢？"刘强笑笑说，"春生不也蛮好吗？"

刘强说的春生叫刘春生，是刘强堂弟，在县国税局当股长，官不大权大，在单位有套一百多平方米的大房子，还买了车，用的都是"大哥大"。

"我还忘了跟你说。"闵冬香侧头看看老公，"上次春生来坐了一下，不记得那天你怎么不在。他来了，看见小亮在房间里做作业很奇怪，我把门关上告诉他说是你手下一个犯人的孩子时，春生惊得'大哥大'都掉到地上，好一会儿才瞪着眼睛说'你们图什么？'。我说你哥也没办法。春生听我解释后说，这劳改队的警察真不是人干的。我哥好歹也是科长吧，在县里就是局长，那还了得呀？"

"没法比，和我一起转业的战友，公安、税务、银行都有，哪个不比我们好？没办法的事。监狱主要是没保障，厂子又亏损。"

"那句话怎么说？女的怕嫁错老公……"

刘强轻松地笑笑："男怕入错行，女怕嫁错郎。"

"我呀倒不是后悔嫁错你，就是觉得你不该进劳改单位。"闵冬香边打毛衣边说。

"怎么说呢？"刘强道，"我有战友都下岗了，人家不也要过？……我想啊，监狱总是执法机关，不会总这个样子的。"

闵冬香幽幽地："就你有信心。"

"不说了，洗脸去。"刘强起身进了厨房。

春节很快到了。年三十这天，早晨一起床刘强就跟老婆说了春节这几天的安排："今天开始我值班，值两天，初二上午下班后再回老家。"

过年期间的安排，夫妻俩早就说好了，刘强今天又说一遍，不过是重复一下，兼有与妻子打下招呼的意思。每年如此，春节放假他们几乎都要到监舍里值班。闵冬香只是个中队长，年三十很少排她班，初一后的几天排到哪天就值哪天班。两天前闵冬香知道自己今年初一值晚班，初二开始休息，但刘强就不同，作为大队一把手，他总是年三十和初一连值两天班，今年已是第三个春节了。闵冬香知道他责任心重，总是把最敏感的班次揽到自己身上，让同事轻松些。但作为妻子，闵冬香对自己丈夫的安全总是有所担忧。不像女的都是些婆婆妈妈、鸡毛蒜皮的小事，顶多吵吵嘴，打架也是揪头发，很少有刺刀见红的暴力事件发生，男的要么没事，有事就是大事，远有刘强前任应树根被杀致死，近有齐光辉被打受伤，这些血淋淋的事实无不令闵冬香心存忧虑。但她知道劝丈夫没用，只是在他出门时咕哝道："小心点。"

"我没事，你自己注意点。"

刘强走后，闵冬香见女儿刘梅还在睡觉，便收拾一下自己，轻轻关门上班去了。

年三十这天，全监犯人上半天班，中午收工回监舍准备过年。

刘强上班后先到车间和中队值班室转了一阵，再上楼到大队办公室。大队长龙文清和宁国华、万来福都在。

刘强刚落座，龙文清就告诉他："十一点犯人统一关机，清理车间下班。"

这是大队早定了的，刘强点了点头，看着三个领导说："刚才我跟刘光明他们也说了，今天下班搜身要严格认真，穿的又多，特别要注意犯人身上藏铁器。等下下班时，国华和小万去现场监督一下。"

宁国华和万来福点点头。

见刘强没再说什么，万来福汇报说："前几天，检察院不是来提审了王宝根吗，昨天下午两个办案的又来了，狱侦科陈科长也叫我去了一下。节后就会宣判。"

"会枪毙吗？"在办公桌上低头记账的女会计抬头问道。

万来福笑笑没有回答，宁国华说："殴打队长，肯定要重判。"

龙文清说："要在八几年，肯定枪毙。"

女会计看了一眼刘强，刘强起身道："不好说。我到监舍去了。"

在去大队监舍的路上，快到二道门时，刘强忽听背后有人喊自己，停下一看是陈兴国，他正三步并作两步地赶过来。

陈兴国休假外出了十来天，刘强知道他正在联系调往广东的事，等他到了面前，便笑盈盈地问了句"怎样？"。

"还顺利。"陈兴国陪着刘强边走边说，"广东那边同意接收，两个人一起去，来函了，这边也回了函。"

"那就要不了多久。"刘强说，"两口子一起走好。"

"我还走晚了。"陈兴国喜形于色地说，"去年有两个农场的都调去了，我在东江监狱都见到了一个。广东那边发展真是快，监狱都在搞外加工，像我这样中队一级的，年终奖都两三万……"

说着说着到了大院篮球场。刘强说："你要走，我真舍不得。你的话，王宝根还听得进一点，你一走就出事了。"

"没办法，这个人坏子烂了不得改，还要出事。"

刘强想起什么似的说："你们中队好像也是你值班，你看一下值班表，大队今天我值班。"

陈兴国高兴地说："我先到中队去一下。"

过年的气氛起来了。院子里、楼梯上不时有购物的人窜来窜去，会见后回监舍的人手上多半都提着东西，一副开心的样子。

陈兴国走进中队，方冬生、饶卫东见了他都非常高兴，寒暄一番后，吸烟聊天。

聊了一会儿，方冬生说："前几天请示刘教从互助金里开支了一千元钱，换成劳改币买了吃的，给了十几个没人管的。"

陈兴国点点头。方冬生又说："车峻回家探亲了，上午刚走。另外程才也想回家看他老爸，不够条件，请假也没先例，可能有点想法，但表面上没什么。"

陈兴国点点头，然后问道："黄国庆最近怎样？"

方冬生向饶卫东努努嘴："他和刘教专门送他回去了一趟。"

饶卫东接着方冬生的话茬，把上个星期和刘教导员送黄国庆父子回家的事告诉了他，并说了黄国庆这几天的变化："现在一有空就看农函大的书。"

"我都看到过几次。"方冬生说。

陈兴国表情严肃地说："有刘教，我们下面的人轻松多了。""那是。"方冬生他们点点头。

说着话就到下班时间了。方冬生、饶卫东走后，陈兴国去监舍上厕所。

走廊上不少人正在分饭。人们见了陈指导员，大多都打着招呼。在厕所门口见到童生财，陈兴国问道：

"最近身体怎样？"

童生财笑答道："马马虎虎。"

"家里来会见了吗？"

"来了，"童生财说，"老婆住了一夜，队长让优待会见的。"

陈兴国点点头鼓励道："养好身体，多得点表扬，减刑早点回家，好在也没几年。"

童生财笑着点点头："指导员说得是。"

从厕所出来，程才在走廊上等着他，挺高兴地和他打招呼。陈兴国边走边说："下午有空我找你。"

陈兴国拿着饭盒下楼时，二中队的人正下班进院子，人声有点嘈杂。严宝贤和带队的刘光明和他打着招呼，挺热情挺高兴的样子。

到二道门打饭时，刘强已在那儿。

两人回到大队值班室一起用餐。陈兴国说："送黄国庆儿子回家的事，饶卫东跟我说了。刘教，"他很真诚地说，"也不要把自己搞得太苦，你家条件也不好。"

"没办法的事。"刘强说，"我不帮他出小亮的学费，他弟弟就不愿意。帮人帮到底吧，反正都这样了。"

"广东那边的人……"

"那边的事我是想不了啦。"刘强打断他说，"你能去那边，我也高兴，不要忘了这边还有这么多战友就行。"

陈兴国认真地说："你是我大哥，到了那边，怎么样我也不会忘了兄弟们的。"

饭后，陈兴国打算回二楼。刘强要他就在值班床上休息，他去自己房间。大队值班室的床铺就是大队值班人员休息的，中队民警不需要值晚班，也没安排床铺。

陈兴国在大队值班室和衣眯了一会儿，两点后回到中队便让守门员把程才叫来。

"指导员走了好久。"程才刚坐下就主动说。

程才就这样，对自己感觉良好的队长不讲客套，放得开。

"指导员要调走？"

嘻，这家伙什么都知道。陈兴国晓得，队长们说话有时不注意场合，也不排除有人警囚不分。不过这也没办法，由来已久。但他马上岔开话题道："听说你想回去看父亲？这个事没办法，回家探亲要求很严，你要理解。"

"没什么，"程才笑笑说，"那天我想碰碰运气。"

"这事不会影响情绪吧？"

程才右手一扬，很认真地说："有你和教导员在，有人打我左脸，我宁可把右脸给他，也不会还手。我都四十多了，刑期不长了，我就一个目标：早点回家。"

"你有这种想法就好，不枉了队长教育。"陈兴国说罢起身。

程才边出办公室边说："指导员调走了，我会不习惯……"

陈兴国笑笑说道："刘教还在嘛。"

"也是。"程才点点头。他没想到，不久后他最依恋的刘教导员也离开了他。

第二十五章　刘强履新

　　世事沧桑，物是人非。短短两个月，三大队一中队乃至全大队的犯人们都经历了震撼人心的巨变。先是中队指导员陈兴国离开西山监狱南下广东去了，接着大队教导员刘强也离开三大队调任监狱狱政科科长，走上了新的领导岗位，让很多人依依不舍。更让人一时难以适应的是，他们天天用来生产的有梭织机居然全部停产，他们干起了组装彩灯的活儿，一时很不适应。人们不知道，一年来西山监狱管理层就企业的生存和发展前途经历了一个怎样的艰难抉择的过程。由于近年来纺织品市场疲软程度加深，西山纤维厂的产品销售受到巨大冲击，监狱领导层不得不痛下决心，让三大队整建制地转入节日灯加工，同时四大队也分流出一个中队并入三大队从事节日灯加工，二大队也分流出一个中队与一大队合并组建新车间加工节日灯，全厂形成了近千人的外加工队伍。

　　刘强到狱政科上任的当天下午，监狱长金洋到刘强办公室打了一转。刘强明白自己能到狱政科科长这个位置，与金洋不无关系。狱政科在监狱机关是个十分重要的机构，能到狱政科坐把的人不一般，自己虽然与金洋并无什么别的关系，但金洋显然把自己纳入了他的麾下，因此刘强对这个昔日的老领导心有所感。现在他就坐在刘强办公桌前，刘强要给他倒水，金洋制止他说："我说两句，马上走。"

　　刘强定定地看着他，脸上带着虔诚的准备恭听的微笑。

　　"给你报的省局先进工作者批下来了，不是年龄过了，还可给你报后备干部。

让你当这个科长，我最放心。"

刘强说："金监放心，我一定把工作做好。"

"我还有一层意思你没明白，高监提拔不久，过去又一直搞生产，你要多深入下去摸情况，把握犯情。"

刘强很认真地说："我明白，请金监放心。"

金洋走后，刘强拿出工作笔记本写了好一阵子，最后才叫副科长江明良过来把分工说了一下："科里的内务、外勤，包括会见室都由你分管主抓，平时一般的事情你拿主意，大一点的事就跟我说。我主要精力是抓秩序保稳定。科里的事你多操点心。"

见江明良笑笑，刘强又道："现在监狱正处困难时期，上午你也说了，围墙多处要维修加高，电网生锈老是断电，都因为没钱搞不了。以后警戒设施一块力度会加大，但人防是没办法代替的，所以我主要精力要抓管理。"

"一定当好助手。"江明良谦虚地点点头。

"等下你跟我到围墙边去转一下，"刘强看看表，"四点。"

江明良点头答应走了。不一会儿，刘强把内勤邱淑兰叫过来，让她把近两年下发的文件找给他看。邱淑兰笑笑说："科长，文件好多，我要找一下才能给你。"

"没有一年一年装订在一起的？"邱淑兰有点歉意地笑笑："没有。"刘强点点头："找了就放我桌上，我和江科长要到里面去。"刘强走时把门锁上了，邱淑兰有他办公室的钥匙。

刘强和江明良进了监狱后，他们从四大队车间与监狱围墙之间穿过去。空间狭小，两墙之间不足四尺，还有一道地网，他们只能紧贴着车间墙根缓慢前行。

江明良一边说着"注意，慢点"，一边在前头带路。左拐走过五六十米后，进入到印染车间后面，路更难走了，这里两墙之间稍宽些，除了地网还有一条小水沟，沟中水是从污水处理池排出的污水，常年汩汩地流着，散发出一种化学性质的酸腐臭味，水沟两旁的杂草丛冒出了不少绿草和野花，一些半人高的枯草朽枝拦住人的去路。

刘强跟着江明良，时而在水沟边深一脚浅一脚地走着，时而又停下来，看看电网，看看墙外大树与围墙电网的距离。

前面一道拐弯，拐弯处一座武警岗楼赫然在目。值勤武警见两个着警服的男子慢慢走来，没有吭声，只是盯着他们看。其实他早就发现了他们，知道是监狱监管部门的民警在巡查围墙电网，只是好久没见有人走过，觉得稀奇。

江明良抬头望望岗楼招招手，算是向武警哨兵打了招呼。哨兵并不认识他，没搭话只是笑笑。

从岗楼下穿过后，往前走几十米，便是基建大队生产车间。这一段的围墙绵延数百米，有几个拐角，围墙与车间距离较宽，地网内侧修了一条一米多宽的水渠。不过围墙很多地方不达标，两百多米围墙不仅内外地势呈内高外低落差大，而且墙内排水沟为片石砌筑，排水常年从墙根渗出，墙基严重腐蚀，有段围墙整体出现了落差十几厘米的倾斜险情。

刘强站在水沟内侧，看着眼前这段围墙默然不语。以前在大队从没到过这围墙边，如今身临其境顿感压力陡增。江明良在一旁说：“这段围墙丁科长在时就说要想办法修，一直没钱。”

“走吧。”刘强今天主要是摸围墙情况，其他事日后再议。他们沿着水渠往前走，拐了几个直角后，才到男犯监舍后面围墙，从围墙边穿过男女犯大院隔墙，进入到女犯禁闭室和伙房、猪舍后面的围墙区域。由于围墙弯处多，围墙内侧地形复杂，他们走得好艰难，到太阳下山了，早已过了下班时间，围墙上的照明灯也亮了，他们还在东面围墙处往监狱大门方向行走。

估计是光线不好吧，岗楼上的武警战士居然把探照灯打了过来。

江明良怕出误会，赶紧立在原地，朝探照灯挥了好一阵手，探照灯才熄灭。江明良被探照灯的强光照得两眼昏花，好一会儿才恢复视力，不由得骂了句：“神经病。”

“回去吧。”刘强见时候已晚，便带头从发电房后面走出，回到厂区大道。

“围墙边有条路就好，”刘强说：“现在这样查电网都难。”

“每次电工检查电网都好艰难，哪怕有条小路过得了一个人都好。”

出了监狱后，刘强看了一眼围墙外又说：“明天到围墙外去转一下。”

回到家已六点钟了。刘梅一见父亲就说：“爸一升官下班就晚。”

“怎么回来啦？”刘强奇怪女儿今天在家，平时她都在学校。

"陪周静文回来，吃了饭再走。"刘梅说的周静文是她同学，从小学、中学一直到读司法警校都是同学，都住在生活区。

吃饭时刘梅问道："爸，科长大，还是教导员大？"

"一样，都是正科长。"闵冬香替刘强答道。

刘强说："大是一样大，工作范围不一样，一个点，一个面。"

"我知道了，就是你不直接管犯人了，"刘梅说，"不用把人家的小孩带回家。"

闵冬香白了女儿一眼道，"你爸也是没办法。"

"我知道。"刘梅嘟着嘴说，"我爸思想境界太高了，现在的人哪个不自私自利？……我不反对你们帮别人，就是不想别人睡我的床。"

"终于露出狐狸尾巴了吧？"刘强放下碗筷慢悠悠地说，"让那个黄国庆儿子到我们家也是没办法，他弟弟和丈人都不肯收留，总要有个人来收留吧，不然黄国庆不是又要跑吗？陈兴国他们几个人小孩都小，谁也没法管，只有我们家作点牺牲了。好在你没在家，不然想管都管不成。当然主要是你妈心好。"

"算积德吧。"闵冬香说，"好在现在不会有什么麻烦事了。"

刘强笑笑地说："好难说。狱政科找的人不会少，不是麻烦事不会找你。"

闵冬香母女俩刚吃完饭，都没吭声。

"我先给你们交个底，省得以后麻烦。"刘强说，"第一，我不在家你们不要理犯人家属；第二，谁送东西都不要收，万一有家属借口帮教要上门，你们就让他去科里找我。"

"真是雷锋加焦裕禄，"刘梅起身说，"我走啦。"

"嘻。"闵冬香看着女儿出门，收拢了眉头。

"这代人都差不多。"刘强说，"这就是独生子女的'好'处。"

"我要进监去了，"闵冬香边穿警服边问道，"今天你不进监？"

刘强起身收拾碗筷，一边说道："进哦。以后我每天都进去一下，早上有空也会去。"

"早上还提前？"闵冬香站在门口说，"饭也烧不赢呀。"

"煮面吃。起来晚了，就到外面买馒头。"

刘强就这样的人，有了主意就会实施。闵冬香拿他没办法，两口子都四五十岁了，他们也没别的啥事，他把精力花在工作上她也无所谓。于是，刘强自担任狱政科科长后，连自己的生活起居都改变了不少，每天早上六点来钟起床，等闵冬香烧好面条吃了就走；如果起来晚了，出门买两个馒头边走边吃，早早地就到了监狱。

其实，刘强每天早早地到监狱里面去也没什么具体的事，无非就是在厂区大道上遛遛，看犯人上班情况，或到男犯大院转一圈。三大队和一大队全部在监舍组装彩灯，二道门人员进出少了，搜身的任务也减轻了，但两个大院的监管压力加大了。这些都是刘强操心的事，每天早晨匆匆赶往监狱，一路上看到跑步晨练的，他从不羡慕，反而感到自己充实；晚上进监也一样，是他自找麻烦，"闲得无聊"。因为他不像年轻人那样喜欢打牌、摸麻将，把时间泡在监狱他觉得没什么，劳改工作就是磨时间，尤其安全工作就是要靠人死盯，盯死。他觉得劳改工作不是什么高科技，尤其是自己这一角色需要的是勤快、勤快、再勤快。这就是他的指导思想，在这种理念的支配下，刘强几乎天天晚上进监，他都不觉得累，似乎乐此不疲，像机器人一样不停地、周而复始地运转着，消耗着自己的时间和精力，以至高副监狱长都曾情不自禁地说："有刘科长，我出差都放心。"

也许是天道酬勤吧。六月的一天晚上，进监的民警们早已回家了，刘强才从男二道门出来，慢悠悠地向监狱大门口走。出于职业的敏感和习惯，每到晚上在监狱里面行走，刘强都是眼观六路，耳听八方，因为从大院到监狱大门，一路上除了锅炉间，左右两旁不是车间就是仓库，弯弯角角的地方很多，隐患也多。尽管社会上"严打"不断，监狱里每年也都不停地开展"整顿监规纪律"之类的活动，但罪犯中的反改造活动和破坏监规纪律的行为时有发生，屡打不止，屡禁不止。分管改造工作的高副监狱长也对刘强提出过要求，希望他进一步严格执法，打击歪风邪气，确保监管秋序稳定。领导的要求很明确，监狱的情况他也很熟悉。西山监狱虽然关着几千人，男女各半，但他几乎不去女犯大院，无论是白天和晚上进监，他都待在男犯大院或生产区域，他知道，抓住男犯就抓住了牛鼻子，只要男犯没事，西山监狱就没事。因此他总是在女犯大院之外的地方打转，而且经常"神出鬼没"，让人摸不着他的行动规律……这天晚上，时近十点，两个犯人从车间溜出来，窜到一个他们事先储藏白酒的地方，准备将十几瓶"杜康"酒转移到另一处，再寻机带回监舍。当他们扛着纸箱在厂区大道上行走时，不巧被十米外的刘强发现。虽然夜色不好，路灯不大亮，但朦胧中刘强还是觉得前面两人可疑。他疾步上前，大喝一声就冲到他们面前，见两个犯人不怎么面熟，便问是哪个大队的，这么晚出来干什么。

"我们给大队搬料。"一个回答道。

"这么晚搬什么料，怎么没有队长带？"刘强不容分说地命令道，"放下。"

两个人没办法，只得把纸箱放下。

"打开。"刘强命令道。

两个人极不情愿地打开了纸箱。

刘强用手电一照，箱中酒立刻现了原形。

"走，到你们车间去。"刘强押着两人到了他们车间。后经查实，酒是该大队一名民警违纪给他们购买，分几次带进监狱来的。两个犯人自然被关禁闭，那名民警也被监狱纪委警告一次，调到男犯二道门值班去了。

查处犯人的违纪案件，却又牵出一名管教队长并严肃处理，这是刘强始料未及的。每天从二道门进出，有时碰到那民警还遭其不睬，让刘强心里不舒服。最初，刘强觉得这个民警受罚，心里一时还有点过意不去，后见此人不但毫无知错悔意还怪罪于他，刘强便不再有愧疚感了，心想自己只是出于公心严格执法，又不是冲着你民警来的，你不理解也没办法，我总不能因为怕阴差阳错间接得罪民警而不去执法吧？如此一想他不再有心理疙瘩，反而觉得幸亏管教干部队伍中这种害群之马少，不然这监管工作就真难做了。

为了监狱的安全稳定，刘强照常我行我素，日复一日地工作着、巡查着，有时沿着围墙巡查电网，有时也会到各大队监舍"闲聊"。

一个休息日的下午，刘强来到三大队小院门外，透过窗户见大队值班室门开着便径直进了院子。守门的见刘强来了，早早地把门打开等着。

刘强走进大队值班室时，万来福好高兴，热情地让座。今天他值班，见刘强有段时间没到他们大队来了，便倒了杯水放在茶几上。

两人寒暄一会儿后，万来福提起狱政科最近制作下发的罪犯身份卡一事，夸奖说："这个卡好，方便犯人打电话、购物。"万来福说的罪犯身份卡是由刘强他们狱政科设计制作的一种磁卡，目的是为了方便和规范犯人进出车间和二道门、存用现金购物和打电话等，提升管理水平。

"用起来方便就好。"刘强笑笑。

"有件事要跟老领导汇报，"万来福说，"一中队的程才和罗细苟记得吧？前几天犯情分析会上，听方冬生汇报说程才向他反映，罗细苟最近情绪有点不对，他老婆好久没来了，不知有什么情况。他们找罗细苟谈过话，据罗细苟说他'家里是有事'，至于是什么事他一直不肯说。他们分析肯定不是什么好事，要防止他产生逃跑思想，还在继续做工作。"万来福说到这，顿了顿又说："三大队犯情复杂，先跟老领导说一下，管教会上再汇报。"

刘强点点头："程才没多久了吧？"

万来福说："上次减了刑，没多久了。"

刘强问道："犯人彩灯做得怎样？"

一提起做彩灯，万来福就皱眉头。他说："转产做彩灯后，队长、犯人都有情绪，现在习惯了才好些。"万来福说，"做彩灯主要是工钱低，时间长。做一串灯才五角钱，一个人一天做到晚也就十来串，挣不到几块钱。要求太高，一串灯死泡不能超过两个，盘板要匀称，用电笔画，亮熄都要正常，损耗率不能超过1%。这些人以前在车间都是站着，现在一天到晚坐着，哪个都喊腰酸背痛，思想工作也不好做了。"

两个人聊了一阵后，刘强离开三大队往二道门走去时，碰到饶卫东带着王宝根从医务所出来。

看着王宝根一副病态的样子，刘强问"什么病"，王宝根不吭声，饶卫东："总说头痛，医生也查不出什么。"

刘强看着他们往三大队走去，好久没回头。王宝根上次对齐队长行凶被加刑至死缓后，他和陈兴国、万来福甚至高副监狱长都找他谈过话，但谈话结果只有天晓得。表面上，他表示顺从，但骨子里谁也摸不透，不像程才有什么说什么，他却是个少年老成的家伙，难以捉摸。

刘强别转头，见天色尚早，决定去巡查一下生产区域的围墙电网。

出了二道门，往左边走过去不远就是养猪场。刘强到猪场边看了一下，徐发根和陈玉梁一见刘强，笑笑算是打了招呼。两个犯人他认识，都是经过批准允许单独在猪场自行干活的，后勤中队就马小牛一个民警，不可能天天守着他们。

从猪场旁边直插过去，很快就到了围墙边。现在围墙内侧比以前好走多了，大部分地段修建了巡逻道，尽管几个地段车间离围墙太近，无法修建巡逻道，只是将水沟内沿作了硬化处理，但也比过去好多了，不必再深一脚浅一脚地往前走。

走了没多远，刘强来到基建大队地块，这里是基建大队"总部"，有办公室和仓库，还有部分露天工作间。大队院子的两扇铁门上了锁，但门缝很大，探头可将内情一览过半，二览无遗，而且两扇门也不高，厉害点的人完全可翻过去。他记得八几年的时候，一个犯人就是从这里偷了一部楼梯爬墙逃出去的。

刘强不禁很认真地从两门间往里看，露天工作间乱七八糟，堆放了各种建材和工具，尤其是靠墙一角还有几根五六米长的杉木，连皮都未刮。刘强的眸子在杉木上扫了几眼，心里不淡定了：有犯人要想逃跑，这几根杉木就很可能被盯上……不行，明天一上班就得来找一下他们。

沿着围墙往前走，不远就到了污水处理池后面。刘强看看墙上电网，又看看地网，猛然发现水沟里有两个酒瓶子。蹲下仔细一看是"三花"，还挺新的，显然是不久前被人丢在这里的。

刘强生气了，还有人在顶风作案。两个月前查处了两个犯人一个民警，这些人还不怕，地下航线还在运行。看起来抗改分子确实嚣张，内奸也不止一个，怎么办？虽只是两个空酒瓶子，但只要认真查就一定能查出。可是查出犯人后又必定牵出帮凶，怎么办？不查，睁只眼闭只眼算了？可是不严厉打击这种行为，让犯人在狱中喝酒甚至酗酒的后果是监狱安全稳定所承受不起的，可一旦查了又要牵出经营地下航线的人……尽管他们是自作自受，可自己又得罪人，上次已得罪了一个，至今还遭其白眼，难道现在又要树敌？

刘强离开原地，沿着水沟的硬化沟沿边走边看，边走边想。等到从四大队旁边围墙走出，来到监狱大门内侧那道重新漆过、非常耀眼醒目的红色警戒线边时，刘强心里一亮，立刻打定主意：查，坚决查！绝不能让歪风邪气占上风！

第二十六章　假医脱逃

"那个卖酒的家伙调走了，还记过、罚款一千元。"

下午一上班，江明良将一份监狱纪委下发的通报送到了刘强面前。

刘强瞄了一眼说："我知道。"通报中点名的那个人即江明良说的"那个家伙"，是刘强这次从"两个酒瓶"案件中挖出来的一条地下航线中的大鱼。原来，为破获地下卖酒案件，刘强反复观察分析问题有可能出在夜间十点后总务科送餐进监的人身上，于是他一连几晚上守候在一处绿化带旁，终于逮住了那个利用送"加班餐"卖酒的家伙。据两个涉案犯人交代，这人暗中卖酒已有一年之久，和他们交易了六次。

"难怪里面酒断不了，原来是这个家伙。"江明良十分高兴地说："原来我们也想了好多办法，就是抓不住他。"

刘强咧嘴笑笑，未语。

"现在好了，地下航线斩断了。"

"希望吧。"

两人正说着话，生活卫生科内勤小杨走进办公室，把一张审批表递到刘强面前。江明良与小杨打过招呼后起身出了门。

小杨说："魏科长说，柳如玉春节排节目表现突出，给她报个单项表扬。"

"柳如玉在你们那里倒是发挥了作用。"

"怎么说呢，"小杨轻声说，"排排节目可以，好多人嫌她，就是我们科长蛮照顾。"

"哦。"刘强说，"批了后给你们。"他知道柳如玉是个敏感人物，一直有人在关照她。魏科长是男领导，不直接管女犯，他关照柳如玉也许是事出有因。作为一个工作多年的过来人，刘强不愿掺杂其中，因此别人类似这样的话他不愿多听。

小杨走后，刘强开始看省局下发的几个文件。一份文件没看完，涂小强走进了办公室，屁股还没坐下就向老领导诉起苦来："忙死了，忙死了。老领导，你走了我更忙了。"

刘强看着涂小强笑而不语。

"老领导把我调你这来算了。"涂小强说。

刘强还笑笑。

"不懂装懂，乱来。"

刘强见他话中有话，似乎暗指某人，但他就是不接话。

涂小强见门外有人过来看了一眼，也就不说话了。他言归正传地说："领导说请你们科安排车子，送王宝根去劳改医院。"

一听王宝根要去劳改医院看病，刘强问道："什么病要去劳改医院？"

"头痛，吵了好久了。"涂小强说，"医务所也看不出什么，只好让他去劳改医院检查下，万来福也同意。"

"这家伙最近表现有什么反常吗？"

"反应还好。"

刘强顿了顿说："这样吧，你们大队除了去两个人护送，再去个领导。"

"哦？"涂小强说，"那我跟他说。"

第二天上班后，像往常一样，江明良在监狱门口等到警车一起进监狱去接就诊人员。

警车停在二道门里面，江明良下了车，几个男犯大队的管教队长押着就诊犯人在候车，也有的刚从篮球场那边走过来。

"抓紧上车。"江明良说。他看看天，早晨还朝霞满满的样子，现在却乌云吞日，天暗下来，远处层层叠叠的黑云向这边推攘过来，在半空中越积越厚，密密匝匝地笼罩着地面，似乎要下大雨的样子。

万来福、方冬生、饶卫东押着王宝根走到警车边时，江明良笑着对万来福说："亲自护送呀？"

"不是你们要求的呀？"万来福也笑了。

"要下雨了，赶快走。"见众人上了车，江明良拉开副驾驶门一跃而上，"砰"的一声关上门车就启动了。

王宝根等三个犯人坐后排，六个队长坐前两排，另一个队长坐在驾驶室中间凸起的"台子"上。那个队长王宝根不认识，他感到有点开心，自己大队的几个队长和领导都背向自己，让他的心理压力顿减了许多。

自打了齐队长被加刑至死缓后，王宝根就打定主意逃跑。这牢坚决不能坐了，一年两年都受不了，还想叫我坐到死？尽管几个队长和大队、监狱领导都找他谈过话，让他安心改造，说什么"前途还是有的""再改造十来年就可以出来"，真是病在别人身上不觉痛，十几年的牢饭，你们来吃试试？他从来就没打算在这里久待，只是这里围墙虽不高，但自己却没本事出去。打队长判死缓后，他内心更加快了要跑出去的准备节奏，经反复权衡，打定了一个装头痛病去劳改医院伺机逃跑的主意，只是队长盯得紧，他得先"卧薪尝胆"，让队长们麻痹后再说。于是他每天跟大家一样，按时到五楼加工场所去做彩灯，还装作"头痛不下火线"的样子，给队长们留下了"有变化"的好印象。队长带他去过医务所，医务所医生表示没法诊断后，为了加快外出看病的步伐，一次下午劳动时，他竟然一下"栽倒"在地，让队长们最终决定向医务所要求送他去劳改医院看病。现在计谋终于得逞，王宝根暗自得意。他想等下到了医院肯定要做检查，手铐脚镣就会下掉，那时就有机会……

十分钟就到了省劳改医院。车在门诊部门口停下后，人刚下车，忽然一阵大雨落下来，风起天暗，一会儿就雨雾茫茫，天地浑然一体了。

进了门诊部，江明良让几个队长先去一人挂号，然后再分别带他们去相关科室就诊。

民警和犯人走后，江明良一人独自待在门诊部过厅，和劳改医院的一个熟人说了一会儿话。劳改医院是省监狱局管辖的一所专门为全省在押罪犯治病的医院，医院规模中等，分为门诊、住院部和监内住院部三部分，医疗技术和设备相当于县级医院，基本能满足犯人中各类疾病的治疗需求。对劳改医院，江明良比较熟悉，每个月他都会带人来这里。每次他都守候在挂号处附近，有时移步门外抽支烟，和熟人聊会儿天，但他的视线基本不会离开挂号处，一旦有队长拿着单子过来，他就会上前过问，掌握犯人就诊进展情况。

今天的天气迥然不同，早晨都好好的，八九点钟却下起了大雨，现在还在下小雨。过了会儿，风停了雨没了，太阳从云间照下来，天又开始闷热起来。

江明良站在门诊部门口刚抽完一支烟，忽见万来福和方冬生往挂号处走来。万来福他们见了江明良，便过来告诉他说王宝根又说胸口痛，医生让他拍片子，饶卫东带着他在排队。

万来福拿出烟，打一支给江明良，江明良嘴上说"刚抽"，手却伸过来接烟。方冬生也接了一支，说几句话后就到挂号处去了。

二楼拍片室门口，光线不大明朗，走廊里五六个人坐在长椅上等候检查。王宝根排在倒数第二个，饶卫东坐在对面的长条椅上抽着烟，周围只有他一个民警。

忽然，王宝根"哎哟、哎哟"地叫了起来，起身看着饶卫东说："饶队长，我肚子痛，要拉屎了。"

"哪来那么多屎尿？"饶卫东起身狐疑地看着他。

"哎哟，不行，"王宝根近乎哀求地说，"快要拉了。"

饶卫东见他那样子，只好将他带到走廊尽头去上厕所。到了厕所门口，王宝根伸出两手，意思是让他开锁。饶卫东只好将他的手铐打开，让他进厕所，自己则在门外候着，慢悠悠地吸着烟。

一支烟没吸完，饶卫东到厕所门口去叫了声"王宝根"，没反应，又叫了声，还没反应。饶卫东顿时惊了一下，忙冲进厕所，见地下有件打标记的囚服，扑到窗台上往下看，只见楼下堆满了砖头和沙子，旁边一栋房子在打地基，而王宝根已不见了人影……

惊出一身冷汗的饶卫东忙跑出厕所，往走廊中间飞奔而去，与刚上到二楼的方冬生撞了个满怀。

"王宝根跑……跑啦。"

"跑了？……从哪里跑的？"方冬生一把拉住他。

"厕所，刚跑。"

方冬生命令道："快通知万教，我去追他。"说罢就往楼下奔去。

劳改医院四周都有围墙，进出都得经过大门，大门口有门卫。方冬生气喘吁吁地跑到大门口，问了一声门卫，门卫茫然无知，他便站在门外往公路两头张望。

公路上各种车辆还有行人来来往往，穿梭不停。方冬生两眼急速地扫视着左右两个方向过往的行人，心中焦急得不知如何是好。

忽然数十米外有个人影横过马路，方冬生仔细一看是王宝根，正要去追，背后却有人喊了一句"小方"，他忙向后看了一眼，江明良、万来福正朝门口赶来。

"在那边，快追。"方冬生大喊一声，就往马路中间冲去。

说时迟那时快，方冬生一个箭步冲到了公路中间。就在他要冲过公路时，一辆黑色越野车为了超车从一侧冲过来将他撞倒，车轮从其左腿上辗压过去……

江明良、万来福目睹了刚才一幕。他们大喊着"小方"的名字，冲到了他身边。江明良冲到已停下的越野车前控制住车辆，一边用对讲机通知司机老熊将车开出来，并将情况告诉了刘强。万来福没有看见王宝根，也顾不上他了，忙俯身去扶方冬生。

车祸发生后，医院左前方的公路一侧很快堵起了长龙，现场挤满了惊讶围观的路人。司机老熊拉着警笛好不容易将车开了过来，万来福一见他就说："要担架，救护车。"

此时的方冬生已被万来福扶起上半身，人虽清醒，但双目微闭，一副非常疼痛的样子。两条腿瘫在地上，左脚已变形，橄榄色警裤都嵌进了小腿，脚下一摊血在汩汩地流着，惨不忍睹……

江明良在不停地打着电话，一部警车，还有一部警用三轮摩托车赶了过来。车上的人见江明良向他们招手，都赶快下车挤进人群。狱侦科陈爱国科长等人见方冬生出了车祸，又没来救护车，六七个人干脆就将方冬生抬起往劳改医院迅速奔去……

此时交警赶了过来……

此时，西山监狱也快乱成了一锅粥。刘强将王宝根脱逃的消息报告高正平后，监狱立刻拉响了警报，机关科室的男女民警不知发生了什么事，因为大白天从来没报警过，出事都是在晚上，但狱政科的人在吆喝："跑了人，快下去。"

很快，监狱大门口聚集起了一百多个民警和工人，大门一侧的小门不时有人出来集合，武警战士已在门外集合待命……

临时设在办公楼一楼的监狱追逃指挥部里，金洋、高正平等领导正和刘强紧张地分析情况，按照既定方案派出追捕小组。狱侦科长陈爱国等人被第一批派出……

就在这时，刘强又接到了江明良的电话："方冬生被车撞了……"

"什么？"众人几乎惊叫起来。

等弄明白原委后，金洋下令刘强："通知江明良，先送劳改医院处理。"然后又说，"高监和赵监、刘强指挥追捕，我去医院。"

"金监最好留下，局里肯定要来人，还是我去下，等下对讲机联系。"高正平说罢，见金洋点下头，便起身出了门。

再说王宝根从厕所跳下，落到一堆砖头上后，见工地上的民工并没注意他，便往不远处的围墙窜去，他不敢往医院大门走，朝着围墙方向，往没人的墙根下溜，不一会儿就窜到了围墙边，费了一番功夫爬上围墙。骑在围墙上，借助树枝的荫蔽，王宝根辨别了一下方向，跳到地上后便快速横过公路，拦住一部的士，很快就远离了劳改医院……

追捕逃犯王宝根的工作在西山监狱全面展开。监狱追逃指挥部在一个小时内集结了大批警力，并在省监狱局有关领导的现场指挥和沟通下，数十名武警战士也加入到了追捕队伍中，在监狱所在地周边的交通要道层层设卡盘查，并派出几个精干小分队前往王宝根家蹲坑守候，一张追捕王宝根的无形天网迅速张开。

紧锣密鼓追捕王宝根的同时，抢救方冬生的工作也在迅速展开。由于方冬生左小腿几乎粉碎，劳改医院的医生不敢让他久留，在做了一些最初的检查和初步处理后，很快将其送往一家省级医院去了。

二十四小时过去，西山监狱追逃指挥部没有一丝一毫王宝根的信息。

两天过去，仍没有消息。

到了第三天，追捕王宝根的无形之网在扩大，一些熟悉王宝根的民警也派得差不多了。追逃指挥部分析，王宝根也许没有往安城方向逃窜，而是先往北再往西，从安奉那边潜逃回乡。为加强对王宝根家乡一线的追捕力量，指挥部决定由刘强带一个小组到王宝根可能逃窜经过的县城去搜捕。

这天下午，刘强和两个机关科室民警乘坐借调来的警车赶往目的地。为节省时间，熟悉周边地形的刘强决定抄小路，穿过西山直奔山北的县城。

汽车在弯弯曲曲的公路上疾行。进入西山山区后，里面道路虽不宽，但路面已硬化，路况不错，两旁草木青翠，山林葱郁，汽车时而上坡时而下坡，有时又在山间盘旋，林中穿梭，溪间蜿蜒。太阳不甚厉害，阳光从树木间洒落下来，远处的云雾在山间游走，一派旖旎风光。

迷人的景色没有吸引刘强的注意。一路上，刘强没说什么话，只是在坐进副驾驶室时礼貌地跟司机打了声招呼："辛苦李师傅了。"李师傅是少管所的警车司机，他很热情地说："都是一家人，客气啥？去年河西监狱抓人都借过我的车子。"李师傅性格开朗，话匣子一打开，便时不时地没话找话说，后来见刘强他们不怎么说话，心情很沉重的样子，便也不再吭声了。

一个多小时后，刘强他们到达的目的。先找到县公安局，将监狱印发要求公安部门协助追捕的有关材料给了对方一部分，并向县公安局有关部门领导介绍了逃犯王宝根的情况，听取了对方在县城搜捕该犯的建议。

离开县公安局后，刘强腰间的BP机响了几下，一看是家里的电话。

"刘科长，是不是有好消息？"坐在后排的小高说，追捕三天了，民警们都希望能接到单位的电话，期望有什么好消息传来。

"家里的电话。"刘强随口一说，心中一丝隐忧袭来：老婆知道他出来了，这个时候来电，家里不会有什么好事。

在一家旅店办手续时，刘强要了店里的话机拨通了家里的电话。刘强一句"喂，是我"还未说完，就听女儿刘梅在电话那头哭着说："爸，爷爷……"

刘强一听估计大事不好，便要女儿让她妈接电话。很快，闵冬香告诉了他"父亲过了"的消息，让他一下蒙了……

办好手续的小高来到身边，见刘强脸色煞白，问道："刘科长没事吧？"

"没事。"刘强仿佛惊醒似的，又对着话筒说，"你和小梅先回去，我过几天再……再回去。"他听着老婆说话，见小高离开了，接着说："怎么不行？我带了一个组在外面走不了。先这样，你们早点回去。"说罢把电话挂了。

旅店服务员要刘强付钱，小高走过来让她结账时再说，并引着刘强走开几步说："反正没东西，先不去房间，吃了饭再说吧。"

刘强点点头，看着李师傅说："找个实惠的小店，点几个菜招待下李师傅。"

"李师傅辛苦了。"小高笑着说。

"应该的。"李师傅说着话，就去把车停到后面院子里。

没走多远，刘强他们就在一条街边小店吃晚饭。几个人都是便装，尽管是外地口音，也未引起他人注意。吃完饭后，刘强说："等下我们就到旅店去巡查，王宝根这小子享惯了福，身上恐怕也有点钱，住饭店可能性大。"

饭毕，几个人就沿着街边走去，连李师傅也加入了他们的队伍。

西山监狱追逃指挥部估计的没错，王宝根那天乘的士离开西山后，他反其道而行之，没有往西走国道，而是一路往北逃跑，第二天就到了西山北面的这个小县城，在县城边上的一家小旅店住了一夜。

不过，这是昨天的事了，可惜刘强他们晚到了一天。

这天一大早醒来后，机警的王宝根又一反常态，他没有乘车走省道，而是在县乡公路上搭便车回自己县。在离县城两三公里处提前下车，再步行绕道走小路，敲开了朋友徐长明父母的家门。

西山监狱狱侦科陈爱国科长率领的一个追捕小组，在王宝根脱逃的当天晚上就先行到达了王宝根的家乡。几天来，在当地公安部门的协助下，陈爱国领着小组成员走街串巷，辗转往返，摸清了王宝根最有可能找的人，并找到了王宝根一个徐姓朋友的下落，掌握了徐某父母家的住址。经请示追逃指挥部后，离县城最近的一个追捕组也赶来增援，张网待捕王宝根。

这是县城一个单位的生活区。这天下午，陈爱国他们找到这里时，房子前有几个老太太在唠叨。这个生活区相对封闭，里面环境一般，但比较安静。与陈爱国他们同来的另一个追捕小组跟着他们若即若离的样子。

"请问几位阿姨，徐长明是住这里吧？"陈爱国走向前问道，挺和气的样子。

几个老太太见来了人，显出有点冷漠的样子，摇摇头说"不认识"。

陈爱国心里有点犯疑，这里的人怎么这样不友善，莫非有何隐情？他只好赔着笑脸问了好几遍。

"你有什么事？"一个老太太看了他一眼。

"我是徐长明的朋友，从九州来。"

老太太又问："你们找他有什么事？"

"没事。"陈爱国一副很随和的样子，"我出差来这里，顺便看看他。"

老太太见几个年轻人不像歹人，便说道："他是我儿子。"

"哎呀，伯母好。"机灵的陈爱国马上向老太太拱手作揖。

一听对方叫自己"伯母"，老太太便起身笑着，要请几个知书达礼的年轻人"进屋坐坐"。

陈爱国他们假装客气地说"不坐"，已经放心的老太太却硬把他们请上楼了。

进屋后，陈爱国他们嘘寒问暖，闲谈中又巧妙地从老太太那里打听到昨天有一个劳改过的人来找过她儿子，并了解了那人的身高等特征。陈爱国思忖，此人很可能就是脱逃犯王宝根，只是不知道他会躲藏在哪里。坐了会儿，陈爱国表示希望见其儿子一面，老太太便将儿子徐光明新房的住址告诉了他们，说房子还在装修，儿子有时会在那里。陈爱国他们便告别老太太，出门下楼。

再说前天王宝根抄小路潜逃回家乡后，当天晚上便敲开了徐长明父母的家门。因不便在父母家住，自家又还在装修，徐长明临时安排王宝根住在附近一家私人宾馆，并约好有事傍晚后到他父母家找人。

也许是天绝其路吧，这天下午五点不到，王宝根就提前来到徐长明家。连续几个晚上进了按摩店，过了老瘾，但今天躺在床上还想要女人，并且想起了过去那些"老相好"，只是听徐长明说了她们的近况后，又没有底气去找她们，觉得自己今非昔比。不过他觉得此地不宜久留，毕竟小县城熟人多，监狱里的人找起来也不难。躺在床上想了半天，王宝根决定明天一大早就往外逃，于是起身去徐长明父母家找兄弟要点钱，或者让他去自己父母家要。

王宝根来到徐长明父母家楼下时，天色已暗。其实时间还早，只是天阴，要下雨的样子，让人觉得快傍晚了。

楼梯口光线暗，但王宝根心情不错，低着头哼着歌往上走。此时陈爱国他们正从三楼下来，走在前头的陈爱国见有人上楼，忙打手势叫后面的人静音，等到对方快到二楼，陈爱国认出此人好像是王宝根，便突然发力大喝一声："王宝根！"

正哼着曲儿上楼的王宝根被晴空一声霹雳吓得一个趔趄差点摔倒，抬头一看见是西山监狱的人转身就跑。

"就是他！就是他！"陈爱国上前一把抓住他，但被他摔脱。几个人迅速冲下楼去，与正围拢过来的几个民警前后夹击，将刚跑出楼道口的王宝根死死按倒在地……

第二十七章　人生终点

"王宝根抓住了"的消息很快传遍各个追捕小组。

刘强他们听到消息时刚从街上回旅社，大家高兴得不得了，谁抓住了无关紧要，重要的是可以鸣金收兵，可以一扫几天来的忙碌与劳累，可以恢复一切被追逃打乱了的工作秩序和日常生活，还可以卸去心理上的负担。对刘强而言，王宝根的被抓获对自己所管工作算是一次止损吧，尽管这止损之功还是别人的，但毕竟自己亲自参与了追捕，并在其间没法忠孝两全。虽然父亲过了后，监狱指挥部准备派人来接替他，让他回家处理父亲后事，但他谢绝了组织的好意，追逃人手紧张是一方面，关键是自己熟悉王宝根，有利于追捕。因此刘强觉得他们不管是不是在这里能碰到王宝根，他都不能回去，必须坚持战斗到底，直至抓获王宝根为止……现在追逃工作终于结束了，刘强如释重负，一屁股瘫软在沙发上。

第二天上午刘强回到家乡，弟弟陪着他到了两公里外一个山坡上父亲的坟头前。

父亲昨天刚落葬，坟茔、花圈都是新的。

刘强从弟弟手中接过点燃的三根香，拜过后将香插到坟茔前。弟弟放起了鞭炮。

在一阵噼里啪啦的鞭炮声中，刘强恭恭敬敬地立着，不一会儿，一股悔恨的思绪就如泉涌出，让他情不自禁地双腿一软，跪在了父亲的坟茔前。

自己真的是一个不孝之子，为了工作，他没有见到父亲最后一面，没能送父亲最后一程。本来，一个有孝心的儿子应该陪父亲走完人生最后一段时光的，可是在父亲病危后，弟弟打电话告诉父亲的情况时，他却因追逃工作刚启动而没法脱身，父亲病故后，他又因在外追捕而没有回去，让他成了一个不孝之子！为此刘强心里自责不已，内疚不已，他成了亲人们和父老乡亲眼中的不孝之子！尽管监狱领导到他家吊唁老父，和闵冬香一起向自己的亲人作了解释，亲人们也表示了无奈的理解，但刘强就是觉得不能原谅自己，心中痛悔交织着，不停地噬咬着他的良心……

　　少时父亲关爱自己的一幕幕，像电影一般地回溯在刘强的眼前。

　　年幼时，刘强因生病在省城住院，是父亲天天陪着自己度过了一段难过、无聊而又快乐的时光。孩时住院的具体影像已记忆不情，但父亲慈祥的目光至今记得……

　　年少时，自己和伙伴们去很远的山上砍柴。当自己挑着一担柴火刚走到山脚下时却意外地发现父亲正朝自己走来，左手肘上搭着件外衣，显然父亲走了四五里路后，也出了汗走累了。可是他一见到自己却二话不说，把他的衣服顺手搭在柴火上，从自己肩上接过柴担就往回走，让一起砍柴的同伴们羡慕不已……

　　读初中时，自己远在公社的中学寄宿。初二年级的时候，一天中午，平时农活蛮重的父亲，竟然走了好几里路来看自己。那天恰好自己没回寝室休息，在教室里复习功课。父亲走进教室时坐在自己一侧，什么也没说，但父亲的眸子里充满了赞许的期望，又夹杂着浓浓的父爱。至今，那一幕父看子读的情形仿佛就在眼前……

　　后来，自己为减轻家庭负担没读高中而去参了军，两年后提了干，让父亲脸上很有荣光。再后来转业分配到了西山监狱当了警察后，父亲虽然从没有说过什么，但从父亲脸上的喜色可以看出，他是以自己有个这样的儿子而感自豪的。然而，一年过去，两年过去，三年五年也过去了，甚至整个八十年代都过去了，自己这个监狱警察，除了身上的夏服从白衣蓝裤变成了米黄上衣和橄榄绿的裤子外，几乎没有什么变化，既没有钱也帮不上家里什么忙，几个弟妹没一个跳出"农门"。于是父亲开始有闲言了，过年和清明回老家时，父亲就会说和自己一起当兵转业到县里工作的某某只是个股长，官还比我小一级，家里的弟弟妹妹弄出去好几个；又说还有在部队未提干的，现在乡里当厂长，不但乡里有屋，还在村里建了一栋五扇四间的房子。到了九十年代后，监狱更是每况愈下，自己一家也很拮据，对弟妹和家里更是欲助无力。由此父亲的厌气变成了责怪："你是好了……"父亲的话没有说完，但后半句自己猜得到："就是不管自己弟弟、妹妹。"

再后来，父亲身体不好了，到县医院住院。出院时碰到原先父亲说过的那个股长、现在是副局长的同宗某某开着一部黑色的桑塔纳在门诊部前，原来是送其父亲来看病。待他们进了门诊部后，父亲用手指了指停在不远处的一辆吉普车说："有那样的回去也好。"

刘强明白，所有这一切都是父亲从自己少时就开始寄予的期望。只是自己所在单位名义上是政法机关，是执法单位，实际上日子困难得很，外人打死都不相信这样的单位发不全工资。日复一日，年复一年，刘强两口子一起在监狱工作，经济却越来越拮据，以至当医生暗示父亲可到省城医院血透时，自己竟一筹莫展……

想到此，刘强的泪水突然扑簌簌地落了下来，滴在父亲坟茔前的新土上……弟弟见他跪得太久了，扶他起来，他才起身抹了抹两眼往回走。

第二天刘强回到监狱，上班时走进科里见了大家便问道："方冬生怎样了？"同事们告诉说，方冬生由于左腿软组织坏死，脚神经也支离破碎，没办法，只得把腿切了，不然要危及生命。刘强听后默默无语，转身回到自己办公室。

"刘科长好像瘦了。"刘强刚出门，内勤邱淑兰便说。

当天傍晚，刘强从省里医院看望方冬生回到家，吃过饭后便找了个塑料袋，到挂衣橱里捡了些衣服放到沙发上。闵冬香见他捡了一袋衣服问道："出差呀？"

"出什么差？"刘强坐在沙发上幽幽地说，"以后进监我就不回来了，在里面睡。"原来他上午已经在男二道门楼上找好了一个房间。

"这算什么？"闵冬香一听他要住到监狱里面，心里就不高兴了，

"你天天进监我无所谓，到里面住算什么，应树根出事才几年，你就忘啦？"

老婆说的一点都没错，导致应树根牺牲的那次特大恶性案件至今还历历在目，有的基层民警甚至还心有余悸。但刘强决定了的事不会轻易改变，为宽老婆的心，刘强笑笑说："没那么危险，这种事没那么多。"

过了会儿，刘强补充说："晚上里面人太少，多一个人总好点。"

闵冬香噘着嘴说："人家都巴不得不进去，你倒好……男犯亡命徒多，你就不怕？"

刘强"哧"的一声，歪着头道："怕死还当警察？"

闵冬香没有马上接话，过了会儿又说："一天到晚泡在里面，钱又没钱。"但脑中的一句话没有说出口：难怪有人说你会犯"傻"。

受到妻子的奚落，刘强也不生气，平静地说："没办法的事。监狱工作辛是辛苦，总得有人来做。我在狱政科，肯定要比别人辛苦。"

闵冬香说不过他，只是噘着嘴吐出几个字："反正你自己注意点。"

于是从第二天开始，狱政科长刘强几乎把监狱当成了自己的家，三天两头就到男二道门楼上去睡，以至有天上午当高副监狱长叫他去谈下午的管教例会一事时还问他说："身体怎么样？吃不消就在里面少睡点。"

"还好。"

"那就这样。"高副监狱长把一个文件夹递给刘强说，"下午先学一下司法部这个通报，你们说一下工作安排，我再讲两件事，除了司法部通报的两起案件，王宝根脱逃责任人处分问题我会说一下。"

从领导办公室出来，刘强回科里作开会准备。不一会儿副科长江明良进来坐在刘强对面说："下午要宣布处分？"

"就一个警告，其他人通报批评。"

"饶卫东警告？"

刘强淡淡地说："他是直接责任。其他人工作失误也不是很大，方冬生一条腿都没了，还能怎样？"

"谢谢。"江明良放心地走了。

下午，像往常一样刘强提前十分钟去会议室，上到四楼时，彭彩云一个人站在走廊上张望，今天太阳不甚厉害，半阴半阳的样子，刮着南风，甚是凉爽。

刘强一见彭彩云笑着说："好早嘛。"

彭彩云点点头，靠近刘强说，"听说生活科要给柳如玉保外。"

刘强认真地看着她："有情况？"

"没听说她在住院呀？"

这时有人上楼来了。刘强便岔开话题问道："最近熊秋英怎样？"

"有进步，下半年准备给她报减刑。"彭彩云说，"不过这个人好难说得清，我们是随时准备她反复。"

下午的会结束后，刘强回到办公室没一会儿章红就进来说汇报个事。刘强让坐，章红道："不坐了，几句话。"

章红是生活卫生科副科长，分管下属中队女犯的管理工作。刘强定定地看着她，心里等着看她说什么。

"准备给柳如玉保外耶。"

"什么病要保外？"

"心脏病，好严重。"章红挺认真地说，又俯身添了句，"大领导交办的。"

见刘强没一丝笑容，章红边说边出办公室，"过几天我叫内勤报过来。"

章红走后，刘强歪着头呆呆地坐着。不一会儿，他决定晚上去找廖所长。

夏天昼长夜短，晚上七点半了天才开始黑下来。刘强走进二道门时，照明灯都已亮起来，月亮也好像一盏长明不熄的天灯，把那皎洁、温柔的银辉洒下大地，使监舍大院显得朦朦胧胧。

不知廖所长在不在？刘强怀着试试看的心理走进医务所小院。

"今天你也进监呀？"一见廖所长，刘强挺高兴。

"没事晚上我都会来一下。"廖所长笑笑。他是生活卫生科副科长，同时兼着男卫生所所长，女卫生所有个副所长，整个监狱男女犯人的医疗卫生工作由他全权负责。

刘强坐下后开门见山地说："听说生活队女犯柳如玉要保外，你知道吧？"

犯人要想保外就医，首先必须由廖所长批准同意去劳改医院鉴定病情。柳如玉"发病"和科里准备给她报保外就医的事，章红上个星期给他说了，他也去女医务所病房看过柳如玉。心脏有是有点问题，但她总说心绞痛，他对她的"病"情严重程度，没什么把握。

廖所长如实向刘强说了所掌握的情况。

"是不是有其他什么情况？"

廖所长没吭声。刘强准备走时，廖所长细声地说，"如果是领导安排怎么办？"

"有病才保外，没病怎么保？"刘强盯着他的眼睛说，"符合条件没话说，不符合条件就不能乱签字，我们两个都是经办人，这可不是开玩笑的事。"

刘强走后，廖所长愣愣地坐着。

出了医务所院子，刘强看看南面的监舍大楼，原先只有三大队五楼晚上灯会亮着，现在四大队的五楼也成了加工车间，每天要做到七八点钟才会熄灯。

刘强忽然想起一件事，便来到三大队。

三大队今晚值班的是万来福。两人见了面很快说起王宝根被判死刑的事，万来福道："这小子临死还要害人。"

"是个悲剧。"说起王宝根，刘强心有遗憾，自己在三大队时找他谈话的时间不多，谈了几次也没什么效果。陈兴国找他谈话不少，但每谈一次话，好不了几天又会犯事，总是控制不了自己。莫非这家伙天生就长了一副反骨，天生就是打靶的料？刘强自嘲地笑笑，这是唯心主义。可为什么别人经过教育多少有点效果，而他就队长的话左耳进右耳出，在苦海里渐行渐远，一条道走到黑呢？也许还是老话有理，"死生有命，富贵在天"？

又说起黄国庆的改造情况，万来福说："这个人现在完全变了，听他们中队说，他现在每天就两件事：做灯，看书。"

"那就好。"刘强说，"你什么时候顺便帮我问一下，他儿子下半年五年级开学的学费，我上个月已寄给他弟弟了，问一下他收到没有。"

"哎呀，老领导你还记到这事呀？"万来福挺感动地说，"人都走了不能再帮了。我要找他谈。"

"去年说好的。"刘强笑笑。

过了会儿，刘强随意问道，"听说有的大队犯人还有偷着赌博的。三大队没有吧？"

万来福说："目前还没发现。"

"赌博一定要严禁，从严打击。"刘强说，"只要赌博就会有纠纷，就会出事。"

"是这个理。"万来福说，"听说三中队有犯人打扑克输了，罚帮人洗衣服。"

"洗衣服还是小事，"刘强说，"以前一中队不也有帮人洗衣服赚吃的。"

两人闲谈一会儿，刘强欲起身离开，万来福笑着说，"听说你们科也分了不少彩灯。你有任务拿过来我叫人帮你搞掉。老领导不要客气。"

刘强摇摇手笑道："谢谢。"

刘强已做过一些彩灯了。他是利用晚上进监后睡觉前做的。进监也就是到生产区、大院等处巡查一遍，九点钟后他就回自己休息室，反正电视也没有，花一两个小时把分给自己的彩灯做掉再睡觉，也不觉得太累。他们科分到的彩灯任务也不少，刘强自己带头编织，每人12串。本来，他那些任务随便找个大队便帮助消化了，区区小事哪用得着他狱政科长亲自动手。可是他坚持要自己完成，心想自己方便叫人帮忙，那科里其他人怎办？反正也不是特别累，只要花工夫坐下来编就是。再说好像机关科室不准备再分编彩灯的任务了，做完这些就交差了。

谁知第二天在办公室，刘强没想到内勤邱淑兰又分了几串彩灯给他。

次日上午，刘强刚进办公室不久，郑卫国便走了进来。

"昨天晚上供电局又停了我们的电，将近一个小时。"郑卫国是狱政科下面负责管理男女两个二道门的内管中队长。

"一上班我就跟高监汇报了。"刘强面无表情地说，"我说再不交电费，供电局真的要不送电了。"

"是真的，到时这些×崽子真的做得出来。"郑卫国文化不高，性格直爽。

刘强说："高监找了金监，应该没问题。"

"我就是反映一下，有问题他们吃不了兜着走。"

"都是困难惹的。"刘强慢悠悠地说，"除了沿海，其他地方都差不多。"刘强说罢，把桌上别人打的一支烟丢给郑卫国。

郑卫国高兴地点火吸两口说："再这样下去，以后出什么事都难说。"

刘强思索似的说："物极必反，监狱毕竟是专政机关，不可能总这样下去。虽然现在厂里很困难，但早晚会好起来……你给大家鼓鼓劲，不要泄气。"

"我们倒没什么，"郑卫国直爽爽地说，"只要工资发得出，晚班费早晚能补，就没啥事。"

这时，内勤邱淑兰端着半纸盒节日灯编织材料走进来放到地上说："科长，这是你的。"

刘强狐疑的目光看着她。邱淑兰解释说："外协办说这是最后一批了，让大家再辛苦一下。真是烦死了。"

邱淑兰走后，郑卫国看看那半盒彩灯材料说："先拿到你楼上去，明天我叫人帮你处理掉。"

"不必。"刘强忙摇头。

"哧，还总做呀，犯人做的事你一个大科长意思一下不就行了。狱政科长还不要有点习气呀？"说罢就出了门。

看着郑卫国出门时一副洒脱的样子，刘强微微笑了一下，刚端起茶杯，忽见一身便装的程才站在办公室门口，见了自己便叫一声"教导员"，同时毕恭毕敬地行了个鞠躬礼。刘强忙起身高兴地问道："今天出来了？"

程才开心地点点头。他告诉"刘教导员"，家里要来接他，他要他们别来，自己一个人回去。时间还早，特意来跟教导员告别一下。

"你是去火车站吧，那等一下。"刘强忽想起什么似的，出门往楼下一看便叫道："小黄，你等一下。"然后回头要程才跟自己走。程才茫然地跟着教导员下楼，来到一辆警车旁边。刘强示意站在车门旁的狱政干事黄春珍，指着程才说："顺便把他送到火车站。"

喜出望外的程才不知说什么好。刘强帮他关上门，挥挥手道："今天没时间聊，以后听你的好消息。"

程才嘴唇动了动，未吐出语句，但双眼却一下模糊了。

送走程才，刘强回到办公室，江明良就走过来说："昨天下午我到狱政处，听说下个星期局里要来检查。"

刘强没有接话，却问江明良道："你知道柳如玉突发心脏病住院的事吗？"

"听说了。"江明良看着刘强。

"我们狱政科的人，嗅觉要灵一点。"

"有什么问题？"

"具体我也不清楚。"看着一头雾水的江明良，刘强说，"我只能说，在我们这个位置办事一定要依法，要守住红线，不要做自己打倒自己的事。"

江明良心里在笑：我又不是科长，没什么麻烦事要我做主的。但嘴上还是说："那是。"

刘强又道："王宝根快判了。"

江明良问："肯定死刑吧？"

"那还跑得了。"

王宝根脱逃被捕回监狱后一直关在禁闭室，上了脚镣。除检察人员来禁闭室提审过，没有一个监狱民警去找他。不仅是因为王宝根肯定要被判极刑，没有哪个人还愿意去和他对牛弹琴，且从感情上说去禁闭室"看"他等同于叛徒行为，对自己的同事战友缺乏应有的感情。因为西山监狱的民警无论是否管教过他，没有哪个不恨他的。想想看他才来了多久，先是不服管教，犯上作乱，敢打队长。法官念他年轻只加刑至死缓，留他一条小命，给他重新做人的机会。谁知他又策划外出就医乘机脱逃，害得管教他的队长方冬生终生残疾……

判死刑，等待复核，王宝根执行死刑的日子到了。

这天上午，一支由四辆警车和卡车组成的行刑车队开进了西山监狱，在禁闭室门前停下。

王宝根很快被验明正身，押上了卡车，他身后被插上了块木牌，上书"脱逃犯王宝根"，名字上打上了大红的"×"。

被五花大绑的王宝根看了看禁闭室门口的几棵水桐树，树叶都黄了凋零了，地上已落下了不少枯叶。一阵秋风袭来，他打了个寒战。望望天，忽然间，他的脑海里冒出一句古装戏里的台词：秋后问斩。

车队启动了。王宝根昂着头，装出一副往日气宇轩昂的样子。

行刑车队出了监狱大门后，呼啸的警笛声吸引了国道上过往的车辆和行人。人们纷纷驻足观看，只见刑车上的那个年轻人已经无力昂着头，他目视着前方，两只眼睛如死鱼一般一动不动，面如柴色。

王宝根明白自己的生命现在只能用分秒来计算了。仰头望天空，天空是那么的蓝，几朵淡淡的白云在蓝色的天空中轻轻漂浮着；低头看山野，正是秋高气爽的季节，公路边、山坡上到处一片红褐色……生活是多么的美好啊，可这一切与自己无缘了……

也许是留恋这个世界吧，回忆往事王宝根有点后悔。此时此刻，他想起了每次会见时窗外父亲那张挂满风霜的脸，想起了那次自己骂父母，父亲却跪在指导员面前求饶的情景……自己的罪孽太重了。当行刑车队在刑场停下时，王宝根项上那颗一贯"气宇轩昂"的头颅再也抬不起来，无力地低了下去，终于落下了悔恨的泪水。

下车后，惊恐的王宝根被押到了刑场的山墙根下。他再一次抬起了头，天还是那么蓝，朵朵白云是那么的亲切慈祥，眼前的土地虽依旧散发出泥土的清香，可惜这一切都与自己无缘了。

王宝根意识到自己短暂的生命就要结束了，看着眼前忽然由亲切幻化成恐怖的土地，两腿一阵颤抖，"扑通"一声就跪下了……

王宝根被枪毙后的第二天，刘强想着三大队出了童生财和王宝根正反两个典型，有意去转一下。

"老领导，你来得正好，给你看样东西。"万来福一见刘强便道。随即他从办公桌抽屉里拿出一张纸递给对方。

刘强接过纸，万来福又说："禁闭室转来的，说是王宝根留下的，要求给他父母。你看要不要给他家里？"

"哦。"刘强看着王宝根留下的遗书，一张从什么本子上撕下来的格子纸，用铅笔歪歪斜斜地写了几行字。

"爸，妈，你们看到我字条时，我不在人世间了。爸妈不要伤心。走到今天这一步，不怪你们，只怪自己太任性。我死后，你们要把我忘掉，永远不要把我想起。我不配做你们儿子，在我二十二岁生命里，除了丑恶就剩悔恨了。请原谅我不孝。"

刘强看完王宝根的遗书，好一阵没有说话。不知为什么，在王宝根的问题上，他总觉得自己没尽到力似的，总有那么点遗憾，毕竟才二十二岁的生命呀……他把那张纸还给万来福："童生财和他两个正反典型都在三大队，好好利用一下。"

"我们已研究，要在全大队开展一次反面教育活动。"

"遗书可以给他家人。"刘强郁郁地说。

第二十八章　查赌之后

元旦到了。元旦到来最高兴的莫过于三大队和四大队的人，自从有梭织机全部停产，三、四大队全部转为节日彩灯加工生产以来，犯人们天天与那些塑料插管、插芯、插头、灯泡打交道，一天到晚编织组装那些永远也组装不完的彩灯，让这些站惯了的挡车工天天坐着搞得腰酸背痛不说，关键是没有什么业余时间了。过去搞主业三班倒，每天八小时，习惯了也不觉得特别累，转为加工生产节日灯后，这种靠磨人工的彩灯组装生产消耗掉了人们的大部分时间，让他们感到十分的枯燥乏味。元旦休息的到来，是这两个大队的人最盼望的。

天阴阴的，寒风习习，有时旋风袭来使劲摇晃着篮球场边那一排茂密的樟树，"沙沙沙"地低吟起了不知名的歌。

这样的天气里，人们休息也没有什么好干的，除了有家属会见的，或者去小卖部窗口买东西，或者只好待在监楼里看电视、打牌、聊天、看书、写信，消磨时光。中午过后，太阳时不时地从云薄处露出脸来，气温也高了些，院子里水泥砌的乒乓球桌那儿几个年轻人在打球，挺开心的。

快三点的时候，刘强从二道门楼上下来。他站在二道门前，也不做什么，两眼悠然地扫视着大院。刚起床，中午在三楼休息室睡了一觉。他本来没有午睡的习惯，也许是近段时间人有点累吧，上午在围墙边和两个监舍大院转了半上午，吃了午饭后人就有点困，便上楼去睡了。这一觉睡得真好，连梦都没做，人醒后觉得格外地神清气爽。

刘强闲庭信步似的走到四大队院子门前，守门的值班犯已换班，现在值班的叫田大勇。田大勇见刘科长站在门外，上前两步快速地对刘强说："四楼有人赌博。"

四楼是三中队监舍，刘强一听立马就往监舍大楼走去。田大勇是他联系的耳目，情报自然不会错。刘强先到一楼叫上值班的大队领导熊永胜一起往四楼走去。

二、三楼楼梯拐弯处，两个正下楼的见了刘科长和熊大队长便贴着墙壁让他们先走。楼梯拐弯处光线不好，刘强也没看清两个人的眉目，径自往上走去。

到了四楼，值班犯见刘科长他们来了，赶紧开门。走廊上有人吸烟、嗑瓜子，见了刘强，知道民警要干什么，谁也没发声，仿佛等着看同犯倒霉的样子。

刘强他们从走廊上一个一个监号迅速看过去，在一个有些嚷嚷声的监号前停住，里面六七个人围在一起赌博。

"你们还敢赌啊？"刘强猛喝一声，几步就冲到赌桌前。

正在赌博的几个人吓得赶忙站起来，心惊肉跳地等待着刘科长发落。

赌桌上摆着一副木麻将，"麻将桌"是两个行李箱架一块厚纸壳拼成的，因陋就简凑合着用的样子。

刘强捡起一个麻将子看了看说："还是自己做的，蛮有本事嘛。"又拿起桌上的一张纸，瞄了一眼交给熊永胜说，"赌债都一清二楚。"

现场清点赌博人员，除一个旁观者外，全部被带到大队值班室。旋即，刘强指示将几个赌博犯人押往禁闭室禁闭反省。

"刘科长，"一个叫李小兵的听说要关禁闭，吓得一个劲地向刘强求饶，几乎带着哭腔说，"上半年我要减刑，我保证再也不赌了。"原来这个犯人上半年可能减刑释放，一旦关禁闭减刑就泡汤了。

刘强呵斥道："你还想减刑呀？想减刑就莫赌博！"

熊永胜和随后到来的民警见刘强如此严肃的样子，都不敢开口。自己队的犯人赌博被关禁闭，于他们总是没面子，心里盼着刘强从轻发落那几个人。尤其是中队长王小明心里发急，几个人都是他三中队的，还计划上半年给李小兵报减刑，一旦关了禁闭，减刑就要推迟一年，那就麻烦了……

可是刘强毫不犹豫，当即决定将那几个参与赌博的犯人送往禁闭室。

刘强等人押着几个犯人往外走时，院子里的人都一齐目送着他们往禁闭室走去。

一起犯人聚众赌博的违纪案件就这样被破获处理，刘强心里很舒坦。犯人赌博喝酒一直都是令人头痛的问题，因其危害大、影响广，监狱打击的力度不小，去年上半年就开始了打击牢头狱霸、打架斗殴、赌博喝酒私藏现金等违纪行为，五个人还被加刑，中秋、国庆期间又开始了专项打击罪犯聚众赌博活动，处理了十几个人，狠杀了赌博歪风，没想到过了没多久，又有人卷土重来。

"不是东风压倒西风，就是西风压倒东风。"刘强心里暗示自己一定要顶住压力。刚才在大队值班室时，看得出几个大队民警对待犯人赌博的态度有所不同，只是慑于自己的高压态势才没有说什么。刘强长期在基层中队、大队工作，深知下面有些民警与犯人相处久了会产生一定的同情心，尤其是当一些自己有所关照的人违纪时，更是不忍心看着他们受罚而影响改造前途。像李小兵今年面临减刑，就很可能有民警替他说情，只是刚才自己态度坚决，他们才不好说什么。不过说实话，他不是故意要与谁过不去，他是狱政科长，如果大队民警对犯人违纪睁个眼闭个眼，自己也跟着打哈哈不去管，那监规纪律谁来抓？如果是这样，监狱不就乱套了，那还是监管场所吗？

刘强心里很坦然。他始终认为，对扰乱监管改造秩序的行为必须坚决打击，没有价钱可讲。有的人不理解也没办法，他相信大多数人是分得清是非，能把握轻重的。至于犯人因受罚而影响其改造的问题，他更是不认同：一个顶风作案、与政府对着干的犯人，他能是"积极"改造吗？明知自己余刑不长，不久就要争取减刑提前释放，却明知故犯参与聚众赌博，这样的人还能减刑吗？

不管那么多，走自己的路做自己的事。如果自己因公执法得罪了什么人，那也没办法，只要对得起自己的良心就行。可是事情没那么简单，刘强没想到处理一起罪犯违纪事情却牵动着不少人的神经。

节后一上班，刘强进办公室屁股还没坐热，四大队副教导员温俊青就推开了他办公室虚掩着的门。

一见温俊青，刘强不用猜就知道说客来了。

果真，温俊青坐到刘强对面立马就说："刘科长，我代表大队向你作检讨来了。"

"向我检讨？别折我的寿。"

"刘科长，真的是要向你作检讨。"温俊青仍是笑笑的样子，"一休息就发生这样的事，我们没做好工作，主要是我工作没做好。"

刘强说："是犯人的事。"

"那是，那是。"温俊青转而严肃起来，"他妈的这些贱骨头，一休息就给老子惹事。"

见刘强没接嘴，温俊青又转换一副面孔问道："不会真的处分吧？"

"什么时候开过这样的玩笑？"

"能不能隔离几天算了……"

刘强打断他说："温教，这种事你还来求情呀？"

"不是。"温俊青有点歉意地说，"你的工作我们是一定要支持的。只是这里面有点情况，李小兵可不可以不算禁闭，就算隔离反省？"

刘强定定地看着他，眼神狐疑。

"我们领导交代的，要你帮一下忙。"

"你这不是叫我胡搞……"

刘强话没说完，内勤邱淑兰推开门来叫他接电话。温俊青说："你有事，我也走。"看对方走了，温俊青鼻子一哼：老傻子。

刘强接完电话，忽听三楼有人在吵闹，出门仔细一听是方冬生的声音，于是上到三楼财务科，见方冬生在和财务科范科长争吵，一打听原来是方冬生要报药费，范科长却说要等到春节前报。

"走，到我办公室去坐一下。"刘强为息事宁人，忙让方冬生一拐拐地跟着自己到了办公室。

刘强招呼方冬生坐下，给他倒了杯水。

"说好了一年报一次药费，元旦都过了还不肯报。"方冬生一副还没消气的样子。

　　"没有钱？"

　　"谁知道。"方冬生气鼓鼓地说，"我老婆去年住院做手术，五千多元钱药费单子，一直报销不了，你说气人不。"

　　没等刘强答话，方冬生又说："老领导，不瞒你说，上个月我老婆问她娘借了500元，不然这日子真没法过……现在东西又贵，儿子长身体的时候总得吃点好的吧？"

　　刘强知道，方冬生家比自己更困难，老婆是工人工资低，儿子又在读高中，但不知道他家会如此困难。

　　"我们都计划元旦前拿到这笔药费，谁晓得又要拖到春节，搞得我们这个月又没办法……你说气人不？"

　　正说着话，邱淑兰推门进来："科长……"见方冬生在此欲言又止。

　　方冬生见他们有事，便拿了拐杖起身笑笑："我是闲人，不打搅你们了。"

　　"没事。"刘强起身送他到门外，"慢点。"

　　目送方冬生一拐一拐地下楼去了，刘强心里一阵不舒服。回到办公室，邱淑兰已坐在对面，见了刘强就说："一看到方冬生，我就难过。"

　　刘强一副郁郁的样子："冬生这个样子，没有谁比我难过了。"又说，"什么事？"

　　邱淑兰轻言轻语地说："昨天那份省局发的文件，政治处的人说要收回。"

　　刘强从文件夹找出那份文件，那是监狱转发省局关于开展向优秀共产党员学习的通知，他已瞄了一眼，其中"优秀共产党员名单"中有自己的名字。

　　邱淑兰说："好像是金洋出差刚回来，不知道这事。"

　　刘强一听就明白，顺手将文件还给他，又说："你叫黄春珍过来。"

　　黄春珍过来后，刘强说："柳如玉的事怎样了？"

　　"这段时间我观察了一下，我都是直接冲到医务所去，有时候进监我也去看过，反正看起来是在生病住院。"黄春珍说，"不过昨天一个耳目跟我说，有人看见她把药丢进厕所。"

"哦？"刘强睁大双眼。

黄春珍见刘强并没有说什么，就起身说："就这事？"

刘强说："你跟大家说一下，下午开会。"

这是狱政科每月一次的科务例会。刘强在狱政科干了两年，一直保持着基层单位的工作作风，多数时间往下面跑，坐办公室时间不多，但每个月的第一天他都要召开科务例会。

"我先说一下。"会议开始后，江明良第一个开口了。他是副科长，每次例会他都是第一个汇报，已经习惯了。"两件事：第一件是春节后开展'罪犯改造行为规范月'活动，时间两个月，重点是整治罪犯队列、文明礼貌和内务卫生。"

他略停了下，见无人插话，又说道："第二件，奖励犯人春节探亲，上个月已布置，各大队名单已报上来，一共有A级处遇犯人25人，B级处遇犯人12人，这个星期把名单初审一下，再提交'联席会议'审批。"

"哇，今年B级犯也奖励回家呀？"邱淑兰笑道。

黄春珍说："今年探亲扩大到B级，不会出事啵？"

"应该不会。"江明良挺认真地说，"B级犯条件更严，符合条件的不多。这项工作九三、九四年就开始了，奖励回家探亲的，还从来没有不回监狱的，只有提前回来的。"

"这说明呀，"刘强说，"我们的改造工作是有成效的。"

江明良说："前年吧，五大队吴锦华探亲返回监狱时，在汽车站碰到一个犯人家属迷路了，不知道到哪里坐车回家。吴锦华带她到了车站，还帮她买了车票。"

"现在有些人改造得还是蛮好。"邱淑兰由衷地说。

见江明良说完了，黄春珍说："刚刚江科长也说了，春节后要搞两个月养成教育。女犯养成教育每年都抓，文明礼貌方面还保持得比较好，就是上下班队列时好时差，这方面还要抓。另外去年下半年来了几批女犯，大队反映一些新入监犯人比较消极悲观，存在不守规矩的情况，建议春节后在新入监女犯中开展行为规范专项教育。防自杀问题，近几年虽没发生事故，但情况也不乐观，一些年轻干部对这个问题不够重视。反正去女犯大队，我都会说这个事。另外春节一过就是"三八"，按惯例今年还是准备A级处遇女犯外出参观。其他就没什么了。"

"小邱还有什么？"刘强问。

"我就是记录。"邱淑兰举起笔笑笑道。

刘强看了一下摊开的笔记本，然后说："刚才江科长和小黄对近期工作做了初步安排，有些是年度工作计划中有打算的，也有的是新思路、新安排，讲的都不错，待我向高监汇报后再作部署。"

"我讲两个事。"刘强说，"先讲一下安全和规范管理。安全稳定和犯人行为规范管理是两个问题，把它们放在一起讲是因为两个问题相辅相成。安全工作虽是我们和狱侦科负责，但仍然是我们狱政工作的中心，男犯防脱逃、防重大案件，女犯防自杀仍然是我们的工作重点。我们的围墙电网、监管设施条件有限，特别要抓好人防。要强化清监查号、收风锁号、搜身检查、顽危犯夹控等制度落实，严格审批犯人外出就医、探亲和回家处理丧事。要继续开展百日安全达标活动，坚持防逃跑、防自杀、反赌博、反斗殴。今年又是新世纪到来之年，还要开展'迎接新世纪，安全倒计时'活动。做好这些工作，安全稳定才有保障，监狱安全稳定了，监管秩序自然好整，也就有精力去抓行为规范、养成教育。反过来，坚持抓规范抓养成，约束犯人行为，不但可以提高管理水平，还可以杜绝安全漏洞。"

"第二个事，讲一下公正执法。"刘强喝了一口水接着说道，"这个问题，我们搞狱政工作的同志要特别注意。全监犯人的表扬、处分、减刑和保外审批都在我们手上，这个刀把子不好握。刀把子握得好不好，从小处讲关系到一个犯人前途，从大处说关系到执法公不公。"

说到这儿，刘强顿了顿继续说道："我记得去年底报纸上登了要在全国开展'三讲'教育。哪'三讲'？'三讲'就是'讲学习、讲政治、讲正气'。我觉得对我们监狱干警来说，讲政治、讲正气最重要。联系到工作实际，我们执法就应该讲政治、讲正气，因为我们是警察，是代表国家在这里执法。如果我们执法不讲政治，不讲正气，那就不可能一碗水端平，甚至呀说不定还会出卖手中权力。"

说到此，刘强停下来，见几个人都看着自己，便接着说道："就说上次查犯人赌博那件事，简简单单的一个案件，有的干警就不讲原则，就要插一手，弄得我们好为难。本来我们干警应该立场一致，可就有人来说情。"刘强无可奈何地摇摇头道，"真不知道这些人是怎么想的。"

"得了人家的好处呗。"快人快语的邱淑兰毫不掩饰自己的观点。

见黄春珍和江明良两人在咬着耳朵说什么，刘强又道："总之一句话，在执法这个事上，我们一定要是非分明，要有自己的底线，不能自己打倒自己。"

江明良见刘强说完，微笑着说："我完全同意科长的意见。"

"刘科长说的这些，确实是我们应该注意的。"黄春珍也附和道。

"反正不关我的事。"邱淑兰却"嘻嘻"地笑着说。

令刘强想不到的是，三天后的一个晚上，他自己却因那次犯人聚众赌博的事经历了一次"麻烦"的考验。

那天下班回到家，刘强一进门就看见女儿回来了。

"爸。"刘梅见父亲就叫。

"怎么回来了？"刘强奇怪她今天在家。

"想你们呗。"二十岁的人了，刘梅还有点撒娇的样子。

忽然厨房里传出一阵咳嗽的声音，闵冬香从厨房出来，顺手把房门关上，但一股辛辣的烟气味还是被带出："辣死我了。昨天买的这种辣椒好辣，眼泪都辣出来了。"

"都是我爸害的。"刘梅说。

"你懂什么？"刘强嗔怪地说，"不吃辣椒，就没有战斗精神。你看毛主席吃辣椒多厉害。"

闵冬香边收拾饭桌边说，"我吃辣椒算可以了。这个辣椒等下你们吃了就知道。"说罢又进了厨房。

"欸，爸，你们监狱可以实习么？"

"你要来实习呀？"

"班主任说是这样说，过了年，要实习几个月。"

"你要来不就到女犯大队去。"

········

"大家都还没说好。有的说到时叫人开证明算了。好像上个年级就有人开过。"

刘强看了女儿一眼，没说话。

刘梅也不说话，把手中的一个话梅塞进嘴里。

"你不会是也想开假证明吧？"

"还没想好。"过了会刘梅又说，"不过反正没分配，实不实习都没意思了。"

这句话倒让刘强心痛起来。由于女儿读书一直不怎么样，高中毕业后，没办法只好上了省司法警校。去的时候不确定毕业后能不能分配，那时批量分配是没有了，但个别通过关系分下来的大专毕业生还是有的。当时他们也是抱着对女儿量体裁衣试试看的想法，决定刘梅去上司法警校的。三年很快过去，一晃女儿就将毕业了。没想到的是，从去年开始彻底停止了分配毕业生的政策，让刘强十分无奈和无助。就这么一个女儿，毕业就待业，真叫他心痛。

闵冬香将饭菜端上桌说："吃吧，等下菜要凉了。"

饭后刘强主动收拾桌子，不一会儿把碗筷都洗了。干完了自己该干的活，刘强便打开电视看七点钟中央台的《新闻联播》。

《新闻联播》刚看完，正看天气预报，忽然有人敲门。

闵冬香起身打开了门："春生呀。"

"嫂子。"来人一见她就唤道，"我哥在吧？"

刘强见是堂弟刘春生，忙起身招呼。

刘春生进了屋，把一个鼓鼓的红塑料袋顺手放在门边墙脚。

刘强问道，"你来还带东西？"

"嘿嘿。"刘春生干笑着不作答，一屁股坐到沙发上，"手提"顺手放在身边。

"叔叔。"听到声音的刘梅走出自己房间打招呼。

"半年多没见，梅子越长越好看了。"刘春生打着哈哈说。

刘梅喜不自禁地说："叔叔的话我最爱听。"

刘春生掏出红塔山，抽出一支打给刘强，眼睛看着刘梅道："什么时候毕业？"

"上半年。"刘梅说。

"真戒啦？"见刘强没接烟，刘春生自己点烟吸起来，"现在没有分配，是一个问题。大学生都只能打工。"

闵冬香说："你们那边有什么办法？"

"现在县里要人都是临时工，有编制的少。"

刘梅听着没什么劲，回自己房间去了。

闵冬香给刘春生倒了杯水放到饭桌上。

"哥，你这房子什么时候得换换了。"刘春生每次来堂兄家，都为堂哥住这巴掌大一点房子而感叹。想自己局里，与堂兄平级的局长们哪家不是一百几十平方米？自己一个小股长住的房子也有他两个大。

"没办法，劳改单位穷呀。"闵冬香边说边进了自己房间。

刘强见他尽说废话，便主动问道："有事？"

"嘿嘿。"刘春生见堂哥主动问自己，便把烟头掐灭在烟灰缸里，不好意思地说道，"有件事还真是要麻烦你耶。"

"什么事？"

刘春生便把自己一个同学所托之事说了出来。原来这个同学的亲戚有个儿子在西山监狱服刑，前几天因为赌博被关了禁闭，希望堂兄不要处分，以免影响减刑。刘强一问名字，才知道那个叫李小兵的犯人家属七拐八拐竟然找到了他的堂弟。

"别的事好说些，这事真没办法。"刘强真诚地说。

"怎么呢？"刘春生怔怔地看着堂兄。

"赌博是监狱重点打击的，一点办法都没有。"

"你手上的事，还通融不了呀？"

怎么通融？通融李小兵一人，别人怎么办？刘强歪着头，仿佛自言自语："我通融了他，其他人要不要通融？有关系干什么都不处分，没关系就该死？"

见堂兄如此，刘春生有点后悔不该来当说客。自己这个堂兄他是很了解的，像

·········

会见这样的小事情，自己找他他也会帮忙；但要他去帮忙找谁谁关照哪个人，他从来不答应；一些减刑、保外的事找他，他也总是推辞。今天这种事，刘春生不知详情，但因迫于与那个同学关系好，只好来试试。想不到扎扎实实地碰了个钉子，他庆幸自己没带那个同学来，因为他知道堂兄不喜欢亲属去他家，否则……

"劳改队也怪，又不是什么杀人越货的事。"刘春生笑着说，但话中明显隐含着嘲讽和不满。

刘强见堂弟如此，只好说道："劳改队就这样的。"

"那我去给人家回个话。"刘春生晃了晃手中的"手提"，一脸的苦笑。

闵冬香和刘梅听到动静，都出来相送。

刘强把那个鼓鼓的红塑料袋递还给他，刘春生咧着嘴道："算我给你的不行呀？"

"我们不需要。"刘强执意将礼品袋往堂弟手里塞。

刘春生走后，闵冬香说："春生不高兴。"

"没办法的事。"刘强说，"我要是答应他，人家不指着鼻子骂呀？"

"你这个科长再当下去，人都要被你得罪光了。"

刘强定定地看着老婆，半晌才道："是越来越难了。"

第二十九章　一贬再贬

寒冷的冬日。年度奖惩大会在女犯五楼礼堂结束后，刘强和江明良、黄春珍从厂区大道往外走。

"今天真冷。"江明良说，疾风像刀似的刮着他的脸，也把他警服下摆不时掀起，让他感到一阵阵寒冷。

"穿少了。"刘强见他没穿棉袄的样子。

黄春珍缩着脖子，不说一句话。

三个人迎风而行，冷丝丝地回到了办公室。

邱淑兰一见江明良、黄春珍推门进来，便十分高兴地说："告诉你们一个好消息，我们要补发工资啦。"

"真的呀？"江明良、黄春珍异口同声，两人一齐围着邱淑兰，格外亲切地看着她。

"不会骗我们吧？哪来的钱补发哦。"江明良说。

"是中央拨下来的钱。"邱淑兰说。

"哦？"江明良坐在沙发上侧身向着她。

邱淑兰接着说："听说是中央直接拨的钱，专门给我们监狱干警补发工资。"

"这么好呀。"黄春珍说。

"好像是北江监狱发不出工资，有人去卧轨了，上面才晓得情况。"邱淑兰细声地说。

"难怪哟。"江明良似有所悟地说。

正说着话，内管中队郑卫国推门进来，江明良便把补发工资的好消息告诉了他。

"不这样搞一下，上面哪会知道监狱发工资都困难。"

黄春珍关切地问道："能补发多少呀？"

"听说每个人能补一千来元吧。"

郑卫国吸着烟说："管他多少，能补就好。"

话没说完，刘强推门进来，见大家开心的样子便道："什么好事？"

"科长还不知道？"江明良笑着问。

刘强茫然的样子。

"刚刚邱淑兰才说的。"江明良便把补发工资的事告诉了他。

刘强也点点头："好事。"说着在沙发上坐下，"我就说国家不会不管监狱的。"

"坏事变好事。"郑卫国说，"总算引起了注意。"

"那倒是，上面不拨钱什么也白搭。"黄春珍也说。

邱淑兰笑着道："有钱发就好。"说罢瞪着一对眼珠道，"不瞒你们说，在婆子家我从来不敢说自己一个月几多钱，实在是太穷了。"

"还说呢，"黄春珍也插话道，"我跟同学说，我们单位一些大队经常发不满工资，人家打死都不相信警察还发不出工资，还说'我又不找你借钱'，真的是太没有面子。"

江明良打着哈哈道："同志们，面包会有的。"

大家一起笑起来。笑罢，刘强叫黄春珍到他办公室去一下，商量个事……

真是世事难料。春节过后不久，刘强突然被调离狱政科，接替调往外省的陈东山任教育改造科科长，继任狱政科长的是温俊青。这次调动，刘强直到上午高正平找他谈话才得此消息。

这天上午十点来钟，刘强到了高正平办公室。当他走进房间时，马副监狱长见刘强来了，对高正平说句"我到五大队去一下"，便出了办公室。西山监狱办公大楼共四层，四楼一半是会议室，一半是大露台，实际办公场地只有三层，整个监狱机关除教育改造科、生活卫生科等个别科室在监狱里面办公外，所有领导和机关科室都挤在一至三楼办公。监狱领导的办公室也很挤，除金洋一人一间办公室外，其他领导都是两个人一间。

"找你来，是有个事跟你通个气。"高正平说，"上午开了党委会，教育科陈科长调走了，监狱决定由你去接他。"高正平是刘强的分管领导，所以金洋让他找刘强谈话。这次人事变动有点突然，金洋为什么要把刘强调走，高正平不得而知；让温俊青接替刘强他倒是肚里十分清楚，因为温俊青一家与金洋关系密切。高正平本想推辞，让金洋自己去找刘强谈，但金洋坚持让他去找刘强，高正平只好勉为其难。

说完党委决定，高正平便不再说话。在这件事上，他不好多说，也不能多说。上午的会议，虽是研究人事问题，但开得比较简短，很快就定下来了。政治处周主任一说完调整人员名单，金洋便问大家有什么意见。政工人事工作一直由金洋直接抓，高正平、马文章和赵玉琴，还有纪委书记文庆国从来不主动过问人事问题，对于这次临时动议的"个别变动"，几个党委委员照样没有发表什么相左意见。作为刘强的直接领导，高正平说了两句公道话："刘强同志十分敬业，也没什么大问题，不一定非要他去接陈东山吧？"金洋一句话堵他的嘴："去年那个犯人脱逃，没处分他就不错了，再让他当这个狱政科长，谁放心？"在王宝根脱逃这个问题上，当初追究责任时，是金洋自己把刘强撇得一干二净，还坚持向省监狱局政治部报送刘强作为"优秀共产党员"的先进事迹材料，可是时隔不久，当省局下发开展向优秀共产党员学习的文件时，他却要收回文件，现在又翻出犯人逃跑老账，让刘强离开狱政科，这不是打自己的嘴巴吗？高正平不知道背后有何故事，见金洋这样说，他一时语塞。赵玉琴与金洋共事多年，知道他的行事风格，也隐约知道柳如玉"保外风波"的来龙去脉，但她不愿说什么。纪委书记是个将退之人，更不会反对金洋的意见。至于马文章，金洋提出的人事变动意见，他从不反对，何况还是与自己无关部门的人员变动。对此事，高正平有自己的想法，对金洋动不动喜欢在人事上搞突然袭击性的"个别变动"，他感到不舒服不适应，也很无奈。与他搭班子以来，工作间的争论时而有之，但当他认识到对方是个"大权独揽"的家伙时，便尽量与之少争论，以免落下"不支持工作"的口实。像刘强的变动，凭他的敏感，知道背后一定有原因，但他又不知其详，于是在会上也不好说什么，现在面对刘强也不便直接问点什么。奇怪的是，他说完党委的决定后，刘强居然没有什么太大的吃惊，只是有那么一刻，脸上现出稍感突然的样子，但很快就静若死水，嘴上说"没有什么"，人却仿佛陷入了沉思。

是的，对于此次自己突然被挪窝，刘强是心知肚明的。去年王宝根外出就医脱逃，自己连个处分都没有，只是狱政科被"通报批评"，他知道这是金洋关照所致。后来柳如玉因"病"试图保外的事被搅黄了，现在自己被从狱政科长的位置上拿下，他觉得这事符合金洋的性格。刘强与金洋共事多年，深知他的人格品性，当初他因柳如玉之事去"策反"廖所长时，就曾想到这是与金洋作对的事，但身处狱政科长位子，在保外就医这样的原则问题上自己没有第二选择，只能硬着头皮把好手上的执法关。他知道自己早晚有这么一天，刚听到高副监狱长说这事时自己觉得有点突然，并不是不知道要离开狱政科，而是奇怪自己怎么事前没有听到一点风声。

不过现在一切成为现实了，刘强并不觉得有太多的失落感。你叫我当狱政科长，我就要用原则把好手中的执法权；不要我当我也无所谓，还少操心，少得罪人。因此对于此次职务的调整，刘强并不怎么伤感，科里的几个同事为他感到惋惜，他却笑笑："没什么。"只是当得知是温俊青来接班时，刘强心中闪过一丝不快："让这样的人来掌管执法大权，将来不知道会成什么样子。"

这样的念头一闪即逝，刘强很快恢复正常心态。一切从简，既来之则安之。因属个别调整，监狱免去了开会宣布的形式，直接发文下去，下午一上班，刘强就由政治处周主任领着去教育科宣布任职；半下午时，周主任又领着温俊青到了狱政科，一切都如此迅速。

刘强毫不留恋狱政科长的位置，周主任一走，他就和温俊青交接。刘强挺认真地收拾东西，并不时向温俊青交代着什么。温俊青背靠椅子幽幽地抽着烟，嘴上客气地回着话，心中却充满着嘲意：活该就是个老傻子。

半小时后，刘强用一个纸箱装好自己的东西并让教育科的高森林帮忙把东西搬到了教育科。下班时，彭彩云与他联系，问他在哪里，然后两人就在女犯大院里碰面。一见面，彭彩云就愤愤不平地说："凭什么把你调走？真是一手遮天。"

刘强笑笑说："很正常，我成了人家眼中钉嘛。"

彭彩云噘着嘴说："真是黑了天……"

"不管他了，对得起自己良心就行。"

下班回到家时，女儿刘梅瞪着眼睛道："爸就回来啦？"

过了一会儿，闵冬香把饭菜端上桌。吃饭时，刘梅问道：

"爸，我不想实习，就到你们科开个证明可以吧？"

显然闵冬香没有把他到新单位的事告诉女儿。

闵冬香把女儿不想实习的原因告诉了刘强，但说了句："这种证明可能要到政治处去开。"

"开什么证明嘛？去实习一下算了，时间又不长。"刘强边吃饭边说道，"眼光放远一点，全省就这么一个女犯监狱，女干警永远少不了。这几年没进人，以后就不会进人？我才不信呢。不过现在是改革年代，以后进人方式肯定要变，你还是去女犯大队待几个月。"他看看女儿又道，"既然学了这个专业就把它学好，以后有没有用谁也说不清。"

吃好了饭，刘强准备收拾碗筷，闵冬香让他不要动，等下她来洗。见女儿进了厕所，闵冬香看着老公说："你是不是得罪了金洋？"

刘强一副无所谓的样子道："没办法的事。"

见老公不愿说什么，闵冬香转换话题道："到教育科去了，这下总不要住里面吧？"

"明天我就把毛巾牙刷拿回来。"刘强面无血色地说，"现在翻天都不关我的事。"

刘梅弄明白父亲职位变动的事后问："老爸当教育科长了，这下不用太忙了吧？"

....

283

"不要小看了教育科。"刘强说，"人家陈科长是大学生水平高。说实话让我当教育科长，对我倒是个考验，正好，我可以边干边学，提高一下文化。"

刘强履新的教育改造科，其内设机构和管理干部一直没什么变化，男犯教学组那边还是周文彬和高森林，女犯教学组有三个女民警。两个教学组主要负责男女犯的文化和职业技术以及农函大教育。副科长晏玉娟负责全监犯人的政治教育。

从教育改造科的机构和职责看，这里确实是没人感兴趣的清水衙门，地地道道的闲职。第一天上班，刘强召集大家开会摸清情况后，对当下的教育工作有了更深刻的认识。男犯教学组那边的周文彬、高森林，女犯教学组的晏玉娟、彭雪珠、刘荣华都是从事过多年犯人教育工作的民警，对西山监狱罪犯教育改造工作的发展历史和现状都有切身感受。按照他们的说法，"教育工作是在走下坡路"，原因主要是工学矛盾。而造成工学矛盾的原因则是主业停产，全监转入节日彩灯、麻将席、画夹、手链等耗时过长的手工加工生产，冲击了正常的文化技术教育和政治思想教育。这是当下罪犯教育改造工作的大环境，刘强感受到教育工作在监狱整体工作中的微不足道。作为一个教育科长，他知道其中有一个大局与局部的关系问题，整个监狱都在为生存而努力，教育科也不能例外，须服从当前大局。但作为一个教育工作者，他又感到应有所作为，只是自己还是教育改造工作岗位上的新兵，不好乱发言。于是他叫人把今年的《新生报》找来，准备先研究研究再说，他知道《新生报》是省监狱局专门指导和宣传罪犯改造工作的，过去自己可以不关心，现在却必须依靠它。

刘强到教育改造科任职后的第三天，高正平副监狱长就专程来看望他了。

这天下午，当高正平走进教育科时，晏玉娟、彭雪珠、刘荣华都有点惊讶。教育科是个说起来重要做起来次要的科室，除了分管女犯改造工作的赵玉琴偶尔会来说点什么事外，平时从没有领导进教育科的门。高正平虽是分管教育科的领导，也很少来教育科，今天突然驾到，令三个女民警喜出望外。她们一个个都起身做欢迎状，年轻的刘荣华说："高监来看我们呀？"

不苟言笑的高正平点点头，径直往里面小房间走去。背后传来彭雪珠的声音："人家找科长。"

教育改造科办公室是一间靠近楼梯的教室，侧面有个楼梯间，一直被用作科长的办公室。刘强现在就在此办公。

高正平走进来，刘强忙起身让座，高正平在桌子对面的椅子上坐下。刘强充满歉意地说："杯子都没有。"

"不喝水。"高正平摇摇手，"就坐一下。"

对于刘强工作的变动，高正平心里有点过意不去，两年来有刘强经常吃住在监狱里，他轻松许多也放心得下。突然而来的职位调整让他感到无奈和无力，只有眼睁睁地看着这个吃苦耐劳的老黄牛一般的部下受到不公正对待。事后他也了解到一些情况，但了解了又能怎样？在西山监狱，他做不了什么大主，现在自己唯一可做的就是安慰，甚或表达自己保护不了部下的无奈和歉意。

今天，高正平揣着这个心思和刘强拉了些家常，问了下刘强女儿的情况，也顺便扯了扯今年教育改造工作的一些计划。

说到对犯人的思想政治教育时，高正平说："今年一个重要方面，要开展爱国主义教育，一是建国五十周年，二是澳门回归。省局作了部署，我们监狱也有计划，在犯人中开展'祖国在我心中'宣传教育活动，到时再请人作一下报告。"

"欸，我看到一封公开信。"刘强记起了什么似的，从桌上一叠《新生报》中翻出那张刊发公开信的报纸，"司法部监狱局长向全国犯人发公开信，好像从来没有过，是不是可以利用一下？"

高正平拿过报纸一看，见标题《以新的姿态迈向新世纪》，便道："我看过。"看了有段时间了，当时也没多想，如今刘强提起，他忽然心中一亮地说："把《公开信》与'祖国在我心中'活动结合起来，可以借机开展一次对改造前途的讨论，让小晏作个安排，布置下去。"

"好。"刘强非常高兴。

看看时间差不多了，高正平准备离开，他关切地对刘强说："不要急，慢慢来。注意身体。"

刘强把高正平送出教育科，回头时，兼管内勤工作的刘荣华把一份文件递给他，并说"马小牛又打人了"。

刘强接过文件一看，是监狱下发处分马小牛打犯人的通报。

"这个马小牛真好玩，以前打犯人一巴掌被通报，从三大队调到了养猪场。"刘荣华看着刘强说，"现在又是一巴掌，这下驮警告了，调到会见室去了。"

彭雪珠听到刘荣华说完，小结说："两巴掌，调两个地方。"

"一巴掌通报，两巴掌警告。"晏玉珠晃着脑袋说。

看着教育科几个女民警评论此事的言语和神态及从中隐含着的文化素养，刘强心想教育科的民警就是不一样。他顺势坐在长条椅上，看着三个女民警说："教育科都是才女，说出来的话水平就不一样。"

几个女民警好开心。刘强又说："前几年打犯人一巴掌，通报批评；现在打犯人一巴掌，驮警告。说明对干警要求越来越高了。"

"真的打不得了。"刘荣华说。

"也就是马小牛会发神经，"彭雪珠以过来人的口吻说，"就他屡教不改。"

刘强也自言自语地说："这家伙怎么回事？"他决定去会见室看看马小牛，反正现在清闲了，于是把刚才高副监狱长交代的事给晏玉娟说了，准备出门。

忽然刘荣华桌上的电话响了，她拿起话筒一听忙喊道："刘科长，电话。"

刚出门的刘强折回头，拿起电话一听后说："你消息蛮灵嘛。"原来是调到广东去的陈兴国打来的。陈兴国说，听说他被金洋撸掉了，为他抱不平；又说最近湖西监狱也有一个人调到他们监狱来了，还说他那个监狱还要人，如果刘强不是年龄大了点，他都想把刘强弄过去。听着过去的老部下热情的话语，刘强只好客气地笑笑："谢谢。记得我这个老战友就行。"

刘荣华见科长放下电话，探询似的眼神望向他。刘强笑笑："陈兴国打来的，记得吧？"

"陈兴国还不记得呀？"刘荣华快人快语地说，"听说那边工资好高。我老公他一个同事前年就调去了，他们那边，像我们这样的一年奖金就有几万。"

"收入比我们是高。"刘强说着，出门下楼。

春夏之交的大晴天，阳光洒满大院，空气带点湿润，使人呼吸起来感到些许的清爽明快。

刘强下到一楼，碰见柳如玉和万飞燕。柳如玉原在生活卫生科，去年又调到教育科来了，当了扫盲班老师，同时协助万飞燕放广播。万飞燕是播音员，业务上是主角，但情商不高，与柳如玉在一起倒显得是个配角似的。见了刘强科长，万飞燕只是侧立一旁看着他，面容十分谦然地笑了笑。柳如玉则一脸灿烂地面朝刘强，两只大眼睛忽闪忽闪的，口中吐出三个字："刘科长。"

刘强面容松弛地点点头，不觉也认真地看了看她。这个柳如玉，刘强到教育科后，柳如玉第一次见到他时还有点怯生地叫了句"刘科长好"，见了几次后，今天就把"好"字去掉了，倒显出更熟悉了似的。想起自己是因为她被挪到教育科来的，现在两人竟然在一起了，刘强觉得这事有点怪怪的，从柳如玉的角度说，如果她知道内情，应该会有点不安。但现在作为教育科的领导，刘强觉得应该让犯人在自己手下安心改造，放心改造，于是他停住脚步看着她说：

"万飞燕广播放得好，好好跟她学。"

柳如玉看了一眼满脸谦虚的万飞燕，十分高兴地回答说："是，我一定好好学。"

刘强满意地点点头后离开了。他想，不管别人和犯人的关系如何，自己作为一个部门领导，一个管教干部，对待她们该怎样就怎样，不去想其他因素。

来到会见室，吴师傅笑道："刘科长来啦。"

马小牛见了刘强，很高兴的样子。刘强说："来看看你。"

两人便到后面的帮教室坐。刘强看着昔日的战友，以探询的目光说："干吗又动手？"

"嘻，我也是气不过才扇了他一巴掌。"马小牛便把打陈玉梁的经过说了。原来上个星期养猪场到外面租了一头种猪来配种，下班时马小牛交代陈玉梁晚上要把种猪跟母猪分开关。谁知陈玉梁晚上下班时竟忘了此事，等到第二天早上回到猪栏边时，陈玉梁傻眼了：那头种猪竟倒在母猪窝里。上前仔细一看，摸摸身子早已僵硬。"笨猪！"陈玉梁气得踢了那种猪一脚，自言自语道，"搞累了就不晓得休息。"马小牛上班后听陈玉梁说此事时，气不打一处来，扬手就一巴掌扇过去："你是吃屎的呀？老子还交代了你……"说罢又要扇过去，吓得陈玉梁掉头就跑……

"你说，那小子气人不？"说起这事，四十多岁的马小牛气鼓鼓地说，"搞得还要赔人家钱。"

刘强心平气和地说："气归气，一动手自己就受处分，没必要。"

马小牛还没消气的样子："这家伙就是贱骨头，不打不长记性。"

江中的盛夏来得很快。单从气温上说，六月份江中的气温就三十多度了，不是盛夏胜似盛夏。真到了七月份的时候，烈日当空，火辣辣的阳光炙烤着大地，国道像在冒烟，两旁的草木都低垂着脑袋，只有知了躲在茂密的枝叶间不停地高声鸣叫，像是在为炎夏助威呐喊似的。

时值午后，刘强一上班就从界屋走进了男犯监舍大院。水泥地被烤得滚烫滚烫的，院子里那排樟树都耷拉着脑袋，有气无力地挨着这最难熬的时光。刘强拐进三大队院子，来到自己熟悉的值班室。

只有龙文清、涂小强两人在。见了刘强，涂小强忙起身去给刘强倒水，龙文清也热情地让座。刘强离开三大队后，龙文清由大队长接任教导员，以前一直在车间办公，全大队转为节日灯生产后，他就移到监舍来办公了。刘强在狱政科时不时会到这里坐，调到教育科后还是第一次来。

"好久没过来了。"龙文清说，"老伙计，不管到了哪里，三大队是你的老窝，有空就来坐坐。"

涂小强也附和说："老领导了。"

刘强始终微微笑着。寒暄一会儿后，刘强转入谈话主题："你这里活动搞得怎样？"上午下班前，他打电话过来跟龙文清说了，准备下午过来了解一下"祖国在我心中"活动的开展情况。

"大队早布置了。"龙文清说。

"公开信也学了吧？"

"学了。"龙文清说后望着涂小强。涂小强忙说："学了，各中队还组织讨论了。"

刘强明知涂小强夸大其词，自己也禁不住笑了起来："一天到晚做彩灯，哪来时间讨论？"

"是真的。"涂小强说，"犯人边做彩灯，队长边念报纸。"

"也只能这样了。"刘强收起笑容，"其他大队还不知道怎样。"

"老伙计，"龙文清认真地说："这些东西马虎一点，现在这年头，活命要紧。"

这时万来福走进值班室。一见刘强，万来福便热情地握着刘强的手说："老领导好久没来了。"

闲扯几句后，万来福说："跟老领导汇报个事：一中队黄国庆，不是你帮助了多年吗，他余刑不长表扬也不少，估计明年可减刑回家。但现在有个思想包袱，就是不知道老婆下落。听他说，前几年他逃跑后，老婆就离家出走了。这个你都知道？现在他就想找到老婆。"

"这几年他都不知道老婆在哪里？"刘强问。

万来福答道："他说不知道，没一点线索。"

"这事只有问他丈人家。"

"写过两封信，没回信。"

"丈人家不会理他的。"刘强说，"这就麻烦了。连下落都不知道怎么找？"

听出一些眉目来的龙文清，幽幽地说："犯人里面稀奇古怪的事多了，哪里管得过来哦。"

刘强也想，现在监狱条件不如从前了，莫说是不可能派人派车漫无目的、大海捞针一般地帮一个犯人去找老婆，就是知道他老婆的下落，监狱也不会把经费花在这上面。于是他出个主意道："叫黄国庆写信给儿子，让他儿子去想办法找他娘的地址。"

"欸，这倒是个好办法。"万来福高兴地说。

刘强说："只要有地址，黄国庆出去后就好找。"

"走了这么多年，是不是改嫁了都难说。"龙文清说。

万来福道："没听说他离婚。"

"他老婆我接触过。"刘强说，"和黄国庆有感情，虽然出走了，也不会轻易找人。"

万来福看看龙文清。龙文清说："那就叫那个黄国庆写信试试。"

"好。"万来福高兴地说，"我就按两个领导说的办。"

刘强忽然想起一件事似的说："童生财还有多久？"大名鼎鼎的童生财，刘强记忆非常深刻，前几年还减过一次刑。

"明年12月满刑。"万来福翻着台账说，"有十五个表扬，还有一个'劳动能手'。"

刘强看看龙文清、万来福说道："关照一下，让人家早点回去算了。"

龙文清附和道："应该。"万来福也点点头。

一个下午过去了，晚饭后刘强接着进监。傍晚时分，刘强爬四楼来到男教学组区域时，民警办公室门还未开。才七点，天刚入夜。他一边开门一边朝五楼喊了句："熊细水。"

刘强刚坐下，熊细水就在门口喊了声："报告。"刘强让他在长条椅上坐下，问道："彩灯做得怎样了？"

熊细水是男教学组的大组长，四十来岁，看上去很精明干练的样子。他一听刘科长这话很快就道："这个星期可以做完。"

刘强点点头，又道："上半年《新生报》投稿、用稿怎样？"组织犯人向省局《新生报》投稿是教育科的一项重要工作，尤其全监都在"找饭吃""三课"教育不能正常开展的情况下，宣传报道工作显得尤为重要，特别是现在学校放暑假，女犯老师临时下放到大队去劳动了，男犯老师也都分配了组装彩灯的任务，教育科还不抓抓宣传报道，那还谈什么改造人呢？因此他觉得生产要搞，但自己的主业也不能荒废。

"上半年用稿数要等六月份最后一期《新生报》才能统计。"熊细水汇报说。

说话时，高森林悠悠地走进办公室。熊细水一见高干事到来，便站起身来。

"你坐。"高森林边说边在自己办公桌前坐下。

刘强让熊细水接着说。刚来时，刘强看到周文彬、高森林和这些男犯老师比较随便，关系融洽，似乎还有点不太适应，但时间一长，觉得两个民警如此管理这些老师也是有道理的，因为这些人基本都是偶犯、过失犯或经济犯罪，都有高中以上文化，素质与大队的不同，而且给犯人上文化和技术课，还得要这些人发挥自己的聪明才智和主观能动性才行。因此刘强认同两个管理干部对男犯教学组的管理，事实上多少年了，两个教学组的教学秩序一直都很稳定，教师队伍也没出过什么事。

熊细水离开民警办公室后，刘强、高森林两人聊了会儿天，但愉悦悠闲的氛围很快被一个电话打破了。

一阵电话铃声响过，高森林拿起听筒后又给了刘强："找你的。"

刘强接过电话一听脸色都变了，放下电话起身就走，丢下一句话给高森林："我到那边去一下。"

"那边"是指女犯教学组。电话是刘荣华打来的，她只说了一句："科长，你快过来，出事了……"她没说出什么事，但其声音告诉了他事情的严重性。他也不便多问，只说了一句："你跟生活科说一下，叫人跟我开中门。"

夜色中，刘强拿着电筒，但他没有打开，因为院子里路灯、墙灯都亮着，光线还好。他很快从"界屋"中门进了女犯大院，三步并作两步上到教育科时，神情已经慌得不知所措的刘荣华正和几个女犯老师紧张兮兮地说着什么。

"什么事？"刘强边问边走进办公室，在和刘荣华并排的办公桌前坐下。刘荣华一屁股在凳子上坐下，几乎哭丧着脸说："她们……不见了。"

"谁不见了？"

"柳如玉、万飞燕不见了……"

"多久了？"刘强直起腰，挺起身子盯着刘荣华道。

"晚上我一来就叫王秀娟清点人数，发现她们不见了，找到现在……"

"什么？"刘强一下从凳子上蹿起来，他瞄了一眼墙上的挂钟，八点过几分了，"一个多小时了，为什么不早说？"

"我……"刘荣华吓得一脸煞白，两个眼睛已经血红，快要掉泪了。

刘强的头一下大了：一个多小时不见了，要是脱逃了怎么办？自杀了怎么办？长期在基层大、中队待惯了的他顷刻间心理防线都要崩溃了，仿佛重大事故已经在自己身上发生……不行，得赶快跟高副监狱长报告，要求狱政科拉警铃，尽快启动追逃。他走到刘荣华身边，抓起耳机就要打电话。哭丧着脸的刘荣华这时一下头脑清醒起来，说："刘科长……先不要打电话好吗？"

"耽误了追逃你负得起责吗？"一脸严肃的刘强恼怒地瞪着对方，"你不知道人不见了要尽快报告监狱吗？一小时都过去了，再不报警你我都要吃不了兜着走！"

"我知道，刘科长。"已经开始流泪的刘荣华眼巴巴地望着科长，一脸苦楚地低下头说，"我想再找找……"

看着刘荣华这样子，刘强也不知道怎么办了。他压制住自己焦躁的心绪，不情愿地坐下来，看着刘荣华道："你怀疑她们不是逃跑？"

刘荣华用餐巾纸擦了擦自己的眼睛，点点头道："应该不会逃跑，也跑不出去。"

听刘荣华如此一说，刘强也似觉有理，毕竟她们两人很受民警关照，学校放暑假，所有老师都下派到大队劳动去了，唯独让她们两人留下来放广播，尤其是柳如玉已得了不少表扬，年底可能假释回家。这样好的改造条件难道还会脱逃或寻死吗？刘强站起身，一声不吭地在办公室里走了几个来回，忽然停住脚望着刘荣华道："你马上带人去那边五楼和院子里再找找，我带人去礼堂。"

刘荣华吸吸鼻子，理了理自己额前的乱发出门去了。刘荣华一走，刘强也从墙上取下钥匙叫王秀娟她们跟自己去五楼检查。

十来分钟后，刘强他们紧张而狐疑地回到了办公室。不一会儿，刘荣华她们也三三两两地返回了教育科。女犯们见两个民警都一脸死灰，吓得都躲进备课室去了。刘荣华定定地看着门口，人傻了一样。刘强一会儿看看窗外电网，一会儿又到走廊看大院，来回地走着，像头狼似的，脑袋也万分紧张地思考着：假设没有逃跑，也不会寻死自杀，那人到哪儿去了？生不见人，死不见尸，怎么办？怎么办？刘强额头已出虚汗，他正经历着自己人生第一次的举棋不定……

办公室安静得听得到墙上挂钟的"嘀嗒"声。已经八点半了，还不见两个家伙的鬼影，怎么办？

刘强的内心像掉进了油锅，开始十分烦躁恐惧起来，怎么办？要不要报警？不报警又怎么办？如果真的出了什么事故，怎么向组织交代……望着咫尺之外的刘荣华始终埋头暗泣的样子，刘强也抬头看看天花板，他的内心真的绝望了……

就在这时，已经绝望无力的刘强忽然发现有人影从办公室门口一晃而过，似乎是万飞燕她们。刘强对着门外大喝一声："站住！"

大声喝罢的同时，刘强飞快地奔到门口，见是万飞燕、柳如玉，便大吼一声："你们死哪去了？滚进来！"

万飞燕、柳如玉脸色煞白，一副明知自己做错事的神情，两人并排站到了办公桌前两米开外的地方。

刘强坐下后，狠狠地瞪着眼凶道："你们死到哪去了？！"

万飞燕看了下柳如玉，嗫嚅地说道："我们到那边五楼顶上去了。"

一直坐在椅子上的刘荣华经历了一次生死劫难似的，心理受到了巨大压力的创伤，见到万飞燕她们进门，她的心里早已没有"终于找到了"的感觉，有的只是愤慨。她强忍着内心的愤怒，听她们如何回答科长的问话。当刘科长问她们跑到五楼顶上去干什么，万飞燕回答是"看江中的夜景"时，再也控制不住自己的刘荣华忽地一下跳将起来，冲过去一巴掌狠狠地扇在了万飞燕的脸上，接着想扇柳如玉时，被对方侧身退后一步躲开了。刘强见了，忙将刘荣华拉回到座位上坐下。

原来万飞燕为人"本分"，一个人在图书室兼管图书，从没发现她有过什么违纪的事情。这几天有民工在楼顶补漏，业务科室掌管小阁楼钥匙的民警因为第二天有事需晚点到现场，便将那把钥匙给了万飞燕，让她第二天帮开一下门。谁知"老实"的万飞燕因入狱多年，实在是想家了，于是便想利用这一千载难逢的机会爬到楼顶上去看看久违的江中。打定主意下班后吃晚饭时，她便暗中约了柳如玉。柳如玉何许人也？一听有这等好事欣然应允。于是晚饭过后天将黑时，她们神不知鬼不觉地爬上了北面监舍的楼顶，在满天繁星的夜空中，十分开心地欣赏着远处省城江中的繁华灯海，流连忘返，足足一个半小时……

刘强看着万飞燕、柳如玉两个鬼东西，再气也没办法，又不能动手打她们。他看看刘荣华一对仇视的目光久久地盯着两个女犯，一副什么都不愿说的样子，思忖了会儿，然后气愤地说道："明天你们滚到大队去劳动，省得你们闲得无聊。从现在开始，你们要好好反省，准备处分！"说罢，转向刘荣华道："小刘你看还有什么？"

刘荣华没有回答科长的问话，却突然朝两个女犯大吼一声："滚！"

两个女犯逃也似的离开办公室后，刘强起身去自己办公桌上拿了茶杯坐下后问了句："你有水吧？"

刘荣华仍一副有气无力的样子："两个鬼气死我了。"刘荣华是内勤兼管女犯老师的管教工作，今天出这样的事差点把她吓死。幸好是虚惊一场，不然……

看着刘荣华一副后怕的神情，刘强又安慰了一会儿，然后说道："明天你跟晏玉娟商量一下，看换哪两个回来放广播。另外看给她们报什么处分？"

冷静下来的刘荣华静静地说道："科长，说实话，按我的脾气非关她们禁闭不可……可是，"她有气无力地说道，"柳如玉也在里面，有什么办法。让她们下去劳动是她们自找，谁叫她们贱得难过。但要处分就难，晏玉娟早说了，领导今年要让柳如玉减刑回家，去年还给了她一个'省积改'，这还是你没来以前的事。你说还怎么报处分？"

"陈科长知道这事么？"

"知道吧。"

这下轮到刘强不吭声了，他的头歪着傻了一样。刘荣华所指的"领导"，刘强自然明白是谁。他知道金洋一直在关照柳如玉，自己还因为其保外的事得罪了他而被挪到了教育科。如今难题又摆在自己面前，让刘强有点为难。依他的秉性，他真的想该怎样就怎样，但既然金洋早已打过招呼，科里就是将她们的处分报上去，也肯定批不了，现在把持狱政科的可是温俊青，金洋要帮谁，他能不知道？刘强一点办法都没有了，心里只能退而求其次，便朝刘荣华说道："处分可以不报，但必须让她们下去劳动，不到开学不准回教学组！"

"科长你是好心。只怕……"刘荣华有点犹豫地说道，"只怕人家不领情。"刘强忽然咆哮道："都是劳改犯，别人都下去劳动，她们就劳动不得呀？！"刘强说这话时，眼睛都瞪大了。他觉得，柳如玉她们这么严重的违纪，不受一点处罚是说不过去的，不然还真没有一点王法呀？在刘强的心里，有他自己的公平正义，这是他行事的固有指南。

刘强的决定得到了刘荣华的支持，女犯教学组一次重大违纪事件就这样被悄悄地处理了，最大限度地缩小了它的不良影响。更为重要的是，刘强感觉虽然今晚在刀尖上跳了一次舞，但在这件事情的处理上多少守住了一点底线，在与权贵的较量中尚保留有自己的一丝本色，心理上过得去。

然而刘强错了，他完全错估了背后那只黑手的思维与需求，他又一次得罪了那个无所不在的领导。过了没几天，柳如玉又被调回生活卫生科去了，而刘强自己也在三个月后被贬到总务科当了一名副科长（正科级），并受到全监通报批评。据说金洋在监狱党委会上给出的理由是刘强"业务不熟，管理不善"。对于刘强再次被贬，作为他的直接领导，高正平这次情况明了，也深知金洋是借题发挥，挟私报复，但又无法扭转乾坤，只能眼睁睁地看着刘强被打入"死角"。

此事对刘强的打击是巨大的，但刘强似乎不大在乎，倒是没受此事影响的刘荣华一直愤愤不平，半年后有次在生活区碰到刘强时，特意告诉他道："看到温俊青和柳如玉父母去金洋家。"并说，"看他还能狂多久。"

第三十章　体改伊始

春天到了。田野里、小区内房前屋后的小草偷偷地钻出泥土，嫩绿嫩绿的，满眼的生机勃勃，整个世界仿佛刚从睡梦中苏醒过来。

早晨七点半，刘强接到高正平的电话，叫他上班后去他办公室。高正平现在是监狱一把手，这还是刘强近几年第一次在家里接到他的电话。

四五年过去了。这几年，刘强除了刚到总务科时的最初几个月被纪委找过一次麻烦外还算太平。想起那次监狱纪委的人找他，刘强就气不打一处来。那天，刘强接到纪委电话说让他去一下监狱纪委。刘强明白这是金洋搞的鬼，生性疾恶如仇的刘强犟劲来了，他歪着头对着话筒说："有什么事直说，我不会去你们那里！"纪委的人没办法，只好第二天派了两个人来总务科找他，问他某月某日晚上在什么地方，干什么。刘强一听对方提出的问题，明白他们的意图，好在他一直坚持记工作日志，有据可查。他很快从抽屉里找出一本工作日志，翻到某月某日的记事情况，并告知纪委的人那天是什么天气，自己在何处干什么事。过来问话的纪委同志见署名举报刘强的告状信中说的天气明显不对，就客气地说了句"麻烦了"，然后就走了，再然后就没有下文了。从此，刘强就太平了，整个人在监狱便无声无息了，就像他所在的总务科一样，被监狱发展的主流边缘化了。当然这个"发展"其实是一种变化，用变化来概括几年来的情况似乎更贴切。新世纪、新千年带给西山监狱的新变化，开始彻底改变监狱的发展轨迹。首先是世纪之交开展的"三讲"教育使对监狱主要领导工作不满的广大群众发出换人的呼声：不少人反映金洋和犯人家属有不正常关系。省司法厅、省监狱局两级领导班子呼应民声开展调查。随后在上级查处的一起经济案件中，金洋被发现收受广东商人十万元贿赂，受到撤职处理。年富力强的高正平接任监狱长和党委书记，给困境中的西山监狱带来一股春风。

影响西山监狱发展轨迹的另一件历史性大事，是2003年开始的监狱体制改革。新中国成立后的监狱，为解决监狱困难，为让罪犯在劳动中改造思想，不让罪犯坐吃闲饭，国家建立了监狱、企业和社会三体合一的监狱管理体制。半个世纪来，这种管理体制为成功改造千百万罪犯，为维护社会稳定，促进社会主义计划经济建设发挥了重要的作用。但随着改革开放后社会主义计划经济体制逐步过渡到社会主义市场经济体制，监狱三体合一的体制越来越不适应形势的发展，其自身存在的问题和矛盾日益暴露出来，一是监企合一的体制下，由于监狱被企业绑架，严重影响监狱刑罚执行功能的有效行使；二是国家的财政投入不足，监狱只能将运行所需经费与生产收入直接挂钩，并把民警的工资福利与企业的生产效益挂钩，如此监狱生产就成了维持监狱正常运转的手段，而不是以改造罪犯为目的；三是监狱除了承担改造罪犯和生产任务外，还要办学校、医院、幼儿园和"三产"等等，导致监狱成了一个职能多元化的小社会，使监狱背上了沉重的包袱。尽管《监狱法》颁布后，国务院先后发文提出一系列解困办法，省政府从1995年起启动了适度的财政保障机制，给监狱拨付了部分民警经费和罪犯生活费等，并根据政策核销了西山监狱等单位的全部银行贷款，在一定程度上缓解了监狱困难，但监狱经济积重难返的困难局面一时还难以解决。这些问题的存在，不仅影响了监狱刑罚执行职能的发挥和教育改造罪犯质量的提高，而且影响了监狱民警队伍的稳定和公正执法，也容易触发腐败问题。为此，2002年夏，中央领导来到安南省并亲临西山监狱等单位视察，就从体制机制上解决监狱工作存在的突出矛盾和问题展开巡视调查，之后国务院下发文件提出了"全额保障、监企分开、收支分开、规范运行"的监狱体制改革的目标，并从2003年开始分两批在十四个省（区、市）进行监狱体制改革试点工作。安南省作为第一批试点省份之一，各监狱目前已完成了监企分开、收支分开、监社分开的"三分"工作，正在自上而下地建立监狱经费全额保障机制和监狱新的运行机制，国家对监狱的各项优惠配套政策也在逐步落实。与此同时，司法部启动了全系统监狱布局调整工作，本省的西山监狱和江中监狱迁移到小镇附近异地重建。具体到西山监狱，人们看到的变化是，监狱的刑罚执行部门加强了，由过去的"管教四科"变成了"管教六科"，原西山纤维厂撤销后又重新组建了"西山万宝路发展有限公司"，并根据监狱特点，调整形成了以毛衫针织、机械加工为主的外加工生产格局，让耗时多、体力重的彩灯加工和需要"三班倒"的劳动项目退出企业，减少了罪犯劳动时间，减轻了劳动强度；同时财政部、司法部下发了《监狱基本支出经费标准》等一系列规范性文件，基本确立了财政保障体制，开始改变监狱所需经费主要依靠监狱生产经营收入弥补的状况，历史性地改变了自上世纪九十年代后期以来出现的拖欠民警、工人工资的状况，稳定了干工队伍。直接涉及刘强一家的历史性变化是，刘强家"双喜临门"，先是2002年女儿刘梅通过省人事厅组织的招考被录用为监狱人民警察，分在西山监狱；2003年刘梅又喜结良缘，完成了人生之大事。而刘强自己在总务科待了几年，高正平担任一把手后，刘强又被调回教育科，算是新领导班子对他以往工作的肯定……

"来，刘科长坐。"上班后刘强直奔监狱长办公室，高正平一见刘强就客气地打着招呼，并拿起烟打给刘强。刘强忙摇手，高正平笑笑说："你还真戒了。"点了烟，高正平坐到刘强对面的沙发上说："我们几年都没怎么聊了。"

刘强笑笑，在沙发上坐下。高正平四十多岁，说话干脆利落。两人坐下后，高正平就开门见山地说："这几年接手监狱工作后，一直忙于外加工，去年又开始忙体改，教育上的事也没怎么过问。今天叫你来主要是摸摸情况。"

刘强明白，高监狱长之所以找自己，是监狱体制改革后监狱经济状况已有了变化，监狱可以腾出手来抓罪犯的教育改造工作了。于是他将近几年政治、文化、技术"三大教育"的现状向高正平作了简要汇报。

听完刘强的汇报后，高正平点点头，把烟头掐灭在烟灰缸里说："你知道，现在监狱体改了，财政保障体制开始建立，各项经费也开始逐步到位，可以说，体制改革将给监狱带来新的发展局面。"高正平说到这儿，顿了顿又说，"当然，我们地处中部不发达省份，全额保障经费还有一个过程。但可以说，像前些年那样全监干警找饭吃的情况不会再有了。就像你说的，八十年代教育工作发展了，九十年代停滞不前。现在新世纪了，我们要乘体改这个势，把改造工作抓起来，毕竟改造犯人是我们的主业。《监狱法》就是这么说的，对不对？"

"高监有这个想法，那还有什么说的。"刘强脸上挂满喜悦之情。

"改造工作，你有什么想法？"

刘强自然有自己的想法。虽然离开了教育科几年，但去年回教育科后，发现教育科依然如故，除应付日常的文化课，开展一些形势和思想教育外没有别的事可干。刘强是个坐不住的人，去年下半年他到狱政科找邱淑兰借来资料，对近五年入监的男女犯人的基本情况进行了统计分析。印象特别深的是，全监在押女犯中，农村女犯占了绝大多数；而这些农村女犯又以犯伤害、杀人和重婚罪的多。考察这些女犯的案情，刘强发现在偏僻落后的农村，包办婚姻、虐待妇女的现象仍大量存在，很多妇女往往自己先是受害者后被"逼上梁山"犯罪。而从女犯的文化程度分析，愚昧无知可说是多数女犯犯罪的根源，因为农村女犯中连自己名字都不会写的纯文盲和半文盲高达70%。对文化与犯罪两者之间的关系问题，刘强未做过系统研究，但他在统计和对部分案例的研究中深切感受到，文化程度与犯罪之间有一种密不可分的内在联系。那些没有接受过现代文明洗礼的文盲、半文盲，因为愚昧无知往往比有文化的人更容易触犯法律。刘强记得，有天晚上他到女犯初小班教室巡查时，走到一个中年女犯身边看她写字，也问了几句话。那个女犯告诉他，小时候因为家里穷，三个弟弟都读了小学，她们姐妹俩没一个进过学校门，她连自己的名字都不会写。到这里后，家里来信，她要请别人念给她听。现在经过近两年的学习，一封家信能看懂个八九不离十。当刘强知道她犯的是侮辱罪时，便说："干吗要把大粪往人嘴里灌？"她脱口而出地说："还不是怪自己没读过书。要是晓得这是要坐牢的事，打死我也不会做这样的傻事。"这是一个文盲生愚昧，愚昧促犯罪的典型案例。从农村女性犯罪的根源可以看出，只有当教育的光芒真正照射到偏僻乡村每一个角落时，广大的农村妇女才有可能获得真正的解放；而对于这些犯罪的女性来说，只有当她们的文化素质得到应有的提高后，才有可能谈及"自尊、自信、自立、自强"，也才有可能防止出狱后重新犯罪。因此农村女犯的文化教育问题必须得到特别重视。

"根据我们监狱的实际，还是应该重点抓好女犯扫盲教育，让那些文盲、半文盲达到小学文化，争取达到初中。文化提高了，可防止再犯罪。另外法律教育也要抓好。"刘强汇报说，"再就是现在用的扫盲课本是统编教材，如果我们根据犯人实际情况，编一本扫盲速成课本就好了。"

"好啊。"高正平肯定地说，"这是个创新。我知道你的意思，现有教材对这些犯人针对性不强，如果我们自己根据犯人改造实际编一本速成课本，这样可提高扫盲效果。是不是？"

见刘强点点头，高正平接着说："你这个想法很好，我赞成。另外我想，监狱工作要以《监狱法》为指导，要以改造人为目的。何谓改造，不教育哪来的改造？多少年了，各级干警都忙于找饭吃，客观上把教育工作耽搁了，所以那些年出事也多，现在是时候该把教育工作好好抓起来了。你们动点脑筋，把教育工作好好抓一下，特别是个别教育，不要搞形式、补记录应付检查，要实实在在的效果。再一个就是技术教育也要重点抓，要让犯人学会一两门技术，掌握一些劳动技能，出去后找得到事做，这样再犯罪的概率就会小。现在办的职业技术班就不错，还可以扩大，也可以把岗位技术培训扩大，譬如我们的羊毛衫就可以搞培训，一来可以提高劳动生产力，做大我们的企业，二来犯人出去后也是一个就业的选择。"

说到此，高正平道："今天我们先聊到这里，你们把思路想得细点。"

"好的。"刘强满心欢喜地出了门。

刚下到办公楼下，刘强就被彭彩云和黄春珍截住了。她们站在一辆带篷的三轮车前，车里坐着个老太婆和一个三十来岁的小伙子，那是她儿子。彭彩云告诉刘强，老太婆的女儿今天刑满释放，但监狱大门外却埋伏了几个人准备抢走她女儿。

原来，这个老太婆的女儿徐秋红原在二监区也就是过去的二大队改造，去年减刑一年后，今天刑满释放。谁知昨天下午，徐秋红的母亲和儿子就来到了会见室要接她女儿，说"今天不接走，明天就会有人来抢"。会见室主任马小牛瞪圆了双眼："谁吃了豹子胆敢来监狱抢人？"徐秋红的母亲便把原委告诉马主任：她大女儿生小孩后，小女儿给姐姐带人，却被姐夫勾走，结果两人都坐牢了。那姐夫出来后还贼心不死，准备明天来接徐秋红。老人家今天赶来就是想把小女儿提前接走。马小牛感到问题严重，立即向科里做了汇报。负责处理此事的狱政科副科长黄春珍当即联系彭彩云，引起了彭彩云的高度警惕。徐秋红在她手下改造多年，改造表现一直不错，如今释放了还让不法分子如愿以偿，那监狱民警对徐秋红几年来的改造果实不就要毁于一旦？彭彩云当即去找徐秋红，故意考验性地问她："是不是还要跟姐夫走？"徐秋红脸红了一下，旋即毅然地说："我不会跟他走。再害我姐，这牢就白坐了。"彭彩云当即表扬了她，并立马和黄春珍商量，决定明天一早由黄春珍去租三轮车，八点半后刘文芹把徐秋红带出监狱，避开她姐夫那一帮人。

刘强他们正说着话，忽见刘文芹带着徐秋红往办公大楼前走来。到了三轮车前，徐秋红见到彭彩云便叫："教导员。"

彭彩云看着徐秋红说："听母亲的话，从头开始。希望听到你的好消息。"

徐秋红脱下头上的纱巾还给刘文芹，看着管教了自己多年的彭彩云和刘文芹说："我不会辜负干部的希望。"说罢转身爬上三轮车。

彭彩云摇摇手，看着他们驶离监狱大门。

几个人一起往监狱大门走去时，刘强看了一眼门外，门外花圃那边三四个男子正眼巴巴地望着大门这边。

"他妈的，坐牢了还不改。"刘强边走边骂。

彭彩云说："希望徐秋红说到做到，不然又麻烦了。"

刘强问道："这个女的姐姐没跟那男的离婚吧？"

"应该没有。"刘文芹说，"昨天我问了她家情况，她说家里人没跟她说姐姐和姐夫离婚的事。"

说着话，几个人就到了二监区车间门口。彭彩云笑笑："不去想了，看她的造化吧。"

刘强回到教育科时，晏玉娟她们都在，两个在玩手机，一个打电话。他在长条椅上坐下，先把徐秋红的事说了。晏玉娟、彭雪珠异口同声地说："还有这样的事呀？"

"这有什么稀奇呀？"刘荣华说，"柳如玉走的时候不也是有人来抢吗？"

刘强有点茫然的样子，那时他已被贬到总务科去了，耳目闭塞。彭雪珠说："好像是听你讲过。"

"我没听过。"晏玉娟说。

"可能我说的时候你不在。"刘荣华说，"好几年了，就是澳门回归那年吧，听说柳如玉释放那天，有原来的同伙到会见室来接人，她父亲发了气，后来生活科派人把柳如玉送回去了，她父亲还是去派出所把人领回去的。生活科对这事还保密呢。"

彭雪珠一听就不高兴："有什么保密的？还不是有人怕别人说三道四。"

刘荣华气鼓鼓地说："就是金洋嘛。"

看着曾经的"患难之交"刘荣华，刘强笑了。"小刘，叫高森林他们过来一下。"刘强不想扯这些了，便转移话题道。

几分钟后，男教学组那边的周文彬、高森林就走进了办公室。

"'二老'来啦？"两人一进门，刘荣华就笑道。周文彬他们都是四五十岁的人，又蜗居男教学组，常被几个女同事开心打趣。

"科长好久没叫我们过来了，今天一定有什么好事吧。"已过"知天命"年龄的周文彬一进办公室就说道。

"叫你们来吃糖。"刘荣华从桌上抓起糖果丢给他们一人一个。那是昨天生活卫生科一个民警的儿子结婚送来的喜糖。

"一上班高监把我叫去，问了下我们科里的工作情况，作了几点指示。"刘强一开口就直奔主题，把高监狱长找他谈话的内容作了传达，并说："这是我到科里后，高监第一次找我谈教育工作。看起来，体改后监狱的变化会很大。"

高森林笑笑说："有什么变化？又没加工资。"

"有点变化，"彭雪珠说，"最起码现在不会扣工资了，去年底不是还补发了钱吗？"

"我们在科室感觉不明显，在大队你就有体会。"刘强说，"那几年在大队，包括后来在狱政科，我不知道吃了多少方便面。说实话，吃方便面不单单为工作，也是为了省钱……"

"我也觉得不会像以前那样了。"晏玉娟说，"毕竟我们现在又是公务员了，跟着党政机关不会吃亏。"

"面包会有的。"高森林笑笑说。

"面包会越来越大的。"刘荣华跟着起哄，又对高森林说，"有了面包后买个手机哦。"刘荣华笑过周文彬、高森林多次："两个大男人没一个有手机的。"

"办公室、家里都有电话，要手机干吗？"高森林笑着说，"我们科长都还没手机呢。"

刘强笑笑："计划下半年买。"

几个女人一齐笑起来："科长终于想通了。"

刘强看着她们开心的样子慢慢悠悠地说："体改后，监狱的情况在一步步好起来。条件好了，工作要求就会高。今天高监讲的这些，其实就是新形势下对我们教育工作的要求。"

见众人没再说什么，刘强说："今天主要是把高监的指示跟大家说一下，请大家先思考，明天上午开会研究。"

下班时，刘强随着人流走出监狱大门，见先前那几个男的还坐在花圃边"守株待兔"，鼻孔"哼"了一声。几个男的没见过什么世面，等了一上午没见着要接的人，见这么多男男女女的警察从监狱出来，都乖乖地坐着不动，没一个敢上前找人打听的。

回到家，女儿刘梅挺着大肚子站在厨房门口和母亲说话。女儿结婚后一直住在她自己的家里，只是最近肚大不便，中午才回娘家吃饭。

"肚子饿了，有什么吃的么？"刘梅打开冰箱看了看。

"削个苹果吃，饭也好快。"闵冬香说。

刘梅坐在沙发上对着垃圾桶削苹果，削好后一边啃着苹果，一边和正在拖地的父亲说："我们分监区今天来了一个少年犯，才十五岁。"

"犯什么罪哦？"刘强问了句，还在擦着地。

"盗窃，判了五年，还有同案犯。"刘梅说，"同案犯分到一监区去了。"

刘强用拖把简单擦了一下饭桌周围的地面，到厕所洗了拖把，挂到阳台一侧去

....

晾干。

刘梅看着父亲又说："还有个姓邱的诈骗犯，来了不到一年就当了组长，还是个二进宫，劳教过两年。"

"可能有点文化吧。"刘强坐下说。

"初中生。"

"诈骗的都有手段，有些干部还喜欢用他们。"

"刘文芹就对邱素珍感兴趣。"刘梅所说的刘文芹是分监区长。

"也不是不能用。"刘强看着女儿说，"这种人比较听话，也不会违反什么监规，还会讨干部喜欢。"

"对对。"刘梅佩服的眼神停留在父亲脸上，"老爸你说得太对了。那个邱素珍就是这样的，好会拍干部马屁，又能说会道。"

"你说这样的人，干部会不用吗？"

刘梅一时无语。

刘强又说："这种人适应能力强，看起来表现不错，但有的本性难改。"

刘梅侧着头，认真听着父亲的经验之谈。

闵冬香把筷子和饭端上桌说道："四监区陈光明一个亲戚就被她骗了五万多元钱，陈光明找过我们几次，要她让家里赔。她婚都离了，父母又七老八十了，哪来的钱赔？陈光明每次来都好生气，我们也爱莫能助，都是同事，但她就一句话，'要钱没有，要命有一条'。你说碰到这样的无赖，怎么办？我是好嫌这种人。"

刘强接话道："一个诈骗的，一个强奸的，群众最痛恨。"

说着话，饭一会儿吃完了。刘梅起身退后一步一屁股坐到沙发上说："我们那里犯人麻烦事特多。"

"哪里都一样。"闵冬香说。

刘梅说："有个叫江冬梅的，去年才来现在老公就要离婚，又穷，小孩上学都困难，急得不知怎么好。"

刘强正收拾碗筷，随意问了句："这种事多吗？"

"好几个要离婚的。"刘梅答道。

刘强端着碗筷进了厨房，闵冬香接话道："我们中队去年离掉好几个。"

"这些男人也是，老婆一进监狱他们就离婚，都不愿等。"

闵冬香靠墙坐在饭桌旁，看着女儿说："时间长了没几个愿意等的。"停了会儿又说："以前可以优待会见来监狱过夜，现在没有优待会见了，时间一长还不离啊？"

"干吗要停优待会见？"

"前年不是出了事嘛。"

"出什么事哦？"

闵冬香说："有女的让野老公来优待会见，也有男的叫野老婆来。嘻，乱七八糟。"

"来住哪里不要结婚证呀？"

"搞张假证哪里好难呀？"

刘梅无语。闵冬香接着说："一粒老鼠屎，打坏一锅粥，监狱只好把优待会见停了。"

"因噎废食。"

"什么？"

刘梅又道："一朝被蛇咬，十年怕井绳。"

闵冬香没再接话，洗好碗的刘强却道："劳改队就这样，很多政策为了犯人好，可就有些捣蛋的把好事搅黄了，搞得大家都遭殃。"刚才她们母女俩讲话他听得一清二楚。

"这不是一人得病，人人吃药吗？"刘梅道。

刘强看着女儿说："劳改队的事就这么难办。时间一长，你就会有体会。"

刘梅沉默不语了，两只手在隆起的肚子上缓缓摸起来。

第三十一章　少年女犯

"上次科务会说的四项工作，我一项项汇报？"

说话的是教育改造科副科长晏玉娟。上午一上班，晏玉娟就坐在刘强办公桌对面。上个星期开了科务会，刘强布置了四项工作，大家发表了各自的意见，统一了思想，并对工作的落实进行了分工。最后刘强还特意交代：工作落实情况由晏副科长汇总，再由科长研究决定。刘强如此安排，并非当甩手掌柜，而是他觉得自己文化水平欠缺，不可能久居此岗，而晏玉娟年轻，有水平又有工作经验，刘强有意让她抓常务，科里一些大的工作都让她牵头抓落实，自己则出出点子、把把关。今天晏玉娟一坐到他的对面，他就点头，表示开始让她汇报。

"先说扫盲教材的事。"晏玉娟慢慢地汇报起来，"小彭、小刘她们两个到新华书店去转了转，没有扫盲课本。我也问了我一个同学小学校长，他说现在没有扫盲课本了。"晏玉娟说罢，顿了顿又说道，"就这个问题，我和老周还有高森林进行了探讨，老周他们也说完全可以自己编写，男教学组有几个原来在外面就是教学骨干，有这个能力。老周还说以前编过一个扫盲课本，但找不到了。现在编扫盲课本，我们觉得可以从实际出发，从犯人写的信件还有思想汇报中找出一两千字，编一本适合犯人的扫盲课本，让他们在短时间内多认得一些字，提高沟通能力。"

刘强马上点头："这个可行。要多久编出来？"

"两三个月吧。"晏玉娟说，"就是有个问题，最好到外面印刷厂去印。"

刘强明白她是担心自己打印效果差，便道："这个不用担心，一旦领导决定，我们就花点钱到《新生报》印刷厂去印。"

"那就好。"晏玉娟开心地接着说，"第二个问题，办职业技术培训班的事。目前女犯这边有缝纫班、会计班，男犯那边有企业管理班、应用电子技术班，还有家电维修班。职业技术班要扩大，肯定是一个趋势，但涉及面广，如办证，办学面怎么扩大，到底要办哪些班，我们几个人都觉得要摸下底。这件事还需要做准备工作。"

晏玉娟说到此，看了看刘强，见刘强未说话，便继续说道："第三个问题，个别教育工作。我们都觉得这些年思想教育明显退步了，以前那些彩灯、麻将席加工，电子手表组装，一天到晚劳动，哪来的思想教育，连周评都成了摆设，所以我们建议：一是要恢复过去那种周评制度；二是所有分监区民警，还有监区长、教导员都要进行个别谈话，确保所有犯人都能接受个别教育。"晏玉娟说到此，顿了顿接着道，"最后一个特困犯失学儿童上学问题，据说二监区去年有一些民警给两个犯人捐过款，帮助她们子女上学。如果要搞，可以监狱名义设'援助基金'，但资金来源我不知道怎么办。另外还想补充一个问题，现在经常有女犯和老公离婚，我们可不可以模仿社会上的做法，监狱设立一个'法律援助中心'请律师帮女犯打官司。"

晏玉娟说完，喝了口水停顿下来，表示汇报完毕。

"很好。"刘强夸赞了两句，说道："我先说大的方面。关于教育，高监的意思，上次会上我已说过了，还有从上面一些文件来看，教育改造工作现在要摆到中心位置。说实话，摆不摆到中心位置，我们说了没用，但我们要去努力，过去那样一天到晚劳动，周评、谈话都摆样子肯定是不行的。我赞成你刚才提的要加强思想教育，首先要把周评抓起来；其次就是要求监区、分监区干警要参与个别谈话教育。另外，要分析犯人思想改造，建立制度，化解矛盾，防止危险因素发生。关于扫盲教育，已经比较成熟了，可以把老师的积极性调动起来，把这本课本编好，早点让犯人用。职业培训班的事，目前看来难度大点，我想法是立足两点。两点就是岗位技术教育和农函大，先说岗位技术教育，虽然公司也有羊毛衫加工生产，但规模不大，按照高监的意思，首先还是要加强岗位技术教育，干什么学什么，让犯人的生产技术尽快熟练起来。我也是这样认为，其实有些岗位技术实际上也是一种职业技术，听生产科的人说，羊毛衫车间的缝盘就是一种蛮难的技术活，这些缝盘工将来出去后找事就比较容易，你说这种岗位技术是不是职业技术？再说农函大，我们监狱从九十年代就开始办农函大，参加学习的大多是农村的，特别是养猪、养鸡、养鸭那些技术很受欢迎。我原来在三大队的时候，一些男犯就在学。实际上农函大教的是非常重要的职业技术，把农函大办好，男女犯都受益。至于职业技术教育，虽然也是直接为犯人服务的，但好像还没到气候。跟你说的一样，缺乏一些必要的政策，另外经费也是个问题，开会有时听到领导谈监狱情况，感觉体改时间不长，一些经费还到不了位，加上过去欠账太多，现在财务还是蛮紧张，所以职业培训班的事力度还大不起来。再一个，听说女犯监狱和江中监狱建得差不多了，男犯和江中监狱合并是铁板钉钉的事，说不定什么时候就会有大变动，所以我们职业技术培训班还得重点为女犯考虑，摸底也就摸女犯这边。你看这样是不是好些？"

晏玉娟点点头。刘强接着说道："设立'援助基金'的事，过去有监区干部捐过款，说明这事有群众基础，可以搞。领导同意后，我想法是争取让公司拨一点启动资金，再由干部自愿捐一点，另外也可到省、市团委去走走，看看有什么帮助失学儿童的政策么？这样看看能不能搞起来。你说的'法律援助'问题，我在三大队那个时候男犯离婚不多，现在女犯离婚成了一个问题，我还没什么感受，到监区去了解一下情况再说。不过这件事要搞，两个地方应该去走走，司法厅有个律师事务管理处，专门管律师的；省、市妇联是专门做妇女工作的，都可以去联系。"

两个科长研究完毕，晏玉娟按照刘强的要求进一步去落实有关工作。

当天下午，刘强先到了一监区和出入监区了解女犯离婚情况，到二监区时已是第二天上午。

二监区监舍民警值班室只有管教干事白静在。刘强说明来意后，白静说："每天彭教都会按时到，今天……"说罢拿起手机，讲了几句话后告诉刘强道："她马上到。"

刘强坐在长条椅上随口问道："现在包组干部谈话怎样？"

白静看了一眼刘强，泛泛地答道："还好吧。"包组民警每月找犯人谈话8次，而且要有谈话记录，这是教育科规定的。白静不知道他是要问包组民警谈话任务的完成情况，还是想知道包组民警个别教育的谈话质量。

"谈话都做了记录？"

"那不。监狱都发了本子，"白静认真地说，"靠记录统计谈话次数。"

刘强还想说什么，彭彩云笑笑地走进屋来："今天什么风把你刘大科长吹来了？"坐到自己位子上后，彭彩云说："昨晚找一个少年犯谈话，快十点才回家。"彭彩云现在是教导员，但还保持着做犯人思想工作的习惯。

彭彩云所说的少年犯许水莲是她们监区年龄最小的一个女犯，才十五岁。上星期分到她们监区后就表现出无拘无束、不懂规矩的习气，劳动时常借口上厕所在车间里游走，带班民警教育也没用，拿铐子吓她又大声哭闹，彭彩云都被惊动到车间去处理过一次。因最近事多，彭彩云直到昨晚才决定利用进监的机会找一下许水莲。

晚上七点来钟，彭彩云把下午没处理的事处理完后，楼梯上开始传来大队人马上楼的声响。彭彩云知道，这是她们大队犯人下班了。她起身到办公室门口，女犯们上了一天班有点疲惫的样子，上楼梯显得气力不足。走廊上开始拥满了人，住四楼的绵延不断地上着楼梯。一分监区的刘文芹和二分监区的肖芸把人送进走廊铁栅门里后，跟彭彩云打声招呼便下楼回家了。最后上楼的三分监区李晓华见到彭彩云便说："今天我当班。""我知道。"彭彩云笑笑。李晓华是三分监区分监区长，参加监区领导晚上监舍值班，今天轮到她。

走廊上人开始稀疏下来后，彭彩云慢悠悠地往前荡着，看着开始热闹起来的监舍，心里有种日复一日、年复一年天天如此的感觉。真是铁打的牢门流水的囚徒，彭彩云在此工作快二十年了，经历教育过成百上千的女犯，什么人没见过？西山监狱史上最牛的女犯熊秋英抗改了多少年了，现在不也是无声无息了？因此对于将要与之谈话的许水莲，彭彩云显得十分平常，何况还是个"细妹子"。

"许水莲，到干部办公室来一下。"彭彩云踱到三〇四监号，看着躺在床铺上的许水莲说。

谁知许水莲毫无反应一动也不动。组长徐小芹见状便道："许水莲，教导员叫你。"

许水莲仍一副爱理不理的样子。众人都看着彭彩云和许水莲，众目睽睽之下，有失面子的彭彩云没想到碰了一鼻子灰，又不能发作，她强按住心中的不快，对躺在床上的许水莲说："你先去洗脸洗脚，等下到我办公室来。"

见许水莲仍躺着不动，徐小芹和江冬梅一起过来劝她。徐小芹见彭教导员走了，便吓唬她道："干部办公室有铐子，你想教导员发火铐你是啵？"

"去就去嘛。找我有什哩事嘛？"许水莲一个挺身坐起来，不情愿地一个人往民警办公室走去。不放心的徐小芹在门口看着她走进了办公室才转身。

"坐那凳子上。"彭彩云见许水莲来了，用手指指靠墙的小板凳。

许水莲却站着不动，面无表情地说："干部有什哩事嘛。"

真是一个不懂规矩、毫无礼貌的家伙！彭彩云心里命令自己少安毋躁，对方还是个不懂事的女孩，不能像成年女犯那样对待。她起身移步到许水莲身旁，像长辈似的关切地说："你刚来，对我们干部不了解。"说着在靠门的长条椅子坐下说，"你看你才十五六岁，我都四十了，做你的阿姨都有余。不管你过去做过什么事，也不管你家里什么情况，你到这里来了，就是我们的教育对象。不管你愿不愿意，在这里你远离亲人，只能天天跟我们打交道，是不是？你若愿意，可以把我们干部当老师，就像学校那样，也可以把我当阿姨，心里有什么不好说的话可以跟我说……"

彭彩云说着说着，发现先前还一脸不耐烦的许水莲慢慢安静了下来，那双好看的双眼皮和长睫毛像罩上了一层晶莹的玻璃似的，睫毛连眨几下后，一串泪珠就夺眶而出。彭彩云忙起身扶着她在小板凳上坐下："慢慢说。"

许水莲生长在一个不幸的家庭，很小时父母就离了，她和小弟弟判归母亲抚养。母亲的收入很少，每个月做临时工的几百元钱，支付房租后所剩无几，因为穷许水莲刚上小学二年级就被迫辍学回家，此时许水莲刚满十岁。

一个十岁的孩子能干什么呢？许水莲只好帮母亲做做家务，照管照管弟弟，消磨时光。混到十二三岁，许水莲什么都没有学会，倒把胆子练大了。小小年纪的她，不仅与周边的人混得挺熟，而且还交上了几个"同是天涯沦落人"的小姐妹。

她们常一起逛商店，看录像进舞厅。许水莲喜欢唱歌，有时歌舞厅老板高兴，叫她去唱，唱一支给十元钱，一个晚上也可挣四五十元钱。当她第一次把自己挣的钱悉数交给妈妈时，妈妈高兴得搂着她直流眼泪。许水莲心想，以后要多挣些钱，替妈妈分忧，可惜这种机会不是很多。

随着年龄的增长，许水莲开始注意起自己的形象来了，穿不起新衣，但求穿得整洁，买不起好的化妆品就用低档的凑合着用。母亲身体不好，得了浮肿病，小弟弟也七八岁了，可是因为没钱一直不能去上学……所有这些都要钱的，可钱从何来？早熟的许水莲陷入了苦苦的思索。

"水莲，怎么几天冇见你的影子？"她的好伙伴上门来找她玩。

许水莲见了伙伴，也打不起精神。

"愁什哩？有什哩事？"

"我妈妈有病，弟弟又冇钱上学……这几天，我和我妈才吃两顿饭……"许水莲心情沉痛地说，"可我这么大了，帮不了妈妈一点忙……"

许水莲这么一说，她的伙伴便不作声了。伙伴叫刘珍，人生命运也很惨，还在她一岁多时，父母就分道扬镳了，很快都有了自己的新家。年幼的小刘珍，只好由年老的外婆照管。外婆只有退休工资，再加上不多的抚养费，祖孙两个只能维持低水平生活。到了上学的年纪，刘珍在舅舅的资助下，从一年级读到了小学毕业。但她对上学不感兴趣，便在家混着。就在这些岁月里，她开始在外面玩，认识了许水莲，也结识了一些不大不小的鸡鸣狗盗式的人物。在社会生活方面，她显得更成熟，对人生的态度，也更"实际"，她宽慰许水莲说："你操这么多心做什哩，我们还是出去玩吧？"

许水莲无精打采地说："去哪里？"

刘珍想了想说："我们去江中吧？我都几个月冇去了。"

"我去年去过一次。"许水莲说，"江中玩是好玩，可坐车的钱都冇。"

"我有70元钱，我娘给的。"

"两个人去就要30元钱，回来还要坐车还要吃饭，怎么够呢？"

刘珍说："管他那么多，去了再说，到了江中还会饿死人呀？"

那是一个双休日。许水莲、刘珍从县城搭乘中巴，一个小时就到了省城。她们走进中山路，随着熙熙攘攘的人流，挺随意地在一个个大小商店闲逛起来。各种各样的时装、首饰、鞋袜及化妆用品应有尽有……只是这些东西都太贵了。当一个个"富婆"从她们那五颜六色的皮包里抽出一张张50和100元的大钞时，许水莲和刘珍眼红极了。这些人真有钱啊！她们自惭形秽地退到一边，背靠店中间的方柱作闲聊状。刘珍悄声说道："这里买衣服人的多，包也多，我们想办法捡一只。"

"捡包？"许水莲不解地望着她。

刘珍如此这般地和她耳语一阵后，两人开始行动。她们选准一片最拥挤的人群，盯住一名妇女摆在柜台上的红色挎包，两人一左一右靠上去。那妇女正在挑选童装，神情很投入，而售货员又在应付旁边的顾客。就在这时，刘珍以迅雷不及掩耳之势抓起那只红包就钻出人群。同伙得手之后，许水莲也立即跟上去，两人迅速离开那个商店，一口气走到长途汽车站，然后钻进一间小吃店找个僻静位子，要了两份小笼包，边吃边欣赏第一次的"战果"——包内有现金500元、珍珠项链一根。500元钱对她们来说可是一笔巨款，两人高兴得不得了。

初次得手，使两个少女试图以非法手段牟取钱财的欲望更加强烈。这个时候，她们只知道"想办法搞到"，别的不去考虑。

时过半月，许水莲、刘珍两人又从县城来到省城。这一次，她们没去商店，而是决定到市政府大院宿舍去。刘珍说，她以前跟别人到过那里，"今天再去碰碰运气"。她们从江中大厦对面进到一个宿舍区。刘珍有经验，她知道这里虽然有人守门，但不过是瞎子的眼睛、聋子的耳朵。而且这里的住户警惕性不高，有些人临时下楼倒垃圾、买酱油什么的都懒得锁门。她们又是十来岁的女孩，人们不会防范。于是她们在宿舍区穿梭了半上午，对五六栋宿舍进行了火力侦察，但凡未锁门而屋内又无人的住户，便一个溜进去"扫荡"，一个守在门外望风。就这样她们连续入室偷窃了两户人家，盗得金手链、金戒指、手表等一批物品。然而在对第三户人家行窃时，两人被当场逮住。当时，许水莲在三楼一户人家翻屉倒柜，刘珍在门外望风，这家住户的男主人倒了垃圾正从楼下一步步走上来。刘珍忙向许水莲打招呼，正在里间的许水莲见有情况，一边忙将找到的物品往荷包里塞，一边急匆匆走出门来，这时那男主人已上到二楼，刘珍便一把拉住许水莲往楼上扑去。听到一阵杂乱的脚步声，那男的大喝一声："谁？"他快步上到三楼并大声呼叫："有贼！"很快，从三楼出来一个老太婆和一个二十来岁的小伙子。弄清缘故后，小伙子手持一把菜刀和那男的往楼上冲去。在五楼那里，他们看见两个脸色煞白等待束手就擒的少女。两个女孩一人挨了一巴掌后被送往派出所……许水莲被判决时，法官问为什么小小年纪不学好样？她犹豫地说："我要钱，给我妈治病，让弟弟上学。"法官又问："你不知道你的行为违法呀？"她垂着头说："不晓得。我只晓得这种事做不得，不晓得会坐牢……"

听完许水莲的叙说，彭彩云叹了口气：不幸的家庭造就了一个可悲的孩子。看着眼前低着头显出一副可怜相的许水莲，彭彩云动了恻隐之心。这是她经手管教的第一个女少年犯。地处中部的安南省有个少年犯管教所，但那是关押男性少年犯的，以前全省几乎没有未成年女性犯罪，只是近几年偶尔有女少年犯，因为别无他处可去，只能关押到西山监狱女犯监区。监狱为了照顾未成年人，一般将她们留在出入监区，不分到其他监区去劳动。但今年一下子来了好几个女少年犯，加上出入监区床位拥挤，于是许水莲便分到了她们二监区。对许水莲的到来，彭彩云比较关注，短短一个星期，就发现此人不懂规矩，而且几乎没读过书，都已进入二十一世纪了，她竟然还是个文盲，当然更是个法盲。彭彩云像个长辈似的不无慈祥地跟她讲了"要遵守监规纪律、课堂纪律、劳动纪律"和"认识所犯罪错"的道理，劝诫和安排她参加扫盲班学习，打下起码的语言基础，学会给家里写信，给民警写思想汇报等。

"现在，女性犯罪有低龄化趋势。"刘强听完彭彩云的介绍，如此评说道。

"也有高龄化趋势呢。"彭彩云随口说道，"入监队上个月来了两个四五十岁的重刑犯。"彭彩云习惯上还是把出入监区说成入监队。

白静插话道："什么情况都有，说不清楚。"

过了会儿，彭彩云拿起一张信笺对刘强说，"这是熊秋英写的思想汇报。"

刘强接过信笺认真看了看后还给彭彩云说："这个人总算稳定了，干部辛苦了，也不枉了几个老干部多年奔波。"

"几个老干部每次来都带吃的,把她当小孩一样哄,真是多亏了人家。"彭彩云由衷地说。

闲聊了一会儿,刘强转换话题道:"现在离婚犯人多吗?"

"有哦,"彭彩云说,"好几个。"彭彩云看着白静道,"江冬梅……"

"一分监区是江冬梅、吴水娥,二分监区陈小英听说老公也要离婚。"白静补充说。

"这些人刑期长吗?"刘强问道。

彭彩云说:"都是不到十年的。江冬梅只判了六年,老公也要离婚。"

刘强笑了笑,随即挺认真地说:"原来我三大队那些男犯都是一二十年,死缓无期的都有,也有离婚的但不多。几个女犯大队现在有七八个要离婚的,刑期都不长。过去讲'糟糠之妻不下堂',现在……"

"男人没几个靠得住。"彭彩云笑道。

停了会儿,刘强问道:"现在犯人离婚是怎么个情况?"

彭彩云说:"女犯到了这里,只要老公提出离婚一般都能离成,因为法院支持。"

"具体怎么操作?"

"男的提出离婚后,女的都会找家人商量,让家里去找律师。法院也会派人来调查。但女犯家里请的律师也就来次把子,有些事不能及时沟通,法院判决女的往往吃亏,小孩都会判给男方。"

刘强道:"小孩判给男方那是没办法的事,财产分配应该有商量余地。"想了想又道,"如果请司法厅律师管理部门帮忙,不知有作用哦?"

"没什么用,"彭彩云说,"还是法院说了算。"

听了彭彩云的话,结合自己的有关经验,刘强感到监狱在女犯离婚问题上难有什么作为,顶多是起到一些法律咨询方面的作用,或者做女犯老公的工作,让系铃人自己解铃。如此一想,刘强便换个话题说道:"现在高监对教育改造工作很重视,要求加强思想教育,在个别教育上做好文章。你有什么好点子?"

"没什么好点子,想法倒是有。"彭彩云笑笑。

刘强一副洗耳恭听的样子。

"想听真话？"

"你什么时候说过假话？"

"那我就说，"彭彩云挺认真地看着刘强道，"四个字：气候没到。"

这话非同一般，与上面有异。但刘强不动声色，意思是希望继续听她往下说。

"犯人劳动时间长了，干部找人谈话都没时间，思想教育怎么加强？"

是的，彭彩云说的是真心话。不说她们监区，就是自己科里，除了上面硬性要求的农函大、自学考试和职业技术教育还在坚持外，"三课"教育方面的其他内容不都是在敷衍吗？前些年连扫盲班都停过一阵子，后来才恢复……实事求是地说，只有随着监狱体制改革不断深化，从制度上限制罪犯劳动时间，规定必须参加学习教育的课时，罪犯教育改造工作才可能有大的变化和发展，现在谈这个问题似乎尚早。

"就说周评。"彭彩云举例说，"我们两个都是老管教了，过去怎样周评，现在又是怎样？"

刘强点点头。彭彩云说的一点也没错，过去周评都是犯人先自评，其他人再互评，民警最后点评，一个个来，没有一个多小时搞不完；现在可好，基本上是走形式，有时形式都从简。这些大家都清楚得很，只不过没有彭彩云敢说而已……听了彭彩云的这些话，刘强明白，时间是教育的前提，在劳动时间缩短之前，对犯人的大规模教育改造工作很难展开，顶多作些微调……

快到下班时间了，带着满脑子问题的刘强告别了彭彩云。

下班回到家，一打开房门一股刺鼻的辛辣气味扑面而来。闵冬香正在厨房炒菜，一副忙碌的样子。

"爸，你知道妈也当官了吧？"女儿在二监区一分监区当包组民警，上午下班时从出入监区门口经过，得此消息。

刘强昨天就知道老婆要从一监区调到出入监区去任职，但他漫不经心地说道："你妈年纪大了，组织上照顾才让她去'老残队'的。"

吃饭时，说起"老残队"的事，闵冬香说："上午报到后到监舍里去看了下，真是没想到，那么多老残犯，八十几岁的都有，还是些没人管、没人要的'三无’，听说那些人的衣服好多都是干部送的。”

“你还不知道呀？我都早知道。”刘强道。

“晓也晓得，没想到是这样子。”闵冬香幽幽地说，脸上看不出被提拔后的愉悦，“听谭英说，监区不到200人，长年累月要打针吃药、什么都干不了的100多个，神经病就十几个，还有老年痴呆的，有的还要人服侍。”说着说着，闵冬香居然有点激动起来，“还有更稀奇的，听谭英说，上个月有个七十多岁的老太婆回去不到一个月，居然又到监狱门口找到谭英，要谭英带她回老残队。”

“不会吧？”刘梅睁着一双大眼说，“真的假的？”

“很正常。”刘强吃完饭放下碗筷说，“有的在监狱一待就一二十年，刑满释放后，没有老公（有的本来就是情杀犯罪），儿女不愿管，娘家没人要，走投无路了，自然想着要回监狱来。监狱再不好，总是吃穿不用愁，碗都不用洗，还有电视看，你说到哪去找这样的地方哦。”

刘梅翻着白眼珠说：“幸好回不了监狱。不然，我们监狱要成养老院了。”

“现在就是养老院。”闵冬香说，“谭英她们哪个不是保姆一样的？你妈我现在也是了。”

“监狱民警就是奉献，就是可怜。”刘梅说，“你看那个方叔叔，天天拐着一条腿在生活区打转，看着都难受。”

“嘻。”刘强重重地叹了口气，心中的痛只有他这个老战友知道，昔日与自己战斗多年的方冬生，一个好好的壮汉却成了残疾人；还有那个应树根，早成了烈士……

闵冬香看着女儿说：“你读书好点，进个好点的大学，也不会跟我们一样当个吃苦不讨好的劳改警察。”

刘强笑笑：“劳改警察也要人当嘛。”

看着爸妈你来我往，刘梅做了个鬼脸，未发声。

“跟你们说，”闵冬香看看他们父女俩，“老残队更忙，以后做饭不要太依赖我。”

“啊？”刘梅不禁失声道。

第三十二章　"养老院"长

入春后，天气没有人们想的那样好。近段时间，天气时阴时雨，前几天冷空气南下后，省城江中迎来了每年躲都躲不掉的"倒春寒"。好在昨晚下了一点雪子后，今天早上人们迎来了一个久违的大晴天。

入监监区的女民警们高兴极了。上班后，监区长谭英跟二分监区分监区长朱志雯说："上午让你们那些老人家出去晒太阳。"

朱志雯点点头说："好。"一旁的副教导员闵冬香附和着说："是该出去晒晒太阳，人都要长霉了。"

"那些做花的也出去呀？"朱志雯看着谭英问道，因为她们分监区一些有劳动能力的人在加工塑料花。

谭英说："平时抓紧点，今天都去。"说罢又朝秦静说，"今天谁上课？"

"赵监。"秦静回答道，"今天最后一课，下星期验收。"

谭英说："记得提个水瓶上去，给领导倒下水。中途我也会上去。"出入监监区内设两个分监区，二分监区负责管理全临狱的老残病犯，没有什么大事，领导一般不会光临；只有一分监区负责新入监女犯的入监教育工作，每期为时一个月的入监教育，监狱有关业务部门都会安排分管领导和业务部门主管领导给新犯授课。工作细心的谭英总是亲自过问，以免出什么纰漏。

两个分监区的主管民警分头去落实各自的工作后，内勤王敏也把水烧好灌满了

....

几个水瓶。谭英泡好茶坐下理了理自己手头上的工作，便听到门外一阵嘈杂的声响，是朱志雯正招呼犯人往外面院子里去，于是她和闵冬香也起身出办公室，走到监楼外来。

初春九点来钟的太阳并不强，但从长时间阴冷天气过来的人们仍觉得暖洋洋的。拔地而起的五层监楼挡住了北面吹来的些许寒风，楼前大院的硬化地面反射着些许阳光，让人感觉到春寒乍暖的气息。

一支老年队伍从楼道里出来了。六七十号中老年女犯，只有一半左右的人自己背着小板凳慢慢走出来，二三十个精神病和老年痴呆犯人都得由护理搀扶着往院子里走，老态龙钟、七拐八歪的，由于体型非标，穿的又是民警们从家里带来的罩衣罩裤，五花八门的。当大部队集合在院子里后，朱志雯又带着几个护理人员回监舍，不一会儿一座"轿子"从楼梯口出来了，一个头发花白、脸上布满老年斑的女人坐在靠背椅上，四个护理抬着她慢慢地走过来。"停一下。"朱志雯看几个"轿夫"有点吃力，便让她们停下歇口气。这个被抬着的老年女犯行动不便，生活几乎不能自理、屎尿经常拉身上。朱志雯本不想让她去晒太阳，因为太麻烦，但她还是学着对方用土话问了一句："你要出去晒日头么？"平时语言交流困难、半天打不出一个屁来的她今天却亮着嗓子说："我去。"朱志雯没办法，只得安排她也去晒太阳。当这个老人被几个人抬着来到队伍中间时，一个女犯忽地起身手舞足蹈地说："新娘子来了，新娘子来了……"旁边的一个护理人员忙把她拉住，不让她离开座位，原来这是个精神病犯。

太阳渐渐升高，阳光普照下的院子显出一片和煦的氛围。民警们让身体正常的犯人坐一起，由郑海霞辅导如何向家人写"一封家书"；老病残犯和护理人员坐成另一圈，由林敏芳组织她们做小游戏。见二分监区这边工作正常开展后，谭英、闵冬香打声招呼便走了。

过了会儿，朱志雯搬来把椅子，带了几本台账。她朝北坐着，让太阳晒着自己的背，端起一本台账看起来。她的膝盖上放着四本翻旧了的台账：一本高血压药品登记本，一本精神病犯药品登记本，一本长期服药罪犯药品发放登记本，还有一本临时药品登记本。这几本台账由她们分监区按规定落实，监区领导负责检查。每天朱志雯都得和郑海霞、林敏芳多次翻看几本台账，认真核对药名、数量，监督病犯将药服下。正常的病人服药问题不大，精神病人喜欢把药藏起来，她们只好看着病人吃下，见到嘴里没药后才让离开；有的精神病人总是拒绝服药，朱志雯她们只好想方设法哄着对方把药片吞下，有的实在骗不了，只能把药磨成粉倒进饭里让她们吃。朱志雯认真地翻着那本精神病犯药品登记本，记着中午有哪几个人要注意服药情况，下班时得提醒一下郑海霞。

朱志霞正低头翻着本子，忽听一阵异响，抬头一看，只见林敏芳那个圈子的人骚动起来，林敏芳和几个护理嚷嚷着在搀扶一个犯人，旁边的人有的捂着嘴，有的呆呆地瞧着。朱志雯忙走过去，林敏芳见朱志雯来了，皱着眉头用手指着一个老年犯说："又拉了一身。"林敏芳是前几年和刘梅一批被招录为监狱民警的，虽在老残队工作了两年，习惯了服侍这些老病残犯，但对大小便失禁的老人拉屎拉尿在身上而产生的异味还是有所不适。

"带到厕所去。"朱志雯看着一个护理交代说。大便失禁的那个老年犯名叫肖冬娥，已七十多岁了，因杀夫被判死缓，已服刑近二十年，患有轻度精神痴呆，基本靠人服侍。因大小便失禁，好惹人嫌，谁都不愿睡她旁边。朱志雯看着几个护理搀扶着肖冬娥一摇一摆地朝监舍楼走去了，摇了摇头。等到晒太阳的女犯们安静下来后，她拿着几本台账回办公室。

刚进楼道，朱志雯见副教导员闵冬香提着个空热水瓶从卫生间那边过来，便问道："在给她洗了？"闵冬香点点头说："拉得一身都是，真臭耶。"刚才在卫生间，一个护理帮肖冬娥把裤子脱下，另一个护理把开水兑成温水，两个人习以为常地给她抹着身子，先用温水洗去大腿上的屎块，再用毛巾抹。闵冬香看着肖冬娥有点冷且不耐烦的样子，对两个护理说："差不多了，帮她把衣服穿起来。"说罢就离开了卫生间。

朱志雯想过去看看，闵冬香说："我已交代了。真是亏了你们这些老'保姆'。"

"又有什么事呀？"正下楼梯的谭英一听有人说"保姆"二字，便习惯性地想到又有哪个老残犯出了状况。她刚从五楼活动室下来，赵副监狱长在给新犯上课。

闵冬香、朱志雯两人几乎异口同声："肖冬娥又拉了一身。"

"在洗了？"得到肯定回答后，谭英走进办公室，坐下慢慢地喝着水，一副司空见惯的样子，好一会儿才道："反正我就是个养老院长。"

"农村养老院哪有这么好？"闵冬香娘家在乡里，听乡下的亲戚说过敬老院的情况。

朱志雯开心地说："谭大要评五星级院长，我们可评五星级保姆吧？"

三个女民警正说笑间，包组民警林敏芳疾步走进办公室，皱着双眉说："朱水娥又发病了，好好的捉到吕春花扇了一巴掌。"

一听这话，屋里的三个人立马哑了，都定定地望着林敏芳。朱水娥是精神病，属于间歇性发作的那种，一直在服药，先头出去时都好好的，怎么又发作了？

"吕春花站起来要还手，被旁边的人拦住了。"林敏芳道，"我让她回监舍了，先让汪小珍看着她。"说罢又笑着道，"力气真大耶，几个人才把她拉回来。"

"精神病发作起来跟牛一样。"谭英起身说道，"去看一下。"

几个人走进监舍，监舍里只有朱水娥和看护人汪小珍。汪小珍见几个民警走进来忙起身站着，坐在对面的朱水娥却纹丝不动，两眼定定地看着前面。汪小珍乖巧地说："朱水娥，干部看你来了。"朱水娥两唇嚅动着，发出一些带土音的细小的语句，像是在自言自语。见朱水娥傻傻的，汪小珍用手拨了下她的臂膀说："干部看你来了。"

"吵死了。"朱水娥吐出三个字，但神情依然。

谭英认真地看了朱水娥一会儿，问身旁的朱志雯道："这几天药吃得怎么样？"

"应该都吃了。"朱志雯说罢看了看一侧的林敏芳。林敏芳接口道："天天都在吃，我都是看着她吞下药的。"

"吵死了，吵死了。"朱水娥沉浸在自己的世界中。

闵冬香用手在她眼前晃了晃问道："认得我吗？"

朱水娥被闵冬香的手势所扰，抬头看着面前的人说："你是谁？"

"闵教你不认识呀？"朱志雯说道。

"你是哪一个？"朱水娥两颗死鱼似的眼珠毫无生气。

看着朱水娥精神病发作的样子，谭英对闵冬香说："等下去医务所跟医生说一下。"然后转身说："走吧。"出了门又往靠厕所的一个监号走去。

这是生活不能自理病犯的监舍，下铺都是病犯，护理人员睡上铺。谭英她们进来时，监舍里只有肖冬娥和一个护理。谭英问道："冷不冷？"

肖冬娥躺床上，两只手在被窝里动了动说："不冷。"

肖冬娥一直在出入监区待着，前些年她住另一个监舍时，生活还能自理，去年开始身体愈发差了，日常起居都要人帮，今年夏天后还出现了大小便失禁的情况，常常弄得一身屎一身尿的，民警们只好将她移到这个监舍让人护理。

"报告干部，肖冬娥棉毛裤和短裤不够。"护理在一旁说道。

"不是给了好几条棉毛裤吗？"林梅芳问道："上个星期，朱干部都给她买了好几条短裤，怎么还不够用？"

护理说："都洗掉了，还没干。"

谭英想起久阴不晴，今天才叫大家把衣服拿到晒衣场去晒，便没有说什么。

几个人快到办公室门口时，晒太阳结束的队伍走到了门口，前头的几个人立马停住脚步，让民警们过去。

回到办公室，谭英见闵冬香要去医务所，便让她等一下，然后说："朱水娥，还有几个半瘫的，裤子都不够用，大家回去再找点棉毛裤，小朱跟你们中队说一下，一中队我跟她们说。"

朱志雯说："短裤要吗？"

"短裤就不要了。"谭英说，"用过的不要，新的也不要买了，上次还刚买不久呢。"

闵冬香说："有棉毛衣、棉袜子也可以拿来嘛。"

一晃半年过去。形势发展很快，西山监狱历史上一次最大的变革很快降临：异地迁建的新江中监狱和新建的女子监狱已竣工验收，省监狱局正式决定西山监狱女犯迁入新建的女子监狱，男犯合并到新江中监狱。伴随着监狱的重大变革，党委书记、监狱长高正平调往江中监狱接替已升为省局副局长的原监狱长位子，西山监狱改名为"西山女子监狱"，成立监狱党委新班子。

离开西山监狱前夕，高正平没作任何人事变动，只是一个月前对刘强关照了一下。那天他把刘强叫到办公室告之不久将到来的变化，并问刘强有什么要求。在高正平的心目中，刘强是一个监狱民警的优秀典型，自己虽然没有直接与他共过事，但一个单位待了二十来年，对刘强是知根知底的，过去他那些脍炙人口的帮教犯人的事迹实属不易，若不是命运不济……因此在大变革来临之前，他决定关照一下刘强。

"谢谢高监的关心。"刘强的面容挺诚恳。他在了解了监狱男女犯分家后的情况后郑重地说："女子监狱以后都是女犯，我再在教育科就不合适了。如果高监方便，给我挪一下位置算了。"他想高监走后新班子来了，想变就难了。

高正平吸了一口烟，眯着眼看着刘强道："你的想法很实在，我考虑一下。"他把烟屁股捺到烟灰缸里道："你想去哪里？"

厚道的刘强难得自嘲地笑道："已经五十多了，到哪里都行。以后西山监狱都是女警了，我们当好绿叶就行。"

这年盛夏，西山监狱历史上一次重大的男女犯分家工作很快实施了。为实施好男女犯分家搬迁，西山监狱乃至省监狱局都提前做出了周密部署。按照全省监狱布局调整规划，西山监狱女犯监区搬迁到一公里外的新址，男犯监区与江中监狱合并搬迁到江中监狱新址。搬迁容易分家难。西山监狱作为一个中型监狱和曾经的纺织企业，不仅有近千名在职和离退休干部，还有近千名在职和退休工人。由于监狱体制改革后，近千名在职和退休工人全部划到了监狱企业——西山万宝路实业有限公司，而企业又消化不了这些劳力，在监狱保障经费尚处逐步到位、企业经济实力不强的情况下，一支数目较大的工人队伍委实成了监狱财政的负担。相比之下，江中监狱工人少，而且西山监狱一千五六百名男犯劳动力并入江中监狱后，江中监狱的经济和财政状况将发生很大变化。因此在西山监狱的要求下，省监狱局根据两所监狱的实际情况，在西山监狱人员分家的问题上做出了"父母随儿，姐妹随兄弟"的规定，即在西山监狱所有男犯监区民警调往江中监狱的同时，他们的在职姐妹（民警除外）和退休父母一同调入江中监狱。方案得到两所监狱认可后，分家搬迁工作从星期一正式开始。按照省监狱局安排，西山监狱男犯监区于两天前搬迁到了江中监狱新址，余下女犯监区拟于今天搬迁到新建的西山女子监狱。

上班后不久，西山监狱四个女犯监区和生活卫生科、教育改造科的一千余名女犯已在厂区大道上列成了五个纵队，整装待发。女犯们穿着短袖衬衣和长裤，每人脚下都搁着一个白底红边的随身小包，显得干净利落，只是人人面无表情，一个个等待着命运对自己的安排似的。十几辆大客车全部到位，一溜停靠在厂区大道一侧，参与指挥和组织此次搬迁工作的各级民警各就各位，正等待命令。监狱大门外，全副武装的几车武警战士已分立大门两侧，做好了护送女犯前往新监狱的准备。监狱大门前的国道上已肃立了几个交警，地方交警部门已对押犯迁移沿途实施交通管制。

九点整，任押解工作总指挥的新女子监狱监狱长方彤向到达现场的省监狱局局长报告后，先后下达了登车和发车命令，各监区民警立即按车次、座位组织罪犯上车，车队按命令依次出发。当监狱大门敞开，车队鱼贯而出，一路鸣笛奔向国道时，道路两旁的观众都好奇地行着注目礼……不到十点半，西山监狱千余名女犯在规定时间内顺利完成了搬迁押解任务。

与此次男女犯分家关系大的人之一就是刘强。为安排好刘强，通过高正平运作，将助理调研员林小刚兼任的狱政科长一职拿出来让刘强担任，林小刚调往江中监狱高就。这天上午，刘强在监狱领导指挥下顺利地完成了押解全体女犯的搬迁工作任务。

搬迁工作一结束，刘强连办公室都没进，便马不停蹄地到监狱外围去转。前几天几个女犯监区押送一批人到女子监狱打扫卫生并留驻时，刘强就沿着监狱围墙内侧对围墙警戒设施巡查了一遍，对监狱的围墙、大门、电网、照明心里有了数，但今天全部女犯搬进来后，刘强还是放心不下似的，又一次去围墙边巡查。高正平临行前和他的谈话如犹在耳："女子监狱没有武警看押，监狱安全就显得特别重要，这就是组织让你到狱政科的原因。你是老狱政科长了，相信你能不负众望。"刘强想，作为女子监狱的男狱政科长，监狱的内部管理他可以少管，但监狱安全保障的重任自己必须担当起来。

刘强一进监狱大门心情就愉悦起来，监狱内一切都是崭新的、绿绿的，到处充满着生机。近几年女子监狱的变化刘强深有感悟，三年体制改革最大的收获就是监企分开了，确立了监狱经费"按标准予以保障"的新的财政保障体制，监狱刑罚执行功能得到加强，教育改造工作发生了许多变化，民警队伍稳定了，公司也撤销了耗时太多的手工加工项目，引进了适合女犯劳动特点的羊毛衫和雨伞加工等生产项目，提高了企业生产服务罪犯改造的能力，特别是监狱异地重建后，新监狱的硬件建设有了质的飞跃，监狱的安全稳定有了较好的物质保障。这里离职工生活区不太远，上下班方便，监狱基本设施比较完善，监舍和生产车间连成一片，伙房、餐厅、教学楼、礼堂、医务所、禁闭室群聚一处，便于管理；尤其是围墙笔直没有弯道，视线好，围墙高度、厚度达到了司法部标准，围墙顶端安装了红外线报警装置，围墙内外都有巡逻道。沿着笔直的巡逻道，刘强走了一遍，心里有了一种踏实的感觉，现在除了没有武警看押，监狱在安全防范上已无大碍。可以说，今后考验女子监狱的是软件，是内部管理。

刘强一路想着来到监狱会见室。会见室是一栋单独的三层小楼，位于办公楼靠西一侧，为方便家属会见，会见室大门开在靠马路边上。会见室一楼左边是会见登记窗口，右边是会见大厅，二楼为亲情餐厅，三楼为优待会见室。刘强走进会见室时，会见登记室的小齐、小张正忙着为明天开始会见作准备。她们见刘强来了，都笑着说："科长检查工作呀？""转一转。"刘强说，"马主任呢？"两个女民警应道："在对面。"

会见登记室的对面便是会见大厅。大厅有二百多平方米，中间设置一个长方形的玻璃房，使整个会见厅显得小而拥挤，玻璃房内外摆着电话机和塑料凳子供会见使用。正在物品检查室查看的马小牛见刘强来了，热情地上前招呼。刘强也到处瞧了瞧，然后和马小牛到二楼亲情餐厅查看。

当他们走进亲情餐厅时，两个女民警带着几个女犯在打扫卫生。大厅里摆了三排共十几张小方桌，点菜处也有女犯在整理物件。刘强和马小牛往回走时，急匆匆赶来的王跃进在餐厅外门遇见了他俩。王跃进手里拿着一把链条锁，嘻嘻地笑着。刘强在门口停住脚，拉拉门，上下看看，对王跃进说："这是道安全门，要特别注意。"

王跃进是会见室专门负责亲情餐厅安全的管理员，以后会见时，需要到亲情餐厅吃饭的亲属进出餐厅由他负责验明身份领进带出，任务单一但却十分重要。

"科长放心。"王跃进一副笑嘻嘻的样子。

刘强满意地点点头，出了亲情大厅后，便走进了马小牛的办公室。刘强在一把椅子上坐下，马小牛拿出烟自己点了，吸一口咳一下。

刘强道："少抽点好。"

"戒不掉了。"说罢又咳了一下，然后一本正经地看着刘强，"老领导有什么指示？"

看着这个外号"马巴掌"、自己曾经的老部下，刘强心里思忖：这家伙几十年都这样子，没一点变化。刘强开门见山地笑着说："转来转去，想不到我们又到一起了。"马小牛说："高监对你还是蛮好的。""我本来想随便到哪个科混几年算了，"刘强也笑道，"高监说女监有些岗位少不了男的。"马小牛接话道："那是，关键时候还得男人上。"刘强道："关键是女监没武警看守，安全压力大。"

两人聊了一会儿后，刘强挺认真地说道："女犯虽然不会像男犯那样想方设法逃跑，但谁也保证不了。从我们狱政科来说，两个地方最关键，一是大门，二是你这里。"

马小牛边听边点头说："老领导放心，这里就交给我了。"

刘强点点头："工作尽可能细点。听我女儿说，她们监区有个女犯好像是双胞胎，以后少不了亲情会餐，不要让人钻空子。"

"哦？"马小牛立马认真起来，"那倒是要多注意。"

刘强又道："还有个问题，现在情况复杂，毒犯也多了，要防止现金、手机、毒品流到里面去，尤其是毒品。"

马小牛点点头："我一定特别注意。"

快到下班时间了，刘强起身笑道："我们就是为监狱保驾护航，当好护花使者。"

第三十三章　柳琴所困

刚上班，科里的人都到齐了，刘强说八点半开科务会。

狱政科有监狱大门值班室和会见室两个下属部门，科本部五个民警。狱政科办公室位于监狱大门门楼的二楼，它不是办公楼那种比较规范的办公场所，只是一个大四方形房间。他们将办公室一分为二，中间用文件柜隔成了一道墙，外面办公，里面作档案室。办公处没堆什么杂物，看上去还舒适。

"刘科长，你看柳琴分到哪里好呢？"副科长黄春珍说。她面前搁着一份新犯分配名单，那是上班时内勤邱淑兰给她的。这一批新犯有二十来人，一般的刑事犯，还有涉毒犯，她都按照领导规定的原则确定了拟分配计划，因柳琴是二进宫，为慎重起见便请示刘强。黄春珍对刘强很尊重，过去她就是刘强的老部下，刘强离开狱政科后，黄春珍也当了副科长，但分配犯人的工作她从未插过手，那都是一把手的专利。没想到刘强回狱政科掌舵后竟把分配大权交给了她，而且还在科里分工时明确监狱内部管理主要由她负责，让她心里有了一种被领导充分信任和看重的感觉。由此她也很卖劲，有一种士为知己者死的意识。

"本来是哪里来哪里去，"刘强说，"综合监区不能去了，回二监区吧。"过去从事教学和生活卫生事务的犯人由科室直接管理，体改后职能转变，监狱专门成立了综合监区管理这些人。

"还改名字，该来的还得来。"郑卫国嘴上叼着烟，他是副科长，以前是内管中队中队长。上次黄春珍她们在科里闲聊名字已改为"柳琴"的柳如玉时，郑卫国就说过类似的话，今天一听柳琴这个名字便又忍不住旧话重提。

"上次没改好，重新来过。"狱政干事吴莲花道。

黄春珍说："怎么说呢，以前是流氓罪，流氓罪后来《刑法》又取消了，这次是窝藏毒品。"

"好像出去了没几年吧？"郑卫国看着黄春珍。

黄春珍说："有六七年了，好像是〇〇年前走的。"

说起柳如玉，刘强心里也很清楚。不知怎么回事，这个女犯似乎是他的克星，自己两次都是因为她被金洋一贬再贬，但又似乎跟她本人没关系，毕竟她只是一个犯人而已。因此刘强对这个人说不上恨，一个月前当闵冬香告诉他那个柳如玉又来了时，他只是"哦"了一声，什么话也没说，今天听科里人议论柳如玉，又听说她是毒品犯罪，似乎触动了他大脑中的哪根神经，有意识地问黄春珍道："现在全监有多少涉毒犯？"

黄春珍马上别转头看着邱淑兰道："查一下。"

很快，邱淑兰从电脑上查到了数据："到去年12月，有16人。"

"这都是因贩卖毒品、私藏毒品犯罪的。"黄春珍解释道，"吸毒的不判刑，强制戒毒的都在劳教所。"

刘强神色凝重地说："现在社会上毒品又多了。"

"要再来一次'严打'才行。"吴莲花说。

"不扯这些了。"刘强看了眼墙上的挂钟，"开会了。我先把昨天下午党委扩大会上的有关内容传达一下。昨天的会议很重要，方监、政委、蒋总都讲了话，主要内容是研究调犯，扩大生产规模，几个管教科室领导都参加了会议。"

"要调犯人呀？"吴莲花惊讶地说，"人越多越难管。"

刘强看她一眼继续说道："以前我不是很清楚监狱的情况，昨天在会上听了几个领导说的情况后我才了解，感觉是女子监狱独立后，经济上还是比较困难。"

"不是说体改后会好呀？"郑卫国直爽爽地说。

"比以前是好多了。"刘强说，"体改后监狱经费由中央和省里分级负担，省里为主。但我们省经济不发达，经费落实也有个过程，所以监狱需要公司弥补经费。公司几百个工人也需要负担，监狱还要发展，民警、工人待遇也要提高，所以现在女监还是比较困难。方监算了一下账，去年8月男犯才分开，到年底全监外加工收入不到1500万元，女犯监区不到700万。今年我们如果不扩大生产，不仅今后发展受制约，就是眼前日子也不好过。因此监狱决定启动改扩建二期工程，同时对企业进行生产结构调整，扩大规模，为今后发展打好基础。蒋总对生产问题讲了一个具体打算。"刘强说的"蒋总"是监狱的三把手，监狱体制改革后，监狱领导班子中又增加了一名公司总经理，专门负责公司的生产管理工作。刘强用自己的语言对蒋总的意见进行了传达："现在我们是六个监区，除掉综合监区和出入监区，只有四个监区从事生产。其中四监区只有一百来个人，做塑料花，赚不到什么钱；三监区组装麻将席，效益也不好：生产主力只有两个羊毛衫车间，现在领导的设想是全监要以羊毛衫加工为主。"

"全系统都在搞服装加工，我们怎么不搞？"郑卫国叼着烟问道。

"原来是想搞服装生产，好像是项目没批。"刘强喝口水继续说道，"现在监狱打算做大羊毛衫生产，形成织机、缝盘、水洗整烫、检验包装一条龙。三监区准备放弃麻将席，引进天堂伞加工项目，已经和对方签订合作协议，马上就要实施。四监区早晚也要转产，就看调犯情况定。监狱设想今年从广东调200人，明后年再从其他省调400到500人，三年内押犯达到2000人以上，生产车间达到6个，年加工收入达到1500万元以上。企业做大了，监狱工作也好做。"说到此，刘强稍顿了顿后继续说道，"现在就要按照会议要求，启动调犯准备工作，一旦报告批下来，我们要先派人去广东女子监狱选人。"

众人都望着自己的科长，等他继续往下说，看看谁有机会去广东出差。刘强却没有说具体的，话锋一转道："我们先搞个方案。这项工作由我负责，小吴协助，涉及几个部门，有大量工作要做。今后一段时间，我主要抓这个，里面的日常管理黄科长多费点心，大门和会见室就请郑科长把好关。"

说罢，刘强望着众人："大家看看还有什么？"

静了数秒钟，黄春珍看着刘强道："我把考核细则修改情况说一下，有几个小问题要请示科长。"

刘强点点头。上个月，在监狱管教会议上副监狱长赵玉琴布置了修改罪犯考核奖罚细则的工作。赵玉琴说，女子监狱独立后，要对现行的考核细则进行修订，以更好地适应女犯实际。之后，赵副监狱长又组织管教六科领导专题研究具体修改意见，确定了修改框架和原则，由六个执法部门执行修改，最后狱政科汇总。刘强在科务会上将此任务交给黄春珍时给她的期限是一个月，因为他要求她和吴莲花要去各监区摸情况。那天在会上他还特意说了下去摸情况的重要性，因为他就任狱政科长后有几个监区反映犯人考核不够细的问题，要求奖罚更具体一点。这段时间，刘强看到她们俩经常下去，没想到今天就有了结果。

"前段时间我和小吴到各监区去摸了情况，然后根据刘科长的要求，按照监狱定的原则，对考核奖罚细则进行了修改，已基本修改完毕。"黄春珍看了下刘强，"但有几个问题我汇报一下，犯人申诉要扣考核分。"

"还不让人家申诉呀？"郑卫国很快接话道。

刘强以过来人的口吻说道，"八几年的时候，三大队——好像是三中队一个人，名字我不记得了，就是通过申诉从无期改为八年的。"刘强看着几个同仁说，"申诉是犯人的权利，不能扣分。如果申诉被驳回后还一天到晚缠着干部要申诉的，以教育为主，不要影响她的改造。"

黄春珍接着道："第二个问题，有监区提出来，对涉黑、涉恶和邪教人员的考核能不能更具体点，专门列几条？"

刘强想了想道："专门列几条有没有必要？我想法是对这几种人重点考核她们的思想改造表现，违纪扣分按规定办，但奖分要从严掌握。"

"还有一个就是出入监区提出来，她们那里的老病残犯和十六岁以下的人，考核条文她们套不上几条，建议以考核思想改造为主。"

"这些人主要是没有参加什么劳动，没有劳动奖分。"吴莲花补充道。

刘强说："特殊人群特殊处理。我同意对这些人以考核思想改造和监规为主。"

"基本上就这些。"黄春珍笑笑。

·········

"现在真是细耶。"郑卫国幽幽地说道。

"上面要求越来越严，考核也越来越规范了。"黄春珍回应道。

"时代不同啦，历史进步了。"刘强说，"过去简单，现在复杂，但也公平了。"刘强是"老劳改"，对监狱考核的历史进程很了解，九十年代以前，监狱对犯人采取计分考核，干部考核随意性大。

刘强继续说道："计分考核最大的问题是一个月结算一次。过去是25分一个表扬，那些组长、表现好的每个月都能得到表扬，但多数人得不到，你一个月得几分或十来分，只要不够25分就不给表扬，等于一个月白干，多数人没有积极性。后来是〇〇年以后吧……"刘强看着黄春珍道，那时他还在几乎与世隔绝的总务科。

"九九年底吧。"黄春珍很快明白了科长的意思，"〇〇年后开始实施累计分的。"

"现在好了。"刘强说，"这个月分不够移到下个月一起算，这样多数人有奔头，积极性能调动起来。现在考核又公开了，劳动奖金也提高了，改造环境越来越好。"

"上面应该多照顾一下我们。"郑卫国说，"省里就这么一个女犯监狱，独生女嘛。"

"省里穷得要死，拿什么照顾？"吴莲花说。

"还是只能靠发展生产。"刘强也接嘴道，"可是劳动时间规定死了，加班又限制。"

几个人聊了一阵后，刘强见没啥事，便说"散会了"。

秋日的一个下午，柳如玉站在走廊窗户边，两眼定定地看着楼前的绿化地。她的左手中指缠着纱布，那是昨天劳动时因思想跑冒手指被设备夹了一下，还流了血。今天休息，她没心情看电视，也没心情和人闲聊，只好一个人独处。监楼前的草坪绿茵茵的，草坪那边又在建房子，水泥框架已经有一层楼高了。工地上有人施工，也没什么噪音，倒是草坪一侧几棵绿茵茵的樟树上有鸟在不停地鸣叫着，虽是百花凋零的时节，草坪两侧的菊花却也开得蛮盛，在阳光下闪着金光。

面对如此风光，柳如玉心里却一点高兴不起来。上午包组民警刘梅带她们组去超市购物时她有点尴尬，本来不想去，因为来了快半年家里没人来看过她，她的A卡上没一分钱，B卡还有点奖金和降温费，上次买东西后卡上只剩十来元钱了，但购物的冲动还是驱使她去了超市。一到超市看着大家左挑右拣她也忍不住拣了一些东西，除了一包洗衣粉、卫生纸等必须要的，还选了苹果、葡萄干等零食，但一算账却傻眼了，卡上钱不够。正当她窘迫时，同乡徐小芹声音弱弱地说："钱不够？"她点点头。徐小芹把她的苹果、葡萄干拿来："算我的吧。"柳如玉还没出声，超市的事务犯却不同意："不能算你的，干部有规定。"为此柳如玉一个上午心情都不好。中午吃饭时，几个人议论车间里来的一个男外协师傅，大家都聊得好开心，但柳如玉却高兴不起来。自从第二次来到"西山监狱"后，柳如玉心情就一直不好，监号里十几个人，除了徐小芹、钱紫红等以前就认识外，其他人大都是后来的，都是二三十岁、三四十岁的人，像她这样四五十岁的没几个。虽然自己这次进来是"被人害"的，彭彩云、刘文芹等几个"老"管教都找她谈过话，一点歧视她的意思都没有，但柳如玉心里就是十分的不自在。过去在二大队没待多少年，大部分时间是在生活科、教育科混日子，虽然时间长，但除了不自由、没有男人之外，倒也没多难受。可是现在又来到女子监狱，虽然时过境迁，大队改监区中队改分监区，自己实际上还是回到了原来的大、中队。一些老同犯投来的异样目光，她无所谓也不在乎，但碰到以前那些管教过她的民警总抬不起头，恨不得像土行孙那样入地遁形。尤其是过去对自己刻薄的唐秀娥有一次见到她竟然说"过去太舒服了呵？"，让她没话可说。彭彩云虽然在她刚来时找她谈过一次话，但当了监区长后就没找过自己；是分监区长又是监区副教导员的刘文芹找自己谈过两次话，但年轻的她并不懂自己，听她谈话总觉得隔靴搔痒；包组民警刘梅人还热心，只是与这样的"80后"说话有代沟，而且听说她还是刘强科长的女儿……

"柳琴，过来。"柳如玉忽然一惊，只见刘梅站在值班室门口。

柳如玉来到民警值班室，里面好几个人，她站在门口叫了一声"报告"。坐在最里面一张办公桌前的刘文芹一见她便问道："手不痛了吧？"柳如玉面无表情地点点头："好一点。"刘文芹看着她没再吭声。刘梅拿起桌上的一包葡萄干和两个苹果，走到门口递给柳如玉道："上午购物的事徐小芹给我说了，这是警官给你的。"原来上午从超市购物回来后，身为号房长又是老乡的徐小芹觉得柳如玉手指受伤情况特殊，便把这事跟刘梅说了，她的意思是想用自己的卡给柳如玉买东西，但刘梅没有答应。面对柳如玉的特殊情况，刘梅不想破例违规。在请示了刘文芹后，上午下班时她便在街上超市买了葡萄干，下午又从家里拿了两个苹果，一起带到了值班室。

"谢谢。"柳如玉估计刘梅说的"警官"是她自己，因为她是自己的包组民警，如果是刘文芹警官买的，刘梅肯定会指名道姓明说。刘梅的举动出乎她的意料，让她抑郁了大半天的心绪忽然间雨过天晴了。柳如玉双手从刘梅手中接过东西，情不自禁地低头连道了两声"谢谢"，转身慢慢离开了。看得出，有点年纪的柳如玉被意外感动了。

柳如玉离开后，刘梅坐下，挺着凸起的肚子在房间不停挪步活动着的龙琴说："一把年纪了，还要哄。"

"情况特殊。"刘文芹说。

"年轻的哄，年老的也哄，我们都成幼儿园阿姨了。"龙琴自言自语地在自己办公桌前坐下。一直没说话的王玉珍轻轻地笑了。

"没办法。"刘梅带笑地说。作为监狱的"劳三代"，刘梅对柳如玉这个西山监狱曾经的大明星是不了解的。柳如玉"二进宫"分到她们一分监区后没几天，下班时在监狱的班车上，教育科的刘荣华特意坐在刘梅旁边，问了柳如玉的情况，得知刘梅就是她的包组民警时，刘荣华便给她讲了当年柳如玉爬楼顶的故事。几天后休息，刘梅带着宝宝回娘家时跟父亲说了这事，刘强却不以为然地说："关犯人什么事？哪里的犯人不违纪、不惹事？主要是有人心术不正。"闵冬香插话道："怎么说都是由她引起。"刘强看着老婆一副认真的样子，不无开心地说："不要这么小心眼，人家也不是故意跟你作对。"父亲的平常心态和宽广胸怀给了刘梅很深的印象，也使她在管教柳如玉时没有任何的私心杂念，反而有的只是抚慰对方、使之放下戒心的热忱。柳如玉来后，刘梅找她谈过两次话，前一次还好，对方只是抑郁伤心，神态上对自己并没有什么特别的东西，但第二次谈话时，柳如玉像变了一个人似的，只听不说，而且神态和心理上对自己似乎有一种防备，不愿暴露自己的想法，让刘梅不知其故。及至这次柳如玉不慎手指受伤，刘梅感到这是一次感化她的机会，便向刘文芹建议让监区出钱给她订了两天营养餐，今天听徐小芹说了上午购物之事，又当即决定自己掏钱买东西"哄"她。

"其实'哄'是管教犯人的常态。"大学文科毕业的刘文芹结合自己的实践说，"管犯人就三个字：哄、凶、教。一般能哄就哄，不要轻易去凶，女人感性，都喜欢干部哄，要人凶的只是少数。哄其实也是一种教育，软教育。当然这是日常手段，要改造还得正儿八经。"

几个民警正说着话，忽然有人在门外大声吵吵嚷嚷着。龙琴一见刘春娥、马水娥两个人吵嚷着要进来，赶紧朝她们挥手道："出去出去。一天到晚吵，让我宝宝在肚子里就受这样的胎教。"

几个民警都会心地笑起来。生性斯文的王玉珍见是自己组里的两个人，赶紧起身将两个面红耳赤的女犯带到活动室去处理。

四点半后，刘梅看看手机，从桌上拿起翻檐帽说："我先走了。"刘梅的女儿才十个月，每天下午提前一个小时回家喂奶。

"龙琴，没啥事你也先走算了。"刘文芹关心地说。

龙琴道："那就谢谢啦。"说罢也一起往外走。明天开始她是早班，晚上又要值班。

"那我搭你的车。"刘梅说。龙琴每天上班开车要经过刘梅家附近。

看着刘梅、龙琴出门，刘文芹放下手上事端起杯子品茶。今天犯人休息，明天开始大家又要转班了。为保证生产运转顺利和监管安全，分监区五个民警分成两组，除了她上常日班外，其余四人两人一组每天早、中班轮着来，晚上还要轮着值晚班。除她自己，加上刘梅因孩子小一周只值一个晚班，分监区实际只剩下龙琴、王玉珍、徐霞三个人，每个月每人都有九至十个晚班。刘文芹自己在监区有晚班要当，在分监区又是机动，每个月晚班也有十个左右。作为家庭主妇，有老公、孩子，三天就要在监狱值一个晚班，不要说深更半夜起床查监处理问题，常常弄得人没精神，就是对家里的影响也不小。龙琴就时不时发牢骚说她老公一家最嫌她当晚班。说实在的，她也很理解龙琴的家人，自己作为一个母亲，由于孩子父亲在地方工作经常出差，有几次自己下班晚了，十岁的儿子不也是饿着肚子趴在书桌上睡着了吗……现在好在王玉珍、徐霞还没结婚，刘梅工作上蛮得力，才使自己分监区运转比较顺畅。但眼看龙琴的肚子越来越大了，作为监区副职同时又是主持分监区工作的领导，刘文芹也没有别的办法，只能偶尔做点顺水人情。以后的事她不愿多想，她知道龙琴是靠不住的，生崽喂奶，没有小半年归不了队，只希望刘梅尽快正常上班，帮自己分点忧，同时希望两个年轻人不会很快谈婚论嫁。

刘文芹正呆呆地默想着，见王玉珍轻轻地走进了值班室，便道："没什么事吧？"王玉珍慢声慢气地说："也没什么。两个人就为早上晾衣服的事你说我多占地方，我说你多占位置，你一句我一句都不服气。从晾衣服又扯到上星期洗衣服时谁的肥皂水泡泡溅到了谁的身上……我都没办法，说她们又不听，嗓门比我还大。上午从超市买东西回来，她们就跟我说过，现在还说个不停，两个人谁也不服谁，我都不想理她们。"

"凶她们几句。"刘文芹看着王玉珍不急不躁的样子说，"这几个婆婆妈妈小心眼的人，你要听她们啰唆，三天两夜都听不完。那个刘春娥更结赖，有一次，蛮久了，也是因为一点什么鬼事，上午找了我下午又来找，当时我手上好多事，听得实在不耐烦了，我就劈头盖脸凶了她一次。她再也不啰唆了，晚上还找我认错，从那以后再不敢在我面前啰唆了。"

王玉珍挺谦虚地点点头。

"心眼小的人真没办法。是真的人都已经这样了，还这么结赖干吗？安分一点开心一点，大家都好。"

"这也是她们犯罪的原因。"王玉珍说，"两个人都是这样的，一个和妯娌打架，一个和邻居打，都是因为一点小事。"王玉珍看过她们的判决书，对两个女人的犯罪情节印象很深。

"这些人不要花精力去对付。"刘文芹知道这些婆婆妈妈的女人不会出什么大事。作为分管改造工作的监区领导和一分监区的主管，刘文芹明白自己分监区和整个监区的改造工作压力主要来自那些死缓、无期等重刑的以及那些"三无"人员，还有那些性格孤僻、抑郁，整天愁眉苦脸的女人。最近城北监狱一个男犯上吊自杀，监狱层层开会，传达省局高副局长的指示精神，在昨天的支部会议上，监区长彭彩云反复叮嘱"要严防出现制度落实不到位，杜绝任何可导致事故发生的纰漏"。这几天刘文芹感到了很大的压力，羊毛衫生产是旺季，出货压力又很大，改造上的无形压力又无处不在，无时不有，好在她性格还开朗，也算是拿得起放得下，在工作中逐渐学会了释放压力，有什么事就多跟彭彩云汇报，请求主管支持。于是刘文芹看着王玉珍说："犯人之间的小事快刀斩乱麻，不要和她们啰唆。工作重点——尤其是这段时间——要抓制度落实，重点是点好名，把好厕所安全关，对'严管'犯还有'普管'犯上厕所，守门员要跟踪看守，确保不出安全事故。过几天要出货了，千万不要出纰漏。"

王玉珍点点头。刘文芹见差不多到下班时间了，便拿着自己的警帽起身说："走吧。我去监区看下彭大在不在。"

第三十四章　思想交锋

"彭大来啦。"

这天晚上彭彩云走进一分监区民警值班室，刘梅一见她便开心地招呼。

"现在犯人情况怎样？"彭彩云在沙发上坐下。昨天刘文芹跟自己汇报了一些情况后，彭彩云就打算利用今天的值班机会到一分监区摸摸情况。

"没有什么特别的，"刘梅坐在彭彩云对面的床沿上说，"柳琴——就是那个柳如玉手指也快好了。"

彭彩云说："你给柳如玉买东西，刘文芹跟我说了。你做得对，犯人有特殊情况，也是我们教育的好机会。"彭彩云夸奖地说。刘梅是自己一手提拔起来的分监区副指导员，对于做事干净利落又不乏教育手段的刘梅，彭彩云心里比较满意。

"柳琴好像有思想包袱，不大愿意说话。"

"二进宫的人，思想更复杂。刘文芹也跟我说了，等下我找她谈一下。"

刘梅马上道："还要你亲自找她呀？我们找找就算了。"

"没事。"生产上忙了好几天，今天上午刚出完货，彭彩云的心情好舒坦。几个月前监区机构扩编，二监区监区长调走了，彭彩云由教导员接任监区长，主持监区全面工作。一分监区长刘文芹虽然被任命为监区副教导员，但还兼着分监区长，全监区的罪犯教育改造工作虽然交给了她，但彭彩云还放不下心，毕竟刘文芹身兼两职，精力有限，因而她每星期还是要用二分之一的时间和精力处理改造工作。至

336

于生产上，有车间主任唐秀娥这个老搭档，彭彩云本可以放下心来，但监狱的形势令她不敢掉以轻心。今年全监要实现劳务加工收入1000万元，她们二监区计划是320万元，实际有可能达到350万元。自己监区虽然情况不错，但同是加工羊毛衫的一监区和她们不相上下，组装天堂伞的三监区还没成气候，四监区也不到100万元的收入，新成立的五监区虽然也生产羊毛衫，但刚起步可忽略不计。几个车间表面上大家没什么，但私底下你追我赶，都希望自己单位能多超额完成生产任务，年终能多发几个奖金。作为监区长的彭彩云也脱不了俗，监区二十多个民警，多数是上有老下有小的中年人，一年到头带班生产，当夜班睡监楼，忙忙碌碌无私奉献，苦了孩子亏了家，到年终如果发到手的奖金比别人少，那也是不好交代的。彭彩云不得不把生产当作十分重要的工作来抓，但长期从事管教工作的她头脑十分清楚，她看过、听过太多的改造安全事故，十分明白安全事故的发生对生产劳动的巨大影响和破坏力，使她的指导思想中十分牢固地烙下了"安全第一"的观念，因此日常工作中她注重把握生产与改造的协调关系，一旦生产紧张局面告一段落，她就立马抽身抓改造工作。柳如玉手指碰伤后，彭彩云一直未能抽空找她，这个缺憾今天她得补上。于是她让刘梅把柳如玉叫到值班室来。

"我到活动室去。"刘梅把柳如玉叫来后便出了值班室。

分监区的值班室分里外间，里间是民警晚上值班休息的地方，外间比较小，除桌子搁着一台监视器外，还有几张木椅子。柳如玉进来后，彭彩云把门关上，让她在靠近角落的凳子上坐，自己也在面窗的椅子上坐了。

"手指快好了？"彭彩云明知故问。她看见柳如玉手指上缠着创可贴。

柳如玉欠欠身道："快好了。"

彭彩云见柳如玉情绪尚好，想起刘文芹和刘梅两人都说柳如玉有思想包袱的事，便问道："最近跟家里打过电话么？"

一听这话，柳如玉便本能地低下头。

彭彩云见她这样子，脑海中忆起自己上次找柳如玉谈话的情景。那时彭彩云还是教导员，柳如玉来到她们监区后的第二天，彭彩云就找她谈了话，也是在这个值班室，似乎也坐在这个位置上。那天谈话时，柳如玉见了她一直低着头，一副羞于见人的样子。彭彩云记得自己开口说的第一句话便是："虽然你是'二进宫'，但干部不会另眼相看。"柳如玉听到这话时，起身朝着彭彩云深深地点了下头道："谢谢。"彭彩云让她坐下，看着对方低头颔首的样子，心里不免感慨，人看上去虽然瘦了些，但比过去好像更苗条了，一张瓜子脸还是那么白净，两眼垂下，身上罩着蓝灰囚衣，胸前还挂着罪犯标志牌，但人看上去似乎还是老样子，昔日风韵犹存。彭彩云静静地看着她，忽又忆起传言中说的她跟金洋的关系，还有刘强因她几次被贬的事……彭彩云心里忽地冒出两个字："祸水"……是"祸水"也好，不是"祸水"也罢，现在她又成了自己监区的一员，一个需要民警再次对其进行教育改造的对象……已过不惑之年的彭彩云从自然引发的情绪中回过神来，与柳如玉拉起了家常，在感性的谈话氛围中得知了柳如玉"二进宫"的原因。原来柳如玉出狱后，因为已经成年的儿子跟着父亲生活，早已离异的她只好由着父母把她从湘东迁回老家章州。在父母的帮助下，柳如玉与人合伙开了家理发店，过了几年平静的生活。由于一直没有再找配偶，父母亲也长年累月地回湘东照看几个孙子孙女，对柳如玉的"看管"也就慢慢松弛下来。柳如玉本就是个离不开男人的女人，开店赚了些钱后更是尽情享受着自己的快乐生活，以至不仅发廊经营不善，而且陷入了一场毒瘾灾难。○○年后的章州毒品开始泛滥，交际圈中吸毒贩毒暗流涌动，让人很容易沾上。有天晚上在一家酒吧与几个朋友聚会时，柳如玉的胃病犯了，一个朋友"热情"地给了她一支烟。柳如玉不会抽烟，今天胃不舒服自然不愿抽，朋友说"包你不痛"，于是接了抽起来，不一会儿就感觉人舒服多了……就这样柳如玉开始沾上了毒瘾，几个月后并因帮"男朋友"藏毒被抓判刑七年，又来到了监狱。好在她毒瘾不太深，在戒毒所戒毒比较成功，身体也恢复得较快……那天，彭彩云好好地安慰了柳如玉一番，让她不要有什么思想顾虑。一晃几个月过去，彭彩云忙于其他事务，甚至有一天刘文芹向她汇报说柳如玉的一个毒友通过拐弯抹角的关系到会见室想见她，由于监狱对吸毒犯人会见控制严，刘文芹没同意会见，只同意将食品带过去。谁知会见室的工作人员竟从咸鱼瓶中查出了一小包疑似毒品的粉状物质……即使是出了这件事，彭彩云仍没精力来找柳如玉，直到昨天刘文芹找她汇报一分监区犯情时，她才决定今天找柳如玉谈次话。

现在柳如玉就坐在自己面前，但却不肯说话。彭彩云猜想肯定是家人原因，因为刘文芹告诉她，从柳如玉吞吞吐吐的言语中获知，柳如玉二进宫后，她的父母从未来过监狱，儿子也断了联系，打出去的电话从未有人接……彭彩云不想让她沉浸在抑郁中，便转个话题问道："你一个月多少奖分？"

柳如玉从口袋中掏出餐巾纸象征性地抹了抹两眼，垂着眼皮道："上个月得了七分。"

彭彩云心里明白，犯人每个月的基础分是四分，柳如玉一个月才得七分，说明她的劳动奖分不多，而劳动奖分不多的原因便是生产任务完成不大好。彭彩云不想揭她的短，又换个话题道："你买东西主要是用B卡？"

柳如玉点点头，一副提不起精神的样子。彭彩云明白，B卡是用来存监狱发的零用钱、劳动报酬，还有降温费等等，B卡消费不受额度限制。犯人还有一张A卡用来存亲属给的钱款，A卡钱虽不限制，但需根据本人的处遇级别来限额消费。柳如玉平时无亲属会见，A卡自然没钱，而B卡中监狱发的零用钱和降温费等所有人都是一个标准，只有劳动报酬靠自己劳动所得。对于柳如玉来说，A卡没钱，B卡钱又不多，在这里过日子是不大舒服的，虽然吃穿不用自己开支，但必需的护肤品等还是要买的，想吃营养餐解馋，得刷卡开支，要买自己喜欢吃的水果、零食也得扣卡上的钱，没钱对她这样一个会花钱的女人来说真正是度日如年。这次刘梅帮她买东西，从稳定她的情绪来说是好事，但只能算作特例，否则可能助长她不劳而获的思想。于是彭彩云话中有话地说道："昨天刘警官买东西给你，是希望你好。不过别人的东西是有限的，自己手里有才好。把生产搞好，多得点奖金，自己花起来也开心是不是？"

柳如玉被彭彩云说得有点不好意思起来。彭彩云见状又转了个话题道："劳动时不要想那么多，劳动就好好劳动，有心事就找警官谈。"

柳如玉点点头，郁郁地说道："我就是想儿子……"

"人之常情。"彭彩云和颜悦色地说道，"会见的事我们解决，你安心改造。"

听到监区长的承诺，柳如玉的瓜子脸上难得地露出了点笑容。接着柳如玉像记起什么似的，不好意思地看着彭彩云道："我可以问个事吗？"

"你说。"

柳如玉轻声地说："听说刘警官是原来教育科刘科长的女儿？"

彭彩云点点头，心里揣摩摩柳如玉的意思："有什么事吗？"

"没什么……"柳如玉握着两只手道，"没想到……"

看着柳如玉欲言又止的样子，彭彩云像摸透她的心理似的说："你是觉得刘警官父亲以前因为你倒了霉，现在她会报复你？"

柳如玉不好意思地笑笑，仿佛自言自语地说道："我是一直担心她……没想到她还买东西给我。"

彭彩云乐呵呵地说道："你来这里不是一天两天了，监狱民警的度量你应该知道，心胸狭窄的人是干不好这个工作的。"

柳如玉带着笑说："谢谢监区长。"话刚说完，柳如玉忽然就一副萎靡不振的样子，整个人一下子软塌下来，但她强睁双眼提起精神，不让对方发现自己神态上的变化。

彭彩云是何等人也？她一下就看出了柳如玉精神上的变化，只是话语比较含蓄："现在不会还有毒瘾吧？"

柳如玉不好意思地摇摇头。

见对方如此，彭彩云便起身说道："别的话不多说了。作为一个'老熟人'，能听到警官说你的好话，我就高兴。"

看着柳如玉摇摇摆摆地走后，彭彩云到正放电视的活动室去把刘梅叫了过来。两人说了会话后，刘梅觉得有点热，便把警服扣子解开，被黄毛衣隔着的胸部便直挺挺地拱在胸前。彭彩云见了笑笑道："你奶水还蛮好嘛。"

"一般般。"刘梅笑了笑。

"晚上当班，你女儿怎么喂奶？"

"提前把奶挤好放冰箱，来之前喂一次。"刘梅显得无奈地说。女儿八个月时刘梅开始每星期当一次晚班，每次当晚班她就只能这样让婆子给女儿喂奶瓶子，虽然婆子不高兴，但也没办法。

"什么时候断奶？"

"有就让她吃吧。"

彭彩云说："小孩才八个月就让你来当班，我这个主管真不好意思。"

刘梅道："小时候就听我爸妈他们老说进监当班的事，现在我自己也尝到了滋味。"

谁说不是呢？监狱警察不都这样，想当初她不也是儿子才半岁自己就进监当夜班吗？彭彩云以一副惺惺相惜的神态对刘梅说："跟你父亲一样吃得苦。"

听到领导当面表扬，刘梅脸不免红了一下。就在上个月，因为值班的事她还跟父亲说了这事，希望父亲凭着老面子找下监狱长、政委，让她到机关科室去。但父亲默然了好一会儿后才说："基层确实辛苦，但想来科室的人太多了，你的事，找他们也没用。"母亲在旁边也说："如果有办法，还是早点弄到科室去好。在下面心太累了，我那里的林敏芳都得抑郁症了。"刘梅看着母亲："怎么会？""上面要求不能出事，那么多老残犯，谁能保证不出意外？上个星期小林包组的一个老年犯就摔了一跤，差点去货。"三人一时无语。过了会儿父亲说："值班多了，都是家庭主妇，一个星期个把子差不多。"说罢父亲也就不再吭声了。

彭彩云又说道："教育科成立法律工作室，王玉珍要调到那里去，我们这里来一个新民警。龙琴预产期是下个月，不能再当班了，现在只有你这个分监区领导顶上作奉献了。"

听彭彩云说完，刘梅一时语塞了。现在一星期当个班婆家都意见大，若三天当一个班他们不会吵死啦？可龙琴也确实不能再当晚班了，怎么办……还能怎么办？没有选择。刘梅只好说道："那有什么办法？"

"要不要跟家里商量一下？"彭彩云话一出口就觉得自己这话多余，且不免让人觉得虚伪。

刘梅认真地说："没办法的事。"

彭彩云和刘梅两人惺惺相惜地聊了一会儿。接着彭彩云想起什么似的说："明天上午一附院专家来义诊，医务所通知，徐小芹肾炎很严重，马上要住院，也让她去给专家看一下。"

....

刘梅说："柳如玉去了几次医务所，说是胃病，把她一起带去看下算了，让她放心点。"

"还有一个事忘了告诉你，"彭彩云说，"江冬梅儿子得到监狱爱心助学活动支持，名单上有她。"

"好事。"刘梅高兴地说。江冬梅是生产组长，老公跟她离婚后又成了新家，生了崽就不大管她儿子的事了，外公外婆也管不了。"这下好了，崽有书读，她也就不用天天操心死了。"

"另外，"彭彩云端起纸杯喝口水道，"昨天管教会上晏玉娟说明年监狱要成立职业技术学校，要办职业培训班，电脑、服装裁剪、毛衫编织，还有什么美容美发、家政服务，除毛衫编织，其他班只能让余刑两年的人参加，你们先摸一下底。还要成立文艺队，准备从监区抽人。不知会不会到我们监区抽，柳如玉倒是个老角，就是年龄大了，身体也不大好，可能看不上，其他演过节目的不知道会不会被抽到。"

"管他，抽不到更好。"

该说的都说了，彭彩云准备起身离开，忽又记起什么似的问道："那个许水莲现在怎样？"少年犯许水莲刚来时，彭彩云找她谈过一次话，后来当了监区长后就再没找过她。

"劳动反正是打打杂，没上机台，表现一般般。"刘梅说。

"现在懂点事么？"许水莲刚来时不懂规矩的事在彭彩云脑海中印象深刻。

刘梅说："懂是懂事了些，但有人反映她手脚不干净。"

彭彩云一听坐直身子道："现在还小偷小摸，这可是恶习不改。"

刘梅道："我讲过她几次，没什么用。"

彭彩云记起其他几个分监区也有新犯不认罪的问题，便说道："这个问题什么时候都存在，有的不认罪，有的觉得量刑过重……过去经常搞'假如我是受害者'教育，现在这种集体教育搞得少了，我看你们还是要对新犯进行专题教育，谈话要突出'假如我是受害者'主题，给她们洗脑，让她们的人生观、价值观、金钱观慢慢转过来。"说完，彭彩云又补充一句："我还会跟刘文芹说这事。这项工作不仅仅是你们分监区的事，全监区都要开展，后天开犯情分析会时我具体说一下。"

刘梅笑笑道："天天忙得头大，哪有精力去管这个事哦。"

彭彩云认真地说道："欸，你可不能这样说。你是指导员，犯人思想改造还得靠你抓呢。"

刘梅又嘻嘻笑着道："听你的，尽心就是了。"

说归说，做归做。当几天后为期一个月以"假如我是受害者"为主题的集中个别谈话教育活动在全监区铺开时，刘梅积极配合刘文芹投入了此项工作。刘梅包管的两个组有八个新犯，前段时间利用下班和休息时间分别找柳如玉等七人谈了话，使她们对自己所犯罪行不同程度地有了些认识，有人还主动写了悔过书，刘梅推荐给了监区的"改造园地"宣传栏。今晚刘梅准备找许水莲好好谈谈，因为她是这次专题个别教育活动的重头戏。

晚饭后，刘梅给女儿喂了奶就骑着电动车来监狱，在大门口遇到三分监区的李晓华。两人进监狱后，李晓华说："欸，你知道么，上午唐主任在我们办公室说什么你知道吗？"快人快语的李晓华盯着茫然的刘梅说，"她说现在人手紧张，大家没法休息，干脆让我们上联班。"

"联班怎么上？"刘梅问。

"就是早中班连到一起上，第二天休息。"

刘梅道："如果碰到又值班呢？"

"那就三个班一起上。"

刘梅摇摇头道："24小时不回家，难。"

"她说得轻巧。"三十出头的李晓华一脸愤青地说道，"她要当奶奶的人了，到里面待三天三夜都无所谓。我们小孩多大？像你还在喂奶，一天都不回家还不要死呀？"

刘梅笑笑道："实行不了。"

李晓华边走边道："真的是，想让我们休息，不会让我们少值点班呀？"

两人说着话来到了监区，李晓华站在楼梯边说："等下没事上来啵？"

"再说吧，我先找个人。"

·········

刘梅对站在铁栅栏边的守门员道："叫许水莲过来。"

不一会儿许水莲来到门口，刘梅让她在椅子上坐下后问道："在号房干吗？"

"冇做什哩。"许水莲回话道。

"你来了这么久，总打杂，得不了多少奖分，想学点什么技术吗？"

许水莲脱口而出："冇什哩学的。学到出去有什哩用呢？"

刘梅看着她一副无所谓的样子，接着道："怎么没用呢？譬如缝盘就是一门蛮好的技术，缝盘工在外面厂子都蛮俏，学得好以后出去好找事做，现在挣分也多。"

"一日坐到晚，好累。"许水莲想了想说。

"你家庭条件不好，你娘还等着你回去挣钱呢。"刘梅定定地看着她说，"你才五年，过几年就要回去，现在这样子回去能给家里帮什么忙？"

一说到家，许水莲便低下了头。

刘梅正欲说话，见车间主任唐秀娥从窗外走过，接着门就开了。唐秀娥一见刘梅在找人谈话便道："你们谈。"刘梅起身问："唐主任今天值班？"唐秀娥点点头，带上门走了。

刘梅接着说道："你现在这样子出去是没法帮家里。"

许水莲慢慢抬起头："怎样才能帮我娘呀？"

"起码要先认错，以后出去了总不能再走老路吧？"

许水莲嘟着嘴自言自语道："有什哩错的，就是自家倒霉。"

"到现在你还不觉得自己是犯罪？"

许水莲嘟着嘴道："我就是想过好日子……拿人家东西，也是我家太穷，有钱人家少点东西也冇什哩。"

刘梅道："想过好日子没错，但过好日子得靠自己劳动呀。你去偷，我去偷，他也去偷，谁穷谁就去偷，那这个社会不就乱套了？"

许水莲抬起尖下巴，抿着嘴道："是会乱套。"

"乱套了对你什么好处？你是能文还是能武？"

"我冇想过。"一副恍然神态的许水莲看着刘梅道，"我冇文化，又有什哩本事，日子会更难过……"

"所以偷人家的东西，不劳而获，对个人是不道德的，对社会来说是不允许的。"刘梅定定地看着对方，"你扰乱了社会，所以你就得来这里改造思想。"

见许水莲没吭声，刘梅接着说，"你知道你为什么会犯罪吗？"见许水莲抬了一下头，刘梅又道，"犯罪是由坏习惯形成的，克制力强的人不会一错再错，克制不了自己的人就一条道走到黑，最后走上犯罪道路。像你，到现在还有拿同犯东西的习惯，说明你一点都没有改。"

许水莲郁郁地说："我卡上没钱。"

刘梅知道许水莲的母亲一年来不了几次，家里又穷，她的A卡不会有什么钱，B卡数目也不会有多少，因为监狱每月发的零用钱只够买卫生纸和牙膏等生活必需品，要想买其他东西得靠奖金，而一个打杂的人能有多少奖金呢？刘梅想得让她勤快点，学点技术，养成多劳多得的习惯才行，于是说道："学点技术，哪怕是拉机也好，总可以靠自己劳动多得点奖金，又能多得奖分，对改造也有利。你说呢？"

许水莲先没吭声。过了会儿，似乎明白了什么似的许水莲脸露笑容地说："好嘛，我就学拉机吧。"

刘梅鼓励她说："另外，从现在起不要再去拿同犯的东西。这种习惯不改，谁都不愿意和你住一个号房。"因为不断有人反映怀疑许水莲偷自己的东西，都巴不得让她到别的号房去。

许水莲搓着两只手，一会儿才道："好嘛，我慢慢改嘛，以后我少拿点人家的东西就是了。"

"少拿点人家的东西"，什么意思？刘梅脑海中立马泛现出"五十步笑百步"这句话，继而想起在父母家里一本哲学寓言故事选中看过的一则偷鸡贼的故事，便笑笑地说道："跟你讲个故事吧。古时候有个人喜欢偷邻居家的鸡，每天都要偷一只，不偷就手发痒。村里有人劝他说：不要再偷了，你这样太不道德了。这个偷鸡贼听了不好意思，也想不再偷了，便答应那人说：'好嘛，我以后不再偷。但我偷瘾很重，说不偷就不偷很难。让我少偷点，一个月偷一只，明年就可以不偷了'。"刘梅边说边看着许水莲的表情，只见对方睁着两只扑闪扑闪的杏仁眼，似乎听懂了故事的意思，露出了有点难为情的神态。"你看那个偷鸡的人，明明知道自己偷鸡错了，还不早点改正。你说这种人不是明知故犯，跟自己作对么？"

见许水莲没吭声，刘梅又道："有句话说得好：自作孽，不可活。你是个聪明人，希望你不要像偷鸡贼那种人。"

许水莲看着刘梅说道："好嘛，我就听刘警官的……要是我又拿了人家的东西，刘警官就使劲骂我。"

见许水莲如此表态，刘梅心里很高兴，但她没有喜形于色……她站起来，以鼓励的目光看着她道："相信你能学会控制自己，为了你母亲，也为了你自己将来的生活。"

起身后个头和刘梅差不多高的许水莲懂事似的点了点头。

"明天我拿本《刑法》给你，自己慢慢看，不认得的字就问一下同犯。"刘梅知道许水莲没读过几年书，现在还在上扫盲班。

"好嘛。"许水莲一脸的高兴。

看着许水莲轻松地进了监舍走廊，刘梅的心里也有块石头落了地似的。天冷，十点不到，走廊上已没人走动的身影。刘梅顺手带上值班室的门，准备去三楼找李晓华。刚上二楼就听到中气十足的唐秀娥在和人说话。二楼是二分监区监舍，唐主任在此，刘梅出于礼貌在门口站了站，跟她打下招呼。

"坐一下。"唐秀娥见了刘梅便道，"我刚刚在和薛静说，下午开了支委会，要加强人员管理。昨天老残队一个男师傅到车间验货，被一个'花痴'死劲抱着。"唐秀娥说的"男师傅"是与出入监区有生产业务联系的外协工人。

见刘梅眼睁睁地看着自己，唐秀娥接着道："上午监狱和公司专门召开会议，要求各车间要加强管理，维持好生产秩序。"

"我们监区没有'花痴'，应该不会出这样的事。"刘梅说。

"千万不能大意。"唐秀娥严肃地说道，"我们车间也有男外协工人，难说就没人打主意。把这些人盯牢点，不要搞出什么鬼来，特别是那个柳如玉。"

"那么大年纪了，不会吧？"刘梅睁大眼睛说。

唐秀娥一副过来人的表情说："你们年轻，过去的事没见过，她什么时候离得开男人？我就撂下一句话：她什么时候不和男人掺在一起了，什么时候就改好了。"

刘梅说："她现在犯的是吸毒……"

愣了一下的唐秀娥道："不说她了，你们还要去她家家访呢，教育科还要带录像去。"

"什么时候去？"

"元旦后去。"

"元旦后那几多事呀？怎么安排得过来？"刘梅说，她估计分监区也要派个人去。

"是嘛。现在生产旺季，两个生崽的要请哺乳假，好多人都几个星期没休息了，还去什么家访？"唐秀娥一脸不屑的表情，"想崽的人多了，像她这种人……"

第三十五章　"老友"来访

　　上班没多久刘强就走进监狱。只要一进监狱，望着公园似的大院，刘强的心情就很好，特别是夏天偌大的草坪变绿后，满眼的绿色，夹杂着不少绽放的月季花、牵牛花，美得让人心醉。现在虽为早春，但大地已开始翻绿，满地新鲜嫩绿的小草不由分说地钻出泥土，在凋零的枯草丛中信心满满地往上拱，一些不知名的黄黄的野花也争先恐后地尽情绽放。路旁的樟树满身都是黄绿黄绿的，一片生机勃发的景象。草地里有几座寓意深刻的雕塑，路旁卫生所的墙面上，一片海阔天空的背景下飘曳着一行"大海从不抛弃走过弯路的小溪"的蛇形大字，形象直白的比喻彰显出监狱民警的博大胸襟和教育情怀。

　　路上行人不多，刘强以军人步伐直奔综合楼。综合楼位于几栋监舍楼的右侧，靠得很近，楼下一排房间是监区办公室。刘强走进二监区办公室时，彭彩云已在办公室候着他。一见刘强，没说几句话彭彩云便道："上星期一监区那个女犯差点调包跑了，真是耶，幸亏马主任他们警惕性高。听到这个事我们都吓到了，我们监区还有个是双胞胎呢。"

　　"小马这次立了一功。"刘强高兴地说。原来自从马小牛得知二监区有个女犯是双胞胎后，便对进出亲情餐厅就餐亲属的身份核实工作格外重视，每天一有空就到餐厅去巡查，观察犯人与亲属就餐情况，尽可能地多熟悉些犯人亲属面孔，碰到饭后出餐厅的人多时，马小牛还陪着王跃进检查核实身份证件，逐个放行。上个星期一中午，早过了下班时间，但亲情餐厅还热闹着。约莫十二点半，到了规定离开时间，所有亲属与自己的服刑亲人依依告别后都涌向餐厅出口，男男女女老老少少的，出口处显得有点拥挤。王跃进一个个地验证放行，一边嚷嚷着说："不要急，一个个来。"马小牛也在一旁帮着维持秩序。就在这时，会见室外突然响起一阵震天动地的鞭炮的炸响声，排队候验的亲属队伍接着就涌动起来，仿佛有人从中推搡似的。王跃进喊道："不要挤，不要挤。"但亲属队伍依然涌动着，出口处开始有点乱起来。马小牛见状略一迟疑，很快对王跃进耳语一句，然后突然对着人群大喝一声："停止验证！"然后"砰"的一声将门关上，让王跃进守在这，自己则快速走到会见室门口去看情况，只见爆竹声中一个中年男子站在路旁有点紧张地看着这边。马小牛等鞭炮停了硝烟散去，十分警惕地盯了那男子一会儿，没发现什么后便回到餐厅门口让王跃进整好秩序照常验证，自己则在一侧盯着。很快王跃进查验到一个年轻女子的身份证时，觉得人照有异，便问道："这是不是你呀？"面前的三个女子一齐说"是是"。王跃进迟疑时，马小牛拿过身份证，又看看眼前的年轻女子，也觉得人照有异，便叫那三个女子离开队伍到餐厅里候着。马小牛刚走进餐厅，就见一监区民警带着一年轻女子慌慌张张地从内门走进餐厅。那女民警一见那三个女子便叫道："肖雅文，你干什么？你想逃跑呀？"马小牛和女民警一接头，便立刻发现这是一起企图调包脱逃的事件……

彭彩云问道："那女犯的亲戚哪里那么傻，她就愿意顶替坐牢呀？"

"她以为监狱不会关她，可能也得了好处。"

"只有法盲才想得出耶。"彭彩云看着内勤罗水玉道，"我们那个双胞胎真得注意耶。"

"会见室压力大，"刘强说，"幸好小马工作蛮负责。"

"会见室太重要了，"彭彩云道，"真要给马小牛他们记功耶。"

几个人扯了一会儿，刘强端起纸杯喝口茶后便直奔主题："一线民警值班过多问题，监狱长、政委都很重视，我先来了解情况，好给领导参考。"

"你老哥总是想着我们基层。"彭彩云说。

刘强很认真地说道："过去男犯大队干部一星期也就个把子班，现在女民警一星期两三个班，确实多了，顾不了家。"

"夫妻关系都受影响哟。"彭彩云认真地说。

刘强怔怔地看着彭彩云。彭彩云说："我们李晓华她老公在北河监狱，每星期也有几个晚班，夫妻两个经常几天见不到面，再加上女人又有特殊情况，总这样还不影响夫妻关系呀？"

听彭彩云如此说，在电脑前做事的罗水玉侧身看了一眼自己的领导。她是前年考进监狱的新民警，尚未婚配。

"还有哦，"彭彩云接着说道，"我们龙琴都要辞职了。"

刘强不解地看着彭彩云。彭彩云说："龙琴产假快满了，想请一年哺乳假，监狱没这个政策，我们做工作也没用。生了崽请不了假，家里就要她辞职，人家条件好，有没有这个工作无所谓。"

"这就问题大了。"被彭彩云一席话说得刘强都震惊了。龙琴的情况虽有点特殊，但李晓华却是深受晚班之害。昨天在科里和黄春珍谈这事时，刘强从自己女儿家庭情况出发，还只是知道女民警的家务受影响，想不到晚班对女民警及其家庭的影响和危害竟有如此之大。刘强说："确实要减轻负担。原来主要担心监狱比较偏，没有武警看守，所以晚上多安排些人值班。现在我们和'三所'建立了联防，监狱有什么紧急情况，他们可以一叫就到。"刘强说的"三所"是江中市第三看守所，就在监狱附近，那里驻有一支小型武警部队。

"这就好。"彭彩云说，"一旦有事，还有人帮忙。"

"另外，"刘强接着说道，"目前办公区大门由总务科管，每天晚上机关男民警督查又没啥事，其实可以成立男民警应急分队，负责监狱外围，重点是晚上值班。安全有保障，里面警力也就可以解放出来。"

"这样就好，"彭彩云睁大两只眼睛笑着说："你是监狱长就好了。"

刘强摆摆手道："我是从实际出发，科室有三四十个男民警，晚上搞三四个子人负责外围值班巡逻，一般小事没问题，有什么大事请'三所'帮忙，这样不就行啦？"

"我觉得一点问题都没有。"彭彩云点头认可道，"就看民警怎样当班。"

刘强反问道："你们说一个晚上几个人当班好？"

"以前在老地方，一个大队才一个人。"

"过去男女犯在一起，有武警，现在没武警，晚上就一个民警恐怕不行。不要说领导不放心，我都觉得少了。"

彭彩云明白，作为监区长自然希望晚上多几个民警在里面，好应付处理一些事情，但如果晚班过多休息不好，又会影响第二天上班，影响家庭。这件事对彭彩云来说是一个两难选择，最好的处理方法是监狱多给自己一些干部，但政治处主任早说了增编增人是一个缓慢过程，监狱不可能一下子给你彻底解决人手问题。彭彩云只好寻求一种平衡，她慢悠悠地说道："目前也没有什么好办法，要不安排两个人，一个领导，一个分监区民警，三个分监区轮着来。这样每天减少两个人，估计下面民警当班时间要少蛮多。"

昨天在科里议这事时，黄春珍也说监区晚上最好要有两个民警，虽然说犯人都睡了，每层监舍都有人值班，但有很多想不到的事。有人发病了，民警就得带她去医务所，监舍里还得人守着，所以两个人无论如何是不能少的。综合黄春珍与彭彩云两人的意见，刘强心里有了数，便道："晚上两个人当班差也差不多，加上又在搞监控报警系统，把监控用起来，问题不会太大。"

彭彩云笑道："一星期个把子晚班，人也不太辛苦，这才是从优待警。"

刘强道："建议我会提，有没有用就不好说。"

彭彩云笑道："你是老领导，你的话作用大。"

两人聊完正题后，彭彩云对刘强说："刘梅跟你说了么？准备让她去天津学习耶。"

刘强有点意外。前几天赵玉琴副监狱长在犯情分析会上说过这事，三季度监狱准备安排两批民警去天津、扬州学习心理学知识，以后要开展心理教育、测试、评估和心理疾病治疗工作。刘强没想到会叫刘梅去，虽然他心里也愿意女儿去学点新东西，但又担心长时间外出影响她的家庭："她愿意去？"

"她答应了。"

那天，接到监狱政治处要她们监区派人去学习的通知后，彭彩云就从监区办公室往监舍楼走。因为羊毛衫生产还没有进入旺季，正好有个来料空档，监区便临时安排犯人休息一天。正是半下午有闲的时候，几个民警和一些犯人在活动室门口忙碌着，地上堆着不少编织行李袋，刘梅、徐霞和闵雯等正吩咐人领编织行李袋和塑料行李盒。

"柳琴、江冬梅，还有你，"刘梅看着邱素珍道，"你们把自己号房的领走，行李袋一人两个，行李盒一人一个。"刘梅说完，柳如玉便愉快地应答了一声。柳如玉自从民警家访、儿子来探过监后，心态改变，改造态度也随之而变，彭彩云得知后便指示刘文芹让柳如玉当了一个号房长，以此鼓励她积极改造。

"刘警官，我可以学美容美发吗？"

问话的是生产组长江冬梅，她已点好了塑料盒，便笑笑地看着刘梅警官。刘梅说："你是缝盘工，不用操心，出去后工作好找得很。"

江冬梅又说道："多门手艺多条路。"

刘梅见她很真诚的样子，说："余刑两年，你差不多可以参加培训了。"

"刘警官，我也想学美容美发。"站在江冬梅身旁的许水莲一张稚气的脸朝着刘梅。

"刘警官，我数了，还多两个。"数完编织行李袋的柳如玉向刘梅报告道。

刘梅看着许水莲说："你也想学呀？那就给你报个名。"又对柳如玉她们几个人道："搬到号房里去，分一下。"

这时，刘梅见彭彩云进了走廊，便主动迎上前去打招呼。两人走到一个号房门前，彭彩云停住，见柳如玉正在给大家分编织行李袋，一屋子的人或站或坐，叽叽喳喳的。柳如玉见彭彩云来了，放下手中活愉悦地叫了声"监区长"。彭彩云见众人拘谨地分立两边，便上前两步，侧头看看右边的上下铺，把目光停留在绿底黄字的床头牌上，上面写着床铺主人柳如玉对家人的心语："亮亮平安我快乐。"彭彩云又转身看看左边写着"江冬梅"名字的床头牌："愿我儿在阳光下幸福成长。"联想到她儿子去年得到了监狱"爱心助学"活动的资助一事，知道江冬梅这是有感而发，是一种感恩之举，便看着站在面前的江冬梅说："这个写得好。你还蛮有文化嘛。"江冬梅不好意思地笑笑说："是刘警官写的。"刘梅在一旁解释道："她原来写的是'祝我儿在好人帮助下好好读书'，我帮她改了一下。"彭彩云点点头，看了看地上的编织行李袋和塑料行李盒，对面前的人说："平时不用的东西装进行李袋放到储藏室，监舍里就放天天要用的东西，好打扫卫生，夏天蚊子也少些。"犯人们都鸡啄米似的点头称是。

"按照刘警官要求把东西捡好。"彭彩云见犯人们都十分认真的样子，满意地往外走去。自从监狱部署了强化内务卫生管理的工作后，彭彩云只是在监区支委会上进行了安排，让刘文芹去抓落实。因近几天事多，她一直没来监舍，今天一看觉得监舍整治后有了明显效果，原来床底下那些大小不一、五颜六色的箱包被处理掉，监舍清爽干净多了。

彭彩云引着刘梅走进活动室。活动室只有一个人在出墙报，彭彩云示意她出去后对刘梅说："最近家里还好吧？"

自己和老公家里的关系不怎么和顺，监区的人都晓得。只是彭监区长忽然关心起自己的家事来，令刘梅有点意外。她机械地点点头："就这样子。"

彭彩云两眼关切地看着刘梅道："监狱要派一批人去天津学习心理学，两个月，我们监区去两个。你想不想去？"

原来是这样。刘梅虽没学过心理学，但明白心理咨询与心理矫治是教育改造罪犯的一种新兴的重要辅助手段，对解决女犯心理问题、促进心理健康、调动改造积极性都有重要意义。于是她很快应道："去。"

"要不要跟家里商量一下。"

刘梅说："就这样。不去也好不了。"

现在彭彩云说了这事，刘强半晌才道："让她自己决定。"他知道，女儿找的这个女婿，当初他心里不是很满意，但是女儿自己愿意，他们也就没加阻拦。现在家里出了状况，他们也无力改变什么。出去学习的事，他也不好干涉，毕竟心里他还是愿意女儿去学点新本事。

让刘强没想到的是，女儿刘梅家庭破裂的速度会来得那么快。刘强对女儿家庭的了解并不透彻，但这不能怪他，因为女儿刘梅自己也没想到与夫家的矛盾之外还有更恐怖的事——丈夫竟然在外面有别的女人，而刘梅却一直蒙在鼓里。在她外出学习期间，丈夫竟然将那个"小三"带回家来住了几次……是可忍，孰不可忍！当刘梅从天津学习回来，从熟人那儿得知情况后没有多余的话可说，立马就与丈夫协议离了婚。刘梅只要女儿，其他身外之物都不屑一顾。而其夫家早就看不惯这个儿媳的做派，加上又没给他们家生下可以传承香火的男丁，他们巴不得儿子另起炉灶……

　　人们常说祸不单行。也许这一年对刘强来说是个"霉"年。就在女儿离婚几个月后，刘强又遭遇一次人生道路上的滑铁卢。

　　这天晚上，刘强一家正与外孙女共享天伦之乐时，忽然搁在茶几上的"诺基亚"手机响了。刘强拿过手机一看是彭彩云打过来的。她在电话里告诉他：明天省监狱局要派人来女监考察提拔处级干部一事，她刚从外面回生活区，经过"小饭馆"门前时，看到别人都在围着餐桌喝酒。彭彩云在电话中挺善意地说："你就坐在家里等呀？"

　　接完电话，刘强又歪着头默不作声。闵冬香顺口问道："又有什么事？"

　　"没事。"刘强起身来到阳台。夜色朦胧，对面楼房昏黄的灯影和着楼下绿化树旁的白炽灯光，使夜色显得柔和而迷人。刘强家的房子是高正平在监狱主政时让职工集资盖起来的，他家住四楼，两室两厅，虽面积不大，而且每天爬楼把老婆累得够呛，但刘强还是蛮喜欢这个位置——离生活区中心"小饭馆"有一段距离，比较安静适合居住。但远离"小饭馆"也使刘强有时候信息不灵，譬如今天晚上"小饭馆"里的情况……明天省局来考察干部，下午下班前刘强就接到了政治处要他和两个副科长明天上午到备勤楼开会的通知。对于上面下来考察干部一事，刘强心里没有什么躁动的感觉，提拔干部是一件十分严肃的事情，提拔谁不提拔谁从来都是组织上的事。再说自己五十七八了，为了提个副处级，厚着脸皮去和同事一个个打招呼？这个事他干不来……

　　第二天，太阳依旧。天气不太冷，刘强仍按部就班匆匆吃过早饭就提前步行去监狱。监狱的班车每天七点四十分从生活区出发，包括路上停车接人，也就十分钟到达监狱，但刘强上班一般不坐车，每天坚持七点半出门步行二十分钟，比班车还早到监狱。

今天还没到监狱，离"一道门"六七十米时，站在"一道门"外的一个高个男子远远地就冲着他叫了一声"教导员"。刘强定睛一看，原来是早已释放的"最调皮的犯人"——东海人程才。刘强很高兴，见面后和程才站在路旁的树下聊起来。程才说自己昨天从东海赶来，晚上就在江中住，早上打了个的特意来监狱会他。接着程才又告诉教导员自己回东海后，在街道的关心支持下，开了一家饭馆，衣食无忧，已经成家，儿子都六七岁了。今天特来认个门，之后要带老婆孩子过来玩……

"刘科长记得开会哦。"政治处副主任肖玉萍从身边路过时笑着打招呼。刘强只顾和程才说话，经肖玉萍一提醒便看看手表对程才说："等下我开会，你先到马队长那里去，他在会见室，中午一起吃个饭。"

"好。"程才高兴地按照刘强的指引从围墙外绕到会见室那边去。其实，程才早知道马小牛队长在会见室上班，半个月前他从熊根水那里获得了马小牛的手机号，刘强的情况也是马小牛告诉他的。

程才到会见室时，会见室还没有家属到来，门厅里挺安静。马小牛从会见大厅出来，一见程才便道："这么早呀？"说罢就招呼他到办公室坐。昨晚程才和他通了电话，今天两人见面后高兴地拉起了家常。马小牛原先在三大队时，程才在马小牛手下待过好多年。有趣的是，外号"马巴掌"的马小牛却从未打过程才。程才明白，马队长不是一个乱来的管教队长，他讲道理、有头脑，不人云亦云，不然他也不会主动和他交往。想当初自己一个外地人在此劳改，举目无亲无依无靠，仅凭自己劳动好就得到马队长的人格尊重。回首过去在西山监狱的改造生活，程才觉得自己还是挺幸运的，能和刘强、马小牛这些管教干部维持着一种君子之交，他觉得是一种享受，一种精神财富。他愿意今后乃至一辈子维系着这种师生和朋友般的情谊……马小牛与程才两人不停地聊着往事和别后故事。程才告诉他，王文清现在是种植大户，熊根水在开的士，昨天晚上就是他安排自己住宿的。程才还告诉马小牛，听说黄国庆在办养猪场，罗细苟回去后杀伤老婆的情夫，又进去了云云。程才还问起"原来那个陈指导员"陈兴国的情况，马小牛有他的电话，便将号码告诉了他。

聊到差不多半上午了，程才见外面的家属开始多起来，便把自己此次来的另一个目的试探性地向马队长亮了出来："可以见柳如玉吗？"马小牛愣了一下，以前听过这个名字，但多年过去了，后来就没听过："她还在这里？"程才点点头："又来了，现在叫柳琴。"马小牛忽然想起程才和柳如玉的往事，便忍不住笑了起来："你小子还想着人家呀？"程才不好意思地笑笑，须臾又挺认真地说道："我儿子都有了，总不会重婚吧？她是我难中情人，忘不了。"他没有示之以马队长的是柳如玉出狱后，他曾到章州去找过她，只是因为那时柳如玉的父母看得紧，程才也因为自己事业正盛，很快就回了东海，但此后两人的联系不曾断过，患难之情一直延续着。

"她在哪个监区哦？"

程才摇了摇头："不知道。"

马小牛看着他，心里却思索开了，按规定肯定是不能见，何况是过去有瓜葛的人。他顺口问道："她犯什么事又进来了？"

"吸毒吧。"

"毒犯呀？"马小牛睁大两眼看着程才道，"那更不能见了。"于是，他把监狱对毒犯的有关规定说了，让程才打消会见主意。

听了马队长一番话后，程才表示理解，想了想又道："可以给钱吗？"

马小牛正欲回答，忽见顶头上司刘强来了，忙起身让座。

"我猜想你们在这里。"刘强一进门便爽朗地说道。刘强今天的心情很好，刚才在会上获知这次要提拔四名副处级干部，刘强在心里便对各监区、科室一把手过了一遍，其中办公室主任、纪委副书记和总务科长几年前就提拔为助理调研员了，这次最有实力竞争的，无论从资历还是能力上，只有他和政治处主任，其他人应该排在自己之后，因而刘强觉得这次能在退休之前享受个处级待遇把握还是有的。

刘强坐下看着马小牛自顾自点火吸起烟来，便微笑着对程才道："还不吸烟？"

程才耸耸肩露着笑道："早就不吸了。"

"过去在里面都是偷偷摸摸抽。"马小牛吐着烟气说，"那个时候好像程才不怎么抽。"

"那时候没钱，后来也想明白了，有钱不如买营养餐吃。"程才道。

刘强笑笑说："戒了好。没想到那时候禁烟解放了一批烟鬼。"

三个人闲聊一会儿后，马小牛把程才想见柳如玉的事说了。刘强点点头道："这个你要理解。能帮我们一定会帮。"

程才理解似的点点头。对"刘教导员"，程才一向十分敬重，他说不能见，那肯定是不能见的。于是他打消见面主意，退而求其次地说："可以给钱吗？"

刘强看了程才一眼道："就怕你影响人家改造，毕竟你们过去……"

"刘教导员，"程才一脸真诚地说道，"没别的意思，我就希望她早点出来。"

"真是这样想的？"

程才忽地一下从椅子上起立恭恭敬敬地说道："在教导员面前不打二话。"

刘强见他一本正经的样子，忽然想起那年他刑满释放时特意到自己办公室鞠躬的情景，便招招手让程才坐下说："你也是知天命的人了，我相信你是真心为她好……这样吧，你写几句话，把你的希望告诉她，这样我们也好把钱给她们监区上卡。"

"好。"程才认真地点了点头。

见程才拿着马小牛给他的纸和笔到办公桌上写起信来，刘强和马小牛来到会见室门口。

门前马路上稀稀拉拉地停着会见家属的小车，有人会见完毕准备上车离开，也有的刚下车往会见室走来。

"今天投票选处级，这次你老兄跑不了吧？"

刘强嘴上说："那也不一定。"心里却在想：应该有份吧。昨天下班时，赵玉琴还特意来科里向他通了气，表达了对自己的关心。

一切都似乎水到渠成。然而，刘强没想到自己这次真的大意失荆州了。

第三十六章　不是装吧

民主测评大会半个月后，公布了西山女子监狱此次拟被提拔考察的四名同志的名单，他们是政治处主任杨文刚、生产营销科科长罗清明以及一监区监区长席小玉、二监区监区长彭彩云。民主测评大会后被一些同事看好的刘强却名落孙山了。对于这个结果，刘强科里的同事们都十分惊讶，许多同志和领导都感到不解，在厅局考察人员找其谈话时都为刘强说好话，要求提拔这样"难得的老黄牛"，然而刘强终因民主测评票数"差一点"而无法翻盘。组织的力量是难以抗拒的，不知何时规定的测评的"票数"是一道必须跨越的门槛。一个星期后，上级有关提拔处级领导干部的决定落地，正式生效了。

大势已去，一江春水向东流！屈辱的刘强如同大病一场，难过之情无以言表。本来他对提拔一事不是太在意，觉得一个干部能不能提拔，可不可以提拔，组织上会有自己的考虑，作为个人不应太过关心……可如今，结局如此，仿佛有人在他后脑勺上敲了一下，让他一时糊涂了。让刘强感到不平的是此次提拔的结果，两个基层领导虽然年轻，但有选拔导向因素，政治处主任他也不去比，人家有近水楼台的优势；可生产营销科的罗清明才当科长几年？……刘强扪心自问，自己并不是反对他们提拔，也不是说人家就不能提拔，他就是觉得此次提拔活动中的一些事情太诡异了。刘强自觉自己不是一个很全面的人，但在西山监狱几十年风雨如一日，献了青春献终身，无私奉献孺子牛，如果大家风正气顺地阳光投票，他相信不会是这个结果。连女儿刘梅也为父亲打抱不平："爸，你太不值了。"公布名单后的当天下午，彭彩云碰到他时说了五个字："你太可惜了。"

可惜吗？当然可惜，可惜得很。好长一段时间，刘强都在这种所谓"未被群众认可"的心绪中度过。也许是监狱领导对于刘强的落选过意不去吧，后来刘强去找方彤监狱长，说妻子和女儿都在一线，实在没法管外孙女，要求将其妻调往总务科时，方彤很快答应了他的要求，第二天就让闵冬香去总务科任副科长。那天回到家吃晚饭时，刘强拿出"四特"满满倒上一杯，呷了一口，看着给外孙女喂饭的闵冬香高兴地对女儿说："现在不用担心宝宝没人接了。"闵冬香说："让我去总务科还不是领导过意不去。"刘梅说："代价大了。"刘强却说："人生就那么回事。"喝口酒又道："想开了，顺其自然吧。"

过了会儿，刘梅忽想起一件事说："我跟你们说，那个唐秀娥几差劲哦。"

"怎么呢？"闵冬香看着她。

"上次我把老爸给我的那封信给了柳如玉，唐秀娥竟小题大做，彭大跟我说我才知道。"原来刘梅把程才写的那封信给了柳如玉后，柳如玉有一天竟在监号里炫耀，说"他原来是西山监狱的歌唱家"，钱紫红等几个同犯嘴上羡慕，心里却不无嫉妒。没几天，这事被一个好事的人报告给了当天值班的唐秀娥主任。唐主任当即把柳如玉叫来问话，柳如玉被逼无奈，想着说了也无妨，便如实告之。唐秀娥问："信呢？"柳如玉迟疑着不吭声："没写什么……"唐秀娥道："我看看。"柳如玉只好回监舍把那封信拿来给她看，唐秀娥看了看，也没写什么，只是希望柳如玉"不要令朋友失望"。她把信还给柳如玉让她走了。第二天在办公室，唐秀娥把其他人支开，对彭彩云说："刘梅帮男犯给柳如玉传信。"彭彩云瞪着两眼："男犯？"唐秀娥道："就是原来我们监狱的男犯。""现在在哪个监狱？""早出去了。"彭彩云"哦"了一声，原来是这么一回事，便简单问了下来龙去脉道："信的内容还是鼓励她改造嘛。""原来她就跟这个男犯搞过鬼，现在还跟他勾搭……""人家已经出去了。""出去了就没问题呀？都二进宫了，还跟劳改释放犯勾搭。"彭彩云笑道："大姐耶，不能这样叫啰。"唐秀娥坚持己见："不管怎么说，我就觉得男女犯勾搭有问题。"彭彩云道："你觉得刘梅不能传这样的信？""当然。这不是鼓励女犯和男犯勾搭吗？"唐秀娥认真地说道，"我对事不对人，要在以前，刘梅少不了一个处分。"彭彩云定定地看着这个老搭档，好一会儿才说："你说的没错。可现在改革开放都三十年了，我们的观念也得跟着变化……"话没说完，副监狱长赵玉琴推门而入，把对讲机搁桌上说："她们都说你们两个躲在这里。"坐下后看着彭彩云道："在谈什么要事？"彭彩云有点无奈，本不想说，但还是迅速决定向赵玉琴汇报了与唐秀娥所争之事。彭彩云汇报后，唐秀娥以不无期盼的眼神看着赵副监狱长。赵玉琴嫌对讲机太吵，把音量调小点，然后说道："唐主任几十年本色不变，这种原则性没有错。话又说回来，改造工作是一个系统工程，需要社会参与支持。至于那个刑释人员的信，我看只要有利于改造，也没什么。"说罢看着她们两个，见对方都不再说什么，便说起自己的来意……

听了刘梅的话，刘强笑笑地说道："还有比我更死板的人。"

闵冬香说："亏得赵监开明，不然刘梅都麻烦。"

"那倒是。"刘强满意地喝着小酒。尽管提拔工作的负面影响久久不能散去，但刘强工作依旧，生活依旧，心情也逐渐好起来。但真正让刘强再次精神振奋、作风依旧的是半年后高正平副局长亲临女子监狱"吹风"时。

那是七月的一天下午，高正平带着省局一个处长来西山女子监狱。一下车，早已在办公楼前等候的方彤监狱长、赵玉琴副监狱长将高正平他们引上三楼会议室。按高正平要求参加会议的管教六科科长和出入监区监区长早已到达会场。

"有段时间没来了。"会议开始前，高正平望着面前再熟悉不过的面孔先说了句客套话，并向坐在旁边的刘强点头招呼。西山女子监狱是高正平的"老窝"、根基，与会人员中除了监狱长方彤外，其余人员都是他的老部下，离开监狱虽然两三年了，但女监的工作他一直都关心，也乐于听到关于女监的信息。前两年他在江中监狱任职，今年到省局工作后开始挂点这里。虽然来的次数不多，但基本上每次来他都要去羊毛衫和伞业等几个生产车间转一下，基层女民警值晚班过多问题也是他比较关心的。作为一个有基层工作经验的上级领导，高正平没有仅从自己分管的监管改造工作出发，而是从大安全、队伍稳定的角度去认识思索和对待这个问题，并与方彤进行了探讨，得到了监狱的积极响应。就在"五一"前，高正平到女监来时，方彤向他做了汇报，已决定基层女民警值晚班次数每周不超过一个，同时实施机关科室女民警轮流下派工作制，以减轻一线民警的工作压力；组建机关男民警应急分队，实行夜间值班巡逻，以确保监狱安全。对于女监的工作，高正平感到满意。

高正平背靠座椅，点着烟后望着面前一溜着白色或浅蓝色短袖衬衣的与会同志。他今天和往日一样，依旧穿着便装。除了大的活动等正规场合，高正平下监狱不大愿意着警服，用意是少让基层同志敬礼，给下面营造随和的氛围。

"最近厅局开了几次会，出台了一些重要举措，今天我先来吹吹风。"高正平看着开始低头记笔记的与会人员缓缓说起来，"大家知道，建国的半个世纪来，中国监狱改造了大批罪犯，大多数人释放后都能守法，重新犯罪率也比较低。但也有少数人在监狱没改造好，重新犯罪案件时有发生，而且这些人重新犯罪手段更残忍，破坏性更大，从我们省情况也看得出来。现在形势不同了，《监狱法》都颁布十几年了，我们必须牢记使命，把改造人放在第一位，最大限度减少社会对抗，为社会稳定做贡献。再一个，体制改革已搞了五年，监狱保障经费也基本落实，刑罚执行功能也有明显加强，监狱工作各方面发生了很大变化。就是在这种背景下，为使改造人的工作有一个大的进步，厅、局决定明年在全省监狱劳教系统开展为期一年的'坚持改造工作宗旨，提高教育改造质量'专题教育活动，并用三五年时间，以问题为导向，改革创新几项工作，譬如设立刑释人员安置帮教数据库、监狱与社会无缝对接机制、犯人职业技能培训，还有远程会见帮教系统等等。监狱系统要在省厅总体部署下，配合省厅着力抓好三项重要工作：一是强化职业技能培训，为犯人刑释谋生打基础，降低重新犯罪率；二是创建监狱与地方无缝对接机制，推动省里相关部门出台有关政策，解决人员交接、接茬帮教、就业扶助和社会保障等问题；三是创建远程会见帮教系统，使犯人亲属能就近视频会见，减轻群众负担。"

"内容就这些。可以说我省监狱工作又一个发展机遇来了。为什么这样说？"高正平吸口烟，一双睿智的眼睛扫视着与会同志缓缓说道，"我们都是老'劳改'了，几十年监狱工作的变化我们都经历了，九十年代后期监狱工作的困难大家都亲身感受了，那可是刻骨铭心啊。〇三年开始我们省纳入监狱体制改革，经过几年体制机制转换，财政保障，监企分开，规范运行，才使我们系统发生了很大变化，也才有了今天这个局面。"高正平说罢停顿下，端起茶杯喝口茶继续说道，"当然，由于我们省地处中部欠发达地区，财政对监狱的保障是逐步到位的，因此我们的企业还是要继续发展，目的是提高服务监狱工作的水平，说白了就是一个财力问题。我在这里时就想好好搞一下技术教育，但那几年监狱是百废待兴，有心无力。"说罢，高正平看着右前方的刘强说，"我记得还找刘科长谈过这事。"刘强马上点头道："找过。"高正平接着道："方监来了后把这项工作抓了起来，成立了职业技术学校，有了一个好的基础。现在大气候十分有利于监狱工作的开展。厅局领导为什么这么重视罪犯改造工作？毕竟改造人是我们监狱工作的宗旨嘛。当然，厅局今后几年要抓的这几项工作，用辩证法看属于外因，是破解犯人刑释后守法难题的创新手段，但真正要让犯人改造好，还得要他们的思想变化才行，人生观、价值观扭过来后，他才能够得到真正的新生。我们做实际工作的，尤其是基层一线的同志，以教育为中心的观念不能变，必须坚持抓好个别教育，把改造人的思想当作首要任务。因为内心向好是一个人变化的主因，犯人有了变好的思想基础，再辅以谋生手段和刑释后帮扶就业，出去重新犯罪的可能性就会降低。这就是辩证法，对不对？当然，监管安全始终是我们工作的前提，这个不能变，没有安全稳定就会影响甚至干扰教育改造工作，尤其是今年，为了奥运，监狱的安全稳定就更加重要了。"高正平吸罢烟，把烟屁股在烟灰缸中撳了撳。说罢正题，高正平又说了些今年以来全系统改造工作上出现的一些情况，并说："湖东监狱上个月被同犯伤害致死的那个犯人家属一直在闹，到现在都不肯签字火化，搞得王海他们焦头烂额。"高正平说的"王海"是湖东监狱的监狱长。

"听说家属开口要50万？"方彤插话说。

高正平应道："50万？刚开始要100万。"

"天方夜谭。只要干警执法没问题，不用理他。"长期从事管教工作的赵玉琴冷笑道。

"顶多给个几万安慰一下。"方彤一副不无愤青神态的脸容。

"'逢死必闹'现在成了监狱系统面临的一个新问题。"高正平及时地收拢众议道，"女监情况与男犯监狱有所不同，但安全压力一点也不小，上次会见室女犯调包事件就很说明问题，关键时候马小牛立了一功，不然就是一起罕见的女犯脱逃事故。"

赵玉琴插说话："马小牛真是不错，关键时候头脑冷静，处置恰当。"

"这样的同志要记功，要大张旗鼓宣传。"高正平说。

方彤回答说："省局三等功已批了。我们还准备在全监开展向马小牛同志学习活动。"

高正平点点头："很好。马小牛大家都很了解，过去喜欢动手，没少受处分，但工作是认真负责的，狱政管理部门就需要这样的同志，这样我们的事业就能少受损失。"

方彤点点头，接着插话道："除了脱逃，防女犯自杀也是女监重点。"

赵玉琴插话道："还有女监老残病犯多，我们都很担心。"

高副局长问："有多少老残病犯？"

赵玉琴看看谭英。谭英明白领导的意思，便汇报道："出入监区，加上其他监区一共有二百八十多个老残病犯，常年在医务所住院的有三十几个，到劳改医院住院的有五十多人次。"

"高局长，"赵玉琴接着说道，"现在犯人医药费负担好重，去年一年就超过一百万，一个尿毒症一年就花掉十万多。"

方彤说："上面拨的医疗费连零头都不够。"

"发展经济必不可少，"高正平说，"有企业这一块支持，监狱困难就少些。所以对女监来说，抓好安全稳定的同时，经济工作不能放松。有这两手，我们的改造工作就更有保障。另外下个月八号，奥运就要开始了，要组织好犯人收看。收看好体育赛事，也是一种稳定。"高正平左右看看，准备结束自己的"吹风"，"女监工作基础较好，有自己的特色，希望女监按照厅局工作部署，把工作落实好，努力做好女犯改造这篇大文章，提升整体工作水平，毕竟女监是全系统一个窗口嘛。"高正平说罢，象征性地向大家点下头。

两句客气话过后，监狱长方彤看看左右两边的几位业务部门的同志说："今天高局长来女监做指示，是对我们的关心支持，更是对我们工作的鼓励和鞭策。高局长强调的今后重点要抓好的几项工作，涉及改造工作的方方面面，希望业务部门抢抓机遇，创造特色，把女监改造工作推上一个新台阶。"

"吹风"会结束后，方彤问高副局长要不要到监狱里面去看看，其意是想留住高正平吃晚饭。高正平表示自己还要去一下江中监狱。临走时去厕所方便，见刘强站在几米开外，便抵近他身边道："别泄气，还有机会。"刘强咧咧嘴角，会意地点点头。

奥运会说来就来了。这可是第一次在中国举办的奥运会，西山女子监狱的管理者们，从年初开始就在犯人中开展"热爱祖国、心系奥运、文明改造、健康服刑"专项教育活动，奥运开始后广播时间又增设"奥运专栏"节目，晚上组织收看奥运赛事，"残奥会"期间又开展"欢欣鼓舞庆奥运，积极改造奔新生"千人签名大型主题活动，让人们在体味残奥健儿体残志坚的同时激发爱国情怀，并升华为主动改造的动力。为组织收看好奥运开幕式和赛事，二监区的女警们从7月份就开始细化生产安排，将生产任务尽可能往前赶，希望生产和收看奥运两不误。那段时间，女警们心往一处想劲往一处使，工作效率特高。奇怪的是，对体育疯狂程度不如男性的女犯们，在迎接奥运的日子里和整个赛事期间，生产上你追我赶，劳动效率比平常高了不少，以至到奥运后期，每天都要提前半小时收工，从女警到女囚，由车间到监舍，到处洋溢着浓郁的奥运热情和爱国情怀。

浓郁的奥运氛围中也有些许不协调之事。这天傍晚，正是饭后无所事事之时，走廊上到处是人，监舍里比较热，没人愿意多待，活动室里的电视机正在重播乒乓球决赛，吸引了不少人。此时有两个人却在一○四监舍闹中取静。一个是许水莲，另一个是与她关系好的张美娟。两个人表情不太好，张美娟坐在床沿上看着对面的许水莲说："都是你出的傻主意，搞得我挨批评。"

"我也想不到会这样子。"许水莲一脸歉意。

原来，前几天许水莲在一○四监舍看见张美娟在欣赏邮票，其中有一套北京奥运会会徽和吉祥物的纪念邮票。许水莲家里穷，从没见过这些东西，觉得它们很好看，欣赏了一会儿。张美娟和许水莲是老乡，也玩得来。闲聊中，许水莲想起张美娟的包组警官徐霞喜欢集邮，便对张美娟说："把这几个细伢子的邮票给徐警官嘛！"张美娟不解地瞧着她。许水莲一副过来人的神态说："徐警官喜欢邮票。"张美娟立刻明白过来，心领神会的她昨天傍晚找到单独见徐霞的机会。张美娟隔着方桌站在徐霞对面，心里有那么点忐忑地看着徐警官。徐警官比自己小不了几岁，但高挑丰满，一件浅蓝色短袖衬衣和制式警裤显得端庄而不乏威严。徐霞拿起那套《奥运福娃邮票》看了看道："这个真不错，我家也有。"张美娟心中一惊：幸好自己拿了两种邮票过来。徐霞神情愉悦地拿起另一张邮票，是1997年发行的中国旅游年邮票，面值50分，邮票上一匹踏云骏马。徐霞拿着邮票左看右看，爱不释手的样子。张美娟心中暗喜，嘴上就自然地说道："这张就给徐警官。"徐霞欣赏完后把邮票还给她道："邮票不错，这是你的我不能要。""拿去有什哩关系？我现在不集邮了，留着也没用。"徐霞平静地看着对方，坐下说："你在这服刑，我是警官，不存在这种关系。"张美娟不好意思起来，徐霞又道："你自己就是犯这个事（贪污）的，这方面更要注意。"徐霞警官说话的语气不重，但张美娟听起来却如雷贯耳，听到徐警官说"你走吧"，便如同大赦一般，逃也似的离开了民警值班室……

"这些人都好怪……"许水莲自言自语地说。

张美娟说："不会是装的吧……"

"哪个晓得。"许水莲说罢，也想起自己去年经历的一件事。那次她在狱内超市买了几个苹果，自己没舍得多吃，拣了一个大点的洗干净了，放在塑料盒里准备送给刘梅警官。刘梅警官对她好，她也没什么报答的，便想送个苹果给她。不过那次苹果未送成，却招来刘梅警官一顿批评。那天刘梅看着许水莲手里的大红苹果，心里思忖：只会拿人东西的居然也想着给人东西，也许这是她的心灵深处开始有了变化？刘梅没有多想还是口气平缓地说道："你什么时候也学会了这一套？"

许水莲想起自己上次讨没趣一事，便对张美娟说道："别气了，我也碰过鼻子。"心里却在想：这里的女警察怎么跟外面不一样？好像都是不吃人间烟火的菩萨一样。她觉得世界上没有不自私的人，因为她长这么大，还没见过见利不贪、见物不要的人……

第二天晚上，许水莲见刘梅警官一个人在值班室，便去找她，说了张美娟送邮票被徐霞警官婉拒的事情，对警官们的做法颇为不解。刘梅看着她那张略显稚气的脸蛋说："警官也不是什么不食人间烟火，警官也是人，只不过警官们有起码的处世原则，该得的东西才得，不该得的东西一分一厘都不会要。"

"那你们图什哩呢？"许水莲一脸的不解。

"图什哩？图工资呀。"刘梅诙谐地笑起来，随即又认真地说道，"当然这也不确切。作为管教你们的警官，我们最希望看到你们改好，这是我们的追求。一个人活着，不能一天到晚只想着自己，只会图私利，总要对社会有所贡献；没有贡献，也应该有点奉献。知道吧？"

听着刘梅警官一连说了几个什么"献"的词，许水莲心中一知半解，但她装着听懂了的样子点点头道："我晓得了，你们是天底下一帮最有私心的人。"

刘梅正要说什么，却见彭彩云走进值班室来。"哦，你在谈话呀？"

"还有什么吗？"刘梅见许水莲也起了身便问道。

"冇。"许水莲又朝彭监区长点点头。

"那你回号房吧。"刘梅说罢，出门看着许水莲进了监舍。

"彭大今天值班？"

彭彩云点点头，在里间沙发坐下后问道："柳如玉最近怎样？"

刘梅道："还好。"

"听说她跟那个老李有瓜葛？"彭彩云指的"老李"是车间外协男师傅。

刘梅奇怪她也知道了这事。上星期邱素珍说柳如玉和姓李的师傅有拉扯。刘梅特意找柳如玉谈了话，柳如玉承认李师傅喜欢和自己说话，还说要拿巧克力给她，但她拒绝了。刘梅劝她别干傻事，要经得起诱惑。因程才的那封信曾被唐秀娥"发难"的柳如玉深知刘梅对自己的好，她有点激动地说："刘干部，你对我这么好，帮我朋友带信，真没想到。说句良心话，要是别人不可能带信给我。我再做傻事，不但对不起你，也对不起我朋友一片苦心。"

彭彩云得知原委后说："虽然快五十的人了，看上去年轻，男人喜欢也正常。她能不为所动就不错了。"说罢又问道，"许水莲现在怎么样？"

"现在懂事了些。"刘梅便把刚才谈话的情况说给彭彩云听，并说许水莲余刑不长了，有八九个表扬，年底减点刑可提前出狱，现在开始在上美容美发课了。

"还有江冬梅，有两个积改、十几个表扬，年底可减刑，也让她去美容美发班学一下。本来我说她缝盘做得好，出去就业没问题，她想学就让她去。"

"欸，可以让柳如玉给这些人辅导嘛，她原来在外面搞过这个，现在身体应该不会有什么问题。"

刘梅点头应道："她倒是没什么，听说那个徐小芹倒不大好。"上星期柳如玉因阑尾炎被送往劳改医院就诊，医生建议手术，但她要求保守治疗。就是在住院期间柳如玉见到了因尿毒症住院治疗的徐小芹，回监区后刘梅找她谈话时，柳如玉便把情况告诉了刘梅警官。

"早开始血透了。"彭彩云说，"每星期要去'二医院'做两次血透，每次去老残队还有狱政科、应急分队，一去就三四个人。"彭彩云说的"二医院"是江中市第二人民医院，虽然离省劳改医院不太远，但每次送徐小芹去血透监狱都得派警车和民警押送，非常麻烦。

"这些人真是托福哦。"刘梅忽然想起自己爷爷当年患尿毒症却因贫困而放弃血透的事情。

"不说这些了。"彭彩云换个话题道，"你现在怎么样？"

刘梅一下没明白领导的意思，待反应过来后便自嘲道："缘分未到。"

彭彩云被刘梅乐观的心态感染了，点点头道："也确实没法急。"过了会儿又道："徐霞谈了吗？"

"去年谈了一个，春节后好像又没谈了。我也不好多问。"

"这些年轻人不知怎么回事。薛静、罗水玉都二十七八了，一点不急的样子。"彭彩云作为监区一把手，对自己手下这些大龄女警的婚事不仅有一种紧迫感，而且还有点不解：现在我们民警政治上有地位，经济上也不赖，怎么就不能解决个人问题呢？

"也不是不急。"刘梅坦然道，"高不成低不就吧。"

"徐霞，还有你自己的事，要关心。"

刘梅道："慢慢来吧。"

"我等着喝你们喜酒哦。"彭彩云笑道，过了会儿又说，"教育科成立服刑指导中心，监区要成立心理矫治辅导站，配两个心理咨询员。我们监区就你和罗水玉学过，你是分监区长，主要工作让罗水玉做，你就负责抓你分监区的心理咨询，以后有新拿证的人再作调整。"

刘梅笑笑："你说了就是。"

"明天你上什么班？"

"早班。"

"哦？"彭彩云惊讶道："那你赶快走吧。"

第三十七章　残疾回乡

"报告刘警官。"

早晨，刘梅像往常一样按时到达监舍带人进车间劳动。刚进值班室，张美娟就找来了。"什么事？"刘梅问道。

"邱素珍骗我。"张美娟说。

刘梅看见大家还在吃早餐，便说："先吃饭，等到车间再说。"

"我吃了。"

刘梅看看她，耐心地问道："她怎么骗你？"

原来张美娟前年减过10个月刑后，余刑还有一年的她想报减刑，但民警给她算了，还少一个表扬，要到下一批才能报，张美娟为此心事重重。邱素珍得知张美娟的心病后，主动跟她说自己有朋友认识"中院"的人，可以帮她办成此事，但需要花点钱。张美娟看着这个组长，心想她可是警官面前的红人，应该不会骗自己，再说在一起几年了，也没发现她骗过谁，让她帮忙应该有戏。于是张美娟便打亲情电话让母亲来会见，将自己的计划跟她说了。其母爱女心切，按女儿要求将5000元转到了邱素珍的账上。可是半个月前监区公布准备减刑人员的名单却没有她。张美娟问邱素珍，邱素珍说她的朋友在外面找人，不会这么快。谁知昨天监区公布了经监狱审核过的拟减刑人员名单后，邱素珍见了张美娟却支支吾吾，不耐烦地丢给她几个字："你急什么？"为此张美娟一晚上都没怎么睡着，明白过来是邱素珍骗自己后便决定报告管教干部。

刘梅听了张美娟的检举后，也没说什么。这时外面开始热闹起来，人们在监舍楼前集合排队了，二分监区的人也下楼在外面整队。刘梅见时间差不多了，便让张美娟先归队，自己锁了值班室，然后整队报数，让队伍喊着每天出工喊的口号往车间开拔。

到了车间，大家都各就各位开始生产劳动后，刘梅走进车间办公室，见彭彩云、唐秀娥、刘文芹她们几个都在，便将张美娟反映的情况向领导做了汇报。几个领导一听此事非同寻常，当即将张美娟叫过来详细问了情况，决定立即电话报告了狱侦科。二十分钟后，狱侦科三个民警来到二监区生产车间。他们先听了刘梅的情况汇报，又将张美娟叫到办公室核实情况，并现场调取查阅了邱素珍个人账户的流水清单后，便让民警把邱素珍叫来带往禁闭室询问。

邱素珍被带走后，办公室的女民警们围绕邱素珍改造期间诈骗同犯一事议论开了："没想到她还会诈骗同犯"，"还是积改，好会装"，"表面积极，背后却不悔改"，"诈骗进来的，还敢骗同犯，真是胆大包天"……听着同事们你一言我一语地议论，彭彩云缓缓说道："一个诈骗犯，人还没出去又故技重演，问题很严重呢，思想改造一点效果都没有。领导晓得后，还不知道怎么看这事……"彭彩云说到这儿，旁边几个人也都不吭声了，她们似乎明白彭彩云的言外之意。

过了会儿，李晓华悄声对旁边的刘梅说："听说江中监狱有人搞假离婚。"

"为什么？"刘梅一脸不解。

"还不是为了房子。"

两个人的小声对话，还是吸引了唐秀娥的注意。她插嘴道："单职工一套，双职工也一套，确实太不合理。"

刘文芹也接嘴道："逼得人要假离婚。"

最近，关于在西山监狱和江中监狱原址建安置房的规划引起了大家的热议。2005年西山监狱男女犯分离搬迁、江中监狱迁往新址后，两个监狱的原址已空置数年，省司法厅、省监狱局为解决两个监狱民警、工人的住房问题，在地方政府的支持下，以城市棚户区改造的项目规划在两个监狱原址建造两千余套职工住房，房屋分配的原则是一户一套，住房价格尚未定。

就是这么个情况，已经引起了部分"精明人"的躁动。西山镇坐落着几个劳改单位，监狱之间你中有我我中有你，彼此都熟悉。据说为了多得一套房，有人未雨绸缪，早已办了离婚，现在还有些人火烧眉毛似的急着要办假离婚。彭彩云的老公在江中监狱，她知道的情况更多，对李晓华她们议论的问题早已知晓。她本不想插嘴，但还是忍不住说道："悠着点，别假戏真做上当。我老公就说过，男的往下找，女的往上找。""什么意思？"有人问。彭彩云道："意思是男人离了可找小老婆，女人呀哪怕你三十岁也只能找四五十岁的。"

办公室几个女的一起都瞪大眼睛看着彭彩云。

这时办公室电话响了，刘文芹拿起听筒后又把电话给了彭彩云。彭彩云听了一会儿放下听筒道："政治处通知，晚上监狱和地方上几个政法单位举办联谊会，在江中大酒店，要求未婚民警都去。"说罢彭彩云看看刘梅。

刘梅明白彭彩云心中所想，便道："上次政治处也组织我们去了河西监狱，没有什么。"

"这次范围广，人也会多些。"彭彩云亲切地看着刘梅说，"晚上你就和徐霞、罗水玉、王丽她们几个去一下吧。"

目前二监区有七个单身女民警，除了三个今年新来还没有对象的民警外，其余四人年龄都在二十八岁以上，其中刘梅是离异，年龄也三十了。但全监离异女性大有人在，刘梅还不算年纪大的。为促使单身女警有个完美家庭，监狱政工部门也是煞费苦心，无奈这事不是一个巴掌拍得响的，全监大龄包括离异女警的婚姻问题成了几级领导的难解之题，目前组织上也只能是提供交流联谊平台，希望起到一点牵线搭桥的作用。

刘梅明白领导的关心，顺水推舟地点头答应了。

一个插曲完后，办公室的同事们各自忙着自己的工作。看着几个带班民警进进出出，身边几个人也在说着工作上的事，彭彩云仍然被邱素珍现行的诈骗行为刺痛了神经。她静默一会儿后对刘文芹说："这批减刑、假释的人，安排两个分监区每人谈一次话，作为释前教育。特别是一些年轻、刑期短的人要重点教育。像许水莲，平时没什么人来会见，出去后也不知道会怎样，刘梅你找她谈一下。"

"听教育科的人说，要从羊毛衫车间刑满释放的找人去刘老板公司。"刘文芹说的"刘老板"是与监狱几个羊毛衫车间有合作关系的南华实业有限公司的总经理。

"江冬梅正好。"彭彩云说。

唐秀娥道："除江冬梅，还有好几个都可以，这些人小陈她们都晓得。"她说的小陈是刘老板派到车间协助工作的女外协师傅，原来那个男的老李师傅在监狱统一要求下被调走了。

"好事。"刘文芹道。

"好事是好事。"唐秀娥道，"这批要走几个好劳力。"明年即将退休的她还是一副兢兢业业的样子。

听了唐秀娥这话，彭彩云微微笑了，班子里有唐大姐这样的老黄牛，真是自己的福气。

一个月后，法院裁定的减刑人员名单下来了。又过了三天，是许水莲刑满释放的日子。这天上班不久，彭彩云和刘梅带着许水莲往监狱大门走。许水莲今天穿了一件款式尚可的半新罩衣，显得非常合体。彭彩云看了便道："你这件衣服蛮好嘛。"许水莲高兴地看着刘梅说："刘警官给我的。"彭彩云愉悦地看了一眼刘梅。出了监狱大门后，彭彩云她们将许水莲送到了"一道门"外。临别时彭彩云说："出去后，看能不能到哪个美发店找点事做，靠本事赚钱。"

许水莲看看两个警官，说了两句感谢的话后，便有点迟疑地离开了。

"不是说回家有路费吗？"边走边想的许水莲心中犯疑，听别人说出去警官会发路费，自己怎么没有呢？没钱可怎么坐车，总不能像先前那样又去摸别人的钱包吧？想了想，许水莲还是折转身来，一看两个警官还在原地看着自己呢。

许水莲慢慢走到彭彩云她们面前，有点支吾地说："能不能借我点钱，回去后我还给你们。"

"好。"开心的彭彩云一脸灿烂的笑容，然后从口袋里掏出200元钱说，"路费早给你准备了，现在我放心了。"

许水莲双手接过彭彩云递给她的两张百元大钞，两眼红红地说："监区长，刘警官，你们放心，我回去后一定好好赚钱，再也不会去害人家。"说罢向两个警官点点头，转身向前走了。

在一旁目睹了刚才一幕的刘梅，心里很佩服监区长的举动。难怪今天彭彩云主动要求来送许水莲，早晨她一见到自己就把监狱发给许水莲的路费要了过去，从监舍一路出来也没见她交给许水莲。在"一道门"外告别时，刘梅想提示一下却被彭彩云挥手制止了……想不到监区长还有这一手。

回头时，刘梅"奉承"地称赞了自己的领导一句。彭彩云说："以后就不会有这样的事啦。"她告诉刘梅，"五一"后犯人刑满释放要家属和村（居委会）干部来接。刘梅说什么时候规定的，彭彩云道："来了文件，你爸最清楚。"中午回家吃饭时，好奇的刘梅问起父亲这件事。刘强说："监狱成立了出监评估中心，犯人释放前要评估，释放时家属、村干部要来接。"正在喂外孙女饭的闵冬香说："家属来还差不多，要地方干部来还做得到啊？"刘强道："刚开始会有难度，习惯了就好。"顿了顿又道，"这些都没有什么问题，就是那些'三无'人员麻烦，恐怕要送回去。"闵冬香又说："那谭英她们就麻烦了，老残队那些老太婆没几个有人管的。"刘梅看着父亲说："爸，那你们科也要麻烦死了。"刘强笑笑道："麻烦不麻烦，该送还得送。"

几个月后，当全省监狱系统全面实施与社会"无缝对接"工作机制后，刘强还真摊上了这样一桩差事。

六月中旬的一天下午，赵玉琴副监狱长第三次打电话到狱政科了解李月娥的安置情况后，感到这是一件很麻烦的事，便决定让刘强亲自带队送李月娥回家。

第二天上午，刘强早早地和司机在监狱大门外候着。八点来钟，出入监区监区长谭英和郑海霞带着李月娥登上了候在门口的越野车。性格开朗的谭英一上车，就乐呵呵地看着刘强打趣道："刘科长，有你同去我们就放心了。"

刘强坐在副驾驶座位上"咳咳"笑了两声，却没有说话。他既是此次任务的领队，又是押车的主力。虽然车上坐着的李月娥今天释放了，但负责把她安全地送到家安顿好才算完成任务。

为何李月娥刑满释放还得送回去？说起来这个李月娥真不是个省油的灯。李月娥年轻时患有精神方面的毛病，年龄大了才嫁给一个大龄男。虽然李月娥有这个毛病，但表面看起来只是愚钝没文化，言行举止不是那种精明之人而已。家境不好的丈夫对她也没有太多的要求，只要她能生个一男半女接个香火就行。可惜李月娥一直没有生育，丈夫也没办法，没有条件另起炉灶。就这样在"无后"寡淡无味的日子里，李月娥经不起村民的嘲讽和丈夫的冷言冷语，心胸狭窄的她终于演变成仇视邻居，最终痛下杀手，将村民的一个小孩丢到村前的小河里淹死，而她也被判死缓送到西山支队劳动改造。二十年快过去了，李月娥也由一个可恶的杀人犯变成了一个"可怜"的老太婆。虽然李月娥在西山监狱表现得很听话，做事也蛮勤快，性格也变得比以前和顺了，先后减刑多次，算是个已经"改好"的人，但她不过是过客，最终她还是要回到自己家去。然而当西山女子监狱按照监狱与社会"无缝对接"规定，在李月娥刑释前一个月向她家乡所在地司法部门寄送出监评估反馈表后，却遭到村民的抵制。原来李月娥到西山监狱服刑后，她的家人从未到监狱会见过，也从未给过她接济。在村民的心目中，早已没有了李月娥这个人。现在司法所的人突然通知李月娥的丈夫去监狱接她，这下村民们心里不平静了，特别是当年受到身心伤害的苦主更是心潮难以平静。村民们很快就达成共识，拒绝李月娥回家。村民们的理由很充分：李月娥的丈夫在乡敬老院，自己都是个生活难以自理的过河泥菩萨，怎么管得了李月娥？李月娥回到村里谁管她？再说她回来后又害人怎么办？村民们说"让她回娘家"。可嫁出去的女，泼出去的水，娘家回得去吗？司法部门的同志找李月娥的丈夫打探有无这种可能性，被其丈夫否决了。怎么办？李月娥就要满刑了，总得有个落脚点呀？司法部门的同志只好硬着头皮做工作，但淳朴善良的村民们说："我们凑钱，让她在监狱莫回来就行。"信息反馈到监狱后，刘强根据监狱领导的指示和上级有关规定，反复与地方司法部门联系。幸好自去年厅局开始启动建设监狱与社会无缝对接机制后，通过省综治委等部门批转或联合下发的文件，到现在初步解决了犯人刑释时的信息对接、人员交接和困难帮助等难题。正是在这一有利的大环境下，地方司法部门的同志反复进村入户做说服劝导工作，又多次与村委会人员商量安置李月娥的问题。李月娥家原先的住房早已破烂不堪了，村干部们只得在村里找了间闲置的土坯房，进行简单维修，用石灰水刷了墙壁，装上灯泡通上了电。

警车在高速公路上奔驰。时值夏日，天气炎热，开了空调，车内非常凉爽，窗外丘陵绵延起伏，远处的村庄炊烟袅袅，间或出现的田野里一季稻呈现出金黄金黄的颜色。微风拂过，稻浪翻滚，时光进入了即将收获的季节。

刘强无暇欣赏眼前的美景，脑海中再次想起领导对此次安置工作的关心。为顺利将刑释人员李月娥送回家安顿好，监狱准备了两袋米、一壶油和一些日常生活用品，外加一千元现金，让刘强他们带上作为李月娥的生活过渡补贴。临行前，赵玉琴副监狱长郑重地对刘强说："李月娥情况特殊，什么事情都可能发生。我们就是要把人安置好，你去了我放心些。"

"刘科长有心事啊？"谭英把一小包牛肉干给刘强，开朗地说，"难得跟你出来，说一下子话嘛。"

刘强侧转头笑笑，算是作答。

谭英一边嚼着牛肉干一边问道："今天我们回得来吧？"

"很难说。"刘强侧了一下头道，"就想家呀？"

"嘻，到外面睡不着哦。"

"失眠症？"

谭英道："还不失眠呀？天天跟那些老太婆打交道。我老公说我早晚会被这些人搁死。"顿了顿又道，"闵大姐现在好了，脱离了苦海。"

刘强笑笑，过了会儿侧头说道："章州监狱吊死的那个犯人，家属闹了三天，还没解决。"

"这两个月犯情分析会，领导都在说这些，我们监区压力太大。"谭英幽幽地说，"我就担心那些老太婆摔倒。"

郑海霞插嘴道："上星期邱娥子猪婆癫发作，幸好没栽到头。"

刘强从纸箱里拿出几瓶水递给后排几个人，自己也拧开盖子喝了几口，然后看了一眼李月娥说道："回去后跟邻居搞好关系。"有刑释人员在场，刘强不愿多谈论监狱里面的事。

原来木讷寡言的李月娥，见前面的男民警好像是跟自己讲话，嗫嚅了好一阵才断断续续挤出几个句子："郑干部……跟我说了，要我……跟邻居不要吵。"

李月娥一口的土话，谭英见刘强没听懂，便用普通话翻译了一遍。接着她又从塑料袋里拿出一小包话梅干递给李月娥道："回去后记到干部的话，对人要有礼貌，不要和人吵架，人家就会喜欢你，知道啵？"

李月娥点点头。

将近两个小时后，刘强他们下高速进入国道，转入乡村公路，差不多十一点了，终于来到了李月娥的家——一个只有几十户人家的村庄。

经过村委会时，县司法局的高副局长、乡司法所的陈所长和村委会的罗书记等地方干部已在那里等候他们。见面后，大家一起前往李月娥家所在的高家村。

没想到的是，当刘强他们到了带着李月娥下车时，一些早已得知消息的村妇们已在李月娥家门前守候着。当她们看到当年那个矮个但却年轻的狠毒女人如今变成了一个又矮又丑的老女人时，不无惊讶地静默了一会。但随即就有人喊："死回来干什么？"围在一旁看热闹的村妇们都冷眼相对，不断地有人说着"你死走""我们村不要你这样歹毒的女人""狠毒鬼"之类的气话，让本来就心怵的李月娥站在警车旁进退不得。

刘强他们和地方干部们只得和气地劝说那些村妇。但看热闹的大人、小孩却越聚越多，一片嘈杂声中，两个中年妇女突然忍不住哭了起来。那是村里的两个婆媳苦主，她们想起了自己当年被李月娥害死的儿孙……

高家村几十户人家几乎都是苦主的宗亲和近邻，两个女人一哭，立即像流感一样煽起了村妇们的旧冤情绪。大家一围在周边不停地指指骂骂，那个七八十岁的老太婆一屁股坐在地上号哭起来："你还我大孙子……"

见情况有点混乱，高副局长把罗书记叫到一边耳语了几句。随后罗书记对着一帮村民们大声喝道："你们闹够了没有？眼里还有没有政府？"

罗书记是当地行政村主管，官不大权大，村民们见罗书记发了火，哭诉声、吵闹声随即小了很多。

见此情景，农村出身的刘强也站到那些村妇们面前说："各位大嫂、姐妹，我说两句。"村民们安静下来，都一齐看着面前的这个老民警。刘强上前把那个坐在地上的老太太搀扶起来，然后又走到李月娥身旁，指着她对大家说道："五六十岁的人了，黄土都埋了半截，乡亲们还担心她会干什么呢？古话说得好，人非圣贤，还能无过？二十年前，李月娥做了错事，害死了你们的亲人。将心比心，谁家碰到这样的事，痛苦是肯定忘不了的。可国法惩罚了她，让她坐了二十年牢，吃了二十年牢饭。牢饭几难吃呀是不是？"

听到这句话，村民中间有人就忍不住笑起来，几个小孩子听懂了刘强说的话，也都"牢饭""牢饭"地嘻嘻地笑起来。

刘强趁热打铁地说道："现在经过监狱民警教育，李月娥不是过去那个李月娥了。"说罢，他转身看看谭英。

谭英明白刘强的意思，也大声说道："我保证李月娥再不会做以前那种傻事了。"

听到两个警察这样说，村民们的情绪开始缓和下来。罗书记挥挥手道："人家警察都说了还不放心呀？散了散了。"

村民们散场后，刘强他们提着带来的米、油走进了村里为李月娥准备的家。房子虽然简陋，四壁空空，但里外间功能分开，床铺、灶台、饭桌都有，室内光线尚可。刘强和高副局长他们左看右看的时候，谭英和郑海霞已将带来的水桶、热水瓶和棉被等生活用品搬进了房间，正指导李月娥将物品摆放到位。

见时候不早了，刘强便和高副局长商量留下郑海霞和一个村干部陪着李月娥收拾房子，然后叫上谭英和其他地方干部离开了李月娥家。在村里一棵老樟树下，大家在竹椅、方凳上坐下，大致坐成了一个半月形。陈所长忙着打烟，刘强待他坐下后，笑着对身旁的高副局长他们说："非常感谢高局长、陈所长、罗书记，还有这几个干部，感谢大家对监狱工作的关心、帮助。"

高副局长点点头："不客气。"

"安置李月娥也是我们的工作。"陈所长附和道。

双方客气一番后，便谈起下一步李月娥的具体安置问题。高副局长弹弹烟灰，以主持人的姿态看着刘强说："刘科长，你先说，看看有什么需要解决的。"

"一家人，我就不客气。"刘强笑着对大家说，"可能还要买些生活用品。局里、所里、村里都给李月娥准备了些东西，我们也带了一些来，再看看缺什么，补办点东西。"说罢，他看着罗书记道，"好像没有压水井。"

罗书记说："说好了先让她到隔壁打水。"

"竹席子也要买，天气热。"谭英插话道。正午的炽烈阳光从大树枝叶间漏落下来，坐在树底下并不太热，但偏胖怕热的谭英拿了把扇子，有一下没一下地扇着。

"麻雀虽小，五脏俱全。"高副局长说，"一个人生活也少不了坛坛罐罐。这样吧，局里拿五百元钱，罗书记你负责帮她办齐东西。"

见罗书记满口应承，高副局长又将头偏向刘强，让他接着说。

"第二个就是低保，解决生活资金来源。"刘强昨天与赵副监狱长碰面时，她交代这是重点要解决的问题，因为他们获悉李月娥进监狱没几年，她的丈夫就进了敬老院，生活难以自理，已经自顾不暇了。

这可是个难题。高副局长明白，农村低保不是说办就能办的，困难户要办低保还得有指标，何况一个坐牢刚回来的人。给李月娥办低保，要有指标，得乡里支持，村干部也得转变观念，特事特办才行，同时还得做群众工作，让村民少些怨言。不过好在现在省里有了文件，明确要求安帮办要"协调有关部门切实解决重点人员在生产生活中遇到的困难和问题"。他是安帮办主任，像李月娥这样的特困人员应当优先帮助解决。但这项工作启动时间不长，省里文件也没有更具体的规定，目前只能按照现有条件想办法帮她办低保。于是他看着陈所长道："请陈所长找一下你们民政所，协调解决李月娥低保问题，需要我跟乡里打招呼说一下。"说罢侧头看看刘强，意思似乎是"这样行吧?"。

刘强还未说话，手机却响了起来，一看是老婆打来的，便接了电话。谁知手机里一个男人的声音传来："教导员，我是黄国庆。"一听黄国庆的声音，刘强便起身移步说话。原来今天上午黄国庆开车专程来江中看他，好不容易找到他家却人又出差了，只好在他家先打个电话给他。黄国庆在电话里告诉刘强，自己现在养猪、养鱼。刘强一连说了几个"好"，表示自己正开会，回家后再联系。

刘强在一旁接电话时，谭英问地方干部道："低保一个月多少钱？"

"150元。"陈所长答道。

罗书记说："买米买油差不多。"罗书记看看李月娥村的高组长说，"给她一块地自己种菜，过日子没问题。"

刘强接完电话听了高副局长复述刚才的情况，表示对这个结果满意。接着，主宾们又扯了扯李月娥以后去乡敬老院还是一个人生活的问题，大家觉得还是应该进乡敬老院，并议定由罗书记、陈所长两人负责找乡里协商解决李月娥去敬老院的问题。

就这样，李月娥刑释后过渡安置的问题得到了较好的解决，刘强、谭英他们当天就踏上了回家的路途。

第三十八章　亲属闹监

这天刘强他们安置好李月娥后，回到家已是傍晚时分。

吃晚饭时，刘强的心情非常好，圆满地处理了安置李月娥的问题，又得知黄国庆现在情况不错，程才随团在井冈山摄影采风还打来电话"向教导员问好"，现在看着几岁的外孙女与女儿嬉戏的情景，享受天伦之乐的刘强十分惬意地喝着"四特"，愉悦之情溢于眉宇之间。

"爸，我们家还是两套房子？"刘梅下午在车间和几个同事扯了一阵房子的事情，现在又和父亲闲聊起来。

刘强点点头："你一套小的，我们一套大的。"从去年开始议论的安置房已经有了眉目：处级干部110m²，科级100m²，科员及以下90m²，双职工另加40m²。价格初步定为每平方米3000元以内，因为目前房价处于2009年以来的低谷，位于省城江中市河西新区CBD中心地段的房价目前也才5000元不到，而西山镇离河西新区有五六公里。

刘梅道："那些搞假离婚的还是占便宜。"

"不一定。"刘强说，"听说去年元旦后离婚的不算数。"

"这还差不多。"刘梅说，"要是双职工假离婚一人一套，那我们家不亏死了？"

闵冬香一边追着外孙女喂饭，一边听他们父女俩交谈。

"想多得套房就离婚，"刘强呷了一口酒道，"现在的人真是没法说。"

"现在人都很现实。"闵冬香插话道。

刘梅说："我们那里有人说后悔前年没去假离婚。"

闵冬香说："打离婚，女的可要小心点，不要被男的耍了。"

刘梅随意道："多套房少奋斗半辈子，什么时候都是胆大皮厚的占便宜。"

一杯酒下肚，心情愉悦的刘强看着女儿道："人心不足蛇吞象。我和你妈做梦也没想到这辈子能住上四室两厅的大房子，还有两个厕所。想想刚来监狱时住'四合院'，嘻，知足了。"

闵冬香也笑着对女儿说："你不就是在'四合院'生的呀？"说罢搂着外孙女亲了一口道，"我们宝宝要住大房子哟。"

当晚，刘强一家在十分快乐和谐的氛围中度过。也许是多喝了一点酒，刘强晚上睡得特别香，直到第二天早晨被一阵电话铃声吵醒。

刘强猛地起了床，着条短裤就走出房间去接电话。本来他每天起得都很早，尤其是这样的大热天，天亮得早也醒得早；许是昨晚多喝了两口睡得好死吧，他望了一眼墙上的挂钟已七点了，便拿起耳机听着。

"人怎样了？"

刘强放下电话，也不漱口，用茶杯盛水含在嘴里"咕噜咕噜"几下吐出，再用毛巾擦把脸，抓起警服匆匆穿着。闵冬香和女儿都问道："出什么事了？"

"老残队一个女犯栽倒，送劳改医院了。"

刘强说罢就要出门，闵冬香道："等一下。"便迅速从蒸锅里抓了两个馒头过来，刘强接过馒头就出了门。

电话是劳动改造科科长陈云生打来的，昨晚他在应急分队值班。今天早上六点多钟，出入监区七十来岁的老年犯肖冬娥起床时一头栽倒在地，监区长谭英得到消息后便叫几个人将不省人事的肖冬娥抬往医务所。值班医生一看架势便让谭英赶快送往劳改医院。陈云生立马报告了监狱总值班领导，领导迅速通知值班司机，安排人员随车护送。见警车拉着病犯出了"一道门"，陈云生又打电话向赵玉琴做了汇报，同时又告知职能部门领导刘强。

··········

只七八分钟，刘强就赶到了劳改医院，不一会儿赵副监狱长也赶来了。劳改医院的值班医护人员正在全力抢救肖冬娥，从早晨六点半一直抢救到第二天早晨八点来钟，突发脑溢血的肖冬娥终因抢救无效死亡。方彤监狱长与赵副监狱长现场决定：启动应急预案。

作为事故善后处理小组组长的刘强领命后迅速回到科里布置了善后处理有关事宜，让黄春珍通知驻监检察组负责人和死者家属，自己则电话联系谭英，向其了解肖冬娥的家庭情况，以便预测随之可能出现的情况。谭英在电话里告诉他，肖冬娥在监狱待了二十年，家里有儿有女，但"一个鬼都不来看她"。

刘强陪着检察组的人验尸、送火葬场等等，一天就这样过去了。下午下班前，赵玉琴来到狱政科问刘强道："家属说什么时候来？""明天。"刘强回答道："湘东乡下过来也要三四个小时。"一旁的郑卫国说："平时没人管，死了也难说会来。"赵玉琴道："来是肯定会来。现在哪个监狱死了人，家属都要来闹。"坐在对面的黄春珍说："我们监狱以前死人没闹过……""世道变了。"刘强道，"还是防备好。"赵玉琴想道，小闹是肯定免不了的，只要不来太多人就好办。这时她的手机响了，方彤监狱长找她，于是说了句"做好明天准备"便匆匆走了。

下班了，同事们先后出了门。刘强一个人坐在办公室想了想，然后拿起手机告诉老婆晚上在监狱值班。其实今天并不是他当班，但他不放心，担心肖冬娥的家属晚上来监狱找麻烦，于是他去备勤楼职工餐厅吃了饭，洗完餐具锁进自己的铁柜子后，又到备勤楼服务台要了一盘蚊香，打算晚上睡沙发时用。

炎热的夏天，晚饭后如同大白天一样，如火的夕阳迟迟不肯下山。为应对可能出现的家属闹监的局面，忙了一整天的刘强终于松闲下来，他慢悠悠地在院子里荡着，见今晚应急分队当班的生活卫生科李科长从办公楼里出来，便和他一起散起步来。李科长小刘强好几岁，两人都是管教线上的科室领导，共同语言多，就肖冬娥死后其家属会不会来闹事的问题，两个人边走边说，莫衷一是。李科长说，上个月他去章州监狱开会，听湖东监狱的人说，他们那里前不久一个犯人病死后，家属来闹了几天，监狱给了家属三万元"安慰费"后，几个子女连骨灰都不要就走了。

"现在的人呀，真不知说什么好。"刘强道。李科长说："孝是借口，讹钱才是目的。"心有顾虑的刘强慢慢地说："凭良心讲，人死了作为亲属，悲痛难过是人之常情，但不分青红皂白瞎闹就不应该。说实话，如果是干部违反纪律打死了，你闹还有理由。像我们这个犯人，自己栽死的，如果家属也来无理取闹，我就觉得不应该。好人也会栽死，犯人哪里不会栽死呀？又是心脑血管病人，外面这样脑出血栽死的多呢。"听着刘强的话，李科长也附和着说道："确实是这样……"慢慢踱着步子的刘强沉思良久道："家属闹恐怕还是怀疑犯人的死因。"李科长说："有法医鉴定，有死亡证明，还有检察院监督，家属有什么可怀疑的？""也有这样的人，"刘强道，"他就是信不过政法机关，他就觉得你们是串通好的。"此言一出，李科长半晌无言，好一会儿才道："都是社会造成的，谁也不相信谁。"

夜幕早已降临。刘强抬头望着夜空中在淡淡的云块间钻出的月亮，自言自语道："但愿肖冬娥的亲属能讲道理。"说这话时，刘强望着南面天际，那里堆起了一大片乌云。

回到办公室后，刘强开了吊扇点了蚊香，从柜子里找了一块看上去还算干净的旧窗帘用来遮肚子，然后在沙发上躺下了。他想早睡早起养足精神，可心中有事一时没睡着，等睡着后醒来时天已大亮。刘强一瞄墙上的挂钟，已六点多了，忙起身去卫生间匆匆洗了脸，然后拿上手机下楼往院子里走去。

下到院子刚走几步，刘强就被"一道门"外的情景惊住了：门外十几米处，两棵樟树间悬挂着一条白布横幅，一辆大卡车停在旁边，几十个人在一起吃早餐。刘强走过去一看，白布横幅上潦草地写着"还我娘"三个大字，卡车屁股后头放着几把铜唢呐。"一道门"一个值班门卫站在路中间，远远地看着那些人没有什么反应，也许是由于对方在"一道门"外不好干涉，也许门卫从未见过这种事情，不知怎么应对吧。

刘强快步走过一道门，那门卫见后说了句"我正想跟应急分队的人打电话"。刘强问了句"这些人来了多久"，门卫道："有一下子吧？"

这时，每天来监狱给犯人送早点的小货车开过来了，经过那条白横幅下时，车顶还撞着了那条横幅下摆。司机一副奇怪的眼神，车子一溜烟开进了一道门。

刘强走到那伙人面前："你们这是干什么？"

门口一帮人见来了个警察，也不怎么在乎，照常吃着手上的盒粉。两个中年男子看着来人，一副很不友好的神情。

见眼前这伙人如此，刘强知道不能惹怒他们。他看着面前的两个男子说："你们是肖冬娥的亲属吧？我是狱政科长，昨天是我们科打电话给你们的。"

一个五六十岁的瘦高男子面无表情地点点头，他是死者肖冬娥的大儿子，站在他旁边的是他弟弟。见有人过来说话，一帮亲属都聚了过来。

刘强看着那两兄弟说："你母亲意外栽倒去世，我们正在处理……"

"娘耶，你是不是被人害了呀？"一个中年妇女突然叫了声，那是肖冬娥的女儿。紧接着，几个五六十岁的老妇人便夸张地号啕大哭起来。

刘强见此情况，知道这些人不是省油的灯，便看着身边两个男子说："大人过了，我理解你们的心情……你们来也是要把母亲的后事处理好对吧？"

"冇错。你们准备赔几多钱？"肖冬娥的大儿子板着脸道。

刘强一时语塞。"大儿子"见刘强没接话，两眼扫视一遍同伴，气鼓鼓地对刘强说："你们不答应我们条件，我们是不会走的。"

刘强试探地问道："你们什么条件？"

"大儿子"伸了伸手指道："没三十万，谈都莫谈。"

真是可笑，又不是谁害死你娘的。一个心血管病犯自己栽倒去世，还来向监狱漫天要价？好像是监狱人为过错似的。刘强知道这些人好难应付，今天谈判会是一场硬仗。看看时候差不多了，有监区带班的女民警来上班了，刘强决定先稳住他们。他看着肖冬娥两个儿子平心静气地说："你们有什么等下再谈，但监狱是政法机关，你们在门前拉这么长的横幅，警车都过不了，你叫大家怎么上班？"

说完这话，刘强见这些人没怎么吭声。几个妇女哭闹声也低了下来，便严肃地说道："你们这样做是妨碍执法。"

话未落地，一个黑脸男子怒道："你们执什么屌法？人都被你们弄死了……"

接着就有人附和道："我们就是不让你们执什么狗屁法。"

众人的怒气被煽动起来，那几个妇女又装模作样地干号着。面前的大儿子等几个男子都铁青着脸，心中的怒气似乎准备随时爆发似的。

刘强见这帮乡民不可理喻，只好转身离开，掏出手机向赵玉琴、方彤报告了情况，又打电话让李科长他们几个过来。

上班时间快到了，陆陆续续有些小车、电动车、自行车往这边过来了。

乡民们见人多起来，知道是时候了，便开始闹腾起来，几个喇叭手把乡下办丧事常用的哀乐吹得震天响，十几个中老年妇女呼天叫地地哭喊着，引得旁边道路上路过的行人纷纷驻足观看。

这时，赵玉琴副监狱长和管教科室几个科长先后赶到，李科长他们以及昨晚监狱总值班领导也都赶了过来，大家一起劝说制止乡民。但乡民们不买账，一个劲地干号、吹乐，似有一种非将此事闹大不可的意图。

上班的人越来越多了，监狱每天接送上下班人员的大警车也远远地开过来了，附近路过看热闹的群众也越聚越多，现场一片嘈杂混乱，气氛开始紧张起来。

刚到现场见此情景的方彤监狱长与赵玉琴耳语几句后，只见赵玉琴走到肖冬娥大儿子面前道："想解决问题，我们就坐下来谈，不想解决问题就继续闹，等下武警来了不要后悔。"

肖冬娥的大儿子听了赵玉琴的话后沉默了一会，本就有点心虚的他觉得也闹得差不多了，便挥挥手让同伴们停止哭闹吹乐，一道门前的秩序开始恢复……

随即，监狱"事故善后处理小组"的几组人员分头行动，先在附近的宾馆租了会议室和两个房间，接待组开始接待安慰乡民；谈判组负责带亲属看尸检结果并去殡仪馆见死者，之后便与死者的儿子等人商谈事故善后处理问题；综合组则立即与相关县司法局联系，请地方政府尽快派人来监狱协助工作，劝导乡民回家。当天中午，县司法局的一名副局长和乡干部、村支书等人赶到了西山女子监狱，经过耐心说服，除留下五位亲属商谈后事处理问题，其余人被劝导回家了。

但商谈肖冬娥后事处理问题的谈判却显得很艰难。刘强他们几个谈判组人员晓之以理动之以情，并有司法局领导和村支书参加商谈，但肖冬娥的几个子女一口咬住"三十万"不放，直到第二天仍没有进展。谈不成，亲属就不会签字同意火化，这桩死亡事故就没法了结。在处理此次事故的过程中，一线谈判、接待民警都非常辛苦，但真正心焦的是赵玉琴。作为负责全监改造工作的她最希望大事化小、小事化了，在不违反大原则的情况下，尽快处理了结此事。由于谈判处于胶着状态，这天下午赵玉琴抽空去了趟出入监区。

出入监区的谭英等一帮民警见了赵玉琴着实吓得不轻。自从肖冬娥栽倒不治惹了大麻烦后，一帮女警见了监狱领导就胆战心惊，生怕他们来兴师问罪，虽然这两天没领导上门问责，但谭英她们已经在自觉地查漏补缺，以求避免此类事故再次发生。现在赵玉琴一出现，还是令谭英她们不寒而栗，毕竟她可是掌管改造工作的实权人物。但理解基层民警的赵玉琴却没提肖冬娥的事，只是简单回答了下大家关心的谈判进展，接着便向谭英了解病犯住院和一些准备保外就医人员的情况。她知道，那些患绝症住院的病犯也是很大的隐患，得让她们早点保外才好。谭英汇报说，现在在医务所住院的有两个符合保外条件，手续办得差不多了；在劳改医院的有四个可以保外，两个正办手续，"癌病王细妹保不了，她家不愿保，说负担不起。还有徐小芹一直在血透，家里有哥哥、妹妹，打电话联系保外理都不理。"赵玉琴听谭英说完，尚未接嘴手机却响了，是刘强打来的，说"家属松了口，要十万，还说这是最低要求"。赵玉琴立马说道："他有他的要求，我有我的底线。刘科长，你们不要急耐住性子，慢慢跟他们磨。"接完电话，赵玉琴愤世嫉俗地说道："现在人真是心黑，自己摔死的，还来找监狱要钱，开口就是三十万。"家属闹监后，方彤监狱长虽跟她交了底——"安慰费"控制在五万以内，但赵玉琴心里不服气，不愿轻易答应对方，监狱的钱也是国家的钱，心脑血管病人栽倒去世社会上有的是，凭什么犯人死亡却要监狱赔钱？她想就让他们慢慢磨，看谁熬得过谁。

又过了一天。终于在家属闹监后的第三天上午，经过监狱与县司法局的领导和那个村支书的共同努力，由方彤监狱长拍板决定，最终谈妥了肖冬娥死亡后事的处理办法，其大儿子同意签字火化，由监狱支付五万元"安慰金"给死者家属。

处理完罪犯死亡的事后回到家，吃完中饭刘强一进卧室倒头便睡，直到下午五点来钟闵冬香回家才被外孙女弄醒。

过了会儿刘梅也下班回家了。进房间换上便装后，刘梅和女儿在客厅里玩了没多久，刘强堂弟刘春生敲门来到他家。刘春生现在是县国税局的副局长，进门后和刘强夫妇打了招呼，逗了一会儿刘梅女儿后，便以关心的口吻问刘梅"找了没"。

刘梅说自己在和南湖区公安分局一个男的在谈，对方也是离异有一子，并说自己同事徐霞的男友是"你们县交警大队的"。刘春生随意道："警察找警察。"刘梅笑着说："单位牵的线。"刘春生眼睛似乎亮了下："你们单位还管这个事？"刘梅说："差不多每年都要搞一两次联谊会吧，让大家接触广些。"一旁的刘强也插话道："监狱民警工作时间长，顾不了家。单身多了，监狱只好出面牵线敲敲边鼓。"刘春生没说话，心里却在想："累又累得死，钱又没有钱。"他想此事的潜台词是：三千元一个平方的房子打到底也就几十万元，还要借钱？

原来，因为近期要支付购房款的事，刘强第一次开口向刘春生提了借钱的事。由于刘强和女儿刘梅抽签选定的楼层都还可以，刘强夫妇140平方米的房子需四十多万购房款，女儿刘梅90平方米的房子也要二十来万元，加在一起要支付六十多万元，而他们三人手上总共只有二十来万。商量了几次，因刘强夫妇快退休了，贷款也贷不了几年，于是决定干脆借二十万，除留五万给刘梅那套房子首付外，其余用来全额支付大房子的购房款。装修房子的钱怎么办？他们议定拿到新房后，全家出去租房住，将现有住房出售款用来还款和装修那套大房子。可这一揽子计划的关键是要借到二十万元。向谁借钱的事，又让刘强夫妇伤了一番脑筋，闵冬香不指望父母，大舅子也有一套房子，说了要向父母借钱，父母肯定要先顾崽；小舅子本来条件可以，可上半年因"小三"怀孕弄得夫妻离婚，重组家庭，焦头烂额，显然不好开口。闵冬香说向刘春生借，但刘强没吭声；闵冬香又说了几个人的名字，都被刘强否定了。闵冬香又说："向那个黄国庆借借看嘛，好像现在搞得蛮好。"刘强瞥了一眼闵冬香："莫打主意。"夫妻俩商量了半天无果，最后还是刘强决定"就找春生试试"，并计划如果借钱未果，干脆卖了房出去租房住，先解燃眉之急，再考虑下一步的事。这个计划酝酿了一个星期，直到今天上午解决完家属闹访的事后，刘强才打电话跟刘春生说这事。

吃饭时，当着堂弟刘春生的面，刘强把自己单位要预付房款及打算向他借钱的事很委婉地说了，表示"以后卖了房子再还"。刘春生倒是个爽快人，虽然堂兄脑筋"死板"，但自己有事也会找他，兄弟的情谊还是蛮深，再说自己也有点能力帮他，于是刘春生很干脆地答应了，并说"明天就打十万过来"，另外找人帮他"再挪十万"。

买房的资金解决后,刘强心里很舒坦。刘春生要走了,刘强一直将他送到楼下,看着他上了车一溜烟开走了。

入夜不深,满天繁星夜色迷人,心情蛮好的刘强便在院子里溜达起来,不知不觉来到一栋楼前,想起应树根的妻子肖梅与儿子就住这里,儿子已调往江中监狱,也有一套房子,肖梅虽为单身职工但受监狱特批仍享受双职工待遇,可住140平方米大房子。刘强本想上楼去看看又觉不便,只好往前荡着,继而来到"38户"楼下,刘强想起方冬生就在二楼,便决定去他家坐坐。

来到方冬生家让方冬生夫妇吃了一惊。方冬生正在看电视,见了刘强便要找拐棍起身让座,刘强忙按住他,一边说着"好久没来你家坐了",一边就在人造革沙发上坐下。方冬生身着白背心,下穿西装短裤,左边裤腿塌软在沙发上,让人不忍细看。自那年追逃方冬生因车祸致残后,有时上下班在生活区看到他,刘强都有一种遗憾甚至内疚的心绪,觉得自己的这个老部下真是命运不济,遭此大难,而自己又没什么本事给他些许帮助,只能偶尔嘘寒问暖以示关怀。方冬生将拐杖伸过去将电视关了,然后看着刘强问道:"你家也是一套房子吧?……哦,你女儿还有一套。"刘强点点头:"我们双职工不都是一套,刘梅一套小的。"这时,方冬生老婆小刘端了一盘西瓜过来,刘强表示肚子好饱,小刘便将西瓜搁在餐桌上。刘强看看只有六七平方米的客厅,想起自己也在这栋楼住了差不多十年便道:"过两年搬大房子,总算熬出头了。"

"搬不了大房子哦。"小刘立即接话道,"没有钱,我们打算要一百平方米的。"

"那怎么行呢?"刘强知道一百平方米的房子不仅是小三室户型而且不通透,"那你双职工待遇不是没享受到?"

方冬生郁郁地说:"有什么办法?"方冬生的妻子小刘是企业工人,由于从优待警政策的逐步落实,在监狱系统像方冬生这样只有一个公务员的家庭,其收入比起两口子都是警察的家庭要差很大的事。由于家庭收入低,为购买140平方米的大房子,方冬生两口子七算八算也下不了决心,因此打算要100平方米算了,"反正也有三个房间。"他们这样宽慰自己。

听了方冬生家的情况和打算，刘强语气坚定地说："你们不要傻。冬生，我们监狱谁都可以不住大房子，但你们还有肖梅不能不住。你们两家为监狱做出了牺牲。"

见老领导这么一说，方冬生夫妇心情好起来。方冬生笑着说："不瞒你老兄，交小三房首付都要问她家借五万。"他指了指老婆继续说道，"我们手上就十万元钱，崽又谈女朋友，这点钱准备留到装修房子用。"

"一百四十平方米房子首付不到九万，再借几万不就可以啦。"刘强说，"眼光放远点，过了这个村就没这个店了。"

小刘说："本来想先把这个房子卖掉算了省得借钱。"

"也不要卖。"刘强说，"卖了住哪里？你个情况跟我不一样，崽结婚后可住到一起，以后万一要分开也有退路。"

方冬生点点头。晚上刘强的话又激起了方冬生夫妇住大房子的欲望，他们决定再借几万元，凑齐首付款，剩下的按揭。刘强走后，两口子又谋划起借钱的事来。

第二天，刘强在家听到闵冬香说起方冬生家买房子的事。闵冬香说下午方冬生说你去他家的事，他说谢谢你还这么关心他。可能是钱不够吧，他们家打算只要小三房。闵冬香还告诉刘强，方冬生母亲的房子指标给了方冬生弟弟，他娘也帮不了冬生什么忙。

刘强明白了，方冬生没有借到钱。于是他又拿起手机拨通了方冬生家，在电话里就问了他两个问题：是不是真打算借钱？借几万？方冬生在电话里有点支支吾吾地说："想当然是……想要大房子……老领导如果有办法，能帮我借到四万就可以。到时我先还你这边的。"

"看来冬生家确实是没办法。"刘强放下电话说。

闵冬香说："小方家可能真是蛮难的，崽又没有正式工作。到现在两口子都没个手机。"

一直没说话的刘梅插嘴道："没有手机人又残，我们监狱找不出第二个。"

闵冬香说："我们以前差不多，也就是这几年才好点。"

刘强没有理会母女俩的议论，他的心不淡定了，回首以往岁月跟随自己多年的老部下也就方冬生这么一个残废，作为昔日的同事和领导，刘强感到自己有必要帮一下冬生，想当年犯人的儿子他都能帮，过去的战友有困难还能不帮吗？他决定帮方冬生借四万元，让这个为了监狱工作而负伤致残的老战友住上大房子。继而刘强思考起了向谁借钱的路径……思来想去，没有更合适的人选，只有开口向黄国庆借了。虽然黄国庆电话中曾说过有困难就找他的意思，还说一定要请自己去看看他的养猪场，上星期老婆提出向黄国庆借钱时，他还是想都没想就一口否决了。但现在刘强决定不管那么多了，心里想着"就破一次例"，拿起手机便向黄国庆发出一条信息。

　　过了会儿，刘强的手机响了，是黄国庆打来的。

第三十九章 "苦海"新桥

春种秋收，四季更替，转眼到了次年三月。

每年三月是西山女子监狱最热闹的时候，自2005年独立后，监狱每年三月举办一次"监区文化艺术周"活动，活动内容有三大项：第一项以监狱"杜鹃艺术团"为主，联动各监区文艺小分队共演共享以歌曲、舞蹈、小品等各类节目和书法、美术绘画作品为主要内容的文化艺术大餐，活跃监区文化氛围，陶冶犯人思想情操，催其奋进。第二项是组织百名家属进监狱参观，开展帮教座谈。第三项内容是组织改造表现突出的女犯到省城江中参观游览，激励和带动女犯加速改造。今年因近年来监狱职业技术培训工作风生水起，许多人参加了电脑、美容、烹饪和家政培训，掌握了一两门职业技术，为帮助她们和用工企业搭建桥梁，监狱决定在"监区文化艺术周"活动之前先开展"社会企业帮教进高墙"活动。

这天，西山女子监狱以"路在自己脚下"为主题的第一次"社会企业帮教进高墙"活动在教学楼电教室举行。电教室一百多平方米，室内摆放六七排桌椅，靠屏幕处为主宾席，两边呈"八"字形摆着主持席和副宾席。活动分两阶段进行，首先由几位刑释后就业或创业成功人士与犯人座谈。今天被邀参加座谈的有五位女士，从二监区出去的有两位，一位是去年初刑满出去的江冬梅，现在南华实业有限公司工作；另一位是释放多年现自我创业做服装生意的徐秋红。还有三位是其他监区出去的成功人士。参加座谈的女犯有50余人，以二监区居多，她们都早早坐在观众席上。五位被邀嘉宾坐在副宾席，对面是两位主持人——彭彩云和刘梅。按照安排，作为此项活动的指挥者赵玉琴尚未到场，她安排彭彩云全程操办，彭彩云则让口齿伶俐、作风干练的刘梅具体主持。

彭彩云说了几句开场白后座谈会正式开始。五位就业创业成功人士先后介绍了自己的情况，观众席报以一阵阵热烈的掌声。主持人刘梅说："听了她们的介绍，我们深感欣慰，她们也曾经走过一段弯路，也曾经迷茫和困惑过，但面对困难和挫折，她们没有退缩，没有畏惧，而是通过坚持不懈的努力和辛勤的付出，收获了新生活的希望，积累了宝贵的人生财富。我想在座的各位一定深有感触，对未来生活也肯定充满了渴望和憧憬，但可能更多的是担心如何面对亲友，如何步入新的生活。你们说对不对？"刘梅说到这里，看了看观众的反应，见前面一排的观众会心地笑了，便接着说道，"下面我们请五位嘉宾和观众互动，在座的服刑人员可随意提问，说出自己心中的问题、困惑和嘉宾一起切磋探讨。"互动开始后，在两位主持人的启发下，五位嘉宾和现场观众采用一问一答形式，就刑释人员面临的婚姻家庭、社会世俗、就业热点和社会形势等问题进行讨论、解答，使在座人员有所启发，提高了应对社会的能力。

新生出狱才一年多的江冬梅显得比较激动，这次被邀回监狱参加座谈，让她内心很不平静。自我介绍情况时，她说自己虽然犯罪入狱服了几年刑，但却因祸得福。虽说自己进监狱后家人陷入困境，但是监狱帮助她的儿子解决了读书问题，而且没想到刑满出狱时，又是监狱推荐她去南华公司工作……这一切的一切都源于自己当初听管教干部的话，学到了一门技术，由此江冬梅一再地对民警表示感谢。和观众互动时，她发自肺腑地说："监狱确是一所学校，我就是在这里学到了一技之长，学会了谋生本领，使我出狱后有了经济保障，顺利地开始了自己的新生活。所以我觉得听警官的话没有错，要珍惜在这里难得的学习机会。还有，我觉得一个人要有上进心，多看些励志方面的书，自己要有自立自强的心。"

针对一名观众提出的"担心难以面对亲友、面对生活"的问题，已出狱六七年的徐秋红自信地说："快新生时，每个人都会有自己的美好蓝图，但出去后可能与你想象的不一样，不要着急，找准自己的定位，多和人聊聊，调整好心态。不用怕，你背上又没有写'犯人'两字。只要吃得苦，不怕累，好好做自己的事，谁也不会歧视你。现在没有哪个人会因为我坐过牢就不和我做生意。"徐秋红当年出狱后，为防止姐夫纠缠，在家人的安排下到外地一个亲戚的服装店里帮忙。有心的徐秋红把每天的做事心得记录好，不断总结经验，后在父母支持下在当地一个流通市场开了一家服装店，但梦想很快破灭，亏得连房租都付不起。她没有气馁，不断请教行业老手，认真总结教训，找到了问题的症结——货源。于是她足迹遍布沿海服装市场，终于寻找到了适合自己经营的服装品牌，买断了该品牌在当地的货源，经过几年的辛苦经营，现在徐秋红的服装小店已开到了当地繁华街市，成了一家小有名气的服装店。

又是一阵热烈的掌声后，坐在第二排的柳如玉举起了手，刘梅扬扬手让她起来提问。柳如玉站起身，咧咧嘴角说道："出去后有毒友来找，怎么拒绝好？"

听到柳如玉如此提问，主持席上的彭彩云眼睛一亮，然后把目光移向副宾席。

"这个事我经历过。"副宾席上靠近观众的嘉宾周小红说。她是江中一家公司的管理人员，原在一监区服刑，已出狱七八年。她在回顾自己出狱后最初的一段经历时说，"出去后有几个毒友找过我，说实话，见到过去的毒友身体是会有反应的，那种飘飘欲仙的刺激感和电流一样瞬间就涌满全身，但我还是拒绝了她们。如果我又和她们来往，家人真的要被我气死。毕竟我在这里这么久，懂得了毒品的危害，懂得了生命的价值。我努力克制自己，坚决拒绝与她们交往，也才有了今天的一点成绩。所以什么事情都在于自己，在于自己有没有决心，有没有毅力。"

"哗……"电教室里响起一阵最热烈的掌声。

彭彩云特意看看柳如玉，见她一脸凝重若有所思的神情。想起这个人两次改造，一生大好年华都在这里度过，命运实在不济，好在第二次改造转变很快，自己也有心关照她，让她前年就减了一次刑。今天看到她主动提出出狱后毒友找她的问题，觉得她改过的思想是比较牢固的，去年"国际禁毒日"在监区开展的"珍爱生命，拒绝毒品"的演讲会上，柳如玉第一个发言，自己印象很深，为此年终还让她评上了"积改"。她想，监区再次提出让柳如玉减余刑回家的决定是正确的，对她"认罪悔罪忏悔程度"以及"改恶向善与行为矫正情况"的评估也是比较客观的。

总之通过今天的表现，彭彩云潜意识里对柳如玉今后的新生活感到有那么点放心。

座谈会第一阶段结束后休息几分钟。第二阶段开始时，副监狱长赵玉琴陪着几个重要人物走进了会场。监狱万宝路有限公司的蒋义和总经理走在前面，后面跟着三个嘉宾，一个是南华实业有限公司的刘老板，一个是东海金江针织有限公司的文副总，还有一位是江中市劳动就业介绍服务中心的李副主任。蒋总经理、赵副监狱长和三位嘉宾在主宾席入座，负责安全工作的随同人员刘强以及教育科科长晏玉娟也在观众席后排坐下后，赵玉琴向旁边主持席上的彭彩云点头示意。随即彭彩云说了几句开场语，然后请蒋总经理讲话。

蒋总经理今天很高兴，一脸稍带含蓄的笑容。他首先介绍了三位嘉宾并对他们一直以来对女监工作的关心、支持，特别是为服刑人员出狱后提供就业机会，为她们顺利接轨社会开始新的生活表示了最真诚的感谢。蒋总经理在简单回顾了监狱体制改革和女监独立后的情况后说："过去我们从事的是简单劳动，技术含量低，这几年根据市场需求上马了一些适合女性的工种，为大家以后出去找工作打下了基础。今天还专门请来两家公司和江中市就业服务中心，我还要和刘老板、文总、李主任他们签订就业培训协议，他们也会介绍各自的情况，你们双方有意向的可现场签用工合同。"说到此，蒋总经理稍停后便中气十足地鼓励道，"你们过去虽然犯了错，触犯了法律，但碰到了好时光。你们在这里虽然是改造，但通过法律的学习、劳动意识的培养和军事化的管理，尤其是劳动技能培训，使你们学会了一两门技术，再加上自己思想、心灵上的洗涤，收获不小，跟上中专、上技校差不多。只要自己出去后遵纪守法，靠劳动生活一样能过上好日子，因为社会是宽容的，党和政府很重视刑释人员就业安置工作，一些就业帮助、社会保障的政策也出来了……总之一句话，希望你们大家要珍惜今天社会发展的大好局面，出去后开始新的生活。"

紧接着，蒋总经理代表监狱与南华实业有限公司、东海金江针织有限公司和江中市劳动就业服务中心分别签订就业培训协议。协议签订完后，刘老板、文副总经理、李副主任开始介绍本单位情况……

静坐在观众后排的刘强目睹眼前正进行的这些稀奇事，思绪像长了翅膀一样翱翔起来。自转业来到西山监狱后三十年了，近三十年管教工作经历中的一些重要事件和节点的影像在刘强的脑海中快速地飘荡着——程才、王文清、熊根水、黄国庆、姚之清、童生财、蔡树林、车峻、牛二崽……一个个曾经的失足者在刘强的眼前走马灯似的晃动着；还有在残酷激烈的改造与反改造的斗争中英勇牺牲的应树根以及在追逃工作中负伤致残的方冬生……刘强接着又想起了九几年监狱困难时自己让犯人腌橘子皮，成立互助组的事情，而今女犯们的伙食不仅每天有荤菜，每周安排一次大餐，早餐轮着吃米饭、馒头或牛奶、豆浆、鸡蛋、面包等，中、晚餐也尽量做到合理搭配，逢年过节还另拨专款提高伙食标准……看着眼前几个女犯笑容满面地和刘老板他们签用工合同，让她们未出狱先就业的景象，刘强忽又想起"八劳"会议后管教干部们执行"教育、感化、挽救"政策时的问题和矛盾，而如今的监狱，各级民警却以博大的胸怀在为这些失足妇女出狱后能比较顺利地开始新生活而着力创造一切可能的条件……三十年弹指一挥间，中国监狱改造罪犯的事业真的是变化太大了……

座谈会结束后，彭彩云准备跟着刘梅她们回监区，赵玉琴把她叫住，让她一起去陪五位嘉宾吃午饭。当天的午饭让彭彩云了解了很多犯人出去后的信息，以至晚上值班时一到办公室放下包便往监舍楼走，她要去找柳如玉。

到了一分监区值班室，彭彩云里外看看没人，正要出门，见刘梅正从走廊那头走来，便回到里间等着。刘梅进来后说"让她们看一下新闻"，彭彩云点点头，表扬她"今天主持不错"，然后便说起中午陪江冬梅她们几个人吃饭聊天的情况，最后不无感慨地说道："回归社会不容易。外面情况复杂，像江冬梅、徐秋红这些人不多，很多人都混得不好，一些人生活都没着落。"

刘梅点点头："出去时一无所有，要想创业不容易。"

"家里条件好是关键。"彭彩云道，"个人能力，吃不吃得苦也很重要。"

"现在不是有什么帮扶政策吗？"

"这个有限。出去半年内按低保补助，半年后还找不到事做的办低保。低保又没几个钱。"彭彩云说，"听江冬梅讲，她们那里低保也就200元钱，没什么用，还得靠自己。"

刘梅道："那自然，国家不可能把这些人都养起来。老弱病残吃低保还说得过去，你一个好手好脚的总要想办法养活自己。"

"所以还是那句话，一个人一定要有志向。"彭彩云说，"吃得苦、肯努力的人混得就会好些。"

"富人靠钱赚钱，穷人靠手挣钱。人穷又不愿吃苦，那就没办法。"

"听周小红讲，一些吸毒的出去后还是在鬼混。"彭彩云说，"天天跟过去那些毒友在一起，根本没法改，和亲人断绝关系的都不少。"

"那柳如玉出去也够呛。"刘梅知道，柳如玉父母几乎与她断绝了来往。

"还得跟她谈谈。"彭彩云说罢让刘梅把柳如玉叫来。叫来柳如玉，刘梅向彭彩云招呼一声便出了值班室。柳如玉在靠窗的凳子上坐下后，微笑着看看监区长。彭彩云见她一副高兴的样子，先肯定了她今天在座谈会上的表现，又问起她儿子后天来监狱参观的事情，让柳如玉很高兴。柳如玉始终含蓄地笑着，这个彭监区长一直都很关心自己，着实令她有一丝慰藉，让她弥补了因父母嫌弃自己所带来的不快与自卑。

"出去后有信心重新开始吗？"

柳如玉点点头："想了好久，回去要让父母原谅我。"

彭彩云点头道："这样想就对了。出去后向父母认错，求得他们原谅，还要取得他们支持。"

"嗯。"柳如玉有点信心的样子。

彭彩云稍停一会后说："出去后最大的考验是你过去那些朋友，最大的问题是不能放松自己。女人一放松自己就会变坏，你想想是不是这样？"

柳如玉惭愧地低下头。

"所以一个人要有点追求，不然很容易随波逐流，走回头路。"

柳如玉点点头。

"外面情况比你想象的复杂。"彭彩云的眸子里显露出殷切的目光，"但你不会走回头路，我相信你。"

听着对方从来没有过的说话口气，柳如玉知道彭监区长对自己寄予了很大的希望，想起自己两次改造，她在心里思忖：出去后，再不能混世度日了，否则……

"监区文化艺术周"活动正常进行。座谈会结束后的第二天上午，狱政科的同志们聚在一起，不时就某个话题传出一些笑声。过了会儿开始开科务会，落实明天"监区文化艺术周"活动的安保工作。会没开多久，刘强的手机响了，是赵玉琴打来的。刘强接电话一听脸色都变了，搁下手机说了句"出入监区一个犯人在劳改医院死了"，然后说科务会暂停，让吴莲花她们马上通知其他五个管教科室的科长去办公楼开会，并让黄春珍详细了解死者徐小芹的家庭情况，然后抄起日记本就出门去了。几个同事望着科长的背影都未吭声，他们知道麻烦事又来了。

　　一个小时后，刘强回到了办公室。出入监区犯人徐小芹因尿毒症生命终于到了尽头，前天下了病危通知书，今天早晨八点刚去世。这么一起正常的病犯死亡之事，监狱的管理者们却如临大敌似的。也难怪，由于明天监狱有重要活动——百名家属将进监狱参观，同时鉴于上次肖冬娥家属闹访的教训，为防止再次出现闹访意外事件发生，方彤监狱长和赵玉琴副监狱长两人决定召开管教六科和监狱社会治安综合治理办公室组成部门领导会议，方彤监狱长亲自参加，强调了几条意见，赵副监狱长就做好徐小芹死亡善后处理工作做了具体安排，提出了严格要求。会议不到一个小时就结束了。

　　刘强像往常一样在科里向自己的手下布置这几天的处突工作，并按照会议要求，将全科人员一分为二，刘强让副科长黄春珍等负责家属参观活动，自己则和郑卫国应对可能发生的家属闹监问题。

　　"怎么不推迟呢？"郑卫国说，"要么推迟参观，要么让那个犯人家属过两天再来。"

　　"是哦，怎么不推迟？"邱淑兰附和道。

　　刘强见几个女同事都看着自己，郑重地说："这么大的活动不能说变就变，徐小芹亲属也不能推迟来，这是原则。天塌下来也只能顶着。"

　　应对徐小芹亲属可能闹访的准备工作在几个职能科室有条不紊地进行着。当天晚上，监狱安排管教六科的主要领导全部在民警备勤楼备勤。鉴于上次的教训，第二天一大早刘强就早早地出了门。天尚未亮，刘强来到一道门时见没什么动静，心里一下就安然多了。他映着路灯看看门外，两棵挺拔的樟树在淡淡的晨雾中安静地伫立着，像一对手执钢枪侍立门外守卫监狱的忠诚卫士，地上洒了不少落叶，每天清扫大院的清洁工人还未清扫到此。

刘强在门外站了好一会，天正破晓，附近马路上不时有人骑电动车匆匆飙过的身影。晨雾在慢慢退去，每天给监狱伙房送早点的面包车也过来了，过一道门时，司机笑着向刘强打下招呼。面包车往里面开去，刘强望见陈云生也往这边走来了。两人聚到了一起，陈云生看看周围安静的环境说："今天可能不会有什么事吧？"

"难说。"陈云生又道："昨天赵监说早就想让这个犯人保外，家里不同意。保外都不同意，还会来闹呀？"刘强说："上次死的那个犯人，家里从来不管，不也是闹翻了天呀？"陈云生语塞。两人在一道门外闲聊一阵，天已大亮，不时有上班的同事在面前路过，打着招呼。见时候差不多了，刘强便和陈云生去备勤楼吃早餐，碰到那几个管教六科的同事，交流了下情况，然后又往一道门走来。

正是上班时候，一道门外男男女女多了起来。刘强和几个科长站在樟树下，不时招来人们好奇的目光。这时一部白色警车在他们面前停下，是赵副监狱长的车。赵玉琴下了车，不苟言笑地和刘强他们站到一起，问了下情况，交代几句然后进了一道门。

几个管教科室的领导聚在一起闲聊着。刘强没怎么插话，心里想着徐小芹的亲属昨天上午接到通知，从章州到江中，动身早的话昨天下午应该到江中，今天上午来监狱；如果今天动身，那么中午或下午才能到。刘强想，不管他们出来早晚，会不会来聚众闹事，今天应可见分晓……差不多八点半了，从远处往监狱这边过来的公路上小车、的士、摩的、行人明显多了起来，很快涌到了一道门口。刘强目不转睛地盯着那些人，但这些人都手执"邀请函"，被负责接待进监参观的工作组一个个引走了。参观的家属们全部到齐后，接待工作组人员也撤出了一道门，刘强他们一直提着的心才放下来。

快半上午时，一道门前安静下来，太阳已高高升起，明媚的春光使人心旷神怡。管教科室的科长们心情不错地吸着烟聊着天，耐心地等待着死者亲属的到来。但令他们意外的是，一个上午直到下班时都没见徐小芹亲属的身影。"不会尸都不来收吧？"有人开起了不严肃的玩笑，几个人嚷嚷着一起往备勤楼吃饭去。

刘强在心里捉摸着这家亲属至今未来的多种可能性，吃饭时也不愿多说话，用餐毕又和陈云生慢慢往一道门荡过来。在一道门值班室和两个门卫有一句没一句地闲聊了好一阵，接着在樟树下聊了一个中午，直到快两点时，终于迎来了徐小芹的两个亲属——徐小芹的哥哥徐春发和小妹夫李明。

当他俩从的士上下来时，中等个头上了点年纪的徐春发面无表情地看了看旁边一帮警察，刘强立即上前问询，当得知他们两个就是死者家属时，久久悬在心头的一块石头落了地。见同事们一齐都上前来招呼着，刘强抽身一旁用手机向赵玉琴报告情况。赵玉琴正陪着家属在大礼堂看文艺演出，里面闹哄哄的，只得走出门外接电话。"好，好。"赵玉琴一听只来了两个人，连说了两个"好"后指示道，"按计划执行，先安排他们休息，安抚一下情绪，再带她们去殡仪馆。四点后再碰头。"说罢挂了机又回礼堂里去了。

然而，让赵玉琴和刘强等人意想不到的是，她们小看了那两个男子。当看了死去的妹妹徐小芹，看了医院开具的死亡证明，也见了驻监检察人员后，刘强他们准备让徐春发签字同意徐小芹火化时却遭到了对方的拒绝。"我妹妹年纪轻轻到你们这里，现在就这么走了，你们不赔50万，还想火化？谈都莫谈！"一听这话，管教六科的科长们都呆住了，刘强心里思忖：又是一个难缠的主。没办法，以刘强为主的善后处理工作谈判组只得硬着头皮上，在监狱领导的指示下还不时变换策略，但对方就是不松口。监狱只好通过地方司法局把徐春发所在街道干部请来帮助协商处理善后事宜，但对方还是不肯松口。三天后，当章州市南城区司法局的王副局长带着街办主任亲临谈判现场后，双方谈了整整一天，徐春发看着王副局长说："看你面子，拿三十万我立马签字走人。没这个数，什么都不要谈。"监狱方当然不会答应，地方干部们也知道监狱的底线，大家只好坚持着和对方谈，期望慢慢磨，让对方软下来。为了早日了结善后事宜，省监狱局综治办的领导甚至来到现场指导，但徐春发却油盐不进，丢下一句"没什么谈的"后干脆走人了。

"没办法的事。"方彤监狱长听了赵玉琴汇报的谈判情况后安慰她说。就这样，监狱只好暂停对徐小芹死亡的善后处理工作，让徐小芹一直在殡仪馆躺着，使其火化事宜成了西山女子监狱有史以来一桩未了的"悬案"。

尾 声

几个月后，即将退休的狱政科科长刘强坐在方彤监狱长面前，表示自己想休假去章州丈母娘家一趟。方彤说省局正启动处级干部遴选工作，"最好不要外出"，并告之高副局长已给自己打过电话。但刘强却歪着头，一副执意要走的样子。方彤不知他的心思，见其去意已决便道："你就先去，到时有事联系吧。"怀着一桩心事的刘强，晚上吃饭时跟闵冬香打了声招呼，第二天一大早就搭上了从江中去往章州的动车。

刘强此行目的是去找徐小芹的哥哥徐春发。徐小芹人死了几个月还躺在殡仪馆，作为狱政科长的刘强感到天天有座泰山压着自己似的。虽然徐小芹的善后事宜未了不是哪个人的责任，但刘强就是觉得自己作为狱政科长责无旁贷，他想自己退休之前一定要想办法了却徐小芹这桩"悬案"，不然他会不得安宁的。当然对于此行能否做通徐小芹哥哥的工作，刘强没有把握，但不管成功与否他得去搏一下。一路上他曾想要不要先去找一下南城司法局的王副局长，但还是决定自己单刀赴会，省得麻烦人家。

上午十点来钟刘强到了章州。出车站后刘强先跟徐春发打了电话，徐春发弄清是西山女子监狱的刘科长后，说了句"要来你就来"。刘强也不管那么多，心想去了再说，便直接打的到了徐春发家。这里地处城市边沿，十年前还是郊区乡下，后来城市扩大了，这一带才被纳入城区，但建设落后没有几栋高房子，交通也比较乱,环境卫生很一般。刘强在旁边买了些水果,走进一个小区找到了徐春发六楼的家。

刘强来到徐春发家时,家里只有他妻子和一个五六岁的男孩。徐妻听了刘强的自我介绍,非常惊讶。她知道大姑子早已去世但没火化,她也知道是自己老头子不同意签字,只是没想到那个监狱的刘科长来章州走亲戚还来她家看看,着实让她感到眼前是一个好人。徐妻本来就是阳光心态,这下显得更热情,给刘强端了杯水,见刘强看了看自己的房子,便热情地告诉刘强,这是还建房,自己家分了两套,因没有什么经济来源,一家三代只好住在一起,另外一套用来出租。刘强有意和她拉起家常,徐妻告诉他自己有一儿一女,女儿早已出嫁,外孙、外孙女好几个,自己儿子成家晚,孙子才五岁。刘强问她儿子现在"在做什么",徐妻说儿子在小区外开个水煮店,自己老头子每天都在那帮忙。刘强弄清了个大概情况,便说想去见她老头子。徐妻当即就牵着孙子带刘强下楼去儿子的水煮店。

到了水煮店,刘强见到了徐春发。大热天气,旁边学校已放假,水煮店没什么生意,徐春发正歇着抽烟,他儿子在忙着。刘强看着徐春发说想和他找地方坐坐,徐妻主动跟老头子说:"刘科长是好人,你们回家去坐吧。"徐春发不愿意走,便决定就到楼上去。两人上了阁楼,徐春发打开落地扇,让刘强坐下。刘强掏出早已准备好的"白沙"烟打给徐春发,自己也点上一支,抽了两口便咳嗽起来。徐春发说:"刘科长好像不抽烟?""多年没抽了。"刘强笑笑。徐春发看看刘科长,想起与刘科长素不相识的老妈子说"刘科长是好人"的话,觉得眼前这人是不错,来章州走亲戚还来找他们,便客气地问道:"刘科长也是五几年的吧?"他看见对方两鬓明显花白。

刘强一副友善神态说:"五〇哦,年底就退休啦。"说罢又道:"上次你到我们监狱来,没有招待好。"

"哪里。"徐春发见刘科长如此客气,脸上现出一副有点不好意思的神态。上次在西山女子监狱和刘科长打了四五天交道,但那时为了各自利益,他对刘科长印象并不深。

刘强看着徐春发真诚地说道:"老徐,你知道我是狱政科长。作为狱政科长,你妹妹到现在还不能入土为安，我心里是很过意不去的，相信你作为兄长也不忍心。我一直在想，你不签字要三十万，是有什么原因的，不一定就是经济方面的原因……刚才到了你家，你家房子有那么大，又有两套，说实话，比我家都强。我现在一家三代人还只有两个房间呢，新房子明年才能到手。"

"怎么会？"徐春发被刘科长说的情况惊住了。在他的意识中，一个科长又是警察，在地方上那就是一"霸"，哪会这么寒酸？徐春发早年陪父母去看过妹妹，父母过后他就没去了，对监狱和监狱警察的认知完全是以周边各色人等为参照的，所以妹妹病故后他对监狱方面包括检察人员所说的一切都抱着不信任的态度，心里就是觉得"天下乌鸦一般黑"，因此打定主意不管妹妹病亡是不是监狱的责任，他都不能轻易答应火化……就这样直到半个多月前，一个自称"柳琴"的也是章州人，说是他妹妹的朋友，刚从西山女子监狱回来，告诉了他徐小芹住院时候的情况，并说监狱警察好，他都半信半疑，今天见了刘强，他终于相信监狱的人与他想象的可能是不一样。

"刘科长，"徐春发神情轻松地说，"前不久，一个叫柳……柳琴的人，差不多四十来岁的样子吧，她说她在医院住院时和我妹妹在一起，说每星期警察都要送她去做血透？"

"那还不？"刘强立马接话道，"都几年了，我们科每次都要派人送她，因为劳改医院做不了血透，只能送到二医院去。"

徐春发机械地点点头。他想起去年西山女子监狱有人打电话要他让妹妹保外就医的事，当时他想都没想就拒绝了，因为他根本不相信监狱警察说的话，再者，听说尿毒症的人要做血透，"得了绝症你们就不管？想把包袱丢给我们？门都没有！"徐春发当时就是这么想的……如今看来，自己是错怪了监狱。徐春发忽然觉得自己以"三十万"故意刁难监狱有点不应该。他打了支烟给刘强，挺实诚地说："刘科长，说句实话，我不签字心里也是有气的，对那些戴大盖帽的，我就是有气。"徐春发说罢黯然一会儿，又要打烟，刘强摆摆手，他就自己点着吸了一口说道："认识你刘科长，我明白戴大盖帽的也有好人……我大妹妹的事，你放心，什么时候我再去一下。"见刘科长高兴地看着自己，徐春发又真诚地说道，"我和小妹家条件都不好，说三十万那是气话，我也晓得政府不会给，但还是想你们多少给个几万，我也好跟我小妹说。"

刘强点点头，他起身握住徐春发的手说道："谢谢！真心感谢你对我们工作的理解、支持。"

话说到这个分上了，两人的心情、精神都非常好。刘强趁热打铁，当即约好明天上午一起回监狱把他妹妹的后事办掉。

离开水煮店后，刘强的心情特舒坦，觉得徐春发这人还算可以，忽又想到了柳如玉。柳如玉释放后，女儿告诉过他，只是他没想到她还会来找徐小芹的哥哥。刘强心里一激灵，拿起手机就联系程才，想看看他有没有柳如玉的手机号，以便打个电话表示谢意。远在东海的程才一听这事，立马告诉刘强他今天就坐飞机来江中，再从江中赶到章州来，估计下午六七点钟可以见面。刘强想阻止他的疯劲，但阻止无效。心情很愉快的刘强往闹市走了一会儿，见有个小店，便进去随便对付了下午饭。想着程才要来，刘强决定找个好点的店晚上安排一桌饭，把南城司法局的王副局长请来一起坐下，于是他先跟王副局长通话约了饭局。

傍晚时分，章州的街市繁华而热闹，霓虹炫目，车水马龙。坐落在街边的"独一处"门前立着一个中等个、精瘦的男子，他就是今晚要请客的东道主刘强。南城司法局的王副局长快要到了，他先下楼在这儿等着。果然过了一会儿，王副局长和陈副主任一起下了车，见面后宾主热情地谈起上次在西山女子监狱几天工作的情形，气氛友好热烈。在包间谦让一番落座后，刘强很快跟王副局长说了今天来找徐春发的过程以及等下可能还有几个人要来的事情。王副局长一听也很高兴，随即对陈副主任说："今天我们做东。"刘强客气地一味拒绝，王副局长笑笑地打趣道："到了章州怎么能让你请呢？"一番说笑后，王副局长问："明天你们怎么回江中？"刘强说坐火车吧，王副局长又道："明天我们派个车送一下。"刘强心里很感动，但口头还在拒绝。王副局长拍拍刘强的肩膀说："老哥别客气啦，别的我们也帮不上什么忙。"

说笑间，程才打来电话问包间号，刘强刚放下手机和王副局长说了句话，就见服务员领着程才和江中的熊根水等人进了包间。刘强看到另外三个人，很快记起是姚之清、邹永福和车峻。看他们落座后，刘强指指身旁的王副局长和陈副主任给大家作了介绍，然后又指着程才他们跟王副局长说："这些都是我的学生。"王副局长高兴地点点头。程才他们几个凑到一起来，完全是程才临时联络的，除了他和开的士的熊根水是从江中开车来的外，邹永福和姚之清都是吉州人，他们从西山监狱出去后就没见过刘强，听程才说"刘教导员"到了章州，反正吉州离章州不远，姚之清便开着自己的车和邹永福直奔章州来了，而车峻就在章州，于是几个人约好一起到了这家饭馆。

上菜时，刘强问程才柳如玉怎么没来，程才回答说她"有事"来不了。刘强点点头道："还真不错，做了好事，替我好好感谢她。"于是简单把徐小芹病亡后善后处理时发生的一些事说了。

"还有这样的事啊？""听都没听过。"几个"学生"都一副吃惊的表情。

"你们都出去好久了，现在监狱可不比以前了。"刘强说，"吃的住的，生活环境完全不一样了。以前里面也上课，办农函大，办培训班，那都是小儿科。现在监狱不但办各种各样的班，走之前还帮她们介绍工作。嘻，现在监狱真是变化大。"刘强停顿下又道："像会见，家里困难的都不用来监狱，到县司法局就可以视频会见，以前想都不敢想……王局长，你们这里也开通了视频会见吧？"

王副局长点点头："前两个月刚开通。"

刘强看着面前几个眼神惊讶的"学生"说道："以前多苦呀，现在的人真是碰到了好时光啊，可社会上还是不理解监狱……"

程才他们几个"学生"静静地看着"教导员"发出感慨，忽然发现他两眼似乎有点潮红。刘强为掩饰自己的情绪，见大家酒杯都倒好了酒，便站起来强装欢颜地说："程才，来，我们大家一起先敬一下王局长、陈主任。"

王副局长忙客气地对大家说："哎，先敬刘科长。"

"王局长，"刘强一脸真诚地说道，"监狱工作靠社会关心支持，如果大家都能像你们这样理解支持监狱就好了。"

"一家人不说两家话。"王副局长擎着酒杯说，"好，我先干了。"

九几年就刑满回家的熊根水虽就在省城江中，但一直未找过刘强，直到去年程才路过江中吃晚饭时，熊根水才把刘强和马小牛请去聚了下。想起当年刘强对自己的劝导教育，不善言辞的熊根水真情地说："教导员真的是个好人。"

"教导员，非常感谢你当年对我家里的帮助。"邹永福端着杯子起身道："不是你写信到我单位，那个时候我家里真的熬不下去。我干了，你意思一下就行。"说罢便一口干了。

有点酒量的刘强也一饮而尽。

几个释放后第一次见面的"学生"先后向刘强"汇报"了自己目前的状况，车峻说自己已成家，有一儿一女；姚之清说他开了一家建材店，邹永福则在"做点小生意"。刘强高兴地看着眼前的五个"学生"说："看到你们现在都安稳了，过得也好，我很高兴，不枉了我们一起待了那么多年。"

众人把酒言欢间，说起了刘教导员当年帮助收养黄国庆儿子的事，程才说他本想打电话叫黄国庆过来。刘强说："人家在湘东，那么远就算了。"

在一旁听懂了刘科长曾经收留过一个犯人儿子的事情后，王副局长伸手紧紧地握住刘强的手，十分钦佩地看着他道："原来我只晓得监狱警察不容易，不晓得还有你这样的大好人。难怪这几个兄弟跑这么远来看你，我也要好好敬你一下。"说罢就一口干了。

紧接着几个人回忆起了过去"刘教导员"对自己的关心教育。姚之清说："刘教导员，他是真正的共产党员。"他想起自己给刘强送信封的事，想起了自己在他手上一次减刑一年半的高兴情景，不是他的无私和公正，自己没这么快出来。待大家说得差不多了，程才亮着嗓门说："我跟刘教导员最有缘。不瞒大家说，九七年出去时，我到刘教导员办公室给他鞠了一躬，他还让我坐警车到火车站。我这辈子不知道坐了多少次警车，但从没流泪，那一次我却控制不住地流下了……教导员是我的人生老师，也是我最尊敬的人。"说罢，程才起身端起了酒杯，"我不会喝酒，但这杯酒我一定要干。"

"干！""干！""一起干！"熊根水、姚之清、邹永福、车峻他们也都起身端起了酒杯。

望着眼前几个"学生"们的真情流露，刘强的眸子很快就潮乎乎的了。

后 记

　　拙著《苦海新桥》得以出版，首先十分感谢我的第二"故乡"——江西省女子监狱，特别是监狱长徐跃旺等老领导对本人的大力支持和鼎力相助！十分感谢江西省饶州监狱、江西省赣西监狱、江西省洪都监狱、江西省赣江监狱、江西省吉安监狱、江西省赣州监狱、江西省豫章监狱、江西省温圳监狱、江西省未成年犯管教所、江西省南昌监狱以及江西金域医学检验所有限公司等单位的老朋友对本人的热情接待和暖心相助！同时非常感谢好友阳振裕、万雪香在拙著出版路上的友情链接！

　　在拙著创作过程中，江西省女子监狱办公室原打字员戴新萍不辞辛苦地包揽了文字输入事务，作者的老领导陈虎良先生曾亲临本人住宅小区悉心指导，提出了许多宝贵意见，江西省监狱管理局直属机关党委专职副书记李学珍和江西省女子监狱的赵湖水、魏秋玲、艾芬等"老管教"也先后对书稿提出了不少建设性的意见。一些老同事老朋友在素材上给予了不少帮助，同时还参考了个别单位和个人的文字资料。同时，百花洲文艺出版社文学编辑部为本书的编辑出版也付出了辛勤的劳动，在此一并表示衷心的感谢！

黄桃芳

2020年元月5日

于南昌滕王阁对岸秋水广场旁